PHILIP PULLMAN

MROCZNE MATERIE III

BURSZTYNOWA LUNETA

Z angielskiego przełożyła
DANUTA GÓRSKA

ALBATROS

Wydawnictwo
A. Kuryłowicz

WARSZAWA 2004

Tytuł oryginału:
HIS DARK MATERIALS III: THE AMBER SPYGLASS

Redakcja: Małgorzata Pogoda
Konsultacja literaturoznawcza: Jan Gondowicz
Ilustracja na okładce: Jacek Kopalski
Projekt graficzny okładki: Andrzej Kuryłowicz

ISBN 83-7359-067-6

Dystrybucja

Firma Księgarska Jacek Olesiejuk
Kolejowa 15/17, 01-217 Warszawa
tel./fax (22)-631-4832, (22)-632-9155, (22)-535-0557
www.olesiejuk.pl/www.oramus.pl

Wydawnictwo L & L/Dział Handlowy
Kościuszki 38/3, 80-445 Gdańsk
tel. (58)-520-3557, fax (58)-344-1338

Sprzedaż wysyłkowa

Internetowe księgarnie wysyłkowe:
www.merlin.pl
www.ksiazki.wp.pl
www.vivid.pl

WYDAWNICTWO ALBATROS
ANDRZEJ KURYŁOWICZ
adres dla korespondencji:
skr. poczt. 55, 02-792 Warszawa 78

Warszawa 2004. Wydanie I
Skład: Laguna
Druk: Białostockie Zakłady Graficzne S.A., Białystok

O wypowiedz jego moc, o wyśpiewaj jego łaskę
Którego baldachim jest niebem, którego szata jest światłem;
Jego rydwany pomsty pędzą na gromowej chmurze
I mroczna jest jego ścieżka na skrzydłach burzy.

Robert Grant, „Hymns Ancient and Modern"

O gwiazdy,
czy to od was pochodzą żądze kochanka, by widzieć
twarz miłej? Czy to nie gwiazdozbiór poddał mu czystym
pozorem serdeczne przejrzenie ukochanej pozoru? *

Rainer Maria Rilke

Wiotkie opary umykają ze wszystkiego, co robią żywi.
Noc jest zimna, delikatna i pełna aniołów
Walących w żywych. Wszystkie fabryki są oświetlone,
Dzwon przebrzmiewa nie słyszany.
Wreszcie jesteśmy razem, choć tak daleko od siebie.

John Ashbery, „The Ecclesiast" (w: „River and Mountain")

---

* „Trzecia elegia duińska", tłum. A. Pomorski, w: „Liryki najpiękniejsze", Algo, Toruń 2000.

1

Zaczarowany sen

A kiedy spała, z ciemnej lasu gęstwiny
wychodziły zwierzęta... *

William Blake

W dolinie ocienionej przez rododendrony, blisko granicy śniegów, gdzie bulgotał strumień mleczny od topniejącego lodu, gdzie gołębie i makolągwy fruwały wśród ogromnych sosen, znajdowała się jaskinia, na wpół ukryta przez wypiętrzone skały w górze i sztywne ciężkie liście rosnące w dole.

Las wypełniały rozmaite dźwięki: szmer strumienia pomiędzy głazami, szum wiatru wśród iglastych sosnowych konarów, brzęczenie owadów i wrzaski małych nadrzewnych ssaków oraz ptasie trele; od czasu do czasu silniejszy podmuch wiatru przyginał gałęzie cedru lub jodły, które jęczały jak wiolonczela.

Słońce świeciło tutaj jasno, chociaż nierównomiernie; kolumny cytrynowozłocistego blasku wbijały się w leśną ściółkę pomiędzy smugami i kałużami zielonobrązowego

---

* „Dziewczynka zabłąkana", tłum. Z. Kubiak, w: „Poezje wybrane",
LSW, Warszawa 1991.

cienia; światło było wiecznie ruchome, wiecznie zmienne, ponieważ dryfujące mgły często przepływały wśród wierzchołków drzew, filtrowały słoneczne promienie na odcień perłowy i powlekały każdą szyszkę warstewką wilgoci, która lśniła po odejściu mgły. Czasami wilgoć w chmurach kondensowała się w drobniutkie kropelki ni to mgły, ni to mżawki, która raczej spływała, niż spadała na ziemię, szemrząc cichutko wśród milionów igieł.

Wzdłuż strumienia biegła wąska ścieżka, prowadząca z wioski przy wylocie doliny — niewiele więcej niż kilka pasterskich chat — do na wpół zrujnowanej świątyni na drugim końcu, w pobliżu lodowca, gdzie wyblakłe jedwabne flagi ciągle powiewały na wietrze od gór; pobożni wieśniacy zostawiali tam ofiary z jęczmiennych placków i suszonej herbaty. Osobliwy efekt światła, lodowego odblasku i mgły ubierał szczyt doliny w wieczną tęczę.

Jaskinia leżała nieco wyżej niż ścieżka. Wiele lat wcześniej mieszkał tam święty człowiek, medytował, modlił się i pościł, więc szanowano to miejsce przez pamięć o nim. Jaskinia miała około dziesięciu metrów głębokości i suche dno: stanowiła idealną kryjówkę dla niedźwiedzia lub wilka, lecz od lat mieszkały tutaj tylko ptaki i nietoperze.

Jednakże sylwetka skulona w wejściu, z postawionymi spiczastymi uszami, z czarnymi oczami strzelającymi na wszystkie strony, nie była ani ptakiem, ani nietoperzem. Słoneczny blask kładł się ciężko na lśniącym złocistym futrze, małpie palce obracały szyszkę dookoła, odrywały łuski ostrymi paznokciami i wydrapywały słodkie nasiona.

Za małpą, tuż poza zasięgiem słońca, pani Coulter podgrzewała wodę w rondelku na naftowym piecyku. Jej dajmon wydał ostrzegawcze mruknięcie, więc uniosła głowę.

Leśną ścieżką nadchodziła dziewczynka z wioski. Pani Coulter ją znała: Ama przynosiła jej jedzenie już od kilku dni. Zaraz po swoim przybyciu tutaj pani Coulter przedstawiła się jako święta, która oddała się modlitwie i medytacji i ślubowała nigdy nie rozmawiać z mężczyzną. Nie przyjmowała nikogo oprócz Amy. Tym razem jednak dziewczynka nie była sama. Towarzyszył jej ojciec i kiedy Ama wspinała się do jaskini, czekał trochę dalej.

Ama podeszła do wejścia jaskini i złożyła ukłon.

— Ojciec przysyła mnie z życzeniami pomyślności dla ciebie — powiedziała.

— Witaj, dziecko — odparła pani Coulter.

Dziewczynka trzymała tłumoczek owinięty w spłowiałą tkaninę, który złożyła u stóp pani Coulter. Potem wyciągnęła bukiecik kwiatów, kilkanaście zawilców związanych nitką, i zaczęła mówić szybkim, nerwowym głosem. Pani Coulter rozumiała trochę język tych górali, ale wolała im nie zdradzać w jakim stopniu. Więc uśmiechnęła się, gestem kazała dziewczynce zamilknąć i spojrzeć na ich dwa dajmony. Złota małpa wyciągnęła małą czarną łapę, a dajmon-motyl Amy trzepotał coraz bliżej, aż usiadł na zrogowaciałym palcu.

Małpa powoli uniosła go do ucha i pani Coulter usłyszała w głowie głos tłumaczący słowa dziewczynki. Wieśniacy cieszyli się, że święta kobieta znalazła schronienie w jaskini, lecz krążyły plotki, że ma przy sobie towarzysza, na swój sposób groźnego i potężnego.

Lękali się go. Czy ten stwór był panem świętej kobiety, czy jej sługą? Czy nie miała złych zamiarów? I w ogóle dlaczego tutaj przybyła? Czy zamierzają zostać długo? Ama przekazała te pytania pełne obaw.

Osobliwa myśl przyszła do głowy pani Coulter, kiedy przenikał do niej głos dajmona. Mogła powiedzieć prawdę. Oczywiście nie całą prawdę, ale część. Śmiech połaskotał ją lekko we wnętrzu, ale zachowała poważny ton głosu, kiedy wyjaśniała:

— Tak, jest ze mną ktoś jeszcze. Ale nie ma się czego

bać. To moja córka, na którą rzucono zaklęcie, żeby zasnęła. Przybyłyśmy tutaj, by ukryć się przed czarodziejem, który rzucił na nią zaklęcie, a tymczasem próbuję ją wyleczyć i chronić od złego. Chodź ją zobaczyć, jeśli chcesz.

Ama, nieco uspokojona łagodnym głosem pani Coulter, ale wciąż trochę wystraszona, spłoszyła się, słysząc o czarodziejach i zaklęciach. Złocista małpa trzymała jednak jej dajmona tak łagodnie, a poza tym Ama była ciekawa, więc weszła za panią Coulter w głąb jaskini.

Jej ojciec na ścieżce poniżej zrobił krok do przodu, a jego dajmona-kruk uderzyła skrzydłami raz czy dwa, lecz nie ruszyła się z miejsca.

Pani Coulter zapaliła świeczkę, ponieważ zmierzch szybko zapadał, i poprowadziła Amę na koniec jaskini. Szeroko otwarte oczy dziewczynki błyszczały w mroku, a obie dłonie powtarzały ten sam gest: palec na kciuk, palec na kciuk, żeby wprowadzić w błąd złe duchy i odpędzić niebezpieczeństwo.

— Widzisz? — powiedziała pani Coulter. — Ona nikomu nie wyrządzi krzywdy. Nie ma się czego bać.

Ama spojrzała na postać w śpiworze. To była dziewczynka starsza od niej o jakieś trzy, cztery lata; miała włosy w kolorze, jakiego Ama nigdy jeszcze nie widziała — płowe jak lwia grzywa. Mocno zacisnęła usta i spała głęboko, z całą pewnością, ponieważ jej dajmon leżał zwinięty i uśpiony na jej szyi. Wyglądał trochę jak mangusta, tylko był mniejszy i rudozłoty. Złocista małpa z czułością wygładziła futerko pomiędzy uszami śpiącego dajmona, który poruszył się niespokojnie i wydał ciche ochrypłe miauknięcie. Dajmon Amy w postaci myszy przywarł mocniej do jej szyi i trwożnie wyjrzał zza włosów.

— Możesz więc powiedzieć ojcu, co widziałaś — ciągnęła pani Coulter. — Żadnych złych duchów. Tylko moja córka uśpiona zaklęciem, pod moją opieką. Ale proszę, Amo, powiedz ojcu, żeby zachował to w sekrecie. Nikt oprócz was dwojga nie powinien wiedzieć, że Lyra jest tutaj. Gdyby czarodziej dowiedział się o tym, odnalazłby ją i unicestwił i mnie, i wszystko dookoła. Więc sza! Powiedz ojcu i nikomu więcej.

Uklękła obok Lyry i odgarnęła wilgotne włosy z uśpionej twarzy, zanim pochyliła się i pocałowała córkę w policzek. Potem podniosła na Amę smutne spojrzenie pełne miłości i uśmiechnęła się tak dzielnie, że dziewczynce łzy napłynęły do oczu.

Pani Coulter wzięła Amę za rękę, razem wróciły do wylotu jaskini i zobaczyły ojca dziewczynki patrzącego niespokojnie z dołu. Kobieta złożyła dłonie i ukłoniła mu się, a on z ulgą odwzajemnił ukłon, kiedy jego córka, skłoniwszy się pani Coulter i zaczarowanej śpiącej, zbiegła ze zbocza w zapadającym zmierzchu. Ojciec i córka jeszcze raz pokłonili się jaskini, po czym odeszli i znikli w mroku pod gałęziami potężnych rododendronów.

Pani Coulter spojrzała na wodę na piecyku, która prawie wrzała.

Przykucnąwszy, wrzuciła do rondla trochę suchych liści, szczyptę z jednego woreczka, dwie szczypty z drugiego, i dodała trzy krople bladożółtego oleju. Wymieszała energicznie zawartość, odliczając w pamięci, aż minęło pięć minut. Wtedy zdjęła rondelek z piecyka i usiadła, żeby zaczekać, aż płyn wystygnie.

Wokół leżało trochę sprzętu z obozu nad błękitnym jeziorem, gdzie umarł sir Charles Latrom: śpiwór, plecak ze zmianą ubrania i przyborami do mycia, i tak dalej. Była też brezentowa walizka z twardą drewnianą ramą, wyściełana kapokiem, zawierająca rozmaite przyrządy oraz pistolet w kaburze.

Wywar stygł szybko w chłodnym powietrzu; jak tylko osiągnął temperaturę krwi, pani Coulter przelała go ostrożnie do metalowego dzbanka i zaniosła w głąb jaskini. Dajmon-małpa odrzucił sosnową szyszkę i podążył za nią.

Pani Coulter starannie ustawiła dzbanek na niskim głazie i uklękła obok śpiącej Lyry. Złota małpa przykucnęła po drugiej stronie, gotowa schwytać Pantalaimona, gdyby się zbudził.

Lyra miała wilgotne włosy, jej oczy poruszały się pod zamkniętymi powiekami. Zaczęła się wiercić; pani Coulter zauważyła drganie jej powiek, kiedy wcześniej ją pocałowała, więc wiedziała, że wkrótce Lyra całkiem się rozbudzi.

Wsunęła dłoń pod głowę dziewczyny, a drugą ręką odgarnęła jej z czoła wilgotne pasmo włosów. Lyra rozchyliła wargi i jęknęła cicho; Pantalaimon przysunął się bliżej do jej piersi. Złota małpa nie odrywała wzroku od dajmona Lyry, a jej czarne paluszki ściskały brzeg śpiwora.

Wystarczyło jedno spojrzenie pani Coulter, żeby małpa puściła śpiwór i z powrotem odsunęła się na szerokość dłoni. Kobieta ostrożnie dźwignęła córkę tak, że jej ramiona oderwały się od ziemi, a głowa opadła na bok. Lyra złapała oddech, na wpół uniosła ciężkie powieki. Zamrugała.

— Roger — wymamrotała. — Roger... gdzie jesteś... nie widzę...

— Ciii — szepnęła jej matka — ciii, kochanie, wypij to.

Przyłożyła dzbanek do ust Lyry i przechyliła, żeby płyn zwilżył wargi dziewczynki. Język Lyry wyczuł wilgoć i wysunął się, żeby ją zlizać, a wtedy pani Coulter wlała jej trochę więcej naparu do ust, bardzo ostrożnie, czekając, aż przełknie każdą porcję, zanim podała następną.

Trwało to kilka minut, w końcu jednak dzbanek został opróżniony i pani Coulter znowu położyła córkę na posłaniu. Jak tylko głowa Lyry dotknęła ziemi, Pantalaimon z powrotem ułożył się na jej gardle. Jego złotorude futerko było równie wilgotne jak jej włosy. Oboje ponownie zapadli w głęboki sen.

Złocista małpa zwinnie wróciła do wylotu jaskini i znowu usiadła, obserwując ścieżkę. Pani Coulter zanurzyła kawałek flaneli w misce z zimną wodą i obmyła twarz Lyry, a potem rozpięła śpiwór i przetarła jej szyję i ramiona, ponieważ dziewczynka była zgrzana. Potem wzięła grzebień i delikatnie rozczesała splątane włosy Lyry, sczesała z czoła i zrobiła schludny przedziałek.

Zostawiła śpiwór otwarty, żeby dziewczynka ochłonęła, i rozpakowała zawiniątko przyniesione przez Amę: kilka płaskich bochenków chleba, kostka prasowanej herbaty, trochę lepkiego ryżu zawiniętego w duży liść. Czas rozpalić ognisko. Górski chłód dotkliwie kąsał w nocy. Pracując metodycznie, zeskrobała trochę suchej hubki, ułożyła ognisko i zapaliła zapałkę. Następna sprawa: kończyły się zapałki i nafta do piecyka; odtąd trzeba będzie podtrzymywać ogień w dzień i w nocy.

Jej dajmon był niezadowolony. Nie podobało mu się to, co robiła w jaskini, a kiedy próbował wyrazić obawy, opędzała się od niego. Odwrócił się więc tyłem na znak pogardy i strzelał w ciemność łuskami z sosnowej szyszki. Kobieta nie zwracała na niego uwagi, zręcznie rozpaliła ognisko i nastawiła w rondelku wodę na herbatę.

Niemniej jego sceptycyzm wpłynął na nią i kiedy kruszyła do wody ciemnoszarą cegiełkę herbaty, zastanawiała się, co właściwie tutaj robi, czy już całkiem zwariowała i co się stanie, kiedy Kościół się dowie. Złocista małpa miała rację. Pani Coulter ukrywała nie tylko Lyrę; ukrywała własne wątpliwości.

Z ciemności wyszedł mały chłopiec, przestraszony i pełen nadziei, powtarzając szeptem:

— Lyra... Lyra... Lyra...

Za nim stały inne postacie, jeszcze bardziej mgliste niż on, jeszcze bardziej milczące. Wydawały się należeć do tej samej grupy i tego samego gatunku, ale nie miały widocznych twarzy i słyszalnych głosów; głos chłopca ani razu nie wzniósł się ponad szept, twarz zaś była rozmazana i niewyraźna, jakby na wpół zapomniana.

— Lyra... Lyra...

Gdzie oni byli?

Na rozległej równinie, gdzie żadne światło nie padało z nieba ciemnego i ciężkiego jak żelazo, gdzie mgła przesłaniała horyzont ze wszystkich stron. Ziemia była naga, ubita twardo przez miliony stóp, chociaż te stopy ważyły mniej niż piórka; więc to czas ubił płasko ziemię, chociaż czas zatrzymał się w tym miejscu; więc widocznie tak musiało być. To było ostatnie miejsce, koniec wszystkich światów.

— Lyra...

Dlaczego tam byli?

Zostali uwięzieni. Ktoś popełnił zbrodnię, chociaż nikt nie wiedział, jaką zbrodnię, kim był sprawca ani jaka władza wydała wyrok.

Dlaczego ten mały chłopiec powtarzał imię Lyry?

Nadzieja.

Kim oni byli?

Duchy.

Lyra nie mogła ich dotknąć, chociaż bardzo się starała. Jej zdezorientowane dłonie wciąż przechodziły na wylot, a mały chłopiec wciąż stał i prosił.

— Roger — powiedziała, ale jej głos zabrzmiał jak szept. — Och, Roger, gdzie jesteś? Co to za miejsce?

— To świat zmarłych, Lyro... nie wiem, co robić... nie wiem, czy zostanę tu na zawsze, i nie wiem, czy zrobiłem coś złego, bo próbowałem być grzeczny, ale nienawidzę tego, boję się tego wszystkiego, nienawidzę tego...

A Lyra powiedziała:

— Ja...

2

Balthamos i Baruch

A duch szedł przed twarzą moją,
tak iż włosy wstały na ciele mojem *.
Księga Hioba

— Cicho — powiedział Will. — Tylko bądź cicho. Nie przeszkadzaj mi.

Lyra właśnie została pojmana, Will dopiero co zszedł ze szczytu góry, czarownica niedawno zabiła jego ojca. Will zapalił małą blaszaną latarkę, którą wyjął z tobołka ojca, za pomocą suchych zapałek, które również tam znalazł, i przykucnął pod osłoną skały, żeby otworzyć plecak Lyry.

Pogrzebał w środku zdrową ręką i znalazł ciężki aletheiometr owinięty w aksamit. Przyrząd połyskiwał w świetle latarni. Will wyciągnął go do dwóch postaci, które stały za nim, postaci, które nazywały siebie aniołami.

— Umiecie to odczytać?

— Nie — odpowiedział głos. — Chodź z nami. Musisz pójść. Chodź teraz do Lorda Asriela.

---

* Wszystkie cytaty ze Starego i Nowego Testamentu pochodzą z Biblii Świętej, Brytyjskie i Zagraniczne Towarzystwo Biblijne, Warszawa 1958.

16

— Kto wam kazał śledzić mojego ojca? Mówiłyście, że nie wiedział, że go śledzicie. Ale on wiedział — oświadczył gwałtownie Will. — Uprzedził mnie, że przyjdziecie. Wiedział więcej, niż wam się zdaje. Kto was wysłał?

— Nikt nas nie wysłał. Tylko my same — odparł głos. — Chcemy służyć Lordowi Asrielowi. A co ten martwy człowiek chciał, żebyś zrobił z nożem?

Will zawahał się mimo woli.

— Kazał mi go zanieść do Lorda Asriela — przyznał.

— Więc chodź z nami.

— Nie. Nie pójdę, dopóki nie znajdę Lyry.

Owinął aksamitem aletheiometr i włożył do swojego plecaka. Zasznurował plecak, zarzucił na siebie ciężki ojcowski płaszcz dla osłony przed deszczem i usiadł na ziemi, wpatrując się uparcie w dwa cienie.

— Czy mówicie prawdę? — zapytał.

— Tak.

— Więc jesteście silniejsze od ludzi czy słabsze?

— Słabsze. Wy macie prawdziwe ciała, my nie. A jednak musisz pójść z nami.

— Nie. Jeśli jestem silniejszy, musicie mnie słuchać. Poza tym mam nóż, więc mogę wam rozkazywać: pomóżcie mi znaleźć Lyrę. Wszystko mi jedno, ile czasu to zajmie, najpierw ją znajdę, a potem pójdę do Lorda Asriela.

Dwie postacie milczały przez kilka sekund. Potem odpłynęły i rozmawiały ze sobą, chociaż Will nie słyszał ani słowa.

Wreszcie znowu się zbliżyły i usłyszał:

— Dobrze. Popełniasz błąd, chociaż nie dajesz nam wyboru. Pomożemy ci znaleźć to dziecko.

Will próbował przebić wzrokiem ciemność i przyjrzeć im się dokładniej, ale deszcz zalewał mu oczy.

— Podejdźcie bliżej, żebym was obejrzał — poprosił.

Cienie zbliżyły się, ale wyglądały jeszcze bardziej niewyraźnie.

— Czy zobaczę was lepiej w dziennym świetle?

17

— Nie, gorzej. Nie mamy wysokiej rangi wśród aniołów.

— No, skoro was nie widzę, nikt inny też was nie zobaczy, więc możecie tak zostać. Idźcie się rozejrzeć za śladami Lyry. Nie mogła odejść daleko. Kobieta... zabrała ją kobieta... będą razem. Idźcie poszukać, a potem wróćcie i powiedzcie mi, co znalazłyście.

Anioły uniosły się w burzliwą noc i zniknęły. Will poczuł, że przytłacza go wielki ciężar; już przed walką z ojcem zostało mu niewiele sił, a teraz był wykończony. Chciał tylko zamknąć oczy, zapuchnięte i piekące od łez.

Naciągnął płaszcz na głowę, przycisnął plecak do piersi i momentalnie zasnął.

— Nigdzie — powiedział głos.

Will usłyszał go w głębinach snu i usiłował się obudzić. Wreszcie (co zajęło prawie minutę, ponieważ tak mocno spał) zdołał otworzyć oczy na jasne światło poranka.

— Gdzie jesteś? — zapytał.

— Obok ciebie — odpowiedział anioł. — Tutaj.

Słońce niedawno wstało, skały pokryte mchem i porostami lśniły w porannym blasku, ale nigdzie nie widać było mglistej postaci.

— Mówiłem, że w dzień będzie trudniej — ciągnął głos. — Najlepiej nas widać w półmroku, o zmierzchu lub o świcie; trochę gorzej w ciemnościach; najgorzej w słońcu. Mój towarzysz i ja przeszukaliśmy podnóża góry i nie znaleźliśmy ani kobiety, ani dziecka. Ale jest tam jezioro błękitnej wody, nad którym musiała obozować. Leży tam martwy mężczyzna i czarownica zjedzona przez upiora.

— Martwy mężczyzna? Jak wygląda?

— Przekroczył sześćdziesiątkę. Mięsisty, o gładkiej skórze. Srebrnosiwe włosy. Ubrany bogato, zostały na nim ślady mocnego zapachu.

— Sir Charles — stwierdził Will. — To na pewno on.

18

Widocznie pani Coulter go zabiła. No, przynajmniej jedna dobra wiadomość.

— Zostawiła ślady. Mój towarzysz ją śledzi i powróci, kiedy dowie się, dokąd poszła. Ja zostanę z tobą.

Will podniósł się i rozejrzał dookoła. Burza oczyściła powietrze, poranek był rześki i pogodny, co tylko podkreślało ponury charakter najbliższej scenerii — wokół leżały zwłoki kilku czarownic, które eskortowały Willa i Lyrę na spotkanie z jego ojcem. Padlinożerna wrona rozdzierała już brutalnym dziobem twarz jednej z nich, a w górze krążył większy ptak, jakby wybierał najsmakowitszy łup.

Will obejrzał wszystkie ciała po kolei, ale żadne nie należało do Serafiny Pekkali, królowej klanu czarownic, najlepszej przyjaciółki Lyry. Potem przypomniał sobie: chyba odleciała niedługo przed zmierzchem, żeby załatwić jakąś inną sprawę.

Więc może jeszcze żyła. Pocieszyła go ta myśl i rozejrzał się, szukając jej śladów na horyzoncie, ale wszędzie widział tylko błękitne niebo i ostre skały.

— Gdzie jesteś? — zapytał anioła.

— Obok ciebie — odpowiedział głos — jak zawsze.

Will spojrzał w lewo, skąd dochodził głos, ale niczego nie zobaczył.

— Więc nikt cię nie widzi. Czy ktoś inny może cię usłyszeć tak wyraźnie jak ja?

— Nie, jeśli szepczę — odparł cierpko anioł.

— Jak się nazywasz? Czy macie imiona?

— Tak, mamy. Nazywam się Balthamos. Mój towarzysz nazywa się Baruch.

Will zastanowił się, co robić. Jeśli wybierze jedną drogę z wielu, wszystkie niewybrane zgasną jak zdmuchnięty płomień świecy, jakby nigdy nie istniały. W tej chwili wszystkie wybory Willa istniały jednocześnie. Ale żeby zachować je wszystkie, należało nic nie robić. Musiał w końcu dokonać wyboru.

— Wrócimy na dół — oznajmił. — Pójdziemy do jeziora. Może tam jest coś, co mi się przyda. Zresztą i tak pić mi się chce. Wybiorę drogę, a ty możesz mną pokierować, jeśli zabłądzę.

Dopiero po kilku minutach schodzenia po skalistym zboczu, gdzie nie prowadził żaden szlak, Will zorientował się, że ręka go nie boli. Właściwie nie myślał o swojej ranie, odkąd się obudził.

Przystanął i spojrzał na szorstki materiał, którym ojciec owinął mu rękę po walce. Szmata lepiła się od maści nałożonej na ranę, ale nie widać było ani śladu krwi. Uporczywe krwawienie po utracie palców tak go wyczerpało, że teraz serce w nim podskoczyło z radości.

Na próbę poruszył palcami. Prawda, rany wciąż bolały, ale inaczej: nie był to głęboki, męczący ból z poprzedniego dnia, tylko stępione, złagodzone pieczenie. Czuł, że rana się goi. Dzięki ojcu. Zaklęcie czarownic zawiodło, ale ojciec go uleczył.

Podniesiony na duchu, ruszył dalej w dół zbocza.

Potrzebował trzech godzin i kilku wskazówek, żeby dotrzeć do małego błękitnego jeziora. Zanim je odnalazł, był zgrzany i spragniony, w palącym słońcu płaszcz ciążył mu coraz bardziej; chociaż pożałował, kiedy go zdjął, bo spiekł sobie kark i nagie ramiona. Rzucił płaszcz i plecak, przebiegł ostatnie kilka metrów, padł na twarz i łykał haustami lodowatą wodę. Woda była tak zimna, że rozbolały go zęby i głowa.

Zaspokoiwszy pragnienie, usiadł i rozejrzał się dookoła. Poprzedniego dnia nie był w stanie dostrzec szczegółów, teraz jednak zobaczył wyraźnie intensywną barwę wody i usłyszał przenikliwe brzęczenie owadów.

— Balthamos?

— Zawsze przy tobie.

— Gdzie jest ten martwy mężczyzna?

— Za wysoką skałą na prawo.

— Czy są w pobliżu jakieś upiory?

— Nie, nie ma.

Will podniósł plecak i płaszcz i ruszył brzegiem jeziora do skały, którą wskazał Balthamos.

Za nią zobaczył małe obozowisko, z pięcioma czy sześcioma namiotami i resztkami ognisk. Zszedł na dół ostrożnie na wypadek, gdyby ktoś jeszcze żył i ukrywał się. Lecz panowała tam całkowita cisza, tylko nieznacznie zakłócana przez głosy owadów. Namioty stały milczące, na spokojnej tafli wody jeszcze rozchodziły się powoli kręgi od miejsca, gdzie wcześniej pił. Wzdrygnął się, kiedy coś zielonego mignęło obok jego stopy, ale to była tylko mała jaszczurka.

Namioty wykonano z tkaniny o kamuflujących barwach, przez co jeszcze wyraźniej odcinały się od skał w kolorze zgaszonej czerwieni. Zajrzał do pierwszego, który okazał się pusty. Podobnie drugi, ale w trzecim odkrył coś cennego: menażkę i pudełko zapałek. Znalazł również pasek jakiejś ciemnej substancji, długiej i grubej jak jego przedramię. Początkowo wziął to za skórę, ale w świetle słońca zobaczył, że to było suszone mięso.

No, przecież miał nóż. Odciął cienki plasterek, który dał się pogryźć i smakował całkiem dobrze, był tylko leciutko słonawy. Will włożył mięso, zapałki i menażkę do plecaka i przeszukał inne namioty, również puste.

Największy zostawił sobie na koniec.

— Czy tam jest martwy mężczyzna? — rzucił w powietrze.

— Tak — potwierdził Balthamos. — Został otruty.

Will ostrożnie podszedł do wejścia, otwierającego się na jezioro. Obok przewróconego brezentowego krzesełka spoczywały zwłoki człowieka — znanego w świecie Willa jako sir Charles Latrom, a w świecie Lyry jako Lord Boreal — który ukradł jej aletheiometr, a ta kradzież z kolei doprowadziła Willa do samego zaczarowanego noża. Sir Charles był sprytny, nieuczciwy i potężny, ale teraz był martwy. Twarz miał nieprzyjemnie wykrzywioną i Will nie chciał na nią patrzeć, ale zerknąwszy w głąb

21

namiotu, zobaczył wiele rzeczy wartych zabrania, więc przeszedł nad ciałem, żeby się rozejrzeć.

Jego ojciec, żołnierz, odkrywca, wiedziałby dokładnie, co zabrać. Will musiał zgadywać. Wziął małe szkło powiększające w stalowej kasetce, ponieważ mógł go używać do rozpalania ognia i oszczędzać zapałki; zwój mocnego sznurka; metalową manierkę na wodę, znacznie lżejszą niż jego bukłak z koziej skóry, i mały blaszany kubek; małą lornetkę; rulon złotych monet wielkości męskiego kciuka, zawinięty w papier; apteczkę; tabletki do oczyszczania wody; paczkę kawy; trzy paczuszki prasowanych suszonych owoców; torebkę owsianych herbatników; sześć miętowych batonów Kendala; pudełko haczyków na ryby i nylonową linkę; wreszcie notes i kilka ołówków oraz małą elektryczną latarkę.

Zapakował wszystko do plecaka, odciął następny plasterek mięsa, napełnił manierkę wodą z jeziora i powiedział do Balthamosa:

— Myślisz, że potrzebuję czegoś jeszcze?

— Przydałoby ci się trochę rozsądku — padła odpowiedź. — Ta cecha pomaga rozpoznać mądrość, okazywać jej szacunek i posłuszeństwo.

— Ty jesteś mądry?

— Znacznie mądrzejszy od ciebie.

— No, sam nie wiem. Czy jesteś człowiekiem? Mówisz jak człowiek.

— Baruch był człowiekiem. Ja nie. Teraz jest aniołem.

— Więc... — Will przerwał swoje czynności, czyli pakowanie plecaka w ten sposób, żeby najcięższe przedmioty znalazły się na dnie, i spróbował zobaczyć anioła. Nie zobaczył nic.

— Więc on był człowiekiem — ciągnął — a potem... Czy ludzie zmieniają się po śmierci w anioły? Czy tak się dzieje?

— Nie zawsze. Nie w większości przypadków... Bardzo rzadko.

— Więc kiedy on żył?

— Cztery tysiące lat temu, mniej więcej. Ja jestem znacznie starszy.

— I żył w moim świecie? Czy w świecie Lyry? Czy w tym?

— W twoim. Ale istnieją miriady światów. Wiesz o tym.

— Ale jak ludzie zmieniają się w anioły?

— Po co te metafizyczne spekulacje?

— Po prostu chcę wiedzieć.

— Lepiej trzymaj się swoich zadań. Zrabowałeś własność tego zmarłego, masz wszystkie zabawki potrzebne ci do życia; możemy ruszać dalej?

— Kiedy się dowiem, w którą stronę mam iść.

— Dokądkolwiek pójdziemy, Baruch nas znajdzie.

— Więc znajdzie nas także, jeśli tu zostaniemy. Mam jeszcze coś do zrobienia.

Will usiadł tam, skąd nie widział ciała sir Charlesa, i zjadł trzy miętowe batony Kendala. Poczuł się cudownie odświeżony i wzmocniony, kiedy jedzenie wypełniło mu żołądek. Potem znowu spojrzał na aletheiometr. Każdy z trzydziestu sześciu małych obrazków namalowanych na kości słoniowej był idealnie wyraźny: Will nie miał wątpliwości, że jeden przedstawia dziecko, drugi szczeniaka, a kolejny bochenek chleba i tak dalej. Nie rozumiał tylko ich znaczenia.

— Jak Lyra to odczytywała? — zapytał Balthamosa.

— Całkiem możliwe, że zmyślała. Ci, którzy używają tych instrumentów, studiują przez wiele lat i nawet potem rozumieją je tylko z pomocą wielu podręczników.

— Lyra nie zmyślała. Naprawdę go odczytywała. Mówiła mi rzeczy, których nie mogła wiedzieć.

— Więc zapewniam cię, że dla mnie to również tajemnica — oświadczył anioł.

Patrząc na aletheiometr, Will przypomniał sobie, co mówiła Lyra o odczytywaniu: że musiała osiągnąć odpowiedni stan umysłu, żeby instrument zadziałał. Z kolei jemu pomagało to wyczuć subtelności srebrnego ostrza.

23

Kierowany ciekawością, wyjął nóż i wyciął w powietrzu małe okienko przed sobą. Za oknem zobaczył tylko błękit nieba, ale w dole, daleko w dole, rozciągały się pola i lasy; niewątpliwie jego własny świat.

Więc góry w tym świecie nie odpowiadały górom w jego świecie. Zamknął okno, po raz pierwszy posługując się lewą ręką. Co za radość, że znowu mógł jej używać!

Potem coś mu przyszło do głowy tak nagle, że poczuł niemal elektryczny wstrząs.

Jeśli istniały miriady światów, dlaczego nóż otwierał okno tylko pomiędzy tym światem a jego własnym? Przecież powinien wcinać się w każdy z nich.

Ponownie podniósł nóż i pozwolił, żeby jego umysł przepłynął do samego koniuszka ostrza, jak go uczył Giacomo Paradisi, aż jego świadomość spoczęła pomiędzy samymi atomami i wyczuwała każdą drobną zmarszczkę, każdą rafę w powietrzu.

Zamiast ciąć, jak tylko poczuł pierwszy lekki opór, co zwykle robił, przesunął nóż do następnego i następnego. To przypominało naciskanie na linię szwów tak delikatnie, żeby żadnego nie naruszyć.

— Co robisz? — zapytał głos z powietrza, przywracając go do rzeczywistości.

— Badania — odparł Will. — Bądź cicho i odsuń się. Jeśli podejdziesz bliżej, skaleczę cię, bo nie mogę cię ominąć, skoro cię nie widzę.

Balthamos wydał stłumiony pomruk niezadowolenia. Will ponownie wyciągnął nóż, próbował wyczuć drobniutkie opory i przeszkody. Było ich znacznie więcej, niż się spodziewał. A ponieważ wyczuwał je i nie potrzebował od razu ciąć, odkrył, że różnią się między sobą: jedna była twarda i wyraźna, druga mglista; trzecia śliska; czwarta krucha i łamliwa...

Lecz wśród wszystkich niektóre wyczuwał łatwiej i znając już odpowiedź, przeciął jedną dla pewności: znowu jego świat.

Zamknął go i wymacał czubkiem noża zaczep o innych cechach. Znalazł taki, który był elastyczny i oporny, i przesunął przez niego nóż.

Tak! Świat, który zobaczył przez okno, nie był jego światem: ziemia leżała bliżej, krajobraz nie przedstawiał zielonych pól i żywopłotów, tylko pustynię z falującymi wydmami.

Zamknął go i otworzył następny: zadymione powietrze nad przemysłowym miastem, szeregi skutych, posępnych robotników człapiących do fabryki.

Zamknął również ten świat i wrócił do rzeczywistości. Trochę kręciło mu się w głowie. Po raz pierwszy zrozumiał prawdziwą moc noża, więc bardzo ostrożnie odłożył go na głaz przed sobą.

— Zamierzasz tutaj siedzieć przez cały dzień? — zapytał Balthamos.

— Myślę. Można łatwo przenosić się z jednego świata do drugiego tylko wtedy, kiedy grunt jest na tym samym poziomie. Może w niektórych miejscach tak jest i może właśnie tam najwięcej się przecina... I musiałbyś wiedzieć, jaki jest twój własny świat pod czubkiem noża, bo inaczej mógłbyś nigdy nie wrócić. Zgubiłbyś się na zawsze.

— Istotnie. Ale czy możemy...

— I musiałbyś wiedzieć, który świat ma grunt w tym samym miejscu, bo inaczej nie ma sensu go otwierać — mówił Will bardziej do siebie niż do anioła. — Więc to nie jest takie łatwe, jak myślałem. Chyba w Oksfordzie i Cittàgazze mieliśmy po prostu szczęście. Ale chciałbym tylko...

Znowu wziął do ręki nóż. Oprócz czystego i wyraźnego uczucia, którego doznał, kiedy dotknął punktu otwarcia do własnego świata, więcej niż raz doświadczył sensacji innego rodzaju: swoistego rezonansu, jakby uderzał w ciężki drewniany bęben, tylko że oczywiście rezonans dotarł do niego, jak wszystkie inne, poprzez najlżejsze drgnienie pustego powietrza.

Tam. Cofnął dłoń i pomacał gdzie indziej: znowu.

25

Przeciął i stwierdził, że odgadł prawidłowo. Rezonans oznaczał, że grunt w otwartym świecie znajdował się na tym samym miejscu co w tym świecie. Will spoglądał na trawiasty płaskowyż pod pochmurnym niebem, gdzie pasło się stado spokojnych zwierząt — jakich nigdy jeszcze nie widział — zwierząt wielkości bizona, z szerokimi rogami, kosmatym niebieskim futrem i sztywną grzywą na karku.

Przeszedł na drugą stronę. Najbliższe zwierzę podniosło obojętny wzrok, po czym wróciło do skubania trawy. Zostawiwszy otwarte okno, Will na łące obcego świata wyczuł czubkiem noża znajome zaczepy i wypróbował je.

Tak, z tego świata mógł otworzyć swój własny, i wciąż znajdował się wysoko nad farmami i żywopłotami; łatwo mógł odnaleźć silny rezonans oznaczający świat Città-gazze, który właśnie opuścił.

Z głęboką ulgą wrócił do obozu nad jeziorem, zamykając wszystkie okna za sobą. Teraz mógł znaleźć drogę do domu; teraz się nie zgubi; mógł się ukryć w razie potrzeby i przemieszczać bezpiecznie.

Z każdym następnym okruchem wiedzy rosła jego siła. Wsunął nóż za pas i zarzucił plecak na ramię.

— No, jesteś już gotowy? — zapytał sarkastyczny głos.

— Tak. Wyjaśnię ci wszystko, jeśli chcesz, ale nie wydajesz się zainteresowany.

— Och, twoje postępowanie jest dla mnie źródłem nieustannej fascynacji. Ale nie przejmuj się mną. Co zamierzasz powiedzieć tym ludziom, którzy nadchodzą?

Will rozejrzał się zaskoczony. Na szlaku, daleko w dole, zobaczył sznur podróżnych z jucznymi końmi, wędrujących wytrwale w stronę jeziora. Jeszcze go nie spostrzegli, ale wkrótce to nastąpi, jeśli nie ruszy się z miejsca.

Will zwinął płaszcz ojca, który wcześniej rozłożył na kamieniach w słońcu. Po wyschnięciu płaszcz ważył znacznie mniej. Rozejrzał się: nie mógł unieść nic więcej.

— Idziemy dalej — oznajmił.

Chciał przewinąć bandaż, ale to mogło zaczekać. Ruszył brzegiem jeziora, a anioł podążał za nim, niewidzialny w jasnym powietrzu.

Znacznie później tego samego dnia zeszli z nagich skał na ostrogę porośniętą trawą i karłowatymi rododendronami. Will marzył o odpoczynku i zdecydował, że wkrótce zrobi postój.

Niewiele usłyszał od anioła. Od czasu do czasu Balthamos mówił: „Nie tędy" albo „Po lewej jest łatwiejsza ścieżka", a Will przyjmował radę; ale w rzeczywistości szedł, żeby iść i oddalić się od tamtych wędrowców, ponieważ dopóki nie wrócił drugi anioł z wiadomościami, równie dobrze mogli zostać na miejscu.

Teraz, kiedy słońce zachodziło, zaczynał widzieć swojego dziwnego towarzysza. Sylwetka człowieka zdawała się drgać w świetle, a powietrze wewnątrz niej zgęstniało.

— Balthamos? — zagadnął Will. — Chciałbym znaleźć strumień. Czy jest jakiś w pobliżu?

— Jest źródło w połowie zbocza — odparł anioł — tuż przed tymi drzewami.

— Dziękuję — powiedział Will.

Znalazł źródełko, napił się do syta i napełnił manierkę. Zanim jednak zdążył zejść do niewielkiego zagajnika, usłyszał okrzyk Balthamosa. Odwrócił się i zobaczył jego sylwetkę mknącą ponad zboczem w stronę... czego? Właściwie zobaczył anioła tylko jako przelotny cień i widział go lepiej, kiedy nie patrzył wprost na niego, ale zdawało mu się, że Balthamos zatrzymał się, nasłuchiwał, a potem śmignął w górę i wyhamował z powrotem obok Willa.

— Tutaj! — zawołał głosem przynajmniej raz wolnym od sarkazmu i pretensji. — Baruch poszedł tędy! I tu jest jedno okno, prawie niewidoczne. Chodź... chodź. Chodź zaraz.

27

Will pospieszył za nim, zapominając o zmęczeniu. Okno, jak zobaczył po chwili, otwierało się na mroczny krajobraz przypominający tundrę, bardziej płaski niż góry świata Cittàgazze i zimniejszy pod zachmurzonym niebem. Przeszedł na drugą stronę, a Balthamos natychmiast do niego dołączył.

— Który to świat? — zapytał Will.

— Świat tej dziewczyny. Tędy przeszły. Baruch ruszył za nimi, żeby je śledzić.

— Skąd wiesz, gdzie on jest? Czytasz w jego myślach?

— Oczywiście, że czytam w jego myślach. Dokądkolwiek pójdzie, moje serce podąża za nim; czujemy jak jeden, chociaż jest nas dwóch.

Will rozejrzał się, ale nie zobaczył ani śladu ludzkiej działalności. Chłód w powietrzu zwiększał się z każdą chwilą, w miarę jak zapadał zmrok.

— Nie chcę tutaj nocować — oświadczył Will. — Zostaniemy na noc w świecie Ci'gazze i przejdziemy tu rano. Przynajmniej tam jest las i mogę rozpalić ogień. Teraz, kiedy wiem, jak wyczuć jej świat, mogę go znaleźć nożem... Och, Balthamos? Możesz przybrać inną postać?

— Po co?

— W tym świecie istoty ludzkie mają dajmony i jeśli nie będę takiego miał, wzbudzę podejrzenia. Lyra za pierwszym razem przestraszyła się mnie z tego powodu. Więc jeśli zamierzamy podróżować po tym świecie, musisz udawać moją dajmonę i przybrać postać jakiegoś zwierzęcia. Najlepiej ptaka. Wtedy przynajmniej możesz latać.

— Och, jakie to męczące.

— Ale możesz?

— Mógłbym...

— Więc zrób to zaraz. Chcę zobaczyć.

Sylwetka anioła jakby skondensowała się, tworząc niewielki wir w powietrzu, a potem czarny kos sfrunął na trawę u stóp Willa.

— Usiądź na moim ramieniu — zaproponował Will.

Ptak wykonał polecenie, po czym przemówił znajomym ironicznym głosem anioła:

— Zrobię to tylko w razie absolutnej konieczności. To niewymowne upokorzenie.

— Szkoda — stwierdził Will. — W tym świecie za każdym razem, kiedy spotkamy ludzi, musisz zmienić się w ptaka. Sprzeciwy i narzekania nie mają sensu. Po prostu zrób to.

Kos sfrunął z jego ramienia i rozpłynął się w powietrzu, a zamiast niego pojawił się nadąsany anioł. Zanim przeszli z powrotem przez okno, Will rozejrzał się uważnie i powąchał powietrze, żeby lepiej zapamiętać świat, gdzie więziono Lyrę.

— Gdzie jest teraz twój towarzysz? — zapytał.

— Idzie za kobietą na południe.

— Więc my też pójdziemy w tę stronę, rano.

Następnego dnia Will wędrował przez wiele godzin i nikogo nie spotkał. Krajobraz tworzyły głównie niskie wzgórza porośnięte krótką, suchą trawą. Na każdym wzniesieniu terenu Will rozglądał się, szukając śladów ludzkiej działalności, ale nie znalazł żadnych. Jedyne urozmaicenie pylistej zielono-brązowej pustki stanowiła odległa smużka ciemniejszej zieleni, do której zmierzał, ponieważ Balthamos powiedział, że to jest las z rzeką płynącą na południe. Kiedy słońce stało w zenicie, Will daremnie próbował przespać się wśród niskich krzaków. Pod wieczór czuł zmęczenie i stopy go bolały.

— Strasznie się wleczesz — zauważył zgryźliwie Balthamos.

— Nic na to nie poradzę — odparł Will. — Jeśli nie potrafisz powiedzieć nic pożytecznego, lepiej się nie odzywaj.

Zanim dotarli na skraj lasu, słońce opadło nisko, a powietrze było ciężkie od pyłku. Will kichnął kilka razy i spłoszył ptaka, który z wrzaskiem poderwał się z pobliskich zarośli.

— Pierwsze żywe stworzenie, które dzisiaj widziałem — stwierdził Will.

— Gdzie zamierzasz obozować? — zapytał Balthamos. Od czasu do czasu anioł stawał się widoczny w długich cieniach drzew. Na ile Will zdołał dostrzec, jego twarz wyrażała irytację.

— Muszę zatrzymać się gdzieś tutaj — powiedział Will. — Pomóż mi znaleźć dobre miejsce. Słyszę strumień... spróbuj go znaleźć.

Anioł znikł. Will wlókł się dalej przez niskie kępy wrzosu i mirtu, marząc o ścieżce dla znużonych stóp. Z obawą obserwował zapadający zmierzch: wkrótce musiał wybrać miejsce na nocleg albo ciemność odbierze mu możliwość wyboru.

— W lewo — powiedział głos bliski na wyciągnięcie ręki. — Strumień i uschłe drzewo na ognisko. Tędy...

Will poszedł za głosem anioła i wkrótce znalazł opisane miejsce. Bystry strumyk pluskał wśród omszałych głazów i wpadał przez skalny próg do wąskiej rozpadliny, ciemnej pod wiszącymi nisko gałęziami drzew. Za strumieniem trawiasty brzeg stawał się szerszy i dochodził do gęstych zarośli.

Zanim Will pozwolił sobie na odpoczynek, poszedł nazbierać drewna i wkrótce natrafił na krąg osmalonych kamieni w trawie, gdzie dawno temu ktoś rozpalił ognisko. Zebrał naręcz chrustu i grubszych gałęzi, które pociął nożem na kawałki odpowiedniej długości i spróbował podpalić. Nie znał żadnych sprawdzonych sposobów i zmarnował kilka zapałek, zanim zdołał podtrzymać płomień.

Anioł przyglądał mu się ze znużoną cierpliwością.

Rozpaliwszy ogień, Will zjadł dwa owsiane herbatniki, trochę suszonego mięsa i kawałek miętowego batonu Kendala, który popił zimną wodą. Balthamos siedział obok i milczał, wreszcie Will zapytał:

— Będziesz mnie pilnował przez cały czas? Nigdzie nie pójdę.

— Czekam na Barucha. On wkrótce wróci, a wtedy przestanę zwracać na ciebie uwagę, skoro sobie życzysz.

— Chcesz trochę jedzenia?

Balthamos drgnął lekko; odczuwał pokusę.

— To znaczy, nie wiem, czy ty w ogóle jesz — ciągnął Will — ale jeśli masz na coś ochotę, proszę bardzo.

— Co to jest? — zapytał niepewnie anioł, wskazując miętowy batonik Kendala.

— Głównie cukier, tak myślę, i mięta. Masz.

Will odłamał kwadracik i podał aniołowi. Balthamos schylił głowę i powąchał. Potem wziął poczęstunek; chłodne palce lekko musnęły wnętrze dłoni Willa.

— To chyba mnie nasyci — powiedział. — Jeden kawałek w zupełności wystarczy, dziękuję.

Usiadł i jadł w milczeniu. Will odkrył, że jeśli patrzył na ogień, widząc anioła tylko kątem oka, dostrzegał go znacznie wyraźniej.

— Gdzie jest Baruch? — zapytał. — Czy może porozumieć się z tobą?

— Czuję, że on jest blisko. Niedługo tu będzie. Kiedy wróci, porozmawiamy. Rozmowa jest najlepsza.

Zaledwie dziesięć minut później do ich uszu dobiegł łopot skrzydeł i Balthamos gorliwie wstał. W następnej chwili dwa anioły obejmowały się, a Will, patrząc w płomienie, widział ich wzajemną czułość. Bardziej niż czułość: kochali się namiętnie.

Baruch usiadł obok swojego towarzysza, a Will przegarnął ognisko i kłąb dymu przepłynął obok dwóch aniołów. Dym jakby obrysował ich ciała i po raz pierwszy Will zobaczył ich wyraźnie. Balthamos był smukły; wąskie skrzydła miał elegancko złożone za plecami, a twarz wyrażała wyniosłą pogardę połączoną z żarliwym, czułym współczuciem, jakby anioł mógł pokochać wszystkie stworzenia, gdyby tylko jego natura pozwoliła mu za-

31

pomnieć o ich wadach. Lecz z pewnością nie widział żadnych wad w Baruchu. Baruch wydawał się młodszy, zgodnie ze słowami samego Balthamosa, mocniej zbudowany, o śnieżnobiałych masywnych skrzydłach. Miał mniej skomplikowaną naturę; spoglądał na Balthamosa jak na źródło wszelkiej wiedzy i radości. Will poczuł się zaintrygowany i wzruszony ich wzajemną miłością.

— Dowiedziałeś się, gdzie jest Lyra? — zapytał niecierpliwie.

— Tak — odparł Baruch. — W Himalajach jest dolina, bardzo wysoko, w pobliżu lodowca, gdzie lód rozszczepia światło na tęczę. Narysuję ci mapę na ziemi, żebyś nie zabłądził. Dziewczynka jest uwięziona w jaskini wśród drzew, uśpiona przez kobietę.

— Uśpiona? A kobieta jest sama? Nie ma z nią żołnierzy?

— Tak, sama. Ukrywa się.

— Czy Lyry nie spotkała żadna krzywda?

— Nie. Ona tylko śpi i śni. Pokażę ci, gdzie one są.

Bladym palcem Baruch nakreślił mapę na gołej ziemi obok ogniska. Will wyjął notes i skopiował ją dokładnie. Przedstawiała lodowiec o dziwnym wężowym kształcie, spływający w dół pomiędzy trzema niemal identycznymi górskimi szczytami.

— Teraz — powiedział anioł — podejdziemy bliżej. Dolina z jaskinią schodzi od lewej strony lodowca, płynie przez nią rzeka zasilana topniejącym lodem. Początek doliny jest tutaj...

Narysował następną mapę, którą Will skopiował; a potem trzecią, jeszcze dokładniejszą, toteż Will poczuł, że znajdzie drogę bez trudu — pod warunkiem, że pokona sześć czy siedem tysięcy kilometrów dzielących tundrę od gór. Nóż wycinał przejścia pomiędzy światami, ale nie mógł skrócić odległości wewnątrz nich.

— Obok lodowca jest świątynia — zakończył Baruch — z czerwonymi jedwabnymi flagami, trochę podartymi przez wiatry. Mała dziewczynka przynosi żywność do jaskini. Oni myślą, że kobieta to święta, która ich pobłogosławi, jeśli zatroszczą się o jej potrzeby.

— Doprawdy — mruknął Will. — I ona się ukrywa... Nie rozumiem tego. Ukrywa się przed Kościołem?

— Tak się zdaje.

Will starannie poskładał mapy. Wcześniej postawił blaszany kubek na kamieniu na skraju ogniska, żeby zagrzać trochę wody. Teraz nasypał do niego kawy w proszku, zamieszał patykiem i owinął dłoń chusteczką, zanim podniósł kubek do ust.

Płonący patyk osunął się w ogień; odezwał się nocny ptak.

Nagle, bez żadnego widocznego powodu, anioły podniosły wzrok w tym samym kierunku. Podążył za ich spojrzeniem, ale nic nie zobaczył. Widział kiedyś, jak jego kotka zrobiła to samo: przebudziła się z drzemki i śledziła wzrokiem niewidzialne coś lub kogoś, kto przeszedł przez pokój. Sierść jej się zjeżyła i jemu też wtedy włosy stanęły dęba.

— Zgaś ogień — szepnął Balthamos.

Will zgarnął zdrową ręką garść ziemi i zasypał płomienie. Natychmiast chłód przeniknął go do kości, aż chłopiec zadrżał. Owinął się płaszczem i znowu podniósł wzrok.

Tym razem coś zobaczył: ponad chmurami jaśniał jakiś kształt, który nie był księżycem.

Will usłyszał stłumiony głos Barucha:

— Rydwan? Czy to możliwe?

— Co to jest? — szepnął Will.

Baruch nachylił się bliżej i odszepnął:

— Wiedzą, że tutaj jesteśmy. Znaleźli nas. Will, weź swój nóż i...

Nagle coś spadło z nieba i uderzyło w Balthamosa. W ułamku sekundy Baruch skoczył na pomoc, a Balthamos szarpał się, żeby uwolnić skrzydła. Trzy istoty szamotały się w ciemnościach niczym wielkie osy zaplątane w mocnej pajęczynie, nie wydając żadnego dźwięku; Will słyszał tylko trzaskanie gałązek i szelest liści deptanych przez walczących.

Nie mógł użyć noża: poruszali się zbyt szybko. Zamiast tego wyjął z plecaka elektryczną latarkę i zapalił.

Żaden nie spodziewał się tego. Napastnik rozłożył skrzydła, Balthamos zakrył oczy ramieniem i tylko Baruch wykazał tyle przytomności umysłu, żeby wytrzymać. Teraz Will zobaczył wroga: inny anioł, znacznie większy i silniejszy od nich, któremu Baruch zatykał ręką usta.

— Will! — krzyknął Balthamos. — Nóż... wytnij drogę! Szybko!

W tej samej chwili napastnik wyrwał się Baruchowi i krzyknął:

— Lordzie Regencie! Mam ich!

Od jego głosu Willowi zadzwoniło w uszach; nigdy jeszcze nie słyszał takiego krzyku. Po chwili anioł próbował wzbić się w powietrze, Will upuścił latarkę i skoczył do przodu. Zabił już wcześniej kliwucha, lecz użycie noża przeciwko istocie podobnej do niego okazało się znacznie trudniejsze. Niemniej opasał ramionami wielkie bijące skrzydła i ciął pióra raz za razem, aż powietrze wypełniło się wirującymi płatkami bieli, nawet w przypływie podniecenia pamiętając o słowach Balthamosa: „Ty masz prawdziwe ciało, my nie mamy". Istoty ludzkie były silniejsze od aniołów, i rzeczywiście: powalił anioła na ziemię.

Napastnik wciąż krzyczał przeszywającym głosem:

— Lordzie Regencie! Do mnie, do mnie!

Will zdołał zerknąć w górę i zobaczył kipiące, kłębiące się chmury, i ten blask — coś ogromnego — nabierający mocy, jakby same chmury świeciły energią niczym plazma.

— Will... odejdź i przetnij... zanim on nadejdzie...! — krzyknął Balthamos.

Lecz anioł walczył zawzięcie, aż wyswobodził jedno skrzydło i usiłował wzbić się w powietrze, i Will musiał go przytrzymać albo całkiem wypuścić. Baruch skoczył mu na pomoc i ciągnął do tyłu głowę napastnika mocno, coraz mocniej.

— Nie! — krzyknął ponownie Balthamos. — Nie! Rzucił się na Willa, potrząsał jego ręką, ramieniem, dłońmi. Napastnik próbował znowu krzyknąć, ale Baruch zatkał mu ręką usta. Z góry dobiegł głęboki warkot, niczym potężne dynamo, niemal poniżej progu słyszalności, chociaż wprawił w drżenie nawet atomy powietrza i przenikał Willa do szpiku kości.

— On nadchodzi... — niemal zaszlochał Balthamos i teraz Willowi częściowo udzielił się jego strach. — Proszę, proszę, Will...

Will podniósł wzrok.

Chmury rozstępowały się i przez mroczną wyrwę spadała ku nim jakaś postać: początkowo mała, ale zbliżając się, z sekundy na sekundę rosła i potężniała. Zmierzała prosto ku nim, wyraźnie w złych zamiarach; Will widział nawet jej oczy.

— Will, musisz uciekać — ponaglił go Baruch.

Will wstał, zamierzając powiedzieć: „Trzymajcie go mocno", ale zaledwie sformował w myślach te słowa, anioł opadł bezwładnie na ziemię, rozpłynął się niczym mgła i zniknął. Will rozejrzał się ogłupiały i zrobiło mu się niedobrze.

— Czy ja go zabiłem? — zapytał drżącym głosem.

— Musiałeś — odparł Baruch. — Ale teraz...

— Nienawidzę tego — oświadczył Will z pasją. — Naprawdę nienawidzę zabijania! Kiedy to się skończy?

— Musimy uciekać — odezwał się Balthamos słabym głosem. — Szybko, Will... szybko... proszę...

Obaj byli śmiertelnie wystraszeni.

Will pomacał w powietrzu czubkiem noża: każdy świat, byle nie ten. Ciął szybko i zerknął w górę: tamten anioł z nieba zbliżył się już i wyglądał przerażająco. Nawet z tej odległości i w tym ułamku czasu Will poczuł, że jakiś potężny, brutalny, bezlitosny intelekt przeniknął całą jego istotę.

A co więcej, miał włócznię... unosił ją do rzutu...

W tej samej chwili, kiedy anioł wstrzymał lot, wyprostował się i zamachnął, by rzucić włócznią, Will przeszedł za Balthamosem i Baruchem i zamknął za sobą okno. Kiedy jego palce dociskały ostatnie centymetry krawędzi, poczuł wstrząs powietrza — ale zdążył, był bezpieczny; włócznia przebiłaby go na wylot w tamtym świecie.

Stali na piaszczystej plaży pod jaśniejącym księżycem. Gigantyczne drzewa podobne do paproci rosły nieco cofnięte w głąb lądu; niskie wydmy ciągnęły się kilometrami wzdłuż brzegu. Było gorąco i parno.

— Kto to był? — zapytał wstrząśnięty Will, stojąc naprzeciwko dwóch aniołów.

— To był Metatron — odpowiedział Balthamos. — Powinieneś...

— Metatron? Kim on jest? Dlaczego atakował? I nie okłamujcie mnie.

— Musimy mu powiedzieć — zwrócił się Baruch do towarzysza. — Mogłeś to zrobić wcześniej.

— Tak, mogłem — przyznał Balthamos — ale byłem zły na niego i martwiłem się o ciebie.

— Więc powiedzcie mi teraz — zażądał Will. — I pamiętajcie, nie próbujcie mi rozkazywać... to nic nie da. Dla mnie liczy się tylko Lyra i moja matka. I taki — dodał pod adresem Balthamosa — jest sens wszystkich metafizycznych spekulacji, jak to nazwałeś.

Baruch powiedział:

— Chyba powinniśmy przekazać ci nasze informacje. Will, właśnie dlatego szukaliśmy ciebie i dlatego musimy cię zabrać do Lorda Asriela. Odkryliśmy sekret tego królestwa... świata Autorytetu... i musimy mu go przekazać. Czy jesteśmy tutaj bezpieczni? — dodał, rozglądając się nieufnie. — Nie ma przejścia?

— To jest inny świat. Inny wszechświat.

Piasek, na którym stali, był miękki, a zbocze pobliskiej diuny wyglądało zapraszająco. Mogli wędrować całymi kilometrami w blasku księżyca; byli zupełnie sami.

— Więc powiedzcie mi — powtórzył Will. — Powiedzcie mi o Metatronie i co to za sekret. Dlaczego ten anioł nazywał go Regentem? I co to jest Autorytet? Czy to Bóg?

Usiadł, a dwa anioły, w księżycowej poświacie widoczne wyraźnie jak jeszcze nigdy, usiadły obok niego.

Balthamos powiedział cicho:

— Autorytet, Bóg, Stwórca, Pan, Jahwe, El, Adonai, Król, Ojciec, Wszechmogący... te wszystkie imiona sam sobie nadał. Nigdy nie był stwórcą. Był aniołem jak my... pierwszym aniołem, to prawda, najpotężniejszym, ale został stworzony z Pyłu jak my, a Pył jest tylko nazwą na to, co się dzieje, kiedy materia zaczyna rozumieć samą siebie. Materia kocha materię. Pragnie dowiedzieć się więcej o sobie i tworzy się Pył. Pierwsi aniołowie skondensowali się z Pyłu, a Autorytet był z nich najpierwszy. Powiedział tym, którzy przyszli po nim, że ich stworzył, ale kłamał. Jedna z tych, którzy przyszli później, była mądrzejsza od niego i odkryła prawdę, więc ją wygnał. Wciąż jej służymy. Tymczasem Autorytet wciąż panuje w swoim królestwie, a Metatron jest jego Regentem. Ale tego, co odkryliśmy na Pochmurnej Górze, nie możemy ci powiedzieć. Przysięgliśmy sobie nawzajem, że pierwszy usłyszy to sam Lord Asriel.

— Więc powiedzcie mi, ile możecie. Nie trzymajcie mnie w niewiedzy.

— Znaleźliśmy drogę do Pochmurnej Góry — powiedział Baruch i natychmiast się zreflektował: — Przepraszam; zbyt łatwo używamy tych określeń. Czasami nazywają ją Rydwanem. Widzisz, ona nie stoi w jednym miejscu, tylko wędruje. Gdziekolwiek się zatrzyma, tam jest serce królestwa, jego cytadela, jego pałac. Kiedy Autorytet był młody, nie była otoczona chmurami, ale z czasem gromadził ich coraz więcej wokół siebie. Nikt nie widział wierzchołka od tysięcy lat. Dlatego teraz jego cytadelę nazywają Pochmurna Góra.

— Co tam znaleźliście?

— Sam Autorytet mieszka w komnacie w sercu góry. Nie mogliśmy się zbliżyć, chociaż go widzieliśmy. Jego moc...

— Przekazał wiele swojej mocy — wtrącił Balthamos — Metatronowi, jak mówiłem. Widziałeś, jak on wygląda. Już dawniej przed nim uciekaliśmy, a teraz znowu nas zobaczył, i co gorsza, zobaczył ciebie i nóż. Przecież mówiłem...

— Balthamosie — łagodnie przerwał mu Baruch — nie strofuj Willa. Potrzebujemy jego pomocy i to nie jego wina, że nie wiedział tego, czego sami tak długo nie mogliśmy odkryć.

Balthamos odwrócił wzrok.

— Więc nie zdradzicie mi swojego sekretu? — zapytał Will. — No dobrze. Powiedzcie mi zamiast tego: co się z nami dzieje po śmierci?

Balthamos spojrzał na niego ze zdumieniem.

Baruch powiedział:

— No, istnieje świat zmarłych. Gdzie jest i co tam się dzieje, nie wie nikt. Mój duch dzięki Balthamosowi nigdy tam nie odszedł: jestem tym, czym niegdyś był duch Barucha. Świat zmarłych jest dla nas równie tajemniczy.

— To obóz więzienny — oznajmił Balthamos. — Autorytet tak ustanowił w dawnych wiekach. Dlaczego chcesz wiedzieć? Zobaczysz w swoim czasie.

— Mój ojciec niedawno umarł, dlatego chcę wiedzieć. Powiedziałby mi wszystko, co odkrył, gdyby go nie zabito. Mówisz, że to świat... czyli świat jak ten, inny wszechświat?

Balthamos spojrzał na Barucha, który wzruszył ramionami.

— A co się dzieje w świecie zmarłych? — nie ustępował Will.

— Trudno powiedzieć — odparł Baruch. — Wszystko tam jest tajemnicą. Nawet Kościoły nie wiedzą; mówią swoim wiernym, że pójdą do nieba, ale to kłamstwo. Gdyby ludzie naprawdę wiedzieli...

— A duch mojego ojca tam odszedł.

— Niewątpliwie, podobnie jak niezliczone miliony, które zmarły wcześniej.

Will poczuł, że wyobraźnia go zawodzi.

— A dlaczego nie poszliście prosto do Lorda Asriela ze swoim sekretem, czymkolwiek jest, zamiast mnie szukać?

— Nie byliśmy pewni — wyjaśnił Balthamos — czy nam uwierzy, chyba że pokażemy mu dowód swoich dobrych zamiarów. Dwa anioły niskiej rangi wobec wszystkich potęg, z jakimi ma do czynienia... dlaczego miałby traktować nas poważnie? Ale gdybyśmy pokazali mu nóż i jego właściciela, mógłby nas wysłuchać. Nóż to potężna broń i Lord Asriel chciałby cię mieć po swojej stronie.

— No, bardzo mi przykro — powiedział Will — ale dla mnie to mało przekonujące. Jeśli jesteście pewni swojego sekretu, nie potrzebujecie dodatkowego pretekstu, żeby spotkać się z Lordem Asrielem.

— Jest inny powód — wyjaśnił Baruch. — Wiedzieliśmy, że Metatron będzie nas ścigał, więc musieliśmy dopilnować, żeby nóż nie wpadł w jego ręce. Gdybyśmy cię przekonali, żeby najpierw pójść do Lorda Asriela, to przynajmniej...

— O nie, nic z tych rzeczy — oświadczył Will. — Wy mi utrudniacie znalezienie Lyry zamiast pomagać. Ona jest najważniejsza, a wy całkiem o niej zapominacie. Ale ja nie. Czemu nie pójdziecie do Lorda Asriela i nie zostawicie mnie samego? Zmuście go, żeby was wysłuchał. Możecie do niego dolecieć znacznie szybciej, niż ja dotrę na piechotę, a ja tak czy owak najpierw znajdę Lyrę. Więc odejdźcie. Zostawcie mnie. Idźcie sobie.

— Ale ty mnie potrzebujesz — przypomniał sztywno Balthamos — bo mogę udawać twą dajmonę, a w świecie Lyry bez tego będziesz się wyróżniał.

Will był zbyt rozgniewany, żeby odpowiedzieć. Wstał i odszedł dwadzieścia kroków po miękkim, głębokim piasku, a potem przystanął, zmożony upałem i wilgocią. Odwrócił się i zobaczył dwa anioły pogrążone w poufnej rozmowie. Potem podeszły do niego, pokorne i zakłopotane, ale również dumne.

Baruch powiedział:

— Przepraszamy. Polecę sam do Lorda Asriela, przekażę mu nasze informacje i poproszę go, żeby przysłał ci pomoc do odszukania córki. Lot zajmie mi dwa dni, jeśli nie zabłądzę.

— A ja zostanę z tobą, Willu — powiedział Balthamos.

— Dziękuję — mruknął Will.

Dwa anioły uściskały się serdecznie. Potem Baruch objął Willa i ucałował w oba policzki. Pocałunek był lekki i chłodny, jak dłonie Balthamosa.

— Jeśli wyruszymy tam, gdzie jest Lyra, znajdziesz nas? — zapytał Will.

— Nigdy nie zgubię Balthamosa — odparł Baruch i cofnął się o krok.

Potem skoczył w powietrze, poszybował w niebo i zniknął wśród rozproszonych gwiazd. Balthamos odprowadzał go wzrokiem z rozpaczliwą tęsknotą.

— Przenocujemy tutaj czy ruszamy dalej? — zapytał wreszcie, odwracając się do Willa.

— Przenocujemy tutaj — odpowiedział Will.

— Więc śpij, a ja stanę na warcie. Traktowałem cię szorstko i nie miałem racji. Dźwigasz wielki ciężar, a ja powinienem ci pomagać, zamiast cię besztać. Odtąd postaram się zachowywać uprzejmiej.

Will położył się więc na ciepłym piasku, a gdzieś w pobliżu anioł pełnił straż; ale niewielka to była pociecha.

— *Wyciągnę nas stąd, Roger, obiecuję. I Will przyjdzie, na pewno!*

Nie rozumiał. Rozłożył blade ręce i pokręcił głową.

— *Nie wiem, kto to jest, i on tutaj nie przyjdzie —* odparł — *a jeśli przyjdzie, to mnie nie pozna.*

— *On przyjdzie do mnie —* powiedziała — *i razem z Willem... Och, Roger, nie wiem jak, ale przysięgam, że pomożemy. I nie zapominaj, że inni są po naszej stronie. Jest Serafina i Iorek, i...*

3

Ścierwniki

W proch kości się kruszą,
Rdza miecz zżarła; duszę
Wzięli święci, tuszę *.

S. T. Coleridge

Serafina Pekkala, królowa klanu czarownic z Jeziora Enara, szlochała, lecąc po mglistym niebie Arktyki. Szlochała z wściekłości, strachu i skruchy: wściekłości na tę Coulter, którą poprzysięgła zabić; strachu przed tym, co spotkało jej ukochany kraj; i skruchy... później stawi czoło wyrzutom sumienia.

Tymczasem spoglądała z góry na topniejącą czapę lodową, zalane nizinne lasy, wezbrane morze i serce ją bolało.

Lecz nie zatrzymała się, żeby odwiedzić rodzinny kraj, pocieszyć swoje siostry i dodać im odwagi. Leciała dalej i dalej na północ, w mgły i sztormy wokół Svalbardu, królestwa Iorka Byrnisona, pancernego niedźwiedzia.

Ledwie rozpoznała największą wyspę. Góry były nagie i czarne, zaledwie nieliczne ukryte doliny odwrócone od

---

* „Mogiła rycerza", tłum. S. Kryński.

słońca zachowały trochę śniegu w ocienionych zakąt-kach; ale co tu robiło słońce o tej porze roku? Wszystkie prawa przyrody zostały zmienione.

Prawie cały dzień szukała króla-niedźwiedzia. Do-strzegła go wśród skał na północnym krańcu wyspy, płynącego szybko za morsem. Niedźwiedziom trudniej było zabijać w wodzie; kiedy ziemię skuwał lód i wielkie morskie ssaki musiały wypływać na powierzchnię, żeby odetchnąć, niedźwiedzie miały przewagę kamuflażu, ofiary zaś nie były w swoim żywiole. Tak powinno się polować.

Iorek Byrnison był jednak głodny i nawet groźne kły potężnego morsa nie mogły go odstraszyć. Serafina pa-trzyła na walczące stworzenia i widziała, jak biała mor-ska piana barwi się na czerwono. Potem Iorek wytaszczył ścierwo z morza na szeroką skalną półkę, a trzy lisy o zmierzwionej sierści z szacunkiem obserwowały go z pewnej odległości, czekając na swoją kolej w uczcie.

Kiedy król-niedźwiedź skończył jeść, Serafina sfrunęła w dół, żeby z nim porozmawiać. Teraz nadszedł czas, żeby stawić czoło wyrzutom sumienia.

— Królu Iorku Byrnisonie — powiedziała — czy mogę z tobą porozmawiać? Odkładam broń.

Położyła swój łuk i strzały na mokrym głazie pomiędzy nimi. Iorek zerknął na nie przelotnie i Serafina wiedziała, że gdyby jego oblicze mogło wyrażać emocje, pokazałoby zdumienie.

— Mów, Serafino Pekkala — warknął. — Nigdy nie walczyliśmy, prawda?

— Królu Iorku, zawiodłam twego towarzysza, Lee Sco-resby'ego.

Małe czarne oczka niedźwiedzia i okrwawiony pysk zamarły w bezruchu. Serafina widziała, jak wiatr prze-czesuje kremowobiałą grzywę na jego grzbiecie. Nie po-wiedział nic.

— Pan Scoresby nie żyje — podjęła Serafina. — Zanim

się z nim rozstałam, dałam mu kwiat, żeby mnie wezwał w razie potrzeby. Usłyszałam jego wezwanie i przyleciałam, ale za późno. Zginął w walce z siłami Moskali, lecz nie wiem, co ich tam sprowadziło ani dlaczego ich powstrzymywał, skoro mógł łatwo uciec. Królu Iorku, gnębią mnie wyrzuty sumienia.

— Gdzie to się stało? — zapytał Iorek Byrnison.

— W innym świecie. To długa historia.

— Więc zaczynaj.

Opowiedziała mu, czego próbował dokonać Lee Scoresby: znaleźć człowieka znanego jako Stanislaus Grumman. Opowiedziała mu, jak Lord Asriel przerwał barierę pomiędzy światami i o niektórych konsekwencjach — na przykład topnieniu lodów. Opowiedziała o locie czarownicy Ruty Skadi za aniołami i próbowała opisać królowi te latające istoty tak, jak Ruta je opisała: promieniujące od nich światło, krystaliczna czystość postaci, bogactwo ich mądrości.

Potem opisała, co znalazła, przybywszy na wezwanie Lee.

— Rzuciłam zaklęcie na jego ciało, żeby chroniło je przed rozkładem — oznajmiła. — Wytrzyma, dopóki go nie obejrzysz, jeśli takie będzie twoje życzenie. Ale to mnie martwi, królu Iorku. Wszystko mnie martwi, ale to najbardziej.

— Gdzie jest dziecko?

— Zostawiłam ją z moimi siostrami, bo musiałam odpowiedzieć na wezwanie Lee.

— W tym samym świecie?

— Tak, w tym samym.

— Jak się dostałaś stamtąd tutaj?

Wyjaśniła. Iorek Byrnison słuchał z twarzą bez wyrazu, a potem powiedział:

— Pójdę zobaczyć Lee Scoresby'ego. Potem muszę iść na południe.

— Na południe?

— Lód zniknął z tej krainy. Myślałem o tym, Serafino Pekkala. Wyczarterowałem statek.

Trzy małe liski czekały cierpliwie. Dwa leżały, wsparłszy łby na łapach, a trzeci wciąż siedział i śledził przebieg rozmowy. Arktyczne lisy, chociaż padlinożercy, poduczyły się trochę języka, lecz ich mózgi były tak zbudowane, że rozumiały tylko zdania w czasie teraźniejszym. Większość rozmowy Iorka i Serafiny odbierały jako bezsensowny hałas. Co więcej, kiedy same mówiły, wypowiadały głównie kłamstwa, więc nie miało znaczenia, czy powtórzą podsłuchane kwestie; nikt nie potrafiłby odróżnić prawdy od nieprawdy, chociaż łatwowierne kliwuchy często się nabierały, a kolejne rozczarowania niczego ich nie nauczyły. Niedźwiedzie i czarownice przywykły do podkradania fragmentów swoich rozmów, podobnie jak resztek posiłków.

— A ty, Serafino Pekkala? — ciągnął Iorek. — Co teraz zrobisz?

— Poszukam Cyganów — oznajmiła. — Chyba będą potrzebni.

— Lord Faa — powiedział niedźwiedź — tak. Dobrze walczą. Powodzenia.

Odwrócił się, bez plusku zsunął do wody i wytrwale, równomiernie przebierając łapami, popłynął w stronę nowych światów.

W jakiś czas później Iorek Byrnison deptał sczerniałą ściółkę i popękane od żaru kamienie na skraju spalonego lasu. Słońce prażyło przez smugi dymu, ale niedźwiedź nie zwracał uwagi na upał, podobnie jak ignorował sadze plamiące jego białe futro i komary daremnie szukające dostępu do skóry.

Przebył długą drogę i w pewnej chwili stwierdził, że wpływa do innego świata. Zauważył zmianę smaku wody i temperatury powietrza, lecz powietrze wciąż nadawało się do oddychania, a woda wciąż utrzymywała ciało niedźwiedzia, więc płynął dalej, aż zostawił morze za sobą i dotarł prawie do miejsca opisanego przez Serafinę Pekkalę. Rozejrzał się bacznie, podnosząc czarne oczy na roziskrzoną w słońcu ścianę stromych wapiennych turni.

Pomiędzy górami a skrajem spalonego lasu, na skalistym zboczu wśród ciężkich głazów i piargu leżały rozrzucone szczątki pogiętego, osmalonego metalu: wsporniki i dźwigary, należące do jakiejś skomplikowanej maszyny. Iorek Byrnison obejrzał je okiem kowala, nie tylko wojownika, ale nie znalazł niczego przydatnego. Mocnym pazurem przeciągnął wzdłuż wspornika mniej zniszczonego od innych, lecz czując metal marnej jakości, natychmiast odwrócił się i znowu spojrzał na ścianę gór.

Potem zobaczył to, czego wypatrywał: wąski żleb prowadzący pomiędzy skalistymi zboczami, a u wejścia duży, niski głaz.

Rozpoczął systematyczną wspinaczkę. Pod jego wielkimi łapami suche kości trzaskały głośno w ciszy, ponieważ zginęło tutaj wielu ludzi, których objadły do czysta kojoty, sępy i mniejsze stworzenia; lecz niedźwiedź nie zwracał uwagi na kości, tylko ostrożnie wdrapywał się pod górę. Grunt wydawał się niepewny, a on był ciężki; kilka razy piarg ustąpił pod jego łapami i zniósł go na dół w fontannie kurzu i żwiru. Lecz Iorek natychmiast podejmował wspinaczkę od nowa, uparcie, niezmordowanie, aż dotarł do nagiej skały, która dawała lepsze oparcie dla łap.

Powierzchnię głazu upstrzyły szczerby i dzioby od kul. Wszystko, co powiedziała mu czarownica, okazało się prawdą. Na potwierdzenie mały arktyczny kwiatek, purpurowa skalnica, kwitł niestosownie w załomie skały, gdzie czarownica posadziła go jako znak.

Iorek Byrnison przeszedł na drugą stronę głazu. Dobra

osłona przed wrogiem na dole, ale niedostatecznie dobra; ponieważ spośród gradu kul, które odłupały kawałki skały, kilka trafiło w cel i tam już pozostało, w ciele mężczyzny leżącego sztywno po zacienionej stronie. Nadal było to ciało, nie sam szkielet, ponieważ czarownica rzuciła na niego zaklęcie chroniące przed rozkładem. Iorek widział twarz starego towarzysza ściągniętą bólem od ran, widział poszarpane dziury w ubraniu tam, gdzie wbiły się kule. Zaklęcie czarownicy nie obejmowało krwi, która widocznie wyciekła, a słońce, wiatr i owady zatarły wszelki jej ślad. Lee Scoresby nie wyglądał tak, jakby spokojnie spał; wyglądał, jakby poległ w bitwie i jakby wiedział, że zwyciężył.

Ponieważ teksański aeronauta należał do bardzo nielicznych ludzi, których Iorek szanował, przyjął ostatni dar starego przyjaciela. Zręcznym ruchem pazurów rozdarł ubranie zmarłego, jednym cięciem otworzył zwłoki i zaczął pożywiać się ciałem i krwią. Minęło wiele dni od jego ostatniego posiłku i był głodny.

Lecz umysł króla-niedźwiedzia tkał skomplikowaną pajęczynę myśli, gdzie było więcej nitek niż głód i satysfakcja. Było tam wspomnienie małej dziewczynki Lyry, którą nazwał Złotoustą i widział po raz ostatni, kiedy przekraczała kruchy śnieżny most nad szczeliną na jego własnej wyspie Svalbard. Było też poruszenie wśród czarownic, plotki o paktach, aliansach i wojnie; i wreszcie przedziwny fakt istnienia tego nowego świata i opowieść czarownicy, że istnieje znacznie więcej takich światów i że los ich wszystkich w jakiś sposób zależy od losu tego dziecka.

I zaczęło się topnienie lodu. On i jego lud żyli na lodzie; lód był ich domem; lód był ich twierdzą. Od czasu rozległych zamieszek w Arktyce lód zaczął znikać i Iorek wiedział, że musi znaleźć lodowe schronienie dla swoich poddanych albo czeka ich zagłada. Lee powiedział mu, że na południu są góry tak wysokie, że nawet balonem nie mógł nad nimi przelecieć, pokryte śniegiem i lodem przez cały rok. Zbadanie tych gór stanowiło jego następny cel.

Teraz jednak coś prostszego zaprzątało jego myśli, coś jasnego, twardego i nieugiętego: zemsta. Lee Scoresby, który uratował Iorka od niebezpieczeństwa swoim balonem i walczył obok niego w Arktyce własnego świata, nie żył. Iorek go pomści. Mięso i kości tego dobrego człowieka pokrzepią go i jednocześnie nie pozwolą mu spocząć, dopóki nie rozleje tyle krwi, żeby uciszyć swoje serce.

Słońce zachodziło, kiedy Iorek skończył posiłek, powietrze stygło. Zgarnąwszy pozostałe szczątki na jeden stos, niedźwiedź zerwał kwiat zębami i upuścił w sam środek, tak jak robili ludzie. Zaklęcie czarownicy zostało przełamane; reszta ciała Lee należała do wszystkich stworzeń, które je znajdą. Wkrótce nakarmi kilka różnych rodzajów życia.

Iorek zszedł ze zbocza z powrotem w stronę morza, na południe.

Kliwuchy lubiły lisy, kiedy mogły je złapać. Małe stworzonka były sprytne i trudne do schwytania, lecz ich mięso było delikatne i tłuste.

Zanim kliwuch zabił tego lisa, pozwolił mu mówić i śmiał się z jego niemądrej paplaniny.

— Niedźwiedź musi iść na południe! Przysięgam! Czarownica się martwi! Prawda! Przysięgam! Na pewno!

— Niedźwiedzie nie chodzą na południe, ty nędzny łgarzu!

— Prawda! Król-niedźwiedź musi na południe! Pokażę ci morsa... dobry tłusty smaczny...

— Król-niedźwiedź idzie na południe?

— A latające stwory mają skarb! Latające stwory... anioły... kryształowy skarb!

— Latające stwory... jak kliwuchy? Skarb?

— Jak światło, nie jak kliwuch. Bogaty! Kryształ! A czarownica zmartwiona... czarownica żałuje... Scoresby nie żyje...

— Nie żyje? Człowiek z balonu nie żyje? — Śmiech kliwucha rozniósł się echem wśród suchych skał.

— Czarownica go zabija... Scoresby nie żyje, król-niedźwiedź na południe...

— Scoresby nie żyje! Cha, cha, Scoresby nie żyje!

Kliwuch ukręcił łeb lisowi i walczył ze swoimi braćmi o wnętrzności.

— ...oni przyjdą, przyjdą!

— Ale gdzie ty jesteś, Lyro?

Na to nie mogła odpowiedzieć.

— Chyba śnię, Roger — powiedziała tylko.

Za plecami małego chłopca widziała więcej duchów, dziesiątki, setki, stłoczonych głowa przy głowie, patrzących uważnie i słuchających każdego słowa.

— A ta kobieta? — zapytał Roger. — Mam nadzieję, że nie umarła. Mam nadzieję, że zostanie przy życiu jak najdłużej. Bo jeśli ona tutaj przyjdzie, to już nie będzie gdzie się ukryć i wtedy ona nas dopadnie. Tylko to mi się podoba w byciu martwym, że ona n i e j e s t. Ale wiem, że będzie pewnego dnia...

Lyra poczuła niepokój.

— Chyba śnię i nie wiem, gdzie ona jest! — zawołała. — Jest gdzieś niedaleko, ale nie mogę...

4

Ama i nietoperze

Leżała jak w zabawie
Życie uciekło z niej prawie —
Kiedyś powróci — lecz nie tak szybko.

Emily Dickinson

Ama, córka pasterza, zachowała w pamięci obraz śpiącej dziewczyny; nie mogła przestać o niej myśleć. Ani przez chwilę nie wątpiła w prawdziwość słów pani Coulter. Czarownicy na pewno istnieli i bardzo prawdopodobne, że rzucali usypiające zaklęcia i że matka opiekowała się córką z taką czułością i troską. Ama poczuła podziw graniczący z uwielbieniem dla tej pięknej kobiety w jaskini i jej zaczarowanej córki.

Jak najczęściej chodziła do małej dolinki, żeby oddawać kobiecie różne przysługi albo tylko pogawędzić i posłuchać, ponieważ kobieta opowiadała cudowne historie. Wciąż miała nadzieję odwiedzić śpiącą, ale pozwolono jej na to tylko raz i Ama przyjęła do wiadomości, że już nigdy jej nie zobaczy.

Przez cały czas, kiedy doiła owce, gręplowała i przędła ich wełnę albo mełła jęczmień na chleb, nieustannie rozmyślała o rzuconym zaklęciu i dlaczego tak się stało. Pani Coulter nigdy nie wyjaśniła jej powodu, więc Ama mogła swobodnie fantazjować.

Pewnego dnia wzięła trochę prząśnego chleba osłodzonego miodem i wyruszyła w trzygodzinną podróż górskim szlakiem do Cho-Lung-Se, gdzie stał klasztor. Pochlebstwem, cierpliwością i łapówką z miodowego chleba dla odźwiernego uzyskała audiencję u wielkiego uzdrowiciela *tulku* Pagdzina, który zaledwie rok wcześniej wyleczył wybuch białej gorączki i który posiadł ogromną mądrość.

Ama weszła do celi wielkiego człowieka, pokłoniła się bardzo nisko i ofiarowała resztkę miodowego chleba z całą pokorą, na jaką mogła się zdobyć. Dajmona-nietoperzyca mnicha śmignęła ku niej i przestraszyła jej własnego dajmona Kulanga, który ukrył się w jej włosach, lecz Ama stała cicho i spokojnie, dopóki *tulku* Pagdzin nie przemówił.

— Tak, dziecko? Szybko, pospiesz się — powiedział, poruszając długą siwą brodą przy każdym słowie.

W półmroku widziała wyraźnie tylko tę brodę i błyszczące oczy. Dajmona uzdrowiciela zawisła na belce nad jego głową i wreszcie znieruchomiała, więc Ama powiedziała:

— Proszę, *tulku* Pagdzinie, pragnę zdobyć mądrość. Chciałabym wiedzieć, jak rzucać czary i zaklęcia. Czy mnie nauczysz?

— Nie — odparł.

Tego się spodziewała.

— A możesz mnie nauczyć przyrządzania tylko jednego leku? — zapytała pokornie.

— Może. Ale nie powiem ci, co to jest. Dam ci lekarstwo, ale nie zdradzę sekretu.

— Dobrze, dziękuję, to wielka łaska — powiedziała i ukłoniła się kilkakrotnie.

— Co to za choroba i kto na nią cierpi? — zapytał starzec.

— Choroba snu — wyjaśniła Ama. — Zapadł na nią syn kuzyna mojego ojca.

Wiedziała, że postępuje wyjątkowo sprytnie, zmieniając płeć chorego na wypadek, gdyby uzdrowiciel słyszał o kobiecie w jaskini.

— Ile lat ma ten chłopiec?

— Jest trzy lata starszy ode mnie — podała przybliżony wiek — więc ma dwanaście lat. Śpi i śpi, i nie może się obudzić.

— Dlaczego jego rodzice nie przyszli do mnie? Dlaczego wysłali ciebie?

— Bo mieszkają daleko po drugiej stronie naszej wioski i są bardzo biedni, *tulku* Pagdzinie. Dopiero wczoraj dowiedziałam się o chorobie mojego krewniaka i zaraz przybiegłam, żeby prosić cię o radę.

— Powinienem obejrzeć pacjenta, zbadać go dokładnie i sprawdzić pozycje planet o tej godzinie, kiedy zasnął. Takich rzeczy nie można robić w pośpiechu.

— Nie dasz mi żadnego lekarstwa już teraz?

Dajmona-nietoperzyca spadła z belki, zatrzepotała czarnymi skrzydłami i śmignęła w bok, zanim uderzyła o podłogę. Przemykała przez pokój tam i z powrotem, zbyt szybko dla Amy, lecz bystre oczy uzdrowiciela dokładnie śledziły jej trasę. Wreszcie nietoperzyca ponownie zawisła na belce głową w dół i owinęła się ciemnymi skrzydłami, a starzec wstał i przechodził od półki do półki, od słoja do słoja, od pudełka do pudełka, tutaj nabierając łyżeczkę proszku, tam dodając szczyptę ziół w takiej kolejności, w jakiej wskazała je dajmona.

Wrzucił wszystkie składniki do moździerza i ucierał je razem, mrucząc zaklęcie. Potem postukał dźwięcznie tłuczkiem o krawędź, żeby strząsnąć ostatnie ziarenka. Pędzelkiem i tuszem napisał kilka znaków na kartce papieru. Kiedy tusz wysechł, starzec wysypał proszek na napis i zręcznie złożył papier w małą kwadratową paczuszkę.

— Niech wmiatają ten proszek pędzelkiem po trochu

w nozdrza śpiącego dziecka, kiedy robi wdech — powiedział — żeby się obudził. Trzeba to robić bardzo ostrożnie. Zbyt wiele na jeden raz i chłopiec się zakrztusi. Używajcie najmiększego pędzelka.

— Dziękuję ci, *tulku* Pagdzinie — powiedziała Ama, wzięła paczuszkę i włożyła do kieszeni najbliższej ciału koszuli. — Szkoda, że nie mam jeszcze jednego miodowego chleba, żeby ci dać.

— Jeden wystarczy — odparł uzdrowiciel. — Teraz idź, a kiedy przyjdziesz następnym razem, powiedz całą prawdę, nie tylko część.

Zaskoczona dziewczynka pokłoniła się bardzo nisko, żeby ukryć zmieszanie. Miała nadzieję, że nie zdradziła zbyt wiele.

Następnego wieczoru pospieszyła do dolinki jak najwcześniej, niosąc trochę słodkiego ryżu owiniętego liściem sercoowocu. Nie mogła się doczekać, żeby opowiedzieć kobiecie, czego dokonała, wręczyć jej lekarstwo i przyjąć podziękowania i pochwały, a najbardziej chciała, żeby zaczarowana śpiąca zbudziła się i przemówiła do niej. Mogły zostać przyjaciółkami!

Lecz kiedy minęła zakręt ścieżki i spojrzała w górę, nie zobaczyła złotej małpy ani cierpliwej kobiety siedzącej w wejściu jaskini. Miejsce było puste. Ama przebiegła ostatnie kilka metrów przestraszona, że odeszły na dobre — ale zobaczyła krzesło, na którym siadywała kobieta, przybory kuchenne i resztę rzeczy.

Ama spojrzała w mroczną głąb jaskini. Serce biło jej szybko. Na pewno śpiąca się nie zbudziła; w mroku Ama rozróżniała kształt śpiwora, jaśniejszą plamę włosów dziewczynki i biały owal jej śpiącego dajmona.

Podkradła się trochę bliżej. Nie miała wątpliwości — kobieta wyszła i zostawiła zaczarowaną dziewczynkę samą.

Nagła myśl błysnęła w głowie Amy: przypuśćmy, że sama obudzi śpiącą, zanim kobieta wróci...

Lecz nawet nie zdążyła nacieszyć się tym pomysłem, kiedy usłyszała kroki na ścieżce. Ogarnięta wyrzutami sumienia, razem ze swoim dajmonem schowała się za występem skalnym pod ścianą jaskini. Nie powinna tutaj wchodzić. Szpiegowała. To nieładnie.

A teraz złota małpa siedziała w wejściu, węszyła i obracała łbem na wszystkie strony. Ama zobaczyła, jak małpa szczerzy zęby, i poczuła, jak jej dajmon zagrzebał się głębiej w ubranie, drżąc w mysiej postaci.

— Co jest? — zapytał głos kobiety, zwracając się do małpy, a potem w jaskini zrobiło się ciemno, kiedy jej sylwetka zasłoniła wejście. — Dziewczynka tu była? Tak... zostawiła jedzenie. Ale nie powinna wchodzić do środka. Musimy wyznaczyć miejsce na ścieżce, gdzie będzie zostawiała pakunki.

Nie spojrzawszy na śpiącą, kobieta pochyliła się, żeby rozdmuchać ogień, i nastawiła wodę w rondelku. Dajmon przysiadł w kucki obok niej i obserwował ścieżkę. Od czasu do czasu wstawał i rozglądał się po jaskini. Ama, niewygodnie ściśnięta w wąskiej kryjówce, żałowała z całego serca, że nie zaczekała na zewnątrz, tylko weszła do jaskini. Jak długo zostanie tutaj uwięziona?

Kobieta mieszała jakieś zioła i proszki w kipiącej wodzie. Ama czuła apteczne zapachy unoszące się z rondla. Potem w głębi jaskini rozległ się jakiś dźwięk: dziewczynka wierciła się i mamrotała. Ama odwróciła głowę: widziała, jak zaczarowana śpiąca rzuca się z boku na bok, zasłania oczy ramieniem. Budziła się!

A kobieta nie zwracała na nią uwagi!

Na pewno słyszała, ponieważ przelotnie podniosła wzrok, ale zaraz wróciła do swoich ziół i wrzątku. Wlała wywar do dzbanka i odstawiła, a dopiero potem zajęła się dziewczynką.

Ama nie rozumiała ani słowa, ale słuchała z rosnącym zdumieniem i podejrzliwością.

— Sza, kochanie — powiedziała kobieta. — Nie martw się. Jesteś bezpieczna.

— Roger... — wymamrotała dziewczynka, na wpół rozbudzona. — Serafina! Dokąd odszedł Roger... Gdzie on jest?

— Nie ma tutaj nikogo oprócz nas — zanuciła śpiewnie jej matka. — Podnieś się, żeby mama cię umyła... Do góry, słoneczko...

Ama patrzyła, jak dziewczynka, jęcząc, walczy z sennością i próbuje odepchnąć matkę; kobieta zanurzyła gąbkę w misce wody, obmyła twarz i ciało córki, a potem osuszyła.

Po chwili dziewczynka rozbudziła się na dobre i kobieta musiała działać szybciej.

— Gdzie jest Serafina? I Will? Na pomoc, na pomoc! Nie chcę spać... nie, nie! Nie zasnę! Nie!

Kobieta trzymała dzbanek silną dłonią, a drugą ręką próbowała unieść głowę Lyry.

— Spokojnie, kochanie... uspokój się... cicho, sza... wypij herbatę...

Ale dziewczynka szarpnęła się, niemal rozlewając napój, i krzyknęła głośniej:

— Zostaw mnie! Chcę odejść! Puść mnie! Will, Will, pomóż mi... och, pomóż mi...

Kobieta mocno trzymała ją za włosy, przechylała jej głowę do tyłu i przysuwała dzbanek do ust.

— Nie chcę! Jeśli mnie tkniesz, Iorek urwie ci głowę! Och, Iorek, gdzie jesteś? Iorek Byrnison! Pomóż mi, Iorek! Nie chcę... nie...

Potem, na jedno słowo kobiety, złota małpa skoczyła na dajmona Lyry i pochwyciła go w twarde czarne palce. Dajmon zmieniał postać tak szybko, że Ama nigdy czegoś takiego nie widziała: kot-wąż-szczur-lis-ptak-wilk-gepard-jaszczurka-tchórz...

Lecz uścisk małpy nie osłabł ani na chwilę; a potem Pantalaimon zmienił się w jeżozwierza.

Małpa zaskrzeczała i puściła go. Trzy długie drżące igły tkwiły w jej łapie. Pani Coulter syknęła i wolną ręką uderzyła Lyrę po twarzy na odlew, tak mocno, że przewróciła ją na plecy. Zanim Lyra otrząsnęła się z oszołomienia, miała przy ustach dzbanek i musiała przełknąć albo się zakrztusić.

Ama żałowała, że nie może zatkać sobie uszu: krztuszenie się, płacz, kaszel, szlochy, błagania, wymioty — nie mogła tego znieść. Ale stopniowo odgłosy ucichły i tylko czasami drżący szloch wyrywał się z gardła dziewczynki, która ponownie zapadała w sen — zaczarowany sen? Zatruty sen! Narkotyczny, oszukańczy sen! Ama zobaczyła smugę bieli materializującą się na szyi Lyry, kiedy jej dajmon z wysiłkiem zmienił się w długie, giętkie stworzonko o śnieżnej sierści, błyszczących czarnych oczach i czarnym koniuszku ogona.

A kobieta śpiewała cicho, nuciła dziecięce kołysanki, wygładzała brwi dziewczynki, osuszała jej rozpaloną twarz, chociaż nawet Ama się zorientowała, że pani Coulter nie zna słów tych piosenek, ponieważ nuciła tylko sylaby bez sensu: la-la-la, ba-ba-bu-bu, bełkocząc bzdury słodkim głosem.

Wreszcie wszystko ucichło, a wtedy kobieta zrobiła coś dziwnego: wyjęła nożyczki i obcięła włosy dziewczynki, przechylając jej uśpioną głowę w różne strony, żeby najlepiej ocenić efekt. Podniosła jeden ciemnozłoty lok i schowała do małego złotego medalionu, który nosiła na szyi. Ama odgadła powód: kobieta zamierzała go wykorzystać do następnych czarów. Ale najpierw podniosła lok do ust... Och, to było dziwne.

Złota małpa wyciągnęła ostatnią igłę jeżozwierza i powiedziała coś do kobiety, która sięgnęła w górę i chwyciła nietoperza drzemiącego pod stropem jaskini. Małe czarne stworzonko trzepotało się i piszczało przeszywająco cienkim głosem, który wwiercał się w uszy Amy. Potem zobaczyła, jak kobieta podaje nietoperza swojemu dajmonowi, i widziała, jak dajmon ciągnie i ciągnie za jedno z czarnych skrzydeł, aż oderwało się i wisiało na jednym białym ścięgnie, podczas gdy konający nietoperz piszczał, a jego pobratymcy trzepotali wokół zatrwożeni. Trzask — trzask — mlask — złota małpa rozerwała nietoperza na kawałki. Kobieta leżała spokojnie na śpiworze przy ognisku i powoli jadła tabliczkę czekolady.

Czas mijał. Zapadła noc i wzeszedł księżyc, a kobieta i jej dajmon zasnęli.

Ama, sztywna i obolała, wygramoliła się ze swojej kryjówki, na palcach minęła śpiących i nie wydała żadnego dźwięku, dopóki nie dotarła do połowy ścieżki.

Strach dodawał jej sił, kiedy biegła po wąskim szlaku, a jej dajmon w postaci sowy cicho frunął obok. Czyste, zimne powietrze, kołysanie wierzchołków drzew, lśnienie chmur wysrebrzonych księżycem na ciemnym niebie i miliony gwiazd wreszcie trochę ją uspokoiły.

Zatrzymała się przed niewielkim skupiskiem kamiennych domków, a dajmon usiadł na jej pięści.

— Ona skłamała! — zawołała Ama. — Okłamała nas! Co możemy zrobić, Kulang? Czy powiemy tacie? Co możemy zrobić?

— Nie mów — poradził jej dajmon. — Więcej kłopotów. Mamy lekarstwo. Możemy ją obudzić. Możemy tam pójść, kiedy kobieta znowu wyjdzie, obudzić dziewczynkę i ją zabrać.

Ta myśl oboje napełniła strachem. Lecz słowo się rzekło, a mała papierowa paczuszka spoczywała bezpiecznie w kieszeni Amy i wiedzieli, jak jej użyć.

— ...obudź się, nie widzę jej... ona chyba jest blisko... skrzywdziła mnie...

— Och, Lyro, nie bój się! Jeśli ty też się boisz, ja oszaleję...

Próbowali objąć się mocno, ale ich ramiona chwytały tylko puste powietrze. Lyra próbowała wyjaśnić, o co jej chodzi, szepcząc tuż przy jego bladej twarzy w ciemnościach:

— Ja tylko chcę się obudzić... tak się boję, że prześpię całe życie, a potem umrę... chcę najpierw się obudzić! Nawet na godzinę, nieważne, żebym tylko naprawdę żyła.. nie wiem nawet, czy to jest prawdziwe... ale pomogę ci, Roger! Przysięgam, że ci pomogę!

— Ale jeśli ty śnisz, Lyro, możesz w to nie uwierzyć, kiedy się obudzisz. Ja też bym pomyślał, że to tylko sen.

— Nie! — oświadczyła zapalczywie i...

5

Adamantowa wieża

...mając ów cel dumny
Rozpoczął wojnę bezbożną w Niebiosach,
Przeciw tronowi i królestwu Boga
Bój tocząc próżny *.

John Milton

Jezioro roztopionej siarki wypełniało na całej długości ogromny kanion, bulgotało i bekało falami smrodliwych wyziewów. Blokowało drogę samotnej skrzydlatej postaci stojącej na brzegu.

Gdyby wzleciał w niebo, zwiadowcy wroga, którzy go wyśledzili i zgubili, dostrzegliby go znowu od razu; lecz gdyby wędrował na piechotę, potrzebowałby tyle czasu na obejście tej cuchnącej dziury, że dostarczyłby wiadomość za późno.

Musiał podjąć większe ryzyko. Zaczekał, aż żółta maź wypluła kłąb śmierdzącego dymu, i wzleciał w gęstą chmurę siarki.

Cztery pary oczu w różnych częściach nieba dostrzegły drobny ruch i natychmiast cztery pary skrzydeł uderzyły

---

* „Raj utracony", księga I, tłum. M. Słomczyński.

60

mocno w zadymionym powietrzu, niosąc strażników w stronę chmury.

Potem rozpoczęło się polowanie, kiedy myśliwi nie widzieli zwierzyny, a zwierzyna w ogóle nic nie widziała. Pierwszy, kto wyrwie się z chmury po drugiej stronie jeziora, uzyska przewagę, czyli albo przeżyje, albo zdobędzie łup.

Pech chciał, że samotny posłaniec wyleciał z chmury kilka sekund po jednym z prześladowców. Natychmiast się zwarli, ciągnąc za sobą smugi dymu, obaj zamroczeni trującymi oparami. Ścigany początkowo wygrywał, wkrótce jednak z oparów siarki wyłonił się drugi myśliwy i w szybkiej, morderczej walce wszyscy trzej, wirując w powietrzu jak języki płomienia, opadali, wznosili się i znowu opadali, aż wreszcie runęli na skały na drugim brzegu. Dwaj pozostali myśliwi nigdy nie wynurzyli się z chmury.

Na zachodnim krańcu zębatego pasma gór wznosił się szczyt, skąd rozciągał się widok na równinę w dole i doliny w głębi, szczyt zwieńczony bazaltową fortecą, która zdawała się wyrastać wprost ze skał, jakby wyrzucił ją z siebie wulkan przed milionem lat.

W rozległych pieczarach pod wyniosłymi murami zmagazynowano i oznakowano zapasy wszelkich rodzajów; w arsenałach i magazynach kalibrowano, uzbrajano i testowano machiny wojenne; w młynach pod górą wulkaniczne ognie ogrzewały potężne kuźnie, gdzie fosfor i tytan łączono w stopy nieznane i nieużywane nigdy wcześniej.

Na najbardziej odsłoniętej ścianie fortecy, w głębokim cieniu przypory, gdzie potężne mury wyrastały wprost z pradawnych pokładów lawy, znajdowała się niewielka brama, poterna, w której wartownik pełnił straż dniem i nocą i zatrzymywał każdego, kto próbował wejść.

Podczas zmiany warty na wałach w górze wartownik tupnął raz czy dwa dla rozgrzewki i zabijał ręce w rękawicach, ponieważ była to najzimniejsza godzina nocy, a mały naftowy płomyk w lampie nie dawał ciepła. Zmiennik miał nadejść za dziesięć minut, więc wartownik marzył już o kubku gorącej czekolady, dymnym liściu i przede wszystkim łóżku.

Najmniej ze wszystkiego spodziewał się usłyszeć łomotanie do małych drzwi.

Jednakże zachował czujność i otworzył judasza, jednocześnie odkręcając kurek, żeby nafta dopłynęła do płomyka w niszy na zewnątrz. W jego blasku ujrzał trzy zakapturzone postacie dźwigające wspólnie czwartą, o niewyraźnych zarysach, która wydawała się chora lub ranna.

Człowiek z przodu odrzucił kaptur. Miał twarz znaną wartownikowi, ale i tak podał hasło, zanim powiedział:

— Znaleźliśmy go przy siarkowym jeziorze. Mówi, że nazywa się Baruch. Ma pilną wiadomość dla Lorda Asriela.

Wartownik odryglował drzwi, a jego dajmona-terier zadygotała, kiedy trzy postacie z trudem wmanewrowały swój ładunek w wąskie wejście. Potem dajmona wydała mimowolny cichy skowyt, szybko stłumiony, i wartownik zobaczył, że niesiona postać była rannym aniołem; aniołem niskiej rangi i niewielkiej mocy, ale zawsze aniołem.

— Połóżcie go w wartowni — polecił i przekręcił korbę telefonu-dzwonu, żeby złożyć meldunek dyżurnemu oficerowi.

Na najwyższym murze fortecy stała wieża z adamantu: tylko jedna kondygnacja schodów prowadząca do pokojów z oknami wychodzącymi na północ, południe, wschód i zachód. Największy pokój wyposażono w stół, krzesła i skrzynię z mapami, w innym stała wojskowa prycza. Całości dopełniała nieduża łazienka.

Lord Asriel siedział w adamantowej wieży naprzeciwko swojego szpiega-kapitana nad masą porozrzucanych papierów. Naftowa lampa wisiała nad stołem, rozżarzone węgle w koszu odpędzały przenikliwy nocny chłód. Przy drzwiach siedział na drążku mały błękitny jastrząb. Szpieg-kapitan nazywał się Lord Roke. Wyróżniał się wyglądem: był nie większy niż dłoń Lorda Asriela i smukły jak ważka, lecz pozostali kapitanowie Lorda Asriela okazywali mu głęboki szacunek, ponieważ był uzbrojony w trujące żądło w ostrogach butów.

Miał zwyczaj siadać na stole i z zasady odpowiadał w sposób niegrzeczny i złośliwy na wszystko poza najbardziej wyszukaną uprzejmością. On i jego gatunek, Gallivespianie, nie posiadali zbyt wielu cech dobrych szpiegów, oczywiście poza wyjątkowo małymi rozmiarami. Byli jednak tak dumni i drażliwi, że musieliby rzucać się w oczy, gdyby dysponowali wzrostem Lorda Asriela.

— Tak — powiedział głosem czystym i ostrym, z oczami błyszczącymi jak krople atramentu — twoje dziecko, Lordzie Asrielu: wiem o niej. Widocznie wiem więcej od ciebie.

Lord Asriel spojrzał prosto na niego i mały człowieczek natychmiast zrozumiał, że nadużył uprzejmości swego dowódcy: siła wzroku Lorda Asriela uderzyła go tak, że stracił równowagę i musiał oprzeć się ręką o kieliszek z winem. W chwilę później Lord Asriel przybrał uprzejmy i łaskawy wyraz twarzy, całkiem jak jego córka, lecz odtąd Lord Roke miał się na baczności.

— Bez wątpienia, Lordzie Roke — powiedział Lord Asriel. — Lecz z powodów, których nie pojmuję, dziewczynka znalazła się w centrum zainteresowania Kościoła, a ja muszę znać przyczynę. Co o niej mówią?

— Magistratura kipi od domysłów; jedna grupa mówi to, druga twierdzi co innego, a każda stara się utrzymać swoje odkrycia w tajemnicy przed innymi. Najbardziej aktywne to Konsystorska Komisja Dyscyplinarna i Stowarzyszenie Dzieł Ducha Świętego, a ja — oświadczył Lord Roke — mam szpiegów i tu, i tam.

— Więc zostałeś członkiem Stowarzyszenia? — mruknął Lord Asriel. — Gratuluję. Dawniej byli nie do zdobycia.

— Moim szpiegiem w Stowarzyszeniu jest Salmakia — powiedział Lord Roke — bardzo zręczna agentka. Jest tam pewien kapłan, do którego dajmony-myszy zbliżyła się podczas snu. Moja agentka zasugerowała, żeby kapłan odprawił zakazany rytuał, stosowany do wywoływania Mądrości. W krytycznej chwili lady Salmakia pojawiła się przed nim. Teraz kapłan myśli, że może komunikować się z Mądrością, kiedy zechce, że ona ma postać Gallivespianki i mieszka w jego biblioteczce.

Lord Asriel uśmiechnął się i zapytał:

— A czego się dowiedziała?

— Stowarzyszenie uważa twoją córkę za najważniejsze dziecko wszech czasów. Przypuszczają, że wkrótce nadejdzie wielki kryzys i że los świata zależy od jej zachowania w tym momencie. Natomiast Konsystorska Komisja Dyscyplinarna prowadzi obecnie dochodzenie z udziałem świadków z Bolvangaru i nie tylko. Mój szpieg w Komisji, kawaler Tialys, łączy się ze mną codziennie za pośrednictwem rezonatora magnetytowego i zawiadamia mnie, co odkryli. W skrócie powiem, że Stowarzyszenie Dzieł Ducha Świętego już niedługo wyśledzi, gdzie jest dziecko, ale niczego nie zrobią. Komisja Konsystorska straci na to trochę więcej czasu, ale jak już znajdą dziewczynkę, podejmą stanowcze i natychmiastowe działania.

— Zawiadom mnie, jak tylko dowiesz się czegoś więcej.

Lord Roke skłonił się i strzelił palcami, a mała błękitna jastrzębica siedząca na żerdzi przy drzwiach rozłożyła skrzydła i lotem ślizgowym sfrunęła na stół. Miała uzdę, siodło i strzemiona. Lord Roke błyskawicznie wskoczył na jej grzbiet i wylecieli przez okno, które Lord Asriel dla nich otworzył.

Pomimo kąsającego mrozu nie zamknął okna od razu, tylko przysiadł na podokiennej ławie i potarmosił za uszy swoją dajmonę, irbisicę.

— Przyszła do mnie na Svalbardzie, a ja ją zignorowałem — powiedział. — Pamiętasz ten wstrząs... Potrzebowałem ofiary i pierwsze dziecko, które się zjawiło, było moją własną córką. Ale kiedy zobaczyłem, że przyprowadziła ze sobą drugie dziecko, odetchnąłem z ulgą. Czy to był fatalny błąd? Potem nie brałem jej pod uwagę ani na chwilę, ale ona jest ważna, Stelmario!

— Zastanówmy się spokojnie — powiedziała dajmona. — Co ona może zrobić?

— Zrobić... niewiele. Czy ona coś wie?

— Potrafi odczytywać odpowiedzi aletheiometru; ma dostęp do wiedzy.

— To nic wielkiego. Inni też potrafią. Na wszystkie piekła, gdzie ona jest?

Zapukano do drzwi za jego plecami, więc odwrócił się natychmiast.

— Mój panie — powiedział oficer, który wszedł do pokoju — przy zachodniej bramie właśnie pojawił się anioł... ranny... koniecznie chce z tobą rozmawiać.

Chwilę później Baruch leżał na wojskowej pryczy, którą przeniesiono do głównego pokoju. Wezwano dyżurnego medyka, ale nie robił wielkich nadziei; anioł był dotkliwie poraniony, oślepiony, z poszarpanymi skrzydłami.

Lord Asriel usiadł blisko i rzucił garść ziół na węgle w koszu. Ten sposób pozwalał wyraźniej zobaczyć ciało anioła.

— A zatem, panie — odezwał się Lord Asriel — co chciałeś mi powiedzieć?

— Trzy rzeczy. Proszę, zaczekaj, aż powiem je wszystkie, zanim zaczniesz pytać. Nazywam się Baruch. Mój towarzysz Balthamos i ja należymy do partii rebeliantów, dlatego skłanialiśmy się ku twoim ideom od początku, odkąd je ogłosiłeś. Lecz chcieliśmy przynieść ci coś cennego, ponieważ nie mamy wielkiej mocy, i niedawno udało nam się dotrzeć do serca Pochmurnej Góry, cytadeli Autorytetu w królestwie. A tam dowiedzieliśmy się...

Musiał przerwać na chwilę, żeby odetchnąć dymem z ziół, który jakby dodał mu sił. Mówił dalej:

— Dowiedzieliśmy się prawdy o Autorytecie. Wycofał się do kryształowej komnaty głęboko we wnętrzu Pochmurnej Góry i już nie kieruje codziennymi sprawami królestwa. Zamiast tego kontempluje głębsze tajemnice. Na jego miejscu, w jego imieniu rządzi anioł imieniem Metatron. Mam powody dobrze znać tego anioła, chociaż kiedy go znałem...

Głos Barucha osłabł. Lord Asriel wpatrywał się w niego płonącym wzrokiem, ale trzymał język za zębami i czekał, aż anioł skończy.

— Metatron jest dumny — podjął Baruch, kiedy odzyskał nieco sił — a jego ambicja nie ma granic. Autorytet wybrał go przed czterema tysiącami lat na swojego Regenta i razem układali plany. Mają nowy plan, który odkryliśmy z moim towarzyszem. Autorytet uważa, że świadome istoty wszelkich gatunków stały się niebezpiecznie niezależne, więc Metatron zamierza znacznie aktywniej interweniować w ludzkie sprawy. Planuje w tajemnicy przenieść Autorytet z Pochmurnej Góry do innej stałej cytadeli i zmienić górę w machinę wojenną. Kościoły w każdym świecie są słabe i skorumpowane, zbyt łatwo idą na kompromis... Chce wprowadzić stałą inkwizycję w każdym świecie, rządzoną bezpośrednio z królestwa. A jego pierwsza kampania ma zniszczyć twoją republikę...

Obaj drżeli, anioł i człowiek, jeden z osłabienia, drugi z przejęcia. Baruch zebrał resztki sił i kontynuował:

— Druga rzecz jest następująca. Istnieje nóż, który może wycinać przejścia między światami, a także wewnątrz nich. Jego moc jest nieograniczona, ale tylko w rękach kogoś, kto umie go używać. A tym kimś jest chłopiec...

Anioł ponownie musiał przerwać i odpocząć. Bał się; czuł, jak się rozpływa. Lord Asriel widział, z jakim wysiłkiem anioł zbierał się w sobie. Siedział spięty, ściskając poręcze krzesła, dopóki Baruch nie doszedł do siebie.

— Mój towarzysz jest teraz z tym chłopcem. Chcieliśmy zabrać go prosto do ciebie, ale odmówił, ponieważ... To trzecia rzecz, którą muszę ci powiedzieć: on i twoja córka są przyjaciółmi. Nie zgodził się przyjść do ciebie, dopóki jej nie znajdzie. Ona...

— Kim jest ten chłopiec?

— To syn szamana. Stanislausa Grummana.

Lord Asriel był tak zdumiony, że mimo woli wstał, wprawiając w wirowanie kłęby dymu wokół anioła.

— Grumman miał syna? — zapytał.

— Grumman nie urodził się w twoim świecie. I naprawdę nie nazywał się Grumman. Mój towarzysz i ja zwróciliśmy na niego uwagę, ponieważ sam pragnął znaleźć nóż. Śledziliśmy go, wiedząc, że zaprowadzi nas do noża i jego właściciela. Zamierzaliśmy zabrać go do ciebie. Ale chłopiec odmówił...

Jeszcze raz Baruch musiał przerwać. Lord Asriel usiadł z powrotem, przeklinając własną niecierpliwość, i sypnął trochę więcej ziół do ognia. Jego dajmona leżała w pobliżu, powoli zamiatając ogonem dębową podłogę, nie odrywała złocistych oczu od ściągniętej bólem twarzy anioła. Baruch kilka razy odetchnął z wysiłkiem. Lord Asriel zachował milczenie. Jedynym dźwiękiem było plaskanie linki flagowej na maszcie.

— Nie spiesz się, panie — powiedział łagodnie Lord Asriel. — Czy wiesz, gdzie jest moja córka?

— Himalaje... w jej własnym świecie — wyszeptał Baruch. — Wielkie góry. Jaskinia w pobliżu doliny pełnej tęcz...

— Daleko stąd w obu światach. Szybko przyleciałeś.

— To mój jedyny dar — odparł Baruch — oprócz miłości Balthamosa, którego już nigdy nie zobaczę.

— A jeśli ty znalazłeś ją tak łatwo...

— To każdy inny anioł też ją znajdzie.

Lord Asriel wyciągnął wielki atlas ze skrzyni z mapami, otworzył go i przekartkował, szukając Himalajów.

— Możesz określić dokładniej? — poprosił. — Możesz mi pokazać to miejsce?

— Za pomocą noża... — wymówił z trudem Baruch i Lord Asriel zrozumiał, że jego myśli wędrują. — Za pomocą noża można swobodnie wejść i wyjść z każdego świata... Nazywa się Will. Ale są w niebezpieczeństwie, on i Balthamos... Metatron wie, że znamy jego sekret. Ścigali nas... Złapali mnie samego na granicy twojego świata... Byłem jego bratem... W ten sposób znaleźliśmy drogę do niego w Pochmurnej Górze. Metatron nazywał się dawniej Enoch, syn Jareda, syn Mahalalela... Enoch miał wiele żon. Kochał przyjemności ciała... Mój brat Enoch skazał mnie na wygnanie, ponieważ... Och, mój drogi Balthamosie...

— Gdzie jest dziewczynka?

— Tak. Tak. Jaskinia... jej matka... dolina pełna wiatrów i tęcz... wystrzępione flagi na świątyni...

Podniósł się, żeby spojrzeć na atlas.

Potem irbisica wstała jednym szybkim ruchem i skoczyła do drzwi, ale było za późno: ordynans, który zapukał, wszedł, nie czekając. Tak było przyjęte; to nie była niczyja wina. Widząc wyraz twarzy żołnierza patrzącego ponad jego ramieniem, Lord Asriel odwrócił się i zobaczył, jak Baruch dygocze z wysiłku, żeby utrzymać swoją okaleczoną postać. Ta próba zbyt dużo go kosztowała. Przeciąg od drzwi wywołał wir powietrza nad łóżkiem i luźne cząsteczki ciała Barucha, pozbawione jego siły, uleciały w górę, rozproszyły się i znikły.

— Balthamos! — rozległ się szept w powietrzu.

Lord Asriel oparł dłoń na karku dajmony; poczuła jego drżenie i uspokoiła go. Odwrócił się do ordynansa.

— Mój panie, błagam o...

— To nie twoja wina. Przekaż pozdrowienia królowi Ogunwe. Chciałbym, żeby on i inni moi dowódcy natychmiast tutaj przyszli. Również pan Basilides niech się tutaj stawi z aletheiometrem. Proszę uzbroić i zatankować drugą eskadrę giropterów, a zeppelin tankowiec niech natychmiast wystartuje na południowy zachód. Przekażę dalsze rozkazy w powietrzu.

Ordynans zasalutował, jeszcze raz zerknął niepewnie na puste łóżko, wyszedł i zamknął za sobą drzwi.

Lord Asriel postukał w biurko mosiężnym cyrklem i przeszedł przez pokój, żeby otworzyć południowe okno. Daleko w dole dymy i płomienie nieśmiertelnych ogni wzbijały się w ciemniejące powietrze. Nawet na tej wysokości w porywistym wietrze słychać było dzwonienie młotów.

— No, dużo się dowiedzieliśmy, Stelmario — powiedział cicho.

— Ale nie dość.

Znowu rozległo się pukanie do drzwi i wszedł aletheiometrysta. Ten chudy, blady mężczyzna, który niedawno wkroczył w wiek średni, nazywał się Teukros Basilides, a jego dajmona była słowikiem.

— Dobry wieczór — powiedział Lord Asriel. — Mamy problem i chciałbym, żeby odłożył pan na bok wszystko inne, dopóki pan nie znajdzie rozwiązania...

Przekazał mu to, co powiedział Baruch, i podał atlas.

— Niech pan namierzy tę jaskinię — rozkazał. — Niech mi pan poda możliwie precyzyjne koordynaty. To najważniejsze zadanie w pana karierze. Proszę zacząć natychmiast.

...*tupnęła tak mocno, że nawet we śnie ją zabolało.*

— *Nie wierzysz, że to zrobię, Roger, więc nie mów tak. Właśnie że się obudzę i nie zapomnę.*

Rozejrzała się, lecz widziała tylko szeroko otwarte oczy i twarze pozbawione nadziei, blade twarze, ciemne twarze, stare twarze, młode twarze, wszyscy zmarli stłoczeni dookoła, cisnący się jak najbliżej, milczący i smutni.

Twarz Rogera wyglądała inaczej. Tylko w niej jednej była nadzieja.

— *Czemu tak wyglądasz?* — *zapytała.* — *Czemu nie jesteś smutny jak oni? Czemu nie tracisz nadziei?*

A on odpowiedział:

— *Ponieważ...*

6

Rozgrzeszenie wstępne

...a z nimi relikwie,
Paciorki, bulle, dyspensy, odpusty
Igraszką wichrów się stają... *

John Milton

— A więc, bracie Pavle — powiedział Inspektor z Konsystorskiej Komisji Dyscyplinarnej — chcę, żebyś dokładnie przypomniał sobie słowa, które usłyszałeś od czarownicy na statku.

Dwunastu członków Komisji spojrzało w nikłym świetle popołudnia na kleryka stojącego na podium, ich ostatniego świadka. Był to ksiądz o wyglądzie naukowca, którego dajmona miała postać żaby. Komisja wysłuchiwała zeznań w tej sprawie od ośmiu dni, w starożytnym Kolegium Świętego Hieronima — budowli o wysokich wieżach.

— Nie potrafię dokładnie przywołać z pamięci słów czarownicy — powiedział ze znużeniem brat Pavel. — Nigdy przedtem nie widziałem tortur, jak już zeznałem wczoraj, dlatego zrobiło mi się słabo i niedobrze. Więc

---

* „Raj utracony", księga III, tłum. jw.

nie powtórzę wam dokładnie, co mówiła, ale pamiętam znaczenie. Czarownica powiedziała, że dziecko Lyra zostało rozpoznane przez klan północy jako osoba z dawno znanej przepowiedni. Podobno posiadała moc dokonania brzemiennego w skutki wyboru, od którego zależy przyszłość wszystkich światów. Co więcej, istnieje imię, które przywodzi na myśl podobny przypadek i sprawi, że Kościół znienawidzi ją i będzie się jej bał.

— Czy czarownica wymieniła to imię?

— Nie. Zanim zdołała je wymówić, druga czarownica, obecna pod zaklęciem niewidzialności, zabiła ją i uciekła.

— Więc pani Coulter nie usłyszała tego imienia?

— Zgadza się.

— I wkrótce potem ta Coulter wyszła?

— Owszem.

— Co odkryłeś później?

— Dowiedziałem się, że dziewczynka przeszła do innego świata przez szczelinę otwartą przez Lorda Asriela, a tam uzyskała pomoc chłopca, który posiada albo otrzymał do użytku nóż niezwykłej mocy — oznajmił brat Pavel. Potem odchrząknął nerwowo i zapytał: — Czy mogę mówić całkiem swobodnie przed tą Komisją?

— Całkowicie swobodnie, bracie Pavle — odparł czysty, szorstki głos Przewodniczącego. — Nie zostaniesz ukarany, jeśli nam powiesz, co ci wiadomo. Proszę, mów dalej.

Uspokojony kleryk ciągnął:

— Nóż należący do tego chłopca może otwierać przejścia pomiędzy światami. Co więcej, ma jeszcze większą moc... proszę o wybaczenie, boję się to powiedzieć... Potrafi zabijać najwyższe anioły i wyższe od nich istoty. Nie istnieje nic, czego ten nóż nie może zniszczyć.

Pocił się i drżał, a jego dajmona-żaba w podnieceniu spadła z krawędzi podium na podłogę. Brat Pavel syknął z bólu, podniósł ją szybko i dał się jej napić wody ze szklanki stojącej przed nim.

— Czy pytałeś dalej o dziewczynkę? — podjął Inspektor. — Czy poznałeś imię, o jakim wspominała czarownica?

— Tak, poznałem. Jeszcze raz proszę Komisję o zapewnienie, że...

— Masz je — warknął Przewodniczący. — Nie bój się. Nie jesteś heretykiem. Mów, czego się dowiedziałeś, i nie trać więcej czasu.

— Pokornie proszę o wybaczenie. Zatem ta dziewczynka jest odpowiednikiem Ewy, żony Adama, matki nas wszystkich i przyczyny wszelkiego grzechu.

Stenografistki zapisujące każde słowo były zakonnicami z Zakonu Świętej Filomeli, zaprzysiężonymi do milczenia; lecz po słowach brata Pavla jedna z nich wydała zdławiony okrzyk i obie przeżegnały się pospiesznie. Brat Pavel wzdrygnął się i podjął:

— Proszę pamiętać: aletheiometr nie przepowiada, tylko mówi: jeśli pewne rzeczy się wydarzą, wówczas konsekwencje będą następujące... i tak dalej. I mówi, że jeśli ta dziewczynka będzie kuszona tak jak Ewa, prawdopodobnie upadnie. Od wyniku zależy... wszystko. A jeśli dojdzie do kuszenia i jeśli dziewczynka ulegnie, wówczas Pył i grzech zatriumfują.

W sali zapadła cisza. Miliony złocistych pyłków wirowały w bladych promieniach słońca, wpadających ukośnie przez wielkie ołowiowe okna, ale to był pył, nie Pył; chociaż niejednemu członkowi Komisji kojarzył się z innym niewidzialnym Pyłem, który osiadał na każdej istocie ludzkiej, choćby najsumienniej przestrzegała praw.

— Na koniec, bracie Pavle — rzekł Inspektor — powiedz nam, co wiesz o obecnym miejscu pobytu dziecka.

— Ona wpadła w ręce pani Coulter — odpowiedział brat Pavel. — Przebywają w Himalajach. Na razie tylko tyle mi wiadomo. Natychmiast pójdę zapytać o dokładniejsze położenie i jak tylko je otrzymam, zawiadomię Komisję; ale...

Zamilkł, skurczył się ze strachu i drżącą dłonią podniósł szklankę do ust.

— Tak, bracie? — ponaglił go ojciec MacPhail. — Nie ukrywaj niczego.

— Przypuszczam, że Stowarzyszenie Dzieł Ducha Świętego wie o tym więcej ode mnie.

Brat Pavel mówił niemal szeptem.

— Czyżby? — warknął Przewodniczący i w jego oczach zapłonęła wściekłość.

Dajmona brata Pavla wydała krótkie żabie skrzeknięcie. Kleryk wiedział o rywalizacji pomiędzy rozmaitymi ugrupowaniami w Magistraturze i rozumiał, jak niebezpiecznie dostać się w krzyżowy ogień rywali; ale zatajenie posiadanych informacji groziło jeszcze większym niebezpieczeństwem.

— Przypuszczam — ciągnął, dygocząc — że oni znacznie dalej posunęli się w poszukiwaniach dziecka. Mają inne źródła wiedzy, niedostępne dla mnie.

— Właśnie — mruknął Przewodniczący. — Czy aletheiometr powiedział ci o tym?

— Tak.

— Doskonale. Bracie Pavle, powinieneś dalej prowadzić dochodzenie. Czegokolwiek potrzebujesz w sensie pomocy klerykalnej czy sekretarskiej, rozkazuj. Powstań, proszę.

Brat Pavel skłonił się, pozbierał notatki i z żabą-dajmoną na ramieniu opuścił salę. Zakonnice rozprostowały palce.

Ojciec MacPhail postukał ołówkiem w dębową ławę przed sobą.

— Siostro Agnes, siostro Moniko — powiedział — możecie teraz nas zostawić. Transkrypcje proszę mi położyć na biurku przed końcem dnia.

Dwie zakonnice skłoniły się i wyszły.

— Dżentelmeni — powiedział Przewodniczący, gdyż tak zwracano się do siebie w Konsystorskiej Komisji — przenieśmy obrady.

74

Dwunastu sędziów, od najstarszego (ojciec Makepwe, zgrzybiały, o kaprawych oczach) do najmłodszego (ojciec Gomez, blady i drżący od gorliwości) zebrali notatki i ruszyli za Przewodniczącym do komnaty rady, gdzie mogli siedzieć naprzeciwko siebie przy stole i rozmawiać z zachowaniem najwyższej dyskrecji.

Obecny Przewodniczący Komisji Konsystorskiej był Szkotem nazwiskiem Hugh MacPhail. Wybrano go w młodym wieku; Przewodniczący pełnili swój urząd dożywotnio, a ojciec MacPhail dopiero przekroczył czterdziestkę, więc mógł wpływać na losy Komisji Konsystorskiej, a zatem całego Kościoła, przez wiele nadchodzących lat. Był to mężczyzna o mrocznej twarzy, wysoki i postawny, z grzywą sztywnych siwych włosów; miał skłonności do tycia, dlatego narzucił swojemu ciału brutalną dyscyplinę: pijał tylko wodę, jadał tylko chleb i owoce i ćwiczył godzinę dziennie pod nadzorem trenera mistrzów sportu. W rezultacie był wychudzony, żylasty i nerwowy. Jego dajmona była jaszczurką.

Odczekawszy, aż zebrani usiądą, ojciec MacPhail zaczął:

— Taki zatem jest stan rzeczy. Należy wziąć pod uwagę kilka punktów. Po pierwsze, Lord Asriel. Czarownica życzliwa Kościołowi melduje, że Lord Asriel zbiera wielką armię, włącznie z siłami wyglądającymi na anielskie. Jego zamiary, o ile czarownicy wiadomo, są wrogie wobec Kościoła i wobec samego Autorytetu. Po drugie, Rada Oblacyjna. Zorganizowanie przez nich programu badawczego w Bolvangarze oraz finansowanie działalności pani Coulter sugeruje, że mają nadzieję zająć miejsce Konsystorskiej Komisji Dyscyplinarnej jako najpotężniejszego i najskuteczniejszego ramienia Świętego Kościoła. Zostaliśmy wyprzedzeni, panowie. Oni działali bezwzględnie i skutecznie. Należą nam się baty za naszą ślamazarność, skoro do tego dopuściliśmy. Za chwilę wrócę do tematu i powiem, co możemy zrobić. Po trzecie, chłopiec z zeznania brata Pavla, z nożem o takich niezwykłych możliwościach. Koniecznie musimy go znaleźć i jak najszybciej wejść w posiadanie tego noża. Po czwarte, Pył. Podjąłem kroki w celu sprawdzenia, czego dowiedziała się o tym Rada Oblacyjna. Przekonaliśmy jednego z teologów eksperymentalnych pracujących w Bolvangarze, żeby nam powiedział, co dokładnie odkryli. Porozmawiam z nim dzisiaj po południu na dole.

Jeden czy dwóch kapłanów poruszyło się niespokojnie, ponieważ „na dole" oznaczało piwnice pod budynkiem: wyłożone białymi kafelkami pomieszczenia z doprowadzeniami prądu anbarycznego, dźwiękoszczelne i dobrze skanalizowane.

— Czegokolwiek jednak dowiemy się o Pyle — podjął Przewodniczący — nie wolno nam zapominać o naszym zadaniu. Rada Oblacyjna próbowała zrozumieć skutki działania Pyłu; my musimy całkowicie go zniszczyć. Jeśli w celu zniszczenia Pyłu trzeba będzie zniszczyć również Radę Oblacyjną, Kolegium Biskupów, każdą instytucję, z pomocą której Święty Kościół wypełnia wolę Autorytetu... niech się tak stanie. Być może, panowie, sam Święty Kościół został powołany do istnienia, żeby wykonać to zadanie i przy tym zginąć. Lepszy jednak świat bez Kościoła i Pyłu niż świat, gdzie co dnia musimy cierpieć pod ohydnym brzemieniem grzechu. Lepszy jest świat oczyszczony z tego wszystkiego!

Płomiennooki ojciec Gomez przytaknął zapalczywie.

— I wreszcie — powiedział ojciec MacPhail — ta dziewczynka. Wciąż jeszcze dziecko, jak myślę. Ta Ewa, która będzie kuszona i która, jeśli kierować się precedensem, upadnie i ten Upadek sprowadzi na nas zagładę. Panowie, ze wszystkich sposobów rozwiązania jej problemu zaproponuję najbardziej radykalny, wierzę jednak, że otrzymam wasze poparcie. Proponuję wysłać człowieka, żeby ją odnalazł i zabił, zanim ona ulegnie pokusie.

— Ojcze Przewodniczący — powiedział natychmiast ojciec Gomez — codziennie przez całe moje dorosłe życie odbywam pokutę wstępną. Studiowałem, szkoliłem się... Przewodniczący podniósł rękę. Pokuta wstępna i rozgrzeszenie były to doktryny badane i rozwijane przez Komisję Konsystorską, ale nieznane ogółowi Kościoła. Obejmowały pokutę za grzech jeszcze niepopełniony, surową i żarliwą pokutę połączoną z oczyszczaniem i biczowaniem, żeby uzbierać swego rodzaju kredyt. Kiedy pokuta osiągnęła poziom stosowny do ciężaru danego grzechu, penitent otrzymywał rozgrzeszenie z góry, chociaż mógł nigdy nie popełnić tego konkretnego grzechu. Na przykład czasami konieczne było zabijanie ludzi; a zabójca miał znacznie łatwiejsze zadanie, jeśli mógł je wykonać w stanie łaski.

— Myślałem o tobie — oznajmił życzliwie ojciec Mac-Phail. — Czy mam zgodę Komisji? Tak. Kiedy ojciec Gomez wyruszy z naszym błogosławieństwem, będzie zdany tylko na siebie, nieosiągalny, nie do odwołania. Cokolwiek jeszcze się stanie, on podąży do celu prostą drogą, niczym strzała Boga, i uderzy w dziecko. Nadejdzie w nocy, niewidzialny, niczym anioł, który zniszczył Asyryjczyków, w ciszy i milczeniu. O ileż lepiej byłoby dla nas, gdyby w ogrodzie Edenu był taki ojciec Gomez! Nigdy nie odeszlibyśmy z raju.

Młody ksiądz prawie szlochał z dumy. Komisja udzieliła swego błogosławieństwa.

A w najciemniejszym kącie sufitu, ukryty wśród ciemnych dębowych belek, siedział człowieczek nie większy od dłoni. Miał buty z ostrogami i słyszał każde wypowiedziane słowo.

W piwnicach człowiek z Bolvangaru, ubrany tylko w brudną białą koszulę i luźne spodnie bez paska, stał pod gołą żarówką, przytrzymując jedną ręką spodnie, a drugą swoją dajmonę-królicę. Przed nim, na jedynym krześle, siedział ojciec MacPhail.

— Doktorze Cooper — zaczął Przewodniczący — niechże pan siada.

W pomieszczeniu nie było żadnych mebli oprócz krzesła, drewnianej pryczy i wiadra. Głos Przewodniczącego odbijał się nieprzyjemnym echem od białych kafelków pokrywających sufit i ściany.

Doktor Cooper usiadł na pryczy. Nie mógł oderwać wzroku od wychudzonego siwowłosego mężczyzny. Oblizał suche wargi i czekał na kolejną zbliżającą się przykrość.

— Więc prawie udało się panu oddzielić dziecko od jego dajmona? — zagadnął ojciec MacPhail.

Doktor Cooper odparł drżącym głosem:

— Uważaliśmy, że nie ma sensu czekać, ponieważ eksperyment i tak miał się odbyć, więc umieściliśmy dziecko w eksperymentalnej komorze, ale wtedy interweniowała sama pani Coulter i zabrała dziecko do własnej kwatery.

Królica-dajmona otwarła okrągłe oczy i spojrzała z lękiem na Przewodniczącego, po czym znowu je zamknęła i ukryła pyszczek.

— To na pewno było stresujące — zauważył ojciec MacPhail.

— Cały program był niezwykle trudny — zgodził się pospiesznie doktor Cooper.

— Dziwi mnie, że nie zwróciliście się po pomoc do Komisji Konsystorskiej, my mamy mocne nerwy.

— My... ja... rozumieliśmy, że na program licencję wydała... Kierowała nim Rada Oblacyjna, ale powiedziano nam, że za zgodą Konsystorskiej Komisji Dyscyplinarnej. Inaczej nigdy nie wzięlibyśmy w tym udziału. Nigdy!

— Nie, oczywiście, że nie. A teraz inna sprawa. Czy wiadomo coś panu — zaczął ojciec MacPhail, przechodząc do prawdziwego powodu swojej wizyty w piwnicy —

o temacie badań Lorda Asriela? Co mogło być źródłem potężnej energii, którą zdołał uwolnić na Svalbardzie?

Doktor Cooper przełknął ślinę. W pełnej napięcia ciszy kropla potu spadła z jego podbródka i obaj mężczyźni wyraźnie usłyszeli, jak uderzyła w betonową podłogę.

— No... — zaczął Cooper — jeden z członków naszego zespołu zaobserwował, że w procesie rozdzielania następuje uwolnienie energii. Kontrolowanie jej wymagałoby ogromnych sił, lecz podobnie jak eksplozję atomową inicjują konwencjonalne materiały wybuchowe, można to zrobić, skupiając potężny prąd anbaryczny... Jednakże nie potraktowano go poważnie. Nie zwracałem uwagi na jego pomysły — dodał szczerze — wiedząc, że bez zezwolenia mogą okazać się herezją.

— Bardzo mądrze. A ten kolega? Gdzie jest teraz?

— Był jednym z tych, którzy zginęli podczas ataku.

Przewodniczący uśmiechnął się. Uśmiech był tak szczególny, że dajmona doktora Coopera zadygotała i przywarła do jego piersi.

— Odwagi, doktorze — powiedział ojciec MacPhail. — Chcemy, żeby pan był silny i dzielny! Czeka nas praca nad wielkim dziełem, walka w wielkiej bitwie. Musi pan zasłużyć na przebaczenie Autorytetu, współpracując z nami w pełni, nie ukrywając niczego, nawet najdzikszych spekulacji, nawet plotek. Teraz niech pan skupi całą uwagę i spróbuje sobie przypomnieć, co mówił pański kolega. Czy przeprowadzał jakieś eksperymenty? Czy zostawił notatki? Czy zwierzał się jeszcze komuś? Jakiego sprzętu używał? Niech pan niczego nie pomija, doktorze Cooper. Dostanie pan pióro, papier i tyle czasu, ile pan potrzebuje. Ten pokój jest niezbyt wygodny. Przeniesiemy pana w bardziej odpowiednie miejsce. Potrzebuje pan na przykład jakichś mebli? Woli pan pisać przy stole czy przy biurku? Chce pan maszynę do pisania? Może woli pan dyktować stenografistce? Wystarczy zawiadomić straże i dostanie pan wszystko, czego pan

79

zażąda. Ale chcę, żeby pan bez przerwy myślał o pańskim koledze i jego teorii. Najważniejszym pańskim zadaniem jest odtworzyć, a w razie konieczności ponownie odkryć to, co on wiedział. Kiedy już pan ustali, jakie instrumenty będą potrzebne, dostanie je pan również. To wielkie zadanie, doktorze! Błogosławieństwo spłynęło na pana, skoro panu je powierzono! Niech pan podziękuje Autorytetowi.

— Dziękuję, ojcze Przewodniczący! Dziękuję!

Przytrzymując luźny pasek spodni, filozof wstał i skłonił się kilka razy niemal nieświadomie, kiedy Przewodniczący Konsystorskiej Komisji Dyscyplinarnej opuszczał celę.

Tego wieczoru kawaler Tialys, gallivespiański szpieg, podążał alejkami i zaułkami Genewy na spotkanie ze swoją koleżanką, lady Salmakią. Była to niebezpieczna wyprawa dla nich obojga; niebezpieczna również dla każdego napastnika, ale przede wszystkim ryzykowna dla małych Gallivespian. Niejeden polujący kot zginął od ich ostróg, lecz zaledwie przed tygodniem kawaler mało nie stracił ramienia w zębach bezpańskiego kundla; uratowała go tylko szybka akcja damy.

Spotkali się w siódmym z wyznaczonych miejsc schadzek, wśród korzeni platanu na zarośniętym małym skwerku, i wymienili nowiny. Informator Salmakii w Stowarzyszeniu powiedział jej, że wcześniej tego wieczoru otrzymali przyjacielskie zaproszenie od Przewodniczącego Konsystorskiej Komisji, żeby przyszli omówić kwestie interesujące dla obu stron.

— Szybka robota — skomentował kawaler. — Ale sto do jednego, że on nam nie powie o swoim zabójcy.

Opowiedział jej o planie zabicia Lyry. Salmakia nie była zdziwiona.

— To logiczne rozwiązanie — stwierdziła. — I logicznie

myślący ludzie. Tialys, myślisz, że jeszcze kiedyś zobaczymy to dziecko?

— Nie wiem, ale chciałbym. Dobrej drogi, Salmakio. Jutro przy fontannie.

Pod tą wymianą zdań kryła się niewypowiedziana rzecz, o której nigdy nie wspominali: krótkość ich życia w porównaniu z życiem ludzi. Gallivespianie dożywali dziewięciu lub dziesięciu lat, rzadko więcej, a Tialys i Salmakia przekroczyli już ósmy rok. Nie obawiali się starości: ich lud umierał w pełni sił i rozkwicie, nagle, dzieciństwo zaś trwało bardzo krótko; lecz w porównaniu z nimi życie dziecka takiego jak Lyra rozciągało się równie daleko w przyszłość, jak życie czarownic w porównaniu z Lyrą.

Kawaler wrócił do Kolegium Świętego Hieronima i zaczął układać wiadomość, którą zamierzał wysłać Lordowi Roke przez magnetytowy rezonator.

Podczas gdy rozmawiał z Salmakią, Przewodniczący posłał po ojca Gomeza. W jego gabinecie modlili się razem przez godzinę, a potem ojciec MacPhail udzielił młodemu księdzu wstępnego rozgrzeszenia, dzięki któremu zamordowanie Lyry przestanie być grzechem. Ojciec Gomez wyglądał jak odmieniony; wypełniająca go pewność siebie sprawiła, że jego oczy dosłownie płonęły żarem.

Omówili praktyczne kwestie, sprawę pieniędzy i tak dalej; a potem Przewodniczący powiedział:

— Kiedy stąd wyjdziesz, ojcze, zostaniesz całkowicie odcięty, na zawsze, od wszelkiej pomocy z naszej strony. Nigdy nie będziesz mógł wrócić; nigdy więcej o nas nie usłyszysz. Nie mogę ci udzielić lepszej rady niż ta: nie szukaj dziecka. W ten sposób się zdradzisz. Szukaj kusicielki, a ona doprowadzi cię do dziecka.

— Ona? — powtórzył wstrząśnięty ojciec Gomez.

81

— Tak — potwierdził ojciec MacPhail. — Tyle dowiedzieliśmy się z aletheiometru. Świat, z którego pochodzi kusicielka, jest dziwnym światem. Zobaczysz wiele rzeczy, które cię zaskoczą i zaszokują, ojcze. Nie pozwól, żeby ich obcość odwiodła cię od świętego zadania, które musisz wypełnić. Wierzę — dodał łagodnie — w moc twojej wiary. Ta kobieta podróżuje, prowadzona przez moce zła, do miejsca, gdzie w końcu w odpowiednim czasie spotka dziecko, żeby je wystawić na pokuszenie. Oczywiście jeśli nie uda nam się zabrać dziewczynki z jej obecnego miejsca pobytu. Wtedy pozostaje nasz pierwszy plan. Ty, ojcze, jesteś naszą ostateczną gwarancją, że jeśli poniesiemy porażkę, siły piekielne jednak nie zwyciężą.

Ojciec Gomez kiwnął głową. Jego dajmona, duży błyszczący żuk o zielonym grzbiecie, stuknęła sztywnymi skrzydłami.

Przewodniczący otworzył szufladę i podał młodemu księdzu paczuszkę poskładanych papierów.

— Tu jest wszystko, co wiemy o tej kobiecie — powiedział — o świecie jej pochodzenia i o miejscu, gdzie ją widziano po raz ostatni. Przeczytaj to uważnie, drogi Luisie, i wyruszaj z moim błogosławieństwem.

Nigdy przedtem nie zwrócił się do księdza po imieniu. Ojciec Gomez poczuł, że łzy radości pieką go w oczach, kiedy całował Przewodniczącego na pożegnanie.

— ...ty jesteś Lyra.

Potem uświadomiła sobie, co to znaczy. Czuła się oszołomiona, nawet we śnie; czuła wielki ciężar przygniatający ramiona. Ciężar jeszcze się zwiększył, kiedy znowu ogarniał ją sen i twarz Rogera odpływała w mrok.

— No tak... wiem... Po naszej stronie są różni ludzie, jak doktor Malone... Wiesz, że istnieje drugi Oksford, całkiem jak nasz? No i ona... znalazłam ją w... Ona pomoże... Ale jest tylko jedna osoba, która naprawdę...

Teraz już ledwie widziała małego chłopca, a jej myśli rozbiegały się i błądziły jak owce na pastwisku.

— Ale możemy mu zaufać, Roger, przysięgam — powiedziała, podejmując ostatni wysiłek...

7

Mary, sama

*Wreszcie stanęły jak w tańcu czcigodne
Drzewa i konar liczny rozpostarły
Pozawieszany obficie owocem...* *

John Milton

Niemal w tym samym czasie kusicielka, której tropem wysłano ojca Gomeza, sama była kuszona.

— Dziękuję, nie, nie, to wszystko, czego potrzebuję, nic więcej, naprawdę, dziękuję — mówiła doktor Mary Malone do pary staruszków w oliwnym gaju, którzy próbowali jej wcisnąć więcej żywności, niż mogła unieść.

Mieszkali tam samotni i bezdzietni, w strachu przed upiorami, które widywali wśród srebrnoszarych drzew; lecz kiedy Mary Malone nadeszła drogą z plecakiem, upiory spłoszyły się i odfrunęły. Para staruszków zaprosiła Mary do małej, obrośniętej winem chatki, ugościła winem, chlebem, serem i oliwkami, a teraz nie chciała jej wypuścić.

— Muszę iść dalej — powtórzyła — dziękuję wam,

---

* „Raj utracony", księga VII, tłum. jw.

jesteście bardzo mili... nie udźwignę... och, no dobrze, jeszcze jeden mały serek... dziękuję...

Najwyraźniej uważali ją za talizman przeciwko upiorom. Chciałaby, żeby mieli rację. Przez ten tydzień spędzony w świecie Cittàgazze widziała tyle zniszczeń, tylu dorosłych pożartych przez upiory i zdziczałe padlinożerne dzieci, że te eteryczne wampiry budziły w niej zgrozę. Wiedziała tylko, że odfruwały, kiedy się zbliżała; ale nie mogła zostać z każdym, kto jej potrzebował, ponieważ musiała iść dalej.

Znalazła miejsce na ostatni mały kozi serek owinięty w liść winorośli, ponownie ukłoniła się z uśmiechem i po raz ostatni napiła ze źródła bulgoczącego wśród szarych głazów. Potem lekko klasnęła, naśladując staruszków, stanowczo odwróciła się i odeszła.

Wcale nie była tak zdecydowana, jak wyglądała. Ostatnia komunikacja z tymi istotami, które nazywała Cienio-cząsteczkami, a Lyra nazywała Pyłem, odbyła się na ekranie komputera, który zniszczyła na ich polecenie. Teraz się zgubiła. Kazano jej przejść przez szczelinę w Oksfordzie, w którym mieszkała, w Oksfordzie świata Willa, co też zrobiła — i znalazła się w tym niezwykłym innym świecie, oszołomiona i drżąca z podziwu. Poza tym jej jedynym zadaniem było znalezienie chłopca i dziewczynki, a potem odegranie węża — cokolwiek to znaczyło.

Więc wędrowała, rozglądała się i pytała, i niczego nie znalazła. Teraz jednak, pomyślała, skręcając w wąską ścieżkę prowadzącą z gaju oliwnego, będzie musiała poszukać wskazówek.

Gdy tylko oddaliła się od małego gospodarstwa dostatecznie, żeby nikt jej nie przeszkodził, usiadła pod sosnami i otworzyła plecak. Na dnie, zawinięta w jedwabny szal, spoczywała książka, którą Mary miała od dwudziestu lat: komentarz do chińskiej metody wróżenia, I Ching.

Zabrała ją ze sobą z dwóch powodów. Po pierwsze, przez sentyment: dostała ją od dziadka i często z niej korzystała jako uczennica. Po drugie, kiedy Lyra po raz pierwszy znalazła drogę do laboratorium Mary, zapytała: „Co to jest?" i wskazała plakat na drzwiach, przedstawiający symbole z I Ching; a niedługo potem w trakcie spektakularnego seansu z komputerem dowiedziała się (tak twierdziła), że Pył ma wiele innych sposobów porozumiewania się z istotami ludzkimi, do których należała również chińska metoda wykorzystująca te symbole.

Więc pakując się pospiesznie przed opuszczeniem własnego świata, Mary zabrała też „Księgę Przemian", jak ją nazywano, oraz małe łodyżki krwawnika, za pomocą których ją odczytywała. A teraz nadszedł czas, żeby z niej skorzystać.

Rozłożyła jedwabny szal na ziemi i zaczęła proces dzielenia i liczenia, dzielenia i liczenia i odkładania na bok, który tak często przeprowadzała jako porywcza ciekawa nastolatka, a później prawie nigdy. Niemal zapomniała, jak to się robi, lecz wkrótce rytuał powrócił, a wraz z nim poczucie spokoju i skupienia, które odgrywało tak ważną rolę w rozmowie z Cieniami.

W końcu otrzymała liczby, które wskazywały heksagram, grupę sześciu ciągłych lub przerywanych linii, po czym sprawdziła znaczenie. Ta część była trudna, ponieważ Księga wyrażała się w tak enigmatycznym stylu. Mary przeczytała:

Wejście na szczyt
Po zapas pożywienia
Przynosi pomyślność.
Szpiegowanie wokół bystrymi oczami
Jak tygrys nienasycony w swym głodzie.

To brzmiało zachęcająco. Czytała dalej, śledząc tekst poprzez zagmatwane ścieżki komentarza, aż dotarła do słów: „Zachowanie spokoju to góra; to boczna ścieżka; oznacza małe kamyki, drzwi i otwory".

Musiała zgadywać. Wzmianka o „otworach" przypomniała jej tajemnicze okno w powietrzu, przez które weszła do tego świata; a pierwsze słowa chyba wskazywały, że powinna iść w górę.

Jednocześnie podniesiona na duchu i zbita z tropu, zapakowała książkę oraz łodygi krwawnika i ruszyła dalej ścieżką.

Cztery godziny później była bardzo zgrzana i zmęczona. Słońce wisiało nisko nad horyzontem. Wyboista ścieżka skończyła się i Mary z coraz większym trudem wspinała się wśród porozrzucanych głazów i mniejszych kamieni. Po lewej zbocze opadało ku pejzażowi oliwnych i cytrynowych gajów, zaniedbanych winnic i opuszczonych wiatraków, mglistych w wieczornym świetle. Po prawej osypisko żwiru i kamyków sięgało do grani z kruszącego się wapienia.

Ze znużeniem zarzuciła plecak na ramiona i postawiła stopę na kolejnym płaskim głazie — lecz zanim jeszcze przeniosła ciężar ciała do przodu, zamarła. Światło odbiło się od czegoś dziwnego. Mary osłoniła dłonią oczy przed odblaskiem z piarżyska i spróbowała ponownie to wypatrzyć.

Znalazła: jakby tafla szkła wisząca w powietrzu bez żadnego oparcia, ale szkło bez wyraźnych świetlnych refleksów: po prostu kwadratowy kawałek odmienności. A potem przypomniała sobie wróżbę I Ching: „boczna ścieżka, małe kamyki, drzwi i otwory".

To było okno, jak tamto na alei Sunderland. Zobaczyła je tylko w tym świetle; gdyby słońce stało wyżej, pewnie wcale by go nie zauważyła.

Podeszła do małego kwadratu powietrza z namiętną ciekawością, ponieważ nie zdążyła obejrzeć tamtego pierwszego; musiała uciekać jak najszybciej. Ale to drugie zbadała dokładnie, dotknęła krawędzi, obeszła je dookoła, żeby sprawdzić, czy robi się niewidzialne z drugiej strony, zanotowała absolutną różnicę pomiędzy „tym" a „tamtym", niemal kipiąc z podniecenia na myśl, że takie rzeczy mogą istnieć.

Właściciel noża, który je zrobił mniej więcej w okresie amerykańskiej rewolucji, nie zamknął go przez niedbalstwo, ale przynajmniej wyciął je w miejscu bardzo podobnym do świata po tej stronie: na skalnym zboczu. Lecz skała po drugiej stronie była inna, nie wapień, tylko granit, i kiedy Mary przeszła przez otwór do nowego świata, znalazła się nie u podnóża wyniosłej grani, ale niemal na szczycie niskiego nasypu, górującego nad rozległą równiną.

Tutaj też zapadał wieczór. Usiadła, żeby odpocząć, złapać oddech i bez pośpiechu napawać się tym cudem.

Złociste światło wypełniające przestrzeń i nieskończona preria lub sawanna, jakiej nigdy nie widziała we własnym świecie. Chociaż prawie cała równina była porośnięta krótką trawą w niezliczonych odcieniach brązu, zieleni, ochry, płowej żółci i złota, i lekko sfalowana, co wyraźnie podkreślały długie promienie zachodzącego słońca, przecinały ją krzyżujące się linie czegoś, co wyglądało jak rzeki kamienia o jasnoszarej powierzchni.

Po drugie, tu i tam na równinie stały grupki najwyższych drzew, jakie Mary widziała w życiu. Pewnego razu w Kalifornii, uczestnicząc w konferencji fizyki wysokich energii, wzięła sobie wolne, żeby obejrzeć wielkie sekwoje, które wzbudziły w niej podziw; lecz czymkolwiek były te drzewa, przewyższały sekwoje co najmniej dwukrotnie. Listowie miały gęste i ciemnozielone, potężne pnie czerwonozłote w nasyconym wieczornym świetle.

I wreszcie na prerii pasło się stado jakichś zwierząt, zbyt daleko, żeby zobaczyć je wyraźnie. W ich ruchach była obcość, której Mary nie potrafiła pojąć do końca.

Czuła się strasznie zmęczona, poza tym głodna i spragniona. Gdzieś w pobliżu słyszała jednak zachęcający bulgot źródełka. Znalazła je już po chwili: zaledwie wyciek czystej wody z omszałej szczeliny i cienki strumyczek spływający po zboczu. Piła długo i z wdzięcznością, a potem poszukała wygodnego miejsca, ponieważ noc zapadała szybko.

Oparta o skałę, owinięta śpiworem, zjadła trochę twardego chleba i koziego sera, a potem głęboko zasnęła.

Obudziło ją poranne słońce świecące prosto w twarz. Powietrze było chłodne, maleńkie kropelki rosy osiadły na jej włosach i na śpiworze. Leżała przez kilka minut otoczona świeżością, czując się jak pierwsza istota ludzka na świecie.

Usiadła, ziewnęła, przeciągnęła się, zadrżała. Umyła się w lodowatym źródełku, potem zjadła kilka suszonych fig i rozejrzała się po okolicy.

Za niewielkim wzniesieniem, na którym się znalazła, teren opadał stopniowo, a potem znowu się wznosił; najpełniejszy widok rozciągał się z przodu, na rozległą prerię. Długie cienie drzew sięgały teraz w jej stronę, a przed nimi widziała kołujące stada ptaków, tak maleńkich na tle wyniosłej zielonej korony, że wyglądały jak pyłki kurzu.

Ponownie zarzuciła plecak na ramiona i zeszła na gęstą, szorstką trawę prerii, kierując się w stronę najbliższej grupy drzew, oddalonej o sześć do siedmiu kilometrów.

Trawa sięgała do kolan; wśród niej rosły nisko płożące się krzewy, najwyżej do kostek, przypominające jałowiec, i kwiaty podobne do maków, jaskrów, bławatków, barwiące pejzaż rozmaitymi odcieniami. Potem Mary zobaczyła dużą pszczołę, wielkości połowy jej kciuka, siadającą w koronie błękitnego kwiatu, który pochylił się i zakołysał pod ciężarem. Lecz kiedy pszczoła wycofała się spomiędzy płatków i ponownie wzbiła w powietrze, Mary zobaczyła, że to wcale nie był owad, ponieważ po chwili przyfrunął do jej dłoni i usiadł na palcu, bardzo delikatnie postukał w skórę długim dziobem w kształcie igły i, nie znalazłszy nektaru, odleciał. To był maleńki koliber, trzepoczący brązowo upierzonymi skrzydełkami zbyt szybko jak na możliwości ludzkiego oka.

Jakże zazdrościłby jej każdy biolog na Ziemi, gdyby mógł zobaczyć to co ona!

Ruszyła dalej i zauważyła, że zbliża się do stada tych trawożernych zwierząt, które widziała poprzedniego wieczoru i których ruchy wydawały jej się jakieś dziwne, nie wiadomo dlaczego. Zwierzęta, wielkości jelenia lub antylopy i podobnie umaszczone, różniły się jednak budową nóg tak bardzo, że Mary przystanęła i przetarła oczy. Nogi wyrastały im romboidalnie z tułowia: dwie na środku, jedna z przodu i jedna pod ogonem, toteż zwierzęta poruszały się w dziwnie kołyszący sposób. Mary gwałtownie zapragnęła obejrzeć szkielet i sprawdzić, jak działa ta konstrukcja.

Trawożercy ze swej strony spoglądali na nią obojętnie łagodnymi oczami, nie okazując strachu ani ciekawości. Marzyła, żeby podejść bliżej i obejrzeć zwierzęta bez pośpiechu, ale robiło się gorąco, a cień wielkich drzew zapraszał: zresztą miała mnóstwo czasu.

Wkrótce wyszła z trawy na jedną z tych kamiennych rzek, które widziała ze wzgórza: kolejny powód do zdziwienia.

Kiedyś mogła tutaj wylać lawa. W głębi miała barwę ciemną, niemal czarną, ale powierzchnię jaśniejszą, jakby wytartą albo zniszczoną na skutek kruszenia. Była gładka jak porządnie wybetonowana droga w świecie Mary i z pewnością łatwiej się po niej szło niż po trawie.

Mary poszła dalej kamienną drogą, która zakręcała szerokim łukiem w stronę drzew. Im bliżej podchodziła, tym bardziej zdumiewała ją grubość ogromnych pni, równie szerokich jak jej dom, oceniała, i wysokich jak... wysokich jak... zabrakło jej porównania.

Dotarła do pierwszego pnia i położyła ręce na głęboko pobrużdżonej czerwonozłotej korze. Ziemię zaściełał gruby do kostek dywan brązowych szkieletów liści, długich jak stopa Mary, miękkich i pachnących. Wkrótce otoczyła ją chmara latających stworzonek podobnych do komarów. Widziała też stadko maleńkich kolibrów, żółtego motyla o skrzydłach rozpiętości jej dłoni i zbyt wiele pełzających stworzeń jak na jej gust. W powietrzu brzęczało, buczało i szeleściło.

Przeszła po ściółce zagajnika, czując się jak w katedrze: ta sama cisza, to samo wrażenie wznoszącej się struktury, ten sam podziw.

Dotarła tutaj później, niż myślała. Zbliżało się południe, ponieważ snopy światła wpadały prawie pionowo przez sklepienie liści. Mary sennie zastanawiała się, dlaczego trawożerne zwierzęta nie szukały cienia pod drzewami w najgorętszej porze dnia.

Wkrótce się dowiedziała.

Zbyt zgrzana, żeby iść dalej, położyła się na odpoczynek pomiędzy korzeniami gigantycznego drzewa, oparła głowę na plecaku i zapadła w drzemkę.

Oczy miała zamknięte najwyżej od dwudziestu minut i jeszcze na dobre nie zasnęła, kiedy nagle gdzieś bardzo blisko rozległ się donośny trzask, od którego zadrżała ziemia.

Potem znowu trzasnęło. Zaalarmowana Mary usiadła, otrząsnęła się ze snu i zobaczyła ruch: okrągły przedmiot, koło o średnicy mniej więcej metra, potoczyło się po ziemi, zatrzymało i przewróciło na bok.

A potem spadło następne, trochę dalej; widziała, jak masywny ciężar uderzył o podobny do przypory korzeń najbliższego drzewa i odtoczył się powoli.

Wystarczyła myśl, że jedna z tych rzeczy spadnie jej

91

na głowę, żeby Mary złapała plecak i uciekła z zagajnika. Co to było? Strąki nasienne?

Uważnie patrząc w górę, zaryzykowała ponowne wejście pod korony drzew, żeby przyjrzeć się najbliższemu krążkowi. Postawiła go prosto, wytoczyła z zagajnika i położyła na trawie, chcąc obejrzeć go dokładnie. Był idealnie okrągły i gruby na szerokość jej dłoni. W środku miał wgłębienie, gdzie wcześniej był przytwierdzony do drzewa. Nie ważył wiele, ale był niezwykle twardy i pokryty włóknistymi włoskami, układającymi się wzdłuż obwodu tak, że mogła łatwo przeciągnąć po nim dłonią w jedną stronę, ale nie w drugą. Spróbowała naciąć powierzchnię nożem: nie został nawet ślad.

Jej palce wydawały się gładsze. Powąchała je: wyczuła słaby zapach pod wonią kurzu. Znowu spojrzała na strąk. Błyszczał lekko na środku i kiedy ponownie go dotknęła, poczuła śliskość pod palcami. Wydzielał jakiś olejek.

Mary położyła go, zastanawiając się, w jaki sposób ewoluował ten świat.

Jeśli prawidłowo odgadła, że te wszechświaty były równoległymi światami przewidzianymi przez teorię kwantową, niektóre z nich musiały oddzielić się od jej świata znacznie wcześniej niż inne. A w tym świecie ewolucja wyraźnie faworyzowała ogromne drzewa i duże zwierzęta z romboidalnym ustawieniem kończyn.

Mary zaczynała rozumieć, jak wąskie są jej naukowe horyzonty. Nie miała pojęcia o botanice, geologii czy biologii — ignorancja na poziomie małego dziecka.

A potem usłyszała niski dudniący grzmot, którego źródło zlokalizowała dopiero po chwili, kiedy zobaczyła kłąb kurzu przesuwający się po kamiennej drodze — w stronę zagajnika i w stronę Mary. Tuman, odległy o jakieś dwa kilometry, bynajmniej nie poruszał się powoli, toteż nagle ogarnął ją strach.

Skoczyła z powrotem do zagajnika. Znalazła wąską

szczelinę pomiędzy dwoma wielkimi korzeniami i wcisnęła się tam, zerkając ponad wysoką przyporą w kierunku zbliżającej się chmury pyłu.

Od tego, co zobaczyła, zakręciło jej się w głowie. Początkowo wyglądało to jak gang motocyklowy. Potem pomyślała, że to stado zwierząt na kołach. Ale to niemożliwe. Żadne zwierzę nie ma kół. Nie mogła tego widzieć. Ale widziała.

Widziała około tuzina zwierząt. Były z grubsza tej samej wielkości co trawożerne stworzenia, ale smuklejsze i szaro ubarwione, z rogami i krótkimi trąbami jak u słoni. Miały taką samą romboidalną budowę ciała co trawożercy, ale w jakiś sposób wytworzyły koło na przedniej i tylnej nodze.

Ale koło nie istnieje w naturze, upierał się jej umysł: koło potrzebuje osi z łożyskiem całkowicie oddzielonej od obracającej się części, to nie mogło powstać, to niemożliwe...

Potem, kiedy stado zatrzymało się w odległości niecałych pięćdziesięciu metrów i kurz opadł, Mary nagle dostrzegła związek i nie mogła opanować głośnego śmiechu.

Koła to były strąki nasienne. Idealnie okrągłe, niezwykle twarde i lekkie — nadawały się doskonale. Stworzenia zaczepiały szpony przedniej i tylnej nogi w środku strąków i używały dwóch bocznych nóg, żeby odpychać się od ziemi i posuwać do przodu. Zachwycając się tym wynalazkiem, Mary czuła się również trochę nieswojo, ponieważ rogi stworzeń wydawały się bardzo ostre, a w oczach błyszczała ciekawość i inteligencja widoczna nawet z tej odległości.

I szukały jej.

Jeden z nich dostrzegł strąk, który wytoczyła z zagajnika, i zjechał z drogi w jego kierunku. Kiedy dotarł do strąka, podniósł go trąbą, ustawił pionowo i potoczył do swoich towarzyszy.

Zebrali się wokół strąka i dotykali go delikatnie silnymi, giętkimi trąbami. Mary przyłapała się na tym, że interpretuje wydawane przez nich ciche ćwierknięcia, kląskania i pohukiwania jako wyraz dezaprobaty. Ktoś dotykał strąka; ktoś go zepsuł.

Potem pomyślała: Przybyłaś tutaj w określonym celu, chociaż jeszcze go nie zrozumiałaś. Śmiało. Przejmij inicjatywę.

Więc wstała i zawołała, bardzo zażenowana:

— Tutaj. Tutaj jestem! Obejrzałam wasz strąk. Przepraszam. Proszę, nie róbcie mi krzywdy!

Natychmiast przekręcili głowy, żeby na nią spojrzeć, z wysuniętymi trąbami, z błyszczącymi oczami. Wszyscy postawili uszy.

Mary wyszła spod osłony korzeni i spojrzała prosto na nich. Wyciągnęła ręce, rozumiejąc, że taki gest pewnie nie ma znaczenia dla stworzeń, które nie posiadają rąk. Nic innego jednak nie mogła zrobić. Podniosła plecak, przeszła po trawie i wstąpiła na drogę.

Z bliska — nie dalej niż z dwóch metrów — widziała ich znacznie dokładniej, ale jej uwagę przyciągnęło coś żywego i świadomego w ich spojrzeniach — inteligencja. Te stworzenia różniły się od trawożerców tak bardzo, jak człowiek różni się od krowy.

Mary wskazała na siebie i powiedziała:

— Mary.

Najbliższy stwór wyciągnął do niej trąbę. Podeszła bliżej, a on dotknął jej piersi w miejscu, które wskazała. Usłyszała własny głos wydobywający się z gardła stwora:

— Mery.

— Czym jesteś? — zapytała, a stwór powtórzył:

— Czymieseś?

Mogła tylko odpowiedzieć:

— Jestem człowiekiem.

— Jesem człoiekiem — powiedział stwór, a potem stało się coś jeszcze dziwniejszego: stworzenia wybuchnęły śmiechem.

Mrużyły oczy, kołysały trąbami, odrzucały głowy do tyłu — a z ich gardeł wydobywały się odgłosy niewątpliwie świadczące o wesołości. Nie mogła się powstrzymać: również się roześmiała.

Potem inny stwór wysunął się do przodu i dotknął jej ręki trąbą. Mary podstawiła również drugą rękę pod lekko kłujący szczeciną, pytający dotyk.

— Aha — powiedziała — czujesz zapach olejku ze strąka...

— Strąga — powtórzył stwór.

— Jeśli potraficie wymawiać słowa w moim języku, możemy się porozumieć, kiedyś. Bóg wie jak. Mary — powtórzyła, znowu wskazując na siebie.

Nic. Patrzyli. Jeszcze raz pokazała na własną pierś:

— Mary.

Najbliższy stwór dotknął własnej piersi trąbą i przemówił. Trzy sylaby czy dwie? Stwór znowu przemówił i tym razem Mary spróbowała odtworzyć te dźwięki.

— Mulefa — powiedziała niepewnie.

Inni powtórzyli jej głosem: „Mulefa", ze śmiechem, i nawet jakby szydzili ze stwora, który się odezwał. „Mulefa!", wołali, jakby to był świetny żart.

— No, skoro się śmiejecie, to chyba mnie nie zjecie — stwierdziła Mary. Od tej chwili poczuła się wśród nich swobodnie i już się nie denerwowała.

Grupa również się odprężyła: mieli robotę, nie włóczyli się bez celu. Mary zobaczyła, że jeden z nich nosi na plecach siodło lub uprząż; dwaj inni załadowali mu na grzbiet strąk i przywiązali go pasami, zręcznie posługując się trąbami. Kiedy stali, opierali się na bocznych nogach, a kiedy się przesuwali, sterowali jednocześnie przednią i tylną. Ich ruchy były silne i pełne wdzięku.

Jeden z nich podjechał na skraj drogi, uniósł trąbę i wydał donośny zew. Stado trawożerców jak na komendę podniosło łby i potruchtało w stronę drogi. Dotarłszy na miejsce, zwierzęta cierpliwie stały wzdłuż krawędzi i pozwalały, żeby stworzenia na kołach powoli jeździły wśród nich, sprawdzały, dotykały, liczyły.

Potem Mary zobaczyła, że jeden sięga pod brzuch zwierzęcia i doi je trąbą; a potem podjechał do niej i delikatnie uniósł trąbę do ust kobiety.

W pierwszej chwili wzdrygnęła się, lecz we wzroku stworzenia było oczekiwanie, więc przysunęła się i otworzyła usta. Stworzenie wycisnęło trochę rzadkiego słodkiego mleka do jej ust, odczekało, aż połknęła, i napoiło ją jeszcze, i jeszcze. Gest był tak miły i przyjazny, że Mary impulsywnie zarzuciła stworzeniu ręce na szyję i pocałowała je, wdychając zapach rozgrzanej zakurzonej skóry, czując twarde kości i silne mięśnie trąby.

Wkrótce przywódca zatrąbił cicho i trawożerne zwierzęta odeszły. *Mulefa* gotowali się do drogi. Czuła radość, że ją powitali, i smutek, że odchodzą; ale potem ogarnęło ją zdumienie.

Jedno ze stworzeń schylało się, przyklękało na drodze i gestykulowało trąbą, a pozostałe zachęcały ją i zapraszały... Nie miała wątpliwości: chciały ją gdzieś zanieść, zabrać ze sobą.

Drugi wziął jej plecak i przymocował do siodła trzeciego. Mary niezręcznie wdrapała się na grzbiet klęczącego stworzenia, zastanawiając się, gdzie podziać nogi — z przodu czy z tyłu wierzchowca? I czego się trzymać?

Zanim jednak zdążyła rozwiązać ten problem, stworzenie wstało i cała grupa ruszyła drogą, unosząc Mary.

— ...*bo on to Will.*

8

Wódka

Byłem obcy w obcym kraju.

Księga Wyjścia

Balthamos wyczuł śmierć Barucha w tej samej chwili, kiedy nastąpiła. Krzyknął głośno i poszybował w nocne powietrze nad tundrą, bijąc skrzydłami i wypłakując swój ból w chmury; minęło trochę czasu, zanim zdołał się opanować i wrócił do Willa, który całkowicie rozbudzony, z nożem w garści, próbował przebić wzrokiem wilgotną, zimną mgłę. Wrócili znowu do świata Lyry.

— Co się stało? — zapytał Will, kiedy drżący anioł pojawił się przed nim. — Coś nam grozi? Schowaj się za mną...

— Baruch nie żyje — załkał Balthamos. — Mój kochany Baruch nie żyje...

— Kiedy? Gdzie?

Lecz Balthamos nie potrafił odpowiedzieć, wiedział tylko, że połowa jego serca umarła. Nie mógł się uspokoić: znowu wzlatywał w powietrze, śmigał po niebie, jakby szukał Barucha w każdej chmurze po kolei, krzyczał, płakał i krzyczał; a potem ogarnięty poczuciem winy sfruwał w dół i ponaglał Willa, żeby się ukrył i siedział cicho, i przyrzekał strzec go bez wytchnienia; a potem brzemię żalu przygniatało go do ziemi i wspominał każdy z tysięcznych przykładów, kiedy Baruch okazał dobroć i odwagę, i nie zapomniał o żadnym; i jęczał, że natura tak szlachetna nigdy nie powinna zginąć, i znowu wzbijał się w niebo, rzucał się na wszystkie strony, nierozważny, oszalały, zrozpaczony, przeklinając samo powietrze, chmury, gwiazdy.

W końcu Will powiedział:

— Chodź tu, Balthamosie.

Anioł przyszedł na rozkaz, bezradny. W przenikliwie zimnym mroku tundry chłopiec dygotał owinięty płaszczem, mówiąc:

— Musisz teraz zachować milczenie. Wiesz, że tutaj są stwory, które zaatakują, jeśli usłyszą hałas. Obronię cię nożem, jeśli będziesz przy mnie, ale jeśli zaatakują cię w górze, nie zdołam ci pomóc. A jeśli ty też umrzesz, zginę. Balthamosie, potrzebuję cię, żebyś zaprowadził mnie do Lyry. Proszę, nie zapominaj o tym. Baruch był silny... ty też bądź silny. Bądź jak on dla mnie.

Początkowo Balthamos nie odpowiadał, ale potem szepnął:

— Tak. Tak, oczywiście, spróbuję. Śpij teraz, Willu, a ja stanę na straży. Nie zawiodę cię.

Will zaufał mu; nie miał wyboru. I wkrótce znowu zasnął.

Kiedy się obudził, przemoczony od rosy i przemarznięty do szpiku kości, anioł stał w pobliżu. Słońce właśnie wschodziło, ozłacając czubki trzcin i bagiennych roślin.

Zanim Will się poruszył, Balthamos powiedział:

— Podjąłem decyzję, co muszę zrobić. Zostanę z tobą w dzień i w nocy, chętnie i radośnie, ze względu na Barucha. Zaprowadzę cię do Lyry, jeśli zdołam, a potem zaprowadzę was oboje do Lorda Asriela. Przeżyłem tysiące lat i jeśli mnie nie zabiją, mogę przeżyć kolejne tysiące; lecz nigdy nie spotkałem natury, która nakłaniała mnie do dobroci i czynienia dobra równie żarliwie jak Baruch. Zawiodłem tyle razy, ale zawsze jego dobroć była moim odkupieniem. Teraz go nie ma i muszę radzić sobie bez niego. Może czasami zawiodę, ale będę się starał ze wszystkich sił.

— Więc Baruch byłby z ciebie dumny — powiedział Will, dygocząc.

— Czy mam teraz polecieć przodem i zobaczyć, gdzie jesteśmy?

— Tak — poprosił Will. — Wzleć wysoko i powiedz mi, jak tam dalej wygląda. Wędrówka po tym bagnie zabierze mnóstwo czasu.

Balthamos wzbił się w powietrze. Nie wyjawił Willowi wszystkich powodów swojego niepokoju, ponieważ wolał go nie martwić; ale wiedział, że anioł Metatron, Regent, przed którym z ledwością uciekli, głęboko wyrył sobie w pamięci twarz Willa. I nie tylko jego twarz, lecz wszystko, co anioły mogły w nim zobaczyć, również cechy, których sam Will nie dostrzegał, na przykład ten aspekt jego natury, który Lyra nazwałaby jego dajmoną. Willowi groziło teraz wielkie niebezpieczeństwo ze strony Metatrona i w odpowiednim czasie Balthamos zamierzał mu o tym powiedzieć; ale jeszcze nie teraz. To było zbyt trudne.

Will, doszedłszy do wniosku, że szybciej rozgrzeje się w marszu, niż zbierając opał i czekając na rozpalenie ogniska, po prostu zarzucił plecak na ramiona, owinął wszystko płaszczem i ruszył na południe. Prowadziła tam ścieżka, błotnista, wyboista i pełna dziur, więc widocznie ludzie czasami tędy chodzili; lecz płaski horyzont wydawał się bardzo daleki z każdej strony i Will miał wrażenie, że wcale nie posuwa się naprzód.

W jakiś czas później, kiedy się rozjaśniło, głos Balthamosa przemówił za jego plecami:

— Jakieś pół dnia marszu stąd jest szeroka rzeka i miasto z nabrzeżem do cumowania łodzi. Wzleciałem dość wysoko, żeby zobaczyć, że rzeka płynie na długim odcinku prosto z południa na północ. Jeśli załatwisz sobie przewóz, znacznie skrócisz podróż.

— Świetnie! — zawołał Will z zapałem. — Czy ta ścieżka prowadzi do miasta?

— Prowadzi przez wioskę z kościołem, farmami i sadami, a potem do miasta.

— Ciekawe, jakim językiem tutaj mówią. Mam nadzieję, że mnie nie zamkną, jeśli nie znam ich mowy.

— Jako twoja dajmona będę tłumaczył — uspokoił go Balthamos. — Poznałem wiele ludzkich języków; z pewnością zrozumiem ten, którym mówią w tym kraju.

Will pomaszerował dalej. Wędrówka była monotonna i mechaniczna, ale przynajmniej się ruszał i każdy krok zbliżał go do Lyry.

Wioska wyglądała nędznie. Było to niewielkie skupisko drewnianych domów, w zagrodach stały renifery, psy szczekały, kiedy się zbliżał. Dym wypływał z blaszanych kominów i wisiał nisko nad gontowymi dachami. Ciężka ziemia lepiła się do stóp, najwyraźniej niedawno mieli tutaj powódź: błoto poznaczyło ściany do połowy wysokości drzwi, połamane belki i luźno zwisające płaty przerdzewiałego żelaza wskazywały miejsca, gdzie woda zniszczyła szopy, werandy i przybudówki.

Lecz nie to najbardziej zdziwiło Willa. Początkowo myślał, że traci równowagę, nawet potknął się raz czy dwa; ponieważ budynki stały odchylone odrobinę od pionu, wszystkie w tę samą stronę. Kopuła niewielkiego kościółka fatalnie popękała. Czyżby doszło tutaj do trzęsienia ziemi?

Psy szczekały z histeryczną wściekłością, ale nie odważyły się podejść bliżej. Balthamos jako dajmona przybrał postać wielkiego śnieżnobiałego psa o czarnych ślepiach, gęstym futrze i zakręconym ogonie i warczał tak

101

groźnie, że prawdziwe psy trzymały się z daleka. Były chude i skundlone, a nieliczne renifery miały zmierzwioną sierść i apatyczne spojrzenie.

Will przystanął pośrodku wioski i rozejrzał się, szukając dalszej drogi, a wtedy pojawiło się kilku mężczyzn, którzy zagapili się na niego. Byli to pierwsi ludzie, jakich zobaczył w świecie Lyry. Nosili ciężkie filcowe płaszcze, zabłocone buty, futrzane kapelusze i nie wyglądali przyjaźnie.

Biały pies zmienił się w jaskółkę i sfrunął na ramię Willa. Nikt nawet nie mrugnął okiem; każdy z mężczyzn miał dajmonę, głównie psy, jak zauważył Will, bo taki był tutaj porządek rzeczy. Balthamos na jego ramieniu szepnął:

— Idź. Nie patrz im w oczy. Pochyl głowę. W ten sposób okażesz szacunek.

Will ruszył dalej. Potrafił wyglądać niepozornie, to był jego największy talent. Zanim dotarł do mężczyzn, stracili już zainteresowanie. Wtedy jednak otwarły się drzwi największego domu przy drodze i jakiś głos zawołał coś donośnie.

— To kapłan — powiedział cicho Balthamos. — Musisz okazać mu uprzejmość. Odwróć się i ukłoń.

Will usłuchał. Kapłan był ogromnym siwobrodym mężczyzną ubranym w czarną sutannę, z dajmoną-krukiem na ramieniu. Przesunął rozbieganym spojrzeniem po twarzy i ciele Willa, niczego nie pomijając. Przywołał go gestem.

Will podszedł do drzwi i ponownie się ukłonił.

Kapłan coś powiedział, a Balthamos przetłumaczył:

— Pyta, skąd jesteś. Powiedz cokolwiek.

— Mówię po angielsku — powiedział Will powoli i wyraźnie. — Nie znam innych języków.

— Ach, angielski! — wykrzyknął radośnie kapłan w tym samym języku. — Mój drogi młodzieńcze! Witamy w naszej wiosce, naszym małym już nie pionowym Chołodnem! Jak się nazywasz i dokąd idziesz?

— Nazywam się Will i idę na południe. Straciłem rodzinę i próbuję ich odnaleźć.

— W takim razie musisz wejść i przyjąć poczęstunek — oświadczył kapłan, objął ciężkim ramieniem plecy Willa i pociągnął go do środka.

Dajmona kapłana okazywała żywe zainteresowanie Balthamosem. Anioł jednak miał na to sposób: zmienił się w mysz i wpełzł Willowi pod koszulę, jakby przez nieśmiałość.

Kapłan zaprowadził go do pokoju przesiąkniętego dymem z fajki, gdzie samowar z kutego żelaza parował cicho na bocznym stoliku.

— Jak się nazywasz? — powtórzył. — Przypomnij mi.

— Will Parry. Ale nie znam twojego imienia.

— Otiec Siemion — powiedział kapłan, głaszcząc ramię Willa i prowadząc go do krzesła. — „Otiec" znaczy ojciec. Jestem kapłanem Świętego Kościoła. Nadano mi imię Siemion, a mój ojciec nazywał się Borys, więc jestem Siemion Borysowicz. Jak się nazywał twój ojciec?

— John Parry.

— John znaczy Iwan. Więc jesteś Will Iwanowicz, a ja jestem ojciec Siemion Borysowicz. Skąd przychodzisz, Willu Iwanowiczu, i dokąd zmierzasz?

— Zabłądziłem — odparł Will. — Podróżowałem z rodziną na południe. Mój ojciec jest żołnierzem, ale prowadził badania w Arktyce, a wtedy coś się stało i zgubiliśmy się. Więc wędruję na południe, bo wiem, że tam się później mieliśmy wybrać.

Kapłan rozłożył ręce i zawołał:

— Żołnierz? Angielski badacz? Nikt równie interesujący od wieków nie stąpał po błotnistych drogach Chołodnego, ale w tych czasach zamętu skąd wiemy, że nie zjawi się jutro? Jesteś tu miłym gościem, Willu Iwanowiczu. Musisz przenocować w moim domu, zjemy coś i porozmawiamy. Lidio Aleksandrowno!

Starsza kobieta weszła bez słowa. Kapłan powiedział

do niej coś po rosyjsku, a ona kiwnęła głową, wzięła szklankę i napełniła gorącą herbatą z samowara. Podała herbatę Willowi wraz z salaterką dżemu i srebrną łyżeczką.

— Dziękuję — powiedział Will.

— Konfitura jest do osłodzenia herbaty — wyjaśnił kapłan. — Lidia Aleksandrowna robi ją z borówek.

W rezultacie herbata była jednocześnie gorzka i mdląca, ale Will wypił ją mimo to. Kapłan ciągle nachylał się, żeby przyjrzeć mu się z bliska, chwytał go za ręce, sprawdzając, czy nie zmarzły, i głaskał go po kolanie. Dla odwrócenia jego uwagi Will zapytał, dlaczego domy we wsi są przechylone.

— Nastąpiło trzęsienie ziemi — odparł kapłan. — Wszystko jest przepowiedziane w Apokalipsie Świętego Jana. Rzeki popłyną wstecz... Wielka rzeka niedaleko stąd dawniej płynęła na północ, do Oceanu Arktycznego. Przez całą drogę z gór środkowej Azji płynęła na północ od tysięcy lat, odkąd Autorytet Boga, Ojca Wszechmogącego stworzył ziemię. Lecz kiedy ziemia zadrżała, nadeszła mgła i powodzie, wszystko się zmieniło i wielka rzeka płynęła na południe przez ponad tydzień, zanim znowu zawróciła na północ. Świat stanął na głowie. Gdzie byłeś podczas wielkiego trzęsienia?

— Daleko stąd — mruknął Will. — Nie wiedziałem, co się dzieje. Kiedy mgła opadła, zgubiłem rodzinę i teraz nie wiem, gdzie jestem. Powiedziałeś mi nazwę tej wioski, ale gdzie to jest? Gdzie jesteśmy?

— Podaj mi tę dużą książkę z dolnej półki — polecił Siemion Borysowicz. — Pokażę ci.

Kapłan przysunął swoje krzesło do stołu, oblizał palce i zaczął przewracać stronice wielkiego atlasu.

— Tutaj — oznajmił, wskazując brudnym paznokciem punkt w środku Syberii, daleko na wschód od Uralu. Pobliska rzeka płynęła tak, jak mówił, z północnych gór Tybetu aż do Arktyki. Will przyjrzał się uważnie Himalajom, ale nie dostrzegł nic podobnego do mapy, którą naszkicował Baruch.

Siemion Borysowicz gadał i gadał, wyciągał z Willa szczegóły dotyczące jego życia, rodziny i domu, a Will, zaprawiony w obłudzie, odpowiadał mu na pozór wyczerpująco. Wkrótce gospodyni wniosła barszcz i ciemny chleb, a ksiądz odmówił długą modlitwę, zanim zjedli.

— No więc jak spędzimy dzień, Willu Iwanowiczu? — zagadnął Siemion Borysowicz. — Czy zagramy w karty, czy wolisz rozmawiać?

Nalał następną szklankę herbaty z samowara, którą Will przyjął nieufnie.

— Nie umiem grać w karty — odpowiedział — i pilno mi ruszać w dalszą drogę. Na przykład, gdybym dotarł do rzeki, czy znalazłbym miejsce na parowcu płynącym na południe?

Szeroka twarz księdza pociemniała, przeżegnał się delikatnym skrętem nadgarstka.

— W mieście pojawiły się kłopoty — oświadczył. — Lidia Aleksandrowna ma siostrę, która tu przyszła i powiedziała jej, że jakaś łódź wozi niedźwiedzie w górę rzeki. Pancerne niedźwiedzie. Przybywają z Arktyki. Nie widziałeś pancernych niedźwiedzi, kiedy byłeś na północy?

Ksiądz miał podejrzliwą minę, a Balthamos szepnął tak cicho, że tylko Will go usłyszał: „Uważaj". Will natychmiast zrozumiał, dlaczego anioł to powiedział: serce zaczęło mu walić, kiedy Siemion Borysowicz wspomniał o niedźwiedziach, ponieważ pamiętał, co mu o nich opowiadała Lyra. Nie mógł zdradzić swoich uczuć.

— Przebywaliśmy daleko od Svalbardu — odpowiedział — a niedźwiedzie były zajęte własnymi sprawami.

— Tak, słyszałem — przyznał ksiądz ku uldze Willa. — Ale teraz opuszczają swoją ojczyznę i płyną na południe. Mają statek, a ludzie w mieście nie pozwalają im uzupełniać paliwa. Boją się niedźwiedzi. I powinni:

to są dzieci diabła. Wszystko, co pochodzi z północy, to diabelstwo. Jak te czarownice, córki diabła! Kościół już dawno powinien skazać je wszystkie na śmierć. Czarownice... nie zadawaj się z nimi, słyszysz, Willu Iwanowiczu? Wiesz, co zrobią, kiedy dorośniesz? Spróbują cię uwieść. Użyją wszystkich swoich sprytnych, oszukańczych sztuczek, posłużą się swoim ciałem, miękką skórą, słodkimi głosami, i zabiorą twoje nasienie... wiesz, co mam na myśli... wyciągną je z ciebie i zostawią pustkę! Zabiorą twoją przyszłość, twoje przyszłe dzieci i nie zostawią nic. Powinno się je pozabijać, co do jednej.

Ksiądz sięgnął na półkę obok krzesła, zdjął butelkę i dwa małe kieliszki.

— Teraz napijemy się razem, Willu Iwanowiczu — oznajmił. — Jesteś młody, więc tylko parę kieliszków. Ale dorastasz, więc powinieneś poznać niektóre rzeczy, na przykład smak wódki. Lidia Aleksandrowna zebrała jagody w zeszłym roku, a ja wydestylowałem alkohol i rezultat jest w tej butelce, jedyne miejsce, gdzie otiec Siemion Borysowicz i Lidia Aleksandrowna leżą razem!

Roześmiał się, odkorkował butelkę i napełnił oba kieliszki po brzegi. Will poczuł się obrzydliwie skrępowany. Co miał robić? Jak mógł odmówić bez obrażania gospodarza?

— Ojcze Siemionie — powiedział, wstając — byłeś bardzo uprzejmy i żałuję, że nie mogę zostać dłużej, żeby spróbować twojego napitku i porozmawiać z tobą, ponieważ mówisz bardzo interesujące rzeczy. Ale sam rozumiesz, że tęsknię za moją rodziną i pragnę ich znaleźć jak najszybciej, więc muszę ruszać w drogę, chociaż bardzo chciałbym zostać.

Ksiądz wydał wargi w gęstwinie brody i nachmurzył się, ale po chwili wzruszył ramionami i powiedział:

— No, skoro musisz, to idź. Ale zanim pójdziesz, musisz wypić swoją wódkę. Stań obok mnie! Weź kieliszek i wypij jednym haustem, w ten sposób!

Przechylił kieliszek, przełknął całą zawartość od razu, a potem dźwignął masywne ciało i stanął bardzo blisko Willa. Kieliszek, który trzymał w grubych brudnych palcach, wydawał się bardzo malutki, ale był wypełniony po brzegi czystym spirytusem; Will czuł mocny zapach alkoholu i stęchły pot, widział plamy po jedzeniu na sutannie księdza i mdliło go, zanim jeszcze wypił.

— Pij, Willu Iwanowiczu! — nalegał ksiądz z groźną jowialnością.

Will uniósł kieliszek i bez wahania przełknął palący, oleisty trunek. Teraz musiał walczyć ze wszystkich sił, żeby nie zwymiotować.

Czekała go jeszcze jedna ciężka próba. Siemion Borysowicz nachylił się z wyżyn swojego wzrostu i położył ręce na ramionach Willa.

— Dobry chłopiec — powiedział, a potem zamknął oczy i zaintonował psalm lub modlitwę. Buchał od niego smród tytoniu, alkoholu i potu, gęsta broda podskakująca w górę i w dół szorowała po twarzy Willa, który wstrzymał oddech.

Dłonie księdza przesunęły się na plecy Willa, Siemion Borysowicz mocno objął chłopca i pocałował w policzki, prawy, lewy, znowu prawy. Will poczuł maleńkie pazurki Balthamosa wbijające się w ramię i zachował spokój. W głowie mu się kręciło, w żołądku burczało, ale stał bez ruchu.

W końcu ksiądz zrobił krok do tyłu.

— Idź więc — powiedział — idź na południe, Willu Iwanowiczu. Idź.

Will zabrał swój płaszcz i plecak. Starał się iść prosto, kiedy wyszedł z domu księdza i ruszył drogą prowadzącą z wioski.

Maszerował przez dwie godziny. Mdłości ustąpiły powoli, ich miejsce zajął tępy, łupiący ból głowy. W pewnej chwili Balthamos zatrzymał chłopca i położył chłodne dłonie na jego szyi i czole, co trochę złagodziło ból; ale Will przyrzekł sobie, że nigdy nie weźmie wódki do ust.

Późnym popołudniem ścieżka poszerzyła się, trzciny znikły i Will ujrzał przed sobą miasto, a za nim przestwór wody tak rozległy, że wyglądał jak morze.

Nawet z tej odległości widział, że w mieście coś się działo. Nad dachami rozkwitały kłęby dymu, a po kilku sekundach rozlegał się huk broni.

— Balthamosie — powiedział Will. — Musisz znowu zmienić się w dajmonę. Trzymaj się blisko mnie i wypatruj niebezpieczeństwa.

Wkroczył na przedmieścia obskurnego miasteczka, gdzie budynki pochylały się jeszcze bardziej niż w wiosce i gdzie powódź zostawiła błotniste ślady na ścianach wysoko nad jego głową. Przedmieścia wyglądały na opustoszałe, lecz im bliżej rzeki, tym głośniej rozbrzmiewały krzyki, wrzaski i huk wystrzałów.

Tutaj wreszcie zobaczył ludzi: niektórzy wyglądali z okien na piętrach, inni ostrożnie wychylali się zza rogów budynków i spoglądali na nabrzeże, gdzie metalowe palce dźwigów i maszty dużych statków wystawały ponad dachami domów.

Wybuch wstrząsnął ścianami, szyby sypnęły się z pobliskich okien. Ludzie odskoczyli, a potem spojrzeli znowu i kolejne krzyki wzniosły się w zadymione powietrze.

Will dotarł do rogu ulicy i rozejrzał się po nabrzeżu. Kiedy dym i kurz trochę opadły, daleko na rzece zobaczył jeden zardzewiały statek, stojący w miejscu pomimo rzecznego prądu, a na nabrzeżu tłum ludzi uzbrojonych w strzelby i pistolety, otaczający wielką armatę, która na jego oczach znowu wystrzeliła. Nastąpił błysk ognia, chwiejny odrzut i potężny plusk w pobliżu statku.

Will osłonił ręką oczy. Na statku zobaczył postacie, ale... Przetarł oczy, chociaż wiedział, czego się spodziewać: to nie byli ludzie. To były istoty z metalu albo stworzenia zakute w zbroje. Na dziobowym pokładzie

108

statku nagle zakwitł płomienny kwiat i ludzie krzyknęli w trwodze. Płomień wzbił się w powietrze, wznosił się coraz wyżej i coraz bliżej, plując iskrami i dymem, a potem spadł z ognistym wybuchem w pobliżu działa. Ludzie rozproszyli się z krzykiem, niektórzy ogarnięci płomieniem pobiegli do brzegu i skoczyli w wodę, a prąd porwał ich i uniósł.

Will zobaczył w pobliżu mężczyznę, który wyglądał na nauczyciela, i zapytał:

— Czy pan mówi po angielsku?

— Tak, tak, oczywiście...

— Co się dzieje?

— Niedźwiedzie atakują, a my próbujemy z nimi walczyć, ale to trudne, mamy tylko jedno działo, a one...

Miotacz ognia na statku wyrzucił kolejną porcję płonącej smoły, która wylądowała jeszcze bliżej armaty. Niemal natychmiast trzy głośne wybuchy oznajmiły, że trafiono w amunicję. Bombardierzy odskoczyli, lufa działa zakołysała się i opadła.

— Ach! — wykrzyknął mężczyzna. — Niedobrze, nie mogą strzelać...

Dowódca skierował statek do brzegu. Wielu ludzi krzyknęło ze strachu i rozpaczy, zwłaszcza kiedy następna wielka kula ognia rozbłysła na przednim pokładzie. Niektórzy, uzbrojeni w strzelby, oddali jeden czy dwa strzały i rzucili się do ucieczki. Tym razem jednak niedźwiedzie nie wypaliły z miotacza. Wkrótce statek ustawił się burtą do nabrzeża, z silnikiem pracującym całą mocą, żeby pokonać prąd.

Dwaj marynarze (ludzie, nie niedźwiedzie) zeskoczyli, żeby zarzucić cumy na pachołki. Mieszkańcy miasta zakrzyczeli gniewnie na widok tych ludzkich zdrajców. Marynarze nie zwrócili na nich uwagi, tylko pobiegli opuścić trap.

Potem, kiedy odwrócili się, żeby znowu wejść na pokład, gdzieś niedaleko Willa rozległ się strzał i jeden z marynarzy upadł. Jego dajmona — mewa — znikła jak płomień zdmuchniętej świecy.

Niedźwiedzie zareagowały z furią. Natychmiast ponownie rozpaliły miotacz ognia i obróciły przodem do brzegu. Płomienna masa wystrzeliła w górę i opadła na dachy kaskadą rozżarzonych kropel. Na szczycie schodni pojawił się niedźwiedź większy od innych, wizja potęgi zakutej w stal, a grad kul daremnie odbijał się od niego z gwizdem, brzękiem i łomotem, nawet nie rysując masywnej zbroi.

Will zapytał mężczyznę stojącego obok:

— Dlaczego one atakują miasto?

— Chcą paliwa. Ale my nie prowadzimy interesów z niedźwiedziami. Teraz, kiedy opuszczają swoje królestwo i płyną w górę rzeki, kto wie, co zrobią? Więc musimy z nimi walczyć. Piraci... rabusie...

Wielki niedźwiedź zszedł po trapie, a za nim tłoczyło się kilka innych, tak ciężkich, że statek się przechylił. Will spostrzegł, że ludzie na nabrzeżu wrócili do armaty i ładują pocisk do zamka.

Coś mu przyszło do głowy, więc wybiegł na nabrzeże, na puste miejsce pomiędzy niedźwiedziami a bombardierami.

— Stać! — krzyknął. — Przerwać walkę. Pozwólcie mi porozmawiać z niedźwiedziem!

Zapadła nagła cisza i wszyscy zamarli, zdumieni tym szaleńczym wybrykiem. Niedźwiedź, który zbierał siły do ataku na bombardierów, został na miejscu, ale jego cielsko drżało w dzikim zapamiętaniu. Wielkie pazury orały ziemię, czarne oczy gorzały wściekłością pod żelaznym hełmem.

— Kim jesteś? Czego chcesz?! — ryknął po angielsku, ponieważ Will przemówił w tym języku.

Inni popatrzyli po sobie ze zdumieniem, a ci, którzy rozumieli, przetłumaczyli dla pozostałych.

— Będę z tobą walczył w pojedynku — krzyknął Will — a jeśli ustąpisz, walka musi się skończyć!

Niedźwiedź nawet nie drgnął. Natomiast ludzie, gdy tylko zrozumieli słowa Willa, zareagowali szyderczym śmiechem i urągliwymi okrzykami. Ale nie na długo, ponieważ Will odwrócił się twarzą do tłumu i stał spokojny, opanowany, w absolutnym bezruchu, mierząc ich zimnym spojrzeniem, aż śmiechy ucichły. Czuł, jak Balthamos-kos drży na jego ramieniu.

Kiedy ludzie zamilkli, krzyknął:

— Jeśli zmuszę niedźwiedzia do odwrotu, zgodzicie się sprzedać im paliwo! Wtedy odpłyną i zostawią was w spokoju. Musicie się zgodzić. Jeśli nie, one zniszczą was wszystkich!

Wiedział, że potężny niedźwiedź stoi zaledwie kilka metrów za nim, ale nie odwracał się; patrzył, jak mieszkańcy miasta rozmawiają, kłócą się, gestykulują. Po chwili jakiś głos zawołał:

— Chłopcze! Niech niedźwiedź się zgodzi!

Will odwrócił się, przełknął z trudem, odetchnął głęboko i zawołał:

— Niedźwiedziu! Musisz się zgodzić. Jeśli ustąpisz przede mną, walka się skończy, kupicie paliwo i spokojnie odpłyniecie w górę rzeki!

— Niemożliwe! — ryknął niedźwiedź. — Wstyd byłoby z tobą walczyć. Jesteś słaby jak ostryga wyłuskana ze skorupy. Nie mogę walczyć z tobą.

— Zgadzam się — odparł Will, skupiając uwagę na stojącej przed nim groźnej bestii. — To wcale nie jest uczciwy pojedynek. Ty masz zbroję, a ja nie. Możesz urwać mi głowę jednym machnięciem łapy. Więc wyrównajmy szanse. Daj mi jedną część twojej zbroi, którą chcesz. Na przykład hełm. Wtedy walka będzie uczciwsza i nie będziesz się wstydził.

Z warknięciem wyrażającym wściekłość, nienawiść i pogardę niedźwiedź sięgnął wielkim pazurem i odpiął łańcuch, który przytrzymywał jego hełm.

A wtedy na całym nabrzeżu zapadła głęboka cisza.

Nikt się nie odezwał, nikt się nie poruszył. Wiedzieli, że dzieje się coś, czego jeszcze nigdy nie oglądali, chociaż tego nie rozumieli. Słychać było tylko plusk wody o drewniane nabrzeża, turkotanie silnika statku i niespokojne krzyki mew w górze, a potem donośny brzęk, kiedy niedźwiedź cisnął swój hełm pod stopy Willa.

Will odłożył plecak i dźwignął hełm. Ledwie mógł go unieść. Hełm składał się z jednego arkusza żelaznej blachy, ciemnej i powgniatanej, z otworami na oczy u góry i masywnym łańcuchem pod spodem, długim jak przedramię Willa i grubym jak jego kciuk.

— Więc to jest twoja zbroja — powiedział Will. — No, nie wygląda mi na mocną. Nie wiem, czy mogę na niej polegać. Sprawdzimy.

Wyjął nóż z plecaka, przyłożył ostrze do hełmu z przodu i odciął róg, jakby kroił masło.

— Tak myślałem — mruknął i odciął następny kawałek, a potem jeszcze jeden. W niecałą minutę zredukował masywny hełm do sterty skrawków. Wstał i wyciągnął pełną garść.

— To była twoja zbroja — oznajmił i z brzękiem rzucił skrawki na stos u swoich stóp — a to jest mój nóż. Ponieważ twój hełm nie nadawał się dla mnie, muszę walczyć bez niego. Gotowy jesteś, niedźwiedziu? Chyba mamy równe szanse. Przecież mogę ściąć ci łeb jednym machnięciem noża.

Było cicho. Czarne oczy niedźwiedzia gorzały jak węgle. Will poczuł kroplę potu ściekającą po kręgosłupie.

Potem niedźwiedź poruszył łbem. Zrobił krok do tyłu.

— Zbyt silna broń — oświadczył. — Nie mogę z tym walczyć. Chłopcze, wygrałeś.

Will wiedział, że po sekundzie ludzie zaczną wiwatować, gwizdać i pohukiwać, więc zanim jeszcze przebrzmiało słowo „wygrałeś", odwrócił się i zawołał, żeby uciszyć tłum:

— Teraz musicie dotrzymać umowy! Zajmijcie się rannymi i zacznijcie naprawiać domy. Pozwólcie, żeby statek nabrał paliwa!

Wiedział, że przetłumaczenie i przekazanie wiadomości zajmie minutę i że zwłoka powstrzyma wybuch gniewu i ulgę, jak sieć kanałów powstrzymuje i przełamuje falę powodzi. Niedźwiedź patrzył i widział, co Will robi i dlaczego, i lepiej od niego zrozumiał, co chłopiec osiągnął.

Will włożył nóż z powrotem do plecaka i znowu wymienili spojrzenia z niedźwiedziem, ale tym razem innego rodzaju. Zbliżyli się do siebie, a za nimi niedźwiedzie zaczęły rozmontowywać miotacz ognia.

Na brzegu kilku ludzi zabrało się do sprzątania, lecz znacznie więcej stłoczyło się wokół Willa, zaciekawionych chłopcem, który mógł rozkazywać niedźwiedziom. Nadeszła pora, żeby Will znowu zrobił się niewidzialny, więc zastosował magię, która odpędzała wszelkiego rodzaju ciekawskich od jego matki i zapewniała im bezpieczeństwo przez lata. Oczywiście to nie była żadna magia, tylko sposób zachowania. Milczenie, ślamazarne ruchy i tępy wzrok sprawiły, że w niecałą minutę stracił na atrakcyjności w oczach tłumu. Ludzie po prostu przestali się interesować nudnym dzieciakiem, zapomnieli o nim i odwrócili się od niego.

Lecz niedźwiedź nie reagował jak człowiek, widział, co się dzieje, i zdawał sobie sprawę z niezwykłych zdolności Willa. Podszedł bliżej i przemówił ściszonym głosem, który dudnił basowo jak silniki statku:

— Jak się nazywasz?

— Will Parry. Możesz sobie zrobić drugi hełm?

— Tak. Czego szukasz?

— Płyniecie w górę rzeki. Chcę popłynąć z wami. Idę w góry, a to najszybsza droga. Czy mnie zabierzecie?

— Tak. Chcę zobaczyć ten nóż.

— Pokażę go tylko niedźwiedziowi, któremu ufam. Słyszałem o jednym niedźwiedziu, on zasługuje na zaufanie. To król niedźwiedzi, dobry przyjaciel dziewczyn-ki. Nazywa się Lyra Złotousta. Będę jej szukał w górach. Niedźwiedź nazywa się Iorek Byrnison.

— Ja jestem Iorek Byrnison — oznajmił niedźwiedź.

— Wiem — przyznał Will.

Statek ładował paliwo na pokład; wagoniki kolejowe podtaczano do nabrzeża i przechylano na bok, węgiel z łoskotem sypał się przez luki do ładowni, czarny pył wzbijał się wysoko. Niezauważony przez mieszkańców miasta, zajętych zmiataniem szkła i targowaniem się o cenę paliwa, Will wszedł za królem-niedźwiedziem po trapie na pokład statku.

9

W górę rzeki

...Cień przez umysł przechodzi
jak kiedy chmura w południe
zakrywa potężne słońce...

Emily Dickinson

— Pozwól mi zobaczyć nóż — poprosił Iorek Byrnison. — Rozumiem metal. Nic zrobione z żelaza czy stali nie jest tajemnicą dla niedźwiedzia. Ale nigdy nie widziałem takiego noża jak twój, więc chciałbym go obejrzeć z bliska.

Will i król niedźwiedzi stali na przednim pokładzie parostatku, w ciepłych promieniach zachodzącego słońca. Statek szybko płynął pod prąd; mieli mnóstwo paliwa w ładowni, mieli żywność, którą Will mógł jeść, a teraz poznawali się lepiej z Iorkiem Byrnisonem. Pierwsze spotkanie mieli już za sobą.

Will podał Iorkowi nóż rękojeścią do przodu, a niedźwiedź wziął go delikatnie. Pazur-kciuk, przeciwstawny do czterech pazurzastych palców, pozwalał mu manipulować przedmiotami równie zręcznie, jak robił to człowiek. Obracał nóż na wszystkie strony, przysuwał go blisko do oczu, unosił do światła, sprawdzał ostrze — stalowe ostrze — na kawałku żelaznego złomu.

— Tym ostrzem pociąłeś moją zbroję — powiedział. — To drugie jest bardzo dziwne. Nie wiem, co to jest, co potrafi, z czego jest zrobione. Ale chcę zrozumieć. Jak wszedłeś w posiadanie tego noża?

Will opowiedział mu, co się wydarzyło, pomijając tylko sprawy dotyczące wyłącznie jego: matkę, człowieka, którego zabił, ojca.

— Walczyłeś o niego i straciłeś dwa palce? — upewnił się niedźwiedź. — Pokaż mi ranę.

Will wyciągnął rękę. Dzięki ojcowskiej maści powierzchnie cięcia ładnie się goiły, ale wciąż były bardzo wrażliwe. Niedźwiedź je obwąchał.

— Pięciornik — stwierdził. — I coś jeszcze, czego nie rozpoznaję. Kto ci to dał?

— Człowiek, który mi powiedział, co mam robić z nożem. Potem umarł. W puzderku z rogu miał trochę maści, która wyleczyła moją ranę. Czarownice próbowały, ale zaklęcie nie podziałało.

— A co kazał ci zrobić z nożem? — zapytał Iorek Byrnison, ostrożnie oddając nóż chłopcu.

— Użyć go w wojnie po stronie Lorda Asriela — odparł Will. — Ale najpierw muszę uratować Lyrę Złotoustą.

— Więc ci pomożemy — oświadczył niedźwiedź, a serce Willa wezbrało radością.

Przez następne kilka dni Will dowiedział się, dlaczego niedźwiedzie wyruszyły w podróż do Azji Środkowej, tak daleko od ich ojczyzny.

Od czasu katastrofy, która rozdarła świat, cały lód Arktyki zaczął topnieć, a w wodzie pojawiły się nowe dziwne prądy. Ponieważ niedźwiedzie zależały od lodu i stworzeń żyjących w zimnym morzu, zrozumiały, że wkrótce zaczną głodować, jeśli zostaną na miejscu, toteż jako istoty myślące podjęły odpowiednią decyzję. Postanowiły wyemigrować tam, gdzie śniegu i lodu jest pod dostatkiem: przenieść się w najwyższe góry, na niebotyczne szczyty na drugim końcu świata, wieczne, niewzruszone i pokryte śniegiem. Z morskich niedźwiedzi staną się niedźwiedziami górskimi na tak długo, dopóki świat nie wróci do normy.

— Więc nie wyruszacie na wojnę? — zapytał Will.

— Nasi starzy wrogowie znikli razem z fokami i morsami. Jeśli spotkamy nowych, nauczymy się z nimi walczyć.

— Myślałem, że nadchodzi wielka wojna, która obejmie wszystkich. Po której stronie walczylibyście wtedy?

— Po tej, która okaże się korzystna dla niedźwiedzi. Co więcej? Ale szanuję kilka osób, które nie są niedźwiedziami. Jedną z nich był człowiek, który latał balonem. Nie żyje. Następna to czarownica Serafina Pekkala. Trzecia to dziecko Lyra Złotousta. Więc najpierw zrobię to, co posłuży niedźwiedziom, a potem to, co posłuży dziecku albo czarownicy, albo zemście za śmierć mojego towarzysza Lee Scoresby'ego. Dlatego pomogę ci wyrwać Lyrę Złotoustą z rąk tej odrażającej Coulter.

Opowiedział Willowi, jak on i kilku poddanych podpłynęli do ujścia rzeki i zapłacili złotem za czarter tego statku, jak wynajęli załogę i wykorzystali topnienie Arktyki do własnych celów, pozwalając, żeby rzeka zaniosła ich jak najdalej w głąb lądu — a ponieważ wypływała z północnego podnóża tej samej góry, której szukali i gdzie więziono Lyrę, na razie wszystko się dobrze składało.

I tak mijał czas.

W ciągu dnia Will drzemał na pokładzie, wypoczywał, nabierał sił, ponieważ był wyczerpany do cna. Patrzył, jak krajobraz zaczyna się zmieniać, jak falujący step ustępuje miejsca niskim trawiastym wzgórzom, a potem teren wznosi się coraz wyżej, pojawiają się wąwozy i katarakty; lecz parostatek wciąż płynął na południe.

Will rozmawiał z kapitanem i załogą, przez grzeczność,

117

ale ponieważ brakowało mu swobody Lyry w nawiązywaniu kontaktów z obcymi, niewiele miał do powiedzenia; zresztą oni i tak niezbyt się nim interesowali. Wykonywali tylko swoją robotę, a kiedy skończą, odejdą, nie oglądając się za siebie. Poza tym nie przepadali za niedźwiedziami, pomimo ich złota. Will był cudzoziemcem i dopóki płacił za jedzenie, mało ich obchodziło, co robił. W dodatku miał dziwną dajmonę, która przypominała dajmony czarownic: czasami była, a czasami jakby znikała. Przesądni jak większość marynarzy, woleli zostawiać go samemu sobie.

Balthamos ze swojej strony również zachowywał milczenie. Czasami, kiedy żal przekraczał jego wytrzymałość, anioł porzucał statek i wzlatywał wysoko pomiędzy chmury, szukając jakiegoś promyka światła lub smaku powietrza, jakiejś spadającej gwiazdy lub frontu ciśnienia, które przypominały mu chwile spędzone z Baruchem. Odzywał się tylko w nocy, w mroku ciasnej kabiny Willa, żeby zdać raport z postępów podróży i ocenić odległość dzielącą ich jeszcze od doliny z jaskinią. Może sądził, że Willowi brakuje współczucia, chociaż gdyby poszukał, znalazłby go pod dostatkiem. Robił się coraz bardziej milczący i formalny, chociaż nigdy zgryźliwy; przynajmniej tej obietnicy dotrzymał.

Co do Iorka, badał nóż wręcz obsesyjnie. Oglądał go godzinami, sprawdzał oba ostrza, wyginał go, trzymał pod światło, dotykał językiem, obwąchiwał, a nawet słuchał dźwięku, jaki wydawało powietrze opływające klingę. Will nie obawiał się o nóż, ponieważ Iorek był rzemieślnikiem o najwyższych kwalifikacjach, ani o samego Iorka, bo jego potężne łapy poruszały się delikatnie.

Wreszcie Iorek przyszedł do Willa i powiedział:

— To drugie ostrze. Robi coś, o czym mi nie powiedziałeś. Co to jest i jak działa?

— Tutaj nie mogę ci pokazać — odparł Will — ponieważ statek się porusza. Pokażę ci, jak tylko się zatrzymamy.

— Myślałem o tym — wyznał niedźwiedź — ale sam nie rozumiem, co myślę. To najdziwniejsza rzecz, jaką widziałem w życiu.

Oddał nóż Willowi, mierząc go niepokojąco długim, nieodgadnionym spojrzeniem czarnych oczu.

Tymczasem rzeka zmieniła barwę, ponieważ dotarli do resztek pierwszej fali roztopów, która spłynęła z Arktyki. Trzęsienia ziemi wywołały różne skutki w rozmaitych miejscach. Will widział całe wioski stojące po dachy w wodzie i setki bezdomnych ludzi usiłujących ratować resztki dobytku w kajakach i łodziach. Widocznie ziemia trochę się tutaj zapadła, ponieważ rzeka zwolniła, rozlewając się szeroko, a szyper z trudem odnajdywał właściwy kurs wśród mętnych prądów. Powietrze było tutaj cieplejsze, słońce stało wyżej na niebie i niedźwiedzie daremnie szukały ochłody; niektóre płynęły obok statku, odnajdując smak ojczystej wody w tym obcym kraju.

W końcu jednak rzeka znowu się zwęziła i pogłębiła, a w oddali zamajaczyły zbocza wielkiego płaskowyżu Azji Środkowej. Pewnego dnia Will zobaczył na horyzoncie pasmo bieli, które rosło coraz bardziej, rozpadało się na pojedyncze szczyty, granie i przełęcze między nimi, tak wysokie, że wydawały się bliskie na wyciągnięcie ręki — zaledwie parę kilometrów — ale wciąż były odległe; im bliżej wznosiły się potężne góry, tym bardziej wydawały się niezdobyte.

Większość niedźwiedzi nigdy nie widziała gór, oprócz klifów na ich własnej wyspie Svalbard, więc w milczeniu patrzyły na niebotyczne stoki, wciąż tak odległe.

— Co będziemy tam łowić, Iorku Byrnisonie? — zapytał jeden. — Czy w górach są foki? Z czego będziemy żyli?

— Tam jest lód i śnieg — brzmiała królewska odpowiedź. — Będzie nam wygodnie. I jest tam wiele dzikich stworzeń. Na jakiś czas nasze życie się zmieni. Ale przetrwamy i kiedy wszystko wróci do normy, kiedy Arktyka znowu zamarznie, wrócimy i odzyskamy naszą ziemię. Gdybyśmy tam zostali, zginęlibyśmy z głodu. Przygotujcie się na nowe i nieznane, moje niedźwiedzie.

W końcu parowiec nie mógł dalej płynąć, ponieważ koryto rzeki zwęziło się i zrobiło płytkie. Szyper zatrzymał statek na dnie doliny, którą powinna porastać trawa i górskie kwiaty, gdzie rzeka meandrowała wśród ławic żwiru; teraz jednak dolina zmieniła się w jezioro i kapitan oświadczył, że nie odważy się płynąć dalej, ponieważ nie wystarczy wody pod kilem, nawet przy potężnej powodzi z północy.

Więc przybili do brzegu doliny, gdzie formacja skalna tworzyła coś w rodzaju przystani, i zeszli z pokładu.

— Gdzie teraz jesteśmy? — zapytał Will kapitana, który słabo znał angielski.

Kapitan wydobył postrzępioną starą mapę i stuknął w nią fajką, mówiąc:

— W ta dolina my teraz. Ty bierz, idź dalej.

— Dziękuję bardzo — powiedział Will, zastanawiając się, czy powinien zaproponować zapłatę; ale kapitan już się odwrócił, żeby nadzorować rozładunek.

Wkrótce cała trzydziestka niedźwiedzi razem z pancerzami znalazła się na wąskim brzegu. Kapitan wykrzyknął rozkaz i statek zaczął obracać się ociężale pod prąd, manewrując, żeby wypłynąć na główny nurt. Gwizdek syreny długo rozbrzmiewał echem w dolinie.

Will usiadł na kamieniu i spojrzał na mapę. Jeśli się nie mylił, dolina, gdzie według anioła więziono Lyrę, leżała nieco na wschód i południe, a najlepsza droga prowadziła tam przez przełęcz zwaną Sungchen.

— Niedźwiedzie, zapamiętajcie to miejsce — przemówił Iorek Byrnison do swoich poddanych. — Kiedy nadejdzie czas powrotu do Arktyki, zgromadzimy się tutaj. Teraz idźcie swoją drogą, polujcie, jedzcie i żyjcie. Nie prowadźcie wojny. Nie przybyliśmy tutaj walczyć. Jeśli wojna nam zagrozi, wezwę was.

Niedźwiedzie są na ogół samotnikami, zbierają się razem tylko podczas wojny lub w nagłych wypadkach. Tutaj, na granicy krainy lodów, pilno im było odejść, badać i zwiedzać samotnie.

— Chodźmy więc, Willu — powiedział Iorek Byrnison — i znajdźmy Lyrę.

Will podniósł plecak i ruszyli.

Dobrze im się szło na początku. Słońce przygrzewało, ale sosny i rododendrony osłaniały im plecy przed najgorszym skwarem. Powietrze było świeże i czyste. Grunt był skalisty, lecz mech i sosnowe igły grubą warstwą zaścielały kamienie. Zbocza, na które się wspinali, nie były zbyt strome. Will stwierdził, że wysiłek fizyczny sprawia mu przyjemność. Dni spędzone na statku, wymuszony odpoczynek, dodały mu sił. Kiedy spotkał Iorka Byrnisona, był już bardzo wyczerpany. Nie wiedział o tym, ale niedźwiedź to dostrzegł.

Jak tylko znaleźli się sami, Will pokazał Iorkowi, jak działa drugie ostrze noża. Otworzył świat, gdzie tropikalny las parował i ociekał wodą, skąd opary ciężkie od duszących woni przepłynęły w rzadkie górskie powietrze. Iorek patrzył uważnie, obwąchał okno i dotknął łapą krawędzi, przeszedł na drugą stronę w wilgotny upał i rozejrzał się w milczeniu. Wrzaski małp, trele ptaków, brzęczenie owadów, rechotanie żab i nieustające kap, kap skraplającej się wilgoci brzmiały bardzo donośnie w uszach Willa stojącego za oknem.

Potem Iorek wrócił i patrzył, jak Will zamyka okno. Ponownie poprosił o nóż i oglądał srebrne ostrze z tak bliska, że Will myślał, że niedźwiedź skaleczy się w oko. Wpatrywał się w nóż przez długi czas, po czym oddał go Willowi. Powiedział tylko:

— Miałem rację; nie mogłem z tym walczyć.

Ruszyli dalej, niewiele mówiąc, co odpowiadało im

121

obu. Iorek Byrnison schwytał gazelę i zjadł większość, zostawiając delikatniejsze mięso Willowi do ugotowania; a raz natrafili na wioskę i kiedy Iorek czekał w lesie, Will wymienił jedną z jego złotych monet na trochę płaskiego razowego chleba, suszone owoce, buty ze skóry jaka i kamizelkę z owczej wełny, ponieważ w nocy robiło się zimno.

Zdołał również wypytać o dolinę z tęczami. Balthamos pomógł mu, przybierając postać wrony, jak dajmona człowieka, z którym rozmawiał Will; ułatwił im porozumienie i Will otrzymał wskazówki wyraźne i pomocne.

Czekały ich jeszcze trzy dni drogi. Zbliżali się do celu.

Podobnie jak inni.

Oddział Lorda Asriela, szwadron giropterów i tankowiec zeppelin, dotarł do otworu pomiędzy światami: wyłomu w niebie nad Svalbardem. Mieli przed sobą jeszcze bardzo długą drogę, ale lecieli bez żadnych przerw oprócz podstawowej konserwacji, a komandor, afrykański król Ogunwe, codziennie dwa razy nawiązywał kontakt z bazaltową fortecą. Na pokładzie giroptera miał gallivespiańskiego operatora magnetytu, przy pomocy którego mógł poznać rozwój wydarzeń równie szybko jak sam Lord Asriel.

Nowiny brzmiały niepokojąco. Mały szpieg, lady Salmakia, obserwowała z cienia, jak dwa potężne ramiona Kościoła, Konsystorska Komisja Dyscyplinarna i Stowarzyszenie Dzieł Ducha Świętego, zgodziły się odłożyć na bok dzielące ich różnice i połączyć posiadaną wiedzę. Stowarzyszenie miało szybszego i zręczniejszego aletheiometrystę niż brat Pavel i dzięki niemu Komisja Konsystorska wiedziała teraz dokładnie, gdzie jest Lyra, co więcej: wiedzieli, że Lord Asriel wysłał jej oddział na ratunek. Nie tracąc czasu, Komisja nakazała mobilizację zeppelinów i jeszcze tego samego dnia batalion Gwardii

Szwajcarskiej zaokrętował się na zeppeliny czekające w powietrzu obok Jeziora Genewskiego.

Więc każda strona zdawała sobie sprawę, że przeciwnik również zmierza w kierunku górskiej jaskini. I obaj wiedzieli, że ktokolwiek dotrze pierwszy na miejsce, zdobędzie przewagę, ale niezbyt istotną: giroptery Lorda Asriela leciały szybciej od zeppelinów Komisji Konsystorskiej, ale pokonywały dłuższą drogę i ograniczała je prędkość ich własnego zeppelina tankowca.

I należało uwzględnić jeszcze jedno: ktokolwiek pierwszy schwyta Lyrę, będzie musiał przebijać się przez siły przeciwnika. Łatwiejsze zadanie miała Komisja Konsystorska, ponieważ nie musieli się martwić o bezpieczeństwo Lyry. Nadlatywali, żeby ją zabić.

Zeppelin wiozący Przewodniczącego Komisji Konsystorskiej niósł też innych, nadliczbowych pasażerów. Kawaler Tialys otrzymał przez magnetytowy rezonator wiadomość, która nakazywała jemu i lady Salmakii przedostać się na pokład. Kiedy zeppelin dotrze do doliny, mieli opuścić pokład, samodzielnie dostać się do jaskini, gdzie trzymano Lyrę, i chronić ją jak najskuteczniej, dopóki siły króla Ogunwe nie przybędą jej na ratunek. Bezpieczeństwo dziewczynki stało na pierwszym miejscu.

Zaokrętowanie się na gapę było ryzykowne dla szpiegów, w znacznej mierze z powodu ekwipunku, który musieli wnieść. Oprócz magnetytowego rezonatora najważniejsze wyposażenie stanowiła para larw insektów oraz pożywienie dla nich. Po wykluciu dorosłe owady będą wyglądać trochę jak ważki, ale nie będą przypominać żadnego gatunku ważki znanej ludziom ze świata Willa lub Lyry. Po pierwsze, będą znacznie większe. Gallivespianie starannie hodowali te stworzenia i owady każdego klanu różniły się od innych. Klan kawalera

Tialysa hodował wielkie pasiaste żółto-czerwone ważki o gwałtownych apetytach, podczas gdy ważka lady Salmakii będzie smukłym, szybko latającym stworzeniem o niebieskim ciele, jakby naelektryzowanym, świecącym w ciemności.

Każdy szpieg miał w wyposażeniu kilka takich larw, które dzięki karmieniu starannie odmierzanymi dawkami oliwy i miodu mógł utrzymywać w stanie letargu albo szybko doprowadzić do dorosłości. Tialys i Salmakia potrzebowali teraz trzydziestu sześciu godzin, zależnie od wiatrów, na wyklucie tych larw, ponieważ tyle z grubsza potrwa lot zeppelina. Dorosłe owady były im potrzebne jeszcze przed wylądowaniem.

Kawaler i jego towarzyszka znaleźli niewykorzystane miejsce za przepierzeniem i urządzili się tam jak najbezpieczniej podczas tankowania i ładowania pojazdu. Potem silniki zaryczały, wstrząsając delikatną konstrukcją od dzioba do ogona, załoga naziemna wysiadła i osiem zeppelinów uniosło się w nocne niebo.

Ich gatunek uznałby takie porównanie za śmiertelną zniewagę, ale Gallivespianie potrafili się ukrywać co najmniej równie dobrze jak szczury. Ze swojej kryjówki mogli sporo podsłuchać i co godzina nawiązywali łączność z Lordem Roke, lecącym na pokładzie giroptera króla Ogunwe.

Lecz jednej rzeczy nie mogli się dowiedzieć na pokładzie zeppelina, ponieważ Przewodniczący nigdy o tym nie mówił: chodziło o zabójcę, ojca Gomeza, który został już rozgrzeszony z czynu, jaki zamierzał popełnić, gdyby misja Komisji Konsystorskiej się nie powiodła. Ojciec Gomez był gdzie indziej i nikt go nie śledził.

10

Koła

Oto obłok mały jako dłoń człowiecza
Występuje z morza.

Pierwsza Księga Królewska

— Aha — powiedziała rudowłosa dziewczynka w ogrodzie opuszczonego kasyna. — Myśmy ją widzieli, ja i Paolo. Przechodziła tędy parę dni temu.

Ojciec Gomez zapytał:

— Pamiętacie, jak wyglądała?

— Wyglądała zgrzana — powiedział chłopczyk. — Spocona na twarzy, pewnie.

— Na ile lat wyglądała?

— Jakieś... — dziewczynka zastanowiła się. — Ze czterdzieści albo może pięćdziesiąt. Nie widzieliśmy jej z bliska. Mogła mieć trzydziestkę. Ale była zgrzana, jak mówił Paolo, i niosła wielki plecak, dużo większy od twojego, taaaki wielki...

Paolo szepnął coś do niej, mrużąc oczy, żeby spojrzeć na księdza, bo słońce świeciło mu prosto w twarz.

— Tak, wiem — rzuciła niecierpliwie dziewczynka. — Upiory — zwróciła się do ojca Gomeza. — Ona wcale nie bała się upiorów. Po prostu przeszła przez miasto i nie przejmowała się ani trochę. Jeszczem nie widziała, żeby dorosły tak robił. Ona jakby o nich nie wiedziała. Całkiem jak ty — dodała, patrząc na niego z wyzwaniem w oczach.

— Nie wiem o wielu rzeczach — przyznał potulnie ojciec Gomez.

Chłopczyk pociągnął ją za rękaw i znowu coś szepnął.

— Paolo mówi — powiedziała do księdza — że ty pewnie chcesz odzyskać nóż.

Ojciec Gomez dostał gęsiej skórki. Przypomniał sobie zeznanie brata Pavla na przesłuchaniu w Komisji Konsystorskiej: na pewno miał na myśli ten nóż.

— Odzyskam go, jeśli zdołam — potwierdził. — Nóż pochodzi stąd, prawda?

— Z Torre degli Angeli — wyjaśniła dziewczynka, wskazując przysadzistą kamienną wieżę górującą nad czerwono-brązowymi dachami, jaśniejącą w blasku dnia. — A chłopiec, który go ukradł, on zabił naszego brata, Tullia. Upiory go dopadły, pewnie. Chcesz zabić tego chłopaka, w porządku. I dziewczynę... Kłamała, nie była lepsza od niego.

— Więc była też dziewczyna? — zagadnął ojciec Gomez, starając się nie okazywać przesadnego zainteresowania.

— Wstrętna kłamczucha — splunęła rudowłosa. — Mało ich obojga nie zabiliśmy, ale wtedy przyleciały kobiety, latające kobiety...

— Czarownice — podpowiedział Paolo.

— Czarownice, i nie mogliśmy z nimi walczyć. Zabrały ich, chłopaka i dziewczynę. Nie wiemy, dokąd poleciały. Ale ta kobieta przyszła później. Myśleliśmy, że może ona ma jakiś nóż, żeby odstraszać upiory, pewnie. Może ty też masz — dodała, zadzierając brodę, żeby zmierzyć go zuchwałym spojrzeniem.

— Nie mam noża — odparł ojciec Gomez. — Ale mam święty cel. Może to mnie chroni przed tymi... upiorami.

— Aha — mruknęła dziewczynka — może. W każdym razie poszła na południe, w stronę gór. Nie wiemy dokąd.

Ale zapytaj byle kogo, każdy ci powie, czy przechodziła, bo nie ma nikogo takiego jak ona w Ci'gazze, nie ma i nie było. Łatwo będzie ją znaleźć.

— Dziękuję ci, Angelico — powiedział ksiądz. — Bądź błogosławiona, moje dziecko.

Zarzucił tobołek na ramiona, wyszedł z ogrodu i zadowolony ruszył gorącą, cichą ulicą.

Po trzech dniach w towarzystwie kołowych stworzeń Mary Malone wiedziała o nich całkiem sporo, a one wiedziały o niej mnóstwo.

Pierwszego ranka niosły ją przez godzinę czy dwie po bazaltowej szosie do osady nad rzeką. Jazda była niewygodna; Mary nie miała się czego trzymać, a stworzenie miało twardy grzbiet. Pędzili z szybkością, która ją przerażała, ale łoskot kół na twardej nawierzchni i tupot rozpędzonych nóg napełniły ją takim ożywieniem, że nie zwracała uwagi na niewygodę.

W trakcie jazdy lepiej poznała anatomię tych stworzeń. Podobnie jak trawożercy, miały szkielety w kształcie rombów. Niegdyś, w odległej przeszłości, przodkowie tych stworzeń musieli wytworzyć taką strukturę i odkryć jej użyteczność, podobnie jak generacje dawnych pełzających istot w świecie Mary wytworzyły kręgosłup.

Bazaltowa droga stopniowo opadała i po chwili nachylenie zwiększyło się tak, że stworzenia mogły zjeżdżać swobodnie. Podwinęły boczne nogi i sterowały, przechylając się w jedną lub drugą stronę. Pędziły na złamanie karku i Mary trochę się bała, chociaż musiała przyznać, że wiozące ją stworzenie ani razu nie dało jej powodów do strachu. Gdyby tylko miała się czego trzymać, cieszyłaby się tą jazdą.

U podnóża długiego na półtora kilometra zbocza rósł zagajnik wielkich drzew, a w pobliżu rzeka meandrowała po płaskim trawiastym terenie. Trochę dalej Mary zobaczyła coś połyskującego — to wyglądało jak rozległy akwen, ale nie traciła czasu na przyglądanie się temu, ponieważ stworzenia zmierzały do osady na brzegu rzeki, którą bardzo chciała zobaczyć.

Na wioskę składało się dwadzieścia czy trzydzieści chat, ustawionych z grubsza kręgiem, o ścianach z — musiała osłonić oczy dłonią przed słońcem — drewnianych belek pokrytych czymś w rodzaju plecionki zmieszanej z gliną, ze strzechami zamiast dachów. Przebywające tam kołowe stworzenia pracowały: niektóre naprawiały dachy, inne wyciągały sieci z rzeki, jeszcze inne zbierały chrust na opał.

Więc miały swój język, znały ogień i stworzyły społeczeństwo. Wtedy właśnie w umyśle Mary dokonało się przewartościowanie i słowo „stworzenia" zostało zastąpione słowem „lud". Te istoty nie były ludźmi, ale były ludzkie; to nie „one", to „my".

Podjechali już całkiem blisko i na ich widok kilku mieszkańców wioski zawołało innych, żeby zobaczyli. Grupka na drodze zatrzymała się i Mary sztywno zsiadła, wiedząc, że później będzie obolała.

— Dziękuję — powiedziała do swojego... kogo? Wierzchowca? Roweru? Oba określenia wydawały się absurdalnie niestosowne wobec stojącego przed nią bystrookiego wcielenia uprzejmości. Wybrała słowo „przyjaciel".

Uniósł trąbę i powtórzył za nią: „Siekuję", i znowu wybuchnęli radosnym śmiechem.

Mary wzięła plecak od innego stworzenia („siekuję! siekuję!") i zeszła za nimi z bazaltu na ubitą ziemię w wiosce.

I wtedy jej asymilacja rozpoczęła się na dobre.

Przez następne kilka dni nauczyła się tak wiele, że znowu poczuła się jak dziecko oszołomione pierwszymi lekcjami w szkole. Co więcej, kołowi ludzie wydawali się równie zdumieni i zaintrygowani jej osobą. Na przykład jej rękami. Nie mogli się ich napatrzeć: obmacywali delikatnymi trąbami wszystkie palce i paznokcie, badali każdy staw, zginali je ostrożnie i patrzyli z zachwytem, jak podnosiła plecak, wkładała jedzenie do ust, drapała się, myła, czesała.

W zamian pozwalali jej obmacywać swoje trąby, nieskończenie giętkie, długie jak jej ramię, grubsze u podstawy i dostatecznie potężne, żeby zmiażdżyć jej czaszkę, jak podejrzewała. Dwa podobne do palców wyrostki na końcu odznaczały się wielką siłą i ogromną precyzją: stworzenia najwyraźniej mogły dowolnie zmieniać fakturę skóry na wewnętrznej stronie, czyli odpowiedniku opuszki, od aksamitnej miękkości do twardości żelaza. W rezultacie mogły używać tych „palców" zarówno do delikatnych czynności, jak dojenie trawożernych, jak i do ciężkiej roboty, na przykład łamania gałęzi.

Po trochu Mary zorientowała się, że trąby odgrywają również pewną rolę w komunikacji. Ruch trąby modyfikował znaczenie dźwięku, toteż słowo brzmiące *czach* oznaczało „wodę", kiedy towarzyszył mu wymach trąby z lewa na prawo, „deszcz", kiedy koniec trąby podwijał się na zewnątrz, „smutek", kiedy trąba zawijała się pod spód, oraz „młode źdźbła trawy" przy szybkim machnięciu w lewo. Jak tylko Mary to spostrzegła, zaczęła naśladować te ruchy, wyginając ramię w podobny sposób, a kiedy stworzenia zobaczyły, że próbuje z nimi rozmawiać, okazały żywiołową radość.

Jak już zaczęli rozmawiać (głównie w ich języku, chociaż Mary nauczyła ich kilku słów po angielsku: potrafili powiedzieć „siekuję", „trawa", „drzewo", „niebo", „rzeka" i wymówić jej imię, chociaż z pewnym trudem), robili znacznie szybsze postępy. Nazywali swój lud *mulefa*, ale pojedynczy osobnik nazywał się *zalif*. Mary sądziła, że istnieje różnica dźwięku pomiędzy nim-*zalif* a nią-*zalif*, ale dla niej zbyt subtelna do uchwycenia. Zaczęła wszystko spisywać i kompilować słownik.

Zanim jednak całkowicie pogrążyła się w pracy, wyjęła swoją postrzępioną książkę i łodygi krwawnika i zapytała I Ching: „Czy mam tutaj zostać, czy powinnam iść dalej i kontynuować poszukiwania?".

Odpowiedź brzmiała: „Zachowaj spokój, żeby niepewność wygasła; wtedy poza zamieszaniem możesz dostrzec wielkie prawa".

I dalej: „Jak góra zachowuje spokój we wnętrzu, tak mądry człowiek nie pozwala, żeby jego wola sprowadziła go na manowce".

Trudno o wyraźniejszą odpowiedź. Mary poskładała łodygi i zamknęła książkę, a potem spostrzegła, że przyciągnęła krąg zaciekawionych stworzeń.

Jedno powiedziało:

— Pytanie? Pozwolenie? Ciekawość.

Mary odparła:

— Proszę. Patrz.

Bardzo delikatnie ich trąby poruszyły się, sortowały łodygi takimi samymi gestami odliczania, jakie wcześniej wykonywała, przewracały stronice książki. Wyraźnie dziwił je fakt, że miała dwie ręce, że mogła jednocześnie trzymać książkę i przewracać kartki. Uwielbiały patrzeć, jak splatała palce albo bawiła się w dziecięcą grę: „Wchodzi kominiarz po drabinie", albo kręciła młynka palcami; ten sam gest stosowała Ama w świecie Lyry do odpędzania złych duchów.

Obejrzawszy książkę i łodygi krwawnika, owinęły je starannie tkaniną i razem z książką włożyły do plecaka. Mary czuła się uradowana i uspokojona wiadomością ze starożytnych Chin, ponieważ dowiedziała się, że powinna robić właśnie to, czego obecnie najbardziej pragnęła.

Więc z lekkim sercem przystąpiła do dalszego poznawania *mulefa*.

Dowiedziała się, że mieli dwie płcie i żyli w monogamicznych parach. Ich potomstwo długo dorastało: co najmniej dziesięć lat dzieciństwa i bardzo powolny rozwój, o ile właściwie zrozumiała ich wyjaśnienia. W tej osadzie była piątka młodych, jedno prawie dorosłe i reszta gdzieś pomiędzy, a jako mniejsze od dorosłych nie mogły używać kół ze strąków nasiennych. Dzieci musiały poruszać się tak jak trawożerne, ze wszystkimi czterema kończynami na ziemi, lecz pomimo całej ich energii i przedsiębiorczości (podkradały się do Mary i zmykały spłoszone, próbowały wspinać się na drzewa, brodziły w płytkiej wodzie i tak dalej) wydawały się niezdarne, jakby nie w swoim żywiole. Siła, szybkość i gracja dorosłych stanowiła uderzający kontrast i Mary rozumiała, jak bardzo dorastający młodziak musi tęsknić do dnia, kiedy otrzyma koła. Widziała, jak pewnego dnia najstarsze dziecko weszło po cichu do składu, gdzie przechowywano pewną liczbę strąków, i próbowało wpasować swój przedni pazur w środkowy otwór; ale kiedy dzieciak usiłował stanąć, przewrócił się natychmiast i koło go przygniotło. Hałas zwabił dorosłego. Dzieciak szamotał się, piszcząc ze strachu, a Mary nie mogła powstrzymać się od śmiechu na ten widok, oburzonego rodzica i małego winowajcy, który uwolnił się w ostatniej chwili i umknął.

Strąki nasienne najwyraźniej miały ogromne znaczenie i wkrótce Mary zaczęła rozumieć, jakie są cenne.

Przede wszystkim *mulefa* poświęcali większość czasu na konserwację swoich kół. Zręcznie unosili i przekręcali pazur, żeby wyciągnąć go z dziury, a potem trąbami obmacywali dokładnie koło, czyścili krawędź, szukali pęknięć. Pazur był niesamowicie mocny: rogowa albo kościana ostroga wyrastająca z nogi pod kątem prostym, lekko wygięta tak, że najwyższa środkowa część dźwigała ciężar, spoczywając wewnątrz otworu. Pewnego dnia Mary widziała, jak *zalif* sprawdzała otwór w swoim przednim kole, dotykała tu i tam, unosiła trąbę i znowu opuszczała, jakby testując zapach.

Mary przypomniała sobie olejek, który został jej na palcach, kiedy oglądała pierwszy nasienny strąk. Za pozwoleniem *zalif* obejrzała jej pazur i odkryła, że jeszcze nigdy nie dotykała czegoś równie gładkiego i śliskiego. Jej palce dosłownie zsuwały się z powierzchni. Cały pazur wydawał się zaimpregnowany lekko pachnącym olejkiem. Po obejrzeniu kilku *mulefa* sprawdzających stan swoich kół i pazurów Mary zaczęła się zastanawiać, co było pierwsze: koło czy pazur? Jeździec czy drzewo?

Chociaż oczywiście w grę wchodził również trzeci element, czyli geologia. Stworzenia mogły używać kół tylko w świecie, który zapewniał im naturalne drogi. Widocznie jakaś cecha mineralnych składników tej lawy sprawiała, że lawa rozlewała się wstążkowatymi strumieniami po rozległej sawannie i nie pękała ani nie niszczała. Stopniowo Mary zaczęła dostrzegać, że wszystko było powiązane i wszystkim jakoś kierowali *mulefa*. Znali miejsce pobytu każdego stada trawożerców, każdego zagajnika kołowych drzew, każdej kępy słodkiej trawy, znali każdego osobnika w stadach i każde poszczególne drzewo, dyskutowali o ich losach i dobrobycie. Pewnego razu Mary zobaczyła, jak *mulefa* spędzili stado trawożerców, wybrali kilka osobników i odpędzili od reszty, po czym złamali im karki szarpnięciami potężnych trąb. Nic się nie zmarnowało. Trzymając w trąbach płaskie, ostre jak brzytwa kamienie, *mulefa* oskórowali i wypatroszyli zwierzęta w ciągu kilku minut, następnie jak wprawni rzeźnicy oddzielili odpadki, delikatne mięso i twardsze kawałki, wykroili tłuszcz, odłączyli rogi i kopyta, pracując tak wydajnie, że Mary obserwowała to z przyjemnością, jak każdą dobrze wykonaną robotę.

Wkrótce paski mięsa wisiały, susząc się na słońcu, inne posypano solą i zawinięto w liście; skóry dokładnie oskrobano z tłuszczu, który zachowano do późniejszego użytku, a następnie włożono je do dołów wypełnionych wodą i korą dębową w celu wygarbowania; najstarsze dziecko bawiło się parą rogów, udawało trawożerne zwierzę i rozśmieszało inne dzieci. Wieczorem jedli świeże mięso i Mary ucztowała do syta.

W podobny sposób *mulefa* wiedzieli, jak złapać najlepsze ryby, dokładnie gdzie i kiedy zastawiać sieci. Szukając czegoś do roboty, Mary poszła do wytwórców sieci i zaproponowała pomoc. Kiedy zobaczyła, jak pracowali — nie pojedynczo, ale po dwie pary, razem manipulując trąbami, żeby zawiązać węzeł — zrozumiała, czemu tak dziwili się jej rękom, ponieważ ona oczywiście mogła sama zawiązać węzeł. Początkowo sądziła, że to jej daje przewagę — nie potrzebowała nikogo innego; a potem uświadomiła sobie, że to ją separuje od pozostałych. Pewnie wszystkie istoty ludzkie tak czuły. Od tamtego czasu używała jednej ręki do wiązania włókien i współpracowała z *zalif*, z którą się szczególnie zaprzyjaźniła; palce i trąba poruszały się razem.

Lecz spośród wszystkich żywych istot, którymi opiekowali się kołowi ludzie, najbardziej dbali o drzewa ze strąkami nasiennymi.

Na obszarze zarządzanym przez tę grupę rosło sześć zagajników. Inne, bardziej oddalone, podlegały innym grupom. Codziennie oddział wyruszał sprawdzić stan potężnych drzew i zebrać opadłe strąki. Wiadomo, co zyskiwali *mulefa*; ale jakie korzyści odnosiły drzewa z tej wymiany? Pewnego dnia Mary zobaczyła. Jadąc razem z grupą, usłyszała nagle głośny trzask i wszyscy się zatrzymali, otaczając osobnika, któremu pękło koło. Każda grupa woziła jedno czy dwa zapasowe, więc *zalif* z pękniętym kołem wkrótce znowu jechał; natomiast pęknięte koło starannie owinięto tkaniną i odwieziono z powrotem do osady.

Tam otwarto je, wyjęto wszystkie nasiona — płaskie, jasne, owalne, duże jak paznokieć na małym palcu Mary — i każde poddano uważnym oględzinom. *Mulefa* wyjaśnili, że strąki nasienne potrzebowały ciągłego obijania na twardych drogach, żeby w ogóle pękły, a nasiona z trudem kiełkowały. Bez pomocy *mulefa* drzewa by wymarły. Każdy gatunek zależał od innych, a co więcej, umożliwiał to olejek. Trudno było to zrozumieć, ale podobno olejek stanowił centrum ich myśli i uczuć; młode nie posiadały mądrości starszych, ponieważ nie mogły używać kół i dlatego nie wchłaniały olejku przez szpony. Wtedy właśnie Mary zaczęła dostrzegać związek pomiędzy *mulefa* a pytaniem, które pochłonęło ostatnie kilka lat jej życia.

Zanim jednak zdążyła dowiedzieć się więcej (rozmowy z *mulefa* były długie i skomplikowane, ponieważ uwielbiali opisywać, wyjaśniać i ilustrować swoje twierdzenia dziesiątkami przykładów, jakby niczego nie zapominali i cała ich wiedza była dostępna w każdej chwili), osada została zaatakowana.

Mary pierwsza spostrzegła nadciągających napastników, chociaż nie wiedziała, kim są.

Zdarzyło się to po południu, kiedy pomagała naprawiać dach chaty. *Mulefa* budowali tylko parterowe domy, ponieważ nie umieli się wspinać; ale Mary chętnie włazíła na dachy i dwiema rękami mogła kłaść strzechę znacznie szybciej niż oni, kiedy już pokazali jej technikę.

Więc stała oparta o krokwie, chwytała rzucane jej wiązki trzciny i rozkoszowała się chłodnym powiewem znad wody, łagodzącym żar słońca, kiedy jej spojrzenie przyciągnął błysk bieli.

Wyodrębnił się z tego odległego lśnienia, które uważała za morze. Osłoniła oczy dłonią i zobaczyła jeden — dwa — więcej — flotyllę wysokich białych żagli wyłaniającą się z rozmigotanej śrerzogi, jeszcze odległą, lecz zmierzającą z milczącą gracją w stronę ujścia rzeki.

— Mary! — zawołał *zalif* z dołu. — Co widzisz?

Nie znała słów oznaczających „żagiel" czy „łódź", więc powiedziała: „wysokie", „białe", „wiele".

Zalif natychmiast krzyknął na alarm, wszyscy w zasięgu słuchu przerwali pracę i pospieszyli do środka osady, wołając młode. Po minucie wszyscy *mulefa* byli gotowi do ucieczki.

Atal, jej przyjaciółka, zawołała:

— Mary! Mary! Chodź! *Tualapi! Tualapi!*

Wszystko stało się tak szybko, że Mary nawet nie wykonała żadnego ruchu. Białe żagle tymczasem wpłynęły już na rzekę i z łatwością posuwały się pod prąd. Mary była pod wrażeniem dyscypliny panującej wśród marynarzy: halsowali tak szybko, żagle poruszały się razem jak stado szpaków, wszystkie zmieniały kurs jednocześnie. I były takie piękne, smukłe śnieżnobiałe żagle, które opadały, skłaniały się i wypełniały...

Było ich co najmniej czterdzieści i płynęły w górę rzeki znacznie szybciej, niż przypuszczała. Ale nie widziała załogi na pokładach, a potem zobaczyła, że to wcale nie są łodzie, tylko gigantyczne ptaki, a żagle to ich skrzydła, jedno przednie i jedno tylne, trzymane w górze, napinane i refowane siłą ich mięśni.

Nie było czasu na ich studiowanie, ponieważ dobiły już do brzegu i wychodziły na ląd. Miały szyje jak łabędzie i dzioby długie jak ludzkie przedramię. Skrzydła miały dwukrotnie wyższe od Mary i potężne nogi — co zauważyła, zerkając przez ramię, już przestraszona, w trakcie ucieczki; nic dziwnego, że w wodzie poruszały się tak szybko.

Pobiegła za *mulefa*, którzy wołali ją po imieniu, wybiegając z osady na drogę. Dotarła do nich w samą porę; jej przyjaciółka czekała i kiedy Mary wdrapała się na jej plecy, Atal uderzyła nogami w nawierzchnię i pomknęła po zboczu za swoimi towarzyszami.

Ptaki, które na lądzie nie potrafiły poruszać się tak szybko, wkrótce zaprzestały pościgu i zawróciły do osady.

Rozerwały dachy składów żywności. Warcząc, gulgo-

cząc i wznosząc wysoko okrutne dzioby, połykały suszone mięso, zakonserwowane owoce i zboże. Wszystko
jadalne znikło w niecałą minutę.

A potem *tualapi* znalazły magazyn kół i próbowały
otworzyć wielkie strąki nasienne, ale nie dały rady.
Mary czuła napięcie swoich przyjaciół, patrzących ze szczytu
wzgórza, jak ptaszyska rzucały strąkami o ziemię, kopały, szarpały szponami, ale oczywiście nie wyrządziły
żadnemu szkody. *Mulefa* martwili się najbardziej tym,
że kilka strąków zostało zepchniętych i wrzuconych do
wody, gdzie ociężale podryfowały w stronę morza.

Potem wielkie śnieżnobiałe ptaki przystąpiły do de-
molowania wszystkiego, cokolwiek dostrzegły; brutalnie
deptały i orały szponami, dźgały, szarpały i rozbijały
dziobami. *Mulefa* wokół Mary mamrotali i niemal zawo-
dzili z żalu.

— Pomogę — obiecała Mary. — Zrobimy od nowa.

Ale wstrętne stwory jeszcze nie skończyły; wysoko
wznosząc piękne skrzydła, przysiadły wśród szczątków
i wypróżniły wnętrzności. Smród dotarł na wzgórze z powiewem wiatru; stosy i kałuże biało-czarno-zielono-brą-
zowego nawozu leżały pomiędzy połamanymi belkami,
rozszarpanymi strzechami. Potem, stąpając niezdarnie
i jednocześnie wyzywająco, ptaki wróciły do wody i odpłynęły z prądem ku morzu.

Dopiero kiedy ostatnie białe skrzydło znikło w popołu-
dniowej mgiełce, *mulefa* zjechali ze wzgórza. Wypełniał
ich smutek i gniew, lecz głównie martwili się o magazyn
strąków nasiennych.

Z piętnastu przechowywanych tam strąków zostały
tylko dwa. Reszta przepadła, zepchnięta do wody. Lecz
przy następnym zakolu rzeki leżała piaszczysta łacha
i Mary zdawało się, że utknął tam jeden strąk. Toteż ku
zdziwieniu i zaniepokojeniu *mulefa* zdjęła ubranie, obwiązała się sznurem w talii i przepłynęła na drugi brzeg.
Na piasku znalazła nie jedno, lecz pięć cennych kół,

przesunęła sznur przez ich rozmiękłe środki i ciężko popłynęła z powrotem, holując je za sobą.

Mulefa wylewnie okazywali wdzięczność. Sami nigdy nie wchodzili do wody i łowili tylko z brzegu, uważając, żeby nie zamoczyć nóg ani kół. Mary czuła, że wreszcie na coś im się przydała.

Później tego wieczoru, po skąpym posiłku ze słodkich korzonków, powiedzieli jej, dlaczego tak się martwili o koła. Niegdyś, w dawnych czasach, było mnóstwo strąków, świat był żyzny i pełen życia, a *mulefa* ze swoimi drzewami żyli w wiecznej radości. Lecz coś złego stało się przed wielu laty; jakaś wartość znikła bezpowrotnie; ponieważ pomimo wszelkich wysiłków i starań, pomimo całej troski i miłości, jakich nie szczędziły im *mulefa*, drzewa kołowe umierały.

11
Ważki

Prawda głoszona w złym zamiarze
Najbardziej wszelką prawdę paczy *.

William Blake

Ama wspinała się po ścieżce do jaskini, niosąc chleb i mleko w torbie na plecach i głęboką rozterkę w sercu. Jak miała dotrzeć do śpiącej dziewczyny?

Doszła do skały, gdzie kobieta kazała jej zostawiać jedzenie. Położyła torbę, ale nie zawróciła prosto do domu; wspięła się trochę wyżej, obok jaskini, przez gęstwinę rododendronów i jeszcze wyżej, gdzie las rzedniał i zaczynały się tęcze.

Tam często bawiła się ze swoim dajmonem: wdrapywali się na skalne półki, omijali małe zielonobiałe katarakty, wiry i rozbryzgi mieniące się barwami widma świetlnego, aż jej włosy i rzęsy i jego wiewiórcze futerko pokrywały miliony maleńkich kropelek wilgoci. Zabawa polegała na tym, żeby dotrzeć na szczyt bez wycierania oczu, pomimo pokusy. Wkrótce blask słońca rozszczepiał się na czerwień, żółć, zieleń, błękit i wszystkie barwy

---

* „Wróżby niewinności", tłum. Z. Kubiak, op. cit.

pośrednie, ale dopóki Ama nie dotarła na szczyt, nie mogła otrzeć powiek, żeby lepiej zobaczyć, boby przegrała.

Kulang, jej dajmon, wskoczył na skałę na krawędzi najwyższego małego wodospadu i wiedziała, że zaraz się odwróci, żeby sprawdzić, czy nie otarła wilgoci z rzęs — ale on się nie odwrócił.

Przywarł do skały i wpatrywał się przed siebie.

Ama otarła oczy, ponieważ zdumienie jej dajmona przerwało zabawę. Podciągnąwszy się do krawędzi, wyjrzała i zamarła, tłumiąc okrzyk. Z góry spoglądały na nią oczy stworzenia, jakiego nigdy jeszcze nie widziała: niedźwiedź, ale olbrzymi, przerażający, czterokrotnie większy od brunatnych niedźwiedzi z lasu, biały jak kość słoniowa, z czarnym nosem, czarnymi oczami i pazurami długości sztyletów. Mogła go dosięgnąć ręką. Widziała każdy oddzielny włos na jego pysku.

— Kto to? — zapytał chłopięcy głos i chociaż Ama nie zrozumiała słów, łatwo odgadła znaczenie.

Po chwili chłopiec pojawił się obok niedźwiedzia: nasrożony, ze zmarszczonymi brwiami i wysuniętą szczęką. Czy to był dajmon obok niego, pod postacią ptaka? Ale jakiś dziwny ptak; takiego jeszcze nie widziała. Podfrunął do Kulanga i przemówił krótko:

— Przyjaciele. Nie zrobimy wam krzywdy.

Wielki biały niedźwiedź wcale się nie poruszył.

— Wejdź na górę — powiedział chłopiec i znowu dajmon Amy przetłumaczył jego słowa.

Obserwując niedźwiedzia z przesądnym lękiem, Ama wdrapała się obok małego wodospadu i stanęła nieśmiało na kamieniach. Kulang zmienił się w motyla i przysiadł na chwilę na jej policzku, ale zaraz odleciał i zaczął trzepotać wokół drugiego dajmona, który wciąż siedział na dłoni chłopca.

— Will — powiedział chłopiec, wskazując siebie, a ona odpowiedziała:

— Ama.

Teraz, kiedy widziała go wyraźnie, bała się go nawet bardziej niż niedźwiedzia: miał okropną ranę: brakowało mu dwóch palców. Zrobiło jej się słabo na ten widok. Niedźwiedź zawrócił do mlecznego strumienia i legł w wodzie, jakby szukał ochłody. Dajmon chłopca wzbił się w powietrze i trzepotał wśród tęcz razem z Kulangiem, powoli zaczęli się rozumieć.

I czego szukali, jak się okazało, jeśli nie jaskini z uśpioną dziewczynką?

Słowa same popłynęły z jej ust:

— Wiem, gdzie to jest! Trzyma ją w uśpieniu kobieta, która mówi, że jest jej matką, ale matka nie byłaby tak okrutna, prawda? Zmusza ją do picia jakiegoś usypiającego napoju, ale ja mam zioła, którymi ją obudzę, jeśli tylko dostanę się do niej!

Will ledwie pokręcił głową i czekał, aż Balthamos przetłumaczy. To trwało ponad minutę.

— Iorek! — zawołał i niedźwiedź ociężale przyczłapał po dnie strumienia, oblizując paszczę, bo właśnie złapał rybę. — Iorek, ta dziewczynka mówi, że wie, gdzie jest Lyra. Pójdę z nią, a ty zostań tutaj na straży.

Iorek Byrnison, masywne cielsko w strumieniu, milcząco kiwnął łbem. Will ukrył plecak i przypiął nóż, zanim zlazł na dół przez tęcze za Amą. Przy każdym kroku musiał ocierać oczy i wytężać wzrok, żeby znaleźć bezpieczne miejsce na postawienie stopy, bo powietrze wypełniała lodowata mgiełka.

Kiedy dotarli do podnóża wodospadów, Ama pokazała na migi, że muszą iść ostrożnie i bez hałasu. Will ruszył za nią w dół zbocza, wśród omszałych głazów i potężnych, sękatych sosen, gdzie tańczyły intensywnie zielone plamy światła, gdzie brzęczały i bzyczały miliony owadów. Schodzili coraz niżej i niżej, a słońce wciąż im przyświecało, głęboko w dolinie, podczas gdy gałęzie nad głowami kołysały się nieustannie.

Potem Ama przystanęła. Will wsunął się za gruby pień cedru i spojrzał tam, gdzie pokazywała. Przez plątaninę gałęzi i liści zobaczył skalne zbocze wznoszące się po prawej, a w połowie wysokości...

— Pani Coulter — szepnął i serce mu szybciej zabiło.

Kobieta wyszła zza skały, otrząsnęła gęsto ulistnioną gałąź, odrzuciła ją i otrzepała ręce. Czyżby zamiatała? Rękawy miała podwinięte, włosy osłonięte chustką. Will nigdy sobie nie wyobrażał, że mogła wyglądać tak domowo.

Ale wtedy ujrzał złoty błysk i pojawiła się ta złośliwa małpa, która wskoczyła kobiecie na ramię. Oboje rozejrzeli się, jakby coś podejrzewali, i nagle pani Coulter nie wyglądała już tak domowo.

Ama szeptała coś nagląco: bała się złotej małpy-dajmona, małpa lubiła żywcem wyrywać skrzydła nietoperzom.

— Czy jest z nią ktoś jeszcze? — zapytał Will. — Żołnierze albo ktoś inny?

Ama nie wiedziała. Nie widziała żadnych żołnierzy, ale ludzie mówili o obcych i strasznych postaciach, może duchach, widzianych nocą na górskich stokach... Lecz w górach zawsze były duchy, każdy o tym wiedział. Więc chyba nie miały nic wspólnego z tą kobietą.

No, pomyślał Will, skoro Lyra jest w jaskini i pani Coulter jej nie opuszcza, muszę złożyć im wizytę.

— Jaki masz narkotyk? — zapytał. — Co trzeba z nim zrobić, żeby ją obudzić?

Ama wyjaśniła.

— Gdzie go masz?

W domu, odpowiedziała. Schowany.

— W porządku. Czekaj tutaj i nie podchodź bliżej. Kiedy ją zobaczysz, nie wolno ci zdradzić, że mnie znasz. Nigdy mnie nie widziałaś, ani niedźwiedzia. Kiedy następnym razem zaniesiesz jej jedzenie?

— Pół godziny przed zachodem słońca — odparł dajmon Amy.

— Przynieś wtedy lekarstwo ze sobą — polecił Will. — Spotkamy się tutaj.

Patrzyła z wielkim niepokojem, jak ruszył ścieżką. Z pewnością nie uwierzył w to, co mu powiedziała o małpie-dajmonie, bo nie poszedłby tak beztrosko do jaskini. Prawdę mówiąc, Will bardzo się denerwował. Wszystkie zmysły miał tak wyczulone, że dostrzegał nawet najmniejsze owady dryfujące w snopach słonecznego blasku, trzepot liści na gałęziach i chmury płynące po niebie, chociaż ani na chwilę nie odrywał oczu od wylotu jaskini.

— Balthamos — szepnął, a anioł-dajmon sfrunął na jego ramię pod postacią małego bystrookiego ptaszka z czerwonymi skrzydełkami. — Trzymaj się blisko mnie i uważaj na tę małpę.

— Więc spójrz w prawo — odparł krótko Balthamos.

Will zobaczył w wylocie jaskini plamę złocistego świat-ła, która miała pysk i oczy patrzące na nich. Od wejścia dzieliło go najwyżej dwadzieścia kroków. Przystanął, a złota małpa przekręciła łeb w stronę jaskini, powiedziała coś i znowu się odwróciła.

Will namacał rękojeść noża i ruszył dalej.

Kiedy wszedł do jaskini, kobieta czekała na niego.

Siedziała swobodnie na brezentowym krzesełku, z książką na kolanach, obserwując go spokojnie. Nosiła podróżne ubranie khaki, ale tak dobrze skrojone i tak zgrabnie leżące na jej doskonałej figurze, że wyglądało jak najmodniejsza kreacja, a bukiecik czerwonych kwiatków, który przypięła z przodu koszuli, wyglądał jak najcenniejsze klejnoty. Włosy jej lśniły, ciemne oczy błyszczały, obnażone nogi jaśniały złociście w blasku słońca.

Uśmiechnęła się, a Will o mało nie odpowiedział uśmiechem, ponieważ nie przywykł do słodyczy i łagodności kobiecego uśmiechu, co go wytrąciło z równowagi.

— Jesteś Will — powiedziała niskim, hipnotycznym głosem.

— Skąd znasz moje imię? — zapytał szorstko.

— Lyra mówi przez sen.

— Gdzie ona jest?

— Bezpieczna.

— Chcę ją zobaczyć.

— Więc chodź — powiedziała i wstała, rzucając książkę na krzesło.

Po raz pierwszy, odkąd Will znalazł się w jej obecności, spojrzał na małpę-dajmona. Zwierzak miał futro długie i lśniące, każdy włosek wyglądał jak zrobiony z czystego złota, a mały pyszczek i palce były czarne. Will po raz ostatni widział ten pysk wykrzywiony z nienawiści, tamtego wieczoru, kiedy on i Lyra ukradli aletheiometr z londyńskiego domu sir Charlesa Latroma. Małpa próbowała wtedy gryźć, ale Will ciachnął nożem z lewa na prawo i zmusił dajmona do odwrotu, żeby zamknąć za nimi okno do innego świata. Teraz pomyślał, że za nic w świecie nie odwróci się do małpy plecami.

Lecz Balthamos pod postacią ptaka został na straży, kiedy Will ostrożnie przeszedł za panią Coulter do małej figurki, leżącej nieruchomo w mroku.

Oto ona, jego najlepsza przyjaciółka, uśpiona. Wydawała się taka mała! Zdumiało go, że Lyra, tak pełna energii i siły, wyglądała tak łagodnie i spokojnie, kiedy spała. Pantalaimon leżał przy jej szyi pod postacią tchórza z błyszczącym futerkiem, wilgotne włosy Lyry przywierały do czoła.

Will ukłąkł przy niej i odgarnął jej włosy. Twarz miała rozpaloną. Kątem oka dostrzegł złotą małpę sprężającą się do skoku i oparł dłoń na nożu, ale pani Coulter nieznacznie pokręciła głową i małpa się uspokoiła.

Nie dając niczego po sobie poznać, Will starał się dokładnie zapamiętać rozkład jaskini, kształt i wielkość każdego głazu, nachylenie podłoża, wysokość sklepienia nad śpiącą dziewczynką. Będzie musiał trafić tutaj po ciemku i tylko teraz miał szansę, żeby się rozejrzeć.

— Więc, jak widzisz, jest całkiem bezpieczna — odezwała się pani Coulter.

— Dlaczego ją tutaj trzymasz? Czemu nie pozwalasz jej się obudzić?

— Usiądźmy.

Nie skorzystała z krzesła, tylko usiadła obok niego na porośniętych mchem głazach u wejścia jaskini. Mówiła tak uprzejmie i miała w oczach taką smutną mądrość, że Will nabrał jeszcze większych podejrzeń. Czuł, że każde jej słowo było kłamstwem, każdy gest ukrywał groźbę, każdy uśmiech maskował fałsz. No, on również musiał ją oszukać: musiał ją przekonać, że jest niegroźny. Ale przecież oszukiwał z powodzeniem wszystkich nauczycieli, wszystkich policjantów, wszystkich pracowników opieki społecznej i wszystkich sąsiadów, którzy kiedykolwiek interesowali się nim i jego domem; przygotowywał się do tego przez całe życie.

Racja, pomyślał. Poradzę sobie z tobą.

— Chciałbyś się czegoś napić? — zaproponowała pani Coulter. — Ja też trochę wypiję... To nieszkodliwe. Patrz.

Rozcięła jakiś brązowawy, pomarszczony owoc i wycisnęła mętny sok do dwóch szklaneczek. Pociągnęła z jednej i podała drugą Willowi, który również łyknął świeżego, słodkiego napoju.

— Jak trafiłeś do tego miejsca? — zapytała.

— Nie było trudno cię śledzić.

— Najwidoczniej. Czy masz aletheiometr Lyry?

— Tak — potwierdził i pozostawił jej domyślności, czy potrafi go odczytywać.

— I masz nóż, jak rozumiem.

— Sir Charles ci powiedział?

— Sir Charles? Och... Carlo, oczywiście. Tak, powiedział. To fascynujące. Mogę go zobaczyć?

— Nie, oczywiście, że nie — odparł. — Dlaczego trzymasz tutaj Lyrę?

— Ponieważ ją kocham — wyjaśniła. — Jestem jej

144

matką. Grozi jej straszliwe niebezpieczeństwo, a ja nie pozwolę, żeby coś jej się stało.

— Jakie niebezpieczeństwo? — zapytał Will.

— No... — zaczęła i postawiła swój pucharek na ziemi, pochylając się tak, że jej włosy spłynęły po obu stronach twarzy. Kiedy się wyprostowała, założyła je za uszy obiema rękami. Will poczuł woń jakichś perfum, których używała, połączony ze świeżym zapachem jej ciała, co przyprawiło go o dreszcz.

Jeśli pani Coulter zauważyła jego reakcję, niczym tego nie okazała.

— Słuchaj, Will — powiedziała — nie wiem, jak poznałeś moją córkę i ile już wiesz, i z pewnością nie wiem, czy mogę ci zaufać; ale jestem już zmęczona przymusem kłamania. Więc powiem ci prawdę... Odkryłam, że mojej córce grozi niebezpieczeństwo ze strony tych samych ludzi, do których należałam: ze strony Kościoła. Szczerze mówiąc, myślę, że chcą ją zabić. Więc, jak widzisz, stanęłam przed dylematem: słuchać Kościoła czy ratować córkę. A przecież byłam wierną służką Kościoła, najbardziej gorliwą ze wszystkich. Poświęciłam mu życie, służyłam z oddaniem. Ale miałam córkę... Nie zajmowałam się nią, kiedy była mała. Odebrano mi ją i wychowała się wśród obcych. Pewnie dlatego nie bardzo potrafiła mi zaufać. Ale kiedy dorastała, zobaczyłam grożące jej niebezpieczeństwo i już trzy razy próbowałam ją ratować. Musiałam zostać renegatką i ukryć się w tym odległym miejscu. Myślałam, że jesteśmy bezpieczne, ale skoro tak łatwo nas znalazłeś... rozumiesz, że to mnie martwi. Kościół nie zostanie daleko w tyle. A oni chcą ją zabić, Will. Nie pozwolą jej żyć.

— Dlaczego? Dlaczego tak jej nienawidzą?

— Z powodu tego, co ona zamierza zrobić, ich zdaniem. Nie wiem, co to jest; żałuję, że nie wiem, bo mogłabym jeszcze lepiej ją chronić. Ale na pewno jej nienawidzą i nie znają miłosierdzia.

145

Wychyliła się do przodu, mówiąc cicho, nagląco i z przejęciem.

— Dlaczego ci to mówię? — ciągnęła. — Czy mogę ci zaufać? Chyba muszę. Nie mogę już uciekać, nie mam dokąd pójść. Jeżeli jesteś przyjacielem Lyry, może zostaniesz także moim przyjacielem. Potrzebuję przyjaciół, potrzebuję pomocy. Wszystko teraz jest przeciwko mnie. Kościół mnie zniszczy tak jak Lyrę, jeśli nas znajdzie. Jestem sama, Will, sama z córką w tej jaskini, a wszystkie siły wszystkich światów próbują nas wytropić. I jeszcze ty się zjawiasz na dowód, jak łatwo nas znaleźć. Co zamierzasz zrobić, chłopcze? Czego chcesz?

— Dlaczego trzymasz ją tu uśpioną? — zapytał, uparcie pomijając jej pytania.

— A co by się stało, gdybym pozwoliła jej się obudzić? Natychmiast by uciekła. I nie przetrwałaby nawet pięciu dni.

— Ale dlaczego nie wyjaśniłaś jej tego i nie dałaś wyboru?

— Myślisz, że by mnie wysłuchała? Myślisz, że by mi uwierzyła, nawet gdyby mnie wysłuchała? Ona mi nie ufa. Ona mnie nienawidzi, Will. Na pewno o tym wiesz. Ona mną pogardza. Ja... nie wiem, jak to powiedzieć... kocham ją tak bardzo, że poświęciłam wszystko, co miałam... wielką karierę, szczęście, pozycję i bogactwo... rzuciłam wszystko, zamieszkałam w tej jaskini, jem suchy chleb i kwaśne owoce, żeby tylko utrzymać moją córkę przy życiu. A jeśli w tym celu trzeba ją uśpić, niech tak będzie. Ale muszę zachować ją przy życiu. Czy twoja matka nie zrobiłaby tyle dla ciebie?

Will poczuł zaskoczenie i gniew, że pani Coulter ośmieliła się wspomnieć o jego matce dla poparcia własnych argumentów. Potem pierwszy szok został zagłuszony przez myśl, że przecież matka wcale go nie chroniła; to on musiał ją chronić. Czy pani Coulter kochała Lyrę mocniej, niż Elaine Parry kochała jego? Ale to niesprawiedliwe: jego matka była chora.

Albo pani Coulter nie zdawała sobie sprawy z burzy uczuć, jaką rozpętały jej słowa, albo była szalenie sprytna. Spokojnie patrzyła pięknymi oczami, jak Will poczerwieniał i wiercił się z zakłopotaniem; przez chwilę była niesamowicie podobna do córki.

— Co chcesz zrobić? — zapytała.

— No, widziałem Lyrę — zaczął Will. — Na pewno żyje i chyba jest bezpieczna. To wszystko, co miałem sprawdzić. Więc teraz, kiedy to załatwiłem, mogę pójść na pomoc Lordowi Asrielowi, jak zamierzałem.

Zdziwiła się trochę, ale zapanowała nad sobą.

— Chyba nie chcesz... myślałam, że nam pomożesz — powiedziała całkiem spokojnie, tonem nie proszącym, tylko pytającym. — Nożem. Widziałam, co zrobiłeś w domu sir Charlesa. Możesz zapewnić nam bezpieczeństwo, prawda? Możesz nam pomóc w ucieczce.

— Pójdę już — oświadczył Will i wstał.

Pani Coulter wyciągnęła rękę. Smętny uśmiech, wzruszenie ramion i kiwnięcie głową, jakby w uznaniu dla godnego przeciwnika, który wykonał zręczny ruch na szachownicy: to właśnie wyrażał język jej ciała. Will stwierdził, że ją lubi, ponieważ była dzielna i przypominała starszą, mądrzejszą, bardziej skomplikowaną Lyrę. Nie mógł nic poradzić na to, że ją polubił.

Więc uścisnął jej dłoń, mocną, chłodną i miękką. Obejrzała się na złocistą małpę siedzącą za nią przez cały czas, wymieniły spojrzenia, których Will nie umiał zinterpretować.

Potem odwróciła się z uśmiechem.

— Żegnaj — powiedział, a ona szepnęła:

— Żegnaj, Will.

Wyszedł z jaskini, wiedząc, że śledzą go jej oczy, więc nie obejrzał się ani razu. Nigdzie nie widział Amy. Ruszył z powrotem tą samą drogą, którą przyszedł, trzymając się ścieżki, dopóki nie usłyszał przed sobą szumu wodospadu.

— Ona kłamie — powiedział do Iorka Byrnisona trzydzieści minut później. — Oczywiście, że kłamie. Kłamałaby nawet na własną niekorzyść, ponieważ zbyt kocha kłamstwo, żeby przestać.

— Więc jaki masz plan? — zapytał niedźwiedź, który wygrzewał się na słońcu, leżąc płasko na brzuchu w stercie śniegu pomiędzy głazami.

Will chodził tam i z powrotem, zastanawiając się, czy może użyć sztuczki, która się udała w Headington: za pomocą noża przejść do innego świata, tam znaleźć miejsce, gdzie leżała Lyra, wyciąć otwór do tego świata, przeciągnąć ją na drugą stronę i zamknąć okno. Oczywiste rozwiązanie; dlaczego się wahał?

Balthamos wiedział. W swojej własnej anielskiej postaci, migotliwej jak mgiełka w słońcu, oświadczył:

— Głupio zrobiłeś, że do niej poszedłeś. Teraz niczego już nie chcesz, tylko zobaczyć ją jeszcze raz.

Iorek wydał niski, cichy pomruk. Początkowo Will myślał, że niedźwiedź ostrzega Balthamosa, ale potem uświadomił sobie z lekkim zażenowaniem, że Iorek zgadza się z aniołem. Dotąd ci dwaj nie zwracali na siebie uwagi; zbyt różnili się rodzajem egzystencji; ale w tym punkcie najwyraźniej byli jednego zdania.

Will nadąsał się, ale to była prawda. Pani Coulter go oczarowała. Myślał o niej bez przerwy: kiedy wspominał Lyrę, zastanawiał się, czy będzie podobna do matki, kiedy dorośnie; kiedy wspominał Kościół, zastanawiał się, ilu księży i kardynałów usidliła ta kobieta; kiedy wspominał zmarłego ojca, zastanawiał się, czy budziłaby w nim wstręt czy podziw; kiedy wspominał matkę...

Poczuł bolesny skurcz w sercu. Odszedł od niedźwiedzia i stanął na skale, z której widział całą dolinę. W czystym, chłodnym powietrzu słyszał odległy stukot siekiery rąbiącej drzewo, stłumione brzęczenie żelaznego dzwonka na owczej szyi, szum wiatru w wierzchołkach drzew. Dostrzegał ostro i wyraźnie najdrobniejsze szczeliny w górskich zboczach na horyzoncie, a także sępy kołujące nad jakimś dogorywającym stworzeniem wiele kilometrów dalej.

Nie było wątpliwości; Balthamos miał rację. Ta kobieta rzuciła na niego urok. Przyjemne i kuszące było wspomnienie tych pięknych oczu, słodkiego głosu i ramion, które uniosły się, żeby odgarnąć lśniące włosy...

Z wysiłkiem powrócił do rzeczywistości i usłyszał całkiem inny dźwięk: odległe buczenie.

Próbował je zlokalizować i odkrył, że dochodzi z północy, z tego samego kierunku, skąd przyszli on i Iorek.

— Zeppeliny — odezwał się niedźwiedź, zaskakując Willa, który nie usłyszał nadejścia wielkiego zwierza. Iorek stanął obok niego i spojrzał w tym samym kierunku, a potem podniósł się na tylnych łapach, dwukrotnie wyższy od Willa, wytężając wzrok.

— Ile?

— Osiem — odparł Iorek po chwili, a potem Will też je zobaczył: małe plamki w jednym szeregu.

— Możesz określić, ile czasu zajmie im lot?

— Dolecą tutaj wkrótce po północy.

— Więc zostanie nam niewiele ciemności. Szkoda.

— Jaki masz plan?

— Zrobić otwór, zabrać Lyrę do innego świata i zamknąć przejście, zanim matka pójdzie za nią. Dziewczynka ma narkotyk, żeby obudzić Lyrę, ale nie potrafi dokładnie wyjaśnić, jak go używać, więc też będzie musiała przyjść do jaskini. Ale nie chcę jej narażać na niebezpieczeństwo. Może odciągniesz uwagę pani Coulter, kiedy to zrobimy.

Niedźwiedź chrząknął i zamknął oczy. Will rozejrzał

149

się za aniołem i dostrzegł zarys jego sylwetki w kropelkach mgły rozświetlonych popołudniowym słońcem.

— Balthamosie — powiedział — wracam teraz do lasu, żeby znaleźć bezpieczne miejsce na pierwszy otwór. Potrzebuję cię, żebyś stanął na straży i uprzedził mnie, jak tylko ona się zbliży... albo ten jej dajmon.

Balthamos kiwnął głową i wzniósł skrzydła, żeby strząsnąć wilgoć. Potem wzbił się w zimne powietrze i poszybował nad doliną, kiedy Will zaczął szukać świata bezpiecznego dla Lyry.

W skrzypiącym, dudniącym podwójnym przedziale prowadzącego zeppelina wykluwały się ważki. Lady Salmakia pochyliła się nad pękającym kokonem barwy indygo, rozprostowywała wilgotne przejrzyste skrzydła ważki i pilnowała, żeby jej twarz jako pierwsza odbiła się w wielofasetowych oczach, koiła napięte nerwy, szeptała do połyskliwego stworzenia jego imię, uczyła je tożsamości.

Po kilku minutach kawaler Tialys miał robić to samo dla swojej ważki. Teraz jednak wysyłał wiadomość przez magnetytowy rezonator i całą uwagę skupiał na ruchach łuku oraz swoich palców.

Transmitował:

Do Lorda Roke:
Jesteśmy trzy godziny przed spodziewanym czasem przybycia do doliny. Konsystorska Komisja Dyscyplinarna zamierza wysłać oddział do jaskini zaraz po wylądowaniu.

Oddział podzieli się na dwie jednostki. Pierwsza jednostka wywalczy sobie drogę do jaskini i zabije dziecko, odcinając głowę na dowód śmierci. Jeśli to możliwie, schwytają także kobietę, chociaż w razie trudności mają ją zabić.

Drugi oddział ma pojmać chłopca żywcem.

Reszta sił zwiąże walką giroptery króla Ogunwe. Ocenia się,

150

że giroptery nadlecą wkrótce po zeppelinach. Zgodnie z pańskimi rozkazami lady Salmakia i ja wkrótce opuścimy zeppelin i polecimy prosto do jaskini, gdzie spróbujemy obronić dziewczynkę przed pierwszym oddziałem i powstrzymać ich aż do nadejścia posiłków.

Oczekujemy na odpowiedź.

Odpowiedź nadeszła niemal natychmiast.

Do kawalera Tialysa:
W świetle pańskiego raportu następuje zmiana planów.

W celu powstrzymania wroga przed zabiciem dziecka, co stanowiłoby najgorszą ewentualność, pan i lady Salmakia macie współpracować z chłopcem. Dopóki ma nóż, do niego należy inicjatywa, więc jeśli otworzy inny świat i zabierze do niego dziewczynkę, pozwólcie mu to zrobić i idźcie za nimi. Zostańcie przy nich przez cały czas.

Kawaler Tialys odpowiedział:

Do Lorda Roke:
Otrzymałem i zrozumiałem pańską wiadomość. Lady i ja wyruszamy natychmiast.

Mały szpieg zamknął rezonator i pozbierał swój ekwipunek.

— Tialys — dobiegł go szept z ciemności. — Wykluwa się. Lepiej już chodź.

Tialys wskoczył na podpórkę, gdzie jego ważka wydostawała się na świat, i delikatnie uwolnił ją z popękanego kokonu. Głaszcząc jej wielką groźną głowę, uniósł ciężkie czułki, wciąż wilgotne i skręcone, i pozwolił stworzeniu smakować swoją skórę, dopóki nie zdobył nad nim całkowitej władzy.

Salmakia ubierała swoją ważkę w uprząż, którą zawsze zabierała ze sobą: wodze z pajęczego jedwabiu,

151

tytanowe strzemiona, siodło ze skóry kolibra. Uprząż prawie nic nie ważyła. Tialys zrobił to samo ze swoją, zapiął pasy wokół ciała owada, zacisnął, dopasował. Ważka miała nosić tę uprząż do śmierci.

Potem szpieg szybko zarzucił sobie pakunek na ramię i rozciął naoliwioną powłokę zeppelina. Obok niego Salmakia dosiadła już swojej ważki i wypychała ją przez wąski otwór prosto w szarpiący prąd powietrza. Długie, kruche skrzydła zadrżały, a potem radość lotu wzięła górę i stworzenie zanurkowało w zapadający zmierzch. Kilka sekund później Tialys dołączył do Salmakii w szalejącym wietrze, jego wierzchowiec również rwał się do lotu.

Dwójka szpiegów wzleciała spiralą do góry w lodowatych prądach powietrznych, poświęciła chwilę na zorientowanie się w położeniu i ustaliła kurs na dolinę.

12

Przełom

A gdy uciekał, wciąż okiem w tył rzucał,
jakby strach jego deptał mu po piętach.

Edmund Spenser

Kiedy zapadł zmrok, sytuacja wyglądała następująco. W swojej adamantowej wieży Lord Asriel chodził tam i z powrotem. Całą uwagę poświęcał małej figurce przy magnetytowym rezonatorze, pomijał wszystkie inne raporty i skupiał się wyłącznie na wiadomościach, które dochodziły do małego kwadratowego bloku kamienia pod lampą.

Król Ogunwe siedział w kabinie swojego giroptera, pospiesznie układając plan powstrzymania zakusów Komisji Konsystorskiej, o których właśnie się dowiedział od Gallivespianina w jego własnym pojeździe. Nawigator gryzmolił jakieś symbole na kawałku papieru, który podał pilotowi. Przede wszystkim liczyła się szybkość: jeśli ich siły wylądują pierwsze, to zadecyduje o wyniku. Giroptery latały szybciej niż zeppeliny, ale jeszcze ich nie dogoniły.

W zeppelinach Komisji Konsystorskiej Gwardia Szwajcarska sprawdzała swój sprzęt. Kusze raziły śmiertelnie

153

na odległość ponad pięciuset metrów, a kusznik mógł załadować i wystrzelić piętnaście bełtów na minutę. Spiralne lotki wykonane z rogu nadawały strzale ruch obrotowy, dzięki czemu pod względem celności broń dorównywała karabinowi. Oczywiście była również cicha, co mogło stanowić wielką zaletę.

Pani Coulter leżała, nie śpiąc, w wejściu jaskini. Złocista małpa była niespokojna i rozczarowana: nietoperze opuściły jaskinię z nadejściem zmroku i dajmon nie miał się nad kim znęcać. Krążył w pobliżu śpiwora pani Coulter, rozgniatał małym zrogowaciałym palcem nieliczne świetliki, które usiadły w jaskini, i rozsmarowywał ich blask po skale.

Lyra leżała rozpalona i niemal równie niespokojna, ale pogrążona w głębokim śnie, oszołomiona wywarem, który matka w nią wmusiła ledwie przed godziną. Pewien sen prześladował ją od dawna i teraz powrócił, wyrywając z jej gardła ciche jęki żalu, wściekłości i desperacji, aż Pantalaimon zgrzytał ząbkami ze współczucia.

Niedaleko stamtąd, na leśnej ścieżce pod szarpanymi wiatrem gałęziami sosen, Will i Ama wędrowali w stronę jaskini. Will próbował wyjaśnić Amie, co zamierza zrobić, ale jej dajmon nic nie zrozumiał, a kiedy Will wyciął okno, żeby jej pokazać, tak się przeraziła, że prawie zemdlała. Musiał zachowywać się spokojnie i mówić cicho, żeby zatrzymać ją przy sobie, ponieważ nie chciała oddać mu proszku ani nawet wyjaśnić, jak należy go zastosować. W końcu powiedział po prostu: „Chodź za mną i bądź cicho", i miał nadzieję, że dziewczynka posłucha.

Iorek w swojej zbroi był gdzieś w pobliżu, czekając, żeby zatrzymać żołnierzy z zeppelinów i dać Willowi czas na działanie. Natomiast żaden z nich nie wiedział, że oddziały Lorda Asriela również się zbliżają; od czasu do czasu uszy Iorka wychwytywały niesiony wiatrem odległy warkot, ale chociaż niedźwiedź znał dźwięk silnika zeppelina, nigdy nie słyszał giroptera i nie mógł go rozpoznać.

Balthamos mógł im powiedzieć, ale Will martwił się o niego. Teraz, kiedy znaleźli Lyrę, anioł ponownie pogrążył się w żalu: był milczący, roztargniony i ponury. Co z kolei utrudniało rozmowy z Amą.

Kiedy przystanęli na ścieżce, Will rzucił w powietrze:

— Balthamosie? Jesteś tam?

— Tak — odpowiedział anioł bezbarwnie.

— Balthamosie, proszę, zostań ze mną. Bądź blisko i ostrzegaj mnie przed każdym niebezpieczeństwem. Potrzebuję cię.

— Jeszcze cię nie opuściłem — odparł anioł.

Nic więcej Will nie zdołał z niego wyciągnąć.

Wysoko w powietrzu Tialys i Salmakia szybowali nad doliną, próbując wypatrzyć jaskinię. Ważki spełniały każdy rozkaz, ale ich ciała z trudem znosiły zimno, a gwałtowny wiatr rzucał nimi niebezpiecznie na wszystkie strony. Jeźdźcy skierowali je nisko, pod osłonę drzew, a potem przelatywali z gałęzi na gałąź, szukając drogi w zapadających ciemnościach.

Will i Ama podkradli się w zmiennym blasku księżyca do punktu najbliższego wejścia, ale wciąż niewidocznego z jaskini. Znaleźli się za gęsto ulistnionym krzakiem tuż obok ścieżki i tam Will wyciął okno w powietrzu.

Jedyny świat z taką samą konfiguracją terenu, jaki znalazł, był kamienistą pustynią, gdzie księżyc łypał z wygwieżdżonego nieba na wybieloną, białą jak kość ziemię, po której pełzały i szurały niewielkie owady, mącąc głęboką ciszę zgrzytliwymi głosami.

Ama przeszła za nim, gorączkowo poruszając palcami w gestach chroniących przed diabłami, które musiały nawiedzać to upiorne miejsce; a jej dajmon, natychmiast przystosowany, zmienił się w jaszczurkę i zwinnie umknął pomiędzy głazy.

Will od razu dostrzegł problem. Przecież ten jaskrawy księżycowy blask na białych skałach zaświeci jak latarnia, kiedy otworzy się okno w jaskini pani Coulter. Musiał otworzyć je szybko, przeciągnąć Lyrę na drugą stronę i natychmiast je zamknąć. Mogli ją obudzić w tym drugim, bezpieczniejszym świecie.

Przystanął na rozświetlonym zboczu i powiedział do Amy:

— Musimy to zrobić bardzo szybko i w całkowitej ciszy. Bez żadnych hałasów, nawet szeptu.

Zrozumiała, chociaż się bała. Mała paczuszka proszku spoczywała w kieszeni na jej piersi; sprawdzała ją co chwila i tyle razy powtarzała wszystkie czynności razem ze swoim dajmonem, że mogli je wykonać nawet po ciemku.

Wspięli się na białą jak kość skałę, Will starannie odmierzył odległość i wyliczył, że znajdą się już w głębi jaskini.

Potem wyjął nóż i wyciął najmniejsze okno, przez jakie mógł wyjrzeć, nie większe niż kółko z kciuka i palca wskazującego.

Szybko przyłożył oko do otworu, żeby nie dopuścić księżycowego blasku, i zajrzał do jaskini. Wszystko na miejscu; dobrze wyliczył. Widział przed sobą wylot jaskini, ciemne głazy na tle nocnego nieba; widział sylwetkę śpiącej pani Coulter i obok niej złotego dajmona; widział nawet ogon małpy, przerzucony niedbale przez śpiwór. Zmienił kąt widzenia, wytężył wzrok i zobaczył głaz, za którym leżała Lyra. Ale nie dostrzegł jej. Czy podszedł za blisko? Zamknął okno, cofnął się o krok i znowu je otworzył.

Nie było jej.

— Słuchaj — powiedział do Amy i jej dajmona. — Ta kobieta ją przeniosła i nie widzę jej. Będę musiał przejść na drugą stronę i poszukać jej w jaskini, a potem wrócić jak najszybciej. Więc stań dalej... trzymaj się z daleka, żebym cię przypadkiem nie przeciął. Jeśli tu utknę z jakichś powodów, wracaj i czekaj przy drugim oknie, tam, gdzie weszliśmy.

— Oboje powinniśmy przejść — powiedziała Ama — bo ja wiem, jak ją obudzić, a ty nie wiesz, i znam jaskinię lepiej od ciebie.

Miała upartą minę, usta zaciśnięte, dłonie zwinięte w pięści. Jej dajmon-jaszczurka stworzył sobie krezę wokół szyi i rozpostarł ją powoli.

— Och, no dobrze — ustąpił Will. — Ale przechodzimy szybko i po cichu, i robisz dokładnie to, co mówię, od razu, zrozumiałaś?

Przytaknęła i znowu poklepała się po kieszeni, żeby sprawdzić, czy nie zgubiła lekarstwa.

Will zrobił mały otwór nisko nad ziemią, zajrzał przez niego, powiększył go szybko i przeszedł na drugą stronę na czworakach. Ama deptała mu po piętach. W sumie okno było otwarte przez niecałe dziesięć sekund.

Przykucnęli na podłodze jaskini za dużym głazem, obok Balthamosa pod postacią ptaka, i przez chwilę przyzwyczajali wzrok do ciemności po zalanej księżycowym blaskiem pustyni. Wewnątrz jaskini było znacznie ciemniej i znacznie głośniej; słyszeli głównie szum drzew na wietrze, ale oprócz tego jeszcze jeden dźwięk. Był to ryk silników zeppelinów, coraz bliżej.

Trzymając nóż w prawej ręce, Will ostrożnie zbalansował swój ciężar i rozejrzał się po jaskini.

Ama robiła to samo, a jej sowiooki dajmon spoglądał na wszystkie strony; ale Lyry z pewnością nie było w tym końcu jaskini.

Will uniósł głowę ponad głaz i rzucił długie spojrzenie w kierunku wejścia, gdzie leżała pogrążona we śnie pani Coulter ze swoim dajmonem.

I wtedy serce w nim zamarło. Tam leżała Lyra, pogrążona we śnie, tuż obok pani Coulter. Ich sylwetki zlewały się w mroku; nic dziwnego, że nie zauważył dziewczynki.

Will dotknął ręki Amy i pokazał.

— Musimy to zrobić bardzo ostrożnie — szepnął.

Coś działo się na zewnątrz. Ryk zeppelinów rozbrzmiewał teraz znacznie głośniej niż szum wiatru. Światło też się poruszało, przeświecało z góry przez gałęzie. Im szybciej zabiorą Lyrę, tym lepiej, więc muszą tam pobiec teraz, zanim pani Coulter się obudzi, wyciąć okno, przeciągnąć ją na drugą stronę i zamknąć otwór.

Wyszeptał ten plan do ucha Amy. Kiwnęła głową.

Potem, kiedy już chciał wstać, pani Coulter się obudziła.

Poruszyła się i coś powiedziała, a złocista małpa natychmiast doskoczyła do jej stóp. Will widział sylwetkę dajmona w wejściu jaskini, sprężoną i czujną, a potem pani Coulter też usiadła, osłaniając oczy przed światłem z zewnątrz.

Will zacisnął lewą dłoń na przegubie Amy. Pani Coulter wstała, całkowicie ubrana, lekka i zwinna, jakby wcale nie spała. Może czuwała przez cały czas. Razem ze złocistą małpą przykucnęły w wylocie jaskini, patrzyły i słuchały, jak snopy światła z zeppelinów kołyszą się nad wierzchołkami drzew i męskie głosy wykrzykują ostrzegawczo lub rozkazująco, co wskazywało, że powinni ruszać szybko, bardzo szybko.

Will ścisnął nadgarstek Amy i skoczył do przodu, patrząc pod nogi, żeby się nie potknąć. Znalazł się obok Lyry, śpiącej głęboko, z Pantalaimonem wokół szyi; a potem podniósł nóż i pomacał ostrożnie, sekundę później zrobiłby otwór, żeby przeciągnąć Lyrę w bezpieczne miejsce...

Ale podniósł wzrok. Spojrzał na panią Coulter. Odwróciła się w milczeniu i blask z nieba, odbity od wilgotnej ściany jaskini, rozświetlił jej twarz, i przez chwilę to wcale nie była jej twarz; to była twarz jego matki, pełna wyrzutu, i serce mu się ścisnęło z żalu; a potem, kiedy dźgnął nożem, zboczył z właściwego punktu i nóż z trzaskiem upadł w kawałkach na ziemię.

Był złamany.

Teraz Will wcale nie mógł otworzyć okna.

— Obudź ją. Teraz — powiedział do Amy.

Potem wstał, gotów do walki. Najpierw udusi tę małpę. Sprężył się na przyjęcie jej skoku i odkrył, że wciąż trzyma rękojeść noża; przynajmniej mógł nią uderzać.

Ale atak nie nastąpił ani ze strony małpy, ani ze strony pani Coulter, która tylko poruszyła się lekko, żeby blask z zewnątrz oświetlił pistolet w jej dłoni. Przy tym ruchu trochę światła padło na Amę: dziewczynka sypała proszek na górną wargę Lyry i pomagała jej go wdychać, wmiatając go w nozdrza ogonem jej własnego dajmona.

Will uświadomił sobie, że hałas na zewnątrz się zmienił: do ryku zeppelinów dołączył inny dźwięk. Brzmiał znajomo, niczym wstawka z jego własnego świata; po chwili chłopiec rozpoznał warkot helikoptera. Potem zahuczał następny i jeszcze jeden, i coraz więcej świateł oblewało jaskrawozieloną łuną wiecznie rozkołysane drzewa przed jaskinią.

Pani Coulter obejrzała się szybko, słysząc nowy dźwięk, ale za szybko, żeby Will zdążył dopaść i wyrwać jej broń. Małpa-dajmon przysiadła gotowa do skoku i wpatrywała się w Willa bez mrugnięcia.

Lyra poruszała się i mamrotała. Will pochylił się i ścisnął jej rękę, a drugi dajmon szturchnął Pantalaimona, uniósł mu ciężki łepek, szepnął coś do niego.

Na zewnątrz rozległ się krzyk, jakiś człowiek spadł z nieba i wylądował z okropnym trzaskiem nie dalej niż dwa metry od wylotu jaskini. Pani Coulter nawet nie drgnęła; spojrzała na niego chłodno i z powrotem od-

159

wróciła się do Willa. Po chwili gdzieś w górze zaterkotał karabin, a sekundę później wybuchła istna kanonada i niebo rozdarły eksplozje, trzeszczące płomienie, serie wystrzałów.

Lyra walczyła o odzyskanie świadomości, chwytała powietrze, wzdychała, jęczała, podpierała się na rękach i znowu opadała bezsilnie na ziemię. Pantalaimon ziewał, przeciągał się, kłapał zębami na drugiego dajmona, przewracał się niezdarnie na bok, kiedy mięśnie odmawiały mu posłuszeństwa.

Co do Willa, z największą starannością przeszukiwał podłogę jaskini, zbierając odłamki noża. Nie pora dociekać, jak to się stało albo czy można go naprawić: Will był posiadaczem noża i musiał go odzyskać w całości. Każdy odnaleziony kawałek podnosił ostrożnie, boleśnie świadom brakujących palców, i wsuwał go do pochwy. Widział kawałki całkiem wyraźnie, ponieważ metal połyskiwał w odblaskach z zewnątrz: siedem odłamków, najmniejszy sam czubek. Pozbierał wszystkie, a potem odwrócił się i próbował coś zrozumieć z walki, jaka toczyła się na zewnątrz.

Gdzieś ponad drzewami unosiły się zeppeliny i ludzie zsuwali się po linach, ale wiatr utrudniał pilotom utrzymanie maszyn w bezruchu. Tymczasem pierwsze giroptery pojawiły się nad granią. Mógł tam lądować tylko jeden, a potem afrykańscy strzelcy musieli spuścić się po zboczu. Właśnie jednego z nich trafił celny strzał z rozkołysanych zeppelinów.

Do tej pory obie strony zdążyły wysadzić część ludzi. Niektórzy zginęli pomiędzy niebem a ziemią; kilku innych odniosło rany i leżało na skałach lub między drzewami. Lecz żadne oddziały jeszcze nie dotarły do jaskini i tutaj przewagę miała pani Coulter.

— Co zamierzasz? — zapytał ją Will, przekrzykując hałas.

— Wziąć was do niewoli.

— Co, jako zakładników? Myślisz, że tamci będą się przejmować? I tak chcą nas zabić.

— Jedna strona bez wątpienia — odparła — ale nie jestem pewna co do drugiej. Miejmy nadzieję, że Afrykanie zwyciężą.

Mówiła radosnym, energicznym tonem; w świetle z zewnątrz Will zobaczył jej ożywioną, uszczęśliwioną twarz.

— Złamałaś nóż — powiedział.

— Nie, to nie ja. Potrzebowałam noża, żeby stąd uciec. To ty go złamałeś.

Rozległ się naglący głos Lyry:

— Will? Czy to Will?

— Lyra! — zawołał i szybko ukląkł przy niej. Ama pomagała jej usiąść.

— Co się dzieje? — wymamrotała Lyra. — Gdzie jesteśmy? Och, Will, miałam taki sen...

— Jesteśmy w jaskini. Nie wstawaj za szybko, bo zakręci ci się w głowie. Ostrożnie. Zbierz siły. Spałaś przez wiele dni.

Powieki wciąż jej opadały i ziewała szeroko, ale rozpaczliwie próbowała się obudzić. Will pomagał jej, zarzucił sobie jej ramię na szyję i dźwigał jej ciężar. Ama patrzyła potulnie, ponieważ teraz, kiedy obca dziewczynka się ocknęła, budziła w niej lęk. Will wdychał zapach sennego ciała Lyry z poczuciem szczęścia: była tutaj, była prawdziwa.

Usiedli na kamieniu. Lyra trzymała go za rękę i przecierała oczy.

— Co się stało, Will? — szepnęła.

— Ama przyniosła proszek, żeby cię obudzić — wyjaśnił, mówiąc bardzo cicho, a Lyra odwróciła się do dziewczynki, którą widziała po raz pierwszy, i w podziękowaniu położyła jej rękę na ramieniu. — Starałem się tutaj dotrzeć jak najszybciej — ciągnął Will — ale żołnierze też przybyli. Nie wiem, kim są. Wydostaniemy się stąd możliwie szybko.

Na zewnątrz hałas i zamieszanie sięgnęły zenitu; jeden z giropterów został ostrzelany przez karabin maszynowy z zeppelina, kiedy strzelcy zeskakiwali na szczyt skały, i stanął w płomieniach, nie tylko zabijając załogę, ale również uniemożliwiając lądowanie pozostałym giropterom.

Tymczasem inny zeppelin znalazł wolne miejsce trochę dalej w dolinie i kusznicy, którzy z niego wysiedli, nadbiegali teraz ścieżką, żeby wesprzeć tych już uczestniczących w walce. Pani Coulter śledziła przebieg akcji z wylotu jaskini, a teraz uniosła pistolet w obu rękach i starannie wycelowała, zanim oddała strzał. Will zobaczył błysk z lufy, ale nic nie usłyszał z powodu hałasów na zewnątrz.

Jeśli znowu strzeli, pomyślał, podbiegnę i przewrócę ją; odwrócił się, żeby uprzedzić Balthamosa o swoich zamiarach, ale nie zobaczył anioła w pobliżu. Zamiast tego stwierdził z przerażeniem, że Balthamos kuli się przy ścianie jaskini, znowu pod postacią anioła, jęcząc i dygocząc.

— Balthamos! — zawołał nagląco Will. — Przestań, oni cię nie skrzywdzą! Musisz nam pomóc! Możesz walczyć... przecież wiesz... nie jesteś tchórzem... potrzebujemy ciebie...

Zanim jednak anioł zdążył odpowiedzieć, zaszło coś innego.

Pani Coulter krzyknęła i sięgnęła do kostki nogi, a jednocześnie złocista małpa złapała coś w powietrzu ze złośliwym warknięciem.

Głos — kobiecy głos — ale bardzo cichutki — wydobył się z małpiej łapki:

— Tialys! Tialys!

To była maleńka kobietka, nie większa niż dłoń Lyry. Małpa ciągnęła ją za ramię tak mocno, że kobieta krzyczała z bólu. Ama wiedziała, że dajmon nie przestanie, dopóki nie urwie ramienia. Will skoczył do przodu, kiedy zobaczył, że pani Coulter wypuściła pistolet.

Chwycił broń — i wtedy pani Coulter zamarła, bo powstała patowa sytuacja.

Złocista małpa i jej właścicielka trwały w bezruchu. Pani Coulter twarz miała wykrzywioną z bólu i wściekłości, ale nie ośmieliła się nawet drgnąć, ponieważ na jej ramieniu stał maleńki człowieczek, z rękami wplątanymi w jej włosy, przyciskając piętę do jej szyi. Will ze zdumieniem dostrzegł na tej pięcie lśniącą spiczastą ostrogę i zrozumiał, dlaczego kobieta krzyknęła przed chwilą. Widocznie ostroga ukłuła ją w kostkę.

Lecz mały człowieczek nie mógł już skrzywdzić pani Coulter, ponieważ jego partnerka znalazła się w rękach dajmona; a dajmon mógł zrobić jej krzywdę, gdyby człowieczek wbił zatrutą ostrogę w żyłę szyjną pani Coulter. Żadne z nich nie mogło się poruszyć.

Oddychając głęboko i przełykając ślinę, żeby opanować ból, pani Coulter podniosła pełne łez oczy na Willa i zapytała spokojnie:

— No więc, panie Willu, co teraz zrobimy?

13
Tialys i Salmakia

O, groźna, groźna nocy!
Niech nad puszczą uśpioną —
Gdy ja zamykam oczy —
Twoje gwiazdy zapłoną *.

William Blake

Ściskając ciężki pistolet, Will zamachnął się w bok i przewrócił złocistą małpę na ziemię. Pani Coulter jęknęła głośno, a ogłuszona małpa rozluźniła łapę na tyle, że maleńka kobietka zdołała się wyrwać.

Po chwili wskoczyła na głazy, a człowieczek zeskoczył z ramienia pani Coulter. Oboje poruszali się szybko i zwinnie jak koniki polne. Trójka dzieci nawet nie zdążyła się zdziwić. Mężczyzna czule, z zatroskaniem obmacał ramię swojej towarzyszki i objął ją krótko, zanim zwrócił się do Willa.

— Ty! Chłopcze! — zawołał głosem cichym, ale niskim jak u dorosłego mężczyzny. — Czy masz nóż?

— Oczywiście, że mam — odparł Will. Jeśli nie wiedzieli, że nóż był złamany, nie zamierzał im powiedzieć.

---

* „Dziewczynka zabłąkana", tłum. Z. Kubiak, op. cit.

— Ty i dziewczyna musicie pójść z nami. Kim jest tamto dziecko?

— Ama, dziewczynka z wioski — wyjaśnił Will.

— Każ jej tam wracać. Ruszajmy, zanim zjawią się Szwajcarzy.

Will nie wahał się. Cokolwiek zamierzało tych dwoje, on i Lyra mogli jeszcze uciec przez okno, które otworzył za krzakiem na ścieżce.

Więc pomógł jej wstać i patrzył ciekawie, jak dwie małe figurki wskoczyły na grzbiety... ptaków? Nie, ważek, prawie tak długich jak jego przedramię, które czekały w ciemności. Pomknęły do wylotu pieczary, gdzie leżała pani Coulter. Wciąż półprzytomna z bólu i oszołomiona trucizną kawalera, zdołała jednak wyciągnąć rękę, kiedy ją mijali, i zawołała:

— Lyra! Lyro, moja córeczko, moja najdroższa! Lyro, nie odchodź! Nie odchodź!

Lyra spojrzała na nią boleśnie; potem jednak przestąpiła nad ciałem matki i uwolniła kostkę z jej słabego uścisku. Kobieta szlochała; Will widział łzy błyszczące na jej policzkach.

Przykucnąwszy w wejściu jaskini, troje dzieci wyczekało na krótką przerwę w strzelaninie, a potem pobiegło za ważkami, które śmignęły nad ścieżką. Oświetlenie się zmieniło: oprócz zimnego anbarycznego blasku z reflektorów zeppelinów widzieli pomarańczowe, skaczące języory płomieni.

Will obejrzał się tylko raz. W zmiennym świetle twarz pani Coulter przypominała tragiczną maskę. Dajmon przywierał żałośnie do boku kobiety, która klęczała i wyciągała ramiona, zawodząc:

— Lyra! Lyra, moja kochana! Mój skarbie najdroższy, moje jedyne dziecko, moja maleńka! Och, Lyro, Lyro, nie odchodź, nie zostawiaj mnie! Moja ukochana córeczko... rozdzierasz mi serce...

Silny, gwałtowny szloch wstrząsnął również Lyrą, ponieważ nigdy nie miała innej matki poza panią Coulter. Will zobaczył strumienie łez spływające po policzkach dziewczyny.

Musiał jednak postępować bezwzględnie. Pociągnął Lyrę za rękę. Jeździec na ważce śmignął mu obok głowy, przynaglając do pośpiechu. Will skulił się i pobiegł ścieżką, prowadząc Lyrę. W lewej dłoni, znowu krwawiącej po ciosie zadanym małpie, trzymał pistolet pani Coulter.

— Wejdźcie na grań — poradził im jeździec — i oddajcie się w ręce Afrykanów. To wasza jedyna nadzieja.

Pamiętając o ostrogach, Will nie odpowiedział, ale nie miał najmniejszego zamiaru usłuchać. Interesowało go tylko jedno miejsce: okno za krzakiem. Więc pochylił głowę nisko i biegł szybko, a Lyra i Ama biegły za nim.

— Stać!

Trzech ludzi blokowało ścieżkę przed nimi — mężczyźni w mundurach — biali mężczyźni z kuszami i szczerzącymi zęby wilczycami-dajmonami — Gwardia Szwajcarska.

— Iorek! — krzyknął natychmiast Will. — Iorek Byrnison!

Słyszał, jak niedźwiedź trzeszczy gałęziami i warczy gdzieś niedaleko, słyszał wrzaski żołnierzy, którzy mieli pecha go napotkać.

Lecz niespodziewanie ktoś inny przyszedł im z pomocą: Balthamos w porywie desperacji rzucił się pomiędzy dzieci a żołnierzy. Zaskoczeni mężczyźni cofnęli się, kiedy przed nimi pojawiła się migotliwa zjawa.

Lecz byli wyszkolonymi wojownikami i po chwili ich dajmony skoczyły na anioła, groźnie błyskając białymi zębiskami w mroku — i Balthamos stchórzył: krzyknął ze strachu i wstydu, odskoczył i wzbił się w powietrze, mocno uderzając skrzydłami. Will patrzył z konsternacją, jak sylwetka jego przyjaciela i przewodnika poszybowała do góry i znikła wśród wierzchołków drzew.

Lyra obserwowała wszystko oczami wciąż zamglonymi

od snu. Całe zajście trwało najwyżej dwie lub trzy sekundy, ale wystarczyły żołnierzom do przegrupowania i teraz ich dowódca unosił kuszę. Will nie miał wyboru: podniósł pistolet i pociągnął za spust. Odrzut wstrząsnął jego kośćmi, a kula trafiła mężczyznę w serce.

Żołnierz upadł na plecy, jakby koń go kopnął. Dwoje małych szpiegów jednocześnie zaatakowało pozostałych dwóch, skacząc z ważek na swoje ofiary, zanim Will zdążył mrugnąć. Kobieta wybrała szyję, mężczyzna przegub ręki i każde zadało szybki cios piętą do tyłu. Ze zdławionymi okrzykami bólu dwaj Szwajcarzy umarli, ich dajmony znikły w pół skowytu.

Will przeskoczył nad ciałami, a Lyra pobiegła za nim. Pantalaimon pod postacią żbika deptał im po piętach. Gdzie jest Ama?, pomyślał Will i w tej samej chwili zobaczył, jak skręciła na inną ścieżkę. Teraz będzie bezpieczna, pomyślał i sekundę później dostrzegł blady błysk okna głęboko w krzakach. Chwycił Lyrę za rękę i pociągnął w tamtym kierunku. Podrapali sobie twarze, podarli ubrania, wykręcali kostki na korzeniach i głazach, ale znaleźli okno i przecisnęli się do innego świata, na białe jak kość skały pod jaskrawo świecącym księżycem, gdzie tylko chrobotanie owadów mąciło majestatyczną ciszę.

Will chwycił się za brzuch i zwymiotował, wstrząsany śmiertelną grozą. Teraz zabił już dwóch ludzi, nie licząc młodzieńca w Wieży Aniołów... Nie chciał tego. Jego ciało buntowało się przeciwko nakazom instynktu; w rezultacie dostał okropnego ataku kwaśnych, suchych torsji i wymiotował na kolanach, aż opróżnił żołądek. Serce też poczuło ulgę.

Lyra obserwowała go bezradnie, głaszcząc Pana i tuląc go do piersi.

W końcu Will doszedł do siebie i rozejrzał się dookoła. Natychmiast zobaczył, że nie byli sami w tym świecie — mali szpiedzy również tu przybyli z bagażami, które leżały w pobliżu na ziemi. Ważki śmigały nad skałami, łowiąc ćmy. Mężczyzna masował ramię kobiety i oboje surowo patrzyli na dzieci. Oczy mieli tak jasne, rysy tak wyraziste, że ich uczucia nie mogły budzić wątpliwości. Will wiedział, że kimkolwiek są, stanowią niezwykłą parę.

— Aletheiometr jest tam, w moim plecaku — powiedział do Lyry.

— Och, Will... taką miałam nadzieję, że go znajdziesz... co się stało? Znalazłeś ojca? I mój sen, Will... nie mogę w to uwierzyć, co musimy zrobić, och, nawet boję się o tym myśleć... Jest bezpieczny! Przyniosłeś go dla mnie z daleka...

Słowa wylewały się z niej tak gwałtownie, że nawet nie oczekiwała odpowiedzi. Obracała aletheiometr w dłoniach, gładziła palcami ciężkie złoto, gładki kryształ i karbowane kółka, które znali tak dobrze.

Will pomyślał: On nam powie, jak naprawić nóż!

Najpierw jednak zapytał:

— Dobrze się czujesz? Nie jesteś głodna albo spragniona?

— Nie wiem... tak. Ale nie bardzo. W każdym razie...

— Powinniśmy odejść od tego okna — oświadczył Will — na wypadek, gdyby je znaleźli i przeszli na drugą stronę.

— Tak, racja — przyznała i ruszyli w górę zbocza.

Will wziął swój plecak, a uszczęśliwiona Lyra niosła małą torbę, w której był aletheiometr. Kątem oka Will zauważył, że dwoje małych szpiegów podąża za nimi, ale trzymali się na dystans i nie wyglądali groźnie.

Ponad krawędzią wzniesienia znajdowała się skalna półka, stanowiąca skromną osłonę. Usiedli pod nią, starannie sprawdziwszy, czy nie ma tam węży, i podzielili się suszonymi owocami oraz wodą z manierki Willa.

Will powiedział cicho:

— Nóż jest złamany. Nie wiem, jak to się stało. Pani

168

Coulter coś powiedziała albo zrobiła i pomyślałem o mojej matce, i wtedy nóż się omsknął albo zaczepił, albo... sam nie wiem. Ale utknęliśmy tutaj, dopóki go nie naprawimy. Nie chcę, żeby te dwa ludziki o tym wiedziały, bo dopóki myślą, że wciąż mogę go używać, mam nad nimi przewagę. Pomyślałem, żebyś zapytała aletheiometru...

— Tak! — zawołała od razu Lyra. — Tak, zapytam.

W jednej chwili wyjęła złoty instrument i usiadła w świetle księżyca, żeby wyraźnie widzieć tarczę. Odgarnąwszy włosy za uszy, zupełnie jak jej matka, zaczęła obracać kółka znajomym ruchem, a Pantalaimon pod postacią myszy przycupnął na jej kolanie. Lecz nie tak łatwo było patrzeć, jak przypuszczała; pewnie światło księżyca łudziło wzrok. Musiała obrócić przyrząd w dłoniach i zamrugać, zanim wyraźnie zobaczyła symbole, a po chwili wszystko powtórzyła od początku.

Ledwie zaczęła, wydała zdławiony okrzyk podniecenia i podniosła na Willa błyszczące oczy. Ale igła jeszcze nie skończyła się obracać, więc Lyra znowu spojrzała na nią, dopóki instrument nie znieruchomiał.

Odłożyła go i powiedziała:

— Iorek? Czy on jest w pobliżu, Will? Chyba słyszałam, jak go wołałeś, ale potem pomyślałam, że tylko mi się zdawało. Czy on naprawdę tu jest?

— Tak. On potrafi naprawić nóż? To ci powiedział aletheiometr?

— Och, on potrafi zrobić wszystko z metalem, Will! Nie tylko pancerz... umie też robić małe, delikatne przedmioty... — Opowiedziała mu o blaszanym pudełku, które zrobił dla niej Iorek, żeby zamknęła w nim insekta-szpiega. — Ale gdzie on jest?

— Niedaleko. Przyszedłby, kiedy zawołałem, ale widocznie wtedy walczył... I Balthamos! Och, na pewno umiera ze strachu!

— Kto?

169

Will wyjaśnił pokrótce, czując, że policzki mu płoną ze wstydu, jaki pewnie odczuwał anioł.

— Później powiem ci o nim więcej — obiecał. — To takie dziwne... Tyle mi opowiedział i chyba wszystko zrozumiałem...

Przeczesał palcami włosy i potarł oczy.

— Musisz mi opowiedzieć wszystko — zażądała Lyra. — Wszystko, co robiłeś, odkąd ona mnie schwytała. Och, Will, ty jeszcze krwawisz? Twoja biedna ręka...

— Nie. Ojciec ją wyleczył. Po prostu rana mi się otwarła, kiedy uderzyłem złotą małpę, ale już mi lepiej. Dał mi trochę maści, którą zrobił...

— Znalazłeś swojego ojca?!

— Owszem, na górze tamtej nocy...

Pozwolił, żeby oczyściła mu ranę i nałożyła trochę świeżej maści z małego rogowego puzderka, podczas kiedy relacjonował jej niektóre wydarzenia: walkę z nieznajomym, objawienie, którego doznali obaj na sekundę przedtem, zanim strzała czarownicy trafiła w cel, spotkanie z aniołami, podróż do jaskini i spotkanie z Iorkiem.

— Tyle się wydarzyło, a ja spałam — dziwiła się Lyra. — Wiesz, ona była dla mnie dobra... przynajmniej tak myślę... chyba nigdy nie chciała mnie skrzywdzić... Uczyniła tyle złego, ale... — Potarła oczy. — Och, ale mój sen... nie umiem ci powiedzieć, jaki był dziwny! Całkiem jak wtedy, kiedy odczytuję aletheiometr, kiedy jasność i zrozumienie sięgają tak głęboko, że nie widać dna, a jednak wszystko jest wyraźne. To było... Pamiętasz, jak ci opowiadałam o moim przyjacielu Rogerze, jak Grobale go porwali, a ja próbowałam go ratować, ale wszystko poszło źle i Lord Asriel go zabił? No więc widziałam go we śnie. On nie żył, był duchem i jakby mnie wołał, wzywał mnie, tylko że nic nie słyszałam. Ale nie chciał, żebym umarła. Chciał ze mną porozmawiać. I to ja go tam zabrałam, na Svalbard, gdzie go zabito, zginął przeze mnie. I wspominałam, jak się bawiliśmy w Kolegium Jordana, Roger i ja, na dachach, w mieście, na rynkach i nad rzeką, i na Gliniankach... Ja, Roger i inni... Pojechałam do Bolvangaru, żeby go odstawić bezpiecznie do domu, ale tylko pogorszyłam sprawę i jeśli nie przeproszę, to wszystko będzie na nic... wielka strata czasu. Muszę to zrobić, rozumiesz, Will? Muszę zejść do krainy zmarłych i znaleźć go, i... i przeprosić. Nie obchodzi mnie, co będzie potem. Wtedy możemy... mogę... potem to już nieważne.

— To miejsce, gdzie mieszkają zmarli — odezwał się Will. — Czy to świat jak ten, jak twój albo mój, albo inne? Czy to świat, który mogę otworzyć nożem?

Spojrzała na niego, zaskoczona tym pomysłem.

— Możesz zapytać — ciągnął. — Zapytaj teraz. Zapytaj, gdzie to jest i jak się tam dostaniemy.

Lyra pochyliła się nad aletheiometrem, przetarła oczy i znowu wytężyła wzrok, a jej palce poruszały się szybko. Po chwili otrzymała odpowiedź.

— Tak — powiedziała — ale to dziwne miejsce, Will... Strasznie dziwne... Naprawdę możemy to zrobić? Naprawdę możemy wejść do krainy zmarłych? Ale... jaka część nas tam wejdzie? Bo nasze dajmony giną po śmierci... widziałam to... a ciała, no, po prostu zostają w grobach i gniją, prawda?

— Więc musi być jakaś trzecia część. Inna część.

— Wiesz — zawołała z ożywieniem — chyba to prawda! Bo mogę myśleć o moim ciele i o moim dajmonie... więc musi być inna część, która myśli!

— Tak. I to jest duch.

Oczy Lyry ciskały płomienie.

— Może wyciągniemy stamtąd ducha Rogera. Może go uratujemy.

— Możemy spróbować.

— Tak, spróbujemy! — zdecydowała natychmiast. — Pójdziemy razem! Właśnie tak zrobimy!

171

Ale jeśli nie naprawimy noża, pomyślał Will, niczego nie wskóramy.

Jak tylko w głowie mu się rozjaśniło i żołądek się uspokoił, usiadł i zawołał małych szpiegów, zajętych w pobliżu jakimś mikroskopijnym aparatem.

— Kim jesteście? — zapytał. — I czyją stronę trzymacie?

Mężczyzna skończył to, co robił, i zatrzasnął drewnianą skrzynkę, niczym pudło skrzypiec nie większe od włoskiego orzecha. Kobieta odezwała się pierwsza.

— Jesteśmy Gallivespianami — oznajmiła. — Nazywam się lady Salmakia, a mój towarzysz to kawaler Tialys. Szpiegujemy dla Lorda Asriela.

Stała na kamieniu w odległości trzech czy czterech kroków od Lyry i Willa, oblana jasnym światłem księżyca. Jej cichy głosik brzmiał idealnie czysto, dykcję miała nienaganną, minę pewną siebie. Nosiła szeroką spódnicę z jakiegoś srebrzystego materiału i zielony top bez rękawów, a na bosych stopach miała ostrogi, podobnie jak mężczyzna. On był ubrany w te same kolory, ale rękawy koszuli miał długie, a szerokie spodnie sięgały mu do pół łydki. Oboje wyglądali na silnych, zaradnych, bezwzględnych i dumnych.

— Z jakiego świata pochodzicie? — zapytała Lyra. — Jeszcze nigdy nie widziałam takich jak wy.

— Nasz świat ma takie same problemy jak wasz — odparł Tialys. — Jesteśmy wyrzutkami. Nasz przywódca, Lord Roke, usłyszał o rewolcie Lorda Asriela i ofiarował nasze poparcie.

— Co chcieliście ze mną zrobić?

— Zabrać cię do ojca — wyjaśniła lady Salmakia. — Lord Asriel wysłał oddział pod dowództwem króla Ogunwe, żeby uratowali ciebie i chłopca i przywieźli was oboje do jego fortecy. Mieliśmy pomóc.

— Ach... ale załóżmy, że nie chcę jechać do ojca? Załóżmy, że mu nie ufam?

— Przykro mi to słyszeć — powiedziała Salmakia — ale takie mamy rozkazy: zabrać cię do niego.

Lyra nie mogła się powstrzymać: roześmiała się głośno na myśl, że ta dwójka mikrusów chce ją do czegoś zmusić. Ale popełniła błąd. Nagłym ruchem kobieta schwyciła Pantalaimona i trzymając jego mysie ciałko w okrutnym uścisku, dotknęła czubkiem ostrogi jego łapy. Lyra sapnęła: doznała wstrząsu jak wtedy, kiedy złapali go ludzie z Bolvangaru. Nikt nie powinien dotykać cudzego dajmona — to było jak gwałt.

Potem jednak zobaczyła, że Will złapał mężczyznę prawą ręką i podniósł wysoko, ściskając mocno za nogi, żeby kawaler nie mógł użyć ostróg.

— Znowu remis — stwierdziła spokojnie Salmakia. — Postaw kawalera na ziemi, chłopcze.

— Najpierw puść dajmona Lyry — zażądał Will. — Nie jestem w nastroju do kłótni.

Lyra spostrzegła z zimnym dreszczem, że Will gotów był roztrzaskać głowę kawalera o skały. Oboje Gallivespianie wiedzieli o tym.

Salmakia odsunęła stopę od łapy Pantalaimona, który natychmiast wyrwał się z jej uścisku i zmienił w żbika, syczącego groźnie, ze zjeżoną sierścią, chłoszczącego ogonem. Wyszczerzył zęby tuż przy twarzy Salmakii, która patrzyła na niego z całkowitym spokojem. Po chwili odwrócił się i w postaci gronostaja umknął na pierś Lyry, a Will ostrożnie postawił Tialysa z powrotem na skale, obok jego partnerki.

— Powinnaś okazać trochę szacunku — skarcił Lyrę kawaler. — Jesteś zuchwałą i bezmyślną smarkulą, a kilku dzielnych ludzi oddało dzisiaj życie za twoje bezpieczeństwo. Więc lepiej zachowuj się grzecznie.

— Dobrze — odparła pokornie. — Przepraszam, postaram się. Naprawdę.

— Co do ciebie... — podjął kawaler, zwracając się do Willa.

173

— Co do mnie — przerwał mu Will — nie zamierzam wysłuchiwać takiego gadania, więc nie wysilaj się. Szacunek dotyczy obu stron. Teraz posłuchaj uważnie. Nie wy tutaj dowodzicie, tylko my. Jeśli chcecie zostać i pomóc, macie nas słuchać. Inaczej wracajcie do Lorda Asriela. Koniec dyskusji.

Lyra widziała, że para ludzików się najeżyła, ale Tialys patrzył na dłoń Willa, spoczywającą na rękojeści noża. Na pewno myślał, że dopóki Will ma nóż, jest od nich silniejszy. Za wszelką cenę musieli przed nimi ukryć, że nóż został złamany.

— Więc dobrze — ustąpił kawaler. — Pomożemy wam, ponieważ takie otrzymaliśmy zadanie. Ale musicie nam powiedzieć, co zamierzacie.

— Słusznie — zgodził się Will. — Powiem wam. Jak tylko odpoczniemy, wracamy do świata Lyry i poszukamy naszego przyjaciela, niedźwiedzia. On jest niedaleko.

— Niedźwiedź w pancerzu? — zapytała Salmakia. — Widzieliśmy, jak walczył. Dobrze, pomożemy wam go znaleźć. Ale potem musicie pojechać z nami do Lorda Asriela.

— Tak — zapewniła Lyra, kłamiąc jak z nut — o tak, wtedy z wami pojedziemy.

Pantalaimon już się uspokoił i okazywał ciekawość, więc pozwoliła mu wspiąć się na ramię i dokonać przemiany. Zmienił się w ważkę, równie dużą jak tamte dwie należące do Gallivespian, i śmignął w powietrze, żeby przyłączyć się do nich.

— Ta trucizna — zwróciła się Lyra do małych ludzi — w waszych ostrogach, czy jest śmiertelna? Ukłuliście moją matkę, panią Coulter. Czy ona przeżyje?

— To było lekkie ukłucie — wyjaśnił Tialys. — Pełna dawka by ją zabiła, owszem, ale takie draśnięcie wywoła tylko osłabienie i senność przez jakieś pół dnia.

I potworne bóle, ale tego jej nie powiedział.

— Muszę porozmawiać z Lyrą na osobności — oznajmił Will. — Odejdziemy na chwilę.

— Tym nożem — zauważył kawaler — możesz wyciąć przejście z jednego świata do drugiego, prawda?

— Nie ufasz mi?

— Nie.

— No dobrze, więc go tutaj zostawię. Czego nie mam, tego nie użyję.

Odpiął pochwę od pasa i położył na skale, a potem odeszli z Lyrą i usiedli tam, skąd widzieli Gallivespian. Tialys uważnie oglądał rękojeść, ale nie dotykał noża.

— Musimy jakoś z nimi wytrzymać — powiedział Will. — Jak tylko naprawię nóż, uciekniemy.

— Oni są tacy szybcy — ostrzegła Lyra. — Wcale nie będą się przejmować, tylko cię zabiją.

— Mam nadzieję, że Iorek go naprawi. Nie zdawałem sobie sprawy, jak bardzo go potrzebujemy.

— Naprawi — obiecała z przekonaniem.

Patrzyła, jak Pantalaimon śmigał i nurkował w powietrzu, chwytając maleńkie ćmy jak pozostałe dwie ważki. Nie odlatywał tak daleko jak one, ale był równie szybki i jeszcze jaskrawiej ubarwiony. Lyra uniosła rękę, a on usiadł na dłoni. Jego długie przejrzyste skrzydełka wibrowały.

— Myślisz, że możemy przy nich bezpiecznie spać? — zapytał Will.

— Tak. Są groźni, ale chyba uczciwi.

Wrócili do skały.

— Teraz kładę się spać. Rano ruszymy — powiedział Will.

Kawaler kiwnął głową, a Will zwinął się w kłębek i natychmiast zasnął.

Lyra usiadła obok niego, z ciepłym Pantalaimonem-kotem na kolanach. Jakie Will miał szczęście, że teraz nie spała i mogła go pilnować! Naprawdę był nieustraszony i niezmiernie go za to podziwiała; ale nie potrafił

175

dobrze kłamać, zdradzać i oszukiwać, co jej przychodziło naturalnie jak oddychanie. Na tę myśl poczuła się przyjemnie cnotliwa, ponieważ robiła to dla Willa, nigdy dla siebie.

Zamierzała znowu zerknąć na aletheiometr, ale ku własnemu zdumieniu poczuła takie zmęczenie, jakby przez ten cały czas w jaskini nie zmrużyła oka. Położyła się obok i zamknęła oczy — tylko na krótką drzemkę, jak sobie obiecała, zanim zapadła w sen.

14

Poznaj to, o co prosisz

Trud bez radości jest nędzny
trud bez smutku jest nędzny;
smutek bez trudu jest nędzny;
radość bez trudu jest nędzna.

John Ruskin

Will i Lyra przespali całą noc i zbudzili się, kiedy promienie słońca padły na ich powieki. Oboje ocknęli się prawie jednocześnie i z tą samą myślą; lecz kiedy się rozejrzeli, zobaczyli, że kawaler Tialys spokojnie pełni wartę w pobliżu.

— Oddziały Komisji Konsystorskiej wycofały się — zawiadomił ich. — Pani Coulter wpadła w ręce króla Ogunwe, który zabiera ją do Lorda Asriela.

— Skąd wiesz? — zapytał Will, siadając sztywno. — Przechodziłeś przez okno?

— Nie. Rozmawiamy przez magnetytowy rezonator. Zameldowałem o naszej rozmowie — zwrócił się do Lyry — mojemu dowódcy, Lordowi Roke, który zgodził się, że powinniśmy iść z wami do niedźwiedzia, a potem pojedziecie z nami. Więc jesteśmy sprzymierzeńcami i pomożemy wam w miarę możności.

— To dobrze — stwierdził Will. — Więc zjedzmy razem. Czy jecie naszą żywność?

— Tak, dziękujemy — potwierdziła lady.

Will wyjął ostatnie suszone brzoskwinie i czerstwy płaski bochenek żytniego chleba — tylko tyle mu zostało — i podzielił pomiędzy całą czwórkę, chociaż oczywiście szpiedzy nie wzięli dużo.

— Wody chyba nie ma nigdzie w pobliżu — oświadczył Will. — Musimy zaczekać, aż wrócimy do tamtego świata, żeby się napić.

— Więc lepiej szybko wracajmy — zaproponowała Lyra.

Najpierw jednak wyjęła aletheiometr. Widziała go teraz wyraźnie, nie jak poprzedniej nocy, ale palce miała sztywne i niezręczne po długim śnie. Zapytała, czy w dolinie grozi im niebezpieczeństwo. „Nie", padła odpowiedź, „wszyscy żołnierze odeszli, a wieśniacy są w domach"; więc przygotowali się do wymarszu.

Okno, wychodzące na ocieniony krzak, wyglądało dziwnie na tle pustyni — kwadrat bujnej zielonej roślinności zawieszony w rozpalonym powietrzu jak obraz. Gallivespianie chcieli mu się przyjrzeć i zdumiewali się, że z tyłu go nie widać i że wskakuje w pole widzenia, kiedy je obchodzą dookoła.

— Muszę je zamknąć, jak już przejdziemy na drugą stronę — oznajmił Will.

Lyra próbowała ścisnąć razem krawędzie, ale nie mogła ich namacać palcami; podobnie szpiedzy, chociaż mieli takie delikatne dłonie. Tylko Will dokładnie wyczuwał położenie krawędzi i zamknął okno sprawnie i szybko.

— Ile światów możesz otworzyć tym nożem? — zapytał Tialys.

— Tyle, ile istnieje — odparł Will. — Nikt nigdy ich nie policzy.

Zarzucił plecak na ramiona i poprowadził ich leśną ścieżką. Ważki cieszyły się świeżym, wilgotnym powietrzem i pędziły jak strzały przez snopy słonecznego blasku. Gałęzie nad głowami kołysały się mniej gwałtownie, było chłodno i spokojnie; tym większy wstrząs wywołał widok poskręcanego wraku giroptera tkwiącego wśród konarów, z ciałem afrykańskiego pilota zaplątanym w pas bezpieczeństwa i na wpół wychylonym z drzwi; oraz zwęglone szczątki zeppelina trochę dalej — czarne jak sadza strzępy tkaniny, okopcone żebrowania i rury, potłuczone szkło, a potem ciała: trzej mężczyźni spaleni na żużel, o kończynach powyginanych i sterczących w górę, jakby wciąż próbowali walczyć.

I to byli tylko ci, którzy spadli w pobliżu ścieżki. Wyżej na skałach i niżej wśród drzew leżały następne zwłoki. Dwójka dzieci szła zszokowana i milcząca, natomiast szpiedzy na ważkach rozglądali się chłodniejszym okiem, przyzwyczajeni do walki, oceniając jej przebieg i straty po obu stronach.

Kiedy dotarli do wylotu doliny, gdzie drzewa rzedły i zaczynały się tęczowe wodospady, zatrzymali się i napili do syta lodowato zimnej wody.

— Mam nadzieję, że tej dziewczynce nic się nie stało — westchnął Will. — Nie moglibyśmy cię uwolnić, gdyby cię nie obudziła. Specjalnie poszła do świętego męża po ten proszek.

— Ona jest w porządku — oznajmiła Lyra — bo wczoraj wieczorem pytałam o to aletheiometr. Ale uważa nas za diabły. Boi się nas. Pewnie żałuje, że się w to wmieszała. Ale jest całkiem bezpieczna.

Wspięli się na górę obok wodospadów i napełnili manierkę Willa, zanim wyruszyli przez płaskowyż w stronę pasma górskiego, gdzie według aletheiometru odszedł Iorek.

Czekał ich cały dzień trudnego marszu: żaden kłopot dla Willa, ale mordęga dla Lyry, osłabionej po długim śnie. Prędzej jednak odgryzłaby sobie język, niż przyznała, że nie daje rady; utykając, drżąc, zaciskając usta, dotrzymywała kroku Willowi i nie mówiła ani słowa.

Dopiero kiedy usiedli w południe, pozwoliła sobie na jęk, i tylko wtedy, kiedy Will odszedł za potrzebą.

Lady Salmakia powiedziała:

— Odpocznij. Zmęczenie to żadna hańba.

— Ale ja nie chcę zawieść Willa! Nie chcę, żeby myślał, że jestem słaba i opóźniam marsz.

— On nigdy tak nie pomyśli.

— Skąd wiesz? — burknęła Lyra. — Wcale go nie znasz, ani mnie.

— Rozpoznaję impertynencję, kiedy ją słyszę — odparła spokojnie lady. — Teraz posłuchaj mojej rady i odpoczywaj. Oszczędzaj energię na drogę.

Lyra miała ochotę się zbuntować, ale ostrogi Salmakii błyszczały bardzo jasno w słońcu, więc zmilczała.

Kawaler, jej towarzysz, otwierał pudełko z magnetytowym rezonatorem. Ciekawość pokonała niechęć i Lyra zaczęła się przyglądać. Instrument przypominał krótki ołówek z matowego szaroczarnego kamienia, spoczywający na drewnianej podstawce. Kawaler przeciągnął po jednym końcu maleńkim smyczkiem jak skrzypek, przyciskając palce do różnych punktów na powierzchni. Punkty nie były oznaczone, więc dotykał instrumentu pozornie na chybił trafił, lecz z jego skupionej miny i płynnych ruchów Lyra wywnioskowała, że ten proces wymagał nie mniejszej precyzji i wprawy niż odczytywanie aletheiometru.

Po kilku minutach szpieg odłożył smyczek i sięgnął po parę słuchawek, nie większych niż paznokieć małego palca Lyry. Ciasno owinął jeden koniec drutu wokół kołka na końcu kamienia, a drugi umocował do kołka z drugiej strony. Manipulując dwoma kołkami i regulując naprężenie drutu pomiędzy nimi, najwyraźniej potrafił odczytać odpowiedź na swoją wiadomość.

— Jak to działa? — zapytała Lyra, kiedy skończył.

Tialys zmierzył ją wzrokiem, jakby oceniał stopień jej zainteresowania, zanim odpowiedział:

— Wasi naukowcy, jak ich nazywacie, eksperymentalni teolodzy, znają zjawisko zwane powiązaniem kwantowym. To znaczy, że mogą istnieć dwie cząsteczki posiadające tylko wspólne właściwości, więc cokolwiek stanie się z jedną, w tej samej chwili staje się z drugą, nieważne, jaka odległość je dzieli. No więc w naszym świecie znamy sposób, żeby wziąć zwykły magnetyt i powiązać wszystkie jego cząsteczki, a potem rozszczepić go na pół tak, że jedna część rezonuje z drugą. Odpowiednik tego kamienia jest u Lorda Roke, naszego dowódcy. Kiedy gram smyczkiem na tym tutaj, druga część dokładnie odtwarza dźwięk i w ten sposób się komunikujemy.

Schował wszystko i powiedział coś do Salmakii. Odeszli parę kroków, rozmawiając zbyt cicho, żeby Lyra mogła słyszeć, chociaż Pantalaimon zmienił się w sowę i nastawił wielkie uszy w ich kierunku.

Wkrótce wrócił Will i ruszyli dalej, coraz wolniej w miarę, jak mijał dzień; podejście robiło się strome i zbliżała się granica śniegów. Zatrzymali się jeszcze raz na odpoczynek u wylotu skalistej doliny, ponieważ Will widział, że Lyra jest wykończona: twarz miała szarą i mocno kulała.

— Pokaż mi stopy — poprosił — bo jeśli masz pęcherze, posmaruję je maścią.

Miała okropne pęcherze i krzywiąc się, z zaciśniętymi zębami, pozwoliła, żeby wtarł w nie balsam z pięciornika.

Tymczasem kawaler zajmował się komunikacją. Po paru minutach odłożył magnetyt i powiedział:

— Podałem Lordowi Roke naszą pozycję. Wysyłają giropter, żeby nas zabrać, jak tylko porozmawiacie ze swoim przyjacielem.

Will kiwnął głową. Lyra nie zwróciła na te słowa uwagi. Naciągnęła skarpetki i buty i znowu wyruszyli w drogę.

Upłynęła kolejna godzina, większość doliny okryła się cieniem i Will zastanawiał się, czy znajdą jakieś schronienie przed nadejściem nocy, kiedy Lyra wykrzyknęła radośnie i z ulgą:

— Iorek! Iorek!

Zobaczyła go wcześniej niż Will. Król niedźwiedzi znajdował się jeszcze daleko, jego białe futro zlewało się z bielą śniegu, lecz kiedy głos Lyry rozległ się echem, Iorek odwrócił głowę, zawęszył i pogalopował w dół zbocza na ich spotkanie.

Ignorując Willa, pozwolił, żeby Lyra objęła go za szyję i zanurzyła twarz w jego futrze. Mruczał tak basowo, że Will czuł wibrację w stopach, ale Lyra znajdowała w tym przyjemność i natychmiast zapomniała o pęcherzach i zmęczeniu.

— Och, Iorku, kochany, tak się cieszę, że cię widzę! Myślałam, że już nigdy cię nie zobaczę... po tym rozstaniu na Svalbardzie... po tym wszystkim, co się wydarzyło... Czy pan Scoresby jest bezpieczny? Jak twoje królestwo? Mieszkasz tu sam jeden?

Mali szpiedzy znikli; teraz stali tylko w trójkę na górskim zboczu pod ciemniejącym niebem, chłopiec, dziewczynka i wielki biały niedźwiedź. Lyra, jakby nigdy o niczym innym nie marzyła, wdrapała się na grzbiet Iorka i siedziała dumna i szczęśliwa, kiedy przyjaciel zaniósł ją ostatni kawałek drogi do swojej jaskini.

Will, pochłonięty własnymi myślami, nie słuchał rozmowy Lyry z Iorkiem, chociaż w pewnej chwili dotarł do niego jej żałosny okrzyk i słowa:

— Pan Scoresby... o nie! Och, to straszne! Naprawdę nie żyje? Jesteś pewien, Iorku?

— Czarownica powiedziała mi, że wyruszył szukać człowieka nazwiskiem Grumman — oświadczył niedźwiedź.

Will zaczął słuchać uważniej, ponieważ Balthamos i Baruch trochę mu o tym opowiedzieli.

— Co się stało? Kto go zabił? — zapytała Lyra drżącym głosem.

— Zginął w walce. Powstrzymał całą kompanię Rosjan, kiedy tamten człowiek uciekał. Znalazłem jego ciało. Zginął dzielnie. Pomszczę go.

Lyra szlochała, a Will nie wiedział, co powiedzieć, ponieważ to dla ratowania jego ojca poświęcił życie ten obcy człowiek; to Lyra i niedźwiedź, nie on, znali i kochali Lee Scoresby'ego.

Wkrótce Iorek skręcił i skierował się do wylotu jaskini, bardzo ciemnego na tle śniegu. Will nie wiedział, gdzie są szpiedzy, ale miał absolutną pewność, że krążą gdzieś w pobliżu. Chciał porozmawiać po cichu z Lyrą, ale dopiero wtedy, kiedy zobaczy Gallivespian i upewni się, że go nie podsłuchają.

Położył plecak w wejściu jaskini i usiadł ze znużeniem. Za nim niedźwiedź rozniecał ogień, a Lyra przyglądała się, zaciekawiona pomimo smutku. Iorek trzymał w lewej przedniej łapie mały kawałek jakiejś odmiany syderytu i uderzał nim nie więcej niż trzy, cztery razy o podobny kamień na ziemi. Za każdym razem buchał snop iskier i padał dokładnie tam, gdzie Iorek je kierował: na kupkę połamanych gałązek i suchej trawy. Bardzo szybko podpałka zajęła się ogniem, a Iorek spokojnie dołożył polano, potem następne i następne, aż ognisko zaczęło buzować.

Dzieci przyjęły ogień z wdzięcznością, ponieważ zrobiło się bardzo zimno, a potem dostały coś jeszcze lepszego: udziec, chyba z kozy. Iorek oczywiście zjadł swoje mięso na surowo, ale nabił jeden kawałek na ostry patyk i umieścił nad żarem, żeby się upiekł.

— Łatwo jest polować w tych górach, Iorku? — zagadnęła Lyra.

— Nie. Mój lud nie może tutaj mieszkać. Popełniłem błąd, ale to dobrze, skoro dzięki temu cię znalazłem. Co teraz zamierzasz?

Will rozejrzał się po jaskini. Siedzieli blisko ognia, który rzucał ciepłe pomarańczowe i żółte odblaski na futro króla-niedźwiedzia. Will nie widział szpiegów, ale tak czy owak musiał zapytać.

— Królu Iorku — zaczął — mój nóż jest złamany... —

a potem spojrzał w przestrzeń obok niedźwiedzia i mruknął: — Nie, zaczekaj.

Wskazał na ścianę.

— Jeśli słuchacie — podjął głośniej — wyjdźcie i słuchajcie otwarcie. Nie szpiegujcie nas.

Lyra i Iorek Byrnison obejrzeli się, żeby zobaczyć, do kogo Will mówi. Mały człowieczek wyszedł z cienia i stanął spokojnie w świetle, na półce ponad głowami dzieci. Iorek warknął.

— Nie poprosiłeś Iorka Byrnisona o pozwolenie na wejście do jaskini — skarcił kawalera Will. — On jest królem, a ty tylko szpiegiem. Powinieneś okazać więcej szacunku.

Lyra słuchała tego z najwyższą przyjemnością. Spojrzała na Willa, żeby napawać się jego surową, pogardliwą miną.

Lecz kawaler miał minę pełną niesmaku.

— Postąpiliśmy z wami uczciwie — oświadczył. — Niehonorowo jest nas oszukiwać.

Will wstał. Jego dajmona, pomyślała Lyra, przybrałaby postać tygrysicy. Odruchowo cofnęła się przed gniewem wyimaginowanej bestii.

— Jeśli was oszukałem, to z konieczności — odparł chłopiec. — Czy zgodzilibyście się tutaj przyjść, gdybyście wiedzieli, że nóż jest złamany? Na pewno nie. Użylibyście swojego jadu, żeby pozbawić nas przytomności, a potem wezwalibyście pomoc, kazali nas porwać i zabrać do Lorda Asriela. Więc musieliśmy cię okłamać, Tialysie, a ty musisz się z tym pogodzić.

— Kto to jest? — zapytał Iorek Byrnison.

— Szpiedzy — wyjaśnił Will. — Wysłani przez Lorda Asriela. Pomogli nam wczoraj uciec, ale jeśli są po naszej stronie, nie powinni się zakradać i podsłuchiwać. A skoro tak robią, nie mają prawa mówić o honorze.

Szpieg wyglądał tak groźnie, jakby chciał rzucić się na samego Iorka, nie licząc nieuzbrojonego Willa; ale był na przegranej pozycji i wiedział o tym. Mógł tylko skłonić się i przeprosić.

— Wasza Wysokość — zwrócił się do Iorka, który natychmiast zawarczał.

Kawaler spoglądał na Willa z błyskiem nienawiści w oku, ostrzegawczo i wyzywająco na Lyrę, zimno i z szacunkiem na Iorka. Jego twarz o czystych rysach odbijała te uczucia jasno i wyraźnie. Obok niego wyłoniła się z cienia lady Salmakia i, całkowicie ignorując dzieci, dygnęła przed niedźwiedziem.

— Wybacz nam — powiedziała do Iorka. — Trudno przełamać nawyk konspiracji, a mój towarzysz, kawaler Tialys, i ja, lady Salmakia, przebywamy wśród wrogów od tak dawna, że wyłącznie z przyzwyczajenia pominęliśmy należne ci formy grzeczności. Towarzyszymy temu chłopcu i dziewczynce, ponieważ musimy dopilnować, żeby bezpiecznie dotarły pod opiekę Lorda Asriela. Nie mamy innych celów i z pewnością nie żywimy złych zamiarów wobec ciebie, królu Iorku Byrnisonie.

Jeśli Iorek wątpił, żeby takie małe stworzonka mogły wyrządzić mu krzywdę, nie okazał tego; nie tylko z natury dysponował ograniczoną mimiką, ale również przestrzegał swoistej grzeczności, a lady zwróciła się do niego uprzejmie.

— Zejdźcie do ogniska — zaprosił ich. — Jedzenia wystarczy dla wszystkich. Will, zacząłeś mówić o nożu.

— Tak — potwierdził Will. — Myślałem, że to niemożliwe, ale nóż pękł. A aletheiometr powiedział Lyrze, że potrafisz go naprawić. Chciałem poprosić cię bardziej uprzejmie, ale rzecz w tym: czy potrafisz go naprawić, Iorku?

— Pokaż nóż.

Will wytrząsnął wszystkie kawałki z pochwy i ułożył starannie na kamiennym podłożu, każdy na swoim miejscu, żeby pokazać, że żadnego nie brakuje. Lyra uniosła płonącą gałąź i w jej świetle Iorek pochylił się nisko,

185

obejrzał dokładnie każdy odłamek, dotykał ich delikatnie wielkimi pazurami, podnosił i obracał na wszystkie strony, badając linie pęknięcia. Will zachwycał się zręcznością tych potężnych czarnych łap.

Potem Iorek znowu usiadł z głową uniesioną wysoko w cieniu.

— Tak — odpowiedział krótko na pytanie i nie dodał nic więcej.

Lyra zrozumiała, co chciał powiedzieć, i zapytała:

— Ach, ale czy go naprawisz, Iorku? Nie uwierzysz, jaki jest ważny... jeśli go nie naprawimy, wpadniemy w straszne kłopoty, i nie tylko my...

— Nie lubię tego noża — oświadczył Iorek. — Boję się tego, co może zrobić. Nigdy nie znałem nic równie groźnego. Najbardziej zabójcze machiny wojenne to zabawki w porównaniu z tym nożem; on potrafi wyrządzić nieograniczone szkody. Byłoby nieskończenie lepiej, gdyby nigdy nie powstał.

— Ale z jego pomocą... — zaczął Will.

Iorek nie pozwolił mu dokończyć, tylko ciągnął:

— Z jego pomocą możesz robić dziwne rzeczy. Tylko że nie wiesz, co robi sam nóż. Możesz mieć dobre intencje. Nóż ma własne intencje.

— Jak to możliwe? — zdziwił się Will.

— Intencje narzędzia to zadania, jakie ono wykonuje. Młot chce uderzać, imadło chce trzymać mocno, lewar chce podnosić. Do tego je stworzono. Czasami jednak narzędzie ma inne zastosowania, których nie znasz. Czasami, realizując własne zamierzenia, nieświadomie wypełniasz również intencje noża. Czy widzisz najostrzejszą krawędź noża?

— Nie — odparł Will, ponieważ naprawdę ostrze rozmywało się w krawędź tak cienką, że oko nie mogło jej uchwycić.

— Więc skąd wiesz, co jeszcze on może robić?

— Nie wiem. Ale muszę go użyć i dołożę wszelkich sił,

żeby go użyć dla dobrych celów. Jeśli nic nie zrobię, będę gorzej niż bezużyteczny. Będę winny.

Lyra słuchała z napięciem i widząc, że Iorek nadal nie jest przekonany, powiedziała:

— Iorku, przecież wiesz, jacy źli są ci ludzie z Bolvangaru. Jeśli nie zwyciężymy, oni będą mogli dalej robić takie rzeczy, bez końca. Poza tym, jeśli nie użyjemy noża, oni mogą go zdobyć dla siebie. Nie wiedzieliśmy o nim, kiedy się spotkaliśmy po raz pierwszy, i nikt nie wiedział, ale teraz, kiedy wiemy, sami musimy go użyć... nie możemy po prostu zrezygnować. To byłaby słabość, a także błąd, zupełnie jakbyśmy go im oddali i powiedzieli: proszę, użyjcie go, my was nie powstrzymamy. No dobrze, nie wiemy, co on robi, ale zawsze mogę zapytać aletheiometr, prawda? Wtedy się dowiemy. I nauczymy się go odpowiednio traktować, bez domysłów i strachu.

Will wolał nie wspominać o własnych najpilniejszych powodach: bez naprawionego noża nigdy nie wróci do domu, nigdy więcej nie zobaczy matki; ona nigdy się nie dowie, co się stało; pomyśli, że ją porzucił, jak wcześniej ojciec. Nóż był bezpośrednio odpowiedzialny za dezercje ich obu. Musiał go użyć, żeby do niej wrócić, albo nigdy sobie nie wybaczy.

Iorek Byrnison nie mówił nic przez długi czas, ale odwrócił głowę i spoglądał na zewnątrz w ciemność. Potem wstał powoli, podszedł do wylotu jaskini i podniósł wzrok na gwiazdy: niektóre mu znane, te same co na północy, niektóre dla niego obce.

Za jego plecami Lyra obróciła mięso nad ogniem, a Will oglądał swoje rany, sprawdzając, jak się goją. Tialys i Salmakia siedzieli w milczeniu na swojej półce.

Potem Iorek się odwrócił.

— No dobrze, zrobię to pod jednym warunkiem — powiedział. — Chociaż czuję, że popełniam błąd. Mój lud nie zna bogów, duchów ani demonów. Żyjemy i umieramy, nic więcej. Ludzkie sprawy przynoszą nam tylko smutek i kłopoty, ale mamy język, prowadzimy wojnę i używamy narzędzi; chyba powinniśmy stanąć po czyjejś stronie. Lecz pełna wiedza jest lepsza niż pół wiedzy. Lyro, odczytaj swój instrument. Poznaj to, o co prosisz. Jeśli wtedy dalej będziesz tego chciała, naprawię nóż.

Lyra natychmiast wyjęła aletheiometr i przysunęła się bliżej do ognia, żeby widzieć tarczę. W migotliwym świetle nie mogła skupić wzroku albo dym szczypał ją w oczy, ponieważ odczytywanie zajęło jej więcej czasu niż zwykle. Kiedy zamrugała, westchnęła i wyszła z transu, miała zmartwioną minę.

— Nigdy nie widziałam takiego pomieszania — oznajmiła. — Instrument powiedział mnóstwo rzeczy. Chyba go zrozumiałam. Tak myślę. Najpierw powiedział o równowadze. Powiedział, że nóż może wyrządzić szkodę albo czynić dobro, ale ta równowaga jest tak chwiejna, tak delikatna, że najdrobniejsza myśl albo życzenie mogą przechylić szalę na jedną albo drugą stronę... I chodziło mu o ciebie, Willu, o twoje myśli albo życzenia, tylko że nie określił, co jest złą myślą, a co dobrą. A potem... powiedział: tak — zakończyła, błyskając oczami na szpiegów. — Powiedział, żeby naprawić nóż.

Iorek popatrzył na nią nieruchomym wzrokiem, a potem kiwnął głową.

Tialys i Salmakia zeszli z półki, żeby lepiej się przyjrzeć, a Lyra zapytała:

— Potrzebujesz więcej opału, Iorku? Ja i Will możemy iść po chrust, nie ma sprawy.

Will zrozumiał, o co jej chodziło: z dala od szpiegów mogli porozmawiać.

— Za pierwszym wzniesieniem na szlaku — powiedział Iorek — rosną żywiczne krzaki. Przynieście tyle gałęzi, ile uniesiecie.

Lyra zerwała się natychmiast, a Will dołączył do niej.

Księżyc świecił jasno, ścieżka wydeptanych śladów wyraźnie odcinała się w śniegu, powietrze było zimne

188

i ostre. Oboje poczuli ożywienie, przypływ energii i nowej nadziei. Nie rozmawiali, dopóki nie oddalili się od jaskini.

— Co jeszcze powiedział przyrząd? — zapytał Will.

— Powiedział kilka rzeczy, których nie zrozumiałam i ciągle nie rozumiem. Powiedział, że nóż oznacza śmierć Pyłu, ale potem dodał, że to jedyny sposób, żeby zachować Pył przy życiu. Nie rozumiem go, Will. Pokazał, że to niebezpieczne, ciągle to powtarzał. Powiedział, że jeśli zrobimy... no wiesz... to, co myślałam...

— Jeśli wejdziemy do świata zmarłych...

— Tak... jeśli tam wejdziemy... możemy już nie wrócić, Will. Możemy stracić życie.

Nie odpowiedział i szli dalej w milczeniu, wypatrując krzaka, o którym wspomniał Iorek, otrzeźwieni myślą o ryzyku, na jakie się porywają.

— A jednak musimy tam pójść, prawda? — odezwał się Will.

— Nie wiem.

— To znaczy teraz, kiedy wiemy. Musisz pomówić z Rogerem, a ja z ojcem. Teraz musimy.

— Boję się — szepnęła.

Wiedział, że nie wyznałaby tego nikomu innemu.

— Czy przyrząd powiedział, co się stanie, jeśli tego nie zrobimy? — zapytał.

— Pokazał pustkę. Nicość. Naprawdę go nie rozumiem, Will. Ale to chyba znaczy, że nawet jeśli to niebezpieczne, powinniśmy spróbować uratować Rogera. Jednak to nie będzie jak wtedy, kiedy uratowałam go z Bolvangaru; wtedy właściwie nie wiedziałam, co robię, po prostu wyruszyłam w drogę i miałam szczęście. Bo inni mi pomagali, Cyganie i czarownice. Tam, dokąd musimy pójść, nikt nam nie pomoże. A ja widzę... Widziałam we śnie... To miejsce było... gorsze niż Bolvangar. Dlatego się boję.

— A ja się boję — powiedział Will po chwili, nie patrząc na Lyrę — że gdzieś utknę i nigdy więcej nie zobaczę matki.

Nie wiadomo, skąd naszło go to wspomnienie: był bardzo mały, zanim jeszcze zaczęły się jej kłopoty, i zachorował. Przez calutką noc, jak mu się zdawało, matka siedziała przy jego łóżku w ciemności, śpiewała mu kołysanki, opowiadała bajki i jak długo słyszał jej kochany głos, wiedział, że jest bezpieczny. Nie mógł jej teraz opuścić. Nie mógł! Chciał opiekować się nią do końca życia, gdyby tego potrzebowała.

Lyra jakby odgadła jego myśli, bo powiedziała ciepło:

— Tak, to prawda, to byłoby straszne... Wiesz, nigdy nie zdawałam sobie sprawy... Wyrosłam właściwie sama, nie pamiętam, żeby ktoś mnie tulił czy głaskał, zawsze byliśmy tylko we dwoje z Pantalaimonem... Nie pamiętam, żeby pani Lonsdale tak mnie traktowała; była gospodynią w Kolegium Jordana i dbała tylko, żebym była czysta. Tego pilnowała, och, i manier... Ale w jaskini, Will, naprawdę poczułam... Och, jakie to dziwne, wiem, że ona robiła straszne rzeczy, ale naprawdę czułam, że mnie kocha i troszczy się o mnie... Pewnie myślała, że umrę, skoro tak długo spałam... Chyba złapałam jakąś chorobę... ale nigdy nie przestała troszczyć się o mnie. Pamiętam, jak się obudziłam raz czy dwa i ona trzymała mnie w objęciach... naprawdę pamiętam... To samo zrobiłabym na jej miejscu, gdybym miała dziecko.

Więc nie wiedziała, dlaczego spała tak długo. Czy powinien jej powiedzieć i zniszczyć wspomnienia, nawet jeśli były fałszywe? Nie, oczywiście, że nie.

— To ten krzak? — zapytała Lyra.

Księżyc świecił dostatecznie jasno, żeby widzieli każdy listek. Will odłamał gałązkę. Na palcach został mu silny sosnowy zapach żywicy.

— I nic nie powiemy tym małym szpiegom — zakończyła Lyra.

Zebrali naręcza gałęzi i zanieśli je do jaskini.

15

Kuźnia

Gdym przechadzał się pośród ogni piekielnych,
oczarowany radościami Geniuszu... *

William Blake

W tym samym czasie Gallivespianie rozmawiali o nożu. Zawarłszy niepewny pokój z Iorkiem Byrnisonem,
wdrapali się z powrotem na swoją półkę, żeby nie zawa-
dzać. Kiedy trzask płomieni narastał i w jaskini huczał
ogień, Tialys powiedział:

— Nie możemy go odstępować ani na chwilę. Jak tylko
naprawią nóż, musimy trzymać się go jak cień.

— On jest zbyt czujny. Zawsze ma na nas oko —
powiedziała lady Salmakia. — Dziewczynka jest bardziej ufna. Myślę, że powinniśmy zdobyć jej sympatię.
Ona jest niewinna i łatwo się przywiązuje. Możemy nad
nią popracować. Uważam, że tak powinniśmy zrobić,
Tialysie.

— Ale to on ma nóż. On umie się nim posługiwać.

— On nigdzie bez niej nie pójdzie.

---

* „Zaślubiny nieba i piekła," tłum. K. Putowski, w: „Wiersze i po-
ematy", Świat Literacki, Warszawa 1997.

— Ale ona musi pójść za nim, jeśli on ma nóż. Myślę, że jak tylko odzyskają naprawiony nóż, użyją go, żeby wymknąć się do innego świata i uciec przed nami. Widziałaś, jak ją uciszył, kiedy chciała powiedzieć coś więcej? Mają jakiś ukryty cel, całkiem inny od naszego.

— Zobaczymy. Ale chyba masz rację, Tialysie. Musimy trzymać się chłopca za wszelką cenę.

Oboje patrzyli ze sceptycyzmem, jak Iorek Byrnison wykłada narzędzia na zaimprowizowanym warsztacie. Wszechpotężni robotnicy w fabrykach artylerii pod twierdzą Lorda Asriela, ze swoimi huczącymi piecami i walcowniami, anbarycznymi kuźniami i hydraulicznymi prasami, wyśmialiby ten otwarty ogień, kamienny młot i kowadło z kawałka pancerza. Niedźwiedź jednak przystąpił do dzieła ze spokojem i pewnością siebie, co w pewnym stopniu przytłumiło pogardę małych szpiegów.

Kiedy Lyra i Will wrócili z opałem, Iorek pokierował układaniem gałęzi na ognisku. Oglądał każdą gałąź, obracał na wszystkie strony, a potem kazał ją umieścić dokładnie pod określonym kątem albo odłamać kawałek i położyć oddzielnie z brzegu. W rezultacie powstał ogień o wyjątkowej sile, skupiający całą energię po jednej stronie.

W jaskini zrobiło się gorąco. Iorek dalej dokładał do ognia i kazał dzieciom zrobić jeszcze dwie wycieczki w dół zbocza, żeby zapewnić dostateczną ilość opału na całą operację.

Potem niedźwiedź odwrócił mały kamyk na podłożu i kazał dzieciom znaleźć więcej takich kamieni. Wyjaśnił, że te kamyki po rozgrzaniu wydzielają gaz, który otoczy ostrze i odetnie dostęp powietrza, ponieważ gdyby gorący metal wszedł w kontakt z powietrzem, wchłonąłby go trochę i uległ osłabieniu.

Lyra przystąpiła do poszukiwań i dzięki pomocy sowiookiego Pantalaimona wkrótce miała jakiś tuzin kamyków. Iorek wytłumaczył jej, gdzie umieścić kamienie, i pokazał, jak wywołać ciąg, machając liściastą gałęzią, żeby strumień gazu równomiernie opływał obrabiany przedmiot.

Will miał pilnować ognia i Iorek poświęcił kilka minut na pokierowanie nim i sprawdzenie, czy chłopiec na pewno zrozumiał zasady. Tak wiele zależało od należytego rozmieszczenia ognia, a Iorek nie mógł przerywać pracy i wprowadzać poprawek za każdym razem; Will musiał zrobić to jak trzeba.

Co więcej, nie mógł oczekiwać, że nóż po naprawie będzie wyglądał dokładnie tak samo. Będzie krótszy, ponieważ każdy fragment ostrza musi odrobinę zachodzić na następny, żeby je skuć razem; powierzchnia trochę się utleni pomimo działania gazu, więc gra kolorów częściowo zaniknie; i niewątpliwie rękojeść zostanie osmalona. Ale ostrze będzie działać tak jak poprzednio.

Więc Will łzawiącymi oczami wpatrywał się w płomienie pożerające żywiczne drewno i poparzonymi rękami poprawiał każdą świeżą gałąź, żeby skupić żar dokładnie według wskazówek Iorka.

Tymczasem Iorek obrabiał i szlifował kamień wielkości pięści, odrzuciwszy przedtem kilka, dopóki nie znalazł takiego o właściwej wadze. Silnymi uderzeniami nadał mu odpowiedni kształt i wygładził. Kordytowy zapach skruszonej skały zmieszany z wonią dymu wiercił w nosie dwoje szpiegów, patrzących z góry. Nawet Pantalaimon pomagał pod postacią kruka, bijąc skrzydłami, żeby ogień płonął jaśniej.

Wreszcie młot uzyskał odpowiedni kształt. Iorek włożył pierwsze dwa kawałki ostrza zaczarowanego noża pomiędzy rozżarzone głownie w sercu ogniska i kazał Lyrze napędzać na nie gaz z kamieni. Długi biały pysk niedźwiedzia wyglądał trupio w blasku ognia. Will widział, jak powierzchnia metalu zaczyna świecić czerwono, żółto, a potem biało.

Iorek patrzył uważnie, gotów chwycić i wyciągnąć

kawałki. Po kilku chwilach metal znowu się zmienił, powierzchnia zrobiła się błyszcząca jak olej i sypnęła iskrami niczym z fajerwerków.

Wtedy Iorek wykonał ruch. Prawa łapa śmignęła w ogień, chwyciła oba kawałki, przytrzymała czubkami potężnych pazurów i położyła na żelaznej płycie, stanowiącej grzbietową część pancerza. Will czuł swąd przypalanych pazurów, ale Iorek nie zwracał na to uwagi. Z zadziwiającą szybkością ułożył kawałki tak, żeby zachodziły na siebie pod odpowiednim kątem, potem wzniósł lewą łapę i uderzył kamiennym młotem.

Czubek noża podskoczył pod potężnym ciosem. Will pomyślał, że cała reszta jego życia zależy od tego małego trójkącika metalu, tego szpikulca, który wyszukiwał luki we wnętrzach atomów. Wszystkie nerwy w jego ciele drżały, wyczuwając każde drgnienie każdego płomyka, każde przesunięcie każdego atomu w splocie metalu. Przed rozpoczęciem pracy przypuszczał, że do naprawy tego noża konieczny jest piec hutniczy i najlepsze narzędzia; teraz jednak przekonał się, że artyzm Iorka stworzył najlepsze narzędzia i najlepszy możliwy piec.

Iorek ryknął nagle, przekrzykując szczęk metalu:

— Trzymaj go mocno w umyśle! Ty też musisz go przekuć! To również twoje zadanie!

Will czuł, jak całe jego wnętrze dygoce pod ciosami kamiennego młota w łapie niedźwiedzia. Drugi odłamek już się rozgrzewał, a Lyra liściastą gałęzią napędzała gorący gaz, który opływał oba kawałki i odcinał dostęp niszczycielskiego powietrza. Will wyczuwał, jak atomy metalu łączą się ze sobą poprzez pęknięcie, tworzą nowe kryształy, naciągają i wzmacniają niewidzialny splot, kiedy powstało spojenie.

— Ostrze! — ryknął Iorek. — Wyprostuj ostrze!

Nie dodał: „umysłem", ale Will zrozumiał i natychmiast wyczuł minimalne nierówności, a potem minimalne przesunięcia, kiedy ostrza ustawiły się idealnie w linii

194

prostej. Wtedy połączenie zostało wykonane i Iorek sięgnął po następny odłamek.

— Nowy kamień! — zawołał do Lyry, która kopniakiem odsunęła na bok pierwszy i włożyła drugi do żaru. Will sprawdził ognisko i przełamał gałąź na pół, żeby lepiej nakierować płomienie. Iorek znowu zaczął walić młotem. Nowa trudność skomplikowała zadanie Willa, ponieważ musiał teraz przytrzymać następny kawałek pod odpowiednim kątem do dwóch pierwszych. Wiedział, że tylko wtedy pomoże Iorkowi, jeśli zrobi to dokładnie. Praca wrzała. Will nie miał pojęcia, jak długo to trwało. Lyra czuła, że ramiona ją bolą, oczy łzawią, poparzona skóra piecze i każda kość w ciele błaga o odpoczynek; nadal jednak dokładała kamieni według wskazówek Iorka, a znużony Pantalaimon sumiennie trzepotał skrzydłami nad ogniem.

Kiedy dotarli do ostatniego spojenia, Willowi dzwoniło w głowie i był tak wyczerpany napięciem psychicznym, że ledwie zdołał dorzucić kolejną gałąź do ognia. Musiał zrozumieć każde połączenie, żeby nóż się nie rozpadł; a kiedy dotarli do ostatniego, najbardziej skomplikowanego spojenia, kiedy mieli przymocować prawie gotowe ostrze do małego kawałka, który został przy rękojeści — gdyby nie zdołał utrzymać go w pełnej świadomości razem ze wszystkimi innymi, nóż zwyczajnie rozleciałby się na kawałki, jakby Iorek niczego nie dokonał.

Niedźwiedź również to wyczuł i zrobił przerwę, zanim zaczął rozgrzewać ostatni odłamek. Spojrzał na Willa i w jego oczach Will nie zobaczył niczego, żadnego wyrazu, tylko bezdenną błyszczącą czerń. Niemniej zrozumiał: to była praca, ciężka praca, ale dadzą sobie radę, wszyscy troje.

To wystarczyło Willowi, więc znowu odwrócił się do ognia, skupił wyobraźnię na złamanym kawałku przy rękojeści i zebrał siły przed ostatnią, najtrudniejszą częścią zadania.

Więc razem z Iorkiem i Lyrą wykuwali nóż; i Will nie miał pojęcia, ile czasu zabrało ostatnie spojenie. Lecz kiedy Iorek uderzył po raz ostatni i Will poczuł końcowe drobniutkie przemieszczenie atomów, które połączyły się poprzez złamanie, osunął się wyczerpany na podłogę jaskini. Lyra była prawie w takim samym stanie, oczy miała szkliste i zaczerwienione, włosy pełne dymu i sadzy; a sam Iorek stał z ciężko zwieszoną głową, z gęstym kremowobiałym futrem osmalonym w kilku miejscach i poznaczonym ciemnymi smugami popiołu.

Tialys i Salmakia spali na zmianę, jedno z nich zawsze pełniło wartę. Teraz kawaler spał, lecz kiedy ostrze ostygło, zmieniając barwę z czerwieni w szarość i wreszcie srebro, i gdy Will sięgnął do rękojeści, Salmakia zbudziła swego towarzysza, kładąc mu rękę na ramieniu. Ocknął się natychmiast.

Ale Will nie dotknął noża; przysunął tylko rękę, bo metal był jeszcze zbyt rozgrzany. Szpiedzy odprężyli się na skalnym występie, kiedy Iorek powiedział do Willa:

— Wyjdźmy na dwór.

Potem zwrócił się do Lyry:

— Zostań tutaj i nie dotykaj noża.

Lyra usiadła obok kowadła, gdzie leżał stygnący nóż. Iorek kazał jej dokładać do ognia i nie pozwolić mu zgasnąć; czekało ich jeszcze ostatnie zadanie.

Will wyszedł za wielkim niedźwiedziem na mroczne górskie zbocze. Powietrze natychmiast ukąsiło go zimnem po piekle w jaskini.

— Nie powinni byli zrobić tego noża — powiedział Iorek, kiedy przeszli parę kroków. — Może nie powinienem był go naprawiać. Czuję niepokój, a nigdy dotąd nie znałem niepokoju ani zwątpienia. Teraz jestem pełen wątpliwości. Wątpić to rzecz ludzka, nie niedźwiedzia. Jeśli zmieniam się w człowieka, coś jest źle, coś nie tak. A ja jeszcze to pogorszyłem.

— Ale kiedy pierwszy niedźwiedź zrobił pierwszy pancerz, czy to nie było również złe?

Iorek milczał. Szli dalej, aż dotarli do wielkiej zaspy śnieżnej. Iorek położył się w niej i wytarzał, wzbijając tumany śniegu w ciemnym powietrzu; wyglądał jak istota stworzona ze śniegu, jak uosobienie całego śniegu na świecie.

Zakończywszy toaletę, wstał i otrząsnął się energicznie. Potem widząc, że Will wciąż czeka na odpowiedź, odparł:

— Tak, myślę, że to również było złe. Ale przed tym pierwszym pancernym niedźwiedziem nie było innych. Wcześniej niczego takiego nie znaliśmy. Wtedy narodził się obyczaj. Znamy nasze obyczaje, są silne i trwałe, i przestrzegamy ich bez żadnych zmian. Natura niedźwiedzia jest słaba bez obyczaju, podobnie jak ciało niedźwiedzia jest bezbronne bez pancerza. Ale myślę, że naprawiając ten nóż, wykroczyłem poza niedźwiedzią naturę. Myślę, że byłem równie głupi jak Iofur Raknison. Czas pokaże. Ale czuję niepewność i zwątpienie. Teraz musisz mi powiedzieć: dlaczego nóż pękł?

Will potarł obolałą głowę obiema rękami.

— Ta kobieta spojrzała na mnie i pomyślałem, że ma twarz mojej matki — odparł, próbując z całą uczciwością odtworzyć tamto przeżycie. — I nóż natrafił na coś, czego nie mógł przeciąć, a ponieważ mój umysł jednocześnie pchał go dalej i ciągnął do tyłu, nóż pękł. Przynajmniej tak myślę. Ta kobieta na pewno wiedziała, co robi. Jest bardzo sprytna.

— Kiedy mówisz o nożu, mówisz o swojej matce i ojcu.

— Naprawdę? Tak... chyba tak.

— Co zamierzasz z tym zrobić?

— Nie wiem.

Nagle Iorek rzucił się na Willa i trzepnął go mocno lewą łapą, tak mocno, że chłopak na wpół ogłuszony upadł w śnieg i potoczył się po zboczu. Zatrzymał się trochę niżej, w głowie mu dzwoniło.

Iorek powoli podszedł do miejsca, gdzie Will gramolił się na nogi, i warknął:

— Powiedz mi prawdę.

Willa kusiło, żeby powiedzieć: „Nie zrobiłbyś tego, gdybym miał nóż w ręku". Ale miał świadomość, że Iorek o tym wiedział; to byłoby niegrzeczne i głupie; niemniej wciąż go kusiło.

Trzymał język za zębami, dopóki nie stanął prosto przed Iorkiem.

— Powiedziałem, że nie wiem — powtórzył, starając się mówić spokojnie — bo nie przemyślałem dokładnie tego, co zamierzam zrobić. I co to oznacza. To mnie przeraża. Lyra też się boi. Ale zgodziłem się, jak tylko usłyszałem, co powiedziała.

— A co powiedziała?

— Chcemy zstąpić do krainy zmarłych i porozmawiać z duchem przyjaciela Lyry, Rogera, który został zabity na Svalbardzie. A jeśli naprawdę istnieje świat zmarłych, mój ojciec też tam będzie, a jeśli możemy rozmawiać z duchami, chcę z nim porozmawiać. Ale jestem w rozterce, bo chcę również wrócić i opiekować się matką, skoro mogę, i jeszcze dlatego, że ojciec i anioł Balthamos powiedzieli mi, że powinienem oddać ten nóż Lordowi Asrielowi, i chyba mieli rację...

— Anioł odleciał — stwierdził niedźwiedź.

— Nie jest wojownikiem. Zrobił tyle, ile mógł, a więcej nie dał rady. Nie on jeden się bał; ja też się boję. Więc muszę to przemyśleć. Może czasami nie postępujemy właściwie, bo niewłaściwa rzecz wydaje się bardziej niebezpieczna, a my nie chcemy wyjść na tchórzy, więc robimy niewłaściwą rzecz właśnie dlatego, że to niebezpieczne. Bardziej nam zależy, żeby nie wyjść na tchórzy, niż żeby wybrać dobrze. To bardzo trudne. Dlatego ci nie odpowiedziałem.

— Rozumiem — mruknął niedźwiedź.

Stali w milczeniu przez długi czas, długi zwłaszcza dla

Willa, którego nic nie chroniło przed dotkliwym zimnem. Ale Iorek jeszcze nie skończył, a Will był wciąż oszołomiony po uderzeniu i niezbyt pewnie trzymał się na nogach, więc został na miejscu.

— No cóż, poszedłem na wiele kompromisów — odezwał się król niedźwiedzi. — Może pomagając ci, sprowadziłem ostateczną zagładę na moje królestwo. A może wcale nie, może zagłada i tak nadchodziła; może ją powstrzymałem. Więc czuję niepokój, ponieważ muszę postępować nie po niedźwiedziemu, spekulować i wątpić jak człowiek. Ale powiem ci jedno. Wiesz już o tym, chociaż nie chcesz wiedzieć, dlatego powiem ci wprost, żebyś nie popełnił błędu. Jeśli chcesz odnieść sukces w tej misji, nie możesz dłużej myśleć o matce. Musisz ją odsunąć na bok. Jeśli twój umysł będzie podzielony, nóż pęknie. Teraz pójdę pożegnać się z Lyrą. Musisz zaczekać w jaskini; ta dwójka szpiegów nie spuści cię z oka, a ja nie chcę, żeby słyszeli, co jej powiem.

Will nie znajdował słów, pierś mu wezbrała wzruszeniem. Zdołał tylko wykrztusić:

— Dziękuję ci, Iorku Byrnisonie.

Ruszył za Iorkiem pod górę do jaskini, gdzie ognisko wciąż płonęło wesoło w mrokach nocy.

Tam Iorek dokonał ostatniej czynności w delikatnym procesie naprawy noża. Położył go wśród rozżarzonych głowni i kiedy ostrze się rozgrzało, Lyra i Will zobaczyli setki kolorów wirujących w dymnej głębi metalu. Iorek odczekał, aż nadeszła właściwa chwila, po czym kazał Willowi wziąć nóż i wsadzić go prosto w śnieg nawiany przed jaskinią.

Rękojeść z drewna różanego była osmalona i poczerniała, ale Will owinął rękę kilkoma warstwami koszuli i wypełnił polecenie niedźwiedzia. W syku i obłoku pary poczuł, jak atomy ostatecznie się połączyły, i wiedział, że nóż jest równie ostry jak przedtem, równie niezwykły.

Nóż rzeczywiście wyglądał inaczej. Był krótszy i znacznie mniej elegancki, a każdą spoinę pokrywała warstwa matowego srebra. Teraz wyglądał brzydko; jak zraniony.

Kiedy dostatecznie ostygł, Will zapakował go do plecaka i usiadł, ignorując szpiegów, żeby czekać na powrót Lyry.

Iorek zabrał ją trochę dalej w górę zbocza, do miejsca niewidocznego z jaskini. Tam pozwolił jej usiąść w zagłębieniu jego potężnych ramion, z Pantalaimonem pod postacią myszy przytulonym do jej piersi. Iorek pochylił głowę i obwąchał jej osmalone, poparzone dłonie. Bez słowa zaczął je wylizywać do czysta; jego język koił ból oparzeń i Lyra poczuła się bezpieczna jak jeszcze nigdy w życiu.

Lecz kiedy Iorek oczyścił jej ręce z brudu i sadzy, przemówił. Wyczuwała plecami wibrację jego głosu.

— Lyro Złotousta, co to za pomysł, żeby odwiedzać zmarłych?

— To przyszło do mnie we śnie, Iorku. Zobaczyłam ducha Rogera i wiedziałam, że mnie wzywa... Pamiętasz Rogera; zginął, kiedy cię opuściliśmy, i to była moja wina, przynajmniej tak czuję. I uważam, że powinnam skończyć to, co zaczęłam; powinnam go przeprosić i, jeśli zdołam, uratować stamtąd. Jeśli Will może otworzyć drogę do świata zmarłych, musimy tam pójść.

— „Możesz" nie znaczy „musisz".

— Ale jeśli musisz i możesz, nie masz żadnej wymówki.

— Dopóki żyjesz, masz obowiązki wobec żywych.

— Nie, Iorku — zaprzeczyła łagodnie. — Mamy obowiązek dotrzymywać obietnic, nawet najtrudniejszych. Wiesz, powiem ci w sekrecie, że strasznie się boję. I wolałabym, żeby ten sen nigdy mi się nie przyśnił, i wolałabym, żeby Will nie pomyślał o użyciu noża, żeby tam wejść. Ale stało się i nie możemy się wykręcić.

Lyra poczuła drżenie Pantalaimona i pogłaskała go obolałą dłonią.

— Chociaż nie wiemy, jak się tam dostać — ciągnęła. — I nie dowiemy się, dopóki nie spróbujemy. A co ty zamierzasz, Iorku?

— Wracam na północ z moim ludem. Nie możemy żyć w górach. Nawet śnieg jest tu inny. Myślałem, że tutaj zamieszkamy, ale łatwiej nam żyć w morzu, nawet ciepłym. Warto było sprawdzić. Poza tym myślę, że będziemy tam potrzebni. Nadchodzi wojna, Lyro Złotousta; czuję jej zapach, słyszę jej głos. Rozmawiałem z Serafiną Pekkalą, zanim tutaj przybyłem, i powiedziała mi, że pójdzie do Lorda Faa i Cyganów. Jeśli wybuchnie wojna, będziemy potrzebni.

Lyra wyprostowała się z ożywieniem, słysząc imiona dawnych przyjaciół. Ale Iorek jeszcze nie skończył.

— Jeśli nie znajdziesz drogi powrotnej z krainy zmarłych, nie spotkamy się więcej, ponieważ ja nie mam ducha. Moje ciało pozostanie na ziemi, a potem się z nią połączy. Lecz jeśli ty i ja przeżyjemy, zawsze będziesz honorowym i mile widzianym gościem na Svalbardzie; i to samo dotyczy Willa. Czy powiedział ci, co się stało, kiedy go spotkałem?

— Nie — Lyra pokręciła głową. — Tylko że spotkaliście się nad rzeką.

— On mnie onieśmielił. Nie myślałem, że ktoś kiedyś tego dokona, ale ten chłopiec okazał się zbyt odważny dla mnie i zbyt przebiegły. Nie cieszy mnie wasz plan, ale nie mógłbym cię powierzyć nikomu, tylko temu chłopcu. Jesteście siebie warci. Szczęśliwej drogi, Lyro Złotousta, moja droga przyjaciółko.

Lyra zarzuciła mu ramiona na szyję i wcisnęła twarz w jego futro, niezdolna wydobyć głosu.

Po chwili niedźwiedź wstał i łagodnie wyswobodził się z jej ramion. Potem odwrócił się i odszedł w ciemność. Lyra niemal natychmiast straciła z oczu jego sylwetkę na tle ośnieżonego zbocza, ale chyba dlatego, że oczy zaszły jej łzami.

Kiedy Will usłyszał jej kroki na ścieżce, spojrzał na szpiegów i powiedział:

— Nie ruszajcie się. Patrzcie, tu jest nóż... nie zamierzam go użyć. Zostańcie tutaj.

Wyszedł z jaskini i zobaczył zapłakaną Lyrę, z Pantalaimonem jako wilkiem wznoszącym pysk do mrocznego nieba. Dziewczynka łkała prawie bezgłośnie. Jedyne światło dawały słabe refleksy dogasającego ognia na śniegu, które z kolei odbijały się w jej mokrych policzkach, a jej łzy znalazły własne odbicie w oczach Willa i te fotony połączyły ich milczącą siecią.

— Tak bardzo go kocham, Will! — zdołała wyszeptać drżącym głosem. — A on się postarzał! Wydawał się stary, głodny i smutny... Czy wszystko spadnie teraz na nas, Will? Nie możemy już na nikogo liczyć... Zostaliśmy sami. Ale jeszcze nie dorośliśmy. Jesteśmy jeszcze dziećmi... Jesteśmy za mali... Jeśli biedny pan Scoresby nie żyje, a Iorek jest stary... Wszystko spada na nas, cokolwiek trzeba zrobić.

— Damy sobie radę — zapewnił. — Nie będę już oglądał się za siebie. Damy radę. Ale teraz musimy się przespać, a jeśli zostaniemy w tym świecie, mogą nadlecieć giroptery, które wezwali ci szpiedzy... Zrobię przejście do innego świata, tam odpoczniemy, a jeśli szpiedzy pójdą za nami, tym gorzej; kiedyś musimy się ich pozbyć.

— Tak — powiedziała Lyra, wytarła nos wierzchem dłoni i osuszyła oczy pięściami. — Zróbmy tak. Jesteś pewien, że nóż zadziała? Sprawdzałeś go?

— Wiem, że zadziała.

Z Pantalaimonem pod postacią tygrysa dla odstraszenia szpiegów, wrócili do jaskini i podnieśli swoje plecaki.

— Co robicie? — zapytała Salmakia.

— Przechodzimy do innego świata — wyjaśnił Will, wyjmując nóż. Wydawał się znowu sprawny; Will nie uświadamiał sobie wcześniej, jak bardzo go pokochał.

— Ale musicie zaczekać na giroptery Lorda Asriela — zaprotestował Tialys ostrym tonem.

— Nie będziemy czekać — odparł Will. — Jeśli zbliżycie się do noża, zabiję was. Chodźcie z nami, jeśli musicie, ale nie zatrzymacie nas tutaj. Odchodzimy.

— Skłamałeś!

— Nie — zaprzeczyła Lyra. — To ja skłamałam. Will nie kłamie.

— Ale dokąd idziecie?

Will nie odpowiedział. Pomacał przed sobą w mętnym powietrzu i wyciął otwór.

— Popełniacie błąd — oświadczyła Salmakia. — Powinniście nas posłuchać. Nie pomyśleliście...

— Owszem, myśleliśmy — odparł Will. — Myśleliśmy długo i jutro wam powiemy, co wymyśliliśmy. Możecie iść z nami albo wracać do Lorda Asriela.

Okno otworzyło się na świat, do którego Will już raz uciekł z Balthamosem i Baruchem i gdzie spał bezpiecznie: była to bezkresna ciepła plaża z paprociowatymi drzewami za wydmami.

— Tutaj — powiedział — prześpimy się.

Przepuścił ich przodem i natychmiast zamknął za sobą okno. On i Lyra położyli się od razu, wyczerpani. Lady Salmakia stanęła na straży, a kawaler otworzył swój magnetytowy rezonator i zaczął nadawać wiadomość w mrok.

16

Intencyjny pojazd

Magią przemyślną pod łukiem sklepienia
Lampy jak gwiazdy zawieszono, także
Kagańce blaskiem buchające, olej
*Skalny je żywi i smoła... ***

John Milton

— Moje dziecko! Moja córka! Gdzie ona jest? Coś ty zrobił? Moja Lyra... już lepiej wyrwij mi serce... ze mną była bezpieczna, bezpieczna, a gdzie jest teraz?

Krzyki pani Coulter rezonowały w małej komnatce na szczycie adamantowej wieży. Kobieta była przywiązana do krzesła, miała podarte ubranie, zmierzwione włosy, dziki wzrok; jej dajmon-małpa rzucał się i szamotał na podłodze, spętany zwojami srebrnego łańcucha.

Lord Asriel siedział w pobliżu i gryzmolił coś na kartce, nie zwracając uwagi na krzyki. Obok niego stał ordynans, zerkając nerwowo na kobietę. Lord Asriel podał mu papier, ordynans zasalutował i wyszedł w pośpiechu; jego dajmona-terier potruchtała za nim z podkulonym ogonem.

---

* „Raj utracony", księga I, tłum. jw.

Lord Asriel odwrócił się do pani Coulter.

— Lyra? Szczerze mówiąc, mało mnie obchodzi — odparł cichym, chrapliwym głosem. — Ten podły bachor powinien zostać tam, gdzie jego miejsce, i robić, co mu kazano. Nie mogę tracić na nią więcej czasu ani środków; jeśli odrzuca pomoc, niech sama poniesie konsekwencje.

— Nie mówisz poważnie, Asrielu, bo przecież...

— Mówię całkiem poważnie. Wywołuje nieproporcjonalnie wielkie zamieszanie w porównaniu z jej zaletami. Zwykła angielska dziewczyna, niezbyt bystra...

— Właśnie że bystra! — zaprotestowała pani Coulter.

— No dobrze, sprytna, ale pozbawiona inteligencji; impulsywna, nieuczciwa, chciwa...

— Dzielna, wielkoduszna, kochająca.

— Całkiem przeciętne dziecko, niczym się nie wyróżniające...

— Całkiem przeciętne? Lyra? Ona jest wyjątkowa. Pomyśl, czego już dokonała. Możesz jej nie lubić, Lordzie Asrielu, ale nie waż się traktować protekcjonalnie mojej córki. Ze mną była bezpieczna, dopóki...

— Masz rację — przyznał, wstając. — Ona jest wyjątkowa. Żeby cię oswoić i obłaskawić... niełatwe zadanie. Ona pozbawiła cię trucizny, Mariso. Wyrwała ci zęby. Twój ogień gaśnie pod zalewem rodzicielskich sentymentów. Kto by pomyślał? Bezlitosna agentka Kościoła, fanatyczna dręczycielka dzieci, wynalazczyni ohydnych maszyn do krojenia maluchów na plasterki i zaglądania w ich przerażone duszyczki w poszukiwaniu grzechu... aż tu zjawia się pyskata niedouczona smarkula o brudnych paznokciach, a ty gdakasz i trzęsiesz się nad nią jak kwoka. No, przyznaję, że dzieciak widocznie ma jakiś dar, którego sam nigdy nie zauważyłem. Ale jeśli potrafi tylko zmienić cię w troskliwą mamusię, to marny, nędzny, nic niewart dar. A teraz lepiej siedź cicho. Zaprosiłem tu głównych dowódców na pilną naradę i jeśli nie przestaniesz wrzeszczeć, każę cię zakneblować.

Pani Coulter była bardziej podobna do córki, niż przypuszczała. Zamiast odpowiedzi splunęła Lordowi Asrielowi w twarz. Spokojnie otarł plwocinę i powiedział:

— Knebel poprawi również twoje zachowanie.

— Och, naucz mnie manier, Asrielu — prychnęła. — Pokazywać swoim podkomendnym jeńca przywiązanego do krzesła to rzeczywiście szczyt uprzejmości. Rozwiąż mnie albo cię zmuszę, żebyś mnie zakneblował.

— Jak sobie życzysz — mruknął i wyjął z szuflady jedwabny szal; zanim jednak wepchnął go jej do ust, pokręciła głową.

— Nie, nie! — zawołała. — Nie, błagam, nie upokarzaj mnie.

Łzy wściekłości trysnęły jej z oczu.

— Dobrze, rozwiążę cię, ale on zostanie w łańcuchach — ustąpił Asriel, wrzucił szal z powrotem do szuflady i przeciął jej więzy składanym nożem.

Roztarła nadgarstki, wstała, przeciągnęła się i dopiero wtedy zobaczyła, w jakim stanie ma włosy i ubiór. Wyglądała blado i mizernie; resztki gallivespiańskiego jadu wciąż krążyły w jej ciele i wywoływały okropne bóle stawów, ale nie zamierzała się do tego przyznawać.

— Możesz się tam umyć — powiedział Lord Asriel, wskazując mały pokoik, niewiele większy od szafy.

Pani Coulter wzięła na ręce spętanego dajmona, który łypał groźnie na Lorda Asriela ponad jej ramieniem, i poszła doprowadzić się do porządku.

Wszedł ordynans i zameldował:

— Jego Królewska Wysokość Ogunwe i Lord Roke.

Zjawili się afrykański generał i Gallivespianin: król Ogunwe w czystym mundurze, ze świeżym opatrunkiem na skroni, i Lord Roke na grzbiecie swojego błękitnego jastrzębia, który szybko przefrunął na stół.

Lord Asriel przywitał ich ciepło i poczęstował winem. Ptak pozwolił zejść jeźdźcowi, a potem przefrunął na kinkiet przy drzwiach. Ordynans zapowiedział trzeciego dowódcę Lorda Asriela, anielicę imieniem Xaphania. Miała znacznie wyższą rangę niż Baruch czy Balthamos i promieniowała drżącym, niepokojącym światłem, które zdawało się dochodzić skądinąd.

Tymczasem pojawiła się pani Coulter, już znacznie schludniejsza. Troje dowódców skłoniło się przed nią, ona zaś nie okazała żadnego zdziwienia na ich widok, tylko skinęła głową i usiadła spokojnie, trzymając w ramionach spętaną małpę.

Nie tracąc czasu, Lord Asriel powiedział:

— Królu Ogunwe, powiedz mi, co się stało.

Potężny Afrykanin o głębokim głosie oznajmił:

— Zabiliśmy siedemnastu z Gwardii Szwajcarskiej i zniszczyliśmy dwa zeppeliny. Straciliśmy pięciu ludzi i jeden giropter. Dziewczynka i chłopiec uciekli. Pojmaliśmy panią Coulter, pomimo jej dzielnego oporu, i przywieźliśmy ją tutaj. Mam nadzieję, że przyzna, że traktowaliśmy ją uprzejmie.

— Jestem całkiem zadowolona z twojego traktowania, panie — odparła pani Coulter, kładąc nieznaczny nacisk na zaimek „twojego".

— Jakieś uszkodzenia pozostałych giropterów? Ranni? — zapytał Lord Asriel.

— Trochę uszkodzeń i trochę rannych, ale to drobiazgi.

— Dobrze. Dziękuję ci, królu, twoi ludzie dobrze się spisali. Lordzie Roke, czego się dowiedziałeś?

— Moi szpiedzy są z chłopcem i dziewczynką w innym świecie. Dzieci są bezpieczne, całe i zdrowe, chociaż dziewczynkę utrzymywano w narkotycznym śnie przez wiele dni. Chłopiec stracił możliwość używania noża podczas zajścia w jaskini; wskutek jakiegoś wypadku nóż pękł na kawałki. Teraz jednak znowu jest w całości dzięki stworowi z północy twojego świata, Lordzie Asrielu, ogromnemu niedźwiedziowi, bardzo zręcznemu w kowalskim rzemiośle. Jak tylko nóż został naprawiony, chłopiec przeciął okno do innego świata, gdzie są teraz. Moi szpiedzy oczywiście im towarzyszą, ale istnieje pewna trudność: dopóki chłopiec ma nóż, nie można go do niczego zmusić, a gdyby zabili go we śnie, nóż byłby dla nas bezużyteczny. Na razie kawaler Tialys i lady Salmakia pójdą za nimi wszędzie, więc przynajmniej możemy ich śledzić. Chyba mają jakiś plan; w każdym razie nie chcą tutaj wrócić. Moja dwójka ich upilnuje.

— Czy nic im nie grozi w tym innym świecie? — zaniepokoił się Lord Asriel.

— Są na plaży obok lasu drzew paprociowych. W okolicy nie ma śladów zwierzęcego życia. W chwili obecnej chłopiec i dziewczynka śpią; rozmawiałem z kawalerem Tialysem niecałe pięć minut temu.

— Dziękuję — powiedział Lord Asriel. — Oczywiście teraz, kiedy twoi agenci śledzą dzieci, nie mamy już szpiegów w Magistraturze. Musimy polegać na aletheiometrze. Przynajmniej...

Wówczas ku ich zdumieniu odezwała się pani Coulter.

— Nie wiem o innych ugrupowaniach — powiedziała — ale jeśli chodzi o Komisję Konsystorską, polegają na odczytach brata Pavla Raška. On jest skrupulatny, ale powolny. Dopiero za parę godzin dowiedzą się, gdzie jest Lyra.

— Dziękuję ci, Mariso — powiedział Lord Asriel. — Czy nie domyślasz się, co Lyra i ten chłopiec planują zrobić?

— Nie. Rozmawiałam z nim, wydawał się uparty i przyzwyczajony do dochowywania sekretów. Nie mam pojęcia, co on zamierza. Co do Lyry, jej postępowania nie można przewidzieć.

— Mój panie — wtrącił król Ogunwe — chcielibyśmy wiedzieć, czy ta dama należy teraz do rady dowódców. Jeśli tak, jaką pełni funkcję? Jeśli nie, czy nie powinna opuścić tego miejsca?

— Ona jest naszym jeńcem i moim gościem, a jako

wybitna dawna agentka Kościoła może posiadać pożyteczne informacje.

— Czy dobrowolnie ujawni nam cokolwiek? Czy też trzeba poddać ją torturom? — zagadnął Lord Roke, patrząc prosto na nią.

Pani Coulter wybuchnęła śmiechem.

— Myślałam, że dowódcy Lorda Asriela lepiej znają się na rzeczy i wiedzą, że torturami nie wydobędą prawdy.

Lord Asriel mimo woli poczuł się ubawiony jej zuchwałą nieszczerością.

— Ręczę za zachowanie pani Coulter — powiedział. — Ona wie, co ją czeka, jeśli nas zdradzi; chociaż nie damy jej ku temu okazji. Jednakże jeśli macie wątpliwości, wyjawcie je teraz, bez obawy.

— Ja mam wątpliwości — oświadczył król Ogunwe — ale dotyczą ciebie, nie jej.

— Dlaczego? — zapytał Lord Asriel.

— Jeśli zechce cię skusić, nie oprzesz się jej. Dobrze, że ją schwytaliśmy, ale źle, że zaprosiliśmy ją do tej rady. Traktuj ją z najwyższą uprzejmością, zapewnij jej wszelkie wygody, ale przenieś ją gdzie indziej i trzymaj się od niej z daleka.

— No cóż, sam zachęciłem cię do mówienia — mruknął Lord Asriel — więc muszę przyjąć twoją naganę. Cenię twoją obecność wyżej niż jej, królu. Każę ją przenieść.

Wyciągnął rękę do dzwonka, ale zanim zdążył zadzwonić, pani Coulter zawołała:

— Proszę, wysłuchajcie mnie najpierw! Mogę pomóc. Pewnie nigdy już nie schwytacie osoby, która była tak blisko centrum Magistratury jak ja. Wiem, jak oni myślą, potrafię odgadnąć, co zrobią. Zastanawiacie się, czy powinniście mi zaufać. Dlaczego ich opuściłam? To proste: oni zamierzają zabić moją córkę. Nie odważą się pozostawić jej przy życiu. Jak tylko się dowiedziałam,

209

kim ona jest... czym ona jest... jak tylko poznałam przepowiednię czarownic, zrozumiałam, że muszę odejść
z Kościoła. Wiedziałam, że Kościół jest moim wrogiem.
Nie wiedziałam, kim wy jesteście ani kim jestem dla
was... to zagadka; ale zrozumiałam, że muszę stanąć do
walki z Kościołem, ze wszystkim, w co wierzą, a jeśli
trzeba, nawet przeciwko samemu Autorytetowi...

Urwała. Wszyscy dowódcy słuchali uważnie. Teraz
spoglądała prosto w twarz Lorda Asriela i mówiła jakby
tylko do niego, głosem niskim i namiętnym, z błyszczącymi oczami.

— Byłam najgorszą matką na świecie. Pozwoliłam
sobie odebrać jedyne dziecko, kiedy było zaledwie niemowlęciem, bo nie dbałam o nie; zależało mi tylko na
własnej karierze. Nie myślałam o córce przez lata, a jeśli
już ją wspominałam, to tylko z żalem i wstydem. Ale
potem Kościół zaczął interesować się Pyłem i dziećmi
i coś drgnęło w moim sercu. Przypomniałam sobie,
że jestem matką, a Lyra jest... moim dzieckiem. A ponieważ groziło jej niebezpieczeństwo, uratowałam ją.
Już trzy razy wkraczałam, żeby ją wyciągnąć z kłopotów. Po raz pierwszy, kiedy Rada Oblacyjna rozpoczęła
działalność; pojechałam do Kolegium Jordana i zabrałam córkę do siebie, do Londynu, gdzie mogłam ją chronić przed Radą... przynajmniej miałam taką nadzieję.
Ale Lyra uciekła.

Po raz drugi w Bolvangarze, kiedy znalazłam ją w samą porę, pod... pod ostrzem... Serce niemal mi stanęło
w piersi. Właśnie to robili... robiliśmy, ja robiłam to
innym dzieciom, ale kiedy chodziło o moje dziecko...
Och, nie wyobrażacie sobie, co wtedy przeżyłam; nie
życzę wam takiego cierpienia. Ale uwolniłam ją; zabrałam ją stamtąd; uratowałam ją po raz drugi. Jednak
nawet wtedy wciąż czułam się częścią Kościoła, sługą,
lojalną i oddaną sługą, ponieważ wypełniałam rozkazy
Autorytetu.

A potem poznałam przepowiednię czarownic. Lyra kiedyś, wkrótce, będzie kuszona jak Ewa... tak mi powiedziały. Nie wiem, jaką formę przybierze ta pokusa, ale ona przecież dorasta. Nietrudno sobie wyobrazić. A teraz, kiedy Kościół również to wie, zabiją ją. Jeśli wszystko zależy od niej, czy zaryzykują i pozwolą jej żyć? Czy mogą liczyć na szansę, że Lyra odrzuci pokusę, jakąkolwiek pokusę? Nie, muszą ją zabić. Gdyby mogli, wróciliby do rajskiego ogrodu i zabili Ewę, zanim uległa pokusie. Zabijanie nie jest dla nich trudne; sam Kalwin nakazał zabójstwo dzieci; zabiją ją uroczyście i ceremonialnie, z modłami, psalmami, hymnami i lamentami, ale ją zabiją. Jeśli wpadnie im w ręce, zginie. Więc kiedy usłyszałam, co powiedziała czarownica, ocaliłam moją córkę po raz trzeci. Zabrałam ją do bezpiecznego miejsca i zamierzałam tam ukrywać.

— Podawałaś jej narkotyki — zarzucił jej król Ogunwe. — Uśpiłaś ją.

— Musiałam — wyjaśniła pani Coulter — ponieważ ona mnie nienawidzi. — W tym miejscu jej głos, opanowany, choć pełen emocji, załamał się w łkaniu i odtąd drżał wyraźnie, kiedy ciągnęła: — Ona boi się mnie i nienawidzi, i uciekłaby przede mną jak ptaszek przed kotem, gdybym jej nie uśpiła. Czy wiecie, co to znaczy dla matki? Ale tylko w ten sposób mogłam zapewnić jej bezpieczeństwo! Przez cały czas w jaskini... uśpiona, bezwładna, z zamkniętymi oczami, ze swoim dajmonem zwiniętym na szyi... Och, czułam taką miłość, taką czułość, taką głęboką, głęboką... Moje własne dziecko... po raz pierwszy mogłam robić dla niej takie rzeczy, moja maleńka... Myłam ją i karmiłam, trzymałam ją w cieple, strzegłam jej bezpieczeństwa... Leżałam przy niej w nocy, kołysałam ją w ramionach, skrapiałam łzami jej włosy, całowałam jej zamknięte oczy, moja maleńka...

Nie czuła wstydu. Mówiła cicho, nie deklamowała ani nie podnosiła głosu, a kiedy wstrząsały nią szlochy, tłumiła je prawie do czkawki, jakby przez uprzejmość starała się panować nad uczuciami. Co potęgowało efekt jej bezczelnych kłamstw, pomyślał Lord Asriel z niesmakiem; kłamała jak z nut.

Kierowała swoje słowa głównie do króla Ogunwe, chociaż bez ostentacji, co również zauważył Lord Asriel. Król był nie tylko jej głównym oskarżycielem, ale człowiekiem, w przeciwieństwie do anielicy czy Lorda Roke, więc potrafiła grać na jego emocjach.

W rzeczywistości największe wrażenie wywarła na Lordzie Roke. Gallivespianin wyczuł w niej naturę tak zbliżoną do skorpiona, jakiej jeszcze nigdy nie napotkał, i doskonale zdawał sobie sprawę z siły ukrytego w niej żądła. Lepiej trzymać skorpiony na widoku, pomyślał.

Więc poparł króla Ogunwe, kiedy ten zmienił zdanie i nalegał, żeby nie przenosić pani Coulter. Lord Asriel został wzięty w dwa ognie; teraz sam chciał się jej pozbyć, ale już zgodził się spełnić życzenie dowódców.

Pani Coulter spojrzała na niego z łagodnym, szlachetnym zatroskaniem. Miał pewność, że nikt inny nie dostrzegł błysku chytrego triumfu w głębinach jej pięknych oczu.

— Zostań więc — ustąpił. — Ale dosyć już mówiłaś. Odtąd milcz. Chcę rozważyć tę propozycję dotyczącą garnizonu na południowej granicy. Widzieliście raport; czy to możliwe? Czy to wskazane? Następnie chcę obejrzeć zbrojownię. Potem wysłucham sprawozdania Xaphanii o rozmieszczeniu sił anielskich. Najpierw garnizon. Królu Ogunwe?

Afrykański przywódca zaczął mówić. Rozmawiali przez jakiś czas i zaimponowali pani Coulter dokładną znajomością obrony Kościoła oraz przenikliwą oceną charakteru dowódców.

Teraz jednak, kiedy Tialys i Salmakia towarzyszyli dzieciom i Lord Asriel nie miał już szpiegów w Magistraturze, ich wiedza wkrótce stanie się bardzo przestarzała.

Pani Coulter wpadła na pewien pomysł i wymieniła z małpą-dajmonem spojrzenie, które przypominało silną anbaryczną iskrę; nie odzywała się jednak i głaskała jego złociste futro, słuchając dowódców.

Potem Lord Asriel powiedział:

— Wystarczy. Później zajmiemy się tym problemem. Teraz zbrojownia. Rozumiem, że są gotowi do przetestowania intencyjnego statku. Pójdziemy go obejrzeć.

Wyjął srebrny klucz z kieszeni i otworzył zapięcie łańcucha pętającego łapy złocistej małpy, uważając, żeby nie dotknąć ani jednego włoska złocistego futra.

Lord Roke dosiadł swojego jastrzębia i pofrunął za pozostałymi. Lord Asriel sprowadził ich po schodach wieży i wyszli na zewnątrz, na mury obronne.

Wiał zimny wiatr, szczypiący w policzki. Błękitny jastrząb wzbił się do góry w silnym prądzie powietrznym, kołując i skwirząc wśród gwałtownych podmuchów. Król Ogunwe ciaśniej otulił się płaszczem i oparł dłoń na głowie swojej dajmony-geparda.

Pani Coulter odezwała się pokornym tonem do anielicy:

— Wybacz mi, pani; nazywasz się Xaphania?

— Tak — potwierdziła anielica.

Jej wygląd zrobił wrażenie na pani Coulter, podobnie jak jej ziomkowie zrobili wrażenie na czarownicy Rucie Skadi, kiedy spotkała ich w niebie; nie świeciła, ale jaśniała, chociaż to światło nie miało widocznego źródła. Była wysoka, naga, skrzydlata, o pobrużdżonej twarzy, najstarsza ze wszystkich żywych istot, jakie widziała pani Coulter.

— Czy należałaś do tych aniołów, które zbuntowały się dawno temu?

— Tak. Od tamtej pory wędrowałam pomiędzy wieloma światami. Teraz ślubowałam wierność Lordowi Asrielowi, ponieważ w jego wielkim przedsięwzięciu widzę jedyną nadzieję na ostateczne zniszczenie tyranii.

— A jeśli poniesiecie klęskę?

— Wówczas wszyscy zginiemy, a okrucieństwo zapanuje na wieki.

Rozmawiały, idąc za Lordem Asrielem, który szybkim krokiem zmierzał wśród porywistej wichury w stronę ogromnych schodów, prowadzących tak głęboko pod ziemię, że nawet blask lamp osadzonych w ścianach nie sięgał dna. Obok nich śmignął błękitny jastrząb i pomknął w dół, w ciemność, błyskając piórami w świetle kolejnych mijanych jarzeniówek, aż zmienił się w mały punkcik i zniknął.

Anielica przysunęła się do Lorda Asriela, a pani Coulter znalazła się obok afrykańskiego króla.

— Wybacz mi ignorancję, panie — powiedziała — ale nigdy nie widziałam ani nie słyszałam o istotach takich jak człowiek na błękitnym jastrzębiu, aż do wczorajszej walki w jaskini... Skąd on pochodzi? Czy możesz mi opowiedzieć o jego narodzie? Za nic nie chciałabym go obrazić, ale jeśli odezwę się, nie wiedząc nic o nim, mogę nieświadomie popełnić nietakt.

— Dobrze robisz, że pytasz — rzekł król Ogunwe. — Jego naród to dumni ludzie. Ich świat rozwijał się inaczej niż nasz; żyją tam dwa gatunki rozumnych istot, ludzie i Gallivespianie. Ludzie w większości służą Autorytetowi i odkąd pamięć sięga, usiłowali eksterminować mały ludek. Uważają ich za diabły. Więc Gallivespianie nadal nie ufają całkowicie nikomu naszych rozmiarów. Ale to groźni i dumni wojownicy, i cenni szpiedzy. Mogą być groźnymi wrogami.

— Czy wszyscy jego rodacy są z wami, czy też są podzieleni jak ludzie?

— Niektórzy stoją po stronie wroga, ale większość jest z nami.

— A aniołowie? Wiesz, panie, jeszcze niedawno myślałam, że aniołowie to średniowieczny wymysł, zwykłe wyobrażenie... Dziwnie się czuję, rozmawiając z jednym z nich... Ile aniołów jest z Lordem Asrielem?

— Pani Coulter — skarcił ją król — takie pytania zadaje tylko szpieg.

— Ładny ze mnie szpieg, skoro pytam tak otwarcie — zaśmiała się pani Coulter. — Przecież jestem jeńcem, panie. Nie uciekną, nawet gdybym miała dokąd. Od tej chwili jestem nieszkodliwa, proszę mi wierzyć na słowo.

— Skoro tak mówisz, chętnie ci wierzę — ustąpił król. — Anioły trudniej zrozumieć niż istoty ludzkie. Nie wszystkie należą do jednego gatunku; niektóre mają większą moc; łączą je skomplikowane przymierza i dzielą odwieczne waśnie, o których niewiele wiemy. Autorytet uciskał je, odkąd powstał.

Przystanęła. Była prawdziwie wstrząśnięta. Afrykański król zatrzymał się obok niej, myśląc, że zasłabła. Rzeczywiście światło lampy malowało upiorne cienie na jej twarzy.

— Mówisz o tym tak niedbale — szepnęła — jakby każdy to wiedział, ale... Jak to możliwe? Autorytet stworzył światy, prawda? Istniał przed wszystkim innym. Jak mógł powstać?

— To anielska wiedza — odparł król Ogunwe. — Niektórzy z nas też byli wstrząśnięci, kiedy się dowiedzieli, że Autorytet nie jest stwórcą. Może istnieje jakiś stwórca, a może nie; tego nie wiemy. Wiemy tylko, że w pewnej chwili Autorytet przejął władzę i odtąd anioły się buntują, a istoty ludzkie również z nim walczą. To ostatnia rebelia. Nigdy przedtem ludzie, anioły i mieszkańcy wszystkich światów nie połączyli sił. To największa armia wszech czasów. Ale może nie wystarczyć. Zobaczymy.

— Ale co zamierza Lord Asriel? Co to za świat i dlaczego on tutaj przybył?

— Sprowadził nas tutaj, ponieważ ten świat jest pusty. To znaczy, bez rozumnego życia. Nie jesteśmy kolonialistami, pani Coulter. Nie przybyliśmy podbijać, lecz budować.

— I on zamierza zaatakować królestwo niebios?

Ogunwe popatrzył na nią spokojnie.

— Nie planujemy inwazji na królestwo — zaprzeczył — ale jeśli królestwo planuje inwazję, lepiej niech się przygotują do wojny, ponieważ my jesteśmy przygotowani. Pani Coulter, jestem królem, lecz moim najszczytniejszym celem jest stworzenie wspólnie z Lordem Asrielem świata, gdzie nie ma żadnych królestw. Żadnych królów, biskupów ani księży. Królestwo niebieskie znane jest pod tą nazwą, odkąd Autorytet po raz pierwszy wyniósł się ponad resztę aniołów. Nie chcemy do niego należeć. Ten świat jest inny. Pragniemy zostać wolnymi obywatelami republiki niebios.

Pani Coulter chciała jeszcze porozmawiać, zadać dziesiątki pytań, które cisnęły się jej na usta, ale król ruszył dalej, żeby dowódca na niego nie czekał, więc musiała pójść za nim.

Schody prowadziły tak głęboko, że kiedy skończyły się na ostatnim poziomie, niebo w górze całkiem znikło. Już w połowie drogi pani Coulter zabrakło tchu, ale nie narzekała i schodziła dalej, aż dotarła do rozległej sali, oświetlonej rozjarzonymi kryształami w kolumnach podtrzymujących sufit. Mroczną przestrzeń w górze przecinały belki, kładki, pomosty i drabiny, na których krzątały się małe figurki.

Lord Asriel rozmawiał ze swoimi dowódcami, kiedy zjawiła się pani Coulter. Nie zaczekał, żeby odpoczęła, tylko ruszył przez wielką halę, gdzie od czasu do czasu świetlista postać śmigała mu nad głową lub lądowała na podłodze, żeby zamienić z nim kilka krótkich słów. Powietrze było ciepłe i gęste. Pani Coulter zauważyła, że — prawdopodobnie przez grzeczność wobec Lorda Roke — każda kolumna miała pustą półkę na wysokości ludzkiej głowy, gdzie Gallivespianin mógł posadzić swojego jastrzębia i włączyć się do dyskusji.

Lecz nie zostali długo w wielkiej sali. Na drugim końcu

nadzorca z wysiłkiem otworzył przed nimi ciężkie podwójne drzwi i wyszli na peron kolejowy. Tam czekał na nich mały zamknięty wagon, ciągnięty przez anbaryczną lokomotywę.

Inżynier ukłonił się, a jego brązowa dajmona-małpa schowała się za jego nogami na widok złocistej małpy. Lord Asriel zamienił parę słów z inżynierem i zaprosił pozostałych do wagonu, który podobnie jak salę oświetlały rozjarzone kryształy, umieszczone w srebrnych uchwytach na lustrzanych mahoniowych panelach.

Jak tylko Lord Asriel dołączył do reszty, pociąg ruszył gładko, wśliznął się do tunelu i szybko przyspieszył. Tylko stukot kół na szynach świadczył o prędkości jazdy.

— Dokąd jedziemy? — zapytała pani Coulter.

— Do zbrojowni — odparł krótko Lord Asriel i odwrócił się, żeby porozmawiać z anielicą.

Pani Coulter zwróciła się do Lorda Roke:

— Milordzie, czy zawsze wysyłacie szpiegów parami?

— Dlaczego pytasz?

— Ze zwykłej ciekawości. Mój dajmon i ja zostaliśmy przez nich obezwładnieni w jaskini i zaintrygowało mnie, jak dobrze walczą.

— Czemu zaintrygowało? Nie spodziewałaś się, że ludzie naszych rozmiarów potrafią dobrze walczyć?

Spojrzała na niego zimno, świadoma jego płomiennej dumy.

— Nie — przyznała. — Myślałam, że łatwo was pobijemy, a tymczasem wy prawie nas pobiliście. Chętnie przyznaję się do błędu. Ale czy zawsze walczycie parami?

— Przecież ty tworzysz parę ze swoim dajmonem. Spodziewałaś się, że damy wam przewagę? — odparł i hardym spojrzeniem, przenikliwie czystym nawet w miękkim świetle kryształów, wyzywał ją do zadawania dalszych pytań.

Skromnie spuściła oczy i zmilczała.

Minęło kilka minut i pani Coulter poczuła, że pociąg

zjeżdża w dół, jeszcze głębiej do serca góry. Nie potrafiła ocenić, jak daleko zajechali, ale co najmniej po piętnastu minutach pociąg zaczął zwalniać. Wkrótce zatrzymał się przy peronie, gdzie anbaryczne światła wydawały się oślepiające po mrocznym tunelu.

Lord Asriel otworzył drzwi i wysiedli. Powietrze było tu tak gorące i gęste od wyziewów siarki, że pani Coulter aż się zakrztusiła. Wszystko wibrowało od uderzeń potężnych młotów i donośnego zgrzytu metalu o kamień. Nadzorca odsunął drzwi prowadzące z peronu i natychmiast hałas się podwoił. Zalała ich fala gorąca. Odruchowo osłonili oczy przed ostrym, rażącym blaskiem. Tylko Xaphania zniosła bez mrugnięcia gwałtowne natarcie światła, dźwięku i żaru. Po chwili, kiedy zmysły pani Coulter się przystosowały, rozejrzała się z ciekawością.

Widywała już w swoim świecie huty, warsztaty, fabryki; największe wyglądały przy tym jak wiejska kuźnia. Młoty wielkości domów unosiły się szybko ku odległemu sklepieniu, a potem spadały w dół, by uderzyć w sztaby żelaza wielkie jak kłody i rozpłaszczyć je w ułamku sekundy z impetem, od którego drżała sama góra; z upustu w skalnej ścianie płynęła rzeka siarkowego roztopionego metalu, dopóki nie odcięła jej adamantowa brama, po czym spieniona, rozjarzona powódź runęła przez kanały, przelała się przez tamy i wypełniła ustawione rzędami formy odlewnicze, żeby zastygnąć w chmurze żrącego dymu; gigantyczne tokarki i skrawarki cięły, składały i prasowały żelazne blachy calowej grubości jak bibułkę, a potem potworne młoty znowu je rozpłaszczały i waliły w każdą warstwę metalu z taką siłą, że kolejne warstwy łączyły się w jedną, mocniejszą, i jeszcze raz od nowa.

Gdyby Iorek Byrnison zobaczył tę zbrojownię, musiałby przyznać, że ci ludzie znają się na obróbce metalu. Pani Coulter tylko patrzyła i podziwiała. Nie dało się rozmawiać, więc nikt nawet nie próbował. Lord Asriel kiwnął na małą grupkę i poprowadził ich po ażurowej kładce, zawieszonej nad jeszcze większą otchłanią w dole, gdzie górnicy oskardami i kilofami wydzierali błyszczące metale z macierzystej skały.

Przeszli kładką i długim kamiennym korytarzem, gdzie wisiały stalaktyty lśniące dziwnymi barwami. Zgrzyt, łoskot i dudnienie stopniowo przycichły. Pani Coulter poczuła chłodny powiew na rozpalonej twarzy. Zamiast pochodni dodatkowo wydzielających ciepło drogę oświetlały kryształy, nieosadzone w kinkietach ani kolumnach, tylko rozrzucone bezładnie na podłodze. Wkrótce grupka wędrowców znowu poczuła chłód i nagle wyszli na nocne powietrze.

Znaleźli się w miejscu, gdzie górę częściowo odłupano, wskutek czego powstał teren płaski i rozległy jak plac defiladowy. Przed sobą widzieli szereg słabo oświetlonych, wielkich żelaznych drzwi w górskim zboczu — niektóre były otwarte, inne zamknięte; z jednych jacyś ludzie wytaczali coś okrytego plandeką.

— Co to jest? — zapytała pani Coulter afrykańskiego króla, a on odpowiedział:

— Intencyjny statek.

Pani Coulter nie miała pojęcia, co to znaczy; z namiętną ciekawością patrzyła, jak tamci przygotowywali się do zdjęcia plandeki.

Stanęła obok króla Ogunwe, jakby szukając ochrony, i zapytała:

— Jak to działa? Do czego służy?

— Zaraz zobaczymy — odparł król.

Wyglądało to jak skomplikowane urządzenie wiertnicze albo kokpit giroptera, albo kabina potężnego dźwigu. Szklana kopuła osłaniała fotel, przed którym znajdowała się tablica z co najmniej tuzinem dźwigni i przełączników. Pojazd stał na sześciu przegubowych nogach, każda była połączona z korpusem pod innym kątem, toteż wyglądał jednocześnie zawadiacko i niezgrabnie. Sam korpus stanowił masę rur, cylindrów, tłoków, skręconych kabli, zaworów, tablic i wskaźników. Trudno było odgadnąć przeznaczenie tej konstrukcji, ponieważ była oświetlona tylko od tyłu i większa jej część ginęła w mroku.

Lord Roke na swoim jastrzębiu podleciał prosto do maszyny, zataczał kręgi i oglądał ją ze wszystkich stron. Lord Asriel i anielica pogrążyli się w dyskusji z inżynierami. Ludzie złazili z pojazdu. Jeden niósł tablicę rozdzielczą, drugi — kawałek kabla.

Pani Coulter wpatrywała się w pojazd głodnym wzrokiem, zapamiętywała każdą część, szukała sensu w tej gmatwaninie. Tymczasem Lord Asriel usiadł w fotelu, zapiął skórzaną uprząż wokół talii i ramion, a na głowę nałożył hełm. Poprawił coś przy swojej dajmonie, irbisicy, która wskoczyła za nim. Inżynier krzyknął, Lord Asriel odpowiedział i ludzie cofnęli się ku drzwiom.

Intencyjny statek poruszył się, chociaż pani Coulter nie zauważyła, w jaki sposób. Zupełnie jakby zadrżał, chociaż przecież stał spokojnie na sześciu owadzich nogach, wypełniony dziwną energią. Potem znowu drgnął i wtedy zobaczyła, co się dzieje: różne jego części obracały się na wszystkie strony, badając ciemne niebo. Lord Asriel przesuwał dźwignie, sprawdzał tarcze, dostrajał pokrętła; a potem nagle intencyjny pojazd zniknął.

Jakimś sposobem skoczył w powietrze. Teraz unosił się nad nimi na wysokości wierzchołków drzew i powoli skręcał w lewo. Nie słyszeli żadnego odgłosu silnika, nie mieli pojęcia, co utrzymuje pojazd nad ziemią. Po prostu wisiał wbrew prawu grawitacji.

— Słuchaj — powiedział król Ogunwe. — Na południu.

Pani Coulter obróciła głowę i wytężyła słuch. Słyszała jęk wiatru na górskiej grani, miarowe uderzenia młotów wyczuwalne podeszwami stóp, ludzkie głosy dobiegające z oświetlonych drzwi, ale na jakiś sygnał głosy zamilkły i wygaszono światła. W ciszy rozległo się bardzo słabe łup-łup-łup silników giroptera walczącego z wiatrem.

— Kto to? — zapytała zniżonym głosem.

— Przynęta — wyjaśnił król. — Moi piloci, którzy mieli pociągnąć za sobą wroga. Patrz.

Pani Coulter szeroko otwarła oczy i usiłowała coś dostrzec w gęstej ciemności, rozjaśnionej nielicznymi gwiazdami. W górze pojazd intencyjny wisiał nieruchomo jak zakotwiczony; porywisty wiatr nawet nim nie zakołysał. Z kokpitu nie padało światło, więc pojazd ledwie było widać, a sylwetka Lorda Asriela całkowicie znikła.

Potem pani Coulter ujrzała grupę świateł nisko na niebie i w tej samej chwili łoskot silników zabrzmiał głośniej. Sześć giropterów leciało szybko; jeden chyba miał kłopoty, bo ciągnął za sobą dym i leciał niżej od pozostałych. Kierowały się w stronę góry, kursem prowadzącym obok niej.

A tuż za nimi pędziła w pościgu zbieranina najróżniejszych jednostek latających. Niełatwo było je rozpoznać, ale pani Coulter zobaczyła ciężki giropter o dziwnej konstrukcji, dwa samoloty z prostymi skrzydłami, wielkiego ptaka szybującego bez wysiłku z dwoma uzbrojonymi jeźdźcami na grzbiecie oraz trzy lub cztery anioły.

— Oddział rajdowy — stwierdził król Ogunwe.

Pościg zbliżał się do giropterów. Potem z jednego prostoskrzydłego samolotu wystrzelił promień światła, a sekundę czy dwie później rozległ się głuchy trzask. Lecz pocisk nigdy nie dotarł do celu, czyli uszkodzonego giroptera, ponieważ w tej samej chwili, kiedy widzowie zobaczyli światło, zanim jeszcze usłyszeli trzask, z pojazdu intencyjnego wyskoczyła błyskawica i pocisk eksplodował w powietrzu.

Pani Coulter ledwie zdążyła zrozumieć tę natychmiastową sekwencję światła i dźwięku, zanim bitwa rozgorzała na dobre. Niełatwo dało się śledzić jej przebieg, tak ciemne było niebo i tak szybko poruszały się wszystkie latające pojazdy. Seria niemal bezgłośnych błysków rozświetliła górskie zbocze, każdemu towarzyszył krótki syk jakby spuszczanej pary. Każdy błysk trafił w innego rajdera: samolot zajął się ogniem, drugi eksplodował, wielki ptak wrzasnął przeraźliwie, co przypominało odgłos rozdzieranej tkaniny, i runął na skały daleko w dole; co do aniołów, każdy po prostu zniknął w smudze rozjarzonego powietrza, gdzie miriady cząsteczek migotały coraz słabiej, aż zgasły jak fajerwerki.

Potem zapadła cisza. Wiatr porwał ze sobą hałas giropterów-przynęty, które znikły za górskim zboczem. Nikt z patrzących nie odezwał się ani słowem. Płomienie z dna przepaści odbijały się w spodniej powłoce intencyjnego statku, wciąż wiszącego w górze, który teraz obracał się powoli, jakby się rozglądał. Oddział rajdowy został zniszczony tak kompletnie, że pani Coulter, chociaż widziała w życiu wiele przerażających rzeczy, poczuła się jednak wstrząśnięta. Podniosła wzrok na statek intencyjny, który jakby zamigotał czy drgnął, a potem znowu stał bezpiecznie na ziemi.

Król Ogunwe spiesznie podszedł do pojazdu, tak jak pozostali dowódcy i inżynierowie, którzy otworzyli drzwi i oświetlili teren poligonu. Pani Coulter została na miejscu, zastanawiając się nad działaniem statku intencyjnego.

— Dlaczego on nam to pokazuje? — zapytał cicho jej dajmon.

— Na pewno nie potrafi czytać w naszych myślach — odparła tym samym tonem.

Myśleli o tamtej chwili w adamantowej wieży, kiedy przeskoczyła pomiędzy nimi iskierka porozumienia. Chcieli złożyć propozycję Lordowi Asrielowi: udadzą się do Konsystorskiej Komisji Dyscyplinarnej, żeby szpiegować dla niego. Pani Coulter znała każdą dźwignię władzy i potrafiła nimi manipulować. Na początku trudno jej będzie ich przekonać, że przybyła w dobrej wierze, ale poradzi sobie. A teraz, kiedy gallivespiańscy szpiedzy musieli odejść z Willem i Lyrą, Asriel na pewno nie odrzuci takiej oferty.

Teraz jednak, kiedy patrzyła na tę dziwną latającą maszynę, wpadła na jeszcze bardziej śmiały pomysł. Uradowana, objęła mocniej złocistą małpę.

— Asrielu! — zawołała niewinnie. — Czy mogę zobaczyć, jak działa ta maszyna?

Spojrzał w dół z roztargnieniem i zniecierpliwieniem, ale również ożywiony i pełen satysfakcji. Zachwycił go ten intencyjny statek; wiedziała, że nie oprze się pokusie popisywania.

Król Ogunwe odsunął się, a Lord Asriel wciągnął ją do kokpitu. Pomógł jej usiąść i patrzył, jak ogląda przyrządy sterownicze.

— Jak to działa? Co go napędza? — zapytała.

— Twoje intencje — odparł. — Stąd nazwa. Jeśli chcesz ruszyć do przodu, statek pojedzie do przodu.

— To żadna odpowiedź. No, powiedz mi. Co to za silnik? Jak on lata? Nie widzę tu nic aerodynamicznego. Ale te przyrządy... w środku wygląda prawie jak giropter.

Nie mógł się powstrzymać, żeby jej nie powiedzieć, zwłaszcza że miał ją w swojej władzy. Wyciągnął kabel, na końcu którego znajdował się skórzany uchwyt, głęboko naznaczony zębami jego dajmony.

— Twój dajmon — wyjaśnił — musi trzymać ten uchwyt... zębami albo łapami, to nie ma znaczenia. A ty musisz nałożyć ten hełm. Pomiędzy nimi przepływa prąd, wzmacniany przez kondensator... och, to bardziej skomplikowane, ale łatwo tym latać. Montujemy przyrządy takie jak w giropterze, żeby wyglądało znajomo, ale w końcu nie będziemy potrzebowali żadnych sterów. Oczywiście tylko człowiek z dajmonem może tym latać.

— Rozumiem — powiedziała.

I pchnęła go tak mocno, że wypadł z maszyny.

W tej samej chwili nasunęła hełm na głowę, a złocista małpa złapała skórzany uchwyt. Pani Coulter sięgnęła do przełącznika, który w giropterze przechyliłby śmigło, pchnęła manetkę do przodu i intencyjny statek natychmiast skoczył w powietrze.

Ale jeszcze nie całkiem nad nim panowała. Pojazd wisiał nieruchomo przez parę chwil, lekko przechylony, zanim znalazła przyrządy kierujące go do przodu. Przez te sekundy Lord Asriel zdążył zrobić trzy rzeczy. Zerwał się na nogi; podniósł rękę, żeby powstrzymać króla Ogunwe przed wydaniem rozkazu, żeby żołnierze ostrzelali intencyjny statek; i powiedział:

— Lordzie Roke, bądź tak dobry, poleć z nią.

Gallivespianin natychmiast skierował jastrzębia w górę i ptak pofrunął prosto do wciąż otwartych drzwi kabiny. Patrzący z dołu widzieli, jak kobieta obraca głowę na wszystkie strony, podobnie jak złocista małpa, i zauważyli, że żadne z nich nie dostrzegło małej figurki Lorda Roke zeskakującej z grzbietu jastrzębia do kabiny za ich plecami.

W chwilę później statek intencyjny ruszył, a jastrząb odfrunął i przysiadł na nadgarstku Lorda Asriela. Najwyżej dwie sekundy później statek zniknął w wilgotnej, usianej gwiazdami ciemności.

Lord Asriel patrzył z niechętnym podziwem.

— No, królu, miałeś całkowitą rację — mruknął — i powinienem cię posłuchać. Ona jest matką Lyry; mogłem się spodziewać czegoś takiego.

— Nie zamierzasz jej ścigać? — zapytał król.

— I zniszczyć całkiem dobry statek? Jeszcze czego.

— Jak myślisz, dokąd ona poleci? Na poszukiwanie dziecka?

— Nie od razu. Ona nie ma pojęcia, gdzie szukać córki. Doskonale wiem, co teraz zrobi: pójdzie do Komisji

Konsystorskiej i odda im intencyjny statek jako dowód swojej dobrej woli, a potem zacznie ich szpiegować. Szpiegować dla mnie. Wypróbowała już wszystkie inne rodzaje dwulicowości; to dla niej całkiem nowe doświadczenie. Jak tylko się dowie, gdzie jest dziewczynka, poleci tam, a my udamy się za nią.

— A kiedy Lord Roke da jej znać, że z nią leci?

— Och, myślę, że zechce jej zrobić niespodziankę.

Roześmieli się i wrócili do warsztatów, gdzie późniejszy, bardziej zaawansowany model intencyjnego statku czekał na ich inspekcję.

17

Olejek i lakier

A wąż był chytrzejszy
nad wszystkie zwierzęta polne,
które był uczynił Pan Bóg.

Księga Rodzaju

Mary Malone konstruowała lustro. Nie z próżności, ponieważ raczej nie cierpiała na tę przywarę, ale chciała sprawdzić pewien pomysł, który przyszedł jej do głowy. Chciała spróbować złapać Cienie, a bez instrumentów ze swojego laboratorium musiała improwizować z dostępnymi materiałami.

Technologia *mulefa* w niewielkim stopniu wykorzystywała metale. Robili niesamowite rzeczy z kamienia, drewna, sznura, rogu i muszli, ale posiadali tylko metale wykute z samorodków miedzi i innych, które znajdowali w rzecznym korycie, i nigdy nie używali ich do wyrobu narzędzi, tylko do ozdoby. Na przykład para wstępująca w związek małżeński wymieniała paski jasnej miedzi, które owijano wokół podstawy jednego z ich rogów w charakterze ślubnej obrączki.

Dlatego fascynował ich szwajcarski scyzoryk, najcenniejsza własność Mary.

Zalif szczególnie z nią zaprzyjaźniona, imieniem Atal, krzyknęła ze zdumienia pewnego dnia, kiedy Mary otworzyła scyzoryk, pokazała jej wszystkie części i wyjaśniła najlepiej, jak umiała swoim ograniczonym zasobem słów, do czego służą. Wśród dodatkowego wyposażenia znajdowało się miniaturowe szkło powiększające, którym zaczęła wypalać wzór na suchej gałęzi, i właśnie dlatego pomyślała o Cieniach.

Łowiły wtedy ryby, ale poziom wody był niski i ryby widocznie odpłynęły gdzie indziej, więc zostawiły sieć rozciągniętą w wodzie, usiadły na trawiastym brzegu i rozmawiały, aż Mary zobaczyła suchą gałąź o gładkiej białej powierzchni. Wypaliła w drewnie wzorek — zwykłą stokrotkę — co zachwyciło Atal; lecz kiedy cienka linia dymu uniosła się z miejsca, gdzie skupione promienie słoneczne dotknęły drewna, Mary pomyślała: Jeśli za dziesięć milionów lat jacyś uczeni odkopią tę sfosylizowaną gałąź, nadal znajdą wokół niej Cienie, ponieważ nad nią pracowałam.

Zmorzona słońcem, odpłynęła w sen na jawie, dopóki Atal nie zapytała:

— O czym marzysz?

Mary próbowała opowiedzieć o swojej pracy, swoich badaniach, laboratorium, odkryciu Cienio-cząsteczek, fantastycznym objawieniu, że posiadają świadomość, i wszystko znowu do niej wróciło z taką wyrazistością, że gwałtownie zatęskniła za swoim sprzętem.

Nie spodziewała się, że Atal zrozumie jej wyjaśnienia, częściowo ponieważ niezbyt dobrze władała jej językiem, ale częściowo dlatego, że *mulefa* wydawali się tacy praktyczni, tak mocno zakorzenieni w codziennym fizycznym świecie, a wiele z jej wywodu stanowiło czystą matematykę. Atal jednak zadziwiła ją, mówiąc:

— Tak, wiemy, o co ci chodzi... nazywamy to... — Po czym użyła słowa w jej języku brzmiącego jak „światło".

— Światło? — zapytała Mary, a Atal zaprzeczyła:

— Nie światło, tylko... — i powtórzyła słowo powoli, żeby Mary lepiej zrozumiała, wyjaśniając: — Jak światło na wodzie, kiedy lekko się marszczy o zachodzie słońca i światło odbija się jasnymi płatkami, tak to nazywamy, ale to jest na-podobieństwo.

„Na-podobieństwo" stanowiło ich określenie metafory, jak odkryła Mary.

Więc powiedziała:

— To nie jest naprawdę światło, ale widzicie to i wygląda jak światło na wodzie o zachodzie słońca?

— Tak — potwierdziła Atal. — Wszyscy *mulefa* to mają. Ty to masz. Stąd wiedzieliśmy, że jesteś jak my, nie jak roślinożercy, którzy tego nie mają. Chociaż wyglądasz tak dziwacznie i strasznie, jesteś jak my, ponieważ masz — i znowu padło to słowo, którego Mary nie słyszała na tyle wyraźnie, żeby powtórzyć: coś jak *sraf* albo *sarf*, czemu towarzyszyło machnięcie trąbą w lewo.

Mary poczuła podniecenie. Musiała zapanować nad sobą, żeby znaleźć właściwe słowa.

— Co o tym wiecie? Skąd to pochodzi?

— Z nas i z olejku — brzmiała odpowiedź Atal i Mary wiedziała, że chodzi o olejek w wielkich kołach-strąkach nasiennych.

— Z was?

— Kiedy dorośniemy. Ale bez drzew to by znów zniknęło. Z kołami i olejkiem to zostaje.

„Kiedy dorośniemy"... Mary znowu musiała zapanować nad podnieceniem. Od dawna już podejrzewała, że dzieci i dorośli inaczej reagują na Cienie albo przyciągają inny rodzaj Cienio-aktywności. Przecież Lyra mówiła, że naukowcy w jej świecie odkryli coś podobnego na temat Pyłu, bo tak tam nazywali Cienie. I znowu to napotkała.

Dostrzegała również związek z tym, co przekazały jej Cienie na ekranie komputera, tuż zanim opuściła własny świat. Cokolwiek znaczyło to pytanie, dotyczyło wielkich zmian historii ludzkości, symbolizowanych przez mit

Adama i Ewy: kuszenie, upadek, grzech pierworodny. Podczas badania skamieniałych czaszek jej kolega Oliver Payne odkrył, że około trzydziestu tysięcy lat temu nastąpił znaczny wzrost liczby Cienio-cząsteczek połączonych z ludzkimi szczątkami. Coś wtedy zaszło, jakiś postęp ewolucji, który uczynił z mózgu ludzkiego idealny kanał dla wzmocnienia tego efektu.

— Od jak dawna żyją tutaj *mulefa*? — zapytała.

— Trzydzieści trzy tysiące lat — odpowiedziała Atal.

Wtedy potrafiła już odczytywać mimikę Mary, przynajmniej najbardziej oczywistą, więc wybuchnęła śmiechem, kiedy przyjaciółce opadła szczęka. Śmiech *mulefa* był radosny, swobodny i tak zaraźliwy, że Mary zwykle musiała się przyłączyć, tym razem jednak pozostała poważna i zdumiona.

— Skąd wiecie tak dokładnie? — zapytała. — Czy znacie historię tego całego okresu?

— O tak — zapewniła Atal. — Odkąd posiedliśmy *sarf*, mamy pamięć i świadomość. Przedtem nie wiedzieliśmy nic.

— W jaki sposób zdobyliście *sarf*?

— Odkryliśmy, jak używać kół. Pewnego dnia istota bez imienia znalazła strąk nasienny i zaczęła się nim bawić, i podczas zabawy zobaczyła...

— Ona?

— Tak, ona. Przedtem nie miała imienia. Zobaczyła węża przepełzającego przez otwór w strąku i wąż powiedział...

— Wąż przemówił do niej?

— Nie! Nie! To na-podobieństwo. W opowieści wąż zapytał ją: Co wiesz? Co pamiętasz? Co widzisz przed sobą? A ona odpowiedziała: Nic, nic, nic. Więc wąż powiedział: Włóż nogę w otwór strąka, gdzie się bawiłem, a staniesz się mądra. Więc włożyła nogę tam, gdzie przedtem był wąż. A olejek przeniknął do jej stopy i sprawił, że widziała wyraźniej niż przedtem, i jako pierwsza

229

zobaczyła *sarf*. To było takie dziwne i przyjemne, że natychmiast zapragnęła podzielić się tym ze wszystkimi krewnymi. Więc ona i jej samiec wzięli pierwsze koła i odkryli, że wiedzą, kim są, że są *mulefa*, nie roślinożercami. Nadali sobie nawzajem imiona. Nazwali się *mulefa*. Nazwali drzewo nasienne i wszystkie rośliny i zwierzęta.

— Ponieważ byli inni — wtrąciła Mary.

— Tak, byli inni. Podobnie jak ich dzieci, ponieważ kiedy spadały następne strąki nasienne, pokazywali swoim dzieciom, jak ich używać. A kiedy dzieci dorosły, również zaczęły wytwarzać *sarf*, i kiedy już mogły jeździć na kołach, *sarf* wrócił z olejkiem i został z nimi. Więc zobaczyli, że muszą wyhodować więcej strąkowych drzew, ze względu na olejek, ale strąki były takie twarde, że rzadko kiełkowały. I pierwsi *mulefa* zrozumieli, co muszą robić, żeby pomóc drzewom, czyli jeździć na kołach, żeby popękały, i odtąd *mulefa* i drzewa strąkowe zawsze żyli razem.

Mary zrozumiała bezpośrednio najwyżej jedną czwartą opowieści Atal, ale dzięki pytaniom i domysłom dopowiedziała sobie resztę; coraz lepiej władała językiem *mulefa*. Jednak im więcej wiedziała, tym trudniejsza stawała się nauka, ponieważ każda nowa rzecz pociągała za sobą pół tuzina pytań, każde prowadzące do kolejnego pytania.

Skupiła się jednak na temacie *sarfu*, jako najważniejszym; i dlatego właśnie pomyślała o lustrze.

Ten pomysł podsunęło jej porównanie *sarfu* do błysków na wodzie. Światło odbite, na przykład od morza, było spolaryzowane; może Cienio-cząsteczki, kiedy podobnie jak światło przybierały postać falową, również mogły ulegać polaryzacji.

— Nie widzę *sarfu* tak jak ty — powiedziała Mary — ale chciałabym zrobić lustro z żywicznego lakieru, które pomoże mi to zobaczyć.

Atal zapaliła się do tego pomysłu, więc natychmiast

wyciągnęły sieć i zaczęły zbierać potrzebne rzeczy. W sieci znalazły się trzy piękne ryby — dobry znak.

Żywiczny lakier wytwarzały inne, znacznie mniejsze drzewa, które *mulefa* hodowali w tym celu. Gotując żywicę i rozpuszczając w alkoholu, który wyrabiali z destylowanego soku owocowego, otrzymywali substancję o konsystencji mleka i delikatnym bursztynowym zabarwieniu, używaną do lakierowania. Nakładali do dwudziestu warstw na drewno lub muszlę i pozwalali każdej warstwie wyschnąć pod wilgotną szmatą, zanim położyli następną, aż powstawała powierzchnia bardzo twarda i błyszcząca. Zwykle matowili ją rozmaitymi tlenkami, ale czasami zostawiali przezroczysty lakier i taki właśnie interesował Mary, ponieważ czysty bursztynowy lakier posiadał takie same przedziwne właściwości jak minerał o nazwie islandzki szpat. Rozszczepiał promienie słoneczne na dwoje, toteż patrząc przez niego, widziało się podwójnie.

Mary nie była pewna, co chce osiągnąć, wiedziała tylko, że jeśli popracuje nad tym dostatecznie długo, bez nerwów i ponaglania, znajdzie odpowiedź. Przypomniała sobie, jak cytowała Lyrze słowa poety Keatsa, a Lyra od razu zrozumiała, że opisywały stan jej umysłu podczas odczytywania aletheiometru — tego właśnie Mary musiała się nauczyć.

Więc zaczęła od wyszukania stosunkowo płaskiego kawałka drewna podobnego do sosny, a potem szlifowała powierzchnię kawałkiem piaskowca (nie ma metalu: nie ma hebli), aż uzyskała względnie gładką płaszczyznę. Taką metodę stosowali *mulefa* i sprawdzała się, chociaż wymagała czasu i wysiłku.

Potem Mary odwiedziła w towarzystwie Atal zagajnik drzew lakierowych i dokładnie wyjaśniwszy, czego potrzebuje, poprosiła o pozwolenie na zebranie żywicy. *Mulefa* chętnie jej pozwolili, zbyt zajęci, żeby zwracać na nią uwagę. Z pomocą przyjaciółki Mary ściągnęła trochę lepkiego żywicznego soku, po czym rozpoczął się długi proces gotowania, rozpuszczania, ponownego gotowania, aż lakier był gotowy do użytku.

Mulefa nakładali go za pomocą tamponów z bawełnistych włókien jeszcze innej rośliny. Stosując się do instrukcji rzemieślnika, Mary pracowicie pomalowała swoje lustro kilkakrotnie. Za każdym razem prawie nie widziała różnicy, ponieważ warstwa lakieru była bardzo cienka, ale pozwalała im powoli wysychać i stopniowo przekonała się, że powstaje coraz grubsza powłoka. Nałożyła ponad czterdzieści warstw — straciła już rachubę — lecz zanim lakier jej się skończył, uzyskała powłokę grubości co najmniej pięciu milimetrów.

Po wyschnięciu ostatniej warstwy przyszedł czas na polerowanie: cały dzień delikatnego pocierania powierzchni płynnymi kolistymi ruchami, aż ramiona ją rozbolały, w głowie łupało i nie mogła już dłużej pracować.

Potem poszła spać.

Następnego ranka grupa poszła do pracy w zagajniku tak zwanych węzłodrzew, żeby sprawdzić, czy sadzonki rosną prawidłowo, i zacieśnić wewnętrzne sploty, żeby dorosłe pędy uzyskały odpowiedni kształt. Przy tym zadaniu cenili sobie pomoc Mary, ponieważ mogła wcisnąć się w węższe szczeliny niż *mulefa* i dzięki dwóm rękom lepiej sobie radziła w ciasnych miejscach.

Dopiero po zakończeniu pracy, kiedy wrócili do wioski, Mary mogła zacząć eksperymenty — czy raczej zabawę, skoro sama dobrze nie wiedziała, co ma robić.

Najpierw próbowała wykorzystać powłokę lakieru jako zwykłe lustro, lecz z braku srebrnego podkładu widziała tylko niewyraźnie podwójne odbicie w drewnie.

Potem pomyślała, że tak naprawdę potrzebuje lakieru bez drewna, ale nie miała już siły na kolejne lakierowanie; zresztą jak mogła uzyskać płaską powierzchnię bez podkładu?

Wpadła na pomysł, żeby po prostu odciąć drewno od

lakieru. To również wymagało czasu, ale przynajmniej miała swój szwajcarski scyzoryk. Więc zaczęła bardzo delikatnie oddzielać drewno na krawędzi, uważając, żeby nie zadrapać powłoki od tyłu. W końcu usunęła większość drewna, ale pozostało mnóstwo połamanych, poszarpanych drzazg, które nie dały się oddzielić od tafli czystego twardego lakieru.

Zastanawiała się, czy nie namoczyć ich w wodzie. Czy lakier rozmięknie od wilgoci?

— Nie — odpowiedział jej mistrz rzemieślnik. — Pozostanie twardy już na zawsze; ale dlaczego nie spróbujesz w ten sposób? — I pokazał jej płyn przechowywany w kamiennym naczyniu, który strawi każde drewno w ciągu zaledwie kilku godzin. Wyglądał i pachniał jak kwas.

— To nie powinno zniszczyć lakieru — zapewnił rzemieślnik — a drobne uszkodzenia łatwo można naprawić.

Zaintrygowany projektem Mary, pomógł jej delikatnie rozprowadzić kwas na drewnie i opowiedział, w jaki sposób go wyrabiają: rozdrabniają, rozpuszczają i destylują pewien minerał znajdowany na brzegach płytkiego jeziora, którego jeszcze nie odwiedziła. Stopniowo drewno zmiękło i odkleiło się i pozostała czysta tafla żółtobrązowego lakieru o rozmiarach przeciętnej książki.

Mary wypolerowała tył równie starannie jak przód, żeby płytka po obu stronach była równa i gładka jak najlepsze lustro.

A kiedy w nie spojrzała...

Nic szczególnego. Było całkiem przezroczyste, ale pokazywało podwójny obraz, prawy całkiem blisko lewego i podniesiony o jakieś piętnaście stopni.

Mary zastanawiała się, co zobaczy, jeśli spojrzy przez dwa kawałki, umieszczone jeden na drugim.

Więc znowu wzięła szwajcarski scyzoryk i próbowała wyżłobić linię w poprzek płytki, żeby przeciąć ją na pół. Piłując wytrwale i ostrząc co chwila nóż na gładkim kamieniu, zdołała wyżłobić linię na tyle głęboką, żeby zaryzykować przełamanie płytki. Podłożyła cienki patyk pod linię wyżłobienia i mocno nacisnęła taflę, tak jak to widziała u szklarza. Udało się: teraz miała dwie płytki. Złożyła je razem i spojrzała. Bursztynowy kolor pogłębił się i niczym filtr fotograficzny podkreślił niektóre kolory, inne zaś przytłumił, nadając krajobrazowi nieco odmienny odcień. Co dziwne, podwójność znikła i Mary znowu widziała wszystko pojedynczo, ale nie dostrzegła ani śladu Cieni.

Rozsunęła dwa kawałki, obserwując, jak zmienia się wygląd krajobrazu. Kiedy dzieliła je mniej więcej szerokość dłoni, zdarzyło się coś dziwnego: bursztynowy kolor znikł i wszystko wydawało się niby normalne, ale jaśniejsze i wyraźniejsze.

Wtedy zjawiła się Atal, żeby zobaczyć, co robi Mary.

— Teraz widzisz *sarf?* — zapytała.

— Nie, ale widzę inne rzeczy — odparła Mary i próbowała pokazać przyjaciółce.

Atal okazywała zainteresowanie, ale uprzejme, bez tego entuzjazmu odkrywcy ożywiającego Mary. Wkrótce *zalif* zmęczyła się spoglądaniem przez kawałki lakieru i usiadła na trawie, żeby doprowadzić do porządku swoje koła. Czasami *mulefa* czyścili sobie nawzajem pazury, wyłącznie ze względów towarzyskich, i raz czy dwa Atal zachęciła Mary do tego zajęcia. W zamian Mary pozwoliła jej się uczesać, rozkoszując się dotknięciem miękkiej trąby, która unosiła jej włosy, głaskała i masowała skórę głowy.

Wyczuła, że Atal chce tego teraz, więc odłożyła dwa kawałki lakieru i przesunęła dłońmi po zadziwiająco gładkich pazurach przyjaciółki, gładszych od teflonu, które spoczywały na dolnej krawędzi środkowego otworu i stanowiły punkt podparcia, kiedy koło się obracało. Oczywiście kontury pasowały idealnie i kiedy Mary wsunęła palce w otwór, nie wyczuła żadnej różnicy w fakturze: zupełnie jakby *mulefa* i strąk nasienny stanowiły w rzeczywistości jedną istotę, która cudownym sposobem potrafi się rozdzielić i znowu połączyć w całość.

Atal odprężyła się dzięki tej bliskości, podobnie jak Mary. Przyjaciółka była młoda i niezamężna, a w tej grupie nie było żadnych młodych samców, więc będzie musiała poślubić *zalifa* z innej wioski; lecz niełatwo było nawiązać kontakt i czasami Mary podejrzewała, że Atal martwi się o swoją przyszłość. Więc nie żałowała spędzanego z nią czasu. Chętnie wyczyściła otwory w kołach z nagromadzonego tam kurzu i brudu i delikatnie rozprowadziła pachnący olejek po pazurach Atal, podczas gdy przyjaciółka trąbą unosiła i rozczesywała jej włosy.

Kiedy Atal miała dosyć, znowu stanęła na kołach i pojechała pomóc przy wieczornym posiłku. Mary wróciła do swojego lakieru i niemal natychmiast dokonała odkrycia.

Trzymała dwie płytki rozsunięte na szerokość dłoni, żeby znowu pokazały ten czysty, wyraźny widok, kiedy coś się stało.

Patrząc przez płytki, zobaczyła rój złotych iskierek otaczających postać Atal. Widziała je tylko przez jeden mały fragment płytki i po chwili zrozumiała dlaczego: w tym miejscu dotknęła powierzchni tłustymi od olejku palcami.

— Atal! — zawołała. — Szybko! Wracaj!

Atal zawróciła i podjechała do niej.

— Pozwól mi wziąć trochę olejku — poprosiła Mary. — Tylko tyle, żeby posmarować lakier.

Atal chętnie pozwoliła jej ponownie wsunąć palce w otwory kół i patrzyła z zaciekawieniem, jak Mary pokrywa jedną płytkę cienką warstewką przejrzystej, słodkiej substancji.

Potem ścisnęła razem płytki, pokręciła nimi, żeby równo rozprowadzić olejek, i znowu rozsunęła na szerokość dłoni.

A kiedy przez nie spojrzała, wszystko się zmieniło. Widziała Cienie. Gdyby znalazła się w Sali Seniorów Kolegium Jordana, kiedy Lord Asriel pokazywał slajdy wykonane przy użyciu specjalnej emulsji, rozpoznałaby ten efekt. Wszędzie, gdzie spojrzała, widziała złoto, zupełnie jak w opisie Atal: iskierki światła, wirujące, dryfujące, czasami tworzące wyraźny prąd. Pośród nich istniał świat, który widziała gołym okiem: trawa, drzewa, rzeka; lecz gdziekolwiek dostrzegała świadomą istotę, jedną z *mulefa*, światło było gęstsze i bardziej ruchliwe. Niczego nie przesłaniało, najwyżej podkreślało ich sylwetki.

— Nie wiedziałam, że to piękne — powiedziała Mary do Atal.

— Oczywiście, że piękne — odparła przyjaciółka. — Dziwne, że nie mogłaś tego zobaczyć. Spójrz na tego małego...

Wskazała jedno z dzieci bawiących się w wysokiej trawie, które niezdarnie goniło za konikami polnymi, zatrzymywało się nagle, żeby obejrzeć opadły liść, przewracało się i znowu gramoliło na nogi, biegło powiedzieć coś matce, ale jego uwagę przyciągał patyk, próbowało go podnieść, zauważało mrówki na własnej trąbie i pohukiwało z przejęcia... Otaczała je złocista poświata, taka sama jak wokół szopy, sieci rybackich, wieczornego ogniska, tylko trochę silniejsza. Lecz w przeciwieństwie do tej drugiej poświatę dziecka wypełniały małe ruchliwe prądy intencji, które wirowały, załamywały się, dryfowały bezładnie i znikały, kiedy rodziły się nowe.

Natomiast wokół matki złociste iskierki świeciły dużo mocniej i tworzyły silne, stabilne prądy. Matka przygotowywała jedzenie, sypała mąkę na płaski kamień, wyrabiała cienkie placki, jak ciapaty albo tortille, i jednocześnie pilnowała dziecka, a opływające ją Cienie, *sarf* lub Pył tworzyły wyraźny wzór odpowiedzialności i mądrej opieki.

— Więc wreszcie widzisz — powiedziała Atal. — No, teraz musisz pójść ze mną.

Mary spojrzała na przyjaciółkę z zaskoczeniem. Atal mówiła dziwnym tonem, zupełnie jakby chciała powiedzieć: Wreszcie jesteś gotowa; czekaliśmy; teraz wszystko się zmieni.

Pojawili się inni, przybywali spoza wzgórza ze swoich chat, znad rzeki: członkowie grupy, ale również obcy, nowi dla niej *mulefa*, którzy zerkali ku niej ciekawie. Na ubitej ziemi ich koła wydawały niski, miarowy dźwięk.

— Dokąd muszę pójść? — zapytała Mary. — Dlaczego oni wszyscy tu przyjechali?

— Nie martw się — powiedziała Atal. — Chodź ze mną, nie zrobimy ci krzywdy.

To spotkanie wydawało się od dawna zaplanowane, ponieważ każdy wiedział, dokąd pójść i czego się spodziewać. Na skraju wioski wznosił się niski kopiec ubitej ziemi o regularnym kształcie, z rampami na obu końcach, a tłum — co najmniej pięćdziesięcioro *mulefa*, jak oceniała Mary — zmierzał w jego kierunku. Dym z ognisk wisiał w wieczornym powietrzu, zachodzące słońce malowało krajobraz własną złocistą poświatą; Mary czuła zapach pieczonej kukurydzy i ciepłą woń samych *mulefa* — zapach olejku i rozgrzanego ciała, słodkawy i trochę koński.

Atal pociągnęła ją w stronę kopca.

— Co się dzieje? Powiedz mi! — zażądała Mary.

— Nie, nie... nie ja. Sattamax przemówi...

Mary nie znała imienia „Sattamax" ani *zalifa* wskazanego przez Atal. Był najstarszy ze wszystkich, jakich dotąd spotkała: u podstawy jego trąby rosły rzadkie siwe włosy i poruszał się sztywno, jakby cierpiał na artretyzm. Wszyscy inni traktowali go z szacunkiem i kiedy Mary zerknęła przez lakierową szybę, poznała powód: starego *zalifa* otaczała Cienio-chmura tak gęsta i bogata, że sama Mary poczuła respekt, chociaż niewiele wiedziała o znaczeniu tego zjawiska.

Tłum zamilkł, kiedy Sattamax przygotował się do przemowy. Mary stała blisko kopca, wspierana bliskością Atal, czuła jednak, że wszyscy na nią patrzą, jakby była nową uczennicą w klasie. Sattamax zaczął mówić. Głos miał głęboki, intonację bogatą i urozmaiconą, gestykulował trąbą płynnie i z gracją.

— Zebraliśmy się tutaj wszyscy, żeby powitać obcą Mary. Ci z nas, którzy ją znają, mają powody do wdzięczności za to, czego dokonała, odkąd przebywa wśród nas. Czekaliśmy, dopóki nie opanuje naszego języka. Dzięki pomocy wielu z nas, zwłaszcza *zalif* Atal, obca Mary teraz rozumie naszą mowę. Lecz musiała zrozumieć jeszcze jedno, czyli *sarf*. Wiedziała o nim, jednak nie mogła go widzieć tak jak my, dopóki nie sporządziła instrumentu do patrzenia. A skoro jej się udało, przyszedł czas, żeby dowiedziała się więcej o tym, co musi zrobić, żeby nam pomóc. Mary, podejdź tu i przyłącz się do mnie.

Czuła się oszołomiona, skrępowana, ubawiona, ale wypełniła polecenie i weszła na górę do starego *zalifa*. Pomyślała, że powinna coś powiedzieć, więc zaczęła:

— Wszyscy sprawiliście, że czuję się waszym przyjacielem. Jesteście mili i gościnni. Pochodzę ze świata, gdzie życie jest zupełnie inne, ale niektórzy z nas wiedzą o *sarfie* tak jak wy. Dziękuję, że pomogliście mi sporządzić ten przyrząd, przez który go widzę. Jeśli mogę wam jakoś pomóc, chętnie to zrobię.

Mówiła bardziej kulawo niż podczas rozmów z Atal i bała się, że nie wyraża się dostatecznie jasno. Trudno sobie poradzić, kiedy trzeba jednocześnie mówić i gestykulować. Oni jednak chyba ją rozumieli.

Sattamax powiedział:

— Dobrze słyszeć, jak mówisz. Mamy nadzieję, że nam pomożesz. Jeśli nie, z pewnością nie przetrwamy. *Tualapi* zabiją nas wszystkich. Jest ich więcej niż kiedykolwiek, co roku ich liczba się zwiększa. Coś złego dzieje się ze światem. Prawie od trzydziestu trzech tysięcy lat, odkąd istnieją *mulefa*, opiekowaliśmy się ziemią. Wszystko było w równowadze. Drzewa rosły, trawożercy żyli zdrowo i nawet jeśli co jakiś czas nadciągały *tualapi*, ich liczba i nasza się nie zmieniały. Lecz trzysta lat temu drzewa zaczęły chorować. Pilnowaliśmy ich czujnie i troszczyliśmy się o nie, a jednak wydawały coraz mniej strąków nasiennych, zrzucały liście w niewłaściwej porze i kilka nawet uschło, co nigdy się nie zdarzało. W całej naszej pamięci nie znaleźliśmy przyczyn takiego stanu rzeczy.

Oczywiście wszystko odbywało się powoli, ale taki jest rytm naszego życia. Nie wiedzieliśmy o tym, zanim się zjawiłaś. Widywaliśmy motyle i ptaki, ale one nie mają *sarfu*. Ty masz, chociaż wyglądasz tak dziwnie; ale jesteś szybka jak błyskawica, jak ptaki, jak motyle. Zobaczyłaś, że potrzebujesz czegoś, co ci pomoże zobaczyć *sarf*, i natychmiast z materiałów znanych nam od tysięcy lat sporządziłaś instrument do tego celu. W porównaniu z nami myślisz i działasz szybko jak ptak. Tak nam się wydaje i stąd wiemy, że nasz rytm życia tobie wydaje się powolny.

Lecz ten fakt jest naszą nadzieją. Widzisz rzeczy, których my nie widzimy, widzisz powiązania, alternatywy i możliwości dla nas niewidoczne, podobnie jak *sarf* był niewidoczny dla ciebie. Więc chociaż sami nie potrafimy znaleźć sposobu na przetrwanie, mamy nadzieję, że ty znajdziesz. Mamy nadzieję, że szybko rozpoznasz przyczynę choroby drzew i odkryjesz lekarstwo; mamy nadzieję, że wymyślisz, jak pokonać *tualapi*, tak liczne i potężne. I mamy nadzieję, że dokonasz tego szybko, bo inaczej wszyscy pomrzemy.

Tłum wydał pomruk potwierdzenia i aprobaty. Wszyscy patrzyli na Mary, która znowu poczuła się jak uczennica w nowej szkole, wśród wyjątkowo wymagających nauczycieli. Jednocześnie to jej dziwnie pochlebiało; porównanie do szybkiego, śmigłego ptaka sprawiło jej przyjemność, ponieważ zawsze uważała się raczej za wołu roboczego. Lecz jednocześnie ogarnęło ją przeświadczenie, że nastąpiła okropna pomyłka; że błędnie ją ocenili; że wcale jej nie zrozumieli; że nie potrafi spełnić ich rozpaczliwej prośby.

Ale przecież musiała. Oni czekali.

— Sattamaksie — powiedziała — *mulefa*, dołożę wszelkich wysiłków, żeby nie zawieść waszego zaufania. Przyjęliście mnie gościnnie, wasze życie jest dobre i piękne, więc postaram się wam pomóc, a odkąd zobaczyłam *sarf*, rozumiem, co robię. Dziękuję wam za zaufanie.

Kiwali głowami, pomrukiwali i głaskali ją trąbami, kiedy schodziła z kopca, myśląc z przerażeniem, na co się zgodziła.

W tej samej chwili w świecie Cittàgazze ksiądz-zabójca, ojciec Gomez, wędrował stromym górskim szlakiem pomiędzy sękatymi pniami drzewek oliwnych. Wieczorne słońce przeświecało przez srebrzyste liście, świerszcze i cykady grały głośno.

Przed sobą ojciec Gomez widział małą chatkę ukrytą wśród winnic, gdzie beczały kozy i źródełko wytryskiwało spomiędzy szarych głazów. Obok domu starzec wykonywał jakieś gospodarskie prace, a stara kobieta prowadziła kozę do wiadra i stołka.

W wiosce powiedzieli mu, że kobieta, której szukał, przeszła tędy i wybierała się w góry; może para staruszków ją widziała. Przynajmniej mogli sprzedać mu ser i oliwki. Ojciec Gomez od dawna przywykł do skromnego życia i miał mnóstwo czasu.

18

Przedmieścia zmarłych

O gdybyż to było możliwe, żeby odbyć
choćby dwudniową naradę ze zmarłymi...
John Webster

Lyra zbudziła się przed świtem, z drżącym Pantalaimonem na piersi. Wstała i zaczęła chodzić w kółko dla
rozgrzewki, kiedy szare światło przesączało się na niebo.
Nie znała dotąd takiej ciszy, nawet w pokrytej śniegiem
Arktyce; nie wiał nawet najlżejszy wietrzyk, morze było
tak spokojne, że najmniejsza fala nie rozbijała się na
piasku; świat wydawał się zawieszony pomiędzy wde-
chem a wydechem.

Will spał skulony z głową opartą na plecaku, żeby
pilnować noża. Płaszcz zsunął mu się z ramienia, więc
Lyra otuliła go troskliwie, udając, że stara się nie dotknąć jego dajmony w postaci kocicy, zwiniętej tak samo
jak właściciel. Ona musi gdzieś tu być, pomyślała.

Niosąc wciąż sennego Pantalaimona, odeszła od Willa
i usiadła trochę dalej na piaszczystym zboczu wydmy,
żeby ich głosy go nie obudziły.

— Ci mali ludzie — powiedział Pantalaimon.

— Nie lubię ich — oświadczyła stanowczo Lyra. —

241

Uważam, że powinniśmy jak najszybciej się ich pozbyć. Może jeśli złapiemy ich w sieć albo coś podobnego, Will szybko przetnie i zamknie okno za sobą, i będziemy wolni.

— Nie mamy sieci — odparł Pan — ani niczego takiego. Zresztą założę się, że oni nie dadzą się nabrać. On teraz na nas patrzy.

Pantalaimon mówił to pod postacią jastrzębia, o wzroku bystrzejszym niż właścicielka. Ciemność nieba z minuty na minutę zmieniała się w najbledszy eteryczny błękit i kiedy Lyra się rozejrzała, oślepiająco jasne słońce właśnie wzeszło nad krawędzią morza. Ponieważ dziewczynka siedziała na wydmie, blask dotarł do niej kilka sekund wcześniej, zanim dotknął plaży. Patrzyła, jak jasność opływa ją i sunie w stronę Willa, a potem zobaczyła wysoką na dłoń sylwetkę kawalera Tialysa, który stał przy głowie Willa całkowicie rozbudzony i ich obserwował.

— Rzecz w tym — podjęła Lyra — że oni nie mogą nas zmusić do posłuszeństwa. Muszą nas śledzić. Na pewno mają dość.

— Jeśli nas złapią — ostrzegł Pan, mając na myśli siebie i Lyrę — i zagrożą nam tymi swoimi żądłami, Will będzie musiał ich posłuchać.

Lyra zastanowiła się nad tym. Wyraźnie pamiętała straszliwy okrzyk bólu pani Coulter, konwulsje z wywróconymi oczami, upiorny ślinotok złocistej małpy, kiedy trucizna przeniknęła do jej krwiobiegu... A przecież to było tylko draśnięcie, jak ostatnio przypomniano jej matce w innym miejscu. Will będzie musiał ustąpić i zrobić, co mu każą.

— Ale załóżmy, że oni myślą, że on nie ustąpi — powiedziała — że jest takim zimnym draniem, że pozwoli nam umrzeć. Najlepiej niech spowoduje, żeby tak myśleli.

Zabrała ze sobą aletheiometr i teraz, kiedy rozjaśniło

się dostatecznie, wyjęła ukochany instrument i położyła na kolanach, na czarnym aksamitnym pokrowcu. Stopniowo odpłynęła w ten rodzaj transu, w którym dostrzegała liczne warstwy znaczenia i wyczuwała skomplikowaną sieć powiązań pomiędzy nimi. Jej palce znalazły symbole, a umysł odnalazł słowa: „Jak możemy się uwolnić od szpiegów?".

Igła zaczęła skakać na wszystkie strony, szybciej niż kiedykolwiek przedtem — tak szybko, że Lyra po raz pierwszy przestraszyła się, że nie uchwyci wszystkich drgań i wahnięć; lecz częścią świadomości liczyła je i natychmiast zrozumiała znaczenie tego ruchu.

Instrument mówił: „Nie próbujcie, bo od nich zależy wasze życie".

To była niespodzianka, niezbyt przyjemna. Dziewczynka pytała dalej: „Jak możemy dotrzeć do krainy zmarłych?".

Odpowiedź brzmiała: „Idź w dół. Za nożem. Idź w głąb. Za nożem".

Wreszcie Lyra zapytała z wahaniem, trochę zawstydzona: „Czy powinniśmy tam pójść?".

„Tak", odpowiedział natychmiast aletheiometr. „Tak".

Westchnęła, wychodząc z transu, i odgarnęła włosy za uszy. Na twarzy i ramionach poczuła pierwsze ciepłe promienie słońca. Teraz ten świat również rozbrzmiewał dźwiękiem: brzęczały owady i leciutki wietrzyk szeleścił suchymi łodygami traw, rosnącymi wyżej na grzbiecie wydmy.

Lyra schowała aletheiometr i wróciła do Willa, a Pantalaimon zrobił się jak największy i przybrał postać lwa w nadziei, że odstraszy Gallivespian.

Mężczyzna używał swojego magnetytowego aparatu i kiedy skończył, Lyra zapytała:

— Rozmawiałeś z Lordem Asrielem?

— Z jego przedstawicielem — odparł Tialys.

— Nie pojedziemy do niego.

— Tak mu powiedziałem.

— I co on na to?

— To była wiadomość dla mnie, nie dla ciebie.

— Jak sobie chcesz — prychnęła. — Jesteś mężem tej pani?

— Nie. Kolegą.

— Masz dzieci?

— Nie.

Tialys pakował magnetytowy rezonator. Lady Salmakia obudziła się, usiadła powoli i z gracją w małej jamce, którą wygrzebała sobie w miękkim piasku. Ważki dalej spały, spętane cienkim jak pajęczyna postronkiem, ze skrzydłami wilgotnymi od rosy.

— Czy w waszym świecie żyją duzi ludzie, czy wszyscy są mali jak wy? — zapytała Lyra.

— Wiemy, jak sobie radzić z dużymi ludźmi — odparł Tialys niezbyt pomocnie i poszedł porozmawiać z towarzyszką.

Mówili zbyt cicho, żeby Lyra coś słyszała, ale patrzyła z przyjemnością, jak dla odświeżenia spijają kropelki rosy z trawy piaskownicy. Na pewno woda jest dla nich inna, pomyślała do Pantalaimona; wyobraź sobie kroplę wielkości twojej pięści! Trudno im dostać się do środka, bo krople mają coś w rodzaju elastycznej powłoki, jak balony.

Tymczasem również Will budził się powoli. Przede wszystkim rozejrzał się za Gallivespianami, którzy natychmiast skupili na nim całą uwagę.

Will odwrócił wzrok i zobaczył Lyrę.

— Chcę ci coś powiedzieć — oznajmiła. — Podejdź tutaj, dalej od...

— Jeśli od nas odejdziesz — odezwał się czysty głos kawalera — musisz zostawić nóż. Jeśli nie zostawisz noża, musicie rozmawiać tutaj.

— To prywatna rozmowa! — oburzyła się Lyra. — Nie życzymy sobie, żebyście nas podsłuchiwali!

— Więc odejdźcie, ale zostawcie nóż.

Co prawda, w okolicy nie było nikogo innego, a Gallivespianie z pewnością nie mogli użyć noża. Will pogrzebał w plecaku, wydostał manierkę z wodą i kilka sucharów, podał jednego Lyrze i wszedł za nią na grzbiet wydmy.

— Pytałam aletheiometr — zaczęła — i powiedział, że nie powinniśmy uciekać od małych ludzi, bo oni uratują nam życie. Więc może zostańmy z nimi.

— Powiedziałaś im, co zamierzamy zrobić?

— Nie! I nie powiem. Bo oni zawiadomią Lorda Asriela przez te gadające skrzypce, a on zaraz przyleci nas powstrzymać... więc musimy po prostu przejść i nie rozmawiać o tym przy nich.

— Przecież to szpiedzy — zauważył Will. — Na pewno umieją podsłuchiwać i podglądać. Więc lepiej wcale o tym nie wspominajmy. Wiemy, dokąd się wybieramy. Pójdziemy tam, nic nie mówiąc, a oni będą musieli pogodzić się z tym i iść za nami.

— Teraz nas nie słyszą. Są za daleko. Will, pytałam też, jak tam dotrzemy. Kazał po prostu iść za nożem, nic więcej.

— Wygląda to na łatwiznę — stwierdził. — Ale założę się, że tylko tak wygląda. Wiesz, co Iorek mi powiedział?

— Nie. Mówił... kiedy poszłam się pożegnać... mówił, że to będzie bardzo trudne dla ciebie, ale że sobie poradzisz. Tylko nie powiedział dlaczego...

— Nóż pękł, bo pomyślałem o mojej matce — wyjaśnił Will. — Więc muszę wyrzucić ją z myśli. Ale... to jest tak, jak kiedy ktoś mówi: „Nie myśl o krokodylu", a ty właśnie o nim myślisz i nie możesz przestać...

— No, wczoraj dobrze przeciąłeś — zauważyła Lyra.

— Tak, bo byłem zmęczony, chyba dlatego. No, zobaczymy. Po prostu iść za nożem?

— Tylko tyle powiedział.

— W takim razie możemy iść nawet teraz. Tylko że

zostało nam mało jedzenia. Musimy znaleźć coś na zapas, chleb i owoce, cokolwiek. Więc najpierw znajdę świat, gdzie dostaniemy jedzenie, a potem zaczniemy szukać świata zmarłych.

— Dobrze — zgodziła się Lyra, szczęśliwa, że znowu podróżuje z Willem.

Wrócili do szpiegów, którzy siedzieli czujnie obok noża, z tobołkami na plecach.

— Chcielibyśmy poznać wasze zamiary — odezwała się Salmakia.

— No, na razie nie pójdziemy do Lorda Asriela — odpowiedział Will. — Najpierw musimy zrobić co innego.

— Powiedzcie nam co, skoro i tak wiadomo, że nie zdołamy was powstrzymać.

— Nie — odparła Lyra — bo zaraz im doniesiecie. Musicie pójść z nami, nie wiedząc, dokąd idziemy. Oczywiście zawsze możecie zrezygnować i wrócić do nich.

— Jeszcze czego — obruszył się Tialys.

— Potrzebujemy od was gwarancji — oświadczył Will. — Jesteście szpiegami, więc musicie postępować nieuczciwie, to wasz zawód. Chcemy wiedzieć, że możemy wam zaufać. Wczoraj w nocy byliśmy za bardzo zmęczeni i nie przyszło nam do głowy, że przecież nic wam nie przeszkodzi zaczekać, aż zaśniemy, obezwładnić nas żądłami i wezwać Lorda Asriela przez ten magnetytowy aparat. To dla was nic trudnego. Więc potrzebujemy gwarancji, że tego nie zrobicie. Obietnica nie wystarczy.

Gallivespianie zadygotali z gniewu na tę zniewagę. Tialys opanował się i powiedział:

— Nie zgadzamy się na jednostronne żądania. Musicie dać coś w zamian. Musicie nam powiedzieć, jakie macie zamiary, a wtedy przekażę magnetytowy rezonator pod waszą opiekę. Pozwolicie mi wysyłać wiadomości, ale nie będę mógł z niego korzystać bez waszej wiedzy i zgody. To będzie nasza gwarancja. A teraz powiedzcie nam, dokąd idziecie i po co.

Will i Lyra wymienili spojrzenia, żeby potwierdzić umowę.

— No dobrze — powiedziała Lyra — to sprawiedliwa wymiana. Więc zamierzamy wejść do świata zmarłych. Nie wiemy, gdzie to jest, ale nóż go znajdzie.

Dwoje szpiegów gapiło się na nią niedowierzająco, z otwartymi ustami. W końcu Salmakia zamrugała i powiedziała:

— To nie ma sensu. Zmarli to zmarli i tyle. Nie istnieje żaden świat zmarłych.

— Ja też tak myślałem — przyznał Will. — Ale teraz nie jestem pewien. Zresztą z nożem spróbujemy go znaleźć.

— Ale po co?

Lyra spojrzała na Willa i zobaczyła, że kiwnął głową.

— No... — zaczęła — zanim spotkałam Willa, dużo wcześniej, zanim zasnęłam, naraziłam na niebezpieczeństwo przyjaciela, który został zabity. Myślałam, że go ratuję, ale tylko pogorszyłam sprawę. Ale śniłam o nim i pomyślałam, że może naprawię swoje postępowanie, jeśli pójdę za nim i go przeproszę. A Will chce spotkać swojego ojca, który umarł akurat w chwili, kiedy Will go znalazł. Widzicie, Lord Asriel nie ma o tym pojęcia. Ani pani Coulter. Gdybyśmy do niego poszli, musielibyśmy robić, co nam każe, i wcale nie pomyślałby o Rogerze... tak ma na imię mój zmarły przyjaciel... Dla niego on nic nie znaczy. Ale dla mnie znaczy bardzo wiele. Dla nas. Więc chcemy to zrobić.

— Dziecko — powiedział Tialys — kiedy umieramy, wszystko się kończy. Nie ma innego życia. Widywałaś śmierć. Widziałaś, co się dzieje z dajmonem, kiedy człowiek umiera. Dajmon znika. Co jeszcze może istnieć potem?

— Zamierzamy się dowiedzieć — oznajmiła Lyra. — A teraz, kiedy już wszystko wiecie, oddajcie mi magnetytowy rezonator.

Wyciągnęła rękę, a Pantalaimon-lampart wstał, powoli kołysząc ogonem, żeby podkreślić żądanie. Tialys ściągnął pakunek z pleców i położył na jej dłoni. Okazał się zdumiewająco ciężki; oczywiście dla niej nie stanowił obciążenia, ale podziwiała siłę kawalera.

— Jak dużo czasu waszym zdaniem zabierze ta ekspedycja? — zagadnął Tialys.

— Nie wiemy — odparła Lyra. — Nie wiemy nic, tak samo jak wy. Przekonamy się.

— Najpierw — odezwał się Will — musimy zdobyć wodę i więcej żywności, coś łatwego do niesienia. Więc znajdę świat, gdzie to dostaniemy, a potem wyruszamy.

Tialys i Salmakia dosiedli swoich ważek i przytrzymali je drżące na ziemi. Wielkie owady rwały się do lotu, ale jeźdźcy panowali nad nimi absolutnie. Lyra po raz pierwszy widziała je w świetle dnia i zachwyciły ją cieniutkie, szare jedwabne wodze, srebrne strzemiona, maleńkie siodła.

Will wziął nóż i pod wpływem silnej pokusy wymacał dotknięcie własnego świata: nadal posiadał kartę kredytową; mógł kupić znane jedzenie; mógł nawet zadzwonić do pani Cooper i zapytać o matkę...

Nóż zgrzytnął jak zardzewiały gwóźdź skrobiący po kamieniu i serce Willa zamarło. Jeśli teraz złamie ostrze, to koniec.

Po chwili spróbował jeszcze raz. Zamiast tłumić myśli o matce, powiedział sobie: Tak, wiem, że ona tam jest, ale tylko na chwilę odwrócę wzrok, dopóki nie zrobię...

Tym razem podziałało. Znalazł nowy świat i wsunął nóż, żeby zrobić otwór. Po chwili wszyscy stali na czysto zamiecionym, brukowanym dziedzińcu schludnego, zamożnego gospodarstwa w jakimś północnym kraju, na przykład w Holandii lub Danii. Na dziedziniec wychodził rząd otwartych drzwi stajni. Słońce świeciło zza lekkiej mgiełki, w powietrzu unosił się zapach spalenizny i czegoś jeszcze mniej przyjemnego. Nie słyszeli żadnych odgłosów ludzkiej krzątaniny, chociaż ze stajni dochodziło brzęczenie tak donośne i przenikliwe, że przypominało hałas pracującej maszyny.

Lyra podeszła, zajrzała do środka i natychmiast wróciła z pobladłą twarzą.

— Tam są cztery... — przełknęła ślinę, przyłożyła rękę do gardła i dokończyła: — ...cztery martwe konie. I milion much...

— Patrz — wykrztusił Will — albo lepiej nie.

Wskazywał krzewy malin rosnące na skraju ogrodu. Zobaczył właśnie ludzkie nogi, jedną w bucie i drugą bez, wystające z największej gęstwiny.

Lyra nie chciała patrzeć, ale Will poszedł zobaczyć, czy mężczyzna jeszcze żyje i czy potrzebuje pomocy. Wrócił, kręcąc głową, z niewyraźną miną.

Dwoje szpiegów tymczasem zbliżyło się do uchylonych drzwi domu. Tialys zawrócił i oznajmił:

— Tam lepiej pachnie.

Potem śmignął przez próg do środka, podczas gdy Salmakia patrolowała budynek z zewnątrz.

Will ruszył za kawalerem. Znalazł się w dużej kwadratowej kuchni, staroświeckiej, z białą porcelaną w drewnianym kredensie, wyszorowanym sosnowym stołem i piecem, na którym stał wystygły okopcony czajnik. Obok znajdowała się spiżarnia, z dwiema półkami pełnymi jabłek, których aromat wypełniał całe pomieszczenie. Wszędzie panowała przytłaczająca cisza.

— Will, czy to jest świat zmarłych? — zapytała cicho Lyra.

Ta sama myśl przyszła mu do głowy, ale odpowiedział:

— Nie, nie sądzę. W tym świecie jeszcze nie byliśmy. Słuchaj, zabierzemy tyle jedzenia, ile uniesiemy. Tutaj jest żytni chleb, nadaje się, bo jest lekki... i trochę sera...

Kiedy zebrali tyle, ile mogli unieść, Will wrzucił złotą monetę do szuflady wielkiego sosnowego stołu.

— No co? — zapytała Lyra, widząc, że Tialys unosi brwi. — Zawsze trzeba płacić za to, co się zabiera.

W tej samej chwili Salmakia wleciała tylnymi drzwiami i w rozbłysku błękitu posadziła swoją ważkę na stole.

— Nadchodzą jacyś ludzie — oznajmiła — pieszo, z bronią. Są oddaleni tylko o parę minut marszu. A za polami widać płonącą wioskę.

Zanim skończyła mówić, usłyszeli chrzęst butów na żwirze, szczęk broni i głos wydający rozkazy.

— Powinniśmy odejść — powiedział Will.

Pomacał w powietrzu czubkiem noża. Natychmiast odebrał wrażenie nowego rodzaju. Nóż jakby ślizgał się po bardzo gładkiej powierzchni, przypominającej lustro, a potem zagłębił się powoli na tyle, żeby wykonać cięcie. Lecz powierzchnia stawiała opór niczym gruba tkanina, a kiedy Will zrobił otwór, zamrugał ze zdziwienia i strachu: ponieważ nowo otwarty świat wyglądał w każdym szczególe tak samo jak ten, w którym już się znajdowali.

— Co się dzieje? — zapytała Lyra.

Szpiedzy zaglądali przez otwór ze zdumieniem. Lecz czuli nie tylko zdumienie. Podobnie jak powietrze nie chciało poddać się nożowi, tak samo coś w otworze nie chciało ich przepuścić. Will musiał odepchnąć coś niewidzialnego, a potem przeciągnąć Lyrę, natomiast Gallivespianie wcale nie mogli się przedostać. Musieli posadzić swoje ważki na dłoniach dzieci i nawet wtedy powietrze stawiało wyraźny opór; przejrzyste skrzydełka owadów gięły się i skręcały, a mali jeźdźcy głaskali je po łepkach i szeptali, żeby ukoić ich strach.

Lecz po kilku sekundach walki wszyscy przeszli na drugą stronę. Will znalazł krawędź okna (chociaż niewidzialnego) i zamknął je, tłumiąc głosy żołnierzy w tamtym świecie.

— Will — powiedziała Lyra, a on odwrócił się i zobaczył, że w kuchni jest z nimi ktoś jeszcze.

Serce podskoczyło mu w piersi. To był mężczyzna,

którego widział niespełna dziesięć minut temu, leżącego w krzakach z poderżniętym gardłem.

Szczupły, w średnim wieku, wyglądał jak człowiek, który spędza większość czasu na świeżym powietrzu. Teraz jednak wydawał się niemal półprzytomny lub sparaliżowany szokiem. Wytrzeszczył oczy tak, że białka były widoczne dookoła tęczówek ze wszystkich stron, i drżącą dłonią ściskał brzeg stołu. Gardło miał nietknięte, co Will zauważył z ulgą.

Otworzył usta, żeby coś powiedzieć, ale nie wykrztusił ani słowa. Zdołał jedynie wskazać palcem na Lyrę i Willa.

— Przepraszamy, że wtargnęliśmy do pana domu — odezwała się Lyra — ale musieliśmy uciekać przed nadchodzącymi żołnierzami. Proszę nam wybaczyć, jeśli pana przestraszyliśmy. Nazywam się Lyra, a to jest Will, a to nasi przyjaciele, kawaler Tialys i lady Salmakia. Czy może nam pan powiedzieć, kim pan jest i co to za miejsce?

Ta zwyczajnie brzmiąca prośba chyba sprawiła, że mężczyzna odzyskał panowanie nad sobą. Wzdrygnął się, jakby zbudził się ze snu.

— Nie żyję — oświadczył. — Leżę tam na dworze, martwy. Wiem, że nie żyję. Wy żyjecie. Co się dzieje? Boże, ratuj, poderżnęli mi gardło. Co się dzieje?

Lyra przysunęła się bliżej do Willa, kiedy mężczyzna powiedział: „Nie żyję", a Pantalaimon skrył się na jej piersi jako mysz. Co do Gallivespian, próbowali zapanować nad swoimi ważkami, ponieważ wielkie owady okazywały wyraźną awersję wobec mężczyzny i śmigały po całej kuchni, szukając drogi ucieczki.

Lecz mężczyzna ich nie zauważył. Wciąż próbował zrozumieć, co się dzieje.

— Czy pan jest duchem? — zapytał ostrożnie Will.

Mężczyzna wyciągnął rękę i Will próbował ją uścisnąć, lecz jego palce objęły powietrze. Poczuł jedynie ukłucie zimna.

Widząc, co się stało, mężczyzna ze zgrozą popatrzył na własną rękę. Odrętwienie mijało i zaczynał odczuwać całą głębię swojego nieszczęścia.

— Naprawdę — szepnął. — Naprawdę nie żyję... Umarłem i pójdę do piekła...

— Cii — przerwała mu Lyra. — Pójdziemy razem. Jak pan się nazywa?

— Dirk Jansen się nazywałem — powiedział — ale ja już... Nie wiem, co robić... Nie wiem, dokąd pójść...

Will otworzył drzwi. Dziedziniec wyglądał tak samo, ogród nie zmienił się, słońce wciąż przeświecało przez mgiełkę. A ciało mężczyzny leżało w tej samej pozycji.

Cichy jęk wyrwał się z gardła Dirka Jansena, jakby zmarły nie mógł już dłużej zaprzeczać. Ważki wyleciały przez otwarte drzwi, przemknęły nad ziemią i wzbiły się wysoko, szybciej niż ptaki. Mężczyzna rozglądał się bezradnie, wznosił ręce i opuszczał, wydawał urywane okrzyki.

— Nie mogę tutaj zostać... — powtarzał. — Nie mogę zostać. Ale to nie jest ta farma, którą znałem. Coś jest nie tak. Muszę iść...

— Dokąd pan idzie, panie Jansen? — zapytała Lyra.

— Drogą. Nie wiem. Muszę iść. Nie mogę tutaj zostać...

Salmakia przyfrunęła i usiadła na dłoni Lyry. Małe pazurki ważki wbijały się w skórę, kiedy lady mówiła:

— Idą tutaj ludzie z wioski... tacy jak ten człowiek... wszyscy idą w tym samym kierunku.

— Więc pójdziemy z nimi — zdecydował Will i zarzucił sobie plecak na ramię.

Dirk Jansen mijał już własne zwłoki, odwracając oczy. Zachowywał się niemal jak pijany, przystawał, znowu ruszał, zbaczał w lewo i w prawo, potykał się o niewielkie wyboje i kamienie na ścieżce, którą jego stopy tak dobrze znały za życia.

Lyra ruszyła za Willem, a Pantalaimon zmienił się

w pustułkę i wzleciał tak wysoko, że dziewczynka wstrzymała oddech.

— Oni mają rację — oznajmił, kiedy sfrunął na dół. — Z wioski wychodzą ludzie jeden za drugim. Martwi ludzie...

Wkrótce sami ich zobaczyli: około dwudziestu osób — mężczyzn, kobiet i dzieci — poruszających się jak Dirk Jansen, niepewnych i zaszokowanych. Wioska leżała około kilometra dalej i ludzie nadchodzili środkiem drogi, zbici w gromadkę. Kiedy Dirk Jansen zobaczył tamte duchy, chwiejnie pobiegł w ich stronę, a one wyciągnęły ręce na powitanie.

— Nawet jeśli nie wiedzą, dokąd idą, wszyscy idą tam razem — zauważyła Lyra. — Lepiej chodźmy z nimi.

— Myślisz, że w tym świecie mają dajmony? — zapytał Will.

— Kto wie? Gdybyś zobaczył jednego z nich w swoim świecie, poznałbyś, że to duch?

— Trudno powiedzieć. Nie wyglądają całkiem normalnie... W moim mieście widywałem jednego człowieka, który zwykle spacerował przed sklepami, niosąc zawsze tę samą starą plastikową torbę. Nigdy nie odzywał się do nikogo ani nie wchodził do środka. I nikt nigdy na niego nie patrzył. Udawałem, że jest duchem. Oni wyglądają trochę podobnie. Może w moim świecie jest pełno duchów, tylko o tym nie wiem.

— W moim chyba nie ma — mruknęła Lyra z powątpiewaniem.

— W każdym razie to musi być świat zmarłych. Ci ludzie właśnie zostali zabici... widocznie przez żołnierzy... i są tutaj, w świecie dokładnie takim samym jak ich świat. Myślałem, że będzie całkiem inny...

— Ale zanika! — zawołała Lyra. — Patrz!

Chwyciła go za ramię. Zatrzymał się i rozejrzał. Miała rację. Niedawno, kiedy znalazł okno w Oksfordzie i przeszedł do świata Cittàgazze, trafił na zaćmienie Słońca i podobnie jak miliony innych ludzi stał na dworze w południe, patrząc, jak jasne światło dnia blednie i przygasa, aż wreszcie upiorny półmrok okrył domy, drzewa, park. Will widział wszystko równie wyraźnie jak w pełnym świetle, ale światła było mniej, jakby cała energia wyciekała z umierającego słońca.

Teraz działo się coś podobnego, tylko dziwniejszego, ponieważ również krawędzie przedmiotów zamazywały się i traciły wyrazistość.

— To nawet nie jak ślepota — zauważyła wystraszona Lyra — bo przecież możemy widzieć różne rzeczy, tylko że te rzeczy zanikają...

Kolory powoli bladły. Zgaszony szarozielony zamiast żywej zieleni drzew i trawy, zgaszony piaskowoszary zamiast jaskrawej żółtości pola kukurydzy, zgaszony krwawoszary zamiast czerwieni cegieł schludnego farmerskiego domu...

Sami ludzie, podchodząc coraz bliżej, zauważyli to i pokazywali sobie nawzajem, podtrzymując jeden drugiego.

Jedynymi plamkami koloru w całym krajobrazie pozostały ważki — jaskrawa czerwono-żółta i błyszcząca indygowa — ich mali jeźdźcy oraz Will, Lyra i Pantalaimon, który szybował w górze pod postacią pustułki.

Zbliżyli się już do pierwszych ludzi i teraz widzieli wyraźnie: wszyscy byli duchami. Will i Lyra przysunęli się do siebie, ale nie mieli się czego obawiać, ponieważ duchy bały się ich znacznie bardziej i cofały przed nimi.

— Nie bójcie się! — zawołał Will. — Nie zrobimy wam krzywdy. Dokąd idziecie?

Spojrzeli na najstarszego wśród nich, jakby był przewodnikiem.

— Idziemy tam, gdzie wszyscy inni — odparł. — Zdaje mi się, że wiem, ale nie pamiętam, skąd się dowiedziałem. Zdaje się, że to jest przy drodze. Poznamy to miejsce, jak tam dojdziemy.

— Mamo, dlaczego we dnie robi się ciemno? — zapytało jakieś dziecko.

— Sza, kochanie, nie marudź — uspokoiła je matka. — Marudzenie nic ci nie pomoże. Chyba umarliśmy.

— Ale dokąd idziemy?! — zawołało dziecko. — Nie chcę umierać, mamo!

— Idziemy na spotkanie z dziadkiem — desperacko rzuciła kobieta.

Dziecko jednak nie dało się uspokoić i płakało gorzko. Inni w grupie spoglądali na matkę ze współczuciem albo irytacją, lecz nie mogli w niczym pomóc; i wędrowali dalej niepocieszeni przez blaknący krajobraz, a piskliwy płacz dziecka rozbrzmiewał bez końca.

Kawaler Tialys zamienił parę słów z Salmakią, zanim wysforował się do przodu. Will i Lyra odprowadzali głodnym wzrokiem kolorową ważkę, która robiła się coraz mniejsza. Lady sfrunęła w dół i posadziła swojego owada na dłoni Willa.

— Kawaler poleciał sprawdzić, co jest dalej — wyjaśniła. — Uważamy, że krajobraz zanika, ponieważ ci ludzie go zapominają. Im dalej odejdą od swoich domów, tym ciemniej się zrobi.

— Ale dlaczego oni odchodzą? — zapytała Lyra. — Gdybym była duchem, wolałabym zostać w znanym miejscu zamiast wędrować i błądzić.

— Oni czują się tam nieszczęśliwi — odgadł Will. — Przecież właśnie tam umarli. Boją się tego.

— Nie — zaprzeczyła lady Salmakia. — Ich coś przyciąga. Jakiś instynkt prowadzi ich po tej drodze.

I rzeczywiście duchy maszerowały teraz raźniej, odkąd straciły z oczu rodzinną wioskę. Niebo było tak ciemne, jakby zanosiło się na wielką burzę, ale w powietrzu nie wyczuwało się przedburzowego elektrycznego napięcia. Duchy szły wytrwale, a droga biegła prosto przez krajobraz niemal pozbawiony kształtu i barwy.

Od czasu do czasu jeden z maszerujących zerkał na

Willa i Lyrę albo na jaskrawą ważkę, jakby zaciekawiony. Wreszcie najstarszy zagadnął:

— Wy, chłopcze i dziewczyno! Wy nie umarliście. Nie jesteście duchami. Po coście tutaj przyszli?

— Weszliśmy tu przypadkiem — wyjaśniła Lyra, zanim Will zdążył zabrać głos. — Nie wiem, jak to się stało. Próbowaliśmy uciec przed tamtymi żołnierzami i po prostu znaleźliśmy się tutaj.

— Skąd będziecie wiedzieli, kiedy dojdziecie do tego miejsca, gdzie macie dojść? — zapytał Will.

— Pewnie nam powiedzą — odparł duch z przekonaniem. — Oddzielą grzeszników od sprawiedliwych, tak myślę. Teraz modlitwa już wam nie pomoże. Już za późno. Trzeba było się modlić za życia. Teraz to na nic.

Widać było wyraźnie, do której grupy spodziewał się trafić, i równie wyraźnie zakładał, że okaże się nieliczna. Inne duchy słuchały go niezbyt chętnie, lecz nie miały innego przewodnika, więc szły za nim bez protestów.

I tak wędrowali mozolnie dalej pod niebem, które pociemniało do barwy starego żelaza i takie już zostało. Żywi odruchowo rozglądali się na prawo i lewo, w górę i w dół za czymś kolorowym, ruchliwym i wesołym, ale wciąż spotykało ich rozczarowanie, dopóki w oddali nie pojawiła się mała iskierka i pomknęła ku nim. To był kawaler Tialys i Salmakia z radosnym okrzykiem poderwała swoją ważkę, żeby wylecieć mu na spotkanie.

Po krótkiej naradzie wrócili do dzieci.

— Przed nami jest miasto — oznajmił Tialys. — Wygląda jak obóz uchodźców, ale widocznie istnieje od stuleci albo dłużej. A dalej chyba jest morze albo jezioro, ale zakryte mgłą. Słyszałem głosy ptaków. Co chwila przybywają setki ludzi, ze wszystkich kierunków. Są podobni do tych: duchy...

Duchy też słuchały słów kawalera, chociaż bez większej ciekawości. Wydawały się odrętwiałe, jakby zapadły w trans; Lyra chciała nimi potrząsnąć, obudzić je, zachęcić do walki, do szukania sposobu ucieczki.

— Jak mamy pomóc tym ludziom, Will? — zapytała.

Nawet nie próbował odpowiedzieć. Idąc dalej, widzieli ruch na horyzoncie z lewej i z prawej strony, a przed nimi brudnoszary dym wznosił się powoli, jeszcze bardziej zaciemniając mroczną krainę. Poruszali się tam ludzie albo duchy: szeregami, parami lub grupami, ale wszyscy mieli puste ręce. Setki, tysiące mężczyzn, kobiet i dzieci wędrowały przez równinę w stronę źródła dymu.

Grunt opadał teraz i coraz bardziej przypominał wysypisko śmieci. Powietrze było ciężkie od dymu i innych niemiłych woni: żrących chemikaliów, gnijącego kompostu, ścieków. Im niżej schodzili, tym bardziej śmierdziało. W zasięgu wzroku nie było ani skrawka czystej ziemi, nic tu nie rosło oprócz wybujałych chwastów i szorstkiej poszarzałej trawy.

Przed nimi nad wodą bielała mgła. Niczym skalna ściana wznosiła się ku posępnemu niebu, a z jej wnętrza dochodziły ptasie krzyki, o których wspominał Tialys.

Pomiędzy mgłą a stosami śmieci leżało pierwsze miasto zmarłych.

19

Lyra i jej śmierć

Gniewałem się na przyjaciela.
Wyznałem to. Zawziętość pierzchła *.

William Blake

Tu i tam rozpalono ogniska wśród ruin. Miasto wyglądało jak gruzowisko, bez ulic, bez placów, bez żadnej otwartej przestrzeni oprócz miejsc, gdzie zawalił się budynek. Kilka kościołów i gmachów użyteczności publicznej wciąż wznosiło się nad gruzami, chociaż miały dziurawe dachy i popękane ściany, a w jednym przypadku cały portyk osiadł na kolumnach. Pomiędzy resztkami kamiennych budowli wił się niechlujny labirynt szałasów i baraków, skleconych z desek, rozklepanych kanistrów po benzynie albo puszek po herbatnikach, podartych płacht polietylenu, kawałków dykty lub sklejki.

Duchy, które przyszły z nimi, spieszyły w stronę miasta i ze wszystkich stron nadchodziło ich więcej, tak wiele, że wyglądały jak ziarenka piasku przesypujące się przez otwór klepsydry. Duchy wchodziły prosto w plugawy chaos miasta, jakby doskonale wiedziały, dokąd idą; Lyra i Will zamierzali pójść za nimi, ale ich zatrzymano.

---

* „Zatrute drzewo", tłum. Z. Kubiak, op. cit.

Jakaś postać wyszła zza połatanych drzwi i powiedziała:

— Czekajcie, czekajcie.

Za plecami mężczyzny jaśniało nikłe światło, toteż nie widzieli go wyraźnie, mieli jednak pewność, że nie był duchem. Był żywy jak oni. Chudy mężczyzna w nieokreślonym wieku, ubrany w nędzny i wyświechtany garnitur, trzymał ołówek i plik papierów spiętych biurowym zaciskiem. Budka, z której wyszedł, wyglądała jak posterunek kontrolny na rzadko przekraczanej granicy.

— Co to za miejsce? — zapytał Will. — I dlaczego nie możemy wejść?

— Nie umarliście — wyjaśnił mężczyzna ze znużeniem. — Musicie zaczekać w przechowalni. Idźcie dalej drogą i oddajcie te papiery urzędnikowi przy bramie.

— Ale proszę pana — powiedziała Lyra. — Przepraszam, że pytam, ale jak mogliśmy dojść tak daleko, jeśli nie umarliśmy? Bo to jest świat zmarłych, prawda?

— To przedmieście świata zmarłych. Czasami żywi trafiają tutaj przez pomyłkę, ale muszą czekać w przechowalni, zanim mogą pójść dalej.

— Jak długo muszą czekać?

— Aż umrą.

Willowi zakręciło się w głowie. Widział, że Lyra zamierza się spierać, więc zanim zdążyła się odezwać, powiedział:

— Może pan wyjaśnić, co się wtedy dzieje? Czy duchy, które tutaj przychodzą, zostają w tym mieście na zawsze?

— Nie, nie — zaprzeczył urzędnik. — To tylko port tranzytowy. Dalej podróżują łodziami.

— Dokąd?

— Tego nie mogę wam powiedzieć — odparł mężczyzna i gorzki uśmiech wygiął kąciki jego ust. — Proszę, musicie stąd odejść. Musicie pójść do przechowalni.

Will wziął papiery podane przez urzędnika, po czym ścisnął ramię Lyry i pociągnął ją dalej.

Ważki latały niemrawo i Tialys wyjaśnił, że potrzebują

odpoczynku; więc przysiadły na plecaku Willa, a Lyra pozwoliła szpiegom usiąść na swoich ramionach. Pantalaimon pod postacią lamparta spoglądał na nich zazdrośnie, ale nic nie mówił. Wędrowali drogą, omijając rozwalone rudery i kałuże ścieków, obserwując niekończący się strumień duchów, które bez przeszkód wkraczały do miasta.

— Musimy przepłynąć przez wodę jak one — oświadczył Will. — Może ludzie w tej przechowalni powiedzą nam, jak to zrobić. Zresztą wcale nie wyglądają na rozgniewanych czy groźnych. To dziwne. A te papiery...

Były to zwykłe kartki wyrwane z notesu, zawierające kilka przypadkowych słów nagryzmolonych ołówkiem i przekreślonych. Zupełnie jakby ci ludzie grali w jakąś grę i czekali, czy podróżni wezmą w niej udział, czy poddadzą się ze śmiechem. A jednak wszystko wyglądało tak prawdziwie.

Zrobiło się ciemniej i zimniej, nie dało się zmierzyć upływu czasu. Lyra myślała, że idą od pół godziny albo może dwa razy dłużej; wygląd otoczenia nie ulegał zmianie. Wreszcie dotarli do małej drewnianej budki, całkiem jak ta, przy której zatrzymali się wcześniej, ze słabą żarówką dyndającą na gołym drucie nad drzwiami.

Na ich spotkanie wyszedł mężczyzna ubrany tak samo jak poprzedni, trzymający w ręku kromkę chleba z masłem. Bez słowa spojrzał na ich papiery i kiwnął głową. Wziął od nich kartki i chciał już wrócić do środka, ale Will zapytał:

— Przepraszam pana, dokąd mamy teraz pójść?

— Poszukajcie sobie jakiegoś mieszkania — odparł dość uprzejmie mężczyzna. — Idźcie i popytajcie. Wszyscy czekają, tak samo jak wy.

Odwrócił się i zamknął za sobą drzwi dla ochrony przed zimnem, a podróżni weszli do nędznej osady, gdzie musieli mieszkać żywi ludzie.

Bardzo przypominała główne miasto: byle jak sklecone szałasy stojące przy błotnistych uliczkach, po wielekroć naprawiane, połatane kawałkami plastiku albo zardzewiałej blachy, wspierające się o siebie niczym pijane. Tu i tam elektryczny kabel zwisał z zaczepu i dostarczał tyle słabego prądu, żeby zasilić jedną czy dwie gołe żarówki, zawieszone nad sąsiednimi chałupami. Większość światła dawały jednak dymiące ogniska. Czerwonawy odblask migotał na strzępkach i skrawkach materiałów budowlanych, jakby te ostatnie płomienie pozostały po wielkim pożarze i nie chciały zgasnąć przez czystą złośliwość.

Lecz kiedy Will, Lyra i Gallivespianie zbliżyli się dostatecznie, dostrzegli kilka — więcej — mnóstwo postaci siedzących samotnie w ciemnościach, opierających się o ściany lub rozmawiających cicho w małych grupkach.

— Dlaczego ci ludzie nie schowają się w domach? — zapytała Lyra. — Jest zimno.

— To nie są ludzie — odparła lady Salmakia. — To nawet nie są duchy. Są czymś innym, ale nie wiem czym.

Podróżni podeszli do pierwszej grupy szałasów, oświetlonych przez jedną z tych dużych słabych żarówek na kablu, która kołysała się lekko na zimnym wietrze. Will oparł dłoń na rękojeści noża. Przed chatami przysiadło na piętach kilku tych niby-ludzi, grając w kości. Na widok dzieci wszyscy wstali: pięciu mężczyzn, obdartych i milczących, o twarzach ukrytych w cieniu.

— Jak się nazywa to miasto? — zapytał Will.

Nie odpowiedzieli. Kilku cofnęło się o krok i przysunęło bliżej do pozostałych, jakby się przestraszyli. Lyra poczuła ciarki pełzające po skórze i krótkie włoski na przedramionach stanęły jej dęba, chociaż nie wiedziała dlaczego. Pod jej koszulą Pantalaimon dygotał i szeptał:

— Nie, nie, Lyra, nie, odejdź, wracajmy, proszę...

„Ludzie" stali nieruchomo, aż w końcu Will wzruszył ramionami i powiedział:

— No, tak czy owak, życzę miłego wieczoru.

Podobnie reagowali wszyscy inni, z którymi dzieci

próbowały rozmawiać, więc czuły się coraz bardziej nieswojo.

— Will, czy to są upiory? — zapytała cicho Lyra. — Czy już wystarczająco dorośliśmy, żeby widzieć upiory?

— Wątpię. Gdyby tak było, zaatakowałyby nas, ale chyba sami się boją. Nie wiem, kim oni są.

Jakieś drzwi otwarły się i światło zalało błotnistą ziemię. Mężczyzna — prawdziwy mężczyzna, istota ludzka — stanął w progu i patrzył, jak podchodzą. Mała grupka przy drzwiach odsunęła się krok czy dwa, jakby z szacunkiem, i zobaczyli twarz mężczyzny: tępą, łagodną i życzliwą.

— Kim jesteście? — zapytał.

— Podróżnymi — odpowiedział Will. — Nie wiemy, gdzie jesteśmy. Co to za miasto?

— To jest przechowalnia — wyjaśnił mężczyzna. — Z daleka przyszliście?

— Tak, z daleka — potwierdził Will. — I jesteśmy zmęczeni. Czy możemy kupić coś do jedzenia i zapłacić za nocleg?

Mężczyzna patrzył ponad jego ramieniem w ciemność. Potem wyszedł za próg i rozejrzał się, jakby kogoś mu brakowało. Wreszcie odwrócił się do dziwnych postaci stojących nieopodal i zapytał:

— A wy widzieliście moją śmierć?

Pokręcili głowami i dzieci usłyszały wymamrotane zaprzeczenie: „Nie, nie".

Mężczyzna zawrócił. Za nim w drzwiach pojawiły się twarze: kobieta, dwoje dzieci, drugi mężczyzna. Wszyscy wyglądali na zdenerwowanych i zaniepokojonych.

— Śmierć? — powtórzył Will. — Nie sprowadzamy żadnej śmierci.

Ale chyba właśnie tego wszyscy się obawiali, ponieważ kiedy Will się odezwał, żywi ludzie wydali zdławiony okrzyk i nawet postacie na zewnątrz odsunęły się lekko.

— Przepraszam — powiedziała Lyra i wystąpiła do przodu z tak uprzejmą miną, jakby gospodyni Kolegium

Jordana na nią patrzyła. — Nie mogłam nie zauważyć, że te osoby nie żyją, prawda? Przepraszam, że pytam, jeśli to niegrzeczne, ale tam, skąd pochodzimy, to bardzo niezwykłe i nigdy przedtem nikogo takiego nie widzieliśmy. Jeżeli źle się zachowuję, błagam o wybaczenie. Ale widzicie, w moim świecie mamy dajmony, każdy ma dajmona i byłby zaszokowany, gdyby zobaczył kogoś bez dajmona, podobnie jak was szokuje nasz widok. A odkąd podróżujemy, Will i ja... — to jest Will, a ja nazywam się Lyra — dowiedziałam się, że niektórzy ludzie nie mają dajmonów, tak jak Will, i bałam się ich, dopóki nie odkryłam, że to zwykli ludzie, tacy sami jak ja. Więc może dlatego wy trochę się denerwujecie na nasz widok, skoro uważacie, że jesteśmy inni.

Mężczyzna powtórzył:

— Lyra? I Will?

— Tak, proszę pana — potwierdziła pokornie.

— A to są wasze dajmony? — zapytał, wskazując szpiegów na ramionach dziewczynki.

— Nie — zaprzeczyła Lyra i miała ochotę powiedzieć: „To nasi słudzy", ale przeczuwała, że Willowi nie spodoba się ten pomysł, więc dodała: — To są nasi przyjaciele, kawaler Tialys i lady Salmakia, bardzo mądre i dystyngowane osoby, które podróżują z nami. Och, a to jest mój dajmon. — Wyjęła Pantalaimona-mysz z kieszeni. — Widzicie, jesteśmy nieszkodliwi, przyrzekamy, że nie zrobimy wam krzywdy. I naprawdę potrzebujemy schronienia. Rano ruszymy dalej. Przysięgam.

Wszyscy czekali. Pokorny ton Lyry trochę uśmierzył niepokój mężczyzny, a szpiedzy mieli na tyle zdrowego rozsądku, żeby wyglądać skromnie i niegroźnie. Po chwili człowiek powiedział:

— No, to dziwne, ale widocznie mamy dziwne czasy... Wejdźcie zatem, witamy...

Postacie na zewnątrz pokiwały głowami, jedna czy dwie ukłoniły się lekko, i odsunęły z szacunkiem, kiedy

Will i Lyra weszli do ciepłego i jasnego pomieszczenia. Mężczyzna zamknął za nimi drzwi i zaczepił pętlę z drutu na gwoździu, żeby się nie otwierały.

Była to pojedyncza izba oświetlona lampą naftową stojącą na stole, czysta, lecz bardzo uboga. Ściany z dykty ozdabiał wzór z odcisków palców wykonany sadzą oraz zdjęcia powycinane z magazynów filmowych. Pod jedną ścianą stał żelazny piecyk, a przed nim wieszak na ubrania, na którym parowały obszarpane koszule. Na toaletce znajdował się ołtarzyk z plastikowych kwiatów, muszli morskich, kolorowych buteleczek po perfumach i innych jaskrawych drobiazgów, otaczających obrazek wesołego szkieletu w cylindrze i ciemnych okularach.

Izba była zatłoczona; oprócz mężczyzny, kobiety i dwojga dzieci było tam niemowlę w kołysce, starszy mężczyzna i w kącie na stosie koców bardzo stara kobieta, która obserwowała wszystko błyszczącymi oczami w twarzy pomarszczonej jak zasuszone jabłko. Kiedy Lyra spojrzała na nią, doznała wstrząsu: koce poruszyły się i wysunęło się spod nich wychudzone ramię w czarnym rękawie, a potem druga twarz, osoby tak wiekowej, że wyglądała niemal jak szkielet. Właściwie przypominała bardziej szkielet na obrazku niż żywego człowieka; a potem Will i reszta podróżnych zauważyli, że niczym nie różniła się od tych uprzejmych mglistych postaci na zewnątrz. Wszyscy poczuli się równie zakłopotani jak gospodarz, kiedy zobaczył ich po raz pierwszy.

Właściwie wszyscy ludzie w zatłoczonej chatce — oprócz niemowlęcia, które spało — milczeli niezręcznie. Lyra pierwsza odzyskała głos.

— Dziękujemy za zaproszenie, to bardzo miło z waszej strony — powiedziała. — Jak mówiłam, przepraszamy, że nie przyprowadziliśmy żadnej śmierci, jeśli tak się zwykle robi. Ale nie będziemy wam przeszkadzać dłużej, niż to konieczne. Widzicie, szukamy krainy zmarłych i dlatego tutaj trafiliśmy. Ale nie wiemy, gdzie ona jest ani czy to miejsce do niej należy, ani jak się tam dostać. Więc jeśli możecie nam coś o tym powiedzieć, będziemy bardzo wdzięczni.

Ludzie w chałupie wciąż się gapili, lecz słowa Lyry nieco złagodziły napięcie i kobieta zaprosiła ich do stołu, przysuwając ławkę. Will i Lyra posadzili śpiące ważki na półce w ciemnym kącie, gdzie miały odpoczywać do rana, jak zapewnił Tialys, a potem Gallivespianie usiedli z nimi przy stole.

Kobieta obrała kilka kartofli i wkroiła do przygotowywanego wcześniej gulaszu, żeby wystarczył na więcej osób. Ponagliła męża, by poczęstował czymś podróżnych, zanim potrawa się ugotuje. Mężczyzna przyniósł butelkę czystego alkoholu, który dla Lyry pachniał jak cygański jenniver. Dwójka szpiegów przyjęła kieliszek, w którym zanurzyli własne małe naczynka.

Lyra oczekiwała, że rodzina będzie się gapić głównie na Gallivespian, ale zauważyła, że ona i Will wzbudzali w nich równie wielką ciekawość. Nie zwlekając, zapytała o powód.

— Jesteście pierwszymi ludźmi, których zobaczyliśmy bez śmierci — oznajmił mężczyzna o imieniu Peter. — To znaczy, odkąd tutaj mieszkamy. Tak jak wy przyszliśmy tu, zanim umarliśmy, przypadkiem albo przez pomyłkę. Musimy czekać, aż nasza śmierć nam powie, że już czas.

— Wasza śmierć wam powie? — zdumiała się Lyra.

— Tak. Dowiedzieliśmy się, kiedy tutaj przyszliśmy, och, dawno temu dla wielu z nas, że wszyscy sprowadziliśmy ze sobą własną śmierć. Tutaj się o tym dowiedzieliśmy. Mieliśmy ją przy sobie przez cały czas. Widzisz, każdy ma swoją śmierć. Ona idzie za nami wszędzie, przez całe życie, krok w krok. Nasze śmierci są na zewnątrz, na świeżym powietrzu; potem tutaj przyjdą. Śmierć babci jest z nią, blisko niej, bardzo blisko.

— Czy to panią nie przeraża, że ma pani śmierć przy sobie przez cały czas? — zapytała Lyra.

— Dlaczego? Jeśli jest blisko, mogę ją mieć na oku.

Dużo bardziej bym się denerwowała, gdybym nie wiedziała, gdzie ona jest.

— I każdy ma własną śmierć? — upewnił się Will.

— Ależ tak, kiedy człowiek się rodzi, śmierć przychodzi na świat razem z nim i ona zabiera go ze świata.

— Aha! — zawołała Lyra. — Właśnie to chcieliśmy wiedzieć, ponieważ chcemy znaleźć krainę śmierci, ale nie wiemy, jak się tam dostać. Więc dokąd idziemy, kiedy umieramy?

— Twoja śmierć klepie cię po ramieniu albo bierze za rękę i mówi, chodź ze mną, już czas. Może przyjść, kiedy leżysz w gorączce albo kiedy zadławisz się kawałkiem suchego chleba, albo kiedy spadniesz z wysokiego budynku; w samym środku bólu i męki śmierć przychodzi do ciebie łaskawie i mówi: już dobrze, dziecko, chodź ze mną, i odpływasz z nią łodzią po jeziorze we mgłę. Co tam się dzieje, tego nie wie nikt. Nikt nigdy stamtąd nie wraca.

Kobieta kazała dziecku zawołać śmierci do chaty. Chłopiec podszedł do drzwi i przemówił do nich. Will i Lyra patrzyli z podziwem, a Gallivespianie przysunęli się bliżej do siebie, kiedy śmierci — jedna dla każdego członka rodziny — weszły przez drzwi: blade, niepozorne postacie w łachmanach, ciche, szare i bezbarwne.

— To są wasze śmierci? — zapytał Tialys.

— Tak, panie — potwierdził Peter.

— Czy wiecie, kiedy wam powiedzą, że już czas?

— Nie. Ale wiemy, że są blisko, a to zawsze pociecha.

Tialys nie odpowiedział, ale najwyraźniej uważał, że bliskość śmierci nie jest żadną pociechą. Śmierci stały grzecznie pod ścianą, zajmując dziwnie mało miejsca i nie rzucając się w oczy. Lyra i Will wkrótce przestali zwracać na nie uwagę, chociaż Will pomyślał: Ci ludzie, których zabiłem... mieli przy sobie swoje śmierci przez cały czas... nie wiedzieli i ja nie wiedziałem...

Kobieta, imieniem Martha, nałożyła gulasz do wyszczerbionych emaliowanych talerzy i zostawiła trochę w misce dla śmierci, żeby się podzieliły. Nie jadły, ale przyjemny zapach sprawiał im zadowolenie. Wkrótce cała rodzina i goście jedli łapczywie, a Peter zapytał dzieci, skąd pochodzą i jaki jest ich świat.

— Opowiem wam o tym — obiecała Lyra.

Gdy to powiedziała i przejęła inicjatywę, poczuła lekki dreszczyk przyjemności wzbierający w jej piersi jak bąbelki w szampanie. Wiedziała, że Will patrzy, i cieszyła się, że na jego oczach robi coś, co umie najlepiej; robi to dla niego i dla nich wszystkich.

Zaczęła od historii swoich rodziców. Byli książęcą parą, bardzo wpływową i bogatą, których polityczny wróg pozbawił majątku i wtrącił do więzienia. Lecz zdołali uciec, spuszczając się po linie z maleńką Lyrą w ramionach ojca, i odzyskali rodzinną fortunę tylko po to, żeby zginąć z rąk bandytów. Lyra również zostałaby zabita, upieczona i zjedzona, gdyby Will nie ocalił jej w ostatniej chwili i nie zabrał ze sobą do lasu, gdzie żył wśród wilków. Jako dziecko wypadł za burtę ojcowskiego statku i fale przyniosły go na bezludny brzeg, gdzie wilczyca wykarmiła go własnym mlekiem i wychowała.

Słuchacze przełknęli te brednie łatwowiernie jak dzieci i nawet śmierci zbliżyły się, żeby posłuchać, przysiadły na ławce albo położyły się na podłodze i wpatrywały w Lyrę łagodnymi oczami, kiedy snuła opowieść o swoim życiu z Willem w lesie.

On i Lyra przez jakiś czas mieszkali wśród wilków, a potem przenieśli się do Oksfordu, żeby pracować w kuchniach Kolegium Jordana. Tam poznali Rogera i kiedy kolegium zostało zaatakowane przez ceglarzy, którzy mieszkali na Gliniankach, musieli uciekać w pośpiechu; więc ona, Will i Roger ukradli wąską cygańską łódź i przepłynęli całą Tamizę, prawie ich schwytano przy śluzie Abingdon, a potem piraci z Wapping zatopili łódź i dzieci musiały ratować się ucieczką wpław na

267

trzymasztowy kliper, który właśnie wyruszał do Hang Chow w Kitaju po ładunek herbaty.

Na kliprze spotkali Gallivespian, obcych z Księżyca, których przywiał na Ziemię potężny huragan z Drogi Mlecznej. Schronili się w bocianim gnieździe, a Lyra, Will i Roger po kolei chodzili ich odwiedzać, tylko że pewnego dnia Roger pośliznął się i spadł w morskie odmęty.

Próbowali ubłagać kapitana, żeby zawrócił statek i poszukał chłopca, ale on był twardym, bezdusznym człowiekiem i obchodził go tylko zysk, który mógł zgarnąć, gdyby szybko dopłynął do Kitaju, więc kazał zakuć ich w kajdany. Ale Gallivespianie przynieśli im pilnik i...

I tak dalej. Od czasu do czasu Lyra oglądała się na Willa lub szpiegów, żądając potwierdzenia, a Salmakia dorzucała parę szczegółów albo Will kiwał głową i opowieść ciągnęła się aż do chwili, kiedy dzieci i ich przyjaciele z Księżyca musieli znaleźć drogę do krainy zmarłych, żeby dowiedzieć się od rodziców Lyry, gdzie zakopali w sekrecie rodzinny majątek.

— Gdybyśmy znali swoje śmierci we własnym kraju — zakończyła — jak wy tutaj, pewnie byłoby nam łatwiej; ale i tak mieliśmy szczęście, że trafiliśmy tu i możemy zasięgnąć waszej rady. Bardzo wam dziękujemy, że tak uprzejmie nas wysłuchaliście i nakarmiliście. Ale teraz, rozumiecie, albo może rano, musimy znaleźć sposób, żeby przepłynąć przez wodę tam, gdzie płyną zmarli. Czy możemy wynająć jakąś łódź?

Dzieci, zarumienione ze zmęczenia, przenosiły senny wzrok z jednego dorosłego na drugiego, ale nikt nie potrafił odpowiedzieć, gdzie można znaleźć łódź.

Potem odezwał się ktoś, kto dotąd milczał. Z posłania w kącie dobiegł suchy, skrzypiący, nosowy głos — nie głos kobiety — nie żywy głos; to był głos śmierci babki.

— Tylko z własnymi śmierciami — powiedział szkielet, opierając się na łokciu i celując kościstym palcem w Lyrę. — Możecie przepłynąć jezioro i wejść do krainy zmarłych. Musicie przywołać swoje śmierci. Słyszałam o ludziach jak wy, którzy trzymają swoje śmierci na dystans. Nie lubicie ich, a one przez grzeczność schodzą wam z oczu. Ale są niedaleko. Za każdym razem, kiedy się oglądacie, wasza śmierć robi unik. Chowa się, kiedy patrzycie. Potrafi się schować w filiżance herbaty. Albo w kropli rosy. Albo w tchnieniu wiatru. Nie jak ja i ta stara Magda — dodała i uszczypnęła staruszkę w pomarszczony policzek, a ona odepchnęła jej rękę. — Żyjemy w zgodzie i przyjaźni. Oto odpowiedź, właśnie to powinniście zrobić, przywitać je, zaprzyjaźnić się, zaprosić wasze śmierci bliżej i zobaczyć, do czego potraficie je namówić.

Jej słowa zapadały w umysł Lyry jak ciężkie kamienie. Will również poczuł ich śmiertelny ciężar.

— Jak mamy to zrobić? — zapytał.

— Wystarczy zapragnąć i gotowe.

— Czekajcie — wtrącił Tialys.

Wszyscy obejrzeli się na niego, a śmierci leżące na podłodze usiadły i zwróciły puste, łagodne twarze w stronę jego małej, zapalczywej twarzyczki. Kawaler stał tuż obok Salmakii, z dłonią na jej ramieniu. Lyra wiedziała, o czym myślał: zamierzał powiedzieć, że to już zaszło za daleko, że muszą się wycofać, że przekroczyli dopuszczalne granice głupoty.

— Przepraszam — powiedziała do Petera — ale ja i nasz księżycowy przyjaciel musimy wyjść na chwilę, ponieważ on chce porozmawiać z przyjaciółmi na Księżycu przez mój specjalny instrument. Zaraz wrócimy.

Ostrożnie wzięła go do ręki, uważając na ostrogi, i wyniosła na zewnątrz w ciemność, gdzie obluzowany kawałek przerdzewiałej blachy pokrywającej dach pobrzękiwał melancholijnie na zimnym wietrze.

— Musisz przestać — oświadczył kawaler, kiedy postawiła go na przewróconej beczce po oleju, w słabym świetle jednej z żarówek kołyszących się na kablu nad ich głowami. — Nie posuwaj się dalej. Wystarczy.

— Ale zawarliśmy umowę — przypomniała mu Lyra.

— Nie, nie. To szaleństwo.

— No dobrze. Zostawcie nas. Polecicie z powrotem. Will wytnie okno do waszego świata albo do każdego świata, jaki wybierzecie, przelecicie tam i będziecie bezpieczni, w porządku, nie mamy nic przeciwko.

— Czy zdajesz sobie sprawę, co robisz?

— Tak.

— Nieprawda. Jesteś bezmyślną, nieodpowiedzialną, kłamliwą smarkulą. Fantazjowanie przychodzi ci tak łatwo, że cała twoja natura przesiąkła nieuczciwością i nie pogodzisz się z prawdą, nawet kiedy patrzy ci w twarz. No więc jeśli sama nie rozumiesz, powiem ci wprost: nie możesz, nie wolno ci ryzykować życia. Musisz teraz wrócić z nami. Wezwę Lorda Asriela i za kilka godzin będziemy bezpieczni w fortecy.

Lyra poczuła wielką falę gniewu wzbierającą w piersi i tupnęła nogą, nie mogąc się opanować.

— Ty nic nie wiesz! — zawołała. — Ty po prostu nie wiesz, co ja myślę albo czuję, prawda? Nie wiem, czy wy w ogóle macie dzieci, może składacie jajka albo coś takiego, wcale bym się nie zdziwiła, bo nie jesteście dobrzy, nie jesteście wielkoduszni, nie jesteście troskliwi... Nawet nie jesteście okrutni! Już bym wolała okrucieństwo, bo to by znaczyło, że traktujecie nas poważnie, że nie podróżujecie z nami po prostu dlatego, że wam to odpowiada... Och, teraz wcale nie mogę wam ufać! Obiecałeś, że pomożecie i że zrobimy to razem, a teraz chcesz nas powstrzymać! To ty jesteś nieuczciwy, Tialysie!

— Nigdy bym nie pozwolił, żeby moje dziecko mówiło do mnie tak niegrzecznie i wyniośle. Dlaczego dotąd cię nie ukarałem?!

— Więc śmiało! Ukarz mnie, skoro możesz! Dalej, wbij mi te swoje cholerne ostrogi, wbijaj mocno! Masz, daję ci rękę! Nie wiesz, co czuję, ty samolubny pyszałku... Nie masz pojęcia, jak mi źle i smutno z powodu mojego przyjaciela Rogera... Zabijasz ludzi, ot tak — strzeliła palcami — nie liczą się dla ciebie... ale dla mnie to udręka i rozpacz, że nie pożegnałam się z moim przyjacielem! Chcę go przeprosić i jakoś to naprawić... Nigdy tego nie zrozumiesz, przez swoją pychę, przez swoją dorosłą przemądrzałość... i jeśli muszę umrzeć, żeby zrobić, co należy, to umrę z radością. Widziałam już gorsze rzeczy. Więc jeśli chcesz mnie zabić, twardy, silny mężczyzno z zatrutymi ostrogami, dzielny kawalerze, zrób to, dalej, zabij mnie! Wtedy ja i Roger będziemy bawić się razem w krainie zmarłych przez wieczność i śmiać się z ciebie, ty żałosny stworze.

Nietrudno było odgadnąć, co Tialys mógł wtedy zrobić, ponieważ od stóp do głów płonął gniewem, dygotał z wściekłości; lecz zanim zdążył się poruszyć, za plecami Lyry odezwał się jakiś głos i zmroził ich oboje. Lyra odwróciła się, wiedząc, co zobaczy, przerażona mimo pozornej brawury.

Śmierć stała bardzo blisko, uśmiechnięta uprzejmie, z twarzą dokładnie taką samą jak u innych śmierci. Pantalaimon na piersi Lyry zaskomlał i zadrżał, pod postacią gronostaja owinął się wokół jej szyi i próbował odciągnąć ją od śmierci. Lecz jedynie sam znalazł się bliżej, więc znowu przycisnął się do jej ciepłego gardła i silnie bijącego serca.

Lyra przytuliła go mocno i spojrzała śmierci prosto w twarz. Nie usłyszała jej słów. Kątem oka widziała, że Tialys pospiesznie przygotowuje magnetytowy rezonator.

— Więc jesteś moją śmiercią? — zapytała.

— Tak, moja droga.

— Ale jeszcze mnie nie zabierzesz?

— Chciałaś mnie wezwać. Zawsze tu jestem.

— Tak, ale... tak, chciałam, ale... To prawda, chcę pójść do krainy zmarłych. Ale nie umrzeć. Nie chcę umierać. Kocham życie i kocham mojego dajmona, i... Dajmony tam nie przechodzą, prawda? Widziałam, jak znikają, gasną jak świece, kiedy ludzie umierają. Czy w krainie zmarłych ludzie mają dajmony?

— Nie — odpowiedziała śmierć. — Twój dajmon rozpływa się w powietrzu, a ty rozkładasz się pod ziemią.

— Więc chcę zabrać ze sobą swojego dajmona, kiedy wejdę do krainy zmarłych — oświadczyła stanowczo Lyra. — I chcę stamtąd wrócić. Czy zdarzyło się kiedyś, żeby ludzie wracali?

— Nie zdarzyło się od wieków. W końcu, dziecko, wejdziesz do krainy śmierci bez trudu, bez ryzyka, odbędziesz spokojną, bezpieczną podróż w towarzystwie własnej śmierci, oddanej przyjaciółki, która była przy tobie w każdej chwili twojego życia, która zna cię lepiej niż ty sama...

— Ale to Pantalaimon jest moim oddanym przyjacielem! Nie znam cię, ale znam Pantalaimona i kocham go, i jeśli kiedyś... jeśli kiedyś...

Śmierć kiwała głową. Okazywała uprzejme zainteresowanie, ale Lyra nie mogła zapomnieć ani na chwilę, czym była: jej własną śmiercią, stojącą tak blisko.

— Wiem, że teraz to będzie trudne — powiedziała już spokojniej — i niebezpieczne, ale chcę tam pójść, naprawdę. Will też chce. Oboje zbyt szybko kogoś straciliśmy i musimy to naprawić, przynajmniej ja muszę.

— Każdy chciałby porozmawiać jeszcze raz z tymi, którzy odeszli do krainy śmierci. Dlaczego mam robić wyjątek dla ciebie?

— Ponieważ... — zaczęła wymyślać kłamstwo. — Ponieważ muszę coś tam zrobić, nie tylko zobaczyć mojego przyjaciela Rogera. Anioł dał mi to zadanie i nikt inny nie może tego wykonać, tylko ja. To zbyt ważne, żeby czekać, aż umrę naturalną śmiercią. Trzeba to zrobić teraz. Widzisz, anioł wydał mi rozkaz. Dlatego tutaj przyszliśmy z Willem. Musieliśmy.

Za jej plecami Tialys odłożył instrument, usiadł i patrzył, jak dziewczynka prosi własną śmierć, żeby ją zabrała tam, gdzie nikt nie powinien iść.

Śmierć drapała się w głowę i podnosiła ręce, ale nic nie mogło powstrzymać próśb Lyry, nic nie mogło ugasić jej zapału, nawet strach; widziała już gorsze rzeczy niż śmierć, tak twierdziła i mówiła prawdę.

Więc wreszcie jej śmierć przemówiła:

— Skoro nic cię nie zniechęci, mogę tylko powiedzieć: chodź ze mną, zabiorę cię tam, do krainy zmarłych. Będę twoim przewodnikiem. Pokażę ci wejście, ale drogę wyjścia musisz znaleźć sama.

— I moich przyjaciół — przypomniała Lyra. — Mojego przyjaciela Willa i pozostałych.

— Lyro — wtrącił Tialys — wbrew wszelkim zdrowym instynktom pójdziemy z tobą. Rozgniewałem się na ciebie przed chwilą, ale utrudniasz mi...

Lyra wiedziała, że powinna go ugłaskać, i zrobiła to chętnie, skoro postawiła na swoim.

— Tak — przyznała — masz rację, Tialysie, przepraszam, ale gdybyś się nie rozgniewał, nie mielibyśmy tej damy za przewodnika. Więc cieszę się, że jesteście z nami, ty i lady, naprawdę jestem wam wdzięczna.

Tak więc Lyra namówiła własną śmierć, żeby zaprowadziła ją i jej przyjaciół do krainy, gdzie odszedł Roger i ojciec Willa, i Tony Makarios, i tylu innych; a śmierć kazała jej zejść na przystań o pierwszym brzasku i przygotować się do podróży.

Pantalaimon drżał i dygotał, Lyra za nic nie mogła go uspokoić ani uciszyć jego cichych jęków. Toteż spała płytkim, przerywanym snem na podłodze izby, razem ze wszystkimi, a jej śmierć czuwała nad nią.

20

Wspinaczka

Zdobyłam to — powoli się wspinając
Gałązek się czepiając
Co rosną między błogością — a mną...

Emily Dickinson

Mulefa wytwarzali wiele rodzajów lin i sznurów. Mary przez cały ranek sprawdzała i wypróbowywała te, które miała na składzie rodzina Atal, zanim dokonała wyboru. W tym świecie nie stosowano skręcania i zwijania, więc wszystkie liny i sznury były plecione; wydawały się jednak mocne i wytrzymałe, i Mary wkrótce znalazła dokładnie to, czego potrzebowała.

— Co ty robisz? — zapytała Atal.

Mulefa nie znali pojęcia wspinaczki, więc Mary musiała długo gestykulować i wyjaśniać w okrężny sposób. Atal była przerażona.

— Wejść na wyższe części drzew?

— Muszę widzieć, co się dzieje — tłumaczyła Mary. — Teraz pomóż mi przygotować linę.

Pewnego razu w Kalifornii Mary poznała matematyka, który spędzał każdy weekend, włażąc na drzewa. Mary sama trochę wspinała się po skałkach, więc chciwie słuchała, jak opisywał techniki i sprzęt, i postanowiła tego spróbować przy najbliższej okazji. Oczywiście nigdy się nie spodziewała, że będzie włazić na drzewa w innym wszechświecie; wspinaczka solo też jej się nie uśmiechała, ale nie miała wyboru. Mogła jedynie zadbać o maksymalne bezpieczeństwo.

Wybrała linę tak długą, że przerzucona przez gałąź wysokiego drzewa sięgała po obu stronach do ziemi, i tak mocną, że mogła unieść jej kilkakrotny ciężar. Potem odcięła mnóstwo krótszych kawałków z cieńszego, ale bardzo wytrzymałego sznura i sporządziła uchwyty: nieduże pętle zawiązane węzłem rybackim, dające oparcie stopom i dłoniom, kiedy przywiązała je do głównej liny.

Następnie pojawił się problem, jak przerzucić linę przez gałąź. Po godzinie czy dwóch eksperymentowania z cienkim, elastycznym sznurkiem i sprężystą gałęzią powstał łuk; szwajcarski scyzoryk wyciął kilka strzał, pozostawiając trochę liści zamiast lotek, żeby ustabilizować je w locie; i wreszcie po całym dniu pracy Mary mogła zaczynać. Lecz słońce zachodziło i bolały ją dłonie, więc zjadła kolację i poszła spać, podczas gdy *mulefa* dyskutowali o niej bez końca cichymi, melodyjnymi szeptami.

Z samego rana wyruszyła, żeby wystrzelić strzałę nad gałęzią. Wokół zebrał się niewielki tłumek obserwatorów zaniepokojonych o jej bezpieczeństwo. Dla stworzeń na kołach wspinaczka była czymś tak obcym, że przerażała je sama myśl o tym.

Mary rozumiała, co czują. Opanowała zdenerwowanie, przywiązała koniec najcieńszego, najlżejszego sznurka do strzały i wystrzeliła ją z łuku.

Straciła pierwszą strzałę, która wbiła się w korę wysoko i nie dała się wyrwać. Straciła drugą, bo chociaż przerzuciła ją nad gałęzią, strzała nie spadła dostatecznie daleko po drugiej tronie, żeby dosięgnąć ziemi, a przy

275

ściąganiu z powrotem zaczepiła o coś i pękła. Długi sznurek spadł przywiązany do odłamanego kawałka. Mary spróbowała z trzecią, ostatnią strzałą, i tym razem się udało.

Ciągnąc ostrożnie i równo, żeby nie zaczepić i nie przerwać sznurka, przesunęła przygotowaną linę nad gałęzią tak, że oba końce sięgały ziemi. Potem przywiązała je dla bezpieczeństwa do masywnego korzenia, grubego jak jej biodra. Powinien wytrzymać, pomyślała. Lepiej, żeby wytrzymał. Oczywiście stojąc na ziemi, nie mogła sprawdzić, na jakiej gałęzi zawiśnie jej ciężar. W przeciwieństwie do wspinaczki po skałach, kiedy przywiązywało się linę do haków wbijanych w szczeliny co kilka metrów, więc nigdy nie groził upadek z dużej wysokości, tutaj wchodził w grę jeden bardzo długi kawałek liny i jeden bardzo długi upadek, gdyby coś nie wyszło. Jako dodatkowy środek bezpieczeństwa Mary splotła trzy kawałki liny w uprząż i przymocowała ją do obu końców głównej liny luźnym węzłem, który mogła zacisnąć w każdej chwili, gdyby zaczęła się zsuwać.

Włożyła stopę w pierwszą pętlę i rozpoczęła wspinaczkę.

Dotarła do korony drzewa szybciej, niż się spodziewała. Wspinaczka okazała się prosta, lina nie drażniła dłoni i chociaż Mary wolała nie myśleć, jak się dostanie na pierwszą gałąź, odkryła, że głębokie szczeliny w korze dają jej solidne oparcie i poczucie bezpieczeństwa. Zaledwie po piętnastu minutach stała na pierwszym konarze i planowała dalszą trasę.

Zabrała ze sobą dwa dodatkowe zwoje liny, bo zamierzała spleść siatkę, żeby zastąpiła haki, kotwy, „małpy" i inny sprzęt, z którego korzystała przy wspinaczce na skały. Przywiązanie lin zabrało jej jeszcze parę minut. Zabezpieczywszy się należycie, wybrała na oko najbardziej obiecującą gałąź, ponownie zwinęła zapasową linę i wyruszyła.

Po dziesięciu minutach ostrożnej wspinaczki znalazła się w największej gęstwinie. Mogła dotknąć długich liści i przesunąć po nich rękami; znajdowała kolejne kwiaty, białawe i absurdalnie maleńkie, każdy otoczony obwódką wielkości monety, która później utworzy wielki, twardy jak żelazo strąk nasienny.

Dotarła do wygodnego miejsca, gdzie rozwidlały się trzy gałęzie, starannie przywiązała linę, zacieśniła uprząż i odpoczęła.

Przez luki w listowiu widziała błękitne morze, czyste i roziskrzone aż po horyzont. Po drugiej stronie za jej prawym ramieniem rozciągała się falująca brązowozłota preria, pokreślona siatką czarnych dróg.

Wiał lekki wietrzyk, który roznosił słaby zapach kwiatów i szeleścił sztywnymi liśćmi. Mary wyobraziła sobie jakąś potężną, dobrotliwą moc, która kołysze ją w górze niczym para olbrzymich dłoni. Leżała w rozwidleniu grubych konarów, czując błogość, jaką przeżyła wcześniej tylko raz, i wcale nie wtedy, kiedy złożyła śluby jako zakonnica.

Wreszcie skurcz w prawej kostce, opartej niewygodnie o zakrzywiony konar, przywrócił ją do normalnego stanu. Ostrożnie cofnęła nogę i znowu skupiła się na swoim zadaniu, jeszcze oszołomiona po zanurzeniu w otaczającym ją oceanie zadowolenia.

Wyjaśniła *mulefa*, że musiała trzymać płytki żywicy rozsunięte na szerokość dłoni, żeby zobaczyć *sarf*; natychmiast rozwiązali ten problem, sporządziwszy krótką bambusową tubę, na końcach której zamocowali bursztynowe płytki niczym w teleskopie. Mary trzymała tę lunetę w kieszeni na piersiach i teraz ją wyjęła. Kiedy przez nią spojrzała, zobaczyła dryfujące złociste iskierki, *sarf*, Cienie, Pył Lyry, niczym rozległą chmurę małych robaczków unoszących się na wietrze. Na ogół polatywały bezładnie tu i tam jak kurz w promieniu słońca albo molekuły w szklance wody.

Na ogół.

Ale im dłużej patrzyła, tym wyraźniej dostrzegała inny rodzaj ruchu. Pod pozorem chaotycznego tańca następował powolny, ale intensywny przepływ cząsteczek od lądu w stronę morza.

No, no, dziwne. Mary zaczepiła uprząż o jedną z zamocowanych lin i popełzła po poziomej gałęzi, oglądając z bliska wszystkie kwiatostany, jakie znalazła. Wkrótce zaczęła rozumieć, co się dzieje. Patrzyła i patrzyła, aż nabrała całkowitej pewności, po czym rozpoczęła żmudne, powolne, ostrożne schodzenie.

Mary zastała *mulefa* ledwie żywych z niepokoju, lękających się o przyjaciółkę, która znalazła się tak wysoko nad ziemią.

Najbardziej ucieszyła się Atal, która dotykała jej nerwowo trąbą i cicho popiskiwała z radości, że Mary wróciła cała i zdrowa. Potem szybko zawiozła ją do wioski razem z kilkoma innymi *mulefa*.

Jak tylko wjechali na szczyt wzgórza, w wiosce zawrzało i zanim dotarli do miejsca przemów, zrobił się straszny ścisk, toteż Mary odgadła, że wielu gości przybyło posłuchać, co miała do powiedzenia. Żałowała, że nie mogła im przekazać lepszych wiadomości.

Stary *zalif* Sattamax wjechał na kopiec i przywitał ją ciepło, a ona odpowiedziała z całą uprzejmością, jaką mogła wyrazić. Jak tylko powitania dobiegły końca, zaczęła mówić, stosując liczne omówienia:

— Moi przyjaciele, byłam w koronach waszych drzew, obejrzałam z bliska wyrastające liście, młode kwiaty i strąki nasienne. Widziałam, że wysoko w koronach drzew jest prąd *sarf*, który płynie pod wiatr. Powietrze przesuwa się znad morza w głąb lądu, ale *sarf* powoli płynie w przeciwną stronę. Czy widzicie to z ziemi? Bo ja nie widzę.

— Nie — odparł Sattamax. — Teraz słyszymy o tym po raz pierwszy.

— No więc — kontynuowała — drzewa filtrują *sarf*, kiedy przelatuje wśród nich, i część przyciągają kwiaty. Widziałam, jak to się dzieje: kwiaty są zwrócone ku górze i jeśli *sarf* opada prosto w dół, wnika w płatki i zapładnia je jak pyłek z gwiazd. Ale *sarf* nie opada, tylko przesuwa się ku morzu. Jeśli kwiat przypadkiem jest zwrócony w stronę lądu, *sarf* może w niego wniknąć. Dlatego wciąż rośnie trochę strąków nasiennych. Jednak większość kwiatów jest zwrócona w górę i *sarf* tylko przepływa obok nich. Kwiaty widocznie ewoluowały w ten sposób, ponieważ w przeszłości *sarf* opadał w dół. Coś stało się z *sarfem*, nie z drzewami. Nie wiedzieliście o tym, ponieważ ten prąd można zobaczyć tylko z wysoka. Więc jeśli chcecie ocalić drzewa i życie, musimy się dowiedzieć, dlaczego *sarf* tak robi. Nie potrafię jeszcze wymyślić sposobu, ale na pewno spróbuję.

Widziała, że wielu z nich wyciąga szyje i usiłuje zobaczyć Pył. Ale z ziemi nie mogli go dostrzec; sama spojrzała przez lunetę, lecz ujrzała tylko głęboki błękit nieba.

Rozmawiali przez długi czas, próbując sobie przypomnieć jakąś wzmiankę o wietrze *sarf* wśród swoich legend i opowieści, lecz nic takiego nie istniało. Wiedzieli tylko, że *sarf* przychodzi z gwiazd, jak zawsze.

Wreszcie zapytali, czy Mary ma jakieś pomysły, a ona powiedziała:

— Muszę przeprowadzić więcej obserwacji. Trzeba się dowiedzieć, czy wiatr zawsze wieje w tym kierunku, czy zmienia się jak prądy powietrzne we dnie i w nocy. Muszę spędzić więcej czasu w koronach drzew, nocować tam na górze i prowadzić obserwacje. Potrzebuję waszej pomocy, by zbudować jakąś platformę, żebym mogła tam bezpiecznie spać.

Mulefa, praktyczni i zainteresowani wynikami obserwacji, natychmiast zaofiarowali się zbudować dla niej, cokolwiek zechce. Znali technikę wielokrążków i wkrótce ktoś zaproponował, żeby wciągać Mary na wierzchołek drzewa i w ten sposób oszczędzić jej wysiłku oraz niebezpieczeństw wspinaczki.

Zadowoleni, że mają coś do roboty, od razu przystąpili do zbierania materiałów. Pod kierownictwem Mary splatali liny i sznury, wiązali i mocowali paliki, gromadzili wszystko, czego potrzebowała do budowy platformy obserwacyjnej w koronie drzewa.

Po rozmowie z parą staruszków w gaju oliwnym ojciec Gomez stracił trop. Przez kilka dni szukał i rozpytywał dookoła, ale kobieta jakby rozpłynęła się w powietrzu.

Nie zamierzał się poddawać, chociaż sprawa wyglądała beznadziejnie; krucyfiks na szyi i strzelba na plecach stanowiły podwójny symbol jego absolutnej determinacji.

Lecz wypełnienie zadania zajęłoby mu znacznie więcej czasu, gdyby nie zmiana pogody. W świecie, gdzie przebywał, było gorąco i sucho. Ojciec Gomez odczuwał narastające pragnienie. Widząc wilgotną skałę na szczycie osypiska, wdrapał się na górę, by zobaczyć, czy jest tam źródło. Nie było, ale w świecie strąkowych drzew właśnie spadł ulewny deszcz; w ten sposób ojciec Gomez znalazł okno i dowiedział się, dokąd odeszła Mary.

21

Harpie

Zresztą Muza ma fikcją się nie wspiera...
Jedynie faktów repertuar zbiera... *
George Byron

Lyra i Will zbudzili się, każde z ciężkim sercem, zupełnie jak skazańcy w poranek wyznaczony na egzekucję. Tialys i Salmakia karmili swoje ważki, przynosili im ćmy złapane na lasso przy anbarycznej lampie nad beczką po oleju, muchy wycięte z pajęczyn i wodę w blaszanej misce. Kiedy lady Salmakia zobaczyła minę Lyry i sposób, w jaki Pantalaimon pod postacią myszy przywierał do jej piersi, przerwała swoje zajęcia i przyszła z nią porozmawiać. Will tymczasem wyszedł z chaty na spacer.

— Możecie jeszcze zmienić decyzję — powiedziała Salmakia.

— Nie, nie możemy. Już postanowiliśmy — odparła Lyra, uparta i jednocześnie przestraszona.

— A jeśli nie wrócimy?

— Wy nie musicie iść — przypomniała Lyra.

---

* „Don Juan", pieśń XIV, XIII, tłum. E. Porębowicz.

— Nie opuścimy was.

— A jeśli nie wrócicie?

— Zginiemy, robiąc coś ważnego.

Lyra zamilkła. Wcześniej nie przyjrzała się dobrze Salmakii, teraz jednak widziała ją bardzo wyraźnie w świetle kopcącej lampy naftowej, stojącej na stole w zasięgu ręki. Lady miała twarz łagodną i spokojną, nie piękną, nawet nie ładną, ale tego rodzaju, jaką chciałby obok siebie widzieć każdy chory, nieszczęśliwy lub wystraszony człowiek. Głos miała czysty, niski i wyrazisty, podszyty śmiechem i radością. Przez całe życie Lyra nie miała nikogo, kto by jej czytał na dobranoc, nikt nie opowiadał jej bajek ani nie śpiewał kołysanek, nikt jej nie całował przed zgaszeniem światła. Nagle jednak pomyślała, że gdyby istniał głos, który kojarzyłby się z bezpieczeństwem i miłością, byłby to głos lady Salmakii; i poczuła w sercu pragnienie, żeby pewnego dnia kołysać własne dziecko, śpiewać mu i opowiadać bajki takim głosem.

— No... — zaczęła, ale ścisnęło ją w gardle, więc tylko przełknęła ślinę i wzruszyła ramionami.

— Zobaczymy — powiedziała lady.

Zjadłszy cienki, suchy chleb i wypiwszy gorzką herbatę, bo tylko tyle mieli do zaofiarowania gospodarze, podróżni podziękowali, zarzucili plecaki na ramiona i wyruszyli przez miasto ruder w stronę jeziora. Lyra rozejrzała się za swoją śmiercią i oczywiście zobaczyła, jak szła uprzejmie z przodu; ale nie chciała się zbliżyć, chociaż ciągle się oglądała, sprawdzając, czy idą za nią.

Dzień był posępny i mglisty, przypominał bardziej zmierzch niż poranek. Opary mgły okrywały smętnym całunem kałuże na drodze lub czepiały się anbarycznych kabli niczym upiorne palce. Nie widzieli żadnych ludzi i niewiele śmierci. Ważki śmigały w wilgotnym powietrzu, jakby zszywały wszystko niewidoczną nicią, jaskrawe błyski ich barw stanowiły rozkosz dla oczu.

Wkrótce dotarli na skraj osiedla i ruszyli wzdłuż strumienia, leniwie płynącego wśród karłowatych bezlistnych krzewów. Od czasu do czasu słyszeli ostry trzask albo plusk, jakby spłoszyli jakiegoś płaza, ale nie widzieli żadnych żywych stworzeń poza jedną ropuchą, wielką jak stopa Willa, która tylko zataczała się ciężko z boku na bok jakby z bólu. Niezdarnie próbowała usunąć im się z drogi i patrzyła na nich tak, jakby wiedziała, że zrobią jej krzywdę.

— Miłosiernie będzie ją zabić — oświadczył Tialys.

— Skąd wiesz? — sprzeciwiła się Lyra. — Może ona wciąż chce żyć, pomimo wszystko.

— Jeśli ją zabijemy, zabierzemy ją ze sobą — zauważył Will. — Ona chce zostać tutaj. Zabiłem już dosyć żywych istot. Nawet brudna cuchnąca kałuża jest lepsza niż śmierć.

— Ale jeśli ona cierpi? — nie ustępował Tialys.

— Gdyby nam powiedziała, wiedzielibyśmy. Ale skoro nie może, nie zamierzam jej zabijać. Zrobiłbym to dla siebie, nie dla niej.

Poszli dalej. Wkrótce zmiana w odgłosie ich kroków zasygnalizowała bliskość otwartej przestrzeni, chociaż mgła jeszcze bardziej zgęstniała. Pantalaimon pod postacią lemura z największymi oczami, jakie potrafił wytworzyć, przywierał do ramienia Lyry, wciskał się w jej wilgotne od mgły włosy i rozglądał się dookoła, ale widział nie więcej niż ona. Wciąż dygotał.

Nagle wszyscy usłyszeli plusk wody, cichy, ale bardzo bliski. Ważki z jeźdźcami na grzbietach wróciły do dzieci. Pantalaimon ukrył się na piersi Lyry, która przysunęła się bliżej do Willa, i oboje ostrożnie stąpali po śliskiej ścieżce.

A potem znaleźli się na brzegu. Oleista, pokryta szumowinami tafla wody rozciągała się przed nimi, drobne fale leniwie lizały kamienisty brzeg.

Ścieżka skręciła w lewo. Trochę dalej wystawały z wody, podobne raczej do zgęstka mgły niż materialnego przedmiotu, drewniane deski przystani, przegniłe, pokryte zielonym śluzem. Nie widzieli nic więcej; ścieżka kończyła się tam, gdzie zaczynał pomost, a na końcu pomostu wisiała mgła. Śmierć Lyry, przyprowadziwszy ich tutaj, skłoniła się przed nią, weszła we mgłę i zniknęła, zanim Lyra zdążyła zapytać, co dalej.

— Słuchaj — szepnął Will.

Znad niewidocznej wody dobiegł powolny dźwięk: skrzypienie drewna i ciche, regularne pluskanie. Will oparł dłoń na rękojeści noża i ostrożnie wszedł na zbutwiałe deski przystani. Lyra trzymała się tuż za nim. Ważki przysiadły na dwóch obrośniętych wodorostami pachołkach do cumowania niczym heraldyczni strażnicy, a dzieci stanęły na końcu pomostu i wytężyły wzrok. Wciąż musiały ocierać rzęsy, na których osiadały kropelki wilgoci. Jedynym dźwiękiem było miarowe skrzypienie i pluskanie, które zbliżało się coraz bardziej.

— Nie płyńmy tam! — szepnął Pantalaimon.

— Musimy — odszepnęła Lyra.

Spojrzała na Willa. Twarz miał zaciętą, ponurą i zdecydowaną; on się nie cofnie. Gallivespianie, Tialys na ramieniu Willa i Salmakia na ramieniu Lyry, zachowywali czujny spokój. Mgła perliła się na skrzydłach ważek jak na pajęczynach; od czasu do czasu owady szybkim trzepotaniem otrząsały skrzydła, ponieważ ciążyły im kropelki wilgoci. Lyra miała nadzieję, że znajdzie się dla nich pożywienie w krainie zmarłych.

Nagle pojawiła się łódź.

Była to stara łódź wiosłowa, poobijana, połatana, spróchniała; kierował nią przewoźnik wiekowy ponad wszelkie wyobrażenie, zgarbiony i skulony, odziany w worki związane sznurkiem, z kościstymi dłońmi zaciśniętymi na uchwytach wioseł, z wodnistymi bladymi oczami głęboko zapadniętymi wśród fałd i zmarszczek szarej skóry.

Puścił wiosło i sięgnął szponiastą dłonią do żelaznego kółka, umocowanego w słupie na rogu przystani. Drugą ręką pociągnął wiosłem, żeby ustawić łódź dokładnie obok pomostu.

Nie musieli nic mówić. Will wsiadł pierwszy, potem podeszła Lyra.

Lecz przewoźnik podniósł rękę.

— Nie on — oświadczył chrapliwym szeptem.

— Kto?

— Nie on.

Wyciągnął szarożółty palec i wskazał Pantalaimona, którego rudobrązowe gronostajowe futerko natychmiast przybrało śnieżną biel.

— Ale on jest mną! — zaprotestowała Lyra.

— Jeśli popłyniesz, on musi zostać.

— Ale nie możemy! Umrzemy!

— Czy nie tego chcesz?

I wtedy po raz pierwszy Lyra w pełni zrozumiała, co robi. Zrozumiała prawdziwe konsekwencje. Stała drżąca, przejęta grozą, i przyciskała do siebie ukochanego dajmona tak mocno, że skomlał z bólu.

— Oni... — zaczęła bezradnie i zamilkła: to niesprawiedliwy zarzut, że pozostałych troje nie musiało nic oddać.

Will obserwował ją z niepokojem. Rozglądała się dookoła, patrzyła na jezioro, pomost, wyboistą ścieżkę, cuchnące kałuże, martwe i nasiąknięte wilgocią krzaki... Jej Pan zostanie tutaj samotny? Jak on bez niej przeżyje? Trząsł się pod jej koszulą, przytulony do nagiego ciała, chłonąc futerkiem jej ciepło. Niemożliwe! Nigdy!

— On musi tutaj zostać, jeśli ty chcesz płynąć — powtórzył przewoźnik.

Lady Salmakia szarpnęła wodze, jej ważka sfrunęła z ramienia Lyry i wylądowała na okrężnicy łodzi, gdzie dołączył do niej Tialys. Powiedzieli coś do przewoźnika. Lyra śledziła ich wzrokiem, jak skazaniec śledzi zamieszanie na końcu sali sądowej, które może oznaczać posłańca z ułaskawieniem.

Przewoźnik nachylił się, żeby posłuchać, a potem pokręcił głową.

— Nie — powiedział. — Jeśli ona popłynie, on zostanie.

— To niesprawiedliwe — odezwał się Will. — My nie musimy zostawiać części siebie. Dlaczego Lyra musi?

— Och, wy też musicie — odparł przewoźnik. — To jej pech, że ona widzi i słyszy cząstkę, którą musi zostawić. Wy zauważycie to dopiero na wodzie, a wtedy będzie za późno. Ale wszyscy musicie tutaj zostawić część siebie. Tacy jak on nie mają wstępu do krainy zmarłych.

Nie, pomyślała Lyra. Nie po to przetrwaliśmy koszmar w Bolvangarze; jakże się potem odnajdziemy?

I znowu spojrzała na ponury, niegościnny brzeg, brudny, cuchnący, przesiąknięty trucizną, i pomyślała o swoim kochanym Pantalaimonie czekającym tutaj samotnie, o towarzyszu jej serca patrzącym, jak ona znika we mgle, i wybuchnęła rozpaczliwym płaczem. Jej gwałtowne szlochy nie budziły echa, ponieważ mgła je tłumiła, ale wszędzie wzdłuż brzegu, w niezliczonych zatoczkach i płyciznach, w spróchniałych pniach drzew, okaleczone stworzenia, które tam mieszkały, usłyszały jej serdeczny płacz i przypadły niżej do ziemi, przestraszone.

— Gdyby on mógł popłynąć...! — zawołał Will, pragnąc ukoić jej rozpacz, ale przewoźnik pokręcił głową.

— On może wejść do łodzi, ale wtedy łódź nie odpłynie — oznajmił.

— Ale jak ona znowu go znajdzie?

— Nie wiem.

— Czy będziemy wracali tą samą drogą?

— Wracali?

— Zamierzamy wrócić. Popłyniemy do krainy zmarłych, a potem wrócimy.

— Nie tędy.

— Więc jakąś inną drogą, ale wrócimy!

— Przewoziłem już miliony, ale nikt nie wrócił.

— Więc będziemy pierwsi. Znajdziemy drogę powrotną. A skoro zamierzamy wrócić, zlituj się, przewoźniku, okaż współczucie, pozwól jej zabrać dajmona!

— Nie — odparł i potrząsnął głową. — Tego prawa nie możecie złamać. Tak jak tego... — Wychylił się z łodzi, zaczerpnął wody w dłoń, a potem przechylił rękę tak, że woda się wylała. — To jest takie samo prawo jak to, które każe wodzie spadać do jeziora. Nie mogę przechylić ręki i sprawić, żeby woda popłynęła w górę. Tak samo nie mogę zabrać jej dajmona do krainy zmarłych. Czy ona popłynie, czy nie, on musi zostać.

Lyra nic nie widziała; zanurzyła twarz w kocim futerku Pantalaimona. Will zobaczył, że Tialys zsiadł ze swojej ważki i gotuje się do skoku na przewoźnika, i częściowo popierał jego zamiar, lecz starzec również go zauważył i zwrócił ku niemu pomarszczoną twarz.

— Jak myślisz, od ilu wieków przewożę ludzi do krainy zmarłych? Myślisz, że nie spotkało mnie już wszystko, co mogło mnie zranić? Myślisz, że ludzie, których zabieram, chętnie ze mną płyną? Walczą i płaczą, próbują mnie przekupić, grożą i stawiają opór; nic nie pomaga. Nie zdołasz mnie zranić swoim żądłem. Lepiej pociesz to dziecko; nie zwracaj na mnie uwagi.

Will nie mógł na to patrzeć. Lyra popełniała najokrutniejszy uczynek w życiu, nienawidziła siebie, nienawidziła swojego czynu, cierpiała z Pantalaimonem, za niego i z jego powodu; próbowała postawić go na ścieżce, odczepiała jego kocie pazurki od swojego ubrania, szlochała i szlochała. Will zatkał sobie uszy; nie mógł znieść tych żałosnych dźwięków. Raz po raz Lyra odpychała dajmona, a on wciąż czepiał się jej z piskiem.

Mogła zawrócić.

Mogła powiedzieć: Nie, to zły pomysł, nie możemy tego zrobić.

Mogła pozostać wierna swojej głębokiej, serdecznej więzi z Pantalaimonem, mogła postawić ten związek na pierwszym miejscu, mogła wyrzucić z myśli całą resztę... Ale nie potrafiła.

— Pan, jeszcze nikt nigdy tego nie robił — szepnęła, drżąc — ale Will mówi, że wrócimy, i przysięgam, Pan, kocham cię, przysięgam, że wrócimy... Wrócę do ciebie... Trzymaj się, kochany... Będziesz tu bezpieczny... Wrócimy i odnajdę cię, choćbym miała poświęcić na to każdą minutę mojego życia, nie spocznę, dopóki... och, Pan... kochany Pan... Ja muszę, muszę...

I odepchnęła go tak, że usiadł w błocie, zziębnięty, wystraszony i rozgoryczony.

Will nie potrafił odgadnąć, w jakie zwierzę zmienił się teraz Pantalaimon. Wydawał się taki mały — szczeniak, kociak, coś bezradnego i skrzywdzonego, żałosne stworzenie, wręcz wcielenie nieszczęścia. Ani na chwilę nie odrywał oczu od twarzy Lyry i Will widział, że dziewczynka zmusza się, żeby nie odwracać wzroku, nie unikać poczucia winy, i podziwiał jej uczciwość, jej odwagę, chociaż ich rozdzielenie nim wstrząsnęło. Przepływały pomiędzy nimi tak silne prądy uczuć, że powietrze zdawało się naładowane elektrycznością.

Pantalaimon nie zapytał: „dlaczego?", ponieważ wiedział; nie zapytał, czy Lyra kocha Rogera bardziej niż jego, ponieważ znał prawdziwą odpowiedź. I wiedział, że gdyby przemówił, Lyra nie potrafiłaby mu się oprzeć; więc dajmon milczał, żeby nie przysparzać udręki człowiekowi, który go opuszczał, i teraz oboje udawali, że to nie boli, że to nie potrwa długo, zanim znowu się połączą, że wszystko będzie dobrze. Ale Will widział, że dziewczynka wydarła sobie serce z piersi.

Weszła do łodzi. Była tak lekka, że łódź prawie się nie zakołysała. Usiadła obok Willa, nie odrywając oczu od Pantalaimona, który stał drżący na brzegu; lecz kiedy przewoźnik puścił żelazne kółko i pociągnął wiosłami, żeby odepchnąć łódź, mały dajmon-piesek bezradnie podreptał na sam koniec pomostu, lekko stukając pazurkami o miękkie deski, stanął tam i patrzył, tylko patrzył, kiedy łódź odpływała i pomost niknął we mgle.

Wtedy Lyra krzyknęła tak przeraźliwie, że nawet w tym mglistym wytłumionym świecie odpowiedziało jej echo, chociaż oczywiście to nie było echo, to była jej druga część krzycząca w krainie żywych, kiedy Lyra odpływała do krainy zmarłych.

— Moje serce, Will... — jęknęła i przywarła do niego z mokrą twarzą wykrzywioną bólem.

Tak spełniła się przepowiednia, wygłoszona przez Rektora Kolegium Jordana do Bibliotekarza, że Lyra popełni wielką zdradę, przez którą będzie straszliwie cierpieć.

Lecz Will również poczuł narastający ucisk w piersi i przez zasłonę bólu zobaczył, że dwoje Gallivespian przywiera do siebie w takiej samej udręce.

Częściowo ból był fizyczny. Zupełnie jakby żelazna ręka chwyciła jego serce i wyciągała spomiędzy żeber, więc przycisnął dłonie do tego miejsca. Cierpiał znacznie bardziej niż wtedy, kiedy stracił palce. Lecz cierpienie było również duchowe; coś prywatnego i sekretnego zostało wywleczone na zewnątrz wbrew swojej woli i Will mało nie załamał się pod ciężarem bólu, wstydu, strachu i wyrzutów sumienia, ponieważ sam to spowodował.

I było jeszcze gorzej. Zupełnie jakby powiedział: „Nie, nie zabijaj mnie, ja się boję; lepiej zabij moją matkę, ona się nie liczy, nie kocham jej", i jakby ona go usłyszała, ale udawała, że nie słyszy, żeby oszczędzić mu wstydu, i zaofiarowała się umrzeć zamiast niego, ponieważ go kochała. Czuł się koszmarnie. Nie znał gorszego uczucia.

Wiedział, że te wszystkie rzeczy wiązały się z posiadaniem dajmony i czymkolwiek była jego dajmona, ona również została z Pantalaimonem na tym ponurym brzegu. Ta myśl jednocześnie przyszła dzieciom do głowy, więc wymieniły spojrzenia pełne łez. I po raz drugi w życiu, lecz nie ostatni, każde z nich ujrzało własne uczucia wypisane na twarzy tego drugiego.

Tylko przewoźnik i ważki wydawali się obojętnie traktować tę podróż. Wielkie owady jaśniały kolorami i urodą nawet w lepkiej mgle, otrząsały z wilgoci przejrzyste skrzydełka; a starzec w chałacie z worków pochylał się w tył i w przód, w tył i w przód, zapierając bose stopy o wilgotne, śliskie dno łodzi.

Podróż trwała dłużej, niż Lyra przypuszczała. Chociaż jej cząstka konała z bólu, wyobrażając sobie Pantalaimona porzuconego na brzegu, inna cząstka uczyła się znosić cierpienie, mierzyła własną siłę, zaciekawiona, co będzie dalej i gdzie wylądują.

Will obejmował ją mocnym ramieniem, ale on również patrzył w przód, próbował przebić wzrokiem wilgotne szare opary i usłyszeć coś więcej poza pluskiem wioseł. Wkrótce zauważył zmianę: przed nimi leżała skała lub wyspa. Usłyszeli inny dźwięk, zanim jeszcze zobaczyli, że mgła pociemniała.

Przewoźnik pociągnął jednym wiosłem, żeby skręcić trochę w lewo.

— Gdzie jesteśmy? — rozległ się głos kawalera Tialysa, nikły, lecz silny jak zawsze, chociaż brzmiący szorstko, jakby kawaler również cierpiał.

— Niedaleko wyspy — odparł przewoźnik. — Jeszcze pięć minut i wylądujemy.

— Jakiej wyspy? — zapytał Will; on również mówił z trudem, głosem tak zdławionym, że niemal obcym.

— Brama do krainy zmarłych jest na tej wyspie — wyjaśnił przewoźnik. — Wszyscy tu przybywają, królowie, mordercy, poeci i dzieci; wszyscy tędy odchodzą i nikt nie wraca.

— My wrócimy — szepnęła Lyra z naciskiem.

Nie odpowiedział, ale litość wypełniała jego stare oczy.

Podpłynąwszy bliżej, zobaczyli gałęzie cyprysów i cisów zwieszone nisko nad wodą, ciemnozielone, ponure.

Grunt wznosił się stromo, a drzewa rosły tak gęsto, że chyba tylko łasica mogła prześliznąć się między nimi; na tę myśl Lyra wydała krótki szloch połączony z czkawką, bo Pantalaimon na pewno pokazałby jej, że potrafi tego dokonać, ale nie teraz, może już nigdy.

— Czy my umarliśmy? — zwrócił się Will do przewoźnika.

— To bez różnicy — odparł starzec. — Niektórzy tutaj przybywają i wcale nie wierzą, że umarli. Przez całą drogę upierają się, że żyją, że to pomyłka, ktoś za to zapłaci; bez różnicy. Inni jeszcze za życia pragną umrzeć, biedne dusze, za życia pełnego bólu lub nieszczęścia; zabijają się, szukając błogosławionego spoczynku, i odkrywają, że nic się nie zmieniło, najwyżej na gorsze, bo tym razem nie ma ucieczki; nie można żyć od nowa. Zdarzają się inni, tacy słabi i chorzy, czasami małe dzieci, ledwie się narodziły i już odchodzą do krainy zmarłych. Wiele, wiele razy płynąłem tutaj z płaczącym niemowlęciem na kolanach, które nigdy nie poznało różnicy pomiędzy światem na górze i na dole. No i starzy, bogaci są najgorsi, wściekli i oburzeni, wrzeszczą, pomstują i przeklinają mnie: za kogo ja się uważam? Przecież zgarnęli i uciułali tyle złota! Czy odwiozę ich z powrotem na brzeg, jeśli teraz oddadzą mi trochę? Postawią mnie przed sądem, mieli wpływowych przyjaciół, znali papieża, króla takiego i księcia owakiego, mogą mnie skazać na chłostę... Ale w końcu dociera do nich prawda: że mogą jedynie popłynąć w mojej łodzi do krainy zmarłych, zaś owi królowie i papieże też się tam znajdą w swoim czasie, prędzej, niżby sobie życzyli. Pozwalam im wrzeszczeć i wymyślać; nie mogą mi nic zrobić; w końcu cichną... Więc jeśli nie wiecie, czy umarliście, a ta dziewczynka zaklina się, że powróci do krainy żywych, nie zamierzam się wam sprzeciwiać. Dowiecie się już niedługo, czym jesteście.

Przez cały czas wiosłował miarowo wzdłuż brzegu. Teraz wyciągnął wiosła z wody, wsunął uchwyty do łodzi i sięgnął w prawo do pierwszego drewnianego słupa, który wystawał z jeziora.

Przyciągnął łódź do wąskiego nabrzeża i przytrzymał, żeby nie kołysała się przy wysiadaniu. Lyra nie chciała wyjść na brzeg; dopóki siedziała w łodzi, Pantalaimon mógł ją sobie wyobrażać prawidłowo, ponieważ tak ją widział po raz ostatni, ale gdyby wysiadła, nie wiedziałby, jak o niej myśleć. Więc wahała się, ale ważki wzleciały w powietrze i Will wstał, blady, trzymając się za pierś, więc ona też musiała.

— Dziękuję — powiedziała do przewoźnika. — Kiedy wrócisz, jeśli zobaczysz mojego dajmona, powiedz mu, że go kocham najbardziej ze wszystkich istot żywych czy zmarłych, i przysięgam, że wrócę do niego, nawet jeśli nikt przedtem tego nie dokonał, wrócę na pewno.

— Tak, powiem mu — obiecał stary przewoźnik.

Odbił od nabrzeża i powolny plusk jego wioseł rozpłynął się we mgle.

Gallivespianie, którzy nieco się oddalili, przylecieli z powrotem i usiedli na ramionach dzieci jak przedtem — ona na Lyrze, on na Willu. I tak wędrowcy stanęli na skraju krainy zmarłych. Przed nimi była tylko mgła, chociaż ciemniejsza smuga wskazywała, że dalej wznosi się potężny mur.

Lyra zadrżała. Miała wrażenie, że jej skóra zmieniła się w koronkę, a zimne, wilgotne powietrze przepływa swobodnie między żebrami i boleśnie mrozi otwartą ranę, puste miejsce po Pantalaimonie. Przecież, pomyślała, Roger na pewno czuł to samo, kiedy spadł w przepaść, daremnie czepiając się jej palców.

Stali w milczeniu i nasłuchiwali. Słyszeli tylko uporczywe kap, kap, kap wody spływającej z liści; kiedy unieśli twarze, kilka zimnych kropli rozbrzneło im się na policzkach.

— Nie możemy tutaj zostać — powiedziała Lyra.

Zeszli z nabrzeża i, trzymając się blisko siebie, podeszli

do muru. Gigantyczne kamienne bloki, pozieleniałe od wiekowej wilgoci, wznosiły się we mgle wyżej, niż sięgał wzrok. Z bliska słyszeli jakieś krzyki za murem, chociaż nie potrafili rozróżnić, czy to ludzkie głosy: piskliwe, żałosne skowyty i jęki, które dryfowały w powietrzu niczym macki meduzy, boleśnie parzące przy dotknięciu.

— Tam są drzwi — oznajmił Will zachrypłym, napiętym głosem.

Pod płytą kamienia znajdowała się drewniana poobijana furtka. Zanim Will zdążył wyciągnąć rękę, żeby ją otworzyć, tuż obok rozległ się kolejny ostry, przenikliwy wrzask, świdrujący w uszach, który straszliwie ich przeraził.

Gallivespianie natychmiast wzbili się w powietrze; ważki rwały się do walki niczym bojowe rumaki. Lecz stwór, który sfrunął z nieba, zmiótł je na bok machnięciem skrzydła, po czym wylądował ciężko na skalnym występie tuż nad głowami dzieci. Tialys i Salmakia pozbierali się i uspokoili swoje spłoszone wierzchowce.

Stwór wyglądał jak ogromny ptak wielkości sępa, z twarzą i piersiami kobiety. Will widywał takie istoty na obrazach i jak tylko ją zobaczył, z jego pamięci wypłynęło słowo „harpia". Twarz miała gładką, bez zmarszczek, lecz starszą nawet niż długowieczne czarownice; tysiące lat okrucieństwa i niedoli uformowały jej rysy w wyraz nienawiści. Ale z bliska wyglądała jeszcze bardziej odrażająco. Brudny śluz zalepiał jej oczodoły, czerwone wargi złuszczyły się i popękały, jakby harpia wciąż wymiotowała zakrzepłą krwią. Czarne, zmatowiałe od brudu włosy opadały jej na ramiona, zakrzywione szpony kurczowo wpijały się w kamień; potężne ciemne skrzydła złożyła na plecach i przy każdym ruchu wydzielała fale ohydnego smrodu.

Will i Lyra, walcząc z mdłościami, podnieśli głowy i spojrzeli na nią.

— Ależ wy żyjecie! — wykrzyknęła harpia ostrym, szyderczym głosem.

Will poczuł, że boi jej się bardziej niż jakiejkolwiek ludzkiej istoty na świecie.

— Kim jesteś? — zapytała Lyra, również zdjęta obrzydzeniem jak Will.

W odpowiedzi harpia wrzasnęła. Otworzyła usta i skierowała strumień dźwięku prosto w twarze dzieci, aż zadzwoniło im w uszach i zatoczyły się do tyłu. Will chwycił Lyrę i podtrzymywali się wzajemnie, kiedy wrzask przeszedł w urągliwy, obłąkańczy śmiech, któremu zawtórowały we mgle głosy innych harpii. Drwiące, pełne nienawiści głosy przypomniały Willowi bezlitosne okrucieństwo dzieci na szkolnym boisku, ale tutaj żaden nauczyciel nie pilnował porządku, nie było do kogo się zwrócić, nie było gdzie się schować.

Will oparł dłoń na rękojeści noża i spojrzał harpii w oczy, chociaż w głowie mu dzwoniło i chwiał się na nogach od samej siły jej wrzasku.

— Jeśli chcesz nas powstrzymać — powiedział — to radzę ci, żebyś walczyła równie dobrze, jak krzyczysz. Bo my wchodzimy przez te drzwi.

Ohydnie czerwone usta harpii znowu się poruszyły, ale tym razem tylko szyderczo cmoknęła.

Potem powiedziała:

— Twoja matka jest sama. Ześlemy na nią koszmary. Będziemy na nią krzyczeć we śnie!

Will nie zareagował, ponieważ kątem oka widział, że lady Salmakia ostrożnie przesuwa się po gałęzi w stronę harpii. Jej ważka o drżących skrzydłach siedziała na ziemi, przytrzymywana przez Tialysa. Potem wydarzyły się dwie rzeczy: lady skoczyła na harpię i obróciła się, żeby wbić ostrogę głęboko w łuskowatą łapę stwora, a Tialys wypuścił ważkę. Po niecałej sekundzie Salmakia zeskoczyła z gałęzi prosto na grzbiet swojego wierzchowca i wzbiła się w powietrze.

Trucizna poskutkowała natychmiast. Ciszę rozdarł kolejny wrzask, znacznie głośniejszy niż poprzedni. Harpia załopotała ciemnymi skrzydłami tak gwałtownie, że Will i Lyra poczuli na twarzach powiew wiatru. Zachwiała się, ale tylko mocniej wpiła szpony w kamień. Twarz jej oblała się gniewną ciemną czerwienią, włosy stanęły dęba, przypominając gniazdo węży.

Will pociągnął Lyrę za rękę i ruszyli do drzwi, ale harpia rzuciła się na nich z wściekłością i poderwała w górę dopiero wtedy, kiedy Will odwrócił się, zasłonił sobą Lyrę i podniósł nóż.

Gallivespianie natychmiast zaatakowali harpię, podlatywali ku jej twarzy i odskakiwali; nie zdołali zadać ciosu, ale odwracali jej uwagę tak, że niezdarnie trzepotała skrzydłami i mało nie spadła na ziemię.

— Tialys! Salmakia! Dosyć, przestańcie! — zawołała Lyra.

Szpiedzy ściągnęli wodze swoim wierzchowcom i wzbili się wysoko nad głowy dzieci. Kolejne ciemne stwory gromadziły się we mgle, szydercze wrzaski licznych harpii rozbrzmiewały wzdłuż całego brzegu. Harpia na kamiennym występie otrzepywała skrzydła, potrząsała włosami, prostowała łapy i wysuwała szpony. Nie poniosła żadnego szwanku, jak zauważyła Lyra.

Gallivespianie zawiśli w powietrzu, a potem zanurkowali w stronę Lyry, która podstawiła im obie ręce do wylądowania. Salmakia zrozumiała pierwsza i powiedziała do Tialysa:

— Ona ma rację. Z jakiegoś powodu nie możemy zranić tego stwora.

— Jak masz na imię? — spytała Lyra.

Harpia szeroko rozpostarła skrzydła i buchnął od niej tak ohydny smród zgnilizny, że wędrowcy mało nie zemdleli.

— Bez-Imienia! — krzyknęła.

— Czego od nas chcesz? — zapytała Lyra.

— Co mi dacie?

— Opowiemy ci, gdzie byliśmy, może to cię zaciekawi.

W drodze do tego miejsca widzieliśmy różne dziwne rzeczy.

— Och, i zamierzacie opowiedzieć mi o tym?

— Jeśli zechcesz.

— Może zechcę. A potem?

— Może przepuścisz nas przez te drzwi i znajdziesz ducha, którego szukamy. To znaczy, jeśli się zgodzisz.

— Więc spróbuj — powiedziała Bez-Imienia.

Pomimo bólu i mdłości Lyra poczuła, że właśnie dostała do ręki atutowego asa.

— Och, bądź ostrożna — szepnęła Salmakia, ale Lyra już przypominała sobie opowieść, którą snuła poprzedniego wieczoru, poprawiała, skracała, dodawała i koloryzowała: zmarli rodzice; rodzinny skarb; katastrofa statku; ucieczka...

— No więc — zaczęła gawędziarskim tonem — to się stało, kiedy byłam małym dzieckiem, naprawdę. Moi rodzice byli księciem i księżną Abingdonu, rozumiesz, bogaci jak nie wiem co. Mój ojciec należał do doradców króla i sam król przyjeżdżał do nas w odwiedziny, och, mnóstwo razy. Polowali w naszym lesie. Dom, gdzie się urodziłam, był największym domem w całej południowej Anglii. Nazywał się...

Bez żadnego ostrzeżenia harpia rzuciła się na Lyrę z wystawionymi szponami. Dziewczynka ledwie zdążyła się uchylić, ale jeden szpon zahaczył o jej głowę i wyrwał kępkę włosów.

— Kłamiesz! Kłamiesz! — wrzeszczała harpia. — Kłamiesz!

Zatoczyła krąg, celując prosto w twarz Lyry, ale Will wydobył nóż i zastąpił jej drogę. Bez-Imienia w ostatniej chwili wykonała zwrot, a Will pociągnął Lyrę w stronę drzwi, ponieważ była oszołomiona i na wpół oślepiona krwią spływającą jej po twarzy. Nie miał pojęcia, co robili Gallivespianie, ale harpia znowu nadlatywała, wrzeszcząc z furią i nienawiścią:

— Kłamiesz! Kłamiesz! Kłamiesz!

Jej głos rozbrzmiewał ze wszystkich stron, odbijał się echem od wielkiego muru, stłumiony i zniekształcony przez mgłę, jakby cały świat oskarżał Lyrę.

Will przyciskał dziewczynkę do piersi, otaczał ją ramieniem i czuł, jak Lyra drży i szlocha. Bez wahania wbił nóż w przegniłe drewno drzwi i wyciął zamek jednym szybkim ruchem.

Potem on i Lyra, poprzedzając parę szpiegów na śmigłych ważkach, wkroczyli do krainy duchów, odprowadzani wrzaskiem harpii na mglistym brzegu.

22

Szeptacze

...gęsto niby liście
Jesienne, które w Vallombrosa kryją
Strumyków leśnych nurt, w cienistej nawie
Wysokich borów zielonej Etrurii... *

John Milton

Will kazał Lyrze usiąść, a potem wyjął pudełeczko z maścią z pięciornika i obejrzał jej ranę. Krwawiła obficie, jak zwykle rany głowy, ale nie była głęboka. Oderwał pas materiału od własnej koszuli, oczyścił skaleczenie i posmarował maścią, próbując nie myśleć o brudnym szponie, który to zrobił.

Lyra miała szkliste spojrzenie i twarz bladą jak płótno.

— Lyro! Lyro! — zawołał i potrząsnął nią lekko. — Chodź, musimy już iść.

Wzdrygnęła się, wzięła głęboki, drżący oddech i skupiła na nim wzrok pełen rozpaczy.

— Will... ja już nie mogę... nie potrafię! Nie mogę kłamać! Myślałam, że to takie łatwe... ale nie podziałało... Tylko to jedno umiem, ale to nie działa!

---

* „Raj utracony", księga I, tłum. jw.

— Nie tylko to umiesz. Potrafisz odczytywać aletheiometr, prawda? Chodź, zobaczymy, gdzie jesteśmy. Poszukamy Rogera.

Pomógł jej wstać i po raz pierwszy rozejrzeli się po krainie, gdzie mieszkały duchy.

Znajdowali się na wielkiej równinie, która rozciągała się daleko we mgle. Słaba, jakby samoistna poświata wydawała się równomiernie rozproszona, tak że nie było prawdziwych cieni ani prawdziwego światła i wszystko miało jednakową szaroburą barwę.

Na tej ogromnej płaszczyźnie stały duchy — dorośli i dzieci — tak wiele, że Lyra nie potrafiła odgadnąć ich liczby. Przynajmniej większość z nich stała, chociaż niektórzy siedzieli, niektórzy leżeli apatycznie lub pogrążeni we śnie. Nikt się nie poruszał, nikt nie chodził ani nie biegał, chociaż wielu oglądało się na nowych przybyszów z lękliwą ciekawością w szeroko otwartych oczach.

— Duchy — wyszeptała Lyra. — Tutaj są wszyscy, każdy, kto umarł...

Niewątpliwie dlatego, że nie miała już przy sobie Pantalaimona, przywarła kurczowo do ramienia Willa, a on był z tego zadowolony. Gallivespianie polecieli przodem, widział ich maleńkie barwne sylwetki śmigające nad głowami duchów, które podnosiły oczy w zadziwieniu; lecz niezmierzona, przytłaczająca cisza i szare światło napełniły go strachem i tylko ciepła obecność Lyry u boku wydawała się żywa.

Za ich plecami, za murem wrzaski harpii wciąż rozbrzmiewały echem wzdłuż brzegu. Niektórzy z ludzi-duchów rozglądali się niespokojnie, lecz większość wpatrywała się w Lyrę i Willa. Potem tłumnie ruszyli do przodu. Lyra cofnęła się; nie czuła się jeszcze na siłach, żeby stawić im czoła, jak zamierzała wcześniej, więc Will musiał przemówić pierwszy.

— Czy znacie nasz język? — zapytał. — Czy w ogóle możecie mówić?

Nawet wystraszeni, roztrzęsieni i cierpiący, Will i Lyra posiadali więcej autorytetu niż wszyscy zmarli razem wzięci. Te nieszczęsne duchy miały bardzo niewiele siły, toteż gdy usłyszały głos Willa — pierwszy czysty i wyraźny głos, który rozległ się tutaj za pamięci zmarłych — wielu z nich wysunęło się do przodu, gotowych odpowiedzieć.

Lecz mogły tylko szeptać. Wydawały nikły, wątły dźwięk, nie więcej niż cichy oddech. Przepychały się do przodu, stłoczone i zdesperowane, a Gallivespianie sfrunęli w dół i śmigali przed nimi tam i z powrotem, żeby ich powstrzymać, żeby nie zbliżały się zanadto. Duchy--dzieci wpatrywały się w nich z rozpaczliwą tęsknotą i Lyra od razu zrozumiała dlaczego: myślały, że ważki to dajmony, i z całego serca pragnęły chociaż raz jeszcze przytulić własne dajmony.

— Och, to nie dajmony! — zawołała Lyra zdjęta współczuciem. — Ale gdybym miała tutaj własnego dajmona, pozwoliłabym wam go dotknąć i pogłaskać, przysięgam...

I wyciągnęła ręce ku dzieciom. Dorosłe duchy odstąpiły, przestraszone lub obojętne, lecz wszystkie dzieci tłumnie ruszyły do przodu. Miały nie więcej substancji niż mgła, biedactwa, i dłonie Lyry przechodziły przez nie na wylot, podobnie jak dłonie Willa. Tłoczyły się dookoła, lekkie i bezcielesne, żeby ogrzać się przy ciepłej krwi i mocnym biciu serc dwojga wędrowców. Will i Lyra odbierali niezliczone zimne, delikatne muśnięcia, kiedy duchy przechodziły przez ich ciała, ogrzewając się po drodze. Dwoje żywych dzieci czuło, że po trochu same umierają; nie mogły oddawać w nieskończoność życia i ciepła, przemarzły już na wskroś, a niezliczony tłum napierał bez przerwy.

Wreszcie Lyra musiała je błagać, żeby przestały. Podniosła ręce i zawołała:

— Proszę... chcielibyśmy dotknąć was wszystkich, ale

przyszliśmy tutaj, żeby kogoś odszukać, i musicie mi powiedzieć, gdzie on jest i jak go znaleźć. Och, Will! — jęknęła, przysuwając twarz do jego twarzy. — Nie wiem, co mam robić!

Duchy były zafascynowane kropelkami krwi na czole Lyry, błyszczącymi w mroku niczym jagody ostrokrzewu. Kilka duchów otarło się o nią, pragnąc kontaktu z czymś tak jaskrawo żywym. Jedna dziewczynka, która zmarła w wieku dziewięciu czy dziesięciu lat, nieśmiało wyciągnęła rękę, żeby dotknąć krwi, a potem cofnęła się wystraszona, lecz Lyra powiedziała:

— Nie bój się... Nie zrobimy ci krzywdy... Przemów do nas, jeśli możesz!

Dziewczynka-duch odezwała się szeptem:

— Czy harpie to zrobiły? Czy chciały cię skrzywdzić?

— Tak — przyznała Lyra — ale jeśli tylko to potrafią, nie przejmuję się nimi.

— Och, nie tylko... Och, one robią gorzej...

— Co? Co takiego robią?

Lecz duchy nie chciały jej powiedzieć. Potrząsały głowami i milczały, aż wreszcie jeden chłopiec szepnął:

— Nie jest tak źle dla tych, co są tutaj od stuleci, bo po takim czasie człowiek jest zmęczony i już się tak nie boi...

— Najbardziej lubią rozmawiać z nowymi — wtrąciła pierwsza dziewczynka. — One... och, to okropne. One... Nie mogę wam powiedzieć.

Ich głosy szemrały cicho jak spadające liście. I tylko dzieci mówiły; wszyscy dorośli zdawali się pogrążeni w letargu tak długotrwałym, jakby nigdy już nie mieli poruszyć się ani przemówić.

— Słuchajcie — powiedziała Lyra — proszę, posłuchajcie. Przyszliśmy tutaj, ja i moi przyjaciele, ponieważ musimy znaleźć chłopca imieniem Roger. Nie jest tutaj długo, tylko parę tygodni, więc nie zna wielu osób, ale jeśli wiecie, gdzie on jest...

Lecz zanim jeszcze skończyła mówić, wiedziała, że mogą spędzić tutaj resztę życia, zestarzeć się na daremnych poszukiwaniach, i wciąż nie poznać nawet niewielkiej cząstki zmarłych. Poczuła przytłaczający ciężar rozpaczy tak wyraźnie, jakby harpia usiadła jej na ramionach.

Zacisnęła jednak zęby i wysoko uniosła podbródek. Dotarliśmy tutaj, pomyślała; przynajmniej częściowo nam się udało.

Dziewczynka-duch znowu mówiła coś szeptem.

— Dlaczego chcemy go znaleźć? — powtórzył Will. — No, Lyra chce z nim porozmawiać. Ale ja też chcę kogoś znaleźć. Mojego ojca, Johna Parry. On też jest gdzieś tutaj i chcę z nim porozmawiać, zanim wrócę do świata żywych. Więc proszę, zapytaj, jeśli możesz, zapytaj Rogera i Johna Parry, czy przyjdą porozmawiać z Lyrą i Willem. Zapytaj ich...

Nagle jednak wszystkie duchy odwróciły się i uciekły, nawet dorośli, niczym suche liście rozproszone powiewem wiatru. Po chwili przestrzeń wokół dzieci opustoszała, a potem poznali przyczynę: z góry dobiegły krzyki, wrzaski, chichoty i harpie spadły na nich, bijąc skrzydłami, wydzielając fale smrodu, wrzeszcząc chrapliwie, urągliwie, szyderczo i drwiąco.

Lyra natychmiast przypadła do ziemi i zasłoniła uszy, a Will przyklęknął nad nią z nożem w ręku. Zobaczył, że Tialys i Salmakia pędzą w ich stronę. Przez chwilę obserwował kołujące w powietrzu harpie. Widział ich ludzkie twarze kłapiące szczękami, jakby polowały na owady, słyszał wykrzykiwane słowa — szydercze, plugawe, wszystkie o jego matce, słowa rozdzierające mu serce; lecz część jego umysłu zachowała chłodny dystans, obserwowała, oceniała, obliczała. Żadna z harpii nie chciała zbliżyć się do noża.

Na próbę wstał. Jedna z nich — może nawet sama Bez-Imienia — musiała skręcić z wysiłkiem, ponieważ właśnie pikowała nisko, żeby przelecieć tuż nad jego głową. Niezdarnie zatrzepotała ciężkimi skrzydłami i ledwie uniknęła zderzenia. Mógł sięgnąć i odciąć jej nożem głowę.

Tymczasem nadlecieli Gallivespianie i gotowali się do ataku, ale Will zawołał:

— Tialys! Tutaj! Salmakia, siadaj mi na ręce!

Wylądowali na jego ramionach, a on powiedział:

— Patrzcie. Zobaczcie, co one robią. Tylko latają i wrzeszczą. Myślę, że tamta zraniła Lyrę przez pomyłkę. One chyba nie chcą nas dotykać. Nie zwracajmy na nie uwagi.

Lyra podniosła otwarte szeroko oczy. Stwory krążyły wokół głowy Willa, czasami w odległości zaledwie trzydziestu centymetrów, ale zawsze w ostatniej chwili zbaczały w bok lub do góry. Wyczuwał, że dwójka szpiegów rwie się do walki, ale powstrzymali się, ponieważ widzieli, że Will ma rację.

To wywarło wpływ również na duchy: widząc, że Will stoi spokojnie, nietknięty i nieustraszony, zaczęły znowu zbliżać się do wędrowców. Nieufnie zerkały na harpie, lecz zbyt mocno przyciągała je pokusa ciepłego ciała i krwi, i silnych uderzeń serca.

Lyra wstała, żeby dołączyć do Willa. Rana na jej czole znowu się otwarła i świeża krew spływała jej po policzku. Otarła czerwone krople.

— Will — powiedziała — tak się cieszę, że przyszliśmy tu razem...

Usłyszał w jej głosie szczególny ton i zobaczył na twarzy wyraz, który znał i lubił najbardziej na świecie: oznaczały, że wpadła na jakiś śmiały pomysł, ale jeszcze nie chciała o tym mówić.

Kiwnął głową na znak, że zrozumiał.

— Tędy... chodźcie z nami... znajdziemy ich! — powiedziała dziewczynka-duch.

I oboje doznali przedziwnego uczucia, jakby małe rączki duchów sięgały do ich wnętrza i ciągnęły za żebra, żeby nimi pokierować.

Więc ruszyli po tej wielkiej, jałowej równinie, a harpie kołowały coraz wyżej nad ich głowami, wrzeszcząc bez przerwy. Lecz trzymały się na dystans, a Gallivespianie pełnili straż, lecąc tuż obok.

W drodze duchy rozmawiały z nimi.

— Przepraszam was — powiedziała jedna dziewczynka — gdzie są wasze dajmony? Przepraszam, że pytam, ale nie...

Lyra ani na sekundę nie przestała myśleć o swoim ukochanym porzuconym Pantalaimonie. Głos uwiązł jej w gardle, więc Will odpowiedział za nią.

— Zostawiliśmy nasze dajmony na zewnątrz — wyjaśnił. — Gdzie jest dla nich bezpieczniej. Później je zabierzemy. Czy ty miałaś dajmona?

— Tak — odparł duch — nazywał się Sandling... Och, tak go kochałam...

— Czy przybrał ostateczny kształt? — zapytała Lyra.

— Nie, jeszcze nie. Myślał, że zostanie ptakiem, a ja miałam nadzieję, że nie, bo lubiłam jego futerko w nocy w łóżku. Ale on coraz bardziej był ptakiem. Jak się nazywa twój dajmon?

Lyra powiedziała jej i duchy znowu zaczęły się do nich cisnąć. Wszystkie chciały opowiedzieć o swoich dajmonach.

— Mój nazywał się Matapan...

— Bawiliśmy się w chowanego, ona się zmieniała jak kameleon i wcale jej nie widziałem, taka była dobra...

— Raz skaleczyłam się w oko i nic nie widziałam, a on prowadził mnie przez całą drogę do domu...

— Nigdy nie chciał się ukształtować, ale ja chciałam dorosnąć, więc ciągle się kłóciliśmy...

— Zwijała się w kłębek na mojej dłoni i zasypiała...

— Czy one są gdzieś tutaj? Zobaczymy je jeszcze?

— Nie. Kiedy umierasz, twój dajmon gaśnie jak płomień

świecy. Widziałam to. Już nigdy nie zobaczyłam mojego Castora, chociaż... chociaż nawet się nie pożegnałam...

— One nie znikają! Muszą gdzieś być! Mój dajmon gdzieś jest, na pewno!

Duchy tłoczyły się, ożywione i gorliwe, oczy im błyszczały i policzki poróżowiały, jakby wędrowcy użyczyli im swojego życia.

— Czy jest tutaj ktoś z mojego świata, gdzie nie mamy dajmonów? — zapytał Will.

Chudy chłopiec-duch w jego wieku kiwnął głową i Will odwrócił się do niego.

— O tak — brzmiała odpowiedź. — Nie rozumieliśmy, czym są dajmony, ale wiedzieliśmy, jak to jest bez nich. Tutaj są ludzie z różnych światów.

— Znałam moją śmierć — powiedziała jedna dziewczynka. — Znałam ją przez cały czas, kiedy dorastałam. Kiedy usłyszałam, jak mówią o dajmonach, myślałam, że chodzi im o coś w rodzaju śmierci. Teraz za nią tęsknię. Już jej nie zobaczę. „Skończyłam i zrobiłam swoje", to były ostatnie słowa, które do mnie powiedziała, a potem odeszła na zawsze. Dopóki była ze mną, zawsze wiedziałam, że mogę komuś zaufać, komuś, kto wie, dokąd odchodzimy i co mamy robić. Ale już jej nie mam. Nie wiem, co się teraz stanie.

— Nic się nie stanie! — zawołał ktoś. — Już nigdy nic się nie stanie!

— Wcale tego nie wiesz — odparła jeszcze inna. — Przecież oni tu przyszli. Nikt nie wiedział, że to się zdarzy.

Miała na myśli Willa i Lyrę.

— To pierwsza rzecz, która tutaj się wydarzyła — oświadczył chłopiec-duch. — Może teraz wszystko się zmieni.

— Co byś zmienił, gdybyś mógł? — zapytała Lyra.

— Wróciłbym do świata!

— Czy chciałbyś tego nawet wtedy, gdyby to znaczyło, że zobaczysz świat tylko na chwilę?

— Tak! Tak! Tak!

— No, w każdym razie ja muszę znaleźć Rogera — stwierdziła Lyra. Zapaliła się do swojego nowego pomysłu, ale najpierw chciała uprzedzić Willa.

Na bezkresnej równinie wśród niezliczonych duchów rozpoczął się powolny, wszechogarniający ruch. Dzieci go nie widziały, lecz Tialys i Salmakia szybujący w górze obserwowali małe blade figurki, które przesuwały się razem niczym ogromne stada migrujących ptaków lub reniferów. W centrum tego ruchu dwójka dzieci, które nie były duchami, posuwała się miarowo do przodu; nie prowadząca i nie prowadzona, lecz w jakiś sposób ogniskująca wokół siebie wszystkich zmarłych.

Szpiedzy, których myśli mknęły jeszcze szybciej niż lotne wierzchowce, wymienili spojrzenia i posadzili ważki jedna przy drugiej na zeschłej, skurczonej gałęzi.

— Czy my mamy dajmony, Tialysie? — zapytała Salmakia.

— Odkąd wsiedliśmy do łodzi, czuję się tak, jakby wyrwano mi serce z piersi i jeszcze bijące wyrzucono na brzeg — powiedział kawaler. — Ale ono wciąż bije w mojej piersi. Więc coś mojego zostało tam razem z dajmonem dziewczynki, i coś twojego, Salmakio, ponieważ twarz masz ściągniętą, ręce blade i zaciśnięte. Tak, mamy dajmony, czymkolwiek są. Może ludzie w świecie Lyry to jedyne żyjące istoty, które wiedzą, co mają. Może właśnie dlatego jeden z nich rozpoczął rewoltę.

Zsunął się z grzbietu ważki i uwiązał ją dla bezpieczeństwa, a potem wyjął magnetytowy rezonator. Lecz ledwie go dotknął, od razu znieruchomiał.

— Brak odpowiedzi — oznajmił ponuro.

— Więc jesteśmy poza światem?

— Z pewnością poza zasięgiem pomocy. No, w końcu wiedzieliśmy, że idziemy do krainy zmarłych.

— Ten chłopiec poszedłby za nią na koniec świata.

— Jak myślisz, czy jego nóż otworzy drogę powrotną?

— On na pewno tak myśli. Ale, och... Tialysie, nie wiem.

— On jest bardzo młody. Oboje są młodzi. Wiesz, jeśli ona nie przeżyje, to już nieważne, czy dokonałaby właściwego wyboru wystawiona na pokuszenie. Cała sprawa przestanie się liczyć.

— Myślisz, że już wybrała? Kiedy postanowiła zostawić swojego dajmona na brzegu? Czy takiego wyboru musiała dokonać?

Kawaler spojrzał w dół, na miliony duchów powoli krążące po równinie krainy zmarłych, dryfujące w ślad za jasną, żywą iskierką, którą była Lyra Złotousta. Widział tylko jej włosy, najjaśniejszy punkt w mroku, a obok czarnowłosą głowę chłopca.

— Nie — odparł — jeszcze nie. To ją dopiero czeka.

— Więc musimy doprowadzić ją do tego bezpiecznie.

— Doprowadzić ich oboje. Teraz są związani.

Lady Salmakia szarpnęła cienkie jak pajęczyna wodze, jej ważka poderwała się z gałęzi i pomknęła w stronę żywych dzieci, a kawaler pospieszył za nią.

Lecz nie zatrzymali się przy dzieciach, tylko zniżywszy lot dla sprawdzenia, czy wszystko z nimi w porządku, polecieli przodem, częściowo dlatego, że ważki były niespokojne, i ponieważ chcieli zobaczyć, jak daleko rozciąga się ta ponura równina.

Lyra zobaczyła, jak przelatują w górze, i poczuła ulgę, że istnieje jeszcze coś tak pięknego i śmigłego. Potem, ponieważ nie mogła już dłużej wytrzymać, żeby nie podzielić się swoim pomysłem, nachyliła się do Willa, ale musiała szeptać. Przysunęła wargi do jego ucha i w gorącym tchnieniu usłyszał:

— Will, chcę, żebyśmy stąd wyprowadzili te wszystkie biedne dzieci-duchy... dorosłych też... Możemy ich uwolnić! Znajdziemy Rogera i twojego ojca, a potem otworzymy przejście do innego świata i wypuścimy ich wszystkich!

Odwrócił się i obdarzył ją szczerym uśmiechem, tak gorącym i szczęśliwym, że coś drgnęło w jej wnętrzu; przynajmniej doznała takiego uczucia, ale bez Pantalaimona nie mogła siebie zapytać, co to znaczy. Może jej serce zaczęło bić w nowy sposób. Głęboko zdumiona, nakazała sobie iść prosto i pokonać ten zawrót głowy.

Więc szli dalej. Szept „Roger" rozprzestrzeniał się szybciej niż tempo ich marszu; duchy przekazywały jeden drugiemu słowa: „Roger... Lyra przyszła... Roger... Lyra jest tutaj..." niczym elektryczną wiadomość przesyłaną przez komórki organizmu.

Tialys i Salmakia, krążąc na swoich niezmordowanych ważkach i rozglądając się dookoła, dostrzegli wreszcie nowy rodzaj ruchu. Gdzieś daleko powstało jakby zawirowanie. Zniżyli lot, ale po raz pierwszy ich zignorowano, ponieważ coś bardziej interesującego zaprzątało uwagę duchów. Rozmawiały z podnieceniem, szepcząc prawie bezgłośnie, coś wskazywały, kogoś popychały do przodu.

Salmakia sfrunęła nisko, ale nie mogła wylądować; panował zbyt wielki ścisk, a żaden duch nie utrzymałby jej na dłoni czy ramieniu, nawet gdyby odważył się spróbować. Zobaczyła małego chłopca-ducha z uczciwą, nieszczęśliwą twarzą, zaskoczonego i oszołomionego tym, co mu powtarzano, i zawołała:

— Roger? Czy to Roger?

Podniósł wzrok, otumaniony, i nerwowo kiwnął głową.

Salmakia zawróciła do swojego towarzysza i razem pospieszyli do Lyry. Lecieli długo i nawigacja sprawiała im kłopoty, ale obserwując wzorce ruchu, wreszcie znaleźli dziewczynkę.

— Tam jest — oznajmił Tialys i zawołał: — Lyro! Lyro! Twój przyjaciel jest tutaj!

Lyra podniosła wzrok i wyciągnęła rękę do ważki. Wielki owad wylądował od razu; błyszczał jak pokryty żółtą i czerwoną emalią, przejrzyste skrzydełka trzymał rozłożone sztywno i nieruchomo. Tialys zachował równowagę, kiedy podniosła go do oczu.

— Gdzie? — zapytała przejęta, bez tchu. — Czy on jest daleko?

— Godzina drogi piechotą — odparł kawaler. — On wie, że przyjdziesz. Inni mu powiedzieli i sprawdziliśmy, że to on. Idź dalej i wkrótce go spotkasz.

Tialys zauważył, że Will prostuje się z trudem i zbiera resztki sił. Lyra, w przeciwieństwie do niego pełna energii, zarzucała Gallivespian pytaniami: Jak wygląda Roger? Czy z nim rozmawiali? Czy wydawał się zadowolony? Czy inne dzieci zdają sobie sprawę, co się dzieje, czy pomagają, czy tylko stoją na drodze?

I tak dalej. Tialys starał się odpowiadać cierpliwie i zgodnie z prawdą, i krok po kroku żywa dziewczynka zbliżała się do chłopca, na którego sprowadziła śmierć.

23

Bez wyjścia

I poznacie prawdę, i prawda was wyzwoli.

Ewangelia według świętego Jana

— Will — powiedziała Lyra — jak myślisz, co zrobią harpie, kiedy wypuścimy duchy?

Ponieważ ohydne stwory podlatywały coraz bliżej, hałasowały coraz bardziej i gromadziły się coraz liczniej, jakby sam mrok tworzył małe zgęstki złośliwości i dodawał im skrzydeł. Duchy wciąż z obawą podnosiły wzrok.

— Zbliżamy się?! — zawołała Lyra do lady Salmakii.

— Już niedaleko! — odkrzyknęła lady, unosząc się nad nimi. — Zobaczysz go, jeśli wejdziesz na tę skałę.

Ale Lyra nie chciała tracić czasu. Ze wszystkich sił próbowała zrobić wesołą minę przez wzgląd na Rogera, ale oczami duszy wciąż widziała okropną scenę, kiedy porzucony Pantalaimon-piesek niknął we mgle na przystani, i ledwie powstrzymywała skowyt. Ale musiała się postarać; musiała dać Rogerowi nadzieję, jak zawsze.

Wreszcie spotkali się twarzą w twarz, całkiem niespodziewanie. Pojawił się wśród tłumu duchów, mizerny i blady, lecz tak uradowany, jak tylko to możliwe u ducha. Podbiegł, żeby ją objąć.

Lecz przepłynął jej przez ręce jak chłodny dym i chociaż poczuła, że jego rączka obejmuje jej serce, w tym uścisku brakowało siły. Nigdy już nie mogli naprawdę się dotknąć. Mógł jednak szeptać i powiedział:

— Lyro, myślałem, że już nigdy cię nie zobaczę... Myślałem, że nawet jeśli przyjdziesz tutaj po śmierci, będziesz dużo starsza, dorosła i nie zechcesz ze mną rozmawiać...

— Dlaczego nie?

— Bo zrobiłem coś złego, kiedy Pantalaimon odebrał moją dajmonę dajmonie Lorda Asriela! Trzeba było uciekać, nie próbować z nią walczyć! Powinniśmy byli uciekać do ciebie! Wtedy nie mogłaby znowu schwytać mojej dajmony i kiedy skała runęła, byłaby ze mną!

— Przecież to nie twoja wina, głupi! — zawołała Lyra. — To ja ciebie tam zaciągnęłam. Powinnam była ci pozwolić wrócić z innymi dziećmi i z Cyganami. To moja wina. Tak mi przykro, Roger, naprawdę to była moja wina, inaczej nie trafiłbyś tutaj...

— No, nie wiem — powiedział. — Może zginąłbym w inny sposób. Ale to nie twoja wina, Lyro, zrozum.

Zaczynała w to wierzyć, ale jednocześnie serce jej się krajało, kiedy widziała tę biedną małą zimną istotkę, tak bliską i tak niedostępną. Próbowała chwycić go za rękę, chociaż jej palce zamknęły się w pustce; on jednak zrozumiał i usiadł obok niej.

Inne duchy cofnęły się nieco, zostawiły ich samych i Will też usiadł trochę dalej, podtrzymując sobie rękę. Znowu krwawiła i podczas gdy Tialys, pikując gwałtownie, odpędzał duchy, Salmakia pomogła chłopcu opatrzyć ranę.

Lyra i Roger nie zwracali na to uwagi.

— Ale ty nie umarłaś — powiedział Roger. — Jak tutaj trafiłaś, skoro żyjesz? I gdzie jest Pan?

— Och, Roger... musiałam go zostawić na brzegu... To była najgorsza rzecz, jaką zrobiłam w życiu, tak bardzo bolało... Wiesz, jak to boli... A on tylko stał

311

i patrzył, och, czułam się jak morderczyni, Roger... ale musiałam, bo inaczej nie mogłam przyjść tutaj!

— Udawałem, że z tobą rozmawiam przez cały czas, odkąd umarłem — wyznał. — Żałowałem, że nie mogę, ale tak bardzo chciałem... Chciałem się stąd wydostać, ja i wszyscy inni zmarli, bo to straszne miejsce, Lyro, beznadziejne, nic się nie zmienia, kiedy nie żyjesz, i te ptaszyska... Wiesz, co robią? Czekają, kiedy odpoczywasz... Nigdy nie możesz porządnie zasnąć, tylko jakby drzemiesz... i podchodzą do ciebie po cichu, i szepczą o wszystkich złych rzeczach, które zrobiłeś za życia, żebyś nie mógł ich zapomnieć. Wiedzą o tobie najgorsze rzeczy. Wiedzą, jak sprawić, żebyś poczuł się okropnie, myśląc o głupich i złych uczynkach, które kiedykolwiek popełniłeś. I znają chciwe, brzydkie myśli, które ci kiedyś przyszły do głowy, i zawstydzają cię, i sprawiają, że brzydzisz się sobą... Ale nie możesz przed nimi uciec.

— No więc — powiedziała Lyra — posłuchaj.

Zniżyła głos i przysunęła się bliżej do małego ducha, jak dawniej, kiedy planowali jakąś psotę w Kolegium Jordana.

— Pewnie nie wiesz, ale czarownice... Pamiętasz Serafinę Pekkalę...? Czarownice znają przepowiednię o mnie. Nie wiedzą, że ja wiem... Nikt nie wie. Nigdy przedtem nikomu o tym nie mówiłam. Ale kiedy byłam w Trollesundzie i Cygan Ojciec Coram zabrał mnie na spotkanie z konsulem czarownic, doktorem Lanseliusem, konsul zrobił mi test. Kazał mi wyjść na dwór i wybrać gałązkę sosny obłocznej spośród wielu innych. To miało dowieść, że naprawdę potrafię odczytywać wskazania aletheiometru. No więc zrobiłam to i szybko wróciłam, bo było zimno, a zadanie zabrało mi tylko sekundę, było łatwe. Konsul rozmawiał z Ojcem Coramem i nie wiedzieli, że ich słyszę. Powiedział, że czarownice znają od wieków przepowiednię o mnie: mam zrobić coś wielkiego i ważnego i to będzie w innym świecie...

Nigdy o tym nie mówiłam, chyba nawet zapomniałam, bo tyle się działo. Więc to jakoś wyleciało mi z pamięci. Nigdy nawet nie rozmawiałam o tym z Panem, bo chyba śmiałby się ze mnie. Ale potem pani Coulter mnie złapała i trzymała w uśpieniu. Miałam sny i śniłam o tym, i śniłam o tobie. I przypomniałam sobie Cygankę, Ma Costę... Pamiętasz, to na ich łódź wsiedliśmy w Jerychu, z Simonem i Hugh i tamtymi...

— Tak! I prawie dopłynęliśmy do Abingdonu! To był nasz najlepszy wyczyn, Lyro! Nigdy tego nie zapomnę, nawet gdybym miał tutaj tkwić martwy przez tysiąc lat...

— Tak, ale słuchaj... Kiedy uciekłam od pani Coulter za pierwszym razem, tak, znowu znalazłam Cyganów i zaopiekowali się mną, i... Och, tyle się dowiedziałam, zdziwiłbyś się... ale to najważniejsze: Ma Costa powiedziała mi, że mam olejek czarownic w duszy, powiedziała, że Cyganie to wodny lud, ale ja jestem z ognia. Myślę, że to znaczy, że ona jakby przygotowywała mnie do proroctwa czarownic. Wiem, że mam zrobić coś ważnego, a ten doktor Lanselius mówił, że ważne, żebym nigdy nie poznała swojego przeznaczenia, aż to się stanie, rozumiesz... Nigdy nie wolno mi o to pytać... Więc nie pytałam. Nigdy nawet się nie zastanawiałam, co to może być. Nie pytałam aletheiometru. Ale teraz chyba wiem. I to, że znowu cię znalazłam, to jest dowód. Oto, co muszę zrobić, Roger, oto, czym jest moje przeznaczenie: muszę pomóc wszystkim zmarłym wydostać się na zawsze z krainy śmierci. Ja i Will musimy uratować was wszystkich. Na pewno o to chodzi. Na pewno. I ponieważ Lord Asriel, mój ojciec, powiedział coś takiego: „Śmierć umrze". Chociaż nie wiem, co się stanie. Nie możesz jeszcze im o tym mówić, przyrzeknij. To znaczy, może nie zostaniesz tam na górze, ale...

Rozpaczliwie usiłował jej przerwać, więc umilkła.

— Właśnie to chciałem ci powiedzieć! — zawołał. — Mówiłem im, wszystkim innym zmarłym, że przyjdziesz!

Tak samo jak przyszłaś i uratowałaś dzieci z Bolvangaru! Mówiłem, że Lyra tego dokona. Marzyli, żeby to była prawda, chcieli mi wierzyć, ale nigdy właściwie nie uwierzyli. Widziałem to po nich. Najpierw — ciągnął — każde dziecko, które tutaj trafia, każde jedno zaczyna od gadania, że tato na pewno mnie stąd zabierze, albo mama — jak tylko się dowiedzą, gdzie jestem, przyjdą i zabiorą mnie z powrotem do domu. Jeśli nie tata i mama, to przyjaciel albo dziadek, ale ktoś na pewno przyjdzie im na ratunek. Tylko że nikt nigdy nie przychodzi. Więc nikt mi nie uwierzył, kiedy powiedziałem, że przyjdziesz. Tylko że miałem rację!

— Tak — przyznała — chociaż nie zrobiłabym tego bez Willa. To jest Will, a to kawaler Tialys i lady Salmakia. Tyle ci mam do powiedzenia, Rogerze...

— Kto to jest Will? Skąd pochodzi?

Lyra zaczęła wyjaśniać, całkowicie nieświadoma, jak głos się jej zmienił, jak się wyprostowała i jak nawet jej oczy spoglądały inaczej, kiedy opowiadała historię swojego spotkania z Willem i walki o zaczarowany nóż. Skąd miała wiedzieć? Ale Roger to zauważył, ze smutną bezgłośną zazdrością zmarłych.

Tymczasem Will i Gallivespianie rozmawiali po cichu w pewnej odległości.

— Co zamierzacie zrobić, ty i dziewczynka? — zapytał Tialys.

— Otworzyć ten świat i wypuścić duchy. Po to mam nóż.

Nigdy nie widział takiego zdumienia na niczyjej twarzy, tym bardziej na twarzach tych, których opinię sobie cenił. Zdążył już nabrać wielkiego szacunku dla tej dwójki. Siedzieli w milczeniu przez chwilę, a potem Tialys powiedział:

— To wszystko zmieni. Zadasz najmocniejszy cios. Po czymś takim Autorytet będzie bezsilny.

— Jak mogliby coś takiego podejrzewać?! — zawołała lady. — To na nich spadnie jak grom z jasnego nieba!

— A co potem? — zapytał Willa kawaler.

— Co potem? No, sami będziemy musieli stąd wyjść i znaleźć nasze dajmony. Nie myśl o „potem". Wystarczy myśleć o „teraz". Nic nie powiedziałem duchom na wypadek... na wypadek, gdyby się nie udało. Więc wy też nic nie mówcie. Teraz chcę znaleźć świat, który mogę otworzyć, a te harpie patrzą. Więc jeśli chcecie pomóc, odciągnijcie ich uwagę.

Gallivespianie natychmiast poderwali swoje ważki w mrok nad głowami, gdzie harpie zgromadziły się gęsto niczym muchy. Will patrzył, jak wielkie owady szarżują nieustraszenie w górę, jakby harpie rzeczywiście były muchami, które można chwytać i zjadać w locie. Pomyślał, jak bardzo te olśniewające stworzenia muszą tęsknić za czystym niebem i swobodnym szybowaniem nad przejrzystą wodą.

Potem wyjął nóż. I natychmiast usłyszał obelgi, którymi obrzuciły go harpie — szydercze słowa o matce — więc odłożył nóż i starał się oczyścić umysł.

Spróbował znowu, z tym samym rezultatem. Słyszał, jak harpie hałasują w górze pomimo wysiłków Gallivespian; było ich tak wiele, że dwójka samotnych jeźdźców nie mogła ich rozpędzić.

No, nie ma rady. Łatwiej nie będzie. Więc Will odprężył się, wyłączył umysł i po prostu siedział, luźno trzymając nóż, aż znowu był gotowy.

Tym razem nóż wciął się prosto w powietrze — i natrafił na skałę. Will otworzył okno do podziemia innego świata. Zamknął je i spróbował ponownie.

Powtórzyło się to samo, chociaż wiedział, że otworzył inny świat. Przedtem otwierał okna nad ziemią w różnych światach, więc nie powinno go dziwić, że tym razem dla odmiany znalazł się pod ziemią, ale poczuł się zaniepokojony.

Następnym razem pomacał tak ostrożnie, jak się nauczył, wyszukując czubkiem noża rezonans, który wskazywał świat z gruntem na tym samym poziomie. Ale za każdym razem wyczuwał nieprawidłowy dotyk. Nie mógł otworzyć żadnego świata; wszędzie natrafiał na twardą skałę.

Lyra zauważyła, że coś jest źle, przerwała poufną rozmowę z duchem Rogera i pospieszyła do Willa.

— Co się stało? — zapytała cicho.

Powiedział jej i dodał:

— Musimy przenieść się w inne miejsce, zanim znajdę świat, który możemy otworzyć. Ale te harpie nam nie pozwolą. Powiedziałaś duchom, co zamierzamy?

— Nie. Tylko Rogerowi i kazałam mu dochować sekretu. On zrobi, co mu każę. Och, Will, boję się, tak się boję. Może nigdy stąd nie wyjdziemy. A jeśli utkniemy tu na zawsze?

— Nóż może przeciąć skałę. W razie konieczności po prostu wykopiemy tunel. To zabierze dużo czasu i mam nadzieję, że nie będziemy musieli, ale możemy tak zrobić. Nie martw się.

— Tak. Masz rację. Oczywiście, że możemy.

Popatrzyła na niego i pomyślała, że wygląda na chorego, z twarzą ściągniętą z bólu i ciemnymi kręgami wokół oczu, ręka mu drżała, palce znowu krwawiły; wydawał się równie chory jak ona. Nie mogli już długo wytrzymać bez swoich dajmonów. Lyra czuła w środku drżenie; mocno objęła się ramionami, tęskniąc za Panem.

Duchy tłoczyły się coraz bliżej, zwłaszcza dzieci nie mogły zostawić Lyry w spokoju.

— Proszę — powiedziała jakaś dziewczynka. — Nie zapomnisz o nas, kiedy wrócisz, prawda?

— Nie — zapewniła Lyra. — Nigdy.

— Opowiesz im o nas?

— Przyrzekam. Jak się nazywasz?

Lecz dziewczynka nagle się zawstydziła: zapomniała. Odwróciła się, zakrywając twarz, a jakiś chłopiec powiedział:

— Chyba lepiej zapomnieć. Ja zapomniałem swoje imię. Niektórzy są tu od niedawna i ciągle pamiętają. Niektóre dzieci są tu od tysięcy lat. Nie są starsze od nas i dużo zapomniały. Oprócz blasku słońca. Tego nikt nie zapomina. I wiatru.

— Tak — dołączył się inny. — Opowiedz nam o tym!

I coraz więcej duchów żądało, żeby Lyra opowiadała im o rzeczach, które pamiętały, o słońcu, wietrze i niebie, i o zapomnianych rzeczach, na przykład jak się bawić. Dziewczynka odwróciła się do Willa i szepnęła:

— Co mam robić?

— Opowiedz im.

— Boję się. Po tym, co się stało wcześniej... te harpie...

— Powiedz im prawdę. Nie dopuścimy tutaj harpii.

Popatrzyła na niego z powątpiewaniem. Dosłownie mdliło ją ze strachu. Odwróciła się z powrotem do duchów, które napierały coraz bardziej.

— Proszę! — szeptały. — Dopiero co przyszłaś ze świata! Opowiedz nam, opowiedz! Opowiedz nam o świecie!

Niedaleko stało drzewo — tylko martwy pień z białymi jak kość gałęziami sterczącymi w zimnym szarym powietrzu — a ponieważ Lyra czuła się osłabiona i pomyślała, że nie może jednocześnie iść i opowiadać, skierowała się w tamtą stronę, żeby usiąść. Tłum duchów falował i rozstępował się przed nimi.

Kiedy zbliżyli się do drzewa, Tialys wylądował na ramieniu Willa i nalegał, żeby chłopiec przechylił głowę i posłuchał.

— One wracają — ostrzegł cicho. — Te harpie. Coraz więcej. Trzymaj nóż w pogotowiu. Lady i ja powstrzymamy je, jak długo damy radę, ale może czeka cię walka.

Ukradkiem, żeby nie martwić Lyry, Will obluzował nóż w pochwie i trzymał dłoń blisko rękojeści. Tialys znowu odleciał, a Lyra dotarła do drzewa i usiadła na jednym z grubych korzeni.

Tyle zmarłych postaci skupiło się wokół niej z nadzieją, szeroko otwierając oczy, że Will musiał ich odsunąć i zrobić trochę miejsca; pozwolił jednak Rogerowi zostać blisko, ponieważ chłopiec wpatrywał się w Lyrę i słuchał z takim przejęciem.

Lyra zaczęła opowiadać o świecie, który znała.

Opowiedziała im, jak ona i Roger wdrapali się na dach Kolegium Jordana i znaleźli gawrona ze złamaną łapą, jak opiekowali się nim, aż mógł znowu latać; jak zwiedzali piwnice z winami, grubo pokryte kurzem i pajęczynami, jak wypili trochę kanaryjskiego wina albo może tokaju, nie miała pewności, i jak się upili. A duch Rogera słuchał z dumą i rozpaczą, kiwał głową i szeptał:

— Tak, tak! Właśnie tak było, to prawda, zgadza się!

Potem opowiedziała im o wielkiej bitwie pomiędzy mieszkańcami Oksfordu a ceglarzami.

Najpierw opisała im Glinianki, starając się niczego nie pominąć, szerokie płuczki barwy ochry, czerpaki, piece do wypalania jak wielkie ceglane ule. Opowiedziała o wierzbach rosnących nad brzegiem rzeki, z listkami srebrzystymi od spodu; powiedziała, że kiedy słońce świeciło przez kilka dni, glina zaczynała pękać na wielkie płaskie tafle rozdzielone głębokimi szczelinami, i jakie to uczucie wcisnąć palce w szczelinę i powoli podważyć wyschniętą taflę błota, starając się, żeby nie pękła. Pod spodem glina była wilgotna, idealna do rzucania w ludzi.

Opisała zapachy unoszące się w tym miejscu: dym z pieców, zapach mułu i gnijących liści dolatujący od rzeki, kiedy wiatr wiał z południowego zachodu; ciepły zapach pieczonych ziemniaków, które jadali ceglarze; bulgotanie wody płynącej rynnami do płuczek; powolny mlaszczący dźwięk, kiedy próbowało się wyciągnąć stopę z ziemi; ciężki chlupot zastawek śluzy w gęstej od gliny wodzie.

Duchy cisnęły się coraz bliżej, karmiły się jej słowami, przypominały sobie czasy, kiedy miały ciała i skórę, nerwy i zmysły, i pragnęły, żeby nigdy nie przestała mówić.

Potem opowiedziała, jak dzieci ceglarzy zawsze prowadziły wojnę z mieszczuchami, ale były tępe i powolne, z gliną zamiast mózgu, podczas gdy mieszczuchy w porównaniu z nimi były szybkie i sprytne jak wróble; jak pewnego dnia wszystkie dzieci z miasta machnęły ręką na dzielące ich różnice, sprzymierzyły się, uknuły plan i zaatakowały Glinianki z trzech stron, przyparły do rzeki dzieci ceglarzy i ciskały w nie pecynami ciężkiej gliniastej ziemi, zniszczyły i stratowały ich zamek z piasku, zmieniły fortyfikacje w pociski, aż ziemia, powietrze i woda przemieszały się nie do odróżnienia i wszystkie dzieci wyglądały dokładnie tak samo, od stóp do głów oblepione błotem, i żadne z nich nigdy nie przeżyło takiego wspaniałego dnia.

Skończywszy opowieść, spojrzała na Willa, wyczerpana. Wtedy doznała wstrząsu.

Oprócz milczących duchów dookoła i jej towarzyszy, żywych i bliskich, miała jeszcze inną publiczność: gałęzie drzewa gęsto obsiadły ciemne ptasie sylwetki o kobiecych twarzach, spoglądające na nią z góry, poważne i oczarowane.

Wstała, zdjęta nagłym strachem, ale harpie się nie poruszyły.

— Wy! — zawołała w desperacji. — Przedtem na mnie wrzeszczałyście, kiedy próbowałam coś wam powiedzieć. Co was teraz powstrzymuje? Dalej, rozedrzyjcie mnie szponami i zmieńcie w ducha!

— Tego na pewno nie zrobimy — odezwała się harpia w samym środku, Bez-Imienia we własnej osobie. — Posłuchaj. Tysiące lat temu, kiedy przybyły tutaj pierwsze duchy, Autorytet dał nam moc widzenia najgorszego w każdym z nich, i od tego czasu żywimy się najgorszym, aż nasza krew cuchnie i serca chorują. Ale nie miałyśmy nic innego do jedzenia. Nic innego. A teraz dowiadujemy się, że zamierzacie otworzyć drogę do górnego świata i wyprowadzić stąd wszystkie duchy...

Jej szorstki głos zagłuszyły miliony szeptów, kiedy każdy duch, który to usłyszał, krzyczał z radości; lecz harpie wrzasnęły i załopotały skrzydłami, aż duchy znowu zamilkły.

— Tak! — krzyknęła Bez-Imienia. — Wyprowadzić je stąd! Co my teraz zrobimy? Powiem ci, co zrobimy: odtąd nie cofniemy się przed niczym. Będziemy ranić, dręczyć, kaleczyć i plugawić każdego ducha, którego dopadniemy, aż oszaleje ze strachu, wstrętu i wyrzutów sumienia. To jest ziemia jałowa; zmienimy ją w piekło!

Harpie zarechotały przeraźliwie, wiele sfrunęło z drzewa prosto na duchy, które rozbiegły się w przerażeniu. Lyra przywarła do ramienia Willa i jęknęła:

— Teraz one wszystko wygadały, a my nie możemy tego zrobić... Znienawidzą nas... Pomyślą, że ich zdradziliśmy! Pogorszyliśmy ich los zamiast polepszyć!

— Cicho — powiedział Tialys. — Nie rozpaczaj. Zawołaj je z powrotem i spraw, żeby nas wysłuchały.

— Wracajcie! Wracajcie wszyscy! Wracajcie i posłuchajcie! — krzyknął Will.

Jedna za drugą harpie o wygłodniałych twarzach, ożywionych i złaknionych nieszczęścia, zawróciły i sfrunęły z powrotem na drzewo, a duchy podążyły za nimi. Kawaler zostawił swoją ważkę pod opieką Salmakii i wskoczył na skałę, gdzie wszyscy go widzieli — drobny, zwinny i ciemnowłosy, odziany w zieleń.

— Harpie — powiedział — możemy wam zaproponować coś lepszego. Odpowiedzcie szczerze na moje pytania i wysłuchajcie, co powiem, a potem to osądzicie. Kiedy Lyra rozmawiała z wami za murem, rzuciłyście się na nią. Dlaczego?

— Kłamstwa! — wrzasnęły wszystkie harpie. — Kłamstwa i wymysły!

— Lecz kiedy teraz opowiadała, wszystkie jej słuchałyście, każda z was, słuchałyście cicho i w skupieniu. Ponownie pytam: dlaczego?

— Ponieważ mówiła prawdę — odparła Bez-Imienia. — Ponieważ to była prawda. Ponieważ nas żywiła.

Ponieważ nas karmiła. Ponieważ nic nie mogłyśmy na to poradzić. Ponieważ to była prawda. Ponieważ nie wiedziałyśmy, że istnieje cokolwiek poza złem i zepsuciem. Ponieważ poznałyśmy nowe rzeczy, słońce, deszcz i wiatr. Ponieważ to była prawda.

— W takim razie — powiedział Tialys — zawrzyjmy umowę. Zamiast widzieć tylko zepsucie, chciwość i okrucieństwo duchów, które tutaj przychodzą, odtąd macie prawo żądać od każdego ducha, żeby opowiedział wam historię swojego życia, i każdy musi mówić prawdę o tym, co widział i słyszał, czego dotykał, co kochał i znał na świecie. Każdy z tych duchów ma swoją historię; każdy, który tu przyjdzie w przyszłości, opowie wam prawdziwe rzeczy o świecie. A wy będziecie miały prawo ich wysłuchać i oni będą musieli powiedzieć prawdę.

Lyra podziwiała zuchwałość małego szpiega. Jak śmiał przemawiać do tych stworów, jakby miał władzę przyznawać im prawa? Każda z nich mogła go uśmiercić jednym kłapnięciem szczęk, rozedrzeć go na strzępy pazurami albo zrzucić z wysoka na ziemię i zmiażdżyć. A jednak stał przed nimi, dumny i nieustraszony, negocjując umowę! A one słuchały i naradzały się zniżonymi głosami, zwracając ku sobie twarze.

Wszystkie duchy czekały, milczące i wystraszone.

Potem Bez-Imienia znowu zabrała głos.

— To nie wystarczy — oświadczyła. — Chcemy czegoś więcej. Pod dawną dyspensą miałyśmy cel. Miałyśmy swoje miejsce i obowiązki. Wypełniałyśmy skrupulatnie rozkazy Autorytetu i za to nas szanowali. Nienawidzili i bali się nas, ale również szanowali. Co teraz się stanie z tym szacunkiem? Dlaczego duchy miałyby na nas zważać, skoro mogą po prostu znowu wrócić do świata? Mamy swoją dumę i nie pozwolimy sobie jej odebrać. Potrzebujemy honorowego miejsca! Potrzebujemy celu i obowiązków do wypełniania, żeby darzono nas szacunkiem, na jaki zasługujemy!

Poruszyły się na gałęziach, mamrocząc i wznosząc skrzydła. Lecz chwilę później Salmakia wskoczyła na głaz obok kawalera i zawołała:

— Macie całkowitą rację! Każdy powinien mieć jakiś cel, ważne zadanie budzące szacunek, które można wypełniać z dumą. Oto wasza misja, którą tylko wy możecie wypełnić, ponieważ jesteście strażniczkami i opiekunkami tego miejsca. Waszym zadaniem będzie przeprowadzenie duchów od miejsca lądowania nad jeziorem przez całą drogę w krainie zmarłych aż do nowej bramy na świat. W zamian opowiedzą wam swoje historie jako uczciwą i sprawiedliwą zapłatę za przewodnictwo. Czy to wam się wydaje słuszne?

Bez-Imienia spojrzała na swoje siostry i wszystkie pokiwały głowami.

— I mamy prawo odmówić im przewodnictwa, jeśli skłamią albo jeśli coś zatają, albo jeśli nie będą mieli nam nic do powiedzenia. Skoro żyją na świecie, powinni widzieć, słyszeć, dotykać, kochać i poznawać różne rzeczy. Zrobimy wyjątek dla niemowląt, które nie zdążyły niczego poznać, ale w innym przypadku, jeśli ktoś zejdzie tu na dół, nie przynosząc nic ze sobą, nie wyprowadzimy go.

— To sprawiedliwie — przyznała Salmakia i pozostali wędrowcy wyrazili zgodę.

Tak więc zawarli układ. W zamian za historię Lyry, której już wysłuchały, harpie zgodziły się zaprowadzić podróżnych z nożem do części krainy zmarłych sąsiadującej z górnym światem. Czekała ich daleka droga, przez tunele i jaskinie, ale harpie poprowadzą ich wiernie i wszystkie duchy mogą iść za nimi.

Lecz zanim wyruszyli, ktoś krzyknął najgłośniej jak to możliwe w przypadku szeptu. Był to duch chudego mężczyzny o gniewnej twarzy, który zawołał:

— Co się stanie? Kiedy opuścimy krainę zmarłych, czy znowu ożyjemy? Czy też znikniemy jak nasze dajmony? Bracia, siostry, nie powinniśmy nigdzie iść za tym dzieckiem, dopóki się nie dowiemy, co się z nami stanie!

Inni podchwycili pytanie.

— Tak, powiedz nam, dokąd idziemy! Powiedz nam, czego mamy się spodziewać! Nigdzie nie pójdziemy, dopóki się nie dowiemy, co się z nami stanie!

Lyra w rozpaczy odwróciła się do Willa, ale on poradził:

— Powiedz im prawdę. Zapytaj aletheiometru i powiedz im, co odpowiedział.

— Dobrze — zgodziła się dziewczynka.

Wyjęła złocisty instrument. Odpowiedź nadeszła od razu. Lyra odłożyła przyrząd i wstała.

— Oto, co się stanie — zaczęła — i to prawda, absolutna prawda. Kiedy stąd wyjdziecie, wszystkie cząsteczki, które was tworzą, rozdzielą się i rozproszą tak jak wasze dajmony. Jeśli widzieliście czyjąś śmierć, wiecie, jak to wygląda. Ale wasze dajmony nie są teraz niczym; są częścią wszystkiego. Atomy, które je tworzyły, przeniosły się w powietrze, wiatr, drzewa, ziemię i żywe istoty. One nigdy nie znikają. Po prostu są częścią wszystkiego. I właśnie tak stanie się z wami, obiecuję, przysięgam na mój honor. Rozproszycie się, to prawda, ale wydostaniecie się na wolność i znowu będziecie cząstką wszelkiego życia.

Nikt się nie odezwał. Ci, którzy widzieli rozpływające się dajmony, przypominali to sobie, a ci, którzy nie widzieli, próbowali to sobie wyobrazić, i wszyscy milczeli, aż młoda kobieta wystąpiła do przodu. Zginęła jako męczennica przed wiekami. Rozejrzała się i powiedziała:

— Za życia mówiono nam, że kiedy umrzemy, pójdziemy do nieba. Mówiono, że niebo to miejsce radości i chwały, że spędzimy wieczność w towarzystwie świętych i aniołów chwalących Wszechmogącego, w stanie łaski i błogości. Tak nam mówili. I to sprawiło, że niektórzy z nas oddali życie, a inni spędzili lata na samotnej modlitwie, podczas gdy omijały nas wszelkie radości i nawet o tym nie wiedzieliśmy. Ponieważ kraina zmarłych nie jest miejscem kary ani nagrody. Jest miejscem nicości. Dobrzy przychodzą tutaj tak samo jak źli i wszyscy marniejemy w tym mroku przez wieczność, bez nadziei na wolność, bez radości, bez snu ani spoczynku, ani spokoju. Lecz teraz przybyło to dziecko, ofiarujące nam drogę wyjścia, i ja pójdę za nim. Nawet jeśli to oznacza zapomnienie, przyjaciele, przyjmę je chętnie, ponieważ nie odejdziemy w nicość, będziemy znowu żyli w tysiącach źdźbeł trawy i milionach liści, będziemy spadali w kroplach deszczu i unosili się w powiewach wiatru, będziemy błyszczeli w rosie pod gwiazdami i księżycem tam na górze, w fizycznym świecie, który jest i zawsze był naszym prawdziwym domem. Więc nakłaniam was: chodźcie za tym dzieckiem w niebo!

Lecz jej ducha odepchnął na bok duch mężczyzny, który wyglądał jak mnich: chudy i blady nawet po śmierci, z ciemnymi płomiennymi oczami. Przeżegnał się i wymamrotał modlitwę, a potem powiedział:

— To gorzka wiadomość, smutny i okrutny żart. Czyż nie widzicie prawdy? To nie jest dziecko. To jest agentka samego Złego! Świat, w którym żyliśmy, był padołem łez i zepsucia. Tam nic nie mogło nas zadowolić. Ale Wszechmogący podarował nam to błogosławione miejsce na całą wieczność, ten raj, który upadłym duszom wydaje się posępny i jałowy, lecz który oczy wiary widzą takim, jaki jest, płynący mlekiem i miodem, rozbrzmiewający słodkimi hymnami aniołów. Zaprawdę, to jest raj! Obietnice tej dziewczynki to tylko kłamstwa. Ona chce was zaprowadzić do piekła! Idźcie z nią na własną zgubę. Moi towarzysze i ja, prawdziwie wierzący, pozostaniemy tutaj w naszym błogosławionym raju i spędzimy wieczność, wychwalając Wszechmogącego, który dał nam zdolność odróżniania prawdy od fałszu. — Ponownie się przeżegnał, po czym razem ze swymi towarzyszami odwrócił się ze zgrozą i wstrętem.

Lyra poczuła się zbita z tropu. Czyżby się pomyliła? Czy popełniła wielki błąd? Rozejrzała się dookoła: mrok i pustka ze wszystkich stron. Lecz już wcześniej nabierała się na pozory, na przykład zaufała pani Coulter z powodu jej pięknego uśmiechu i słodkiego czarownego zapachu. Tak łatwo popełnić omyłkę, nie mając dajmona za przewodnika; może teraz również się myliła.

Ale Will potrząsnął ją za ramię. Potem objął dłońmi jej twarz i przytrzymał mocno.

— Wiesz, że to nieprawda — powiedział. — I tak samo to czujesz. Nie zwracaj na niego uwagi. Oni wszyscy też widzą, że on kłamie. I polegają na nas. Chodź, zaczynamy.

Kiwnęła głową. Musiała zaufać swojemu ciału i uwierzyć zmysłom; wiedziała, że Pantalaimon tak by zrobił.

Więc wyruszyli, a niezliczone miliony duchów podążały za nimi. Z tyłu, za daleko, żeby dzieci widziały, inni mieszkańcy świata zmarłych, usłyszawszy, co się dzieje, przyłączali się do wielkiego marszu. Tialys i Salmakia polecieli się rozejrzeć i z radością zobaczyli tam swoich współplemieńców oraz wszelkie gatunki rozumnych stworzeń, kiedykolwiek ukaranych przez Autorytet śmiercią i wygnaniem. Widzieli istoty niepodobne do ludzi, istoty takie jak *mulefa*, które rozpoznałaby Mary Malone, i jeszcze dziwniejsze duchy.

Lecz Will i Lyra nie mieli siły oglądać się za siebie; mogli jedynie maszerować z nadzieją, prowadzeni przez harpie.

— Czy już prawie to zrobiliśmy, Will? — szepnęła Lyra. — Najgorsze za nami?

Nie wiedział. Ale czuli się tacy słabi i chorzy, że odparł:

— Tak, już prawie skończone, najgorsze za nami. Niedługo stąd wyjdziemy.

24

Pani Coulter w Genewie

Jaka matka, taka córka.

Księga Ezechiela

Pani Coulter zaczekała do nocy, zanim skierowała się do Kolegium Świętego Hieronima. Po zapadnięciu ciemności sprowadziła statek intencyjny w dół przez chmury i powoli sunęła wzdłuż brzegu jeziora na wysokości wierzchołków drzew. Kolegium wyróżniało się kształtem spośród innych starożytnych budynków Genewy; wkrótce dostrzegła iglicę, ciemne jamy krużganków, kwadratową wieżę, gdzie rezydował przewodniczący Konsystorskiej Komisji Dyscyplinarnej. Wcześniej już trzykrotnie odwiedzała Kolegium; wiedziała, że kalenice, szczyty i kominy na dachu zapewniają mnóstwo miejsca na kryjówki, nawet dla czegoś tak dużego jak statek intencyjny.

Powoli przeleciała nad dachówkami błyszczącymi po niedawnym deszczu i wprowadziła maszynę w niewielkie zagłębienie pomiędzy spadzistym dachem a ślepą ścianą wieży, miejsce widoczne jedynie z dzwonnicy pobliskiej Kaplicy Świętej Penitencji; była to doskonała kryjówka.

Delikatnie obniżyła statek, pozwalając, żeby dwumetrowy kadłub sam znalazł sobie miejsce i ustawił się, utrzymując kabinę w poziomie. Zaczynała kochać tę maszynę: spełniała jej życzenia szybko jak myśl i pracowała tak cicho; mogła unosić się nad kimś dosłownie na wyciągnięcie ręki i ta osoba nic by nie zauważyła. W ciągu niecałego dnia, odkąd pani Coulter ją ukradła, opanowała urządzenia kontrolne, ale wciąż nie miała pojęcia, co napędzało pojazd, i tylko tym się martwiła: nie potrafiła określić, kiedy wyczerpie się paliwo lub baterie.

Upewniwszy się, że statek stoi pewnie i dach utrzyma jego ciężar, zdjęła hełm i wysiadła.

Jej dajmon już podważał jedną z ciężkich starych dachówek. Przyłączyła się do niego i wkrótce usunęli pół tuzina, a potem pani Coulter złamała listwy, na których się opierały, i zrobiła otwór wystarczająco duży, żeby ją pomieścił.

— Wejdź tam i rozejrzyj się — szepnęła, a dajmon wskoczył w ciemność.

Słyszała chrobotanie jego pazurów, kiedy ostrożnie przechodził po podłodze strychu, a potem czarny pyszczek okolony złocistą sierścią ukazał się w otworze. Pani Coulter zrozumiała od razu i weszła za nim do środka. Zaczekała, aż wzrok jej się przyzwyczai. W nikłym świetle stopniowo ukazał się długi strych, gdzie majaczyły ciemne kształty zmagazynowanych tutaj kredensów, stołów, biblioteczek i wszelkiego rodzaju mebli.

Przede wszystkim przesunęła wysoki kredens tak, żeby zasłaniał otwór w dachu. Potem na palcach podeszła do drzwi na drugim końcu pomieszczenia i nacisnęła klamkę. Oczywiście drzwi były zamknięte na klucz, ale miała szpilkę do włosów, a zamek był prosty. Trzy minuty później razem ze swoim dajmonem stała na końcu długiego korytarza, gdzie pod zakurzonym świetlikiem zobaczyli wąskie schody prowadzące w dół.

Po pięciu minutach otwarli okno w spiżarni obok kuchni dwa piętra niżej i wyszli na uliczkę. Brama Kolegium znajdowała się tuż za rogiem, a jak powiedziała pani Coulter do złocistej małpy, powinni wejść w tradycyjny sposób, bez względu na to, jak zamierzają wyjść.

— Zabierz ręce ode mnie — powiedziała spokojnie do wartownika — i okaż trochę uprzejmości, bo każę cię wychłostać. Powiedz Przewodniczącemu, że przyjechała pani Coulter i pragnie natychmiast się z nim zobaczyć.

Mężczyzna odskoczył, a jego dajmona-pinczerka, która dotąd szczerzyła zęby na dobrze wychowaną złocistą małpę, natychmiast stchórzyła i podkuliła kikut ogona.

Wartownik chwycił słuchawkę telefonu i niecałą minutę później młody ksiądz o świeżej twarzy wpadł z pośpiechem do wartowni, wycierając dłonie o sutannę na wypadek, gdyby chciała uścisnąć mu rękę. Nie chciała.

— Kim jesteś? — zapytała.

— Brat Louis — odpowiedział ksiądz, uspokajając swoją dajmonę-królicę. — Pracownik sekretariatu Komisji Konsystorskiej. Zechce pani...

— Nie przyjechałam tutaj, żeby rozmawiać z pisarczykiem — przerwała mu pani Coulter. — Zaprowadź mnie do ojca MacPhaila. Natychmiast.

Ksiądz ukłonił się bezradnie i wyprowadził ją. Wartownik za jej plecami wydął policzki w westchnieniu ulgi.

Brat Louis dwa lub trzy razy spróbował nawiązać konwersację, po czym dał za wygraną i w milczeniu zaprowadził panią Coulter do pokojów Przewodniczącego znajdujących się w wieży. Ojciec MacPhail właśnie odmawiał pacierze, toteż ręka nieszczęsnego brata Louisa drżała gwałtownie, kiedy pukał. Usłyszeli westchnienie i jęk, a potem ciężkie kroki zmierzające do drzwi.

Oczy Przewodniczącego rozszerzyły się na widok gościa, wilczy uśmiech wypłynął na usta.

— Pani Coulter — powiedział ojciec MacPhail i wyciągnął rękę. — Bardzo się cieszę, że panią widzę. Moja siedziba jest zimna i uboga, ale proszę wejść, proszę wejść.

— Dobry wieczór — powiedziała pani Coulter, wchodząc za nim do pomieszczenia o surowych kamiennych ścianach.

Pozwoliła mu na trochę krzątaniny, kiedy podawał jej krzesło.

— Dziękuję — zwróciła się do brata Louisa, który wciąż tkwił w drzwiach. — Wypiję filiżankę czekolady.

Nic jej nie proponowano i wiedziała, że obraża go, traktując jak służącego, ale zachowywał się tak nędznie, że na to zasłużył. Przewodniczący kiwnął głową, więc brat Louis musiał wyjść i wykonać polecenie ku swojej wielkiej irytacji.

— Oczywiście jest pani aresztowana — oświadczył Przewodniczący, siadając na drugim krześle i odwracając lampę.

— Och, po co psuć rozmowę, zanim jeszcze zaczęliśmy? — zapytała pani Coulter. — Przybyłam tutaj dobrowolnie, jak tylko zdołałam uciec z fortecy Asriela. Faktem jest, ojcze Przewodniczący, że posiadam mnóstwo informacji o jego siłach i o dziecku i zamierzam je panu przekazać.

— Zatem zechce pani zacząć od dziecka.

— Moja córka ma obecnie dwanaście lat. Niedługo wkroczy w okres dojrzewania, a wtedy będzie za późno, by zapobiec katastrofie; natura i sposobność połączą się jak iskra i hubka. Dzięki waszej interwencji obecnie to dużo bardziej możliwe. Mam nadzieję, że jest pan usatysfakcjonowany.

— Pani obowiązkiem było sprowadzić ją tutaj, pod naszą opiekę. Zamiast tego wolała pani ukryć się w górskiej jaskini... Chociaż pozostaje dla mnie zagadką, jak kobieta o pani inteligencji mogła liczyć, że jej się uda.

— Prawdopodobnie wiele rzeczy jest dla pana zagadką, ojcze, poczynając od związku pomiędzy matką i córką. Jeśli pan myślał choć przez chwilę, że oddam córkę pod opiekę... opiekę!... grupy mężczyzn ogarniętych gorączkową obsesją na tle seksualności, mężczyzn o brudnych paznokciach, cuchnących zastarzałym potem, mężczyzn, których ukradkowe spojrzenia pełzałyby po jej ciele jak karaluchy... Jeśli pan myślał, że narażę moje dziecko na coś takiego, to jest pan głupszy niż ja... pańskim zdaniem.

Zanim zdążył odpowiedzieć, rozległo się pukanie do drzwi i wszedł brat Louis, niosąc dwie filiżanki czekolady na drewnianej tacy. Postawił tacę na stole z nerwowym ukłonem, uśmiechając się do Przewodniczącego w nadziei, że pozwolą mu zostać; ale ojciec MacPhail kiwnął ręką w stronę drzwi i młody ksiądz niechętnie wyszedł.

— Więc co pani zamierzała zrobić? — zapytał Przewodniczący.

— Chciałam ją ukryć w bezpiecznym miejscu, dopóki zagrożenie nie minie.

— Jakie zagrożenie? — zagadnął, podając jej filiżankę.

— Och, pan chyba wie, o czym mówię. Gdzieś tam jest kusiciel, wąż, że się tak wyrażę, więc nie chciałam dopuścić do ich spotkania.

— Towarzyszy jej pewien chłopiec.

— Owszem. I gdybyście się nie wtrącili, miałabym oboje pod kontrolą. Teraz mogą być wszędzie. Przynajmniej wiem, że nie ma ich u Lorda Asriela.

— Nie wątpię, że będzie ich szukał. Ten chłopiec ma nóż o niezwykłej mocy. Choćby dlatego warto ich ścigać.

— Zdaję sobie z tego sprawę — zapewniła pani Coulter. — Zdołałam złamać ten nóż, ale chłopiec go naprawił.

Uśmiechała się. Chyba nie polubiła tego wstrętnego szczeniaka?

— Wiemy — odparł krótko Przewodniczący.

— No, no — rzuciła. — Brat Pavel widocznie nabrał szybkości. Kiedy go znałam, odczytanie tego wszystkiego zabrałoby mu co najmniej miesiąc.

Pociągnęła łyk czekolady, rozwodnionej i słabej; jakie to typowe dla tych nudnych księży, pomyślała, narzucać swoją świętoszkowatą abstynencję również gościom.

— Niech mi pani opowie o Lordzie Asrielu — zażądał Przewodniczący. — Niech mi pani opowie wszystko.

Pani Coulter oparła się wygodnie i zaczęła opowiadać — nie wszystko, ale on wcale tego nie oczekiwał. Opowiedziała o fortecy, o sprzymierzeńcach, o aniołach, o kopalniach i odlewniach.

Ojciec MacPhail siedział w absolutnym bezruchu, a jego dajmona-jaszczurka przyswajała i zapamiętywała każde słowo.

— A jak się pani tutaj dostała? — zapytał.

— Ukradłam giropter. Skończyło się paliwo i musiałam go porzucić na wsi, niedaleko stąd. Resztę drogi przebyłam piechotą.

— Czy Lord Asriel aktywnie szuka dziewczynki i chłopca?

— Oczywiście.

— Zakładam, że chodzi mu o nóż. Wie pani, że on ma nazwę? Kliwuchy z północy nazywają go „niszczyciel bogów" — ciągnął, podchodząc do okna i spoglądając w dół na krużganki. — Do tego dąży Asriel, prawda? Chce zniszczyć Autorytet. Niektórzy ludzie twierdzą, że Bóg już nie żyje. Asriel chyba do nich nie należy, jeśli żywi ambicję, żeby Go zabić.

— Więc gdzie jest Bóg? — zapytała pani Coulter. — Jeśli żyje? I dlaczego już nie przemawia? Na początku świata Bóg chodził po ogrodzie i rozmawiał z Adamem i Ewą. Potem zaczął się wycofywać i Mojżesz słyszał tylko jego głos. Później, za czasów Daniela, Bóg się postarzał...

był Przedwieczny. Gdzie jest teraz? Czy nadal żyje, nie-wyobrażalnie stary, zgrzybiały i zdziecinniały, niezdolny myśleć, mówić ani działać i niezdolny umrzeć, niczym spróchniały pień? A jeśli jest w takim stanie, czy nie spełnimy najbardziej miłosiernego uczynku, nie udo-wodnimy naszej prawdziwej miłości do Boga, jeśli go odszukamy i damy mu dar śmierci?

Panią Coulter ogarnęło chłodne uniesienie. Nie wie-działa, czy wyjdzie stąd żywa; ale mówiąc w ten sposób do tego człowieka, upajała się własnymi słowami.

— A Pył? — zapytał. — Z głębin herezji, jaki jest pani pogląd na Pył?

— Nie mam żadnych poglądów na Pył — odparła. — Nie wiem, co to jest. Nikt nie wie.

— Rozumiem. No cóż, zacznę od przypomnienia, że jest pani aresztowana. Chyba już czas znaleźć dla pani miejsce do spania. Będzie całkiem wygodnie; nikt nie zrobi pani krzywdy; ale nie wypuścimy stąd pani. Jutro znowu porozmawiamy.

Zadzwonił i brat Louis zjawił się niemal natychmiast.

— Zaprowadź panią Coulter do najlepszego gościn-nego pokoju — rozkazał Przewodniczący. — I zamknij ją na klucz.

Najlepszy pokój gościnny okazał się obskurny, z ta-nimi meblami, ale przynajmniej czysty. Kiedy klucz przekręcił się w zamku, pani Coulter natychmiast ro-zejrzała się za mikrofonem i znalazła jeden w przełado-wanym ozdobami kinkiecie, a drugi pod ramą łóżka. Rozłączyła oba, po czym przeżyła straszną niespo-dziankę.

Z blatu komody za drzwiami obserwował ją Lord Roke.

Krzyknęła i oparła się dłonią o ścianę, żeby odzyskać równowagę. Gallivespianin siedział ze skrzyżowanymi nogami, całkowicie swobodny, i wcześniej nie zauważyła go ani pani Coulter, ani złocista małpa. Odczekała, aż serce przestało jej walić i oddech się wyrównał, po czym zapytała:

— A kiedyż to zamierzał mnie pan uprzedzić o swojej obecności, mój panie? Zanim się rozbiorę czy potem?

— Zanim — odparł. — Powiedz swojemu dajmonowi, żeby się uspokoił, bo go poćwiartuję.

Złocista małpa obnażyła zęby i zjeżyła sierść na całym ciele. Agresywna złość na jej twarzy mogła odebrać odwagę każdemu normalnemu człowiekowi, ale Lord Roke tylko się uśmiechnął. Jego ostrogi błyszczały w nikłym świetle.

Mały szpieg wstał i przeciągnął się powoli.

— Właśnie rozmawiałem z moim agentem w fortecy Lorda Asriela — podjął. — Lord przekazuje wyrazy uznania i prosi, żebyś dała mu znać, jak tylko poznasz zamiary tych ludzi.

Zabrakło jej tchu, jakby Lord Asriel uderzył ją w żołądek. Oczy jej się rozszerzyły i powoli usiadła na łóżku.

— Przybyłeś tutaj, żeby mnie szpiegować czy pomagać? — zapytała.

— Jedno i drugie, i masz szczęście, że tutaj jestem. Jak tylko się zjawiłaś, zaczęli jakieś anbaryczne prace w piwnicach. Nie wiem, co tam robią, ale właśnie teraz pracuje tam zespół uczonych. Zdaje się, że ich poruszyłaś.

— Nie wiem, czy mam to uznać za pochlebne, czy niepokojące. Prawdę mówiąc, jestem wyczerpana i idę spać. Jeśli zamierzasz mi pomóc, możesz pełnić wartę. Na początek popatrz w drugą stronę.

Skłonił się i odwrócił twarzą do ściany, dopóki nie umyła się w poobijanej misce, wytarła cienkim ręcznikiem, rozebrała i położyła do łóżka. Jej dajmon patrolował pokój, sprawdzał szafę na ubrania, listwę do wieszania obrazów, zasłony, widok z okna na ciemne krużganki. Lord Roke obserwował każdy jego ruch. Wreszcie złocista małpa położyła się obok pani Coulter i oboje od razu zasnęli.

Lord Roke nie powiedział pani Coulter wszystkiego, czego dowiedział się od Lorda Asriela. Sprzymierzeńcy śledzili przeloty wszelkiego rodzaju istot nad rubieżami republiki i zauważyli na zachodzie koncentrację czegoś, co wyglądało na anioły, ale mogło być czymś zupełnie innym. Wysłali patrole, żeby zbadały sprawę, ale na razie niczego się nie dowiedzieli; cokolwiek tam wisiało, okryło się nieprzeniknioną mgłą.

Szpieg uważał jednak, że lepiej nie martwić tym pani Coulter; była wyczerpana. Niech śpi, pomyślał i wędrował bezgłośnie po pokoju, wyglądał przez okno, nasłuchiwał pod drzwiami, trzeźwy i czujny.

Godzinę po wejściu pani Coulter usłyszał ciche odgłosy za drzwiami: lekkie drapanie i szept. W tej samej chwili słabe światło obrysowało kontur drzwi. Lord Roke wsunął się w najdalszy kąt i stanął za nogą krzesła, na które pani Coulter rzuciła swoje ubranie.

Upłynęła minuta, po czym klucz bardzo cicho obrócił się w zamku. Drzwi uchyliły się na centymetr, nie więcej, a wtedy światło zgasło.

Lord Roke widział wystarczająco dobrze w nikłym blasku przebijającym cienkie zasłony, lecz intruz musiał zaczekać, aż oczy mu się przyzwyczają do mroku. Wreszcie drzwi otwarły się szerzej, bardzo powoli, i młody ksiądz, brat Louis, wszedł do pokoju.

Przeżegnał się i na palcach podszedł do łóżka. Lord Roke sprężył się do skoku, ale ksiądz tylko posłuchał regularnego oddechu pani Coulter, sprawdził z bliska, czy ona naprawdę śpi, po czym odwrócił się do nocnego stolika.

Nakrył dłonią szkiełko latarki i włączył ją, przepuszczając między palcami cienki promyk światła. Obejrzał stolik tak dokładnie, że prawie dotknął nosem blatu, ale czegokolwiek szukał, nie znalazł. Pani Coulter położyła tam kilka przedmiotów, zanim poszła do łóżka: parę monet, pierścionek, zegarek; ale nie zainteresowały brata Louisa.

Ponownie odwrócił się do niej i wtedy zobaczył to, czego szukał. Wydał cichy syk. Lord Roke zrozumiał powód jego konsternacji: poszukiwany przedmiot to był medalion na złotym łańcuszku, zawieszony na szyi pani Coulter.

Lord Roke bezszelestnie przesunął się wzdłuż listwy podłogowej w stronę drzwi.

Ksiądz przeżegnał się ponownie, ponieważ musiał dotknąć kobiety. Wstrzymując oddech, pochylił się nad łóżkiem — złocista małpa się poruszyła.

Młody człowiek zamarł z wyciągniętymi rękami. Jego dajmona-królica dygotała, tuląc mu się do stóp, całkiem bezużyteczna; mogła przynajmniej pełnić straż dla tego biedaka, pomyślał Lord Roke. Małpa przekręciła się we śnie i znowu znieruchomiała.

Po minucie ciągnącej się jak wiek brat Louis opuścił drżące dłonie ku szyi pani Coulter. Marudził tak długo, że Lord Roke myślał, że zacznie świtać, zanim ksiądz odepnie zamek, wreszcie jednak delikatnie podniósł medalion i się wyprostował.

Lord Roke, szybki i cichy jak mysz, zniknął za drzwiami, zanim ksiądz się odwrócił. Zaczekał w ciemnym korytarzu, a kiedy brat Louis wyszedł na palcach i przekręcił klucz w zamku, Gallivespianin zaczął go śledzić.

Brat Louis poszedł do wieży i kiedy Przewodniczący otworzył drzwi, Lord Roke wskoczył do środka i przemknął do klęcznika w kącie pokoju. Tam znalazł zacienioną listwę, gdzie przysiadł i słuchał.

Ojciec MacPhail nie był sam: aletheiometrysta brat Pavel wertował swoje księgi, a inna postać stała nerwowo

335

przy oknie. Był to doktor Cooper, teolog eksperymental-ny z Bolvangaru. Obaj podnieśli wzrok.

— Dobra robota, bracie Louisie — pochwalił Przewod-niczący. — Przynieś go tutaj, siadaj, pokaż mi. Dobra robota!

Brat Pavel odsunął kilka ksiąg i młody ksiądz położył łańcuszek na stole. Pozostali nachylili się, żeby popa-trzeć, jak ojciec MacPhail gmera przy zamku. Doktor Cooper podał mu scyzoryk, po czym rozległo się ciche kliknięcie.

— Ach! — westchnął Przewodniczący.

Lord Roke wspiął się na blat biurka, żeby zobaczyć. W świetle lampy naftowej zalśniło ciemne złoto: był to pukiel włosów, który Przewodniczący obracał w palcach na wszystkie strony.

— Czy mamy pewność, że należy do tego dziecka? — zapytał.

— Ja mam pewność — odpowiedział znużony głos brata Pavla.

— Czy to wystarczy, doktorze?

Blady mężczyzna pochylił się nisko i wyjął włosy spo-między palców ojca MacPhaila. Podniósł je do światła.

— O tak — zapewnił. — Wystarczyłby nawet pojedyn-czy włos.

— Bardzo miło mi to słyszeć — oświadczył Przewod-niczący. — Teraz, bracie Louisie, musisz zwrócić me-dalion.

Ksiądz zbladł; miał nadzieję, że jego zadanie jest skoń-czone. Przewodniczący umieścił pukiel włosów Lyry w kopercie i zamknął medalion, rozglądając się dookoła, więc Lord Roke musiał się ukryć.

— Ojcze Przewodniczący — odezwał się brat Louis — oczywiście wypełnię twój rozkaz, ale czy mogę wiedzieć, do czego potrzebujecie włosów tego dziecka?

— Nie, bracie Louisie, ponieważ to by cię zmartwiło. Zostaw te sprawy nam. Odejdź.

Młody ksiądz wziął medalion i wyszedł, pełen urazy. Lord Roke chciał nawet wrócić razem z nim i obudzić panią Coulter w chwili, kiedy będzie odkładał medalion na miejsce, żeby zobaczyć, co ona zrobi; ale bardziej mu zależało, żeby się dowiedzieć, co knują ci ludzie.

Kiedy drzwi się zamknęły, Gallivespianin wrócił do cienia i słuchał dalej.

— Skąd pan wiedział, gdzie ona to trzymała? — zapytał naukowiec.

— Za każdym razem, kiedy wspominała o dziecku — wyjaśnił Przewodniczący — jej dłoń wędrowała do medalionu. A więc jak szybko będzie gotowa?

— To kwestia godzin — odparł doktor Cooper.

— A włosy? Do czego wam potrzebne?

— Umieścimy włosy w komorze rezonacyjnej. Rozumie pan, każda jednostka jest unikalna i wzór cząsteczek genetycznych wyraźnie się odróżnia... No więc jak tylko przeprowadzimy analizę, informacja zostanie zakodowana w serii anbarycznych impulsów i przetransferowana do urządzenia celującego. Ono lokalizuje, hm, źródło materiału, czyli włosów, gdziekolwiek się znajduje. Właściwie ten proces wykorzystuje herezję Barnarda-Stokesa, koncepcję wielu światów...

— Bez obawy, doktorze. Brat Pavel powiedział mi, że dziecko jest w innym świecie. Proszę mówić dalej. Siła bomby jest kierowana za pomocą włosów?

— Tak. Do każdego z włosów, od których te zostały odcięte. Zgadza się.

— Więc po detonacji dziecko będzie unicestwione, gdziekolwiek się znajduje?

Naukowiec wydał ciężkie, stłumione westchnienie i niechętnie przytaknął. Przełknął ślinę i mówił dalej:

— Potrzebujemy ogromnej mocy. Anbarycznej mocy. Tak jak bomba atomowa potrzebuje środków wybuchowych, żeby połączyć cząstki uranu i zainicjować reakcję łańcuchową, to urządzenie potrzebuje ogromnie silnego prądu, żeby wyzwolić gigantyczną moc procesu odrywania. Zastanawiałem się...

— Nie ma znaczenia, gdzie ją detonujecie, prawda?

— Nie. W tym rzecz. Można to zrobić gdziekolwiek.

— I jest całkowicie gotowa?

— Teraz, kiedy mamy włosy, tak. Ale moc, rozumie pan...

— Załatwiłem to. Hydro-anbaryczna elektrownia w Saint-Jean-les-Eaux została zarekwirowana do naszego użytku. Wytwarzają tam dostateczną moc, nie uważa pan?

— Tak — przyznał naukowiec.

— Więc wyruszamy natychmiast. Proszę iść dopilnować aparatu, doktorze Cooper, i przygotować go do transportu możliwie najszybciej. Pogoda w górach często się zmienia i nadchodzi burza.

Naukowiec wziął małą kopertę zawierającą włosy Lyry i ukłonił się nerwowo przed wyjściem. Lord Roke wyszedł razem z nim, czyniąc nie więcej hałasu niż cień.

Jak tylko znaleźli się poza zasięgiem słuchu Przewodniczącego, Gallivespianin skoczył na doktora Coopera. Schodzący przed nim po schodach naukowiec poczuł strasznie bolesne ukłucie w ramię i sięgnął do poręczy, ale ręka dziwnie mu osłabła, poślizgnął się, przekoziołkował po schodach i półprzytomny wylądował na dole.

Lord Roke z trudnością wyciągnął kopertę z drgających palców mężczyzny, ponieważ była w połowie tak duża jak on sam, i pospieszył przez mrok w stronę pokoju, gdzie spała pani Coulter.

Szpara pod drzwiami okazała się dostatecznie szeroka, żeby go pomieścić. Brat Louis przyszedł i odszedł, ale nie ośmielił się zapiąć łańcuszka na szyi pani Coulter; medalion leżał obok niej na poduszce.

Lord Roke przycisnął jej rękę, żeby ją obudzić. Była

naprawdę wyczerpana, ale natychmiast się ocknęła i usiadła, przecierając oczy.

Wyjaśnił, co się stało, i wręczył jej kopertę.

— Powinnaś je zniszczyć natychmiast — ostrzegł. — Tamten człowiek powiedział, że wystarczy nawet pojedynczy włos.

Spojrzała na mały pukiel ciemnoblond włosów i potrząsnęła głową.

— Za późno — powiedziała. — To tylko połowa włosów, które obcięłam Lyrze. Widocznie zatrzymał część przy sobie.

Lord Roke syknął z gniewu.

— Zrobił to wtedy, kiedy się rozejrzał! — zawołał. — Ach... schowałem się przed jego wzrokiem... na pewno wtedy je odłożył...

— I nie wiemy, gdzie je schował — dokończyła pani Coulter. — Ale jeśli znajdziemy bombę...

— Szsz!

To odezwała się złocista małpa. Kucała przy drzwiach i nasłuchiwała; po chwili oni też usłyszeli ciężkie kroki, szybko zbliżające się do pokoju.

Pani Coulter rzuciła kopertę i lok włosów do Lorda Roke, który chwycił je i wskoczył na szafę. Potem położyła się obok swojego dajmona, zanim klucz hałaśliwie obrócił się w zamku.

— Gdzie to jest? Co z tym zrobiłaś? W jaki sposób zaatakowałaś doktora Coopera? — zapytał ostry głos Przewodniczącego, kiedy światło padło na łóżko.

Pani Coulter osłoniła oczy ramieniem i usiadła z wysiłkiem.

— Lubi pan zabawiać swoich gości — powiedziała sennie. — Czy to nowa gra? Co mam robić? I kim jest doktor Cooper?

Wartownik z bramy wszedł razem z ojcem MacPhailem i poświecił pochodnią w kątach pokoju i pod łóżkiem. Przewodniczący wydawał się nieco zbity z tropu: pani

Coulter miała powieki ciężkie od snu i ledwie widziała w świetle padającym z korytarza. Najwyraźniej ostatnio nie opuszczała łóżka.

— Masz wspólnika — zarzucił jej. — Ktoś napadł na gościa Kolegium. Kto to jest? Kto z tobą przybył? Gdzie on jest?

— Nie mam pojęcia, o czym pan mówi. A co to jest...?

Jej ręka, którą podparła się podczas siadania, znalazła medalion na poduszce. Pani Coulter zamilkła, podniosła medalion, spojrzała na Przewodniczącego rozszerzonymi zaspanymi oczami i Lord Roke mógł podziwiać wspaniałe aktorstwo, kiedy zawołała w zdumieniu:

— Ależ to jest mój... co on tu robi? Ojcze MacPhail, kto tu był? Ktoś mi to zdjął z szyi. I... gdzie są włosy Lyry? Tu był pukiel włosów mojego dziecka! Kto go zabrał? Dlaczego? Co się dzieje?

Teraz stała, z włosami w nieładzie — najwyraźniej równie zdezorientowana jak sam Przewodniczący.

Ojciec MacPhail cofnął się o krok i przyłożył rękę do głowy.

— Ktoś musiał przyjechać z tobą. Na pewno masz wspólnika — oświadczył chrapliwym głosem. — Gdzie on się ukrywa?

— Nie mam żadnego wspólnika — odparła gniewnie pani Coulter. — Jeśli tutaj grasuje niewidzialny zabójca, mogę tylko zakładać, że to diabeł we własnej osobie. Śmiem twierdzić, że czuje się tutaj jak w domu.

— Zabierz ją do piwnicy. Zakuj w łańcuchy — powiedział do wartownika ojciec MacPhail. — Wiem, do czego możemy wykorzystać tę kobietę; powinienem o tym pomyśleć, jak tylko się pojawiła.

Pani Coulter potoczyła dookoła dzikim wzrokiem i na ułamek sekundy napotkała spojrzenie Lorda Roke siedzącego w ciemności. Natychmiast rozpoznał wyraz jej twarzy i zrozumiał dokładnie, czego od niego żąda.

25

Saint-Jean-les-Eaux

Kość z bransoletką z jasnych włosów w koło... *
John Donne

Wodospad w Saint-Jean-les-Eaux spadał pomiędzy skalnymi iglicami na wschodnim krańcu ostrogi Alp, a elektrownia uczepiła się zbocza góry powyżej. Była to dzika okolica, ponure i niegościnne pustkowie, i nikt nie zbudowałby tutaj niczego, gdyby nie możliwość napędzania wielkich anbarycznych generatorów mocą tysięcy ton wody, która z rykiem przelewała się przez skalny próg.

W nocy po aresztowaniu pani Coulter panowała burzliwa pogoda. Nad ślepą kamienną fasadą elektrowni zeppelin zwolnił, walcząc z podmuchami wiatru. Reflektory na spodzie kadłuba sprawiały wrażenie, że pojazd stoi na kilku świetlnych nogach i stopniowo opuszcza się na ziemię.

Lecz pilot nie był zadowolony; na górskich zboczach wiatr tworzył zawirowania i przeciwstawne prądy. Poza

---

* „Relikwia", tłum. S. Barańczak, w: „Od Chaucera do Larkina", Wydawnictwo Znak, Kraków 1993.

tym kable, słupy, transformatory znajdowały się zbyt blisko: byle podmuch mógł zepchnąć na nie zeppelina pełnego łatwopalnego gazu i spowodować natychmiastową katastrofę. Deszcz ze śniegiem bębnił ukośnie o wielką sztywną powłokę pojazdu, hałasując tak, że niemal zagłuszał łoskot przeciążonych silników i ograniczał widoczność.

— Nie tutaj! — przekrzyczał hałasy pilot. — Polecimy za ostrogę!

Ojciec MacPhail obserwował z napięciem, jak pilot przesuwa do przodu przepustnicę i ustawia wyważenie silników. Zeppelin wzniósł się chybotliwie i przesunął ponad górską granią. Nogi ze światła nagle się wydłużyły i jakby wymacywały drogę po zboczu; ich dolne końce ginęły w kłębach zamarzającego deszczu.

— Nie możesz bardziej się zbliżyć do elektrowni? — zapytał Przewodniczący, wychylając się w przód, żeby jego głos dotarł do pilota.

— Nie, jeśli chcemy wylądować — odparł pilot.

— Tak, chcemy wylądować. Dobrze, posadź nas za granią.

Pilot wydał rozkazy, żeby załoga przygotowała się do cumowania. Ponieważ sprzęt, który mieli wyładować, był jednocześnie ciężki i delikatny, należało porządnie zabezpieczyć statek. Przewodniczący wyprostował się w fotelu, bębniąc palcami po poręczy i zagryzając wargi, ale nic nie mówił i pozwolił pilotowi pracować bez przeszkód.

Lord Roke obserwował go ze swojej kryjówki w poprzecznym przepierzeniu z tyłu kabiny. Kilka razy podczas lotu jego drobna ciemna sylwetka przesunęła się za metalową siatką, wyraźnie widoczna dla każdego, kto wybrałby akurat tę chwilę, żeby się obejrzeć; ale żeby podsłuchiwać rozmowy, Lord Roke musiał się pojawiać w widocznych miejscach. Nie mógł uniknąć ryzyka.

Przesunął się do przodu, wytężając słuch wśród wycia silników, łomotania gradu i deszczu, piskliwego zawodzenia wiatru na olinowaniach i tupotu butów na metalowych kładkach. Inżynier pokładowy wykrzyknął kilka liczb do pilota. Lord Roke z powrotem wycofał się w cień i trzymał mocno żebrowania, kiedy powietrzny statek zataczał się i opadał.

Wreszcie, wyczuwając po zmianach ruchu, że pojazd został prawie zacumowany, Lord Roke wrócił po ściankach kabiny do foteli na sterburcie.

Ludzie przechodzili w obie strony: załoga, technicy, księża. Wiele ich dajmonów miało postać psów, kipiących ciekawością. Po drugiej stronie przejścia pani Coulter siedziała czujna i milcząca, trzymając na kolanach złocistego dajmona, który obserwował wszystko ze złośliwym grymasem pyska.

Lord Roke zaczekał na okazję, po czym przemknął do fotela pani Coulter i błyskawicznie skrył się w cieniu pod jej ramieniem.

— Co oni robią? — wymamrotała.

— Lądują. Jesteśmy obok elektrowni.

— Zostaniesz ze mną czy zamierzasz pracować samodzielnie? — szepnęła.

— Zostanę z tobą. Muszę się schować pod twoim okryciem.

Pani Coulter nosiła ciężki płaszcz podbity futrem, niewygodny w ogrzewanej kabinie, ale nie mogła go zdjąć z powodu kajdanków.

— No to już — mruknęła, rozglądając się dookoła, a on wskoczył jej na piersi i znalazł wyściełaną futrem kieszeń, gdzie mógł bezpiecznie siedzieć. Złocista małpa starannie wsunęła pod spód jedwabny kołnierz pani Coulter, zupełnie jak wymagający kreator ubierający ulubioną modelkę, a jednocześnie dopilnowała, żeby Lord Roke całkowicie schował się w fałdach płaszcza.

Ledwie zdążył. Niecałą minutę później żołnierz uzbrojony w karabin podszedł, żeby wyprowadzić panią Coulter ze statku.

— Czy muszę nosić te kajdanki? — zapytała.

— Nie dostałem rozkazu, żeby je zdjąć — odparł. — Proszę wstać.

— Ale trudno mi się ruszać, kiedy nie mogę się niczego przytrzymać. Zesztywniałam... siedzę tutaj prawie przez cały dzień... Wie pan, że nie mam żadnej broni, bo mnie zrewidowaliście. Niech pan pójdzie zapytać Przewodniczącego, czy te kajdanki są naprawdę konieczne. Myślicie, że zamierzam próbować ucieczki w tej dziczy?

Lord Roke był odporny na jej wdzięk, lecz zainteresowany jej wpływem na innych. Strażnik był młody; powinni posłać gburowatego starego weterana.

— No — powiedział strażnik — na pewno nie, madame, ale nie mogę robić tego, czego nie ma w rozkazach. Na pewno pani rozumie. Proszę wstać, a jeśli pani się potknie, złapię panią za ramię.

Wstała i Lord Roke poczuł, że niezręcznie przesunęła się do przodu. Zwykle poruszała się z gracją, jakiej Gallivespianin nie widział u żadnej innej istoty ludzkiej; ta niezdarność była udawana. Kiedy dotarli do szczytu schodni, pani Coulter potknęła się i krzyknęła ze strachu, a Lord Roke poczuł szarpnięcie, kiedy strażnik chwycił ją za ramię. Usłyszał również zmianę w odgłosach otoczenia: wycie wiatru, regularne obroty silników wytwarzających energię do zasilania świateł, głosy w pobliżu wydające rozkazy.

Zeszli po schodni, pani Coulter ciężko oparta na ramieniu strażnika. Mówiła cicho i Lord Roke słyszał tylko jego odpowiedzi.

— Ten sierżant, madame... ten tam, przy dużej skrzyni, on ma klucze. Ale nie ośmielę się go poprosić, przepraszam panią.

— No trudno — ustąpiła ze słodkim westchnieniem żalu. — W każdym razie dziękuję.

Lord Roke usłyszał stąpnięcia obutych stóp po skale, a potem pani Coulter szepnęła:

— Słyszałeś o kluczach?

— Powiedz mi, gdzie jest ten sierżant. Muszę wiedzieć, gdzie i jak daleko.

— Około dziesięciu moich kroków. Na prawo. Duży mężczyzna. Widzę pęk kluczy przy jego pasie.

— To nie wystarczy, jeśli nie wiem, który to klucz. Widziałaś, jak zamykał kajdanki?

— Tak. Krótki pękaty klucz owinięty czarną taśmą.

Lord Roke opuścił się na rękach po gęstym futrze wewnątrz płaszcza, aż dotarł do obrąbka na wysokości kolan kobiety. Tam zawisnął i rozejrzał się dookoła.

Zainstalowano reflektor, który rzucał jaskrawy blask na mokre skały. Lecz kiedy Lord Roke spojrzał w dół, szukając cieni, zobaczył, że blask zaczyna kołysać się na boki w podmuchach wiatru. Usłyszał okrzyk i światło nagle zgasło.

Natychmiast opadł na ziemię i popędził przez zacinający deszcz ze śniegiem w stronę sierżanta, który skoczył do przodu, żeby złapać przewracający się reflektor.

W zamieszaniu Lord Roke wskoczył na nogę przebiegającego obok wielkiego mężczyzny, chwycił się kamuflującej bawełny wojskowych spodni — ciężkiej i przemoczonej na deszczu — i wbił ostrogę w ciało tuż nad butem.

Sierżant wydał zdławiony okrzyk i upadł niezdarnie, chwytając się za nogę. Nie mógł złapać tchu, próbował wezwać pomoc. Lord Roke zeskoczył z padającego ciała.

Nikt niczego nie zauważył: wycie wiatru, ryk silników i bębnienie gradu zagłuszyły okrzyk mężczyzny, a ciemność skryła upadek. Lecz w pobliżu byli inni, więc Lord Roke musiał działać szybko. Podbiegł do przewróconego człowieka z boku, gdzie pęk kluczy leżał w kałuży lodowatej wody, i przerzucał wielkie stalowe trzpienie, grube jak jego ramię i w połowie tak długie jak on, aż znalazł ten owinięty czarną taśmą. A potem musiał walczyć z zapięciem kółka, wystawiony na ryzyko trafienia gradem, śmiertelnym dla Gallivespianina. Lodowe kulki były wielkie jak jego dwie pięści.

— Nic panu nie jest, sierżancie? — zapytał nagle ktoś nad jego głową.

Dajmona żołnierza warczała i obwąchiwała sierżanta, który jakby zapadł w stupor. Lord Roke nie mógł czekać: skok, cios ostrogą i drugi mężczyzna upadł obok sierżanta.

Ciągnąc, napierając, szarpiąc, Lord Roke wreszcie otworzył kółko na klucze. Potem musiał zdjąć sześć innych kluczy, zanim dostał się do tego z czarną taśmą. Teraz w każdej chwili mogli znowu zapalić światła, ale nawet w półmroku musieli zauważyć dwóch nieprzytomnych mężczyzn...

Właśnie unosił klucz, kiedy rozległ się krzyk. Lord Roke z całej siły pociągnął masywny trzpień i, wlokąc ciężar za sobą, skrył się za kamieniem w ostatniej chwili, zanim załomotały wojskowe buty i głosy zawołały o światło.

— Postrzał?

— Nic nie słyszałem...

— Oddychają?

Potem zapłonął reflektor, zamocowany na nowo. Lord Roke został przyłapany na otwartej przestrzeni, równie widoczny jak lis w przednich światłach samochodu. Stał bez ruchu, strzelając oczami na lewo i prawo, i dopiero kiedy się upewnił, że wszyscy patrzą tylko na dwóch mężczyzn tak tajemniczo powalonych, zarzucił sobie klucz na ramię i pobiegł, omijając kałuże i głazy, prosto do pani Coulter.

Sekundę później otworzyła swoje kajdanki i bezgłośnie opuściła je na ziemię. Lord Roke wskoczył na skraj jej płaszcza i wspiął się na ramię.

— Gdzie jest bomba? — zapytał tuż przy jej uchu.

— Właśnie ją wyładowują. Tam, na ziemi, w wielkiej skrzyni. Nie mogę nic zrobić, dopóki jej nie wyjmą, i nawet wtedy...

— Dobrze — powiedział — uciekaj. Ukryj się. Zostanę tutaj i popilnuję. Uciekaj!

Zsunął się na jej rękaw i zeskoczył. Pani Coulter bez słowa odsunęła się od światła, najpierw powoli, żeby nie zwrócić uwagi strażnika, a potem skuliła się i pobiegła w smaganą deszczem ciemność na zboczu, poprzedzana przez złocistą małpę, która rozpoznawała drogę.

Za sobą słyszała nieprzerwany ryk silników, zdumione okrzyki i silny głos Przewodniczącego, który próbował zaprowadzić porządek w tym chaosie. Przypomniała sobie długi, dotkliwy ból i halucynacje, na które cierpiała po ukłuciu ostrogą kawalera Tialysa, i pożałowała dwóch mężczyzn.

Wkrótce jednak wspięła się wyżej po mokrych głazach i widziała w dole tylko drżący blask reflektora, odbity od wielkiego krągłego brzucha zeppelina; a potem światło znowu zgasło i słyszała tylko ryk silników, daremnie usiłujących zagłuszyć wiatr i szum wodospadu.

Inżynierowie z hydro-anbarycznej elektrowni usiłowali przeciągnąć kabel zasilający do bomby nad krawędzią wąwozu.

Problem pani Coulter nie polegał na tym, jak ujść z życiem z tej sytuacji; to była drugorzędna kwestia. Problem polegał na tym, jak wydostać włosy Lyry z bomby, zanim ją zdetonują. Lord Roke spalił włosy z koperty po jej aresztowaniu i rozrzucił popioły na nocnym wietrze; a potem dostał się do laboratorium i widział, jak umieścili mały ciemnozłoty loczek w komorze rezonacyjnej. Dokładnie znał położenie komory i wiedział, jak ją otworzyć, ale jaskrawe światło i błyszczące powierzchnie w laboratorium, nie wspominając o ciągle wchodzących i wychodzących technikach, uniemożliwiły mu działanie.

Więc musieli usunąć włosy już po uzbrojeniu bomby. Zadanie okazało się jeszcze trudniejsze ze względu na to, co Przewodniczący zamierzał zrobić z panią Coulter. Energia bomby pochodziła z przecięcia więzi pomiędzy człowiekiem a dajmonem, co oznaczało ohydny proces rozdzielenia: siatkowe klatki, srebrna gilotyna. Ojciec MacPhail chciał przerwać stałe połączenie pomiędzy nią a złotą małpą i wykorzystać energię uwolnioną w ten sposób do unicestwienia jej córki. Ona i Lyra zginą z powodu jej własnego wynalazku. Przynajmniej stosownie, pomyślała.

Lord Roke był jej jedyną nadzieją. Lecz podczas szeptanej narady w zeppelinie zdradził jej tajemnicę swoich trujących ostróg: nie mógł używać ich często, bo z każdym ukłuciem jad robił się słabszy. Potrzebował całego dnia, żeby w pełni odtworzyć skuteczność trucizny. Wkrótce jego główna broń straci moc rażenia i wtedy pozostanie im tylko siła umysłów.

Pani Coulter znalazła schronienie pod skalną przewieszką, obok korzeni świerka uczepionego krawędzi wąwozu, skąd mogła się rozejrzeć.

Z tyłu i powyżej, na skraju przepaści, wystawiona na pełną siłę wiatru, stała elektrownia. Inżynierowie instalowali oświetlenie, żeby łatwiej doprowadzić kabel do bomby; słyszała niedaleko ich głosy wykrzykujące rozkazy i widziała za drzewami chybotliwe światła. Sam kabel, gruby jak męskie ramię, odwijano z gigantycznej szpuli umieszczonej na ciężarówce w górze zbocza i powoli opuszczano po skałach w takim tempie, że powinien dotrzeć do bomby za pięć minut lub nawet szybciej.

Przy zeppelinie ojciec MacPhail zebrał żołnierzy. Kilku stało na straży, spoglądając w deszczową ciemność z karabinami w pogotowiu, podczas gdy inni otwierali drewnianą skrzynię zawierającą bombę i przygotowywali ją do podłączenia kabla. W blasku reflektorów Pani Coulter widziała wyraźnie ociekającą deszczem, niezgrabną maszynerię, lekko przechyloną na skalnym podłożu. Słyszała trzaski wysokiego napięcia i buczenie reflektorów, których przewody kołysały się na wietrze w górę i w dół, rozpryskując deszcz i rzucając cienie na skalne zbocze niczym groteskowe skakanki.

Pani Coulter przerażająco dobrze znała część sprzętu: druciane klatki, srebrne ostrze gilotyny. Reszta aparatury nic jej nie przypominała; nie dostrzegała żadnej prawidłowości w cewkach, cylindrach, rzędach izolatorów, plątaninie rurek. Jednak gdzieś w tym chaosie znajdował się mały loczek włosów, od którego wszystko zależało.

Po lewej stronie zbocze opadało w ciemność, a daleko w dole błyskał bielą i grzmiał wodospad w Saint-Jean--les-Eaux.

Nagle rozległ się krzyk. Jeden z żołnierzy upuścił karabin, zatoczył się do przodu i upadł na ziemię, kopiąc, rzucając się i jęcząc z bólu. W odpowiedzi Przewodniczący wzniósł oczy w niebo, przyłożył ręce do ust i wydał przenikliwy wrzask.

Co on robi?

Po chwili pani Coulter już wiedziała. Ni mniej, ni więcej, tylko czarownica sfrunęła z nieba i wylądowała obok Przewodniczącego, który zawołał, przekrzykując wiatr:

— Szukaj w pobliżu! Jakieś stworzenie pomaga tej kobiecie. Zaatakowało już kilku moich ludzi. Ty widzisz po ciemku. Znajdź je i zabij!

— Coś nadchodzi — oznajmiła czarownica głosem, który dotarł do kryjówki pani Coulter. — Widzę to na północy.

— Nieważne. Znajdź tego stwora i zniszcz! — rozkazał Przewodniczący. — Nie może być daleko. I poszukaj tej kobiety. Ruszaj!

Czarownica wzbiła się w powietrze.

Nagle małpa chwyciła panią Coulter za rękę i coś pokazała.

To był Lord Roke, leżący na otwartej przestrzeni, na

kępce mchu. Jak mogli go nie zauważyć? Ale widocznie coś mu się stało, ponieważ się nie ruszał.

— Idź i przynieś go — rozkazała.

Małpa skuliła się i przemykała od jednego głazu do drugiego, kierując się do małej plamki zieleni wśród skał. Jej złociste futro pociemniało od deszczu i przykleiło się do ciała, dzięki czemu wydawała się mniejsza i mniej widoczna, ale i tak straszliwie rzucała się w oczy.

Tymczasem ojciec MacPhail ponownie odwrócił się do bomby. Inżynierowie z elektrowni dociągnęli już do niej kabel, a technicy dokręcali zaciski i przygotowywali terminale.

Pani Coulter zastanawiała się, co teraz zrobi Przewodniczący, skoro jego ofiara uciekła. Potem ojciec MacPhail obejrzał się przez ramię i zobaczyła wyraz jego twarzy. Była tak napięta i skupiona, że przypominała bardziej maskę niż żywe oblicze. Wargi poruszały się w modlitwie, szeroko otwarte oczy wznosiły się w górę, nie zważając na siekący deszcz; wyglądał całkiem jak ponury hiszpański obraz jakiegoś świętego w męczeńskiej ekstazie. Pani Coulter poczuła nagłe ukłucie strachu, ponieważ dokładnie zrozumiała jego zamiar: zamierzał sam się poświęcić. Bomba zadziała niezależnie od obecności pani Coulter.

Przemykając od skały do skały, złocista małpa dotarła do Lorda Roke.

— Mam złamaną nogę — oznajmił spokojnie Gallivespianin. — Ostatni człowiek na mnie nadepnął. Słuchaj uważnie...

Kiedy złocista małpa go niosła, wyjaśnił dokładnie, gdzie znajduje się komora rezonacyjna i jak ją otworzyć. Właściwie na oczach żołnierzy, krok po kroku, od cienia do cienia dajmon umykał ze swoim drobnym ładunkiem.

Pani Coulter, która obserwowała ich, zagryzając wargi, nagle usłyszała szum powietrza i poczuła mocne uderzenie — w drzewo tuż obok. Sterczała tam drżąca strzała, nie dalej niż na odległość dłoni od lewego ramienia kobiety. Pani Coulter natychmiast rzuciła się w bok, zanim czarownica zdążyła znowu strzelić, i potoczyła się po zboczu w stronę małpy.

A potem wszystko nastąpiło jednocześnie, zbyt szybko: wybuchła strzelanina i kłąb gryzącego dymu wzbił się na zboczu, chociaż pani Coulter nie widziała płomieni. Złocista małpa, widząc swoją panią w niebezpieczeństwie, położyła na ziemi Lorda Roke i skoczyła jej na pomoc dokładnie w chwili, kiedy czarownica spikowała w dół z wyciągniętym nożem. Lord Roke oparł się o najbliższy głaz, a pani Coulter rzuciła się na czarownicę. Mocowały się zawzięcie wśród skał, podczas gdy złocista małpa wyrywała wszystkie igły z gałęzi sosny obłocznej należącej do czarownicy.

Tymczasem Przewodniczący wpychał swoją dajmonę-jaszczurkę do mniejszej ze srebrnych siatkowych klatek. Wyrywała się, skrzeczała i gryzła, ale on strząsnął ją z dłoni i szybko zatrzasnął drzwiczki. Technicy wykonywali ostatnie przygotowania, sprawdzali liczniki i wskaźniki.

Z góry spadła mewa z dzikim wrzaskiem i chwyciła w pazury Gallivespianina. Był to dajmon czarownicy. Lord Roke opierał się zaciekle, ale ptak trzymał go zbyt mocno. Potem czarownica wyrwała się z rąk pani Coulter, złapała postrzępioną sosnową gałąź i skoczyła w powietrze, by dołączyć do swojego dajmona.

Pani Coulter pobiegła w stronę bomby, czując, jak dym atakuje jej nos i gardło: gaz łzawiący. Prawie wszyscy żołnierze padli lub rozbiegli się, kaszląc (skąd się wziął ten gaz? — zadawała sobie pytanie), teraz jednak, kiedy wiatr zaczął go rozwiewać, znowu się gromadzili. Wielki żebrowany brzuch zeppelina wydymał się nad bombą, cumy naprężały się na wietrze, srebrzyste boki ociekały deszczem.

Lecz wtedy gdzieś wysoko rozległ się wrzask tak przeraźliwy, że pani Coulter zadzwoniło w uszach i nawet złocista małpa przywarła do niej w strachu. Sekundę później, wirując w plątaninie białych kończyn, czarnego jedwabiu i zielonych gałęzi, czarownica runęła z nieba prosto do stóp ojca MacPhaila i jej kości głośno chrupnęły o skałę.

Pani Coulter rzuciła się do przodu, żeby zobaczyć, czy Lord Roke przeżył upadek. Ale Gallivespianin był martwy. Jego prawa ostroga tkwiła głęboko w szyi czarownicy.

Sama czarownica jeszcze żyła i jej dygocące wargi formowały słowa:

— Coś nadchodzi... coś jeszcze... nadchodzi...

To nie miało sensu. Przewodniczący przestępował już nad jej ciałem w drodze do większej klatki. Jego dajmona biegała wzdłuż ścianek mniejszej klatki, srebrna siatka dzwoniła pod jej pazurkami, żałosny głos błagał o litość.

Złocista małpa skoczyła na ojca MacPhaila, ale nie zamierzała atakować: wdrapała się na ramiona mężczyzny, żeby dosięgnąć skomplikowanego serca rurek i przewodów, komory rezonacyjnej. Przewodniczący próbował złapać dajmona, ale pani Coulter chwyciła ramię mężczyzny i zaczęła go odciągać. Nic nie widziała: deszcz zalewał jej oczy, a w powietrzu ciągle unosił się gaz.

I wszędzie dookoła trwała strzelanina: co się działo?

W chybotliwym świetle reflektorów kołysanych wiatrem wszystko wydawało się poruszać, nawet czarne głazy na górskim stoku. Przewodniczący i pani Coulter walczyli zaciekle, bijąc, drapiąc, szarpiąc, ciągnąc, gryząc; on był silny, a ona zmęczona, lecz była również zdesperowana i mogła go odciągnąć, gdyby nie oglądała się na swojego dajmona, który manipulował uchwytami. Czarne ruchliwe łapki obmacywały mechanizm ze wszystkich stron, ciągnęły, przekręcały, sięgały do środka...

Potem pani Coulter otrzymała cios w skroń. Upadła ogłuszona, a Przewodniczący wyrwał się i wgramolił do klatki, zakrwawiony, zamykając za sobą drzwi.

A małpa już otworzyła komorę — szklane drzwiczki na ciężkich zawiasach — i sięgała do środka: tam był lok włosów, tkwiący pomiędzy gumowymi wyściółkami w metalowym zacisku! Pani Coulter podźwignęła się na drżących rękach. Z całej siły potrząsnęła srebrną siatką, patrząc na ostrze, na migające terminale, na mężczyznę w środku. Małpa odkręcała zacisk, a Przewodniczący z ponurym uniesieniem na twarzy skręcał razem druty.

Nastąpił silny błysk bieli, ostry trzask i małpa wyleciała wysoko w powietrze. Razem z nią wzniósł się mały złoty obłoczek; czy to były włosy Lyry, czy małpia sierść? Czymkolwiek to było, natychmiast rozpłynęło się w mroku. Pani Coulter na wpół uniosła się z ziemi, spazmatycznie zaciskając prawą rękę na drucianej siatce, w głowie jej huczało, serce waliło jak szalone.

Coś się stało z jej wzrokiem. Spłynęła na nią straszliwa jasność, zdolność widzenia najdrobniejszych szczegółów, i jej oczy skupiły się na jedynym ważnym szczególe we wszechświecie: do gumowej wyściółki zacisku w komorze rezonacyjnej przywarł jeden jedyny ciemnozłoty włos.

Krzyknęła przeraźliwie z rozpaczy i potrząsnęła klatką, resztkami sił próbując strącić włos. Przewodniczący przesunął rękami po twarzy, starł krople deszczu. Poruszył wargami, jakby coś mówił, ale nie słyszała ani słowa. Bezsilnie szarpała za siatkę, a potem rzuciła się całym ciężarem na maszynę, kiedy Przewodniczący połączył druty. Błysnęła iskierka i w całkowitej ciszy lśniące srebrne ostrze runęło w dół.

Coś gdzieś wybuchło, ale pani Coulter nic nie czuła. Czyjeś ręce unosiły ją w górę; ręce Lorda Asriela. Nic już jej nie dziwiło; pojazd intencyjny stał za nim, idealnie poziomo ustawiony na zboczu. Lord Asriel wziął ją na ręce i zaniósł do statku, ignorując strzelaninę, kłęby dymu, ostrzegawcze i przerażone okrzyki.

— Czy on nie żyje? Czy to wybuchło? — zdołała wykrztusić.

Lord Asriel wspiął się na fotel obok niej, a irbisica wskoczyła za nimi, niosąc w pysku półprzytomną małpę. Lord Asriel przejął stery i statek natychmiast skoczył w powietrze. Oczami zamglonymi z bólu pani Coulter spojrzała w dół na górskie zbocze. Ludzie biegali tu i tam jak mrówki; kilku leżało martwych, kilku rannych pełzało po skałach; wielki kabel z elektrowni wił się poprzez chaos, sięgając do błyszczącej bomby, gdzie skurczone ciało Przewodniczącego spoczywało w klatce.

— A Lord Roke? — zapytał Lord Asriel.

— Nie żyje — szepnęła.

Nacisnął guzik i świetlna lanca pomknęła w stronę zeppelina kolebiącego się na uwięzi. W okamgnieniu cały pojazd rozkwitł koroną białego ognia, która otoczyła statek intencyjny, wiszący bez ruchu i bez szwanku wśród żaru. Lord Asriel niespiesznie uniósł maszynę i patrzyli z góry, jak płonący zeppelin powoli, powoli przewraca się na bombę, kable, żołnierzy i całą resztę, i wszystko zaczęło koziołkować po zboczu w kłębowisku dymu i płomieni, nabierając szybkości i zapalając po drodze żywiczne drzewa, aż runęło w spienione wody katarakty, które uniosły szczątki daleko w ciemność.

Lord Asriel ponownie dotknął sterów i statek intencyjny ruszył szybko na północ. Lecz pani Coulter nie mogła oderwać oczu od tej sceny; przez długi czas oglądała się do tyłu, wpatrując się w ogień załzawionymi oczami, aż widziała tylko poziomą pomarańczową linię wyrytą w ciemności, zwieńczoną kłębami dymu i pary, a potem już nic.

26
Otchłań

Słońce porzuciło jego mrok
& znalazło świeższy poranek,
& jasny księżyc się raduje w czystej & bezchmurnej nocy...

William Blake

Ciemność, wszechogarniająca czerń napierała na oczy tak mocno, że Lyra niemal czuła ciężar tysięcy ton skał nad głową. Jedyne światło wydzielał luminescencyjny ogon ważki lady Salmakii, lecz nawet ono bladło, ponieważ nieszczęsne owady nie znalazły w tym świecie nic do jedzenia; ważka kawalera zdechła niedawno.

Tak więc Tialys siedział na ramieniu Willa, a Lyra trzymała w dłoniach ważkę Salmakii, która szeptem uspokajała drżące stworzenie i karmiła je najpierw okruchami ciastek, a potem własną krwią. Gdyby Lyra to zobaczyła, ofiarowałaby swoją, ponieważ miała jej więcej; lecz skupiała całą uwagę na wyszukiwaniu miejsca do bezpiecznego postawienia stóp i wymijaniu najniższych fragmentów sklepienia.

Harpia Bez-Imienia zaprowadziła ich do systemu jaskiń, przez które dotrą, jak zapewniała, do najbliższego miejsca w krainie zmarłych, skąd można otworzyć okno do innego świata. Za nimi ciągnęła niekończąca się kolumna duchów. Tunel wypełniały szepty, kiedy przodownicy popędzali maruderów, dzielni zachęcali lękliwych, starzy dodawali nadziei młodym.

— Czy daleko jeszcze, Bez-Imienia? — zapytała cicho Lyra. — Biedna ważka zdycha i wkrótce zostaniemy bez światła.

Harpia zatrzymała się i odwróciła, żeby odpowiedzieć:

— Po prostu idź za mną. Jeśli nie widzisz, zdaj się na słuch. Jeśli nie słyszysz, zdaj się na dotyk.

Jej oczy gorzały płomieniem w ciemnościach. Lyra kiwnęła głową i powiedziała:

— Dobrze, ale nie jestem taka silna jak dawniej i nie jestem dzielna, w każdym razie nie bardzo. Proszę, nie zatrzymuj się. Pójdę za tobą... wszyscy pójdziemy. Proszę, idź dalej, Bez-Imienia.

Harpia odwróciła się i ruszyła dalej. Luminescencja ważki słabła z minuty na minutę i Lyra wiedziała, że wkrótce światło całkiem zgaśnie.

Lecz kiedy kuśtykała po kamieniach, jakiś głos przemówił tuż obok — znajomy głos.

— Lyro... Lyro, dziecko...

Odwróciła się uradowana.

— Pan Scoresby! Och, tak się cieszę, że pana słyszę! To naprawdę pan... Nie widzę, tylko... Och, chciałabym pana dotknąć!

W słabiutkim świetle dostrzegła chudą sylwetkę i sardoniczny uśmiech teksańskiego aeronauty i jej ręka sama wyciągnęła się do niego — na próżno.

— Ja też, skarbie. Ale posłuchaj mnie... Oni tam knują przeciwko tobie... nie pytaj mnie w jaki sposób. Czy to jest ten chłopiec z nożem?

Will patrzył na niego, pragnąc zobaczyć starego towarzysza Lyry; lecz teraz jego wzrok przesunął się obok Lee i zatrzymał na duchu stojącym dalej. Lyra od razu rozpoznała tę dorosłą wersję Willa — ta sama wystająca szczęka, ten sam sposób trzymania głowy.

Willowi zabrakło słów, ale jego ojciec przemówił:

— Słuchajcie... nie ma czasu na wyjaśnienia... Zróbcie dokładnie to, co każę. Wyjmij nóż i znajdź miejsce na głowie Lyry, skąd odcięto pukiel włosów.

Mówił naglącym tonem, więc Will nie tracił czasu na pytania. Lyra, z oczami rozszerzonymi niepokojem, podniosła ważkę jedną ręką, a drugą pomacała włosy.

— Nie — zaprotestował Will — zabierz rękę... nic nie widzę.

W słabym blasku zobaczył tuż nad jej lewą skronią kępkę włosów krótszych niż pozostałe.

— Kto to zrobił? — zapytała Lyra. — I...

— Sza — uciszył ją Will i zwrócił się do ojca: — Co mam robić?

— Zetnij te krótsze włosy do gołej skóry. Pozbieraj wszystkie starannie, żeby nie brakowało ani jednego włosa. Potem otwórz inny świat, obojętnie jaki, włóż tam włosy i zamknij go. Zrób to zaraz, natychmiast.

Harpia patrzyła; duchy tłoczyły się jak najbliżej. Lyra widziała w mroku ich blade twarze. Wystraszona i oszołomiona, stała, zagryzając wargi, kiedy Will wykonywał polecenie ojca, przysuwając twarz blisko do czubka noża w nikłym świetle ważki. Wyciął niewielkie zagłębienie w skale innego świata, wsypał tam wszystkie krótkie złociste włoski i włożył skałę z powrotem na miejsce, zanim zamknął okno.

A wtedy grunt zaczął dygotać. Gdzieś bardzo głęboko rozległ się zgrzytliwy, jękliwy hałas, jakby cały środek ziemi obracał się niczym gigantyczny kamień młyński. Ze sklepienia tunelu posypały się małe kamyki. Ziemia nagle przechyliła się na bok. Will chwycił Lyrę za ramię i przywarli do siebie, a skała pod ich stopami zaczęła się poruszać i przesuwać, luźne odłamki obijały im łydki i stopy...

Dwoje dzieci, osłaniając Gallivespian, przykucnęło i zakryło głowy rękami; a potem przez jedną straszliwą chwilę zostali uniesieni w lewo i trzymali się kurczowo jedno drugiego, zbyt wstrząśnięci i przerażeni, żeby krzyczeć. Uszy wypełnił im huk tysięcy ton skał, przewalających się pod nimi.

Wreszcie ruch ustał, chociaż wszędzie wokół nich mniejsze głazy wciąż toczyły się, koziołkując po zboczu, którego tu nie było jeszcze przed minutą. Lyra leżała na lewym ramieniu Willa. Prawą ręką poszukał noża i znalazł go przy pasie.

— Tialys? Salmakia? — zapytał drżącym głosem.

— Jesteśmy cali i zdrowi — odpowiedział głos kawalera przy jego uchu.

Powietrze wypełniał kurz i kordytowy zapach zmiażdżonej skały. Nic nie widzieli, prawie nie mogli oddychać; ważka nie żyła.

— Panie Scoresby? — odezwała się Lyra. — Nic nie widzimy... Co się stało?

— Jestem tutaj — odpowiedział głos Lee w pobliżu. — Chyba bomba wybuchła i nie trafiła.

— Bomba?! — zawołała przestraszona Lyra; ale potem zapytała: — Roger, jesteś tam?

— Tak — rozległ się cichutki szept. — Pan Parry mnie uratował. Spadałem, ale on mnie złapał.

— Patrzcie — powiedział duch Johna Parry'ego. — Ale trzymajcie się skały i nie wykonujcie żadnych ruchów.

Kurz opadał i skądś dochodziło światło: dziwny bladozłoty blask, jakby padał na nich drobny świetlisty deszcz. To wystarczyło, żeby napełnić strachem ich serca, ponieważ blask oświetlał miejsce leżące po lewej, gdzie wszystko spadało — czy raczej spływało jak rzeka przez próg wodospadu.

Była to rozległa czarna pustka, przypominająca szyb wykuty w najgłębszej ciemności. Złote światło spływało do niego i gasło. Widzieli drugi brzeg, znacznie dalej, niż Will mógł dorzucić kamieniem. Po prawej osypisko surowych głazów, zamarłych w chwiejnej równowadze, wznosiło się stromo w pylisty mrok.

Dzieci i ich towarzysze tkwili uczepieni nawet nie półki — ledwie kilku występów na skraju przepaści. Jedyna
droga prowadziła do przodu, w poprzek zbocza, wśród
potrzaskanych skał i chybotliwych głazów, które — zdawało się — runą w dół od najlżejszego dotknięcia.
Za nimi, w miarę jak kurz opadał, coraz więcej duchów
wpatrywało się w przepaść ze zgrozą. Kuliły się na zboczu, nie śmiejąc się ruszyć, jak sparaliżowane. Tylko
harpie nie okazywały strachu; wzbiły się w powietrze
i szybowały wysoko, przeprowadzały rekonesans, z tyłu
dodawały otuchy tym tkwiącym jeszcze w tunelu, z przodu szukały drogi wyjścia.

Lyra sprawdziła aletheiometr: był cały. Tłumiąc lęk,
rozejrzała się, odnalazła wzrokiem twarzyczkę Rogera
i powiedziała:

— No dobrze, wszyscy tu jesteśmy, nic nam się nie
stało. I teraz przynajmniej widzimy. Więc chodźmy dalej.
Możemy iść tylko po krawędzi tego... — wskazała przepaść. — Więc po prostu musimy iść do przodu. Przysięgam, że Will i ja nie ustaniemy. Więc nie bójcie się, nie
poddawajcie, nie ociągajcie. Powiedzcie innym. Nie mogę
oglądać się za siebie przez cały czas, bo muszę patrzeć
pod nogi, więc ufam wam, że pójdziecie za nami, zgoda?

Mały duch kiwnął głową. I tak w milczeniu pełnym
przerażenia kolumna zmarłych rozpoczęła wędrówkę
skrajem otchłani. Jak długo to trwało, nie wiedzieli ani
Will, ani Lyra, lecz żadne z nich nigdy nie miało zapomnieć tej strasznej i niebezpiecznej przeprawy. W dole
panowała ciemność tak głęboka, że zdawała się wsysać
wzrok i wywoływała u patrzących upiorne zawroty głowy.
Starali się patrzeć prosto przed siebie, na tę skałę, tę
niszę, ten występ, to osypisko żwiru; ale otchłań kusiła,
przyciągała wzrok i mimo woli wciąż tam spoglądali,
czując, że tracą równowagę, świat kołysze się przed
oczami i okropne mdłości podchodzą do gardła.

Od czasu do czasu żywi oglądali się za siebie i widzieli

nieskończony szereg zmarłych wychodzących ze szczeliny, przez którą przeszli; matki przyciskały do piersi twarzyczki niemowląt, wiekowi ojcowie człapali powoli, małe dzieci czepiały się kobiecych spódnic, więksi chłopcy i dziewczynki w wieku Rogera szli ostrożnie i wytrwale, tak wielu ich... A wszyscy podążali za Lyrą i Willem, z nadzieją, w stronę otwartej przestrzeni.

Lecz nie wszyscy im ufali. Tłoczyli się tuż za nimi i dzieci czuły zimne dłonie w sercach i wnętrznościach, słyszały złośliwe szepty:

— Gdzie jest ten górny świat? Jak długo jeszcze?

— Boimy się!

— Niepotrzebnie tu przyszliśmy... w krainie zmarłych przynajmniej mieliśmy trochę światła i trochę towarzystwa... Tu jest dużo gorzej!

— Źle zrobiliście, że przybyliście do naszej krainy! Powinniście zostać we własnym świecie i zaczekać na swoją śmierć, zanim przyszliście nam szkodzić!

— Jakim prawem nas prowadzicie? Jesteście tylko dziećmi! Kto wam dał pozwolenie?

Will chciał się odwrócić i przepędzić ich, ale Lyra przytrzymała go za ramię.

— Oni są wystraszeni i nieszczęśliwi — powiedziała.

Potem przemówiła lady Salmakia i jej czysty, spokojny głos rozniósł się daleko w wielkiej pustce:

— Przyjaciele, bądźcie dzielni! Trzymajcie się razem i nie ustawajcie! Droga jest trudna, ale Lyra ją odnajdzie. Cierpliwości, nie martwcie się, wyprowadzimy was stąd, bez obawy!

Lyra sama doznała otuchy, słysząc te słowa, bo taki był zamiar lady Salmakii. I wędrowali dalej z mozołem.

— Will — odezwała się Lyra po kilku minutach — słyszysz ten wiatr?

— Tak, słyszę — odparł. — Ale go nie czuję. I coś ci powiem o tej dziurze tam w dole. To taka sama dziura, jak wtedy, gdy wycinam okno. Ten sam rodzaj krawędzi.

Taka krawędź jest wyjątkowa — kto raz jej dotknie, już nigdy nie zapomni. I widzę ją tam, gdzie skała opada w ciemność. Ale ta wielka przestrzeń w dole nie jest zwykłym światem. Różni się od innych światów. Nie podoba mi się. Chciałbym ją zamknąć.

— Nie zamknąłeś wszystkich okien, które zrobiłeś?

— Nie, bo niektórych nie mogłem. Ale wiem, że powinienem. Źle się dzieje, jeśli zostają otwarte. A takie wielkie okno... — Wskazał w dół, nie chcąc patrzeć. — To nie w porządku. Coś złego się stanie.

Podczas gdy oni rozmawiali, trochę dalej odbywała się inna rozmowa: kawaler Tialys konwersował po cichu z duchami Lee Scoresby'ego i Johna Parry'ego.

— Więc co mówisz, John? — zagadnął Lee. — Że nie powinniśmy wyjść na powietrze? Człowieku, każda moja cząstka aż piszczy, żeby dołączyć do reszty żywego wszechświata!

— Tak, moja też — przyznał ojciec Willa. — Ale wierzę, że ci z nas, którzy nawykli do walki, mogą się powstrzymać i możemy wziąć udział w bitwie po stronie Asriela. A jeśli wybierzemy właściwy moment, nasz udział może się okazać decydujący.

— Duchy? — rzucił Tialys, bez powodzenia próbując ukryć sceptycyzm. — Jak możecie walczyć?

— Nie możemy zrobić krzywdy żywym istotom, to prawda. Lecz armia Asriela zmierzy się także z innymi istotami.

— Upiory... — podpowiedział Lee.

— Właśnie o tym myślałem. Atakują dajmony, prawda? A nasze dajmony dawno odeszły. Warto spróbować, Lee.

— No, jestem z tobą, przyjacielu.

— A ty, panie — zwrócił się duch Johna Parry'ego do kawalera: — Rozmawiałem z duchami twojego ludu. Czy pożyjesz dostatecznie długo, żeby jeszcze zobaczyć świat, zanim umrzesz i powrócisz jako duch?

— To prawda, nasze życie trwa krótko w porównaniu z waszym. Przeżyję jeszcze kilka dni — oznajmił Tialys —

a lady Salmakia może trochę dłużej. Lecz dzięki tym dzieciom nie pozostaniemy wiecznie na wygnaniu jako duchy. Jestem dumny, że im pomagam.

Wędrowali dalej. Ohydna przepaść ziała u ich stóp i jeden fałszywy krok, jeden niedbały chwyt, jeden obluzowany kamień groziły upadkiem w dół — pomyślała Lyra — tak głęboko, że człowiek umarłby z głodu, zanim dotarłby do dna, a potem jego biedna dusza spadałaby bez końca w czarną otchłań, bez szans na pomoc, bo żadne ręce nie sięgną tam i nie uratują ofiary, świadomej i spadającej przez wieczność...

Och, to byłoby znacznie gorsze niż martwy szary świat, który opuścili.

Dziwne zjawisko zaszło wtedy w jej umyśle. Myśl o spadaniu wywołała zawrót głowy i Lyra zachwiała się na skraju przepaści. Will był za daleko, żeby mogła chwycić jego rękę; ale w tamtej chwili bardziej pamiętała o Rogerze i mały ognik próżności zapłonął przelotnie w jej sercu. Pewnego razu na dachu Kolegium Jordana, tylko żeby go nastraszyć, pokonała zawrót głowy i przeszła po krawędzi kamiennej rynny.

Obejrzała się, żeby mu o tym przypomnieć. Przecież była Lyrą Rogera, odważną i pełną wdzięku; nie musiała pełzać jak robak.

Ale szepczący głos małego chłopca powiedział:

— Lyro, uważaj... Pamiętaj, że nie umarłaś jak my...

I wszystko stało się tak powoli, ale nie mogła tego powstrzymać: ciężar jej ciała przesunął się, kamienie uciekły jej spod nóg i bezradnie zaczęła się ześlizgiwać. W pierwszej chwili to ją rozzłościło, potem rozśmieszyło. Jak głupio! — pomyślała. Lecz ponieważ nie miała się czego przytrzymać, bo kamienie nie dawały jej oparcia i coraz szybciej zjeżdżała ku krawędzi, zgroza uderzyła w nią jak obuchem. Spadała. Nic nie mogło jej zatrzymać. Już było za późno.

Wstrząsnął nią spazm przerażenia. Nie widziała, że duchy rzuciły się za nią i próbowały ją chwycić, ale przemknęła przez nie jak kamień przez mgłę; nie słyszała, że Will woła jej imię tak głośno, że otchłań odpowiada echem. Całą jej istotę wypełnił potworny strach. Staczała się coraz szybciej, w dół i w dół, i niektóre duchy nie mogły na to patrzeć: zakryły oczy i głośno krzyczały. Will skamieniał z przerażenia. Widział, jak Lyra zsuwa się coraz niżej; wiedział, że nie może nic zrobić i że musi patrzeć do końca. Nie słyszał własnego rozpaczliwego jęku podobnie jak ona. Jeszcze dwie sekundy... jeszcze sekunda... dotarła do krawędzi, nie mogła się zatrzymać, spadała...

Z ciemności wyleciała nagle ta sama istota, której szpony niedawno zraniły czoło Lyry, harpia Bez-Imienia, skrzydlaty stwór o kobiecej twarzy; i te same szpony zamknęły się na nadgarstku dziewczynki. Razem poleciały w dół, dodatkowy ciężar okazał się niemal zbyt wielki, ale silne skrzydła harpii uderzały nieprzerwanie, szpony trzymały mocno i powoli, mozolnie, powoli, mozolnie harpia wyniosła dziecko z otchłani i złożyła omdlałą, bezwładną Lyrę w wyciągniętych ramionach Willa.

Chwycił ją mocno, przycisnął do piersi i poczuł na żebrach dzikie łomotanie jej serca. Nie była wtedy Lyrą, a on nie był Willem; nie była dziewczyną, a on nie był chłopcem. Byli jedynymi istotami ludzkimi w tej ogromnej otchłani śmierci. Przywierali do siebie, a duchy otaczały ich, wyszeptując pocieszenia, błogosławiąc harpię. Najbliżej znalazł się ojciec Willa oraz Lee Scoresby; jakże pragnęli również objąć Lyrę. Tialys i Salmakia dziękowali harpii Bez-Imienia, wychwalali ją pod niebiosa, nazywali zbawicielką ich wszystkich, błogosławili jej poświęcenie i odwagę.

Jak tylko Lyra mogła się poruszyć, wyciągnęła drżące ręce do harpii, zarzuciła jej ramiona na szyję i obsypała pocałunkami jej wyniszczoną twarz. Nie mogła wykrztusić słowa. Wstrząs odebrał jej zdolność mówienia, próżność, całą pewność siebie.

Leżeli nieruchomo przez kilka minut. Kiedy strach nieco ustąpił, ruszyli znowu; Will mocno trzymał dłoń Lyry w zdrowej ręce i sprawdzał każde miejsce, zanim postawił na nim stopę. Wędrówka była tak powolna i nużąca, że dosłownie konali z wyczerpania, ale nie mogli się zatrzymać, nie mogli odpocząć. Kto mógłby odpoczywać nad tą straszliwą przepaścią?

— Spójrz przed siebie. Tam chyba jest wyjście... — powiedział Will po godzinie mordęgi.

Miał rację: stromizna złagodniała i mogli nawet wdrapać się wyżej, dalej od krawędzi. A z przodu: czy to nie uskok w ścianie skalnej? Czy to naprawdę wyjście?

Lyra spojrzała w błyszczące oczy Willa i uśmiechnęła się.

Wdrapywali się coraz wyżej i z każdym krokiem coraz bardziej oddalali się od skraju przepaści. W trakcie wspinaczki stwierdzili, że grunt staje się coraz stabilniejszy, uchwyty na ręce coraz bezpieczniejsze, kamienie pod stopami coraz mniej chybotliwe i już niegrożące skręceniem kostki.

— Chyba już weszliśmy dość wysoko — powiedział Will. — Spróbuję nożem i zobaczę, co znajdę.

— Jeszcze nie — sprzeciwiła się harpia. — Jeszcze trzeba iść. To złe miejsce do otwarcia. Lepsze miejsce wyżej.

Wędrowali w milczeniu: ręka, stopa, ruch, próba, ręka, stopa... Palce mieli obtarte do żywego mięsa, biodra i kolana drżały od wysiłku, w głowach im szumiało z wyczerpania. Wspięli się ostatnie kilka metrów do podnóża skały, gdzie wąski przesmyk prowadził w cień.

Lyra patrzyła piekącymi oczami, jak Will wyjął nóż i zaczął szukać odpowiedniego miejsca w powietrzu, dotykając ostrzem, cofając się, znowu dotykając.

— Ach!

— Znalazłeś otwartą przestrzeń?

— Chyba tak...

— Will — powiedział duch jego ojca. — Zaczekaj chwilę. Posłuchaj mnie.

Will odwrócił się i opuścił nóż. Podczas tej morderczej wędrówki nie miał czasu myśleć o ojcu, ale cieszyła go jego obecność. Nagle uświadomił sobie, że rozstają się po raz ostatni.

— Co się stanie, kiedy wyjdziesz na zewnątrz? — zapytał. — Po prostu znikniesz?

— Jeszcze nie. Pan Scoresby i ja mamy pomysł. Niektórzy z nas zostaną tutaj trochę dłużej i potrzebujemy ciebie, żebyś nas wpuścił do świata Lorda Asriela, bo przyda mu się nasza pomoc. Co więcej — ciągnął poważnie, spoglądając na Lyrę — musicie sami tam wrócić, jeśli chcecie odzyskać wasze dajmony. Ponieważ one tam odeszły.

— Ale, panie Parry — odezwała się Lyra — skąd pan wie, że nasze dajmony odeszły do świata mojego ojca?

— Za życia byłem szamanem. Nauczyłem się widzieć. Spytaj aletheiometr... potwierdzi to, co powiedziałem. Ale jedno zapamiętaj o dajmonach — mówił z naciskiem. — Człowiek, którego znałaś jako sir Charlesa Latroma, musiał co jakiś czas wracać do własnego świata; nie mógł mieszkać na stałe w moim. Filozofowie z gildii Torre degli Angeli, którzy podróżowali pomiędzy światami od ponad trzech stuleci, odkryli tę samą prawdę, a w rezultacie ich świat uległ osłabieniu i zepsuciu. Mnie przytrafiło się coś podobnego. Byłem żołnierzem, oficerem w piechocie morskiej, a potem zarabiałem na życie jako badacz i odkrywca; cieszyłem się znakomitym zdrowiem i doskonałą kondycją. Potem przez przypadek opuściłem własny świat i nie mogłem znaleźć drogi powrotnej. Wiele dokonałem i wiele się nauczyłem w świecie, do którego trafiłem, ale po dziesięciu latach od mojego przybycia zapadłem na śmiertelną chorobę. Przyczyna jest następująca: twój dajmon może żyć w pełni tylko w świecie, gdzie się urodził. Gdzie indziej w końcu zachoruje i umrze. Możemy podróżować, jeżeli znajdziemy przejścia do innych światów, ale żyć możemy tylko we własnym. Wielkie przedsięwzięcie Lorda Asriela w końcu upadnie z tego samego powodu: musimy zbudować republikę niebios tutaj, gdzie jesteśmy, ponieważ dla nas nie ma innego miejsca.

Will, mój chłopcze, ty i Lyra możecie teraz wyjść na krótki odpoczynek, potrzebujecie tego i zasłużyliście na to; ale potem musicie wrócić w ciemność ze mną i panem Scoresbym na tę jedną ostatnią podróż.

Will i Lyra wymienili spojrzenia. Potem on wyciął okno — i to był dla nich najpiękniejszy widok w życiu.

Nocne powietrze wypełniło ich płuca, świeże, czyste i chłodne. Oczy ujrzały olśniewające gwiaździste sklepienie, połyskującą wodę gdzieś w dole i zagajniki potężnych drzew, wysokich jak zamki, rozrzucone tu i tam po rozległej sawannie.

Will powiększył okno, na ile zdołał, przechodząc po trawie w lewo i w prawo. Poszerzył je tak, że sześć, siedem, osiem duchów jednocześnie mogło wychodzić z krainy zmarłych ramię przy ramieniu.

Pierwsze duchy zadrżały z nadzieją i fala podniecenia przeszła po całym długim szeregu; małe dzieci i wiekowi rodzice spoglądali z jednakowym podziwem i zachwytem na pierwsze gwiazdy, które widzieli od wieków, wypełniające blaskiem ich biedne wygłodzone oczy.

Pierwszym duchem, który opuścił krainę zmarłych, był Roger. Zrobił krok do przodu, obejrzał się na Lyrę i zaśmiał ze zdziwieniem, kiedy zaczął się rozpływać w nocy, powietrzu, świetle gwiazd... A potem znikł, pozostawiając po sobie spontaniczny mały wybuch radości, który przypominał Willowi bąbelki w kieliszku szampana.

Inne duchy ruszyły za nim, a Will i Lyra upadli wyczerpani na trawę ciężką od rosy, każdym nerwem swoich ciał błogosławiąc słodycz żyznej gleby, nocnego powietrza, gwiaździstego nieba.

27

Platforma

Tu dusza moja zrzuca ciała szatę,
W górę kierując swe loty skrzydlate;
Jak rozśpiewany ptak siadłszy wśród liści,
srebrne skrzydełka chędoży i czyści... *

Andrew Marvell

Kiedy już *mulefa* zaczęli budować platformę dla Mary, pracowali szybko i sprawnie. Lubiła im się przyglądać, ponieważ umieli dyskutować bez kłótni i współpracować, nie wchodząc sobie nawzajem w drogę, i ponieważ ich techniki cięcia, rozszczepiania i łączenia drewna były tak efektywne i eleganckie.

W ciągu dwóch dni platforma obserwacyjna została zaprojektowana, zbudowana i wciągnięta na górę. Okazała się mocna, przestronna i wygodna, i kiedy Mary wspięła się na nią, w pewnym sensie poczuła się szczęśliwa jak nigdy dotąd. W sensie fizycznym. Zielona gęstwina korony drzewa, głęboki błękit nieba prześwitujący spomiędzy liści, łagodny wietrzyk chłodzący skórę, lekki zapach kwiatów przyjemnie drażniący powonienie; sze-

---

* „Ogród", tłum. S. Barańczak, op. cit.

lest liści, pieśń setki ptaków i odległy szum morskich fal — wszystko to ukoiło i nasyciło jej zmysły, i gdyby tylko mogła przestać myśleć, pogrążyłaby się w całkowitym błogostanie.

Ale oczywiście została stworzona do myślenia.

A kiedy spojrzała przez swoją lunetę i zobaczyła nieustanny odpływ *sarfu*, Cienio-cząsteczek, zdawało jej się, że szczęście, życie i nadzieja odpływają razem z nimi. Nie potrafiła znaleźć żadnego wyjaśnienia tego zjawiska.

Trzysta lat, powiedzieli *mulefa*; tak długo już drzewa chorowały. Zakładając, że Cienio-cząsteczki przenikały jednakowo przez wszystkie światy, prawdopodobnie to samo działo się w jej wszechświecie i we wszystkich pozostałych. Trzysta lat temu założono Królewskie Towarzystwo Naukowe: pierwsze prawdziwe towarzystwo naukowe w jej świecie. Newton dokonywał swoich odkryć w dziedzinie optyki i grawitacji.

Trzysta lat temu w świecie Lyry ktoś wynalazł aletheiometr.

Wtedy również w tym dziwnym świecie, przez który przechodziła po drodze tutaj, stworzono zaczarowany nóż.

Leżała na plecach, czując, jak platforma porusza się leciutko w bardzo powolnym rytmie, kiedy wielkie drzewo kołysze się na morskiej bryzie. Przyłożyła lunetę do oka i obserwowała miriady maleńkich iskierek dryfujących poprzez liście, obok rozchylonych kwiatów, wokół masywnych gałęzi, pod wiatr, powolnym, celowym ruchem, który wydawał się wręcz świadomy.

Co tu się stało przed trzema wiekami? Czy spowodowało ten odpływ Pyłu, czy raczej na odwrót? Czy może jedno i drugie stanowiło rezultat całkiem innego zjawiska? Czy po prostu nic ich nie łączyło?

Dryf działał hipnotyzująco. Jak łatwo zapaść w trans i pozwolić, żeby umysł odpłynął razem z dryfującymi cząsteczkami...

Mary tak bardzo była odprężona, że zanim się zorientowała, co robi, właśnie to zrobiła. Nagle ocknęła się i znalazła poza ciałem, więc wpadła w panikę. Unosiła się metr nad platformą, wśród gałęzi. Coś stało się z prądem Pyłu: zamiast powolnie dryfować pędził jak rzeka wezbrana powodzią. Czy przyspieszył, czy też czas płynął dla niej inaczej, odkąd opuściła swoje ciało? Tak czy owak, groziło jej straszliwe niebezpieczeństwo, ponieważ silny prąd mógł ją porwać i unieść ze sobą. Rozpostarła ramiona, żeby przytrzymać się czegoś materialnego — ale nie miała ramion. Niczego nie dotykała. Teraz znalazła się prawie nad tą okropną przepaścią, jej ciało oddalało się coraz bardziej, uśpione i bezwładne jak kłoda. Próbowała krzyknąć, żeby się obudzić, daremnie. Cielesna powłoka dalej spała, a świadomość wbrew własnej woli unosiła się coraz wyżej nad koronami drzew, prosto w otwarte niebo.

I chociaż walczyła ze wszystkich sił, nie mogła zawrócić. Potężna siła uniosła ją gładko i niepowstrzymanie jak woda przelewająca się przez groblę: cząsteczki Pyłu płynęły obok, jakby również przelewały się przez niewidzialną krawędź.

I odciągały ją od jej ciała.

Mary zarzuciła mentalną linę ratunkową na swoją fizyczną jaźń i próbowała sobie przypomnieć wrażenie przebywania w ciele: wszelkie doznania, które składają się na fizyczną egzystencję. Dotyk miękkiego koniuszka trąby Atal, pieszczącej jej szyję. Smak jajek na bekonie. Triumfalne napięcie mięśni, kiedy wciągała się na skalną ścianę. Delikatny taniec palców po klawiaturze komputera. Zapach palonej kawy. Ciepło łóżka w zimową noc.

Stopniowo przestała się poruszać: lina ratunkowa trzymała mocno. Mary poczuła ciężar i siłę prądu napierającego na nią, kiedy wisiała na niebie.

369

A potem stało się coś dziwnego. Stopniowo (kiedy wzmacniała te zmysłowe wspomnienia i dodawała inne: smak zmrożonej margarity w Kalifornii, siedzenie pod drzewkami cytrynowymi przed restauracją w Lizbonie, zdrapywanie szronu z samochodowej szyby) poczuła, że prąd Pyłu słabnie. Napór zelżał.

Ale tylko na nią: wszędzie dookoła, w górze i w dole, potężny prąd płynął równie szybko jak zawsze. Jakimś cudem wokół niej pojawiła się mała oaza spokoju, gdzie cząsteczki opierały się prądowi.

Posiadały świadomość! Wyczuły jej strach i zareagowały. I zaniosły ją z powrotem do opuszczonego ciała, a kiedy zbliżyła się na tyle, żeby znowu je zobaczyć, tak ciężkie, tak ciepłe, tak bezpieczne, bezgłośny szloch wstrząsnął jej sercem.

A potem zapadła znowu w swoje ciało i zbudziła się.

Wzięła głęboki, drżący oddech. Przycisnęła ręce i nogi do szorstkich desek platformy. Przed chwilą mało nie oszalała ze strachu, a teraz przeżywała głęboką, powolną ekstazę, połączywszy się na powrót ze swoim ciałem, ziemią i całą materią.

Wreszcie usiadła i próbowała zebrać myśli. Palce odnalazły lunetę, więc podniosła ją do oczu drżącą ręką, pomagając sobie drugą. Nie było wątpliwości: powolny, rozległy dryf zmienił się w powódź. Nic nie czuła, nic nie słyszała i bez lunety nic nie widziała, lecz nawet kiedy odsunęła od oka instrument, pozostało wyraźne wrażenie szybkiego, milczącego odpływu razem z czymś, czego nie zauważyła wcześniej w swoim przerażeniu: głęboki, beznadziejny żal wypełniał powietrze.

Cienio-cząsteczki wiedziały, co się dzieje, i były smutne.

Przecież Mary sama składała się częściowo z Cienio-materii. W części ona też podlegała tym pływom, które przenikały kosmos. Podobnie jak *mulefa* i istoty ludzkie w każdym świecie, i każdy gatunek rozumnych stworzeń w każdym miejscu.

I dopóki nie odkryła, co się dzieje, wszyscy mogli odpłynąć w otchłań zapomnienia, każde z nich. Nagle zatęskniła za ziemią. Włożyła lunetę do kieszeni i rozpoczęła długie schodzenie.

Ojciec Gomez przeszedł przez okno, kiedy wieczorne cienie wydłużyły się i światło zmierzchło. Zobaczył wielkie zagajniki kołowych drzew i drogi przecinające prerię, podobnie jak Mary widziała to wcześniej z tego samego miejsca. Lecz w powietrzu nie było mgiełki, ponieważ wcześniej padało, więc dostrzegł więcej niż ona; w szczególności lśnienie odległego morza i migotliwe białe kształty, które wyglądały jak żagle.

Podciągnął plecak wyżej na ramionach i ruszył w ich stronę, żeby dowiedzieć się czegoś więcej. W pogodnym długim zmierzchu przyjemnie było iść po gładkiej drodze, wśród bzyczenia jakichś podobnych do cykad stworzeń w wysokiej trawie, z ciepłem zachodzącego słońca na twarzy. Powietrze również było czyste, świeże i słodkie, wolne od wyziewów nafty czy innych spalin, tak niemiło zagęszczających atmosferę w jednym ze światów, które odwiedził — tym, skąd pochodziła sama kusicielka, jego cel.

O zachodzie słońca stanął na niewielkim cyplu nad płytką zatoką. Jeśli w tym morzu występowały przypływy, sięgały wysoko, ponieważ tylko wąski rąbek miękkiego białego piasku był widoczny nad linią wody.

Na spokojnych wodach zatoki unosiło się około tuzina... — ojciec Gomez musiał przystanąć i pomyśleć spokojnie — około tuzina ogromnych śnieżnobiałych ptaków, każdy wielkości łodzi wiosłowej, z długimi prostymi skrzydłami, które wlokły się za nimi po wodzie; bardzo długie skrzydła, długie na dwa metry albo więcej.

Czy to naprawdę były ptaki? Miały pióra, dzioby i głowy podobne do łabędzich, ale skrzydła ustawione jedno przed drugim...

Nagle go zobaczyły. Głowy obróciły się i wszystkie skrzydła jednocześnie uniosły się wysoko, zupełnie jak żagle na jachcie, i wszystkie pochyliły się pod naporem bryzy, zmierzając do brzegu.

Na ojcu Gomezie zrobiło wrażenie piękno tych żagli--skrzydeł, tak perfekcyjnie napiętych i ustawionych na wiatr, oraz szybkość ptaków. Potem zobaczył, że również wiosłują; łapy miały zanurzone w wodzie, ustawione nie jedna za drugą jak skrzydła, lecz jedna obok drugiej, i dzięki współpracy łap ze skrzydłami osiągały niezwykłą szybkość oraz grację.

Pierwszy ptak dotarł do brzegu i poczłapał przez suchy piasek prosto w stronę księdza. Syczał ze złością, gramoląc się ciężko pod górę, wyciągał szyję do przodu i kłapał dziobem. W dziobie miał też zęby, przypominające szereg ostrych zakrzywionych haczyków.

Ojciec Gomez stał w odległości około stu metrów od linii wody, na niskim trawiastym wzniesieniu, więc miał mnóstwo czasu, żeby zdjąć plecak, wyjąć karabin, załadować, wycelować i wystrzelić.

Głowa ptaka eksplodowała w chmurze czerwieni i bieli, martwy stwór zatoczył się niezdarnie i upadł na pierś. Żył jeszcze przez minutę albo dłużej: łapy kopały, skrzydła wznosiły się i opadały, wielki tułów turlał się, sikając krwią. Wreszcie długi bulgotliwy wydech zakończył się rzężącym rozpryskiem krwi i ptak znieruchomiał.

Inne ptaszyska zatrzymały się, jak tylko pierwszy upadł, i obserwowały jego zgon oraz człowieka na wzgórzu. Bystra, złośliwa inteligencja błyszczała w ich oczach. Przenosiły spojrzenie z księdza na martwego ptaka, z ptaka na karabin, z karabinu na twarz mężczyzny.

Ksiądz ponownie uniósł broń i zobaczył, że ptaki cofają się niezgrabnie i tłoczą razem. Zrozumiały.

Były to piękne, silne stworzenia, wielkie, o szerokich grzbietach, niemal żywe łodzie. Skoro wiedziały, czym jest śmierć, pomyślał ojciec Gomez, i dostrzegały związek pomiędzy nim a śmiercią, to mogło stanowić podstawę owocnego porozumienia. Kiedy naprawdę nauczą się go bać, będą wypełniać wszystkie jego rozkazy.

28

Północ

...często na pół zakochany
Byłem w śmierci kojącej*.

John Keats

— Mariso, obudź się. Zaraz lądujemy — powiedział Lord Asriel.

Hałaśliwy świt wstawał nad bazaltową fortecą, kiedy statek intencyjny nadleciał z południa. Pani Coulter, obolała i cierpiąca, otwarła oczy; nie spała. Widziała anielicę Xaphanię szybującą nad lądowiskiem, a potem wznoszącą się korkociągiem do wieży, kiedy pojazd opadał w stronę wałów.

Jak tylko statek wylądował, Lord Asriel wyskoczył i pobiegł dołączyć do króla Ogunwe na zachodniej wieży strażniczej, całkowicie ignorując panią Coulter. Technicy, którzy natychmiast zajęli się latającą maszyną, również nie zwracali na nią uwagi; nikt jej nie wypytywał o statek powietrzny, który ukradła; zupełnie jakby stała się niewidzialna. Ze smutkiem poszła do pokoju w ada-

---

* „Oda do słowika", tłum. J. Pietrkiewicz, w: „Poeci języka angielskiego", t. 2, PIW, Warszawa 1971.

mantowej wieży, gdzie adiutant zaproponował jej kawę i coś do jedzenia.

— Cokolwiek macie — powiedziała. — Dziękuję. Och, jeszcze jedno — dodała, kiedy mężczyzna odwrócił się, żeby odejść. — Czy aletheiometrysta Lorda Asriela, pan...

— Pan Basilides?

— Tak. Czy nie jest zbyt zajęty, żeby zajrzeć tutaj na chwilę?

— Obecnie pracuje ze swoimi księgami, proszę pani. Powiem mu, żeby tu wstąpił w wolnym czasie.

Pani Coulter umyła się i przebrała w jedyną czystą koszulę, jaka jej została. Zimny wiatr wstrząsający oknami i szare poranne światło przyprawiały ją o dreszcze. Dołożyła węgli do żelaznego piecyka w nadziei, że rozgrzeje się i przestanie dygotać, ale zimno przeniknęło ją aż do kości.

Dziesięć minut później zapukano do drzwi. Blady, ciemnooki aletheiometrysta, z dajmoną-słowikiem na ramieniu, wszedł i skłonił się lekko. Po chwili zjawił się adiutant, niosąc na tacy chleb, ser i kawę.

— Dziękuję, że pan przyszedł, panie Basilides — powiedziała pani Coulter. — Czy mogę pana czymś poczęstować?

— Napiję się kawy, dziękuję.

— Proszę mi powiedzieć — zaczęła, jak tylko napełniła filiżanki — ponieważ pan na pewno wie, co się stało: czy moja córka żyje?

Zawahał się. Złocista małpa ścisnęła ją za ramię.

— Żyje — odparł ostrożnie pan Basilides — ale...

— Tak? Och, proszę mi powiedzieć!

— Ona jest w krainie zmarłych. Przez jakiś czas nie umiałem zinterpretować wskazań instrumentu: to wydawało się niemożliwe. Ale nie ma wątpliwości. Ona i ten chłopiec weszli do krainy zmarłych i otworzyli dla duchów drogę wyjścia. Gdy tylko martwi wychodzą na zewnątrz, rozpływają się w powietrzu jak wcześniej ich dajmony i zdaje się, że dla nich to jest najsłodszy i najbardziej upragniony koniec. Aletheiometr powiedział mi, że dziewczynka to zrobiła, ponieważ podsłuchała przepowiednię, że nadejdzie kres śmierci, i uznała, że do niej należy wypełnienie tego zadania. W rezultacie obecnie istnieje wyjście ze świata zmarłych.

Pani Coulter nie mogła wydobyć z siebie głosu. Musiała odwrócić się do okna, żeby ukryć uczucia malujące się na jej twarzy. Wreszcie się odezwała:

— Czy ona wyjdzie stamtąd żywa? Ale nie, wiem, że pan nie może przewidzieć przyszłości. Czy ona... jak ona...

— Ona cierpi, dręczy ją ból i strach. Ale ma przy sobie tego chłopca i dwoje gallivespiańskich szpiegów, i nadal są razem.

— A bomba?

— Bomba jej nie dosięgła.

Pani Coulter nagle poczuła się wyczerpana. Niczego więcej nie pragnęła, tylko położyć się i spać przez całe miesiące, przez lata. Na zewnątrz lina flagowa pękła i zaklekotała na wietrze, gawrony krążyły z krakaniem nad murami.

— Dziękuję panu — powiedziała pani Coulter, odwracając się do niego. — Jestem panu bardzo wdzięczna. Proszę mnie zawiadomić, jeśli odkryje pan coś jeszcze o niej: gdzie przebywa, co robi, jak się czuje...

Mężczyzna skłonił się i wyszedł. Pani Coulter położyła się na polowym łóżku, ale chociaż próbowała, nie mogła zasnąć.

— Co z tego pojmujesz, królu? — zapytał Lord Asriel.

Przez teleskop na wieży strażniczej obserwował coś po zachodniej stronie nieba. Wyglądało jak góra wisząca w powietrzu tuż nad horyzontem, spowita chmurami.

Znajdowała się bardzo daleko; tak daleko, że zdawała się nie większa niż paznokieć kciuka oglądany z odległości wyciągniętego ramienia. Ale wisiała tam od niedawna, w absolutnym bezruchu.

Teleskop przybliżył ją, ale nie ujawnił więcej szczegółów: chmury nadal wyglądały jak chmury, chociaż powiększone.

— Pochmurna Góra — powiedział Ogunwe. — Albo... jak ją nazywają? Rydwan?

— Z Regentem trzymającym wodze. Dobrze się ukrył ten Metatron. Mówią o nim w pismach apokryficznych: był niegdyś człowiekiem, imieniem Enoch, synem Jareda... sześć pokoleń po Adamie. A teraz rządzi królestwem. I nie zamierza na tym poprzestać, jeśli anioł, którego znaleźli przy siarkowym jeziorze, miał rację... Ten, który wszedł na Pochmurną Górę, żeby szpiegować. Jeśli zwycięży w tej bitwie, zamierza interweniować bezpośrednio w ludzkie życie. Wyobraź sobie, Ogunwe: nieustanna Inkwizycja, gorsza od wszystkiego, co mogła sobie wymarzyć Konsystorska Komisja Dyscyplinarna, w każdym świecie wspomagana przez szpiegów i zdrajców i kierowana osobiście przez inteligencję, która utrzymuje tę górę w powietrzu... Stary Autorytet przynajmniej miał na tyle smaku, żeby się wycofać; brudną robotę, palenie heretyków i wieszanie czarownic zostawił swoim księżom. Ten nowy będzie znacznie, znacznie gorszy.

— No, zaczął od najechania republiki — zauważył Ogunwe. — Spójrz... czy to dym?

Szary obłoczek unosił się z Pochmurnej Góry, smuga szarości powoli rozpływająca się po błękitnym niebie. Ale to nie był dym: dryfował pod wiatr targający chmurami.

Król przyłożył lornetkę polową do oczu.

— Anioły — powiedział.

Lord Asriel odszedł od teleskopu, wyprostował się i osłonił dłonią oczy. Setki, potem tysiące, potem dziesiątki tysięcy, aż przesłoniły pół nieba, maleńkie figurki nadlatywały bez końca. Lord Asriel widywał miliardowe stada niebieskich szpaków, które krążyły o zachodzie słońca wokół pałacu cesarza K'ang-Po, lecz nigdy nie widział takiej liczebności. Latające istoty wyrównały szeregi, a potem powoli ruszyły na północ i południe.

— Ach! A to co?! — zawołał Lord Asriel, wyciągając rękę. — To nie wiatr.

Chmura wirowała na południowym stoku gry, a wicher wyszarpywał z niej długie, postrzępione wstęgi oparów. Lecz Lord Asriel miał rację: ruch odbywał się wewnątrz, nie w powietrzu. Chmura kłębiła się i kipiała, a potem rozstąpiła się na sekundę.

Było tam coś więcej niż górskie zbocze, ale widzieli to tylko przez chwilę; potem chmura znowu się przesunęła, jakby zaciągnięta niewidzialną ręką, żeby zasłonić widok.

Król Ogunwe odłożył lornetkę.

— To nie jest góra — powiedział. — Widziałem stanowiska ogniowe...

— Ja też. Cały skomplikowany system. Ciekawe, czy on widzi przez chmury? W niektórych światach mają do tego maszyny. Ale jego armia, jeśli mają tylko te anioły...

Król wydał urywany okrzyk na wpół zdumienia, na wpół rozpaczy. Lord Asriel odwrócił się i chwycił go za ramię palcami jak żelazne cęgi.

— Oni tego nie mają! — zawołał i gwałtownie potrząsnął ramieniem króla. — Oni nie mają ciała!

Położył dłoń na szorstkim policzku przyjaciela.

— Chociaż jest nas niewielu — ciągnął — chociaż żyjemy krótko i widzimy mało... w porównaniu z nimi wciąż jesteśmy silniejsi. Oni nam zazdroszczą, Ogunwe! Oto powód ich nienawiści, na pewno. Marzą im się nasze cenne ciała, tak mocne i solidne, tak dobrze przystosowane do naszej ziemi! A jeśli natrzemy na nich twardo i zdecydowanie, możemy rozpędzić te nieskończone legiony tak łatwo, jak rozpędzasz dym machnięciem ręki. Cała ich potęga to tylko dym w oczy!

— Asrielu, oni mają sprzymierzeńców na tysiącu światów, żywe istoty jak my.

— Zwyciężymy.

— Załóżmy, że on wysłał te anioły na poszukiwanie twojej córki.

— Moja córka! — wykrzyknął z uniesieniem Lord Asriel. — To już coś, sprowadzić takie dziecko na ten świat! Nie dość, że sama poszła do króla pancernych niedźwiedzi i wyrwała mu z łap jego królestwo... to jeszcze zeszła do krainy zmarłych i najspokojniej wypuściła ich wszystkich!... I ten chłopiec; chcę poznać tego chłopca; chcę mu uścisnąć dłoń. Czy wiedzieliśmy, na co się porywamy, kiedy wznieciliśmy tę rebelię? Nie. Ale czy oni... Autorytet i jego Regent, ten Metatron... czy oni wiedzieli, na co się porywają, kiedy wciągnęli w to moją córkę?

— Lordzie Asrielu — powiedział król — czy rozumiesz jej znaczenie dla przyszłości?

— Szczerze mówiąc, nie. Dlatego muszę porozmawiać z Basilidesem. Dokąd poszedł?

— Do pani Coulter. On jest wykończony. Nie zrobi nic więcej, dopóki nie odpocznie.

— Powinien był odpocząć wcześniej. Poślij po niego, dobrze? Och, jeszcze jedno, poproś Madame Oxentiel, żeby przyszła do wieży, jak tylko znajdzie chwilę. Pragnę jej złożyć kondolencje.

Madame Oxentiel była zastępcą dowódcy Gallivespian. Teraz będzie musiała przejąć obowiązki Lorda Roke. Król Ogunwe skłonił się i zostawił swojego dowódcę obserwującego szary horyzont.

Przez cały dzień gromadziła się armia. Aniołowie z sił Lorda Asriela szybowali wysoko nad Pochmurną Górą, szukając prześwitu, ale na próżno. Nic się nie zmieniło;

żadne anioły więcej nie wyleciały na zewnątrz ani nie wleciały do środka; porywiste wichry szarpały chmury, które odnawiały się bez końca i nie rozstępowały ani na sekundę. Słońce przesunęło się po zimnym błękitnym niebie i opadło na południowy zachód, wyzłacając chmury i barwiąc wyziewy wokół góry wszystkimi odcieniami moreli i szkarłatu, pomarańczy i brzoskwini. Kiedy słońce zaszło, chmury jaśniały słabo od środka.

Wojownicy ze wszystkich światów, gdzie rebelia Lorda Asriela znalazła poparcie, zajęli już stanowiska; mechanicy i rzemieślnicy tankowali statek powietrzny, ładowali broń, kalibrowali wskaźniki i skale. Kiedy zapadła ciemność, przybyły oczekiwane posiłki: stąpając miękko po zamarzniętej ziemi, pojedynczo, w ciszy nadeszły z północy pancerne niedźwiedzie — w wielkiej liczbie, razem ze swoim królem. Niedługo potem przybyły pierwsze klany czarownic, na sosnowych gałęziach, które długo szeptały wśród wiatru na mrocznym niebie.

Równina na południe od fortecy błyszczała od tysięcy świateł, wyznaczających obozowiska tych, którzy przybyli z daleka. Jeszcze dalej, we wszystkich czterech stronach świata, lotne oddziały szpiegów-aniołów krążyły niezmordowanie, pełniąc straż.

O północy w adamantowej wieży Lord Asriel prowadził dyskusję z królem Ogunwe, anielicą Xaphanią, Gallivespianką Oxentiel oraz Teukrosem Basilidesem. Aletheiometrysta właśnie skończył mówić. Lord Asriel wstał, podszedł do okna i spojrzał na odległy blask Pochmurnej Góry, wiszącej na zachodnim niebie. Inni milczeli; właśnie usłyszeli coś, co przyprawiło Lorda Asriela o bladość i drżenie, i nikt z nich nie wiedział, jak powinien zareagować.

Wreszcie Lord Asriel przemówił:

— Panie Basilides, na pewno jest pan bardzo zmęczony. Wdzięczny jestem za wszystkie wysiłki. Proszę napić się z nami wina.

— Dziękuję — powiedział aletheiometrysta.

Ręce mu drżały. Król Ogunwe nalał złocistego tokaju i podał mu kieliszek.

— Co to znaczy, Lordzie Asrielu? — zapytał czysty głos Madame Oxentiel.

Lord wrócił do stołu.

— No cóż — zaczął — to znaczy, że kiedy przystąpimy do bitwy, wyznaczymy sobie nowy cel. Moja córka i ten chłopiec jakimś sposobem zostali oddzieleni od swoich dajmonów i mimo tego przeżyli; a ich dajmony są gdzieś w tym świecie. Proszę mnie poprawić, jeśli się mylę, panie Basilides... Ich dajmony są w tym świecie i Metatron zamierza je pochwycić. Jeśli schwyta ich dajmony, dzieci muszą iść za nim; a jeśli zdobędzie władzę nad tymi dziećmi, przyszłość należy do niego na zawsze. Nasze zadanie jest jasne: musimy znaleźć dajmony wcześniej niż on i przechować je w bezpiecznym miejscu, dopóki dziewczynka i chłopiec znowu się z nimi nie połączą.

— Jaką postać mają te dwa zagubione dajmony? — zapytała gallivespiańska przywódczyni.

— Nie są jeszcze ostatecznie ukształtowane — odpowiedział Teukros Basilides. — Mogą przybrać dowolny kształt.

— Więc — podjął Lord Asriel — podsumujmy: my wszyscy, cała republika, przyszłość każdej rozumnej istoty... wszystko zależy od tego, czy moja córka pozostanie przy życiu i czy dajmony jej i chłopca nie dostaną się w ręce Metatrona?

— Tak jest.

Lord Asriel westchnął niemal z satysfakcją; zupełnie jakby zakończył długie, żmudne obliczenia i otrzymał całkiem nieoczekiwany wynik.

— Doskonale — powiedział, rozkładając ręce szeroko

na stole. — Zatem oto, co zrobimy, kiedy bitwa się rozpocznie. Królu Ogunwe, obejmiesz dowodzenie nad wszystkimi wojskami broniącymi fortecy. Madame Oxentiel, masz natychmiast rozesłać swoich ludzi na poszukiwania dziewczynki i chłopca oraz ich dwóch dajmonów. Kiedy ich znajdziecie, chrońcie ich nawet za cenę życia, dopóki znowu się nie połączą. Wówczas, jak rozumiem, chłopiec będzie mógł uciec do innego bezpiecznego świata.

Madame kiwnęła głową. Światło lamp odbiło się w jej sztywnych siwych włosach, błyszczących jak nierdzewna stal, a błękitny jastrząb, którego odziedziczyła po Lordzie Roke, na chwilę rozpostarł skrzydła na kinkiecie przy drzwiach.

— Teraz Xaphania — powiedział Lord Asriel. — Co wiesz o tym Metatronie? Niegdyś był człowiekiem. Czy nadal posiada fizyczną siłę istoty ludzkiej?

— Doszedł do władzy długo po moim wygnaniu — odparła anielica. — Nigdy nie widziałam go z bliska. Ale nie mógłby opanować królestwa, gdyby nie był naprawdę silny, silny pod każdym względem. Większość aniołów unika walki wręcz. Metatron walczyłby z radością i wygrał.

Ogunwe zauważył, że ta koncepcja zrobiła wrażenie na Lordzie Asrielu. Jego spojrzenie rozmyło się na chwilę, a potem równie nagle wyostrzyło i jeszcze bardziej skupiło.

— Rozumiem — powiedział. — Xaphanio, pan Basilides mówił nam, że ich bomba nie tylko otworzyła przepaść pod światami, lecz również naruszyła strukturę materii tak głęboko, że wszędzie powstały szczeliny i pęknięcia. Gdzieś w pobliżu musi istnieć droga na skraj przepaści. Chcę, żebyście ją znaleźli.

— Co zamierzasz zrobić? — zapytał ostro król Ogunwe.

— Zamierzam zniszczyć Metatrona. Lecz moje zadanie jest prawie skończone. To moja córka musi żyć, a my musimy ochronić ją przed wszystkimi siłami królestwa, żeby mogła znaleźć drogę do bezpiecznego świata... Ona i ten chłopiec, i ich dajmony.

— A co z panią Coulter? — zapytał król.

Lord Asriel potarł ręką czoło.

— Nie chcę jej męczyć — powiedział. — Zostawcie ją w spokoju i chrońcie, jeśli to możliwe. Chociaż... może traktuję ją niesprawiedliwie. Cokolwiek zrobiła, nigdy nie przestała mnie zdumiewać. Lecz wszyscy wiemy, co musimy zrobić i dlaczego: musimy chronić Lyrę, dopóki nie znajdzie swojego dajmona i nie ucieknie. Możliwe, że nasza republika powstała wyłącznie w tym jedynym celu: żeby jej pomóc. No więc wypełnijmy nasze zadanie jak najlepiej.

Pani Coulter leżała w łóżku Lorda Asriela w sąsiednim pokoju. Słysząc głosy za ścianą, drgnęła, ponieważ nie zasnęła głęboko. Ocknęła się z niespokojnej drzemki roztrzęsiona i zbolała od tęsknoty.

Jej dajmon siedział obok, ale nie chciała przysuwać się do drzwi; chciała po prostu słyszeć głos Lorda Asriela, nie jakieś konkretne słowa. Pomyślała, że oboje są zgubieni. Pomyślała, że wszyscy są zgubieni.

Wreszcie usłyszała stuknięcie drzwi w drugim pokoju i podniosła się z łóżka.

— Asrielu — powiedziała, wchodząc w ciepły blask naftowej lampy.

Jego dajmona warknęła cicho; złocista małpa nisko spuściła łeb, żeby ją ugłaskać. Lord Asriel zwijał wielką mapę i nie odwrócił głowy.

— Asrielu, co się stanie z nami wszystkimi? — zapytała pani Coulter, siadając na krześle.

Przycisnął nadgarstki do oczu. Twarz miał szarą ze zmęczenia. Usiadł i oparł łokieć na stole. Oba dajmony zamarły w bezruchu: małpa przykucnęła na poręczy krzesła, irbisica siedziała wyprostowana i czujna obok Lorda Asriela, bez mrugnięcia obserwując panią Coulter.

— Nie słyszałaś? — zapytał.

— Trochę słyszałam. Nie mogłam spać, ale nie podsłuchiwałam. Gdzie jest Lyra, czy ktoś wie?

— Nie.

Wciąż nie odpowiedział na jej pierwsze pytanie i nie zamierzał; wiedziała o tym.

— Powinniśmy byli się pobrać — powiedziała — i sami ją wychować.

Ta uwaga była tak niespodziewana, że aż zamrugał. Jego dajmona wydała najcichszy pomruk z głębi gardła i położyła się z wyciągniętymi łapami, w pozycji sfinksa. Nadal milczał.

— Nie mogę znieść myśli o zapomnieniu — wyznała. — Wszystko, tylko nie to. Dawniej myślałam, że ból byłby gorszy... wieczne tortury... Myślałam, że to dużo gorsze... Ale dopóki zachowujesz świadomość, to jest lepsze, prawda? To lepiej niż nie czuć nic, tylko odejść w ciemność, gdzie wszystko zniknie na zawsze.

Wystarczało jej, że miała słuchacza. Lord Asriel wbił spojrzenie w jej oczy i słuchał z wytężoną uwagą; nie potrzebowała odpowiedzi.

— Tamtego dnia, kiedy mówiłeś o niej z taką goryczą, i o mnie... Pomyślałam, że jej nienawidzisz. Rozumiałam, że mogłeś znienawidzić mnie. Nigdy nie czułam do ciebie nienawiści, ale rozumiałam... Wiedziałam, dlaczego mogłeś mnie znienawidzić. Ale nie rozumiałam, dlaczego nienawidzisz Lyry.

Powoli odwrócił wzrok, a potem znowu na nią spojrzał.

— Pamiętam, jak powiedziałeś coś dziwnego, na Svalbardzie, na szczycie góry, tuż zanim opuściłeś nasz świat — ciągnęła. — Powiedziałeś: „Chodź ze mną, a zniszczymy Pył na zawsze". Pamiętasz? Ale nie to miałeś na myśli. Chodziło ci o coś dokładnie przeciwnego, prawda? Teraz rozumiem. Dlaczego mi nie powiedziałeś, co naprawdę robisz? Dlaczego mi nie powiedziałeś, że w istocie próbujesz zachować Pył? Mogłeś wyznać mi prawdę.

— Chciałem, żebyś przyłączyła się do mnie — powiedział cicho, ochrypłym głosem. — Myślałem, że będziesz wolała kłamstwo.

— Tak — szepnęła — ja też tak myślałam.

Nie mogła usiedzieć spokojnie, ale nie miała siły wstać. Na chwilę ogarnęła ją słabość, zakręciło jej się w głowie, dźwięki przycichły, pokój pociemniał, ale niemal natychmiast powróciła ostrość postrzegania, jeszcze bardziej bezlitosna niż przedtem, i nic się nie zmieniło.

— Asrielu... — wymamrotała.

Złocista małpa nieśmiało wyciągnęła łapę, żeby dotknąć łapy irbisicy. Mężczyzna patrzył bez słowa, Stelmaria nie drgnęła, wpatrując się w panią Coulter.

— Och, Asrielu, co się z nami stanie? — powtórzyła pani Coulter. — Czy to koniec wszystkiego?

Nie odpowiedział.

Poruszając się jak we śnie, wstała, podniosła plecak leżący w kącie pokoju i sięgnęła do środka po pistolet. Nie wiadomo, co zrobiłaby potem, ponieważ w tej samej chwili rozległ się tupot nóg biegnących po schodach.

Kobieta, mężczyzna i oba dajmony odwrócili się do adiutanta, który wpadł do pokoju i wydyszał:

— Przepraszam, mój panie. Te dwa dajmony... Widziano je niedaleko wschodniej bramy... W postaci kotów... Wartownik próbował z nimi rozmawiać, zabrać je do środka, ale nie chciały podejść bliżej. Dosłownie przed minutą...

Lord Asriel wyprostował się, przeobrażony. Całe zmęczenie w jednej chwili znikło z jego twarzy. Zerwał się na nogi i chwycił płaszcz.

Ignorując panią Coulter, zarzucił płaszcz na ramiona i zwrócił się do adiutanta:

— Natychmiast zawiadom Madame Oxentiel. Przekaż ten rozkaz: Nie wolno straszyć dajmonów, grozić im ani przywabiać. Każdy, kto je zobaczy, powinien najpierw...

Pani Coulter nie usłyszała więcej, ponieważ Lord Asriel zbiegał już po schodach. Kiedy tupot jego nóg również ucichł, jedynym dźwiękiem pozostało syczenie lampy naftowej i skowyt wichru za murami.

Oczy pani Coulter napotkały oczy dajmona. Spojrzenie złotej małpy wyrażało treści równie subtelne i złożone jak zawsze, przez trzydzieści pięć lat wspólnego życia.

— Doskonale — powiedziała pani Coulter. — Nie widzę innego wyjścia. Chyba... chyba zrobimy tak...

Dajmon od razu zrozumiał, co miała na myśli. Skoczył na jej piersi i objęli się mocno. Potem pani Coulter wzięła swój podbity futrem płaszcz, cicho wyszli z komnaty i zeszli po ciemnych schodach.

29

Bitwa na równinie

W mocy upiora swego każdy z ludzi
aż do tej szczęsnej chwili pozostaje,
kiedy się jego człowieczeństwo zbudzi...
William Blake

Will i Lyra rozpaczliwie nie chcieli opuszczać tego słodkiego świata, gdzie spali poprzedniej nocy, wiedzieli jednak, że jeśli kiedyś mają odnaleźć swoje dajmony, muszą jeszcze raz wstąpić w ciemność. A teraz, po wielu godzinach nużącego pełzania przez mroczny tunel, Lyra po raz dwudziesty schyliła się nad aletheiometrem, wydając ciche, nieświadome, żałosne odgłosy — pojękiwała i chwytała oddech, co brzmiało jak bezdźwięczny szloch. Will również czuł ból tam, gdzie zabrakło dajmona, w miejscu nadwrażliwym jak po oparzeniu, które każdy oddech rozdzierał lodowatymi hakami.

Jakże mozolnie Lyra obracała kółka; jak powoli, ociężale wędrowały jej myśli. Drabiny znaczeń prowadzące od każdego z trzydziestu sześciu symboli aletheiometru, po których dawniej śmigała tak lekko i pewnie, teraz wydawały się chwiejne i drżące. A utrzymanie w umyśle związków pomiędzy nimi... Dawniej było jak bieganie albo śpiewanie, albo opowiadanie historii: coś naturalnego. Teraz musiała nad tym pracować i siły ją zawodziły, ale nie mogła się poddać, bo wszystko inne przepadnie...

— To niedaleko — powiedziała wreszcie. — I tam są różne niebezpieczeństwa... bitwa i... Ale jesteśmy już prawie w odpowiednim miejscu. Na samym końcu tego tunelu jest duża gładka skała ociekająca wodą. Możesz tam przeciąć okno.

Duchy, które zamierzały walczyć, gorliwie cisnęły się do przodu i Lyra poczuła obok siebie Lee Scoresby'ego.

— Lyro, dziewuszko — powiedział — to już niedługo. Kiedy zobaczysz tego starego niedźwiedzia, powiedz mu, że Lee zginął w walce. A kiedy bitwa się skończy, będzie mnóstwo czasu, żeby dryfować na wietrze i odnaleźć atomy, które niegdyś tworzyły moją dajmonę Hester i moją matkę w krainie szałwii, i moje ukochane... wszystkie moje ukochane... Lyro, dziecko, odpoczniesz, kiedy to się skończy, słyszysz? Życie jest dobre, a śmierć przeminęła...

Głos mu się załamał. Chciała go objąć, ale oczywiście nie mogła. Więc tylko spojrzała na jego bladą twarz, a duch zobaczył głębokie uczucie w jej błyszczących oczach i zaczerpnął z nich siłę.

Na ramionach Lyry i Willa podróżowało dwoje Gallivespian. Ich krótkie życie dobiegało końca, każde czuło sztywność w stawach, zimno wokół serca. Wkrótce oboje powrócą do krainy zmarłych, tym razem jako duchy, ale spojrzeli sobie w oczy i poprzysięgli, że zostaną z dziećmi jak najdłużej i nie pisną ani słowa o swoim umieraniu.

Dzieci wspinały się coraz wyżej. Nie rozmawiały ze sobą. Każde słyszało ciężki oddech tego drugiego, odgłosy stąpnięć i grzechot kamyków osypujących się spod stóp. Przed nimi harpia wdrapywała się wytrwale, wlokąc za sobą skrzydła, zgrzytając pazurami o skałę, milcząca i ponura.

Potem rozległ się nowy dźwięk: regularne kap, kap rozbrzmiewające echem w tunelu. A potem coraz szybsze kapanie, ciurkanie, bulgot płynącej wody.

— Tutaj! — zawołała Lyra i wyciągnęła rękę, żeby dotknąć skały blokującej drogę, gładkiej, zimnej i mokrej. — To tutaj.

Odwróciła się do harpii.

— Myślałam o tym — powiedziała — jak mnie uratowałaś i jak obiecałaś poprowadzić wszystkie inne duchy, które przejdą przez krainę zmarłych do tego świata, gdzie wczoraj spaliśmy. To niesprawiedliwe, że nie masz imienia. Pomyślałam, że nazwę cię tak, jak król Iorek Byrnison nazwał mnie: Złotousta. Nazwę cię Lekkoskrzydła. To będzie twoje imię i taka zostaniesz na zawsze: Lekkoskrzydła.

— Pewnego dnia — powiedziała harpia — spotkamy się znowu, Lyro Złotousta.

— Nie będę się bała, skoro wiem, że tu jesteś — powiedziała Lyra. — Żegnaj, Lekkoskrzydła, dopóki nie umrę.

Objęła harpię, przytuliła ją mocno i pocałowała w oba policzki.

Potem odezwał się kawaler Tialys:

— To jest świat republiki Lorda Asriela?

— Tak — potwierdziła — tak mówi aletheiometr. Jesteśmy niedaleko jego fortecy.

— Więc pozwól mi przemówić do duchów.

Uniosła go wysoko, a on zawołał:

— Posłuchajcie, ponieważ spośród nas tylko ja i lady Salmakia widzieliśmy już ten świat! Na górskim zboczu stoi forteca: broni jej Lord Asriel. Kim jest wróg, nie wiem. Lyra i Will mają teraz tylko jedno zadanie: odnaleźć swoje dajmony. Nasze zadanie to im pomóc. Bądźmy odważni i walczmy dobrze!

Lyra odwróciła się do Willa.

— W porządku — powiedział — jestem gotowy.

Wyjął nóż i spojrzał w oczy duchowi swojego ojca, który stał obok. Niedługo mieli się rozstać i Will pomyślał, jak bardzo chciałby zobaczyć tutaj również swoją matkę. Wszyscy troje razem...

— Will! — zawołała zaniepokojona Lyra.

Znieruchomiał. Nóż utknął w powietrzu. Will cofnął rękę, ale nóż pozostał, uwięziony w substancji niewidocznego świata. Chłopiec odetchnął głęboko.

— O mało...

— Widziałam — przerwała mu. — Spójrz na mnie, Will.

W upiornym świetle zobaczył jej jasne włosy, zacięte usta, szczere oczy. Poczuł ciepło jej oddechu; poczuł przyjazny zapach jej ciała.

Nóż wyszedł luźno.

— Spróbuję jeszcze raz — powiedział.

Odwrócił się i skoncentrował ze wszystkich sił. Pozwolił, żeby jego umysł spłynął do czubka noża, dotykał, macał, szukał, aż wreszcie znalazł. W głąb, wzdłuż, w dół i z powrotem; duchy tłoczyły się tak blisko, że Will i Lyra czuli małe ukłucia zimna w każdym nerwie.

Wykonał ostatnie cięcie.

Pierwsze, co do nich dotarło, to hałas. Światło ich oślepiło i musieli zasłonić oczy, duchy i ludzie, więc niczego nie widzieli przez kilka sekund; ale łoskot, wybuchy, grzechot wystrzałów, krzyki i wrzaski natychmiast zabrzmiały wyraźnie i przerażająco.

Duch Johna Parry'ego i duch Lee Scoresby'ego pierwsze odzyskały zmysły. Ponieważ obaj byli dawniej żołnierzami zaprawionymi w boju, hałas ich nie zaskoczył. Will i Lyra po prostu patrzyli, zdumieni i przerażeni.

Pociski rakietowe eksplodowały w powietrzu nad nimi, sypiąc deszczem kamiennych i metalowych odłamków na zbocza pobliskiej góry; w niebiosach aniołowie walczyli z aniołami, a czarownice pikowały, wywrzaskując swoje klanowe zawołania, i strzelały z łuków do wroga.

Gallivespianin na ważce zanurkował, żeby zaatakować latającą maszynę, której pilot-człowiek próbował go odpędzić ręką. Ważka skręciła i śmignęła w górę, jeździec zeskoczył i wbił ostrogi głęboko w szyję pilota; potem owad wrócił i spikował nisko, żeby jeździec mógł znowu wskoczyć na jaskrawozielony grzbiet, a latająca maszyna runęła prosto na skały u podnóża fortecy.

— Otwórz szerzej — zażądał Lee Scoresby. — Wypuść nas!

— Czekaj, Lee — powstrzymał go John Parry. — Coś się dzieje... Popatrz tam.

Will wyciął następne małe okno we wskazywanym kierunku i kiedy wyjrzeli, wszyscy zobaczyli zmianę w przebiegu bitwy. Atakujący zaczęli się wycofywać: grupa uzbrojonych pojazdów przestała posuwać się do przodu i osłaniana ogniem skręciła mozolnie, żeby rozpocząć odwrót. Eskadra latających maszyn, które już zdobywały przewagę w chaotycznej walce z giropterami Lorda Asriela, zatoczyła krąg na niebie i odleciała na zachód. Siły królestwa na ziemi — kolumny karabinierów, oddziały wyposażone w miotacze ognia, w rozpylacze trucizny, w broń, jakiej wędrowcy nigdy jeszcze nie widzieli — zaczęły się cofać i zawracać.

— Co się dzieje? — zapytał Lee. — Ustępują z pola... ale dlaczego?

Wydawało się, że nie mają powodu. Przewyższali liczebnie sprzymierzeńców Lorda Asriela, posiadali potężniejszą broń i zranili już wielu przeciwników.

Potem Will poczuł nagłe poruszenie wśród duchów. Wskazywali na coś dryfującego w powietrzu.

— Upiory! — zawołał John Parry. — Oto powód.

Po raz pierwszy Will i Lyra mogli zobaczyć te istoty, niczym welony lśniącej gazy opadające z nieba jak puch ostu. Lecz trudno było je dostrzec, a kiedy dotarły do ziemi, stały się prawie niewidoczne.

— Co one robią? — zapytała Lyra.

— Kierują się do tego plutonu strzelców...

Will i Lyra zrozumieli, co się stanie, i oboje krzyknęli ze strachem:

— Uciekajcie! Szybko!

Kilku żołnierzy, słysząc w pobliżu dziecięce głosy, rozejrzało się z zaskoczeniem. Inni, widząc nadciągające upiory, tak dziwaczne, niewyraźne i głodne, unieśli broń i wystrzelili, ale oczywiście bez skutku. A potem upiór dopadł pierwszego człowieka.

Był to żołnierz ze świata Lyry, Afrykanin. Jego dajmona miała postać długonogiego płowego kota z czarnymi cętkami; obnażyła kły i sprężyła się do skoku.

Wszyscy widzieli, jak nieulękły mężczyzna celuje z karabinu, nie ustępując ani na krok — a potem zobaczyli jego dajmonę uwięzioną w niewidzialnej sieci, warczącą, wyjącą, bezsilną; mężczyzna rzucił karabin i próbował jej dosięgnąć, krzycząc jej imię, a potem upadł, targany bólem i gwałtownymi mdłościami.

— Teraz, Willu — powiedział John Parry. — Wypuść nas teraz: możemy walczyć z tymi stworami.

Więc Will szeroko otworzył okno i wybiegł na czele armii duchów; a potem rozpoczęła się najdziwniejsza walka pod słońcem.

Duchy wyłaziły spod ziemi, blade sylwetki, jeszcze bledsze w świetle dnia. Nie miały się już czego bać, więc rzucały się na bezcielesne upiory, chwytały, szarpały i tarmosiły istoty, których Will i Lyra wcale nie widzieli.

Karabinierzy i inni żywi sprzymierzeńcy nic nie rozumieli z tej koszmarnej, widmowej walki. Will utorował sobie drogę przez środek, wywijając nożem, bo pamiętał, jak upiory przed nim uciekały.

Gdziekolwiek szedł, Lyra podążała za nim, żałując, że nie ma żadnej broni, żeby walczyć razem z nim. Rozglądała się uważnie i zdawało jej się, że od czasu do czasu dostrzega upiory w oleistym migotaniu powietrza; i właśnie Lyra poczuła pierwszy dotyk niebezpieczeństwa.

Niosąc Salmakię na ramieniu, znalazła się na niewielkim pagórku, zaledwie nasypie porośniętym krzakami głogu; widziała stąd rozległy obszar pustoszony przez najeźdźców.

Słońce świeciło nad jej głową. Przed nią na zachodnim horyzoncie piętrzyły się lśniące chmury, poprzecinane mrocznymi rozziewami, o krawędziach wystrzępionych przez podniebne wiatry. Tam też na równinie czekały naziemne siły wroga: maszyny błyszczały, łopotały barwne flagi, regimenty stały w szyku.

Za nią i po lewej ciągnęło się pasmo poszczerbionych wzgórz prowadzące do fortecy. Szare kamienie jaśniały w upiornym przedburzowym świetle, a na odległych parapetach z czarnego bazaltu Lyra widziała nawet ruchliwe maleńkie sylwetki, które naprawiały uszkodzenia, przynosiły więcej broni albo po prostu obserwowały.

Właśnie wtedy Lyra poczuła pierwszy odległy skurcz bólu, mdłości i strachu, bez wątpienia dotyk upiora.

Natychmiast go rozpoznała, chociaż nigdy przedtem tego nie doświadczyła. I zrozumiała dwie rzeczy: po pierwsze — widocznie dorosła już dostatecznie, żeby stracić odporność na upiory; a po drugie — Pantalaimon musiał być gdzieś niedaleko.

— Will... Will...! — krzyknęła.

Usłyszał ją i odwrócił się z nożem w dłoni, z płonącym wzrokiem.

Lecz zanim zdążył odpowiedzieć, zachłysnął się, zgiął wpół i chwycił za pierś, więc wiedziała, że z nim dzieje się to samo.

— Pan! Pan! — krzyknęła, stając na palcach, żeby się rozejrzeć.

Will kulił się, próbując opanować mdłości. Po paru chwilach sensacje minęły, jakby ich dajmony uciekły; ale nadal nie mogli ich znaleźć. Wszędzie dookoła rozbrzmiewały wrzaski, wystrzały, okrzyki bólu lub strachu, odległe jok-jok-jok kliwuchów krążących w górze, świst i stukot strzał, a potem nowy dźwięk: zerwał się wiatr.

Lyra poczuła go najpierw na policzkach, a potem zobaczyła kłoniącą się trawę i usłyszała szelest krzaków głogu. Niebo nad głowami zaciągnęło się na wielką burzę: cała biel znikła z błyskawic, które wiły się i kipiały siarkową żółcią, morską zielenią, dymną szarością, oleistą czernią, mdląco ruchliwe, wysokie na kilka kilometrów i szerokie na cały horyzont.

Za jej plecami słońce wciąż świeciło, malując żywą, jaskrawą zielenią krzaki i drzewa na tle nadciągającej burzy, jakby kruche rośliny rzucały wyzwanie ciemności każdym liściem, kwiatem, owocem i gałązką.

Lyra i Will — już nie całkiem dzieci — maszerowali dalej. Teraz widzieli upiory zupełnie wyraźnie. Wiatr, który kąsał Willa w oczy i smagał włosami twarz Lyry, powinien przepędzić upiory, ale stwory sfrunęły nad ziemię. Chłopiec i dziewczynka, trzymając się za ręce, torowali sobie drogę wśród rannych i trupów; Lyra wołała swojego dajmona, Will usiłował wyczuć swojego.

Teraz błyskawice gęsto przecinały niebo, a potem pierwszy potężny łoskot gromu uderzył w uszy jak topór. Lyra objęła głowę rękami, Will zachwiał się i prawie potknął pod naporem dźwięku. Przywarli do siebie i podnieśli wzrok. Zobaczyli widok, jakiego nikt przedtem nie widział na żadnym z milionów światów.

Czarownice, klan Ruty Skadi i Reiny Miti oraz pół tuzina innych, każda niosąca pochodnię ze smolnej sosny zanurzonej w bitumie, nadlatywały nad fortecę od wschodu, z ostatniego skrawka czystego nieba, i pędziły prosto ku burzy.

Ludzie na ziemi usłyszeli ryk i trzask, kiedy lotne węglowodory buchnęły wysokim płomieniem. Kilka upiorów jeszcze zostało w górze i niektóre czarownice wleciały w nie na oślep, krzyknęły i spadły; lecz większość przezroczystych stworów dotarła już do ziemi.

394

Wielka eskadra czarownic runęła niczym rzeka ognia w samo serce burzy.

Oddział aniołów uzbrojonych w miecze i włócznie wyłonił się z Pochmurnej Góry, żeby stawić czoło czarownicom. Wiatr popychał ich z tyłu i mknęli szybciej niż strzały, ale czarownice im dorównywały. Pierwsze wzniosły się wysoko, a potem zanurkowały na szeregi aniołów, siekąc w prawo i w lewo płonącymi pochodniami. Anioł za aniołem, spowity ogniem, z płonącymi skrzydłami, wrzeszcząc, spadał na ziemię.

A potem lunęły pierwsze ciężkie krople deszczu. Jeśli dowódca deszczowych chmur zamierzał zgasić ogień czarownic, spotkało go rozczarowanie: smolna sosna i bitum płonęły na przekór ulewie, sycząc i plując iskrami. Krople deszczu uderzały o ziemię jakby ze złością, rozpryskując się w powietrzu. Po minucie Lyra i Will byli przemoczeni do nitki i dygotali z zimna, a deszcz siekł ich po głowach i ramionach jak lawina drobnych kamyków.

Mimo wszystko wciąż chwiejnie brnęli przed siebie, ocierali oczy i w narastającym zgiełku nawoływali:

— Pan! Pan!

Grzmoty huczały teraz prawie bez przerwy, przetaczały się i trzeszczały, jakby w niebie rozdzierano same atomy. Will i Lyra biegli wśród uderzeń piorunów; ona jęczała: „Pan! Mój Pantalaimon! Pan!", on wydawał nieartykułowane okrzyki, ponieważ wiedział, co utracił, ale nie potrafił tego nazwać.

Towarzyszyło im dwoje Gallivespian, ostrzegając, żeby spojrzeli w tę stronę, żeby skręcili w tym kierunku, wypatrując upiorów, których dzieci za dobrze nie widziały. Lyra musiała teraz nieść lady Salmakię w dłoniach, ponieważ Gallivespiance brakowało sił, żeby utrzymać się na ramieniu dziewczynki. Tialys przepatrywał niebo dookoła, szukając swoich ziomków i wołając, ilekroć dostrzegł w powietrzu nad głową śmigającą barwną iskrę. Lecz głos mu osłabł, a zresztą inni Gallivespianie wypatrywali klanowych barw ważek, fluorescencyjnego błękitu i czerwonego z żółtym; te kolory już dawno zblakły i przestały zdobić ciała, które leżały w krainie zmarłych.

Potem na niebie powstał ruch niepodobny do innych. Dzieci podniosły wzrok, osłaniając oczy przed siekącym deszczem, i zobaczyły latający pojazd, jakiego jeszcze nigdy nie widziały: niezgrabny, sześcionogi, ciemny i zupełnie cichy. Leciał nisko, bardzo nisko od strony fortecy. Przemknął nad nimi, najwyżej na wysokości dachu, i skierował się w samo serce burzy.

Nie mieli jednak czasu zastanawiać się nad tym, ponieważ kolejny gwałtowny atak mdłości ostrzegł Lyrę, że Pan znowu jest w niebezpieczeństwie, a potem Willa też zemdliło i oboje rzucili się na oślep przez błoto i kałuże w chaos rannych mężczyzn i walczących duchów, bezradni, przerażeni i cierpiący.

30

Pochmurna Góra

...i może w oddaleniu wielkim
Dostrzec promienne Niebo, rozciągnięte
Wielkim obwodem, choć nie widać, czy to
Kwadrat, czy okrąg; o wieżach z opalu
I murach żywym szafirem okrytych *.

John Milton

Statek intencyjny pilotowała pani Coulter. Ona i jej dajmon byli sami w kokpicie.

Barometryczny altimetr niezbyt przydawał się podczas burzy, ale pani Coulter mogła z grubsza ocenić wysokość, obserwując ognie na ziemi, wskazujące miejsca upadku aniołów; wciąż płonęły jasno pomimo ulewnego deszczu. Kurs również utrzymywała z łatwością: błyskawica migocąca wokół góry zastępowała latarnię morską. Pani Coulter musiała tylko omijać rozmaite latające istoty wciąż walczące w powietrzu i uważać na wzniesienia terenu.

Nie używała świateł, ponieważ chciała podlecieć bliżej i znaleźć miejsce do lądowania, zanim ją zauważą i ze-

---

* „Raj utracony", księga II, tłum. jw.

strzelą. W pobliżu góry prądy wznoszące stały się silniejsze, a porywy wiatru bardziej gwałtowne. Giropter nie miałby tutaj szans: dziki żywioł strąciłby go na ziemię jak muchę. W statku intencyjnym mogła unosić się lekko na wietrze, balansując jak jeździec fal na wodach Oceanu Spokojnego.

Ostrożnie zaczęła się wznosić, ignorując instrumenty i kierując się wzrokiem i instynktem. Jej dajmon skakał po małej szklanej kabinie, patrzył w górę, w przód, w lewo i w prawo i wołał do niej bez przerwy. Błyskawica, wielkie płachty i włócznie płomiennej jasności, falowała i trzaskała wokół maszyny. Pani Coulter leciała dalej w swoim małym stateczku, stopniowo nabierając wysokości, w stronę pałacu spowitego chmurami.

Z bliska sama natura góry wprawiła ją w zdumienie.

Przypomniała jej pewną ohydną herezję, której autor teraz zasłużenie dogorywał w lochach Komisji Konsystorskiej. Sugerował, że istnieje więcej wymiarów przestrzennych niż znajome trzy; że na bardzo małą skalę istnieje siedem do ośmiu wymiarów, ale nie można ich badać bezpośrednio. Skonstruował nawet model, żeby pokazać, jak działają, i pani Coulter widziała ten przedmiot, zanim został poddany egzorcyzmom i spalony. Fałdy wewnątrz fałd, krawędzie i rogi przenikające się nawzajem: wnętrze tego przedmiotu było wszędzie, a zewnętrze gdzie indziej. Pochmurna Góra wywarła na niej podobne wrażenie: przypominała nie tyle skałę, co pole siłowe, manipulujące samą przestrzenią, żeby ją złożyć, rozciągnąć i ukształtować w tarasy, komnaty, kolumnady i wieże strażnicze zbudowane z powietrza, światła i dymu.

Poczuła dziwne uniesienie powoli wzbierające w piersi i jednocześnie zobaczyła, jak bezpiecznie doprowadzić pojazd do osłoniętego chmurami tarasu na południowym stoku. Mały stateczek zataczał się i podskakiwał w powietrznych wirach, ale ona wytrwale trzymała kurs, a jej dajmon naprowadzał ją na lądowisko.

Dotąd pomagało jej światło błyskawicy, sporadyczne przebłyski słońca spoza chmur, ognie płonących aniołów, wiązki anbarycznych reflektorów; tutaj jednak światło było inne. Wydzielała je sama substancja góry, która rozjaśniała się i przygasała w powolnym rytmie jakby oddechu, promieniując perłowym blaskiem.

Kobieta i dajmon wysiedli z pojazdu i rozejrzeli się, żeby wybrać drogę.

Pani Coulter miała wrażenie, że inne istoty poruszają się szybko wokół niej, pędzą przez samą substancję góry, niosąc wiadomości, informacje, rozkazy. Nie widziała ich; widziała tylko mylącą zakręconą perspektywę fasady, kolumnady, tarasu i schodów.

Zanim zdecydowała, w którą stronę pójść, usłyszała głosy i schowała się za kolumną. Głosy zbliżały się, śpiewając psalm, a potem zobaczyła procesję aniołów niosących lektykę.

Zbliżywszy się do jej kryjówki, zobaczyli statek intencyjny i przystanęli. Śpiew umilkł i kilku lektykarzy rozejrzało się niepewnie, ze strachem.

Pani Coulter znajdowała się dostatecznie blisko, żeby zobaczyć istotę w lektyce: anioł, pomyślała, niewyobrażalnie stary. Nie widziała go wyraźnie, ponieważ lektyka była oszklona kryształowymi szybami, które lśniły i odbijały światło samej góry, ale odniosła wrażenie, że istota w środku jest straszliwie zgrzybiała, ma twarz pooraną zmarszczkami, drżące dłonie, mamroczące wargi i kaprawe oczy.

Wiekowa istota drżącą ręką wskazała statek intencyjny, zarechotała i wymamrotała coś do siebie, skubiąc bez przerwy brodę, a potem odrzuciła głowę do tyłu i zawyła tak boleśnie, że pani Coulter zakryła uszy rękami.

Widocznie jednak lektykarze mieli zadanie do wykonania, ponieważ zebrali się i ruszyli dalej wzdłuż tarasu, ignorując wrzaski i mamrotanie dobiegające z wnętrza lektyki. Kiedy dotarli do krawędzi, szeroko rozpostarli skrzydła i na rozkaz dowódcy odlecieli, dźwigając lektykę. Wirujące opary zakryły ich przed wzrokiem pani Coulter.

Lecz nie miała czasu o tym myśleć. Razem ze złocistą małpą pospiesznie wspinała się na wielkie schody, przechodziła przez mosty. Im wyżej się wspinała, tym wyraźniej czuła wszędzie wokół niewidzialną aktywność. Wreszcie dotarła do rozległej przestrzeni, przypominającej plac zasnuty mgłą, gdzie stanęła przed aniołem uzbrojonym w dzidę.

— Kim jesteś? Czego tu chcesz? — zapytał.

Pani Coulter przyjrzała mu się ciekawie. Oto jedna z istot, które kochały ludzkie kobiety, córki człowiecze, tak dawno temu.

— Nie, nie — powiedziała spokojnie — proszę, nie marnuj czasu. Zaprowadź mnie od razu do Regenta. On na mnie czeka.

Zaskocz ich — pomyślała — wyprowadź z równowagi. Ten anioł nie wiedział, co powinien zrobić, więc zrobił, czego zażądała. Szła za nim przez kilka minut, przez mylące perspektywy światła, aż dotarli do przedpokoju. Jak tam weszli, nie wiedziała, lecz po krótkiej chwili gdzieś przed nią otwarły się drzwi.

Ostre pazury złocistej małpy wbijały się w jej ramiona; chwyciła ją za futro, żeby dodać sobie otuchy.

Przed nimi stała istota stworzona ze światła. Postać człowieka, wzrost mężczyzny — pomyślała, zbyt oślepiona, żeby zobaczyć coś więcej. Złocista małpa ukryła pysk na jej ramieniu, a ona uniosła rękę, żeby osłonić oczy.

Metatron zapytał:

— Gdzie ona jest? Gdzie jest twoja córka?

— Przyszłam, żeby ci powiedzieć, Lordzie Regencie — odparła pani Coulter.

— Jeśli masz ją w swojej mocy, powinnaś ją przyprowadzić.

400

— Nie ją, ale jej dajmona.

— Jak to możliwe?

— Przysięgam, Metatronie, mam w swojej mocy jej dajmona. Proszę, wielki Regencie, osłoń się trochę... Oślepiasz mnie...

Narzucił na siebie welon z chmury. Teraz świecił jak słońce oglądane przez okopcone szkło i widziała go wyraźniej, chociaż wciąż udawała, że jego twarz ją oślepia. Wyglądał dokładnie jak mężczyzna w średnim wieku, wysoki, potężny, władczy. Czy nosił ubranie? Czy miał skrzydła? Nie wiedziała na skutek siły jego spojrzenia. Nie mogła się uwolnić od jego oczu.

— Proszę, Metatronie, wysłuchaj mnie. Właśnie uciekłam od Lorda Asriela. On ma dajmona dziewczynki i wie, że dziecko wkrótce przyjdzie go szukać.

— Czego on chce od tej dziewczynki?

— Schować ją przed tobą, dopóki nie dorośnie. On nie wie, dokąd poleciałam, i muszę zaraz do niego wrócić. Mówię prawdę. Spójrz na mnie, Lordzie Regencie, gdyż trudno mi patrzeć na ciebie. Spójrz na mnie uważnie i powiedz, co widzisz.

Książę aniołów spojrzał na nią. Nigdy jeszcze Marisa Coulter nie przeszła tak wnikliwego badania. Odarta z wszelkiego fałszu i udawania, stała naga, ciało, duch i dajmon razem, pod płomiennym spojrzeniem Metatrona.

Wiedziała, że jej natura musi teraz odpowiadać za nią, i bała się, że nie wystarczy to, co w niej zobaczył. Lyra okłamała Iofura Raknisona słowami; jej matka kłamała całym swoim życiem.

— Tak, widzę — powiedział Metatron.

— Co widzisz?

— Zawiść, zepsucie i żądzę władzy. Okrucieństwo i chłód. Złośliwą, natrętną ciekawość. Czystą, jadowitą, trującą podłość. Nigdy, od najmłodszych lat, nie okazałaś nikomu cienia sympatii, współczucia czy dobroci, jeśli nie wyliczyłaś, że to ci się opłaci. Torturowałaś i zabijałaś bez wahania i bez wyrzutów sumienia; zdradzałaś, intrygowałaś i pławiłaś się w występku. Jesteś kloaką moralnego brudu.

Ten głos, wygłaszający taki wyrok, wstrząsnął do głębi panią Coulter. Wiedziała, co ją czeka, i lękała się tego, lecz również pragnęła; teraz, kiedy to usłyszała, poczuła lekki dreszcz triumfu.

Przysunęła się bliżej.

— Więc widzisz — powiedziała — że łatwo mogę go zdradzić. Mogę cię zaprowadzić tam, gdzie zabrał dajmona mojej córki, a wtedy zniszczysz Asriela i dziewczynka, nic nie podejrzewając, trafi prosto w twoje ręce.

Opary zafalowały wokół niej i straciła orientację; jego następne słowa przeszyły ją niczym strzały z perfumowanego lodu.

— Kiedy byłem człowiekiem — rzekł — miałem wiele żon, lecz żadnej tak cudnej jak ty.

— Kiedy byłeś człowiekiem?

— Byłem człowiekiem znanym jako Enoch, syn Jareda, syna Mahalalela, syna Kenana, syna Enosha, syna Seta, syna Adama. Żyłem na ziemi przez sześćdziesiąt pięć lat, a potem Autorytet zabrał mnie do swego królestwa.

— I miałeś wiele żon.

— Kochałem ich ciała. I rozumiałem, kiedy synowie niebios darzyli miłością córki człowiecze, i wstawiałem się za nimi do Autorytetu. Ale jego serce stwardniało i nakazał mi wyprorokować ich zagładę.

— I nie miałeś żony od tysięcy lat...

— Zostałem Regentem tego królestwa.

— Czy już nie czas, żebyś pojął małżonkę?

W tej chwili poczuła się najbardziej obnażona i zagrożona. Lecz miała zaufanie do swojego ciała i dziwnej prawdy, jakiej dowiedziała się o aniołach, zwłaszcza tych aniołach, które dawniej były ludźmi: nie posiadając ciała, pożądały go i tęskniły za nim. Metatron był teraz tak blisko, dostatecznie blisko, żeby czuć zapach jej włosów, widzieć fakturę jej skóry, dostatecznie blisko, żeby jej dotknąć płonącymi rękami.

Rozległ się dziwny dźwięk, przypominający pomruk i trzask, jaki słyszysz, zanim sobie uświadomisz, że to płonie twój dom.

— Powiedz mi, co robi Lord Asriel i gdzie jest — zażądał Metatron.

— Mogę zaraz zaprowadzić cię do niego — obiecała.

Aniołowie niosący lektykę opuścili Pochmurną Górę i odlecieli na południe. Metatron rozkazał przenieść Autorytet w bezpieczne miejsce z dala od pola bitwy, ponieważ na razie chciał go zachować przy życiu; zamiast jednak przydzielić mu straż przyboczną z kilku regimentów, co tylko przyciągnęłoby uwagę wroga, powierzył go maskującej burzy, licząc, że w tych okolicznościach mały oddział ma większe szanse niż duży.

I tak mogło się zdarzyć, gdyby pewien kliwuch, zajęty ucztowaniem na półżywym wojowniku, nie podniósł wzroku akurat wtedy, kiedy reflektor przypadkowo wyłowił z mroku kryształową szybę lektyki.

Coś drgnęło w pamięci kliwucha. Znieruchomiał z łapą na ciepłej wątrobie, a kiedy brat odepchnął go na bok, powróciło wspomnienie paplającego arktycznego lisa.

Natychmiast rozpostarł skórzaste skrzydła i wzbił się w powietrze, a po chwili reszta stada ruszyła za nim.

Xaphania i jej anioły szukały pilnie przez całą noc i część poranka, aż wreszcie na południe od fortecy znalazły w górskim zboczu mikroskopijną szczelinę, której nie było jeszcze dzień przedtem. Zbadały ją i poszerzyły, a teraz Lord Asriel schodził w głąb tuneli i jaskiń, ciągnących się daleko pod twierdzą.

Nie było całkiem ciemno, jak oczekiwał. Miliardy drobniutkich jaśniejących cząsteczek wydzielały słabe światło. Płynęły nieprzerwanie tunelem niczym świetlista rzeka.

— Pył — powiedział Lord Asriel do swojej dajmony.

Nigdy jeszcze go nie widział nieuzbrojonym okiem, lecz nigdy również nie widział tyle Pyłu naraz. Szedł dalej, aż nagle tunel rozszerzył się i Lord Asriel znalazł się pod stropem ogromnej jaskini, dostatecznie wielkiej, żeby pomieścić tuzin kościołów. Nie widział podłogi: zbocza opadały stromo ku krawędzi przepaści setki metrów w dole, ciemniejszej niż sama ciemność, i do tej przepaści wlewał się nieskończony strumień Pyłu, niczym potężny wodospad. Miriady cząsteczek jaśniały jak gwiazdy we wszystkich galaktykach na niebie, a każda z nich stanowiła drobny fragment świadomej myśli. Był to melancholijny widok.

Lord Asriel razem ze swoją dajmoną schodzili w stronę przepaści i coraz wyraźniej widzieli, co się dzieje na drugim brzegu, setki metrów dalej w ciemności. Coś tam się poruszało i im niżej schodził, tym wyraźniej się rysowało: procesja bladych rozmytych postaci wędrujących mozolnie po stromym stoku, mężczyźni, kobiety, dzieci, istoty wszelkich gatunków znanych mu i nieznanych. Skupione na utrzymywaniu równowagi, ignorowały go całkowicie, a jemu włosy zjeżyły się na głowie, kiedy zrozumiał, że patrzy na duchy.

— Lyra tędy przeszła — rzekł do irbisicy.

— Stąpaj ostrożnie — tylko tyle odpowiedziała.

Tymczasem Will i Lyra, przemoczeni, drżący, w ulewnym deszczu brnęli na oślep przez błoto, potykali się o kamienie, grzęźli w rowach wyżłobionych przez wodę i wypełnionych krwią. Lyra bała się, że lady Salmakia umiera; od kilku minut nie wymówiła ani słowa, tylko spoczywała wiotka i bezwładna na dłoni dziewczynki.

Schronili się w korycie strumienia, gdzie płynęła przynajmniej czysta woda, zaczerpnęli jej w stulone dłonie i unieśli do spragnionych ust, a wtedy Tialys poruszył się i powiedział:

— Will... słyszę nadjeżdżające konie... Lord Asriel nie ma kawalerii. To musi być wróg. Przejdź przez strumień i ukryj się... Widziałem krzaki na drugim brzegu...

— Chodź — powiedział Will do Lyry.

Rozchlapując przeraźliwie zimną wodę, przebrodzili strumień i wgramolili się na drugi brzeg w samą porę. Jeźdźcy, którzy pojawili się na zboczu i zjechali w dół, żeby się napić, nie wyglądali na kawalerzystów: nie mieli ubrań ani uprzęży i porastała ich krótka sierść, taka sama jak u koni. Za to mieli broń: trójzęby, sieci i krzywe szable.

Will i Lyra nie czekali, żeby im się przyjrzeć; pospiesznie umykali po nierównym gruncie, kuląc się, żeby ich nie dostrzeżono.

Musieli patrzeć pod nogi, żeby się nie potknąć i nie skręcić kostki albo jeszcze gorzej; a nad nimi biły pioruny, więc nie usłyszeli skrzeczenia i warczenia kliwuchów, dopóki na nie nie wpadli.

Stwory otaczały coś leżącego w błocie: coś błyszczącego, trochę większego niż one, przewróconego na bok, jakby duża klatka o ścianach z kryształu. Waliły w nią łapami i kamieniami, wyjąc i skrzecząc.

Zanim Will i Lyra zdołali wyhamować i skręcić, wpadli w sam środek zgrai.

31

Koniec Autorytetu

Gdyż Cesarstwa już nie ma
i teraz lew & wilk poniechają ofiary.

William Blake

Pani Coulter szepnęła do cienia obok niej:

— Spójrz, jak on się chowa, Metatronie! Pełza w ciemnościach jak szczur...

Stali na skalnym występie wysoko w ogromnej jaskini i patrzyli, jak Lord Asriel z irbisicą ostrożnie schodzą po zboczu daleko w dole.

— Mogę teraz w niego uderzyć — szepnął cień.

— Tak, oczywiście — odszepnęła, nachylając się blisko. — Ale pragnę widzieć jego twarz, drogi Metatronie; chcę, żeby wiedział, że go zdradziłam. Chodźmy za nim i schwytajmy go...

Wodospad Pyłu lśnił niczym wielka kolumna słabego światła, opadając gładko i nieprzerwanie w otchłań. Pani Coulter nie mogła poświęcać mu uwagi, ponieważ cień obok niej dygotał z pożądania; musiała utrzymać go przy sobie i kontrolować w miarę możliwości.

Cicho szli w dół, śledząc Lorda Asriela. Im niżej schodzili, tym silniej pani Coulter odczuwała przytłaczające, ogromne znużenie.

— Co? Co? — szepnął cień, który wyczuł jej emocje i natychmiast nabrał podejrzeń.

— Myślałam o tym — odparła z jadowitą słodyczą — jak się cieszę, że to dziecko nigdy nie dorośnie, żeby kochać i zaznać miłości. Myślałam, że ją kochałam, kiedy była maleńka, ale teraz...

— To żal — oświadczył cień. — Twoje serce wypełnia żal, że nie zobaczysz, jak ona dorasta.

— Och, Metatronie, jak wiele czasu minęło, odkąd byłeś człowiekiem! Naprawdę nie odgadłeś, czego żałuję? Nie jej dorastania, lecz mojego. Jakże gorzko żałuję, że nie wiedziałam o tobie w dzieciństwie; jak gorliwie poświęciłabym się tobie...

Pochyliła się w stronę cienia, jakby nie mogła opanować porywów własnego ciała, a cień łapczywie węszył i zdawał się połykać jej zapach.

Mozolnie spuszczali się po osypisku potrzaskanych głazów. Im niżej schodzili, tym wyraźniej blask Pyłu otaczał wszystko złocistą aureolą. Pani Coulter wciąż sięgała po rękę swojego towarzysza, chociaż cień nie miał rąk, a potem jakby się opamiętała i szepnęła:

— Trzymaj się z tyłu za mną, Metatronie... Zaczekaj tutaj... Asriel jest podejrzliwy... Pozwól mi najpierw uśpić jego czujność. Kiedy przestanie się pilnować, zawołam cię. Ale przyjdź jako cień, w tej skromnej postaci, żeby cię nie zobaczył... inaczej po prostu wypuści dajmona dziewczynki.

Regent posiadał wybitny intelekt, który rozwijał się i pogłębiał przez tysiące lat, oraz wiedzę rozciągającą się na milion wszechświatów. Niemniej w tamtej chwili zaślepiała go podwójna obsesja: unicestwić Lyrę oraz posiąść jej matkę. Kiwnął głową i został na miejscu, a kobieta i małpa jak najciszej posuwały się dalej.

Lord Asriel czekał za wielkim blokiem granitu, zasłonięty przed wzrokiem Regenta. Irbisica usłyszała kroki i Lord Asriel wstał, kiedy pani Coulter wyszła zza głazu. Wszystko, każdą powierzchnię, każdy centymetr kwadratowy powietrza przenikał opadający Pył, który nadawał miękką wyrazistość najdrobniejszym szczegółom: w tym świetle Asriel zobaczył, że pani Coulter twarz miała mokrą od łez i zaciskała zęby, żeby nie wybuchnąć płaczem.

Wziął ją w ramiona, a złocista małpa objęła szyję irbisicy i zanurzyła czarny pyszczek w jej futrze.

— Czy Lyra jest bezpieczna? Czy znalazła swojego dajmona? — szepnęła pani Coulter.

— Duch ojca chłopca strzeże ich oboje.

— Pył jest piękny... Nie wiedziałam...

— Co mu powiedziałaś?

— Kłamałam i kłamałam, Asrielu... Nie czekajmy zbyt długo, nie wytrzymam. Nie przeżyjemy, prawda? Nie przetrwamy jako duchy?

— Nie, jeśli spadniemy w przepaść. Przyszliśmy tutaj, żeby dać Lyrze czas, żeby znalazła swojego dajmona, a potem żyła i dorastała. Jeśli usuniemy Metatrona, Mariso, zapewnimy jej ten czas, a jeśli zginiemy razem z nim, to nieważne.

— I Lyra będzie bezpieczna?

— Tak, tak — powiedział łagodnie.

Pocałował ją. W jego ramionach była tak miękka i uległa jak przed trzynastu laty, kiedy została poczęta Lyra.

Łkała cicho. Po chwili, kiedy odzyskała mowę, szepnęła:

— Powiedziałam mu, że cię zdradzę i zdradzę Lyrę, a on mi uwierzył, ponieważ jestem podła i zepsuta; zajrzał we mnie tak głęboko, że na pewno zobaczył prawdę. Lecz kłamałam zbyt dobrze. Kłamałam każdym nerwem i każdym swoim uczynkiem... Chciałam, żeby znalazł we mnie samo zło, i tak się stało. Nie ma we mnie dobra. Ale kocham Lyrę. Skąd się wzięła ta miłość? Nie wiem; przyszła do mnie jak złodziej w nocy i teraz kocham ją tak mocno, że serce mi pęka. Miałam tylko nadzieję, że w cieniu moich potwornych zbrodni ta miłość jest nie większa niż nasionko gorczycy; i żałowałam, że nie popełniłam jeszcze większych występków, żeby głębiej ją ukryć... Ale nasionko wykiełkowało i rosło, i mały zielony pęd rozrywał mi serce, i tak się bałam, że on zobaczy...

Musiała przerwać, żeby zapanować nad sobą. Pogładził jej lśniące włosy, obsypane złocistym Pyłem, i czekał.

— W każdej chwili on może stracić cierpliwość — szepnęła. — Prosiłam, żeby przybrał skromną postać. Ale w końcu jest tylko aniołem, nawet jeśli kiedyś był człowiekiem. Możemy go obezwładnić i zaciągnąć na brzeg otchłani, i oboje skoczymy razem z nim...

Pocałował ją i powiedział:

— Tak. Lyra będzie bezpieczna i królestwo nie zdoła jej pokonać. Wezwij go teraz, Mariso, moja miłości.

Głęboko zaczerpnęła powietrza i wypuściła je w długim drżącym westchnieniu. Potem wygładziła spódnicę na udach i odgarnęła włosy za uszy.

— Metatronie! — zawołała cicho. — Już czas.

Spowita cieniem postać wyłoniła się ze złocistej mgiełki i jednym spojrzeniem objęła całą scenę: dwa dajmony, warujące i czujne, kobieta w aureoli Pyłu i Lord Asriel...

Który natychmiast skoczył na niego, chwycił go w pasie i próbował obalić na ziemię. Anioł miał jednak wolne ramiona i dłońmi, pięściami, kłykciami, łokciami młócił Lorda Asriela po głowie i ramionach: potężne ciosy wyciskały mu powietrze z płuc i łomotały o żebra, ogłuszały i pozbawiały przytomności.

Lecz jego ramiona otoczyły skrzydła anioła i przycisnęły do boków. Po chwili pani Coulter wskoczyła pomiędzy te skrępowane skrzydła i chwyciła Metatrona za włosy. Był przerażająco silny; zupełnie jakby trzymała za grzywę wierzgającego konia. Wściekle szarpał głową, miotał napastniczką na wszystkie strony; czuła moc wielkich złożonych skrzydeł, które prężyły się i drgały w ciasnym uchwycie ramion człowieka. Dajmony również go trzymały. Stelmaria zatopiła zęby w jego nodze, a złocista małpa szarpała za brzeg skrzydła, wyrywała pióra, rozdzierała lotki, co tylko jeszcze bardziej rozwścieczyło anioła. Nagłym, potężnym zrywem rzucił się w bok, oswobodził jedno skrzydło i przygniótł panią Coulter do skały.

Oszołomiona kobieta pod wpływem wstrząsu rozluźniła chwyt. Anioł natychmiast znowu się poderwał, bijąc wolnym skrzydłem, żeby strącić złotą małpę; ale Lord Asriel wciąż obejmował go mocno, teraz nawet mocniej, ponieważ miał mniej do trzymania. Starał się wycisnąć ostatni dech z Metatrona, miażdżąc w uścisku jego żebra, i próbował ignorować straszliwe ciosy spadające na jego głowę i szyję.

Lecz te ciosy zaczynały skutkować. Lord Asriel z trudem utrzymywał równowagę na popękanych głazach, kiedy nagle coś trzasnęło go w tył głowy. Chwilę wcześniej, kiedy Metatron rzucił się w bok, podniósł kamień wielkości pięści i teraz spuścił go z mocą na czaszkę Asriela. Mężczyzna poczuł, jak przesunęły się kości w jego głowie; wiedział, że następny taki cios zabije go na miejscu. Zamroczony bólem — bólem tym gorszym, że przyciskał głowę do boku anioła — wciąż trzymał mocno, palcami prawej dłoni krusząc kości lewej, szukając oparcia dla stóp wśród potrzaskanych skał.

Lecz kiedy Metatron wzniósł wysoko zakrwawiony kamień, coś okrytego złocistym futrem skoczyło w górę niczym płomień wbiegający na czubek drzewa i małpa zatopiła zęby w dłoni anioła. Kamień wypadł i potoczył się w stronę przepaści. Metatron wymachiwał ręką w lewo i w prawo, żeby pozbyć się dajmona, ale złocista małpa trzymała się zębami, pazurami i ogonem; a potem pani Coulter przycisnęła do siebie wielkie białe trzepocące skrzydło i zdławiła jego ruch.

Metatron był ujarzmiony, ale nie poniósł żadnej szkody ani nie zbliżył się do skraju przepaści.

Tymczasem Lord Asriel zaczynał słabnąć. Kurczowo trzymał się resztek świadomości, lecz z każdym ruchem tracił coraz więcej sił. Czuł krawędzie kości trące o siebie wewnątrz czaszki; słyszał ich zgrzytanie. Zmysły go zawodziły, wiedział tylko jedno: trzymać mocno i ciągnąć w dół.

Pani Coulter wyczuła pod dłonią twarz anioła i wbiła mu palce głęboko w oczy.

Metatron wrzasnął. Jego głos zbudził echo po drugiej stronie wielkiej pieczary, odbijał się od skał i rozpływał, aż odległe duchy zatrzymały się w swojej nieskończonej procesji i podniosły wzrok.

Dajmona Stelmaria, irbisica, której świadomość dogasała wraz z Lordem Asrielem, zdobyła się na ostatni wysiłek i skoczyła aniołowi do gardła.

Metatron upadł na kolana. Pani Coulter, upadłszy razem z nim, zobaczyła wpatrzone w nią przekrwione oczy Lorda Asriela. Z trudem podciągnęła się na rękach, odepchnęła bijące skrzydło, chwyciła anioła za włosy i odgięła mu głowę do tyłu, żeby odsłonić jego gardło przed kłami irbisicy.

Teraz Lord Asriel ciągnął go, potykając się na kamieniach, a złocista małpa skakała za nimi, gryzła, szarpała i drapała, i dotarli już niemal do samej krawędzi. Jednak Metatron zebrał się w sobie i ostatkiem sił rozpostarł szeroko skrzydła, które utworzyły wielką białą kopułę — wznosiła się i opadała, opadała, opadała, a potem Metatron strącił z siebie panią Coulter i wyprostował się. Uderzał skrzydłami coraz mocniej, wznosił się — wzlatywał w powietrze z Lordem Asrielem wciąż uczepionym mocno, ale szybko tracącym siły. Złocista małpa wplotła palce w anielskie włosy i nie puszczała...

Lecz przekroczyli już krawędź przepaści. Wisieli w powietrzu. Jeżeli wzlecą wyżej, Lord Asriel musi spaść, a wtedy Metatron ucieknie.

— Mariso! Mariso! — Krzyk wydarł się z gardła Lorda Asriela.

Matka Lyry, z irbisicą u boku, wstała, znalazła oparcie dla stóp i skoczyła — rzuciła się w stronę anioła, swojego dajmona i umierającego kochanka, pochwyciła te bijące skrzydła i pociągnęła wszystkich razem w dół, w otchłań.

Kliwuchy usłyszały rozpaczliwy krzyk Lyry i wszystkie gwałtownie poderwały płaskie głowy.

Will zrobił wypad do przodu i ciachnął nożem najbliższego stwora. Poczuł lekki wstrząs w ramieniu, kiedy Tialys zeskoczył i wylądował na policzku największego, chwycił go za włosy i kopnął silnie w szczękę, zanim kliwuch go zrzucił. Stworzenie zawyło i runęło w błoto wstrząsane drgawkami. Drugie patrzyło tępo na kikut własnego ramienia, potem ze zgrozą na kostkę u nogi, którą schwyciła jego odcięta łapa. Sekundę później nóż dosięgnął piersi kliwucha; Will poczuł, jak rękojeść drgnęła dwa lub trzy razy wraz z uderzeniami umierającego serca, i wyciągnął nóż, zanim mu go wyszarpnął padający stwór.

Słyszał, jak kliwuchy wrzeszczą z nienawiścią, uciekając, wiedział, że Lyra stoi bezpieczna obok niego; ale myślał tylko o jednym, kiedy rzucił się w błoto.

— Tialysie! Tialysie! — zawołał i unikając kłapiących szczęk, odciągnął na bok głowę największego kliwucha.

Tialys nie żył, leżał z ostrogami wbitymi głęboko w szyję stwora. Kliwuch wciąż rzucał się i kopał, więc Will odciął mu głowę i odtoczył na bok, zanim zdjął martwego Gallivespianina ze skórzastej szyi.

— Will! — odezwała się Lyra za jego plecami. — Will, popatrz...

Zaglądała do kryształowej lektyki. Szyby nie popękały, chociaż były usmarowane błotem i krwią z poprzedniego posiłku kliwuchów. Lektyka spoczywała wśród kamieni, przechylona pod dziwnym kątem, a w środku...

— Och, Will, on jeszcze żyje! Ale... biedactwo...

Will zobaczył, że przycisnęła dłonie do kryształowych szyb, próbowała dosięgnąć anioła i pocieszyć; ponieważ był taki stary i przerażony, płakał jak dziecko i kulił się w najdalszym kącie.

— On jest taki stary... Nigdy nie widziałam, żeby ktoś tak cierpiał... Och, Will, czy możemy go wypuścić?

Will jednym ruchem przeciął kryształ i sięgnął do środka, żeby pomóc aniołowi wyjść z lektyki. Zdziecinniały i bezsilny, zgrzybiały stwór tylko pochlipywał i mamrotał ze strachu, cofając się przed tym, co potraktował jako kolejne zagrożenie.

— Już dobrze — powiedział Will. — Przynajmniej pomożemy ci się ukryć. Chodź, nie zrobimy ci krzywdy.

Drżąca ręka ujęła jego dłoń i słabo ścisnęła. Starzec bez przerwy wydawał nieartykułowany jękliwy skowyt, zgrzytał zębami i machinalnie skubał się wolną ręką; lecz kiedy Lyra również nachyliła się do niego, spróbował się uśmiechnąć i ukłonić, i zamrugał do niej z niewinnym zdziwieniem starymi oczami, ukrytymi głęboko wśród zmarszczek.

Razem pomogli starcowi wyjść z kryształowej celi, bez trudu, ponieważ był lekki jak piórko i poszedłby za nimi wszędzie; najwyraźniej nie posiadał własnej woli i reagował na zwykłą uprzejmość jak kwiat zwracający się ku słońcu. Lecz na otwartej przestrzeni nic nie chroniło go przed wiatrem i ku swemu przerażeniu zobaczyli, że jego sylwetka zaczyna się rozpływać. Już po chwili rozwiał się całkowicie i zniknął; jeszcze tylko jego oczy zamrugały w zadziwieniu i usłyszeli głębokie, znużone westchnienie ulgi.

Potem zniknął: tajemnica odchodząca w tajemnicę.

Wszystko trwało niecałą minutę i Will natychmiast odwrócił się do zmarłego kawalera. Podniósł drobne ciałko, ułożył na dłoni i poczuł, że łzy płyną mu z oczu strumieniem.

Lyra mówiła coś naglącym tonem:

— Will... musimy stąd odejść... Musimy... Salmakia słyszy, że konie wracają...

Z nieba barwy indygo spikował błękitny jastrząb. Lyra krzyknęła i skuliła się, ale Salmakia krzyknęła z całej siły:

— Nie, Lyro, nie! Stój prosto i wyciągnij pięść!

Więc Lyra stanęła prosto, podpierając jedno ramię drugim. Niebieski jastrząb zatoczył krąg, znowu spikował i pochwycił jej pięść w ostre szpony.

Na grzbiecie jastrzębia siedziała siwowłosa dama, która spojrzała czystymi oczami najpierw na Lyrę, potem na Salmakię uczepioną jej kołnierza.

— Madame... — zaczęła Salmakia słabym głosem. — Zrobiliśmy...

— Zrobiliście, co do was należało. Teraz jesteśmy tutaj — powiedziała Madame Oxentiel i szarpnęła wodze.

Jastrząb wrzasnął trzykrotnie tak głośno, że Lyrze zadzwoniło w uszach. W odpowiedzi z nieba sfrunął następny, potem jeszcze dwa i więcej, potem setki jaskrawych ważek z wojownikami na grzbietach, wszystkie śmigające tak szybko, że zderzenia wydawały się nieuniknione; lecz błyskawiczny refleks wierzchowców oraz niewiarygodna zręczność jeźdźców sprawiły, że wokół dzieci powstał żywy gobelin o zmiennych ostrych barwach.

— Lyro — powiedziała dama na jastrzębiu — i Willu, chodźcie teraz z nami, zaprowadzimy was do waszych dajmonów.

Kiedy jastrząb rozłożył skrzydła i odleciał, Lyra poczuła drobny ciężar Salmakii spadający na drugą dłoń i natychmiast zrozumiała, że tylko siła ducha trzymała lady przy życiu tak długo. Przytuliła jej ciało do serca i biegła za Willem pod chmurą ważek; niejeden raz potknęła się i upadła, ale wciąż trzymała ciało Salmakii.

— W lewo! W lewo! — krzyknął głos z grzbietu błękitnego jastrzębia.

Skręcili w mroku przeszywanym błyskawicami. Po prawej Will dostrzegł oddział żołnierzy w jasnoszarych zbrojach, w hełmach i maskach; szare dajmony-wilki truchtały obok, dotrzymując im kroku. Ważki natychmiast skierowały się na nich i żołnierze musieli stanąć; broń na nic się nie zdała, a Gallivespianie opadli ich w mgnieniu oka. Każdy wojownik zeskakiwał z grzbietu swojego owada, znajdował dłoń, ramię, odkrytą szyję, wbijał ostrogę i znowu wskakiwał na ważkę, która krążyła obok. Atakowali tak szybko, że oko za nimi nie nadążało. Żołnierze zawrócili i umknęli w panice, łamiąc dyscyplinę.

Lecz wtedy z tyłu zadudniły nagle końskie kopyta i dzieci odwróciły się z przerażeniem. Jeźdźcy nacierali na nich w galopie, a jeden czy dwaj trzymali już siatki, którymi wywijali nad głowami, chwytali ważki, zgniatali i odrzucali.

— Tędy! — rozległ się znowu głos Madame, a po chwili: — Teraz padnij... na ziemię!

Upadli i poczuli, że ziemia dygocze pod nimi. Czy to z powodu końskich kopyt? Lyra uniosła głowę, odgarnęła z oczu mokre włosy i zobaczyła nie konie, lecz coś zupełnie innego.

— Iorek! — krzyknęła i radość wezbrała w jej piersi. — Och, Iorek!

Will natychmiast przygiął ją znowu do ziemi, ponieważ nie tylko Iorek Byrnison, ale cały regiment jego niedźwiedzi pędził prosto na nich. W samą porę Lyra pochyliła głowę, a wtedy Iorek przeskoczył nad nimi, rycząc rozkazy do swoich niedźwiedzi, żeby rozdzieliły się na lewo, na prawo i zgniotły między sobą wroga.

Lekko, jakby jego pancerz ważył nie więcej od futra, król niedźwiedzi obrócił się przodem do Lyry i Willa, którzy wstawali z trudem.

— Iorek... za tobą... mają sieci! — krzyknął Will, ponieważ jeźdźcy prawie siedzieli im na karkach.

Zanim niedźwiedź zdążył odskoczyć, sieć świsnęła w powietrzu i natychmiast skrępowały go liny mocne jak stal. Ryknął, stanął dęba i próbował dosięgnąć jeźdźca wielkimi łapskami. Lecz sieć była mocna i chociaż koń rżał i cofał się ze strachu, Iorek nie mógł się uwolnić.

— Iorek! — krzyknął Will. — Stój spokojnie! Nie ruszaj się!

Pobrnął do przodu przez kałuże i kępki trawy, podczas gdy jeździec próbował zapanować nad koniem. Dotarł do Iorka w chwili, kiedy zjawił się drugi jeździec i następna sieć syknęła w powietrzu.

Lecz Will nie stracił głowy: zamiast ciąć na oślep i tylko splątać zwoje, obserwował lot sieci i przeciął ją w odpowiedniej chwili. Druga sieć zniszczona upadła na ziemię, a potem Will doskoczył do Iorka, obmacał go lewą ręką i ciął prawą. Wielki niedźwiedź stał bez ruchu, kiedy chłopiec uwijał się przy jego wielkim cielsku, rozcinał i rozrywał sieć.

— Teraz ruszaj! — wrzasnął Will i odskoczył.

Iorek jakby eksplodował w górę, prosto na pierś najbliższego konia. Jeździec wzniósł bułat i zamierzył się na kark niedźwiedzia, ale Iorek Byrnison w pancerzu ważył prawie dwie tony i nic mniejszego nie mogło go zatrzymać. Jeździec i koń, obaj połamani i zmasakrowani, upadli bezwładnie na bok. Iorek złapał równowagę, ocenił wzrokiem ukształtowanie terenu i ryknął do dzieci:

— Właźcie mi na grzbiet! Już!

Lyra wskoczyła na niedźwiedzia, a Will za nią. Ściskając między nogami zimne żelazo, poczuli potężny przepływ mocy, kiedy Iorek ruszył pędem.

Za nimi reszta niedźwiedzi walczyła z dziwną kawalerią, wspomagana przez Gallivespian, których żądła płoszyły konie. Madame na błękitnym jastrzębiu przemknęła nisko i zawołała:

— Teraz prosto przed siebie! Pomiędzy drzewa w dolinie!

Iorek dotarł do szczytu niewielkiego wzniesienia i przystanął. Przed nimi spękany grunt opadał w stronę zagajnika oddalonego o czterysta metrów. Gdzieś dalej bateria wielkich dział wystrzeliwała pociski wyjące wysoko w górze, a ktoś odpalał również race, które wybuchały tuż pod chmurami i powoli opadały nad drzewami, oświetlając cel zimnym jaskrawozielonym blaskiem.

O panowanie nad zagajnikiem walczyło ze dwadzieścia lub więcej upiorów, powstrzymywanych przez obdartą bandę duchów. Jak tylko Will i Lyra zobaczyli grupę drzew, od razu wiedzieli, że tam są ich dajmony i że umrą, jeśli dzieci szybko do nich nie dotrą. Z minuty na minutę przybywało coraz więcej upiorów, które przelewały się przez grań po prawej. Will i Lyra widzieli je teraz bardzo wyraźnie.

Eksplozja tuż nad granią wstrząsnęła gruntem, cisnęła kamienie i grudy ziemi wysoko w powietrze. Lyra krzyknęła, a Will chwycił się za pierś.

— Trzymajcie się — warknął Iorek i rozpoczął szarżę.

Nad nimi zapłonęła raca, potem następna i następna, powoli opadając w jaskrawej magnezjowej poświacie. Wybuchł kolejny pocisk, tym razem bliżej; poczuli podmuch powietrza, a po sekundzie czy dwóch ukąszenia kamyków i ziemi na twarzach. Iorek nie zwolnił, ale oni z trudem się trzymali: nie mogli chwycić się futra — musieli ściskać pancerz między kolanami, a niedźwiedź miał tak szeroki grzbiet, że oboje ciągle się ześlizgiwali.

— Patrz! — krzyknęła Lyra, wskazując do góry, kiedy obok wybuchł kolejny pocisk.

Kilkanaście czarownic leciało ku racom, trzymając w rękach ulistnione krzaczaste gałęzie, którymi odgarniały jaskrawe światła i zmiatały je dalej w niebo. Ciemność znowu opadła na zagajnik i ukryła go przed armatami.

Teraz ledwie kilka metrów dzieliło Willa i Lyrę od drzew. Oboje poczuli bliskość swoich utraconych jaźni — podniecenie, dziką nadzieję zmrożoną strachem: ponieważ musieli wejść prosto pomiędzy upiory zgromadzone w zagajniku, a sam ich widok wywoływał mdlącą słabość w sercu.

— One boją się noża — powiedział głos obok nich i król niedźwiedzi zatrzymał się tak nagle, że Will i Lyra stoczyli się z jego grzbietu.

— Lee! — zawołał Iorek. — Lee, mój towarzyszu, nigdy jeszcze tego nie widziałem. Nie żyjesz... z kim ja rozmawiam?

— Iorek, stary druhu, nie wiesz nawet połowy. Teraz przejmujemy dowodzenie... Upiory nie boją się niedźwiedzi. Lyro, Willu... chodźcie tędy, trzymaj ten nóż...

Błękitny jastrząb spikował jeszcze raz na pięść Lyry i siwowłosa dama powiedziała:

— Nie marnujcie ani sekundy... Znajdźcie wasze dajmony i uciekajcie! Nadciąga inne niebezpieczeństwo.

— Dziękujemy ci, pani! Dziękujemy wam wszystkim! — zawołała Lyra i jastrząb odleciał.

Will widział obok nich mglistego ducha Lee Scoresby'ego, ponaglającego ich do pośpiechu, ale musieli pożegnać się z Iorkiem Byrnisonem.

— Iorku, mój drogi, nie mam słów... Dzięki ci, dzięki!

— Dziękuję ci, królu Iorku — powiedział Will.

— Nie ma czasu. Idźcie, idźcie!

Popchnął ich do przodu opancerzonym łbem.

Will zanurkował w gąszcz za duchem Lee Scoresby'ego, tnąc nożem na lewo i prawo. Dochodziło tutaj przyćmione mętne światło, cienie były gęste, splątane, mylące.

— Trzymaj się blisko! — zawołał do Lyry, a potem krzyknął, kiedy jeżyna chlasnęła go w policzek.

Wszędzie wokół nich trwał ruch, hałas, walka. Cienie skakały tu i tam jak gałęzie na silnym wietrze. To mogły być duchy: dzieci czuły lekkie ukłucia zimna, które poznały tak dobrze, a potem usłyszały głosy:

— Tędy!

— Tutaj!

— Idźcie dalej... Powstrzymamy je!

— Już niedaleko!

A potem głos, który Lyra znała i kochała najbardziej na świecie, krzyknął:

— Och, chodź szybko! Szybko, Lyro!

— Pan, kochany... Jestem tutaj...

Rzuciła się w mrok, rozszlochana i drżąca, a Will łamał gałęzie, zrywał bluszcz, ciął jeżyny i pokrzywy, podczas gdy wokół nich głosy duchów rozbrzmiewały ostrzeżeniem i zachętą.

Ale upiory również odnalazły swój cel i napierały przez splątany gąszcz krzaków, kolców, gałęzi i korzeni, napotykając nie więcej oporu niż dym. Dziesięć, dwadzieścia bladych potworów kierowało się do środka zagajnika, gdzie duch Johna Parry'ego ustawiał swoich towarzyszy do walki.

Will i Lyra dygotali, osłabieni strachem, bólem, wyczerpaniem i mdłościami, ale nawet nie pomyśleli, żeby się poddać. Lyra gołymi rękami szarpała gałęzie jeżyn, Will ciął i siekł na prawo i lewo, a wokół nich mgliste istoty walczyły coraz bardziej zażarcie.

— Tam! — krzyknął Lee. — Widzicie je? Przy tamtym wielkim głazie...

Żbik, dwa żbiki syczały, pluły i broniły się pazurami. Will wiedział, że to dajmony, i gdyby miał więcej czasu, łatwo mógłby rozpoznać Pantalaimona; ale nie miał chwili do stracenia, ponieważ straszliwy upiór wyłonił się z najbliższej plamy cienia i popłynął w ich stronę.

Will przeskoczył ostatnią przeszkodę, zwalony pień, i zagłębił nóż w migotliwym lśnieniu, niestawiającym oporu. Ramię mu zdrętwiało, ale zacisnął zęby i zacisnął palce na rękojeści, a blada poświata jakby cofnęła się i ponownie wtopiła w ciemność.

Byli prawie u celu. Dajmony szalały ze strachu, ponieważ coraz więcej upiorów napływało spoza drzew i tylko dzielne duchy powstrzymywały napastników.

— Możesz przeciąć okno? — zapytał duch Johna Parry'ego.

Will podniósł nóż, ale musiał opuścić rękę, ponieważ straszliwy atak mdłości wstrząsnął nim od stóp do głów. W żołądku nic już mu nie zostało, skurcze sprawiały okropny ból. Obok niego Lyra cierpiała podobne katusze. Duch Lee, widząc przyczynę, doskoczył do dajmonów i rzucił się na bladego stwora, który wypłynął zza głazu.

— Will... proszę... — wydyszała Lyra.

Nóż wszedł w głąb, wzdłuż, w dół, z powrotem. Duch Lee Scoresby'ego spojrzał w otwór i zobaczył rozległą, cichą prerię pod jasnym księżycem, tak podobną do jego ojczyzny, że poczuł błogosławioną radość.

Will przeskoczył przez polankę i chwycił najbliższego dajmona, a Lyra zgarnęła z ziemi drugiego.

Nawet w tym straszliwym pośpiechu, nawet w chwili największego zagrożenia każde z nich poczuło taki sam krótki dreszcz podniecenia: ponieważ Lyra trzymała dajmonę Willa, bezimiennego żbika, a Will niósł Pantalaimona.

Oderwali od siebie oczy.

— Żegnam, panie Scoresby! — zawołała Lyra, rozglądając się za nim. — Tak bym chciała... Och, dziękuję. Dziękuję panu... żegnam!

— Żegnaj, moje drogie dziecko... Żegnaj, Willu... Powodzenia!

Lyra przelazła na drugą stronę, ale Will stał bez ruchu

i patrzył w oczy swojego ojca, świecące w cieniu. Zanim go opuścił, musiał coś powiedzieć.

— Mówiłeś, że jestem wojownikiem. Powiedziałeś, że taka jest moja natura i nie powinienem z nią walczyć. Ojcze, myliłeś się. Walczyłem, bo musiałem. Nie mogę wybierać własnej natury, ale mogę decydować o swoim postępowaniu. I będę decydować, bo teraz jestem wolny.

Ojciec uśmiechnął się z dumą i czułością.

— Dobrze się spisałeś, mój chłopcze. Naprawdę dobra robota — oświadczył.

Will nie mógł dłużej patrzeć na niego. Odwrócił się i przeszedł za Lyrą.

Teraz, kiedy osiągnęli cel, kiedy dzieci odnalazły swoje dajmony i uciekły, martwi wojownicy pozwolili swoim atomom rozluźnić się i rozproszyć, po długim, długim czasie.

Z małego zagajnika, ponad zdumionymi upiorami, ponad doliną, obok potężnej sylwetki swojego starego towarzysza, pancernego niedźwiedzia, ostatni strzępek świadomości, który był niegdyś aeronautą Lee Scoresbym, wzbił się w górę, jak dawniej tyle razy wzlatywał w wielkim balonie. Obojętny na race i wybuchające pociski, głuchy na eksplozje i wrzaski bólu, gniewu i rozpaczy, świadomy tylko ruchu w górę, ostatek Lee Scoresby'ego przebił ciężkie chmury i wyłonił się pod jasno świecącymi gwiazdami, gdzie czekały na niego atomy jego ukochanej dajmony Hester.

32
Poranek

Ranek nadchodzi, noc obumiera,
swoje pozycje opuszczają warty...
William Blake

Rozległa złocista preria, którą duch Lee Scoresby'ego dostrzegł przelotnie przez okno, leżała cicha w pierwszych promieniach porannego słońca.

Złocista, lecz również brązowa, żółta, zielona i mieniąca się mnóstwem pośrednich odcieni; miejscami czarna, pokreślona smolistymi liniami i smugami; a także srebrzysta tam, gdzie słońce rozświetliło czubki zakwitających właśnie traw pewnego gatunku; i błękitna tam, gdzie odległe szerokie jezioro i bliższy, mniejszy staw odbijały niezmierzony błękit nieba.

I cicha, lecz nie całkiem, ponieważ lekki wietrzyk szeleścił w miriadach łodyżek, miliony insektów i innych małych stworzonek brzęczały, chrobotały i popiskiwały w trawie, a niewidoczny ptak wysoko w niebie wydzwaniał krótką zapętloną melodyjkę z kilku opadających nut, to bliżej, to dalej, ale nigdy tak samo.

W całym tym rozległym krajobrazie tylko dwie żywe istoty leżały ciche i nieruchome — chłopiec i dziewczynka pogrążeni we śnie, zwróceni do siebie plecami, w cieniu skalnego występu na szczycie niewielkiego urwiska. Bladzi i nieruchomi, wyglądali jak martwi. Głód napiął im skórę na twarzach, ból wyżłobił linie wokół oczu. Pokrywał ich kurz, błoto i zaschnięta krew. Absolutny bezwład ich kończyn wskazywał na ostatnie stadium wyczerpania.

Lyra zbudziła się pierwsza. Słońce przesunęło się po niebie, minęło występ skalny i dotknęło jej włosów. Dziewczynka zaczęła się wiercić, a kiedy promienie słoneczne padły na jej powieki, poczuła, że coś wyciąga ją z głębiny snu jak rybę, powoli, ciężko i opornie.

Lecz ze słońcem nie mogła walczyć, więc odsunęła głowę, zakryła oczy ramieniem i wymamrotała:

— Pan... Pan...

Pod osłoną ramienia otworzyła oczy i wreszcie się rozbudziła. Nie ruszała się przez jakiś czas, bo strasznie bolały ją nogi i ramiona i całe ciało zdrętwiało ze zmęczenia; ale już nie spała, czuła lekki wietrzyk i ciepło słońca, słyszała chrobotanie owadów i dźwięczną jak dzwoneczek pieśń ptaka w górze. Wszystko było przyjazne. Zapomniała, jaki dobry jest świat.

Odwróciła się i zobaczyła Willa, wciąż pogrążonego we śnie. Ręka mu krwawiła; koszulę miał podartą i brudną, włosy sztywne od kurzu i potu. Patrzyła na niego przez długi czas, na drobne pulsowanie na szyi, na powoli wznoszącą się i opadającą pierś, na delikatne cienie rzucane przez jego rzęsy, kiedy słońce wreszcie do nich dotarło.

Wymamrotał coś i poruszył się. Nie chciała, żeby ją przyłapał na podglądaniu, więc spojrzała w drugą stronę, na mały grób, który wykopali poprzedniej nocy, szeroki ledwie na kilka dłoni, gdzie teraz spoczywały zwłoki kawalera Tialysa i lady Salmakii. W pobliżu leżał płaski kamień; wstała, podważyła go i ustawiła pionowo na grobie, a potem usiadła i, osłoniwszy oczy, rozejrzała się po równinie.

Preria zdawała się rozciągać w nieskończoność. Nigdzie nie była całkiem płaska: łagodne wzniesienia, niewielkie osypiska i rozpadliny urozmaicały teren we wszystkich kierunkach. Tu i tam stały kępy drzew tak wysokich, że wydawały się raczej sztucznie stworzone niż naturalne — ich proste pnie i ciemnozielone korony jakby gwałciły prawa perspektywy, tak wyraźnie były widoczne z odległości wielu kilometrów.

Bliżej jednak — dosłownie u podnóża urwiska, nie dalej niż sto metrów — błękitniał nieduży staw zasilany przez strumień wypływający ze skały; Lyra dopiero teraz poczuła, jak bardzo jest spragniona.

Dźwignęła się na drżących nogach i powoli zeszła do wody. Strumień gulgotał i pluskał wśród omszałych głazów. Lyra po wielekroć zanurzała ręce w wodzie, żeby zmyć brud i błoto, zanim uniosła je do ust. Woda była tak zimna, że zęby bolały; napiła się z przyjemnością.

Staw porastało dookoła sitowie, w którym skrzeczała żaba. Był płytki i cieplejszy od strumienia, co odkryła, kiedy zdjęła buty i weszła do niego. Stała przez długi czas w słońcu ogrzewającym głowę i całe ciało, rozkoszując się chłodnym mułem pod stopami i zimną wodą opływającą łydki.

Pochyliła się, zanurzyła twarz w wodzie i starannie wypłukała włosy, rozgarniając je palcami, żeby zmyć brud i kurz.

Kiedy zaspokoiła pragnienie i poczuła się trochę czystsza, podniosła wzrok na zbocze i zobaczyła, że Will się przebudził. Siedział, obejmując ramionami podciągnięte kolana, spoglądał na równinę, jak ona wcześniej, i zachwycał się jej bezmiarem. I światłem, i ciepłem, i ciszą.

Lyra powoli wdrapała się do niego i zobaczyła, że wycina w małym kamieniu nagrobnym imiona Gallivespian, a potem osadza kamień mocniej w ziemi.

— Czy one... — zaczął i wiedziała, że pyta o dajmony.

— Nie wiem. Nie widziałam Pana. Mam uczucie, że on jest niedaleko, ale nie wiem. Czy pamiętasz, co się stało? Potarł oczy i ziewnął tak szeroko, że usłyszała, jak w szczękach mu trzeszczy. Potem zamrugał i potrząsnął głową.

— Niewiele — powiedział. — Wziąłem Pantalaimona, a ty podniosłaś... tego drugiego i przeszliśmy na tę stronę. Wszędzie świecił księżyc, postawiłem Pana, żeby zamknąć okno.

— A twój... drugi dajmon wyskoczył z moich objęć — powiedziała. — Próbowałam zobaczyć przez okno pana Scoresby'ego i Iorka, a kiedy się obejrzałam, już nie widziałam dajmonów. Nie wiem, dokąd pobiegł Pan.

— Ale nie czujemy tego co wtedy, kiedy weszliśmy do świata zmarłych. Kiedy naprawdę się rozdzieliliśmy.

— Nie — zgodziła się. — One są gdzieś niedaleko. Pamiętam, jak byliśmy mali, bawiliśmy się w chowanego, tylko że nigdy się nie udawało, bo byłam za duża, żeby schować się przed nim, i zawsze dokładnie wiedziałam, gdzie on jest, nawet jeśli udawał ćmę czy cokolwiek. Ale to dziwne — ciągnęła, mimowolnie przesuwając rękoma po głowie, jakby próbowała odpędzić czar. — Nie ma go tutaj, ale nie czuję się rozdarta, czuję się bezpieczna i wiem, że on też.

— One chyba są razem — mruknął Will.

— Tak, na pewno.

Nagle wstał.

— Patrz — powiedział — tam...

Osłaniał oczy dłonią i coś pokazywał. Podążyła za jego spojrzeniem i zobaczyła odległe drżenie, zupełnie inne niż drganie rozgrzanego powietrza.

— Zwierzęta? — zapytała z powątpiewaniem.

— Posłuchaj — dodał, przykładając rękę do ucha.

Teraz, kiedy zwrócił jej uwagę na dziwne zjawisko, usłyszała bardzo odległy, niski, uporczywy turkot, prawie jak łoskot gromu.

425

— Zniknęły — oświadczył Will.

Mała plamka ruchomych cieni znikła, ale łoskot trwał jeszcze przez parę chwil. Potem nagle przycichł, chociaż i tak nie był głośny. Dwoje dzieci wciąż patrzyło w tę samą stronę i wkrótce znowu zobaczyli cienie. Po chwili dobiegł do nich dźwięk.

— Schowały się za jakimś wzgórzem — wywnioskował Will. — Są bliżej?

— Nie widzę dobrze. Tak, zawracają, popatrz, skręcają w tę stronę.

— No, jeśli mamy z nimi walczyć, najpierw chcę się napić.

Will zniósł plecak do strumienia, gdzie napił się do syta i z grubsza obmył. Stracił dużo krwi. Czuł się brudny; tęsknił za gorącym prysznicem z mnóstwem mydła i za czystym ubraniem.

Lyra patrzyła na... Czymkolwiek były, wyglądały bardzo dziwnie.

— Will! — zawołała. — One jadą na kołach...

Ale mówiła bez przekonania. Will wspiął się trochę wyżej na zbocze i osłonił oczy dłonią. Teraz widział już pojedyncze osobniki. Grupa, stado czy banda liczyła około tuzina istot i poruszała się, jak zauważyła Lyra, na kołach. Wyglądali jak skrzyżowanie antylopy z motocyklem, a nawet jeszcze dziwniej: mieli trąby jak słonie.

I kierowali się wyraźnie w stronę Willa i Lyry. Will wyjął nóż, ale Lyra, siedząca obok niego na trawie, już obracała wskazówki aletheiometru.

Odpowiedział szybko, kiedy stworzenia znajdowały się jeszcze w odległości kilkuset metrów. Igła śmignęła w lewo, w prawo, w lewo i w lewo, a Lyra obserwowała ją niespokojnie, ponieważ ostatnie odczyty sprawiły jej tyle trudności. Czuła się niezręcznie, kiedy z wahaniem pokonywała kolejne stopnie zrozumienia. Zamiast śmigać jak ptak od jednego etapu do następnego, stąpała krok za krokiem dla bezpieczeństwa; ale znaczenie okazało się wyraźne jak zawsze i wkrótce zrozumiała odpowiedź.

— One są przyjazne — oznajmiła. — Will, one nas szukają. Wiedzą, że tu jesteśmy... To dziwne, nie bardzo mogę odczytać... Doktor Malone?

Wymówiła to nazwisko raczej do siebie, ponieważ nie wierzyła, że doktor Malone znajduje się w tym świecie. Jednak aletheiometr wskazywał na nią wyraźnie, chociaż oczywiście nie mógł podać jej nazwiska. Lyra odsunęła przyrząd na bok i powoli wstała.

— Chyba powinniśmy zejść do nich — powiedziała. — Nie zrobią nam krzywdy.

Kilka stworów zatrzymało się i czekało. Przywódca wysunął się nieco do przodu z uniesioną trąbą i dzieci zobaczyły, jak się poruszał: odpychał się do tyłu bocznymi kończynami. Kilka stworzeń zeszło do stawu, żeby się napić, inne czekały, ale nie z łagodną, bierną ciekawością krów stłoczonych przy bramie. Posiadały indywidualność, żywą inteligencję, świadomość celu. To byli ludzie.

Will i Lyra zeszli po zboczu dostatecznie blisko, żeby z nimi rozmawiać. Pomimo zapewnień Lyry Will trzymał dłoń na rękojeści noża.

— Nie wiem, czy mnie rozumiecie — zaczęła Lyra ostrożnie — ale wiem, że jesteście przyjaciółmi. Chyba powinniśmy...

Przywódca poruszył trąbą i powiedział:

— Chodźcie do Mary. Wy jedziecie. My wieziemy. Chodźcie do Mary.

— Och! — zawołała Lyra i odwróciła się do Willa z radosnym uśmiechem.

Dwa stworzenia miały założone wodze i strzemiona z plecionego sznura. Żadnych siodeł: ich romboidalne grzbiety okazały się całkiem wygodne i bez tego. Lyra jeździła na niedźwiedziu, a Will na rowerze, żadne z nich jednak nigdy nie jeździło konno, co stanowiło najbliższy odpowiednik. Jednakże jeździec zwykle kieruje koniem, a dzieci wkrótce odkryły, że wcale tego od nich nie oczekiwano; wodze i strzemiona pomagały im tylko utrzymać równowagę. Stworzenia same podejmowały wszelkie decyzje.

— Dokąd... — zaczął Will, ale musiał przerwać i złapać równowagę, kiedy stworzenie poruszyło się pod nim.

Grupa zawróciła i ruszyła po lekkiej pochyłości, zjeżdżając powoli wśród trawy. Trochę trzęsło, ale to nie przeszkadzało, ponieważ stworzenia nie miały grzbietowego kręgosłupa; Will i Lyra siedzieli jak na wyściełanych sprężynujących krzesłach.

Wkrótce dotarli do tego, czego nie widzieli wyraźnie z urwiska: jednej z czarnych lub ciemnobrązowych ścieżek. I byli równie zdumieni jak wcześniej Mary Malone na widok tych gładkich kamiennych tras biegnących przez prerię.

Stworzenia wjechały na drogę i szybko nabrały prędkości. Droga przypominała bardziej rzekę niż autostradę, ponieważ miejscami poszerzała się, tworząc jakby małe jeziorka, a gdzie indziej rozdzielała się na wąskie kanały, które niespodziewanie znowu się łączyły. Całkowicie różniła się od racjonalnych dróg w świecie Willa, rozcinających wzgórza i przeskakujących doliny na mostach z betonu. Ta droga stanowiła część krajobrazu, nie narzucony element.

Jechali szybciej i szybciej. Will i Lyra nie od razu przyzwyczaili się do impulsów żywych mięśni i łomotania kół na twardym kamieniu. Początkowo Lyra miała więcej trudności od Willa, bo nigdy nie jeździła na rowerze i nie znała sztuczki z przechylaniem się w bok; ale zobaczyła, jak on to robi, i wkrótce zaczęła się rozkoszować szybkością.

Koła zbyt hałasowały, żeby mogli rozmawiać. Zamiast tego pokazywali: na drzewa, zdumieni ich wielkością i majestatem; na stado przedziwnych ptaków, którym przednie i tylne skrzydła nadawały obrotowy, spiralny ruch w powietrzu; na tłustą błękitną jaszczurkę, długą jak koń, wygrzewającą się na samym środku drogi (kołowe stworzenia rozdzieliły się i objechały ją z obu stron, a ona nawet nie zwróciła uwagi).

Słońce stało wysoko na niebie, kiedy zaczęli zwalniać. W powietrzu wyczuwali nieomylnie słony posmak morza. Droga wznosiła się w stronę urwiska; wkrótce posuwali się w spacerowym tempie.

Lyra, sztywna i obolała, zapytała:

— Czy możecie stanąć? Chcę zejść i iść piechotą.

Jej wierzchowiec poczuł szarpnięcie wodzy — nie wiadomo, czy zrozumiał, ale przystanął. Stworzenie Willa też się zatrzymało i dzieci zeszły na ziemię, zesztywniałe od nieustannych wstrząsów i podskoków.

Stworzenia przysunęły się do siebie, żeby porozmawiać, elegancko poruszając trąbami w rytmie wydawanych dźwięków. Po chwili ruszyły dalej. Will i Lyra z radością maszerowali wśród pachnących sianem, ciepłych, powoli toczących się stworzeń. Jedno czy dwa wysforowały się do przodu i wjechały na szczyt wzniesienia. Dzieci, które nie musiały już się skupiać na utrzymywaniu równowagi, przyglądały im się i podziwiały siłę i grację ich przyspieszeń, zwrotów, przechyłów.

Na szczycie wzniesienia przystanęli. Dzieci usłyszały, jak przywódca mówi:

— Mary blisko. Mary tam.

Spojrzały w dół. Na horyzoncie lśnił błękit morza. Szeroka, powolna rzeka wiła się wśród bujnych traw trochę bliżej, a u podnóża długiego zbocza, otoczona kępami niskich drzew i grządkami warzyw, leżała wioska. Stworzenia krzątały się wśród chat krytych strzechą, doglądały upraw lub pracowały pomiędzy drzewami.

— Teraz znowu jedziemy — oznajmił przywódca.

Nie jechali daleko. Will i Lyra ponownie wdrapali się na swoje wierzchowce, a inne stworzenia dokładnie sprawdziły ich równowagę i zbadały trąbami strzemiona, jakby troszczyły się o bezpieczeństwo dzieci.

Potem wyruszyli, odpychając się bocznymi kończynami i przyspieszając na pochyłości, aż nabrali bardzo szybkiego tempa. Will i Lyra trzymali się mocno rękami i kolanami; pęd powietrza smagał im twarze, zwiewał włosy do tyłu i naciskał na gałki oczne. Łoskot kół, szum trawy po obu stronach, pewny i zdecydowany przechył na szerokim zakręcie, oczyszczająca szybkość — stworzenia to uwielbiały, a Will i Lyra odczuwali ich radość i śmiali się uszczęśliwieni.

Zatrzymali się pośrodku wioski, a inni, którzy widzieli nadjeżdżającą grupę, zebrali się dookoła, unosząc trąby i wymawiając słowa powitania.

A potem Lyra krzyknęła:

— Doktor Malone!

Mary wyszła z chaty, jednocześnie obca i znajoma, w spłowiałej niebieskiej koszuli. Miała przysadzistą figurę i czerstwe rumiane policzki.

Lyra podbiegła i objęła ją, a kobieta oddała uścisk. Will stanął z tyłu, ostrożny i nieufny.

Mary serdecznie ucałowała Lyrę, a potem podeszła przywitać się z Willem. A wówczas nastąpił dziwaczny krótki taniec współczucia i zakłopotania, trwający najwyżej sekundę.

Poruszona żałosnym wyglądem dzieci, Mary początkowo chciała objąć Willa tak jak Lyrę. Ale była dorosła, a on już prawie dorosły i nie chciała go potraktować jak dziecko. Mogłaby objąć dziecko, ale nigdy obcego mężczyznę; więc wycofała się w duchu, gdyż nade wszystko pragnęła uhonorować przyjaciela Lyry, żeby nie stracił twarzy.

Wyciągnęła więc do niego rękę, a on uścisnął jej dłoń i przebiegł pomiędzy nimi prąd zrozumienia i szacunku tak silny, że natychmiast przerodził się w sympatię. Każde z nich poczuło, że zyskało przyjaciela na całe życie; i mieli rację.

— To jest Will — powiedziała Lyra. — On jest z twojego świata... Pamiętasz, opowiadałam ci o nim...

— Jestem Mary Malone — przedstawiła się Mary — a wy dwoje na pewno chcecie jeść, wyglądacie na zagłodzonych.

Odwróciła się do stworzenia stojącego obok i wydała kilka tych śpiewnych pohukiwań, poruszając ramieniem.

Stworzenia natychmiast się rozeszły. Wyniosły z najbliższego domu dywaniki i poduszki i ułożyły je na ubitej ziemi pod pobliskim drzewem, którego gęste liście i nisko zwieszone gałęzie dawały chłodny, pachnący cień.

Jak tylko goście usadowili się wygodnie, gospodarze przynieśli gładkie drewniane misy pełne mleka, lekko pachnącego cytryną i cudownie orzeźwiającego; i małe orzechy podobne do laskowych, ale z bogatszym maślanym posmakiem; i sałatę świeżo zerwaną z grządki, ostre pikantne liście przemieszane z miękkimi i grubymi, wydzielającymi śmietankowy sok; i małe korzenie wielkości czereśni smakujące jak marchewka karotka.

Ale dzieci nie mogły jeść. Poczęstunek był zbyt obfity. Will pragnął zadowolić gościnnych gospodarzy, ale oprócz płynów zdołał przełknąć jedynie trochę płaskiego, lekko przypieczonego chleba przypominającego ciapaty lub tortille. Smakował zwyczajnie i w zupełności nasycił Willa. Lyra spróbowała po trochu wszystkiego, ale podobnie jak Will wkrótce stwierdziła, że ma dość.

Mary nie zadawała żadnych pytań. Ci dwoje przeżyli rzeczy, które wyryły na nich głębokie piętno; jeszcze nie chcieli o tym mówić.

Odpowiadała więc na ich pytania dotyczące *mulefa* i zrelacjonowała krótko, jak dostała się do tego świata; a potem zostawiła ich w cieniu drzewa, ponieważ widziała, że powieki im opadają i głowy się kiwają.

— Teraz nie musicie nic robić, tylko spać — powiedziała.

Popołudnie było ciepłe i spokojne, świerszcze sennie ćwierkały w cieniu drzewa. W niecałe pięć minut po przełknięciu resztek napoju Will i Lyra zapadli w głęboki sen.

— Oni są dwóch płci? — zapytała zdumiona Atal. — Ale skąd wiesz?

— To łatwe — odparła Mary. — Ich ciała są inaczej ukształtowane. Inaczej się poruszają

— Nie są dużo mniejsi od ciebie. Ale mają mniej *sarfu*. Kiedy do nich przyjdzie?

— Nie wiem — przyznała Mary. — Chyba już niedługo. Nie wiem, kiedy to do nas przychodzi.

— Brakuje kół — powiedziała Atal ze współczuciem.

Pieliły ogród warzywny. Mary zrobiła motykę, żeby oszczędzić sobie schylania; Atal używała trąby, więc musiały prowadzić przerywaną rozmowę.

— Ale wiedziałaś, że oni przybędą — zauważyła Atal.

— Tak.

— Czy to patyczki ci powiedziały?

— Nie — zaprzeczyła Mary, zarumieniona. Była naukowcem; dostatecznie źle się stało, że pozwalała sobie na konsultacje z I Ching, ale teraz czuła się jeszcze bardziej zakłopotana. — To był nocny obraz — wyznała.

Mulefa nie mieli jednego określonego słowa na sen. Natomiast miewali barwne sny i traktowali je bardzo poważnie.

— Nie lubisz nocnych obrazów — stwierdziła Atal.

— Owszem, lubię. Ale nie wierzyłam w nie aż do dzisiaj. Widziałam chłopca i dziewczynkę tak wyraźnie, i jakiś głos mi powiedział, żebym przygotowała się na spotkanie z nimi.

— Jaki rodzaj głosu? Jak mówił, skoro go nie widziałaś?

Atal nie bardzo umiała sobie wyobrazić mowę bez ruchów trąby, które wyjaśniały i definiowały słowa. Zatrzymała się w połowie rządka fasoli i spojrzała na Mary z ciekawością.

— No, właściwie widziałam — wyjaśniła Mary. — To była kobieta, albo mądra rodzaju żeńskiego, jak my, jak moi ludzie. Bardzo stara, a jednocześnie wcale nie stara.

„Mądrymi" *mulefa* nazywali swoich przywódców. Zobaczyła, że Atal wygląda na bardzo zainteresowaną.

— Jak mogła być jednocześnie stara i niestara? — zapytała.

— To jest na-podobieństwo — odparła Mary.

Atal machnęła trąbą, uspokojona.

— Ona mi powiedziała — ciągnęła Mary — że powinnam spodziewać się dzieci. Powiedziała, gdzie i kiedy się pojawią. Ale nie wspominała dlaczego. Po prostu muszę się nimi opiekować.

— One są ranne i zmęczone — zauważyła Atal. — Czy powstrzymają odpływ *sarfu*?

Mary niepewnie podniosła wzrok. Wiedziała nawet bez lunety, że Cienio-cząsteczki uciekają coraz szybciej.

— Mam nadzieję — powiedziała — Ale nie wiem jak.

Wczesnym wieczorem, kiedy rozpalono ogniska do gotowania i wzeszły pierwsze gwiazdy, przybyła grupa obcych. Mary właśnie się myła; usłyszała turkot ich kół i podniecony pomruk głosów, więc pospiesznie wyszła ze swojej chaty, wycierając się po drodze.

Will i Lyra przespali całe popołudnie i dopiero teraz obudził ich hałas. Lyra usiadła zaspana i zobaczyła, że Mary rozmawia z pięcioma czy sześcioma *mulefa*, którzy otaczali ją, wyraźnie podnieceni; nie potrafiła jednak odgadnąć, czy się cieszą, czy złoszczą.

Mary zobaczyła ją i przerwała rozmowę.

— Lyro — powiedziała — coś się stało... Znaleźli coś, czego nie umieją wytłumaczyć... Nie wiem, co to jest... Muszę sama obejrzeć. To jakąś godzinę drogi stąd. Wrócę jak najszybciej. Korzystajcie ze wszystkiego w moim domu... Nie zatrzymam ich, tak im pilno...

— W porządku — powiedziała Lyra, jeszcze otumaniona od długiego snu.

Mary zajrzała pod drzewo. Will przecierał oczy.

— Naprawdę niedługo wrócę — obiecała. — Atal zostanie z wami.

Przywódca się niecierpliwił. Mary szybko zarzuciła mu wodze i strzemiona na grzbiet, przeprosiła za swoją niezdarność i dosiadła go od razu. Grupa zawróciła i odjechała w zapadający zmierzch.

Wyruszyli w innym niż dotąd kierunku, wzdłuż wybrzeża na północ. Mary nigdy przedtem nie jechała po ciemku i bała się szybkości jeszcze bardziej niż za dnia. Wjeżdżając pod górę, widziała księżyc lśniący na morzu daleko po lewej i jego srebrnosepiowy blask napełniał ją chłodnym, sceptycznym podziwem. Podziw był w niej, sceptycyzm w świecie, a chłód w obojgu.

Od czasu do czasu podnosiła wzrok i dotykała lunety w kieszeni na piersi, ale nie mogła jej użyć, dopóki się nie zatrzymali. *Mulefa* pędzili w pośpiechu i najwyraźniej wcale nie chcieli się zatrzymywać. Po godzinie ostrej jazdy skręcili w głąb lądu, porzucili kamienną drogę i powoli wjechali na szlak z ubitej ziemi, biegnący pomiędzy wysoką do kolan trawą, obok zagajnika kołowych drzew i na szczyt grani. W blasku księżyca mieniły się rozległe nagie wzgórza, gdzieniegdzie poprzecinane niewielkimi rozpadlinami, skąd wypływały strumienie wśród rosnących tam drzew.

Właśnie w stronę takiej rozpadliny prowadzili ją *mulefa*. Zsiadła, kiedy zjechali z drogi, i maszerowała wytrwale obok nich na szczyt wzgórza i w dół, do rozpadliny.

Słyszała ciurkanie wody, nocny wiatr w trawach i cichy szmer kół na ubitej ziemi. Słyszała, jak *mulefa* przed nią mamroczą coś do siebie. Potem się zatrzymali.

Na zboczu wzgórza, kilka metrów dalej, znajdował się jeden z otworów wykonanych zaczarowanym nożem. Przypominał wejście do jaskini, ponieważ księżyc świecił trochę w głąb, zupełnie jakby otwór prowadził do wnętrza wzgórza; ale tak nie było. Z otworu wychodziła procesja duchów.

Mary poczuła, że ziemia usuwa jej się spod nóg. Wzdrygnęła się gwałtownie i złapała najbliższą gałąź, żeby się upewnić, że fizyczny świat nadal istnieje wokół niej.

Podeszła bliżej. Starzy mężczyźni i kobiety, dzieci, niemowlęta niesione na rękach, ludzie i inne istoty, coraz gęściej wysypywali się z ciemności w świat materialnej księżycowej poświaty — i znikali.

To było najdziwniejsze. Stawiali kilka kroków w świecie trawy, powietrza i srebrzystego światła, rozglądali się z twarzami zmienionymi radością — Mary nigdy nie widziała takiej radości — i wyciągali ramiona, jakby chcieli objąć cały wszechświat; a potem po prostu rozpływali się jak mgła lub dym, łącząc się z ziemią, rosą i nocnym wiatrem.

Kilku z nich zbliżyło się do Mary, jakby chcieli jej coś powiedzieć, i wyciągnęło ręce, a ona poczuła ich dotyk jak drobne ukłucia zimna. Jeden z duchów — stara kobieta — kiwnęła na nią, przywołując do siebie.

Potem przemówiła i Mary usłyszała jej głos:

— Opowiedz im historie. Właśnie tego nie wiedzieliśmy. Przez tyle czasu nie wiedzieliśmy! Ale one potrzebują prawdy. Tym się karmią. Musisz im opowiadać prawdziwe historie i wszystko będzie dobrze, wszystko. Tylko opowiadaj im historie.

A potem znikła. To była jedna z tych chwil, kiedy nagle przypominamy sobie sen, który z niejasnych powodów

435

zepchnęliśmy w niepamięć, i powracają jak powódź wszystkie uczucia doznawane we śnie. Właśnie ten sen Mary próbowała opisać Atal, ten nocny obraz; lecz kiedy chciała ponownie go odnaleźć, rozwiewał się w powietrzu i znikał zupełnie jak te postacie. Sen uleciał.

Pozostała tylko słodycz tego uczucia i nakaz, żeby „opowiadać im historie".

Mary spojrzała w ciemność. Im dalej sięgała wzrokiem w bezkresną ciszę, tym więcej widziała nadchodzących duchów, tysiące za tysiącami, niczym uchodźcy powracający do ojczyzny.

— Opowiadaj im historie — powtórzyła sobie.

33

Marcepan

Wiosno, pogody i róż poro słodka,
Jak puzdro perfum twój czas się otwiera... *
George Herbert

Następnego ranka Lyra zbudziła się ze snu, w którym Pantalaimon wrócił do niej i przybrał ostateczny kształt; wprawił ją w zachwyt, ale teraz nie mogła go sobie przypomnieć.

Słońce wzeszło niedawno i powietrze pachniało świeżością. Widziała blask słońca przez otwarte drzwi chatki krytej strzechą, w której spała, domu Mary. Leżała przez chwilę, nadsłuchując. Słyszała ptaki na dworze i świerszcza, i spokojny oddech Mary śpiącej obok.

Lyra usiadła i odkryła, że jest naga. Przez chwilę czuła oburzenie, ale potem zobaczyła czyste ubrania złożone obok niej na podłodze: koszula Mary i kawałek miękkiej, lekkiej, wzorzystej tkaniny, którą mgła zawiązać jak spódnicę. Ubrała się i chociaż tonęła w obszernej koszuli, przynajmniej wyglądała przyzwoicie.

Wyszła z chaty. Pantalaimon był w pobliżu; na pewno.

---

* „Cnota", tłum. S. Barańczak, op. cit.

Prawie słyszała, jak śmieje się i gada. To pewnie znaczyło, że był bezpieczny i nadal coś ich wiązało. A kiedy jej wybaczy i wróci, tyle godzin spędzą na samym gadaniu, opowiadaniu sobie wszystkiego...

Will wciąż spał pod drzewem, leniuch. Lyra pomyślała, żeby go obudzić, ale przecież sama mogła popływać w rzece. Dawniej radośnie pływała nago z innymi oksfordzkimi dziećmi w rzece Cherwell, ale z Willem to co innego; zarumieniła się na samą myśl.

Więc sama zeszła nad wodę w perłowym brzasku. Wśród sitowia wysoki, smukły ptak, podobny do czapli, stał idealnie nieruchomo na jednej nodze. Lyra podeszła cicho i powoli, żeby go nie spłoszyć, ale ptak nie zwracał na nią większej uwagi niż na gałązkę płynącą po wodzie.

— W porządku — powiedziała.

Zostawiła ubranie na brzegu i weszła do rzeki. Pływała forsownie, żeby nie zmarznąć, a potem wyszła z wody i, drżąc, skuliła się na brzegu. Zwykle Pan pomagał jej się wysuszyć; czy był rybą śmiejącą się z niej w wodzie? Albo żukiem włażącym pod ubranie, żeby ją połaskotać, albo ptakiem? Albo był zupełnie gdzie indziej z drugim dajmonem i wcale nie myślał o Lyrze?

Słońce grzało teraz mocno i Lyra szybko wyschła. Ponownie nałożyła luźną koszulę Mary i widząc kilka płaskich kamieni przy brzegu, poszła po swoje ubranie, żeby je wyprać. Ale odkryła, że ktoś już to zrobił — ubrania jej i Willa wisiały na sprężystych gałęziach pachnącego krzaka, prawie suche.

Will się poruszył. Usiadła obok i zawołała cicho:

— Will! Obudź się!

— Gdzie jesteśmy? — zapytał natychmiast i usiadł, sięgając po nóż.

— Bezpieczni — odparła, odwracając wzrok. — Wyprali nasze ubrania, albo doktor Malone to zrobiła. Przyniosę ci twoje. Już prawie wyschło...

Podała mu jego rzeczy i usiadła odwrócona plecami, kiedy się ubierał.

— Pływałam w rzece — oznajmiła. — Poszłam poszukać Pana, ale on chyba się ukrywa.

— Dobry pomysł. Mam na myśli rzekę. Całkiem zarosłem brudem... Pójdę się umyć.

Pod jego nieobecność Lyra wędrowała po wiosce, nie przyglądając się niczemu zbyt natrętnie, żeby nie złamać żadnych zasad grzeczności, ale zaciekawiona wszystkim. Widziała kilka domków bardzo starych i kilka całkiem nowych, ale wszystkie zbudowano w podobny sposób z drewna, gliny i strzechy. Nie miały w sobie nic prymitywnego; każde drzwi, nadproże i framugę okienną pokrywały subtelne wzory, chociaż nie wyrzeźbione w drewnie, raczej jakby samo drzewo pod wpływem perswazji wytworzyło pożądany kształt.

Im dłużej patrzyła, tym więcej dostrzegała w wiosce porządku i staranności, zupełnie jak warstwy znaczenia w aletheiometrze. Część jej umysłu pragnęła rozszyfrować to wszystko, lekko przechodzić od podobieństwa do podobieństwa, od jednego znaczenia do następnego jak podczas odczytywania wskazań instrumentu; ale inna część zastanawiała się, jak długo mogliby tutaj zostać, zanim muszą ruszać dalej.

No, nigdzie nie pójdę, dopóki Pan nie wróci, powiedziała sobie.

Wkrótce Will nadszedł znad rzeki, a potem Mary wyszła ze swojej chaty i zaproponowała im śniadanie. Zaraz zjawiła się też Atal i wioska wokół nich zbudziła się do życia. Dwoje małych dzieci *mulefa*, bez kół, zerkało na nich zza węgła swojej chaty, a Lyra odwracała się nagle i patrzyła prosto na nie, aż podskakiwały i chichotały przerażone.

— No więc — zaczęła Mary, kiedy zjedli trochę chleba z owocami i wypili parzący napar z czegoś pachnącego jak mięta. — Wczoraj byliście zbyt zmęczeni i musieliście odpocząć. Ale dzisiaj oboje wyglądacie trochę lepiej, więc chyba powinniśmy sobie opowiedzieć, czego się dowiedzieliśmy. To długo potrwa, więc równie dobrze możemy też zająć czymś ręce. Będziemy naprawiać sieci, żeby się do czegoś przydać.

Znieśli kłąb sztywnych, smołowanych sieci na brzeg rzeki i rozpostarli na trawie. Mary pokazała im, jak wiązać nowy kawałek sznurka w przetartych miejscach. Zachowywała czujność, ponieważ Atal powiedziała jej, że rodziny mieszkające dalej przy brzegu widziały sporo *tualapi*, białych ptaków, gromadzących się na morzu. Wszyscy gotowi byli natychmiast uciec przy pierwszym ostrzeżeniu; ale w międzyczasie czekała na nich robota.

Siedzieli więc i pracowali w słońcu nad spokojną rzeką, a Lyra opowiadała swoją historię od tamtej chwili tak dawno temu, kiedy ona i Pan postanowili zajrzeć do Sali Seniorów w Kolegium Jordana.

Przypływ nadszedł i opadł, ale wciąż nie widzieli ani śladu *tualapi*. Późnym popołudniem Mary zabrała Willa i Lyrę na spacer brzegiem rzeki, obok słupów rybackich, gdzie przywiązywano sieci, przez rozległe słone bagna w stronę morza. Podczas odpływu mogli tam chodzić bezpiecznie, ponieważ białe ptaki zapuszczały się w głąb lądu tylko przy wysokim poziomie wody. Mary prowadziła dzieci wąską ścieżką nad błotami, bardzo starą i idealnie utrzymaną jak wiele innych wytworów *mulefa*, wyglądającą raczej na wytwór natury niż coś sztucznego.

— Czy oni stworzyli te kamienne drogi? — zapytał Will.

— Nie. Myślę, że te drogi ich stworzyły, w pewnym sensie — odparła Mary. — To znaczy, że nie zaczęliby używać kół, gdyby nie mieli do dyspozycji tyle płaskiej, twardej nawierzchni. To chyba erupcje lawy ze starożytnych wulkanów. Drogi pozwoliły im więc używać kół.

A razem z tym przyszły inne rzeczy. Jak same kołowe drzewa i kształt ich ciał — one nie są kręgowcami, nie mają kręgosłupów. Jakiś szczęśliwy przypadek dawno temu w naszych światach sprawił, że stworzenia posiadające kręgosłup miały trochę łatwiej, więc rozwinęły się rozmaite formy, wszystkie oparte na centralnym kręgosłupie. W tym świecie przypadek zdecydował inaczej i najkorzystniejszy okazał się romboidalny szkielet. Oczywiście żyją tutaj kręgowce, ale niewiele. Na przykład węże. Węże są tutaj ważne. Ludzie opiekują się nimi i starają się ich nie krzywdzić. W każdym razie na to wszystko złożyły się różne rzeczy: drogi, kołowe drzewa i kształt ciała. Mnóstwo drobnych przypadków zebranych razem. Kiedy zaczyna się twoja część historii, Will?

— Też od mnóstwa drobnych przypadków — odparł, wspominając kotkę pod drzewem. Gdyby zjawił się tam trzydzieści sekund później lub wcześniej, nie zobaczyłby kotki, nie znalazłby okna, nie odkryłby Cittàgazze i nie spotkałby Lyry; nic by się nie zdarzyło.

Zaczął od samego początku i mówił, idąc. Zanim weszli na błota, dotarł do momentu, kiedy walczyli z ojcem na szczycie góry.

— A potem ta czarownica go zabiła...

Nigdy naprawdę tego nie zrozumiał. Wyjaśnił, co mu powiedziała, zanim się zabiła: kochała Johna Parry'ego, a on nią wzgardził.

— Czarownice są groźne — stwierdziła Lyra.

— Ale jeśli go kochała...

— No — wtrąciła Mary — miłość też jest groźna.

— Ale on kochał moją matkę — oświadczył Will. — I mogę jej powiedzieć, że nigdy jej nie zdradził.

Lyra, patrząc na Willa, pomyślała, że jeśli on kiedyś się zakocha, będzie taki sam.

Wszędzie wokół nich ciche odgłosy popołudnia wisiały w ciepłym powietrzu: nieustanne bulgotliwe mlaskanie bagna, brzęczenie owadów, krzyki mew. Trwał odpływ, więc plaża odkryta na całej szerokości błyszczała w słońcu. Miliony maleńkich błotnych stworzonek żyły, jadły i umierały w górnych warstwach piasku, a małe kopczyki, otwory wentylacyjne i niewidoczne poruszenia świadczyły, że cała okolica tętni życiem.

Nie zdradzając przyczyny, Mary spoglądała na odległe morze i szukała na horyzoncie białych żagli. Ale widziała tylko migotliwą mgiełkę w miejscu, gdzie błękit nieba bladł na granicy wody, która przejmowała tę barwę i błyszczała w rozedrganym powietrzu.

Mary pokazała dzieciom, jak zbierać pewien gatunek małży, znajdując ich rurki oddechowe tuż nad piaskiem. *Mulefa* je uwielbiali, ale trudno im było poruszać się po piasku. Za każdym razem, kiedy Mary schodziła na brzeg, zbierała jak najwięcej, a teraz trzy pary oczu i rąk mogły urządzić prawdziwą ucztę.

Wręczyła każdemu worek i pracowali, słuchając dalszej części historii. Stopniowo napełniali worki, a Mary nieznacznie kierowała ich z powrotem na skraj bagniska, ponieważ zaczynał się przypływ.

Opowieść zajęła dużo czasu; tego dnia nie dotarli jeszcze do krainy zmarłych. Zbliżając się do wioski, Will opowiadał Mary, w jaki sposób on i Lyra zrozumieli potrójną naturę istot ludzkich.

— Wiecie — powiedziała Mary — Kościół... Kościół katolicki, do którego dawniej należałam, nie użyłby słowa „dajmon", ale święty Paweł mówił o duchu, duszy i ciele. Więc idea potrójnej natury człowieka nie jest taka dziwna.

— Ale najlepsza część to ciało — oświadczył Will. — Tak mi powiedzieli Baruch i Balthamos. Anioły żałują, że nie mają ciał. Powiedziały mi, że nie rozumieją, dlaczego bardziej nie cieszymy się światem. One wpadłyby w ekstazę, gdyby miały nasze ciała i nasze zmysły. W świecie zmarłych...

— Opowiesz, kiedy do tego dojdziemy — przerwała

Lyra i uśmiechnęła się do niego z taką słodyczą, wiedzą i radością, że poczuł zmieszanie. Odwzajemnił uśmiech, a Mary pomyślała, że jeszcze nigdy nie widziała takiej ufności na ludzkiej twarzy.

Tymczasem dotarli do wioski i musieli przygotować wieczorny posiłek. Mary zostawiła dwójkę dzieci na brzegu rzeki, gdzie siedzieli, obserwując przypływ, i dołączyła do Atal przy ognisku. Przyjaciółka ucieszyła się z ładunku małży.

— Ale, Mary — powiedziała — *tualapi* zniszczyły wioskę dalej na brzegu, a potem następną i następną. Nigdy przedtem tego nie robiły. Zwykle atakują jedną osadę i wracają do morza. I dzisiaj upadło następne drzewo...

— Nie! Gdzie?

Atal wymieniła zagajnik niedaleko gorącego źródła. Mary była tam zaledwie trzy dni wcześniej i wszystko wyglądało w porządku. Wyjęła lunetę i spojrzała w niebo; rzeczywiście, potężny strumień Cienio-cząsteczek płynął szybciej, nieporównanie szybciej i liczniej niż przypływ wzbierający pomiędzy brzegami rzeki.

— Co możesz zrobić? — zapytała Atal.

Mary poczuła ciężar odpowiedzialności niczym rękę przygniatającą ją między łopatkami, ale zmusiła się, żeby usiąść prosto.

— Opowiem im historie — odparła.

Po kolacji troje ludzi i Atal usiedli na dywanikach przed domem Mary, pod ciepłymi gwiazdami. Rozłożyli się wygodnie, najedzeni, w ciemności pachnącej kwiatami i słuchali historii Mary.

Zaczęła od momentu tuż przed spotkaniem z Lyrą, opowiedziała o swojej pracy w Zespole Badań nad Mroczną Materią i kryzysie funduszów. Ileż czasu musiała poświęcać na żebranie o pieniądze i jak mało czasu zostawało na badania!

Ale wizyta Lyry odmieniła wszystko, i to szybko: już po kilku dniach Mary całkowicie opuściła swój świat.

— Zrobiłam, co mi kazałaś — powiedziała. — Napisałam program... to taki zestaw instrukcji... żeby Cienie mogły rozmawiać ze mną przez komputer. Powiedziały mi, co robić. Powiedziały, że są aniołami i... no...

— Skoro jesteś naukowcem — zauważył Will — chyba nie powinny tak mówić. Mogłaś nie uwierzyć w anioły.

— Ach, ale przecież o nich wiedziałam. Byłam kiedyś zakonnicą. Myślałam, że można studiować fizykę na chwałę bożą, dopóki nie zobaczyłam, że nie ma żadnego Boga i że sama fizyka jest bardziej interesująca. Chrześcijańska religia to bardzo poważny i przekonujący błąd.

— Od kiedy nie jesteś zakonnicą? — zapytała Lyra.

— Pamiętam to dokładnie — odparła Mary. — Nawet porę dnia. Ponieważ byłam dobra z fizyki, pozwolili mi kontynuować karierę uniwersytecką. Napisałam doktorat i zamierzałam prowadzić wykłady. To nie był jeden z tych zakonów, gdzie zamykają cię przed światem. Nawet nie nosiłyśmy habitów, musiałyśmy tylko ubierać się skromnie i nosić krucyfiks. Więc wykładałam na uniwersytecie i prowadziłam badania z fizyki cząsteczek.

Pewnego razu organizowano konferencję z mojej dziedziny i poproszono mnie o wygłoszenie referatu. Konferencja odbywała się w Lizbonie, gdzie jeszcze nigdy nie byłam; prawdę mówiąc, nigdy nie wyjeżdżałam z Anglii. Ta cała wyprawa, lot samolotem, hotel, jaskrawe słońce, obce języki wokół mnie, znane osobistości, które miały przemawiać... Martwiłam się o swój referat, czy zjawią się jacyś słuchacze, czy trema w ogóle pozwoli mi mówić... Och, cała się trzęsłam z przejęcia, możecie mi wierzyć. I byłam taka niewinna... Musicie o tym pamiętać. Byłam taką grzeczną dziewczynką, regularnie chodziłam na mszę, uważałam, że mam powołanie do duchowego życia. Chciałam służyć Bogu całym sercem. Chciałam wziąć całe moje życie i ofiarować je o tak —

uniosła złożone dłonie — ofiarować je Jezusowi, żeby
z nim zrobił, co zechce. Myślę, że byłam z siebie zadowolona. Za bardzo. Byłam święta i w dodatku mądra. Ha!
To trwało do, hm, wpół do dziesiątej wieczorem dziesiątego sierpnia, siedem lat temu.
Lyra usiadła prosto i objęła rękami kolana, słuchając
z napięciem.

— Tego wieczoru wygłosiłam mój referat — ciągnęła
Mary — i dobrze mi poszło. Słuchało mnie kilka znanych
osób, odpowiedziałam na pytania całkiem do rzeczy,
jednym słowem: czułam ulgę i radość... I niewątpliwie
dumę. Kilku moich kolegów wybierało się potem do
restauracji trochę dalej na brzegu i zapytali, czy pójdę
z nimi. Zwykle wymawiałam się od takich zaproszeń,
ale tym razem pomyślałam: przecież jestem dorosła,
wygłosiłam referat na ważny temat, który został dobrze
przyjęty, i jestem wśród przyjaciół... Było tak ciepło,
rozmowa obracała się wokół najbardziej interesujących
dla mnie rzeczy, wszyscy mieliśmy świetne humory, więc
postanowiłam trochę sobie pofolgować. Widzicie, od-
krywałam drugą stronę siebie, tę, która lubiła smak
wina i sardynek z rusztu, dotyk ciepłego powietrza na
skórze i rytm muzyki w tle. Rozkoszowałam się tym.

Usiedliśmy do kolacji w ogrodzie. Siedziałam na końcu
długiego stołu, pod drzewkiem cytrynowym, obok stała
altanka obrośnięta kwiatami passiflory, mój sąsiad rozmawiał z kimś po drugiej stronie... Naprzeciwko mnie
siedział mężczyzna, którego widziałam raz czy dwa na
konferencji. Nie znałam go osobiście; był Włochem i ludzie mówili o jego pracach, więc pomyślałam, że chciałabym o nich posłuchać. Był niewiele starszy ode mnie,
miał miękkie czarne włosy, piękną oliwkową skórę i bardzo ciemne oczy. Włosy ciągle opadały mu na czoło
i odgarniał je powoli, o tak...

Pokazała im. Will pomyślał, że chyba bardzo dokładnie to zapamiętała.

— Nie był przystojny — podjęła. — Nie był bawidamkiem ani kobieciarzem. Gdyby był taki, onieśmieliłby mnie i nie umiałabym z nim rozmawiać. Ale on wydawał się miły, bystry i zabawny. Bez żadnych oporów siedziałam tam pod drzewkiem cytrynowym, wśród kwiatów, wina i pieczonych potraw, rozmawiałam, śmiałam się i pragnęłam, żeby uważał mnie za ładną. Siostra Mary Malone flirtowała! A moje śluby? A poświęcenie życia Jezusowi i cała reszta? No, nie wiem, czy to spowodowało wino, czy moja głupota, czy ciepłe powietrze i zapach kwiatów... Ale stopniowo zaczęło mi się wydawać, że uwierzyłam w coś nieprawdziwego. Uwierzyłam, że byłam szczęśliwa, zadowolona i spełniona sama jedna, bez miłości kogoś innego. Zakochanie było dla mnie niczym Chiny: wiedziałam, że istnieje taki kraj, na pewno bardzo interesujący i ludzie tam jeżdżą, ale nie ja. Nigdy w życiu nie pojadę do Chin, ale to nie ma znaczenia, ponieważ mogę zwiedzać całą resztę świata. A potem ktoś mi podał kawałek czegoś słodkiego i nagle przypomniałam sobie, że przecież byłam w Chinach. A potem o tym zapomniałam. Dopiero smak tych słodyczy przywołał wspomnienie... To chyba był marcepan... słodka migdałowa pasta — wyjaśniła na użytek Lyry, która miała niepewną minę.

— Aha! Marcypan! — zawołała Lyra i usiadła wygodnie, żeby słuchać dalej.

— W każdym razie — ciągnęła Mary — pamiętałam ten smak i natychmiast powróciła chwila, kiedy smakowałam go po raz pierwszy jako młoda dziewczyna. Miałam dwanaście lat. Byłam na przyjęciu w domu jednej z moich przyjaciółek, na urodzinowym przyjęciu, i mieliśmy dyskotekę... Wtedy ludzie tańczą przy muzyce odtwarzanej z takiej maszyny — wyjaśniła, widząc pytający wzrok Lyry. — Zwykle dziewczęta tańczą razem, bo chłopcy są zbyt nieśmiali, żeby je poprosić. Ale ten chłopiec... nie znałam go... poprosił mnie do tańca, więc przetańczyliśmy pierwszy kawałek, potem drugi i w końcu zaczęliśmy rozmawiać... I wiecie, jak to jest, kiedy się kogoś polubi... od razu to wiesz: a ja go bardzo polubiłam. Rozmawialiśmy dalej, a potem podano urodzinowy tort. On wziął kawałek marcepana i delikatnie włożył mi do ust... Pamiętam, że próbowałam się uśmiechnąć, zaczerwieniłam się i głupio mi się zrobiło... i zakochałam się w nim tylko dlatego, że tak delikatnie dotknął moich ust marcepanem.

Słuchając tych słów, Lyra poczuła, że dzieje się z nią coś dziwnego. Czuła mrowienie we włosach, oddychała szybciej. Nigdy nie jeździła kolejką górską ani żadnym takim wynalazkiem, bo rozpoznałaby od razu to ściskanie w piersiach: strach zmieszany z podnieceniem, nie wiadomo dlaczego. Sensacje trwały, pogłębiały się i zmieniały w miarę, jak docierały do kolejnych części ciała.

Lyra miała wrażenie, jakby wręczono jej klucz do wielkiego domu, o którym dotąd nie wiedziała, domu ukrytego w jej wnętrzu, i kiedy przekręciła klucz, głęboko w ciemnościach budynku otwarły się inne drzwi i do środka wpadło światło. Siedziała drżąca, obejmując kolana, i ledwie śmiała oddychać, kiedy Mary mówiła dalej:

— I chyba na tym przyjęciu albo może na następnym pocałowaliśmy się pierwszy raz. To było w ogrodzie, z domu dochodziła muzyka, cisza i spokój panowały wśród drzew i pragnęłam... Całe moje ciało pragnęło go aż boleśnie i widziałam, że czuł to samo... Oboje byliśmy prawie zbyt nieśmiali, żeby zrobić pierwszy ruch. Prawie. Ale jedno z nas to zrobiło i nagle, bez żadnej przerwy... to było jak kwantowy skok... nagle się całowaliśmy i och, to było więcej niż Chiny, to był raj. Spotkaliśmy się jeszcze kilka razy, nie więcej. Potem jego rodzice się przeprowadzili i nigdy więcej go nie zobaczyłam. To było takie słodkie, takie krótkie... Ale było. Wiedziałam. Byłam w Chinach.

Przedziwne: Lyra dokładnie rozumiała, o co tamtej chodzi, chociaż pół godziny wcześniej nie miałaby o tym pojęcia. A w jej wnętrzu ten ogromny dom stał z otwartymi wszystkimi drzwiami i oświetlonymi pokojami — pusty, cichy, czekający.

— O wpół do dziesiątej tamtego wieczoru w portugalskiej restauracji — ciągnęła Mary, całkowicie nieświadoma milczącego dramatu rozgrywającego się we wnętrzu Lyry — ktoś podał mi kawałek marcepana i wszystko powróciło. I pomyślałam: czy naprawdę do końca życia nie zamierzam więcej doznać tego uczucia? Uświadomiłam sobie, że chcę pojechać do Chin. Tam jest pełno skarbów, dziwów, tajemnic i radości. Pomyślałam: czy ktoś na tym skorzysta, jeśli wrócę prosto do hotelu, zmówię modlitwy, wyspowiadam się księdzu i obiecam nigdy więcej nie ulegać pokusie? Czy ktoś skorzysta na mojej niedoli? I nadeszła odpowiedź: nie. Nikt nie skorzysta. Nikt mnie nie skarci, nikt mnie nie potępi, nikt mnie nie pobłogosławi, jeśli byłam grzeczna, nikt mnie nie ukarze, jeśli byłam zła. Niebo jest puste. Nie wiedziałam, czy Bóg umarł, czy nigdy nie istniał żaden Bóg. Tak czy owak, poczułam się wolna i samotna i nie wiedziałam, czy jestem szczęśliwa, czy nieszczęśliwa, poczułam tylko, że stało się coś bardzo dziwnego. I cała ta ogromna zmiana dokonała się, kiedy trzymałam marcepan w ustach, zanim jeszcze go połknęłam. Smak... wspomnienie... wstrząs.

Kiedy przełknęłam marcepan i spojrzałam na mężczyznę po drugiej stronie stołu, wiedziałam, że zauważył, że coś się stało. Nie mogłam wtedy mu powiedzieć; to było zbyt dziwne i niemal zbyt osobiste. Ale później poszliśmy na spacer plażą w ciemności i ciepły nocny wiatr rozwiewał mi włosy, Atlantyk zaś zachowywał się bardzo grzecznie: drobne, spokojne fale lizały nam stopy... Wtedy zdjęłam krucyfiks z szyi i cisnęłam do morza.

To było wszystko. Koniec. Minęło. I tak przestałam być zakonnicą — dokończyła.

— Czy to był ten sam człowiek, który dowiedział się o czaszkach? — zapytała z przejęciem Lyra.

— Och, nie. Człowiek od czaszek nazywał się Payne, doktor Oliver Payne. Zjawił się znacznie później. Nie, mężczyzna na konferencji nazywał się Alfredo Montale. Był całkiem inny.

— Czy go pocałowałaś?

— Tak — uśmiechnęła się Mary — ale nie wtedy.

— Czy trudno było odejść z Kościoła? — zapytał Will.

— Pod pewnym względem trudno, bo wszyscy byli tacy rozczarowani. Wszyscy, od matki przełożonej i księży po moich rodziców... Tak się gniewali, robili mi wyrzuty... zupełnie jakby coś, w co wszyscy żarliwie wierzyli, zależało ode mnie, niewierzącej. Ale z drugiej strony to było łatwe, ponieważ miało sens. Po raz pierwszy w życiu czułam, że robię coś całą sobą, a nie tylko częścią. Więc przez jakiś czas byłam samotna, ale potem przywykłam.

— Czy wyszłaś za niego za mąż? — zapytała Lyra.

— Nie, za nikogo nie wyszłam. Żyłam z kimś... nie z Alfredem, z kimś innym. Mieszkałam z nim prawie przez cztery lata. Moja rodzina była oburzona. Ale potem zdecydowaliśmy, że lepiej nam bez siebie. Więc jestem sama. Mężczyzna, z którym mieszkałam, lubił wspinaczkę górską i nauczył mnie tego, więc jeżdżę w góry i... I mam swoją pracę. No, przynajmniej miałam. Więc jestem samotna, ale szczęśliwa, jeśli rozumiecie, co mam na myśli.

— Jak się nazywał ten chłopiec? — zapytała Lyra. — Ten na przyjęciu?

— Tim.

— Jak wyglądał?

— Och... Miło. Tylko tyle pamiętam.

— Kiedy po raz pierwszy cię spotkałam w Oksfordzie — powiedziała Lyra — mówiłaś, że zostałaś naukowcem między innymi dlatego, że nie musisz wybierać między dobrem a złem. Czy musiałaś, kiedy byłaś zakonnicą?

— Hm. Nie. Ale wiedziałam, co powinnam myśleć: to, czego Kościół mnie nauczył. A kiedy zajmowałam się nauką, mogłam myśleć o zupełnie innych rzeczach. Więc nigdy nie musiałam dokonywać takich wyborów dla siebie.

— A teraz? — zapytał Will.

— Myślę, że muszę — wyznała Mary, starając się odpowiadać dokładnie.

— Kiedy przestałaś wierzyć w Boga... — ciągnął — czy przestałaś wierzyć w dobro i zło?

— Nie. Ale przestałam wierzyć w moce dobra i zła istniejące poza nami. I zaczęłam wierzyć, że dobro i zło to nazwy dotyczące ludzkich uczynków, nie samych ludzi. Możemy tylko powiedzieć, że jakiś czyn jest dobry, ponieważ komuś pomaga, albo zły, ponieważ komuś szkodzi. Ludzie są zbyt skomplikowani, żeby im przylepiać proste etykietki.

— Tak — potwierdziła stanowczo Lyra.

— Czy tęsknisz za Bogiem? — zapytał Will.

— Tak — przyznała Mary. — Bardzo. Ciągle tęsknię. Najbardziej brakuje mi poczucia więzi z całym wszechświatem. Dawniej czułam, że jestem w ten sposób połączona z Bogiem, a poprzez niego z całą resztą jego stworzenia. Ale jeśli go nie ma...

Daleko na bagnach ptak wyśpiewał długą, melancholijną serię opadających tonów. Żar osiadł w ognisku; trawa falowała lekko na wieczornym wietrze. Atal zdawała się drzemać jak kot, z kołami leżącymi płasko na trawie obok, z podwiniętymi nogami, z oczami na wpół przymkniętymi, częściowo nieobecna. Will leżał na plecach, wpatrując się w gwiazdy.

Co do Lyry, nie poruszyła ani jednym mięśniem, odkąd wydarzyła się ta dziwna rzecz, i podtrzymywała w myślach wspomnienie tych przeżyć niczym kruche naczynie wypełnione po brzegi nową wiedzą, którego ledwie śmiała dotknąć z obawy, żeby niczego nie rozlać. Nie wiedziała, co to znaczy, czym jest i skąd się wzięło; więc siedziała, obejmując kolana, i próbowała opanować drżenie.

Wkrótce — pomyślała — wkrótce się dowiem. Już niedługo.

Mary była zmęczona; skończyły jej się historie. Do jutra na pewno przypomną jej się nowe.

34

Teraz jest

*Rozsieje was wszystkich żywych po świecie,
gdzie każda cząsteczka pyłu tchnie radością.*

William Blake

Mary nie mogła spać. Za każdym razem, kiedy zamykała oczy, coś sprawiało, że wzdrygała się i budziła gwałtownie, napięta ze strachu, jakby znalazła się na skraju przepaści.

To się powtórzyło trzy, cztery, pięć razy, aż zrozumiała, że sen nie przyjdzie. Wstała więc, ubrała się po cichu i wyszła z chaty. Ominęła drzewo z gałęziami zwieszonymi jak namiot, pod którym spali Will i Lyra.

Księżyc świecił jasno i wysoko na niebie. Dmuchał rześki wiatr; cienie chmur przesuwały się po rozległym pejzażu niczym migrujące stada niewyobrażalnych bestii, pomyślała Mary. Ale zwierzęta migrowały w jakimś celu; widząc stado reniferów wędrujące przez tundrę albo antylopy gnu przemierzające sawannę, wiedziałeś, że idą tam, gdzie znajdą pożywienie albo dobre miejsce na odbycie godów i wychowywanie potomstwa. Ich ruch miał znaczenie. Chmury poruszały się na zasadzie czystego przypadku, w efekcie całkowicie dowolnych zdarzeń na poziomie atomowym i molekularnym; ich cienie pędzące przez prerię nic nie znaczyły.

A przecież poruszały się w znaczący sposób. Wydawało się, że mają jakiś cel. Podobnie jak ta noc. Mary czuła to wyraźnie, chociaż nie znała tego celu. Lecz w przeciwieństwie do niej chmury zdawały się wiedzieć, co robią i dlaczego, i wiatr też wiedział, i trawa. Cały świat był żywy i świadomy.

Mary wspięła się na zbocze i popatrzyła na bagniska, gdzie wzbierający przypływ ozdabiał srebrzystą koronką ciemne, lśniące połacie mułu i kępy sitowia. Cienie chmur wyglądały tam, jakby uciekały przed czymś strasznym albo spieszyły do czegoś cudownego. Ale co to było, nie wiedziała.

Skręciła w stronę zagajnika, gdzie stało jej obserwacyjne drzewo. Znajdowało się w odległości dwudziestu minut marszu; widziała je wyraźnie, górujące nad resztą, kłoniące potężną głowę w dialogu z wiatrem. Mieli sobie coś do powiedzenia, ale Mary ich nie słyszała.

Przyspieszyła kroku, poruszona podnieceniem wypełniającym noc, pragnąca w nim uczestniczyć. Właśnie o tym mówiła Willowi, kiedy ją zapytał, czy tęskni za Bogiem: o poczuciu, że cały wszechświat żyje, że wszystko jest połączone ze wszystkim więzami znaczenia. Dopóki była chrześcijanką, czuła się również połączona; kiedy odeszła z Kościoła, poczuła się wolna, lekka i swobodna we wszechświecie pozbawionym znaczenia.

A potem przyszło odkrycie Cieni i podróż do innego świata, i teraz ta noc kipiąca życiem, gdzie wszystko miało swój cel i znaczenie, ale nie dla niej. Została odcięta i nie mogła znaleźć połączenia, ponieważ Bóg nie istniał.

Na wpół z uniesieniem, na wpół z rozpaczą postanowiła wspiąć się na swoje drzewo i ponownie rozpłynąć się w Pyle.

Ale nie pokonała nawet połowy drogi do zagajnika,

kiedy wśród szelestu liści i szeptu wiatru w trawie usłyszała odmienny dźwięk. Coś jęczało, głęboką, ponurą nutą jak organy. A na tym tle — trzaski łamanego, pękającego drewna, przeraźliwe skrzypienie konarów. Chyba nie jej drzewo?

Zatrzymała się na otwartej przestrzeni, gdzie wiatr smagał jej twarz, cienie chmur pędziły wokół niej i wysokie trawy chłostały jej uda. Obserwowała koronę zagajnika. Konary jęczały, gałązki pękały, wielkie płaty zielonego drewna odłupywały się jak drzazgi i spadały z wysoka na ziemię, a potem sama korona — korona drzewa, które Mary znała tak dobrze — drgnęła i powoli, powoli zaczęła się przechylać.

Każde włókno w pniu, kora, korzenie zdawały się protestować wielogłosym krzykiem przeciwko morderstwu. Ale drzewo padało i padało, na całej długości torowało sobie drogę przez zagajnik i jakby pochyliło się w stronę Mary, zanim runęło na ziemię niczym fala uderzająca o brzeg; ogromny pień podskoczył lekko i wreszcie osiadł z jękiem rozdzieranego drewna.

Podbiegła, żeby dotknąć rozsypanych liści. Znalazła swoją linę i potrzaskane szczątki platformy. Serce jej dudniło boleśnie. Wdrapała się na połamaną koronę drzewa, podciągając się na znajomych konarach pod nieznajomym kątem, i zatrzymała się w najwyższym miejscu, do którego zdołała dotrzeć.

Oparła się o konar i wyjęła lunetę. Przez bursztynowe szybki zobaczyła dwa zupełnie odmienne ruchy na niebie: chmury płynęły na tle księżyca w jedną stronę, a strumień Pyłu zdawał się je przecinać w całkiem innym kierunku.

Pył płynął szybciej i znacznie obficiej. Całe niebo jakby płynęło, ogromna niepowstrzymana powódź wylewała się ze świata, ze wszystkich światów, w jakąś ostateczną pustkę.

Powoli, jakby samoistnie rzeczy połączyły się w jej umyśle.

Will i Lyra wspomnieli, że zaczarowany nóż ma co najmniej trzysta lat. Tak im powiedział starzec w wieży. *Mulefa* mówili, że *sarf*, który karmił ich świat od trzydziestu trzech tysięcy lat, zaczął zanikać właśnie trzysta lat temu.

Według Willa, gildia Torre degli Angeli, właściciele zaczarowanego noża, postępowała niedbale; nie zawsze zamykali otwarte okna. No, skoro Mary sama jedno znalazła, musiało istnieć dużo więcej.

Załóżmy, że przez cały ten czas Pył wycieka po trochu z ran, które zaczarowany nóż zadał naturze...

Zakręciło jej się w głowie, nie tylko na skutek kołysania, wznoszenia i opadania gałęzi, wśród których tkwiła. Ostrożnie włożyła lunetę do kieszeni, oplotła ramionami gałąź przed sobą i zapatrzyła się na niebo, księżyc, pędzące chmury.

Zaczarowany nóż odpowiadał za drobne wycieki na małą skalę. Powodował zniszczenia i wszechświat przez to cierpiał, więc musiała porozmawiać z Willem i Lyrą i znaleźć sposób, żeby to powstrzymać.

Ale wielka powódź na niebie to było coś zupełnie innego. Nowe i katastrofalne. I jeśli nie zostanie powstrzymane, nadejdzie kres wszelkiego świadomego życia. Jak pokazali jej *mulefa*, Pył powstawał, kiedy żywe istoty uzyskiwały świadomość; potrzebował jednak jakiegoś systemu sprzężenia zwrotnego, dla wzmocnienia i zabezpieczenia, tak jak *mulefa* mieli swoje koła i olejek z drzew. Bez czegoś w tym rodzaju wszystko musiało zniknąć. Myśl, wyobraźnia, uczucia zwiędną i umrą, pozostanie tylko brutalny automatyzm; ten krótki okres, kiedy życie posiadało samoświadomość, zgaśnie jak świeczka w każdym z miliardów światów, gdzie przedtem jasno płonął.

Mary czuła bolesny ciężar tej wiedzy. Zupełnie jakby przybyło jej lat. Czuła się jak zgrzybiała staruszka, znużona, schorowana, tęskniąca za grobem.

Niezgrabnie zeszła z gałęzi wielkiego powalonego drzewa i ruszyła z powrotem do wioski, wciąż czując wiatr we włosach, wiatr szumiący w liściach i trawie. Na szczycie wzniesienia spojrzała po raz ostatni na strumień Pyłu, przecinany przez chmury gnane wiatrem, z księżycem tkwiącym mocno pośrodku.

A wtedy zrozumiała wreszcie, co robią; zrozumiała wielki cel.

Próbowały powstrzymać odpływ Pyłu. Usiłowały jakoś zatamować straszliwą powódź: wiatr, chmury, księżyc, liście, trawa, wszystkie te cudowne rzeczy krzyczały w głos i rzucały się do walki, żeby zatrzymać Cienio--cząsteczki w tym wszechświecie, który tak wzbogaciły.

Materia kochała Pył. Nie chciała, żeby odszedł. Takie było znaczenie nocy i takie było znaczenie Mary.

Czyżby myślała, że w życiu nie ma sensu, nie ma celu, kiedy Bóg odszedł? Tak, właśnie tak myślała.

— No, teraz jest — powiedziała głośno i powtórzyła jeszcze głośniej: — Teraz jest!

Spojrzała ponownie na chmury i księżyc w powodzi Pyłu, kruche i skazane na zagładę, niczym tama z cienkich patyków i małych kamyczków próbująca powstrzymać Missisipi. Ale przynajmniej próbowali. I będą próbować dalej, aż do końca.

Mary nie wiedziała, jak długo przebywała na dworze. Kiedy intensywność przeżycia opadła, zastąpiona przez wyczerpanie, kobieta powoli zeszła ze wzgórza w stronę wioski.

W połowie drogi, obok małej kępy węzłokrzewów, zobaczyła coś dziwnego na mulistych płyciznach. Błysk bieli, regularny ruch: coś zbliżało się wraz z przypływem.

Stanęła nieruchomo i wytężyła wzrok. To nie mogły być *tualapi*, ponieważ zawsze wędrowały w stadach, a tutaj był jeden; ale wyglądał zupełnie tak samo —

skrzydła jak żagle, długa szyja — jeden z ptaków, bez wątpienia. Nigdy nie słyszała, żeby wędrowały w pojedynkę, więc zawahała się, zanim pobiegła ostrzec *mulefa*; zresztą ptak się zatrzymał. Unosił się na wodzie blisko ścieżki. I rozdzielał się... Nie, coś zeszło mu z grzbietu. To był człowiek.

Widziała go całkiem wyraźnie, nawet z tej odległości: księżyc świecił jasno i wzrok jej się przyzwyczaił do nocnej poświaty. Spojrzała przez lunetę i pierzchły wątpliwości: to była ludzka postać, wydzielająca Pył. Niósł coś, jakby długi kij. Przeszedł ścieżką szybko i pewnie; nie biegł, lecz poruszał się jak sportowiec lub myśliwy. Nosił prosty czarny strój, który powinien go dobrze maskować; ale przez lunetę był widoczny jak w świetle reflektorów.

Kiedy zbliżył się do wioski, Mary rozpoznała, co takiego niósł. Karabin.

Serce jej zamarło, jakby ktoś je oblał lodowatą wodą. Każdy włos na jej ciele stanął dęba.

Stała za daleko, żeby cokolwiek zrobić; nawet gdyby krzyknęła, nie usłyszałby jej. Musiała patrzeć, jak wszedł do wioski, jak rozglądał się w lewo i w prawo, przystawał i nasłuchiwał, przechodził od chaty do chaty.

Mary czuła się niczym księżyc i chmury próbujące powstrzymać Pył. Krzyknęła bezgłośnie: Nie patrz pod drzewo... Odejdź od drzewa...!

Ale on podchodził coraz bliżej i wreszcie zatrzymał się przed jej domem. Nie mogła tego znieść; schowała lunetę do kieszeni i zaczęła zbiegać po stoku. Chciała krzyknąć, zawołać cokolwiek, ale w samą porę zorientowała się, że zbudziłaby Willa i Lyrę, którzy mogli wtedy się zdradzić, więc nie wydała żadnego dźwięku.

Potem, ponieważ chciała wiedzieć, co robi mężczyzna, zatrzymała się i znowu wygrzebała lunetę. Musiała stanąć bez ruchu, żeby przez nią spojrzeć.

Otwierał drzwi jej chaty. Wchodził do środka. Znikł jej z oczu, chociaż widziała pozostałe po nim zawirowania Pyłu, jak dym rozganiany ręką. Czekała przez nieskończoną minutę, aż pojawił się ponownie.

Stanął w drzwiach i powoli przesuwał spojrzenie z lewa na prawo, zahaczając o drzewo.

Potem zszedł z progu i stanął bez ruchu, niemal zagubiony. Mary nagle uświadomiła sobie, jak bardzo jest widoczna na odkrytym stoku, wystawiona na strzał; ale mężczyzna interesował się tylko najbliższym otoczeniem i kiedy upłynęła kolejna minuta, odwrócił się i cicho odszedł.

Obserwowała każdy jego krok na nadrzecznej ścieżce i widziała wyraźnie, jak usiadł ze skrzyżowanymi nogami na grzbiecie ptaka, który bezszelestnie odpłynął. Pięć minut później zniknęli w ciemnościach.

35

Daleko za wzgórzami

Przyszedł dzień narodzin mego życia,
moja miłość przyszła do mnie.

Christina Rossetti

— Doktor Malone — powiedziała Lyra o poranku. — Will i ja musimy poszukać naszych dajmonów. Kiedy je znajdziemy, dowiemy się, co robić. Ale nie możemy już bez nich wytrzymać, więc chcemy iść na poszukiwania.

— Dokąd pójdziecie? — zapytała Mary.

Oczy ją piekły i głowa bolała po nieprzespanej nocy. Razem z Lyrą zeszły na brzeg rzeki, Lyra — żeby się umyć, Mary — żeby ukradkiem poszukać śladów obcego mężczyzny. Na razie żadnych nie znalazła.

— Nie wiem — wyznała Lyra. — Ale one są tu gdzieś. Jak tylko przeszliśmy tutaj, uciekły od nas, jakby już nam nie ufały. Zresztą nie mam do nich pretensji. Ale wiemy, że są w tym świecie, i kilka razy zdawało nam się, że je widzieliśmy, więc może je znajdziemy.

— Posłuchaj — zaczęła Mary z oporem i opowiedziała dziewczynce, co widziała zeszłej nocy.

Tymczasem dołączył do nich Will i dzieci słuchały poważnie, z szeroko otwartymi oczami.

— To pewnie zwykły podróżnik, który znalazł okno i przyszedł z innego świata — powiedziała Lyra, kiedy Mary skończyła mówić. Osobiście miała inne rzeczy na głowie, bardziej interesujące od tego mężczyzny. — Jak ojciec Willa — ciągnęła. — Pewnie teraz jest mnóstwo różnych otworów. W każdym razie, jeśli po prostu odszedł, chyba nie miał złych zamiarów, prawda?

— Nie wiem. Nie podobał mi się. I martwię się, że pójdziecie sami... albo martwiłabym się, gdybym nie wiedziała, że robiliście już znacznie bardziej niebezpieczne rzeczy. Och, sama nie wiem. Ale proszę, bądźcie ostrożni. Proszę, rozglądajcie się dookoła. Przynajmniej na prerii zobaczycie każdego z daleka...

— Wtedy możemy od razu uciec do innego świata, więc on nic nam nie zrobi — oświadczył Will.

Stanowczo postanowili iść, a Mary nie chciała się sprzeczać.

— Przynajmniej obiecajcie — zażądała — że nie wejdziecie pomiędzy drzewa. Jeśli ten człowiek wciąż tu jest, mógł schować się w zagajniku i nie zobaczycie go w porę, żeby uciec.

— Obiecujemy — powiedziała Lyra.

— No dobrze, zapakuję wam trochę jedzenia, gdyby wam dłużej zeszło.

Mary wzięła trochę płaskiego chleba, sera i kilka słodkich czerwonych owoców gaszących pragnienie, zawinęła je w szmatkę i obwiązała sznurkiem, żeby jedno z dzieci mogło nieść pakunek na ramieniu.

— Pomyślnych łowów — powiedziała. — Proszę, uważajcie na siebie.

Nadal czuła niepokój. Stała i odprowadzała ich wzrokiem przez całą drogę do stóp wzgórza.

— Ciekawe, czemu ona jest taka smutna — rzucił Will, kiedy wspinali się drogą na szczyt.

— Pewnie się zastanawia, czy kiedyś wróci do domu — westchnęła Lyra. — I czy odzyska swoje laboratorium.

I może smutno jej z powodu tego mężczyzny, w którym była zakochana.

— Hm — mruknął Will. — Myślisz, że my kiedyś wrócimy do domu?

— Nie wiem. Zresztą ja i tak nie mam domu. Nie przyjmą mnie z powrotem do Kolegium Jordana i nie mogę mieszkać z niedźwiedziami ani z czarownicami. Może zamieszkam z Cyganami. Zgodziłabym się, gdyby mnie przyjęli.

— A świat Lorda Asriela? Nie chcesz tam mieszkać?

— On upadnie — ostrzegła.

— Dlaczego?

— Pamiętaj, co mówił duch twojego ojca, zanim wyszliśmy. O dajmonach, że mogą długo żyć tylko wtedy, jeśli zostaną we własnym świecie. Ale pewnie Lord Asriel, to znaczy mój ojciec, nie pomyślał o tym, bo nikt nie wiedział dostatecznie dużo o innych światach, kiedy zaczynali... To wszystko — dodała ze smutkiem — ta cała odwaga i wiedza... Wszystko zmarnowane! Wszystko na próżno!

Wspinali się dalej bez trudu po kamiennej drodze i kiedy dotarli na grzbiet wzgórza, zatrzymali się i obejrzeli.

— Will — odezwała się Lyra. — A jeśli ich nie znajdziemy?

— Na pewno znajdziemy. Ciekawi mnie tylko, jak moja dajmona będzie wyglądała.

— Widziałeś ją. A ja wzięłam ją na ręce — przypomniała Lyra, rumieniąc się, ponieważ oczywiście dotykanie czegoś tak prywatnego jak cudzy dajmon oznaczało poważne naruszenie dobrych manier.

Zabraniała tego nie tylko uprzejmość, ale coś głębszego — coś jakby wstyd. Szybkie zerknięcie na czerwone policzki Willa zdradziło jej, że wiedział o tym równie dobrze jak ona. Nie potrafiła odgadnąć, czy również doznał tego podniecenia zmieszanego ze strachem, które ona odczuwała poprzedniej nocy; teraz dziwne uczucie powróciło.

Szli obok siebie, nagle onieśmieleni. Ale Will, niezrażony nieśmiałością, zapytał:

— Kiedy dajmon przybiera ostateczną postać?

— Około... chyba jakoś w twoim wieku albo trochę później. Może raczej później. Rozmawialiśmy z Panem o jego ostatecznej postaci. Zastanawialiśmy się, czym będzie...

— Ludzie tego nie wiedzą?

— Nie jako dzieci. Dorastając, zaczynają myśleć, no wiesz, że będą tym albo tamtym... I zwykle wybierają coś, co do nich pasuje. To znaczy, do ich prawdziwej natury. Na przykład jeśli twój dajmon jest psem, to znaczy, że lubisz robić, co ci każą, wiedzieć, kto jest szefem, wypełniać rozkazy i zadowalać ludzi mających władzę. Wielu służących to ludzie, których dajmony są psami. Więc to pomaga wiedzieć, jaki jesteś i co potrafisz najlepiej. Skąd ludzie w twoim świecie wiedzą, jacy są?

— Nie wiem. Niewiele wiem o moim świecie. Potrafię tylko dochować sekretu, kryć się i skradać, więc niewiele wiem o... dorosłych i przyjaciołach. Albo kochankach. Myślę, że trudno mieć dajmona, bo wszyscy tyle o tobie wiedzą od pierwszego spojrzenia. Wolę się nie ujawniać i nie rzucać w oczy.

— Więc może twoja dajmona byłaby zwierzęciem, które potrafi dobrze się ukrywać. Albo takim, które wygląda jak inne... na przykład motyl, który udaje osę. Na pewno macie takie stworzenia w waszym świecie, bo my mamy, a nasze światy są takie podobne.

Maszerowali razem w przyjaznym milczeniu. Wszędzie wokół nich królował kryształowo czysty poranek, przejrzysty w kotlinach i perłowobłękitny w górze. Jak okiem sięgnąć falowała rozległa sawanna, brązowa, złota, płowożółta, migotliwa i pusta aż po horyzont. Zupełnie jakby byli jedynymi ludźmi na świecie.

— Ale tak naprawdę nie jest pusta — zauważyła Lyra.

— Chodzi ci o tego mężczyznę?

— Nie. Wiesz, o co mi chodzi.

— Tak, wiem. Widzę cienie w trawie... może to ptaki — powiedział Will.

Śledził drobne, błyskawiczne poruszenia tu i tam. Odkrył, że łatwiej dostrzegał cienie, jeśli nie patrzył wprost. Chętniej się pokazywały na krawędzi pola widzenia i kiedy wyjaśnił to Lyrze, powiedziała:

— Negatywna zdolność.

— Co to znaczy?

— Pierwszy powiedział to poeta Keats. Doktor Malone wie. W ten sposób odczytuję aletheiometr. W ten sposób ty używasz noża, prawda?

— Tak, chyba tak. Ale właśnie pomyślałem, że to mogą być dajmony.

— Ja też, ale...

Przyłożyła mu palce do ust. Kiwnął głową.

— Patrz — powiedział. — Jeszcze jedno przewrócone drzewo.

Przed nimi leżało obserwacyjne drzewo Mary. Podeszli do niego ostrożnie, nie spuszczając oczu z zagajnika na wypadek, gdyby następne drzewo padało. W spokojny poranek, gdzie tylko lekki wiatr poruszał liśćmi, wydawało się niemożliwe, żeby taka potęga mogła upaść, a jednak upadła.

Ogromny pień górował nad nimi, wspierany w zagajniku przez rozerwane korzenie, a na trawie przez masę gałęzi. Niektóre gałęzie, połamane i zmiażdżone, dorównywały rozmiarom największym drzewom, jakie Will widział w życiu. Korona, pełna wciąż krzepkich konarów, gęsta od wciąż zielonych liści, wznosiła się wysoko w balsamicznym powietrzu niczym zrujnowany pałac.

Nagle Lyra chwyciła Willa za ramię.

— Ciii — szepnęła. — Nie patrz. One na pewno są tam na górze. Widziałam jakiś ruch i przysięgnę, że to był Pan...

Dłoń miała ciepłą. Bardziej absorbował go ten dotyk niż korona liści i gałęzi nad głową. Udawał, że spogląda bezmyślnie na horyzont, po czym jego spojrzenie zawędrowało w splątaną masę zieleni, brązu i błękitu i tam — Lyra miała rację! — tam odkryło coś, co nie było drzewem. A obok niego drugie coś...

— Chodźmy — mruknął Will zniżonym głosem. — Odejdziemy stąd i zobaczymy, czy pójdą za nami.

— A jeśli nie pójdą... Ale dobrze, zgoda — odszepnęła Lyra.

Udali, że się rozglądają; oparli ręce na najbliższym konarze, jakby zamierzali się wspinać. Udali, że się rozmyślili, pokręcili głowami i odeszli.

— Szkoda, że nie możemy się obejrzeć — powiedziała Lyra, kiedy oddalili się kilkaset metrów.

— Idź dalej. One nas widzą i nie zabłądzą. Przyjdą do nas, kiedy same zechcą.

Zeszli z czarnej drogi w trawę wysoką do kolan, rozgarniali nogami szeleszczące źdźbła, obserwowali owady fruwające, trzepoczące, śmigające, unoszące się w miejscu, słuchali chóralnego ćwierkania i bzyczenia miliona głosów.

— Co teraz zrobisz, Will? — zapytała cicho Lyra po chwili milczenia.

— No, muszę wrócić do domu — odparł.

Pomyślała, że mówił bez przekonania. Miała nadzieję, że mówił bez przekonania.

— Ale oni pewnie jeszcze cię ścigają — ostrzegła. — Tamci ludzie.

— Widzieliśmy przecież gorsze rzeczy.

— Tak, chyba tak... Ale chciałam ci pokazać Kolegium Jordana i Żuławy. Chciałam, żebyśmy...

— Tak — przyznał. — A ja chciałem... Dobrze by było znowu zobaczyć... nawet Cittàgazze. To piękne miejsce i jeśli wszystkie upiory odeszły... Ale mam matkę. Muszę wrócić i opiekować się nią. Zostawiłem ją z panią Cooper, to niedobre dla nich obu.

— Ale to niesprawiedliwe dla ciebie, że musisz to robić.

— Nie — odparł — ale to inny rodzaj niesprawiedliwości. Coś jak burza albo trzęsienie ziemi. Może to niesprawiedliwe, jednak to niczyja wina. Lecz gdybym po prostu zostawił matkę ze staruszką, która sama nie za dobrze się trzyma, to byłoby nie w porządku. To byłoby złe. Muszę wracać do domu. Ale pewnie trudno nam będzie wrócić do dawnego życia. Chyba sekret już się wydał. Wątpię, czy pani Cooper dała radę zaopiekować się moją matką, zwłaszcza w tych okresach, kiedy matka miała napady strachu. Więc pewnie musiała poszukać pomocy, a kiedy wrócę, zamkną mnie w jakiejś instytucji.

— Nie! W sierocińcu?

— Pewnie coś w tym rodzaju. Nie wiem dokładnie. Nienawidzę takich miejsc.

— Możesz uciec z pomocą noża, Will! Możesz uciec do mojego świata!

— Moje miejsce jest tam, gdzie mogę być z nią. Kiedy dorosnę, będę mógł opiekować się nią jak należy, w moim własnym domu. Wtedy nikt nie będzie się wtrącał.

— Myślisz, że się ożenisz?

Milczał przez długi czas. Wiedziała, że szukał odpowiedzi.

— Nie wybiegam tak daleko w przyszłość — odparł. — To musiałby być ktoś, kto rozumie... Wątpię, czy jest ktoś taki w moim świecie. A ty wyjdziesz za mąż?

— Ja też chyba nie — wyznała niezbyt pewnym głosem. — Za nikogo z mojego świata.

Powoli szli dalej w stronę horyzontu. Mieli dla siebie cały czas tego świata; cały czas, jaki pozostał temu światu.

Po chwili Lyra odezwała się:

— Zatrzymasz ten nóż, prawda? Żebyś mógł odwiedzić mój świat?

— Oczywiście. Z pewnością nie oddam go nigdy i nikomu.

— Nie patrz — ostrzegła, nie zmieniając kroku. — Znowu tam są. Po lewej.

— Więc idą za nami — ucieszył się Will.

— Cii!

— Tak myślałem, że pójdą. OK, po prostu będziemy udawać, pójdziemy dalej i będziemy ich szukać w różnych głupich miejscach.

To zmieniło się w zabawę. Natrafili na staw i szukali w mule i wśród trzcin, wołając głośno, że dajmony pewnie przybrały postacie żab, nartników albo ślimaków; zerwali korę z dawno przewróconego drzewa na skraju zagajnika drzew sznurkowych, udając, że widzieli dwa dajmony wpełzające tam pod postacią skorków; Lyra narobiła wielkiego zamieszania wokół mrówki, na którą rzekomo nadepnęła. Ubolewała nad jej siniakami, twierdziła, że jej twarz wygląda całkiem jak twarz Pana, pytała z fałszywym smutkiem, dlaczego mrówka nie chce z nią rozmawiać.

Lecz kiedy uznała, że naprawdę nikt ich nie słyszy, nachyliła się do Willa i zapytała szczerze, zniżonym głosem:

— Musieliśmy je zostawić, prawda? Nie mieliśmy wyboru?

— Tak, musieliśmy. Dla ciebie to było gorsze niż dla mnie, ale nie mieliśmy żadnego wyboru. Złożyłaś Rogerowi obietnicę i musiałaś jej dotrzymać.

— A ty musiałeś jeszcze raz porozmawiać z ojcem...

— I musieliśmy wypuścić ich wszystkich.

— Tak, musieliśmy. Tak się cieszę, że ich wypuściliśmy. Pan też się kiedyś ucieszy, kiedy umrę. Nie zostaniemy rozdzieleni. Zrobiliśmy coś dobrego.

Słońce wznosiło się coraz wyżej na niebie i powietrze się ogrzewało, więc zaczęli szukać cienia. Około południa znaleźli się na zboczu wzniesienia i kiedy dotarli do grzbietu, Lyra upadła na trawę i powiedziała:

— No! Jeśli szybko nie znajdziemy cienia...

Po drugiej stronie rozciągała się dolina gęsto porośnięta krzakami, co wskazywało, że płynie tam strumień. Trawersem zeszli po zboczu aż do wylotu doliny i rzeczywiście znaleźli strumyk, bulgoczący na kamieniach wśród paproci i sitowia.

Zanurzyli rozpalone twarze w wodzie i napili się z wdzięcznością, a potem ruszyli wzdłuż strumienia, który tworzył miniaturowe wiry, przelewał się przez niziutkie kamienne progi i przez cały czas zwiększał objętość.

— Jak on to robi? — zdumiała się Lyra. — Przecież nie dopływa tu więcej wody, ale na dole jest głębiej niż na górze.

Will, obserwujący cienie kątem oka, zobaczył, że przemknęły do przodu, przeskoczyły przez paprocie i skryły się w krzakach na dole. W milczeniu wskazał kierunek.

— Po prostu płynie wolniej — wyjaśnił. — Woda ze źródła wypływa szybciej, więc gromadzi się w tych basenach... Tam poszły — szepnął, wskazując grupkę drzew o stóp zbocza.

Serce Lyry biło tak szybko, że czuła pulsowanie w skroniach. Wymienili z Willem spojrzenia, dziwnie poważne i formalne, zanim ruszyli w dół z biegiem strumienia. Podszycie gęstniało w miarę, jak schodzili do doliny; strumień wpływał w zielone tunele i wynurzał się na polankach nakrapianych światłem, żeby przelać się przez kamienny próg i znowu zniknąć w zieleni, gdzie tylko go słyszeli.

U stóp wzgórza wpłynął do niewielkiego zagajnika drzew o srebrzystej korze.

Ojciec Gomez patrzył z grzbietu wzniesienia. Nietrudno było ich śledzić, chociaż Mary ufała bezpieczeństwu otwartej sawanny, bo mnóstwo kryjówek znajdowało się w trawie, kępach węzłodrzew i żywicznych krzaków.

Wcześniej dwoje młodych ciągle się rozglądało, jakby podejrzewali, że ktoś ich śledzi, więc ksiądz musiał trzymać się z daleka; lecz w miarę jak mijał poranek, byli coraz bardziej pochłonięci sobą i zwracali coraz mniej uwagi na otoczenie. Jedno, czego nie chciał, to zranić chłopca. Bardzo bał się skrzywdzić niewinną osobę. Dla pewności musiał podejść dostatecznie blisko, żeby wyraźnie zobaczyć swój cel, czyli wejść za nimi do zagajnika.

Cicho i ostrożnie posuwał się z biegiem strumienia. Jego dajmona, żuk z zielonym grzbietem, frunęła mu nad głową, smakując powietrze; wzrok miała gorszy od niego, ale wyczulonym węchem łatwo wychwytywała zapach młodych ludzi. Wyprzedzała księdza, siadała na łodydze trawy i czekała na niego, potem znowu odlatywała, kiedy odnalazła w powietrzu trop zapachowy pozostawiony przez młode ciała. Ojciec Gomez w duchu podziękował Bogu za swoją misję, ponieważ stało się jasne, że chłopiec i dziewczyna wkraczają na drogę śmiertelnego grzechu.

Wreszcie zobaczył błysk włosów w kolorze ciemnoblond. Przysunął się trochę bliżej i podniósł karabin. Miał teleskopowy celownik, niskiej mocy, ale pięknie wykonany, który nie tylko powiększał obraz, ale również wyostrzał. Tak, to ona; zatrzymała się i obejrzała, więc zobaczył wyraz jej twarzy i zdumiało go, jak ktoś przesiąknięty złem może wyglądać tak promiennie i radośnie.

Zawahał się i chwila minęła, dwójka dzieci weszła pomiędzy drzewa i znikła mu z oczu. No, daleko nie odejdą. Ruszył za nimi wzdłuż strumienia, skulony, trzymając karabin w jednej ręce i balansując drugą.

Był już tak bliski sukcesu, że po raz pierwszy zaczął się zastanawiać, co zrobi później: czy bardziej przysłuży się królestwu niebios, jeśli wróci do Genewy, czy jeśli zostanie tutaj, żeby nawrócić ten świat. Przede wszystkim należy przekonać czworonogie stworzenia, które zdawały się posiadać zalążki rozumu, że ich zwyczaj jeżdżenia na kołach jest obrzydliwy, szatański i przeciwny woli boskiej. Trzeba je tego oduczyć, a zbawienie przyjdzie samo.

Dotarł do podnóża wzniesienia, gdzie rosły drzewa, i cicho odłożył karabin.

Zajrzał w srebrno-zielono-złoty cień i nasłuchiwał, osłaniając uszy obiema rękami, żeby wśród brzęczenia owadów i ciurkania wody wychwycić ludzkie głosy. Tak, byli tam. Zatrzymali się.

Schylił się po karabin... I zachłysnął się chrapliwym jękiem, kiedy coś chwyciło jego dajmonę i odciągnęło od niego.

Ale nikogo tam nie było! Gdzie ona jest? Czuł straszliwy ból. Usłyszał jej krzyk i rzucił się dziko w lewo, w prawo, szukając jej.

— Stój spokojnie — przemówił głos w powietrzu — i milcz. Trzymam w ręku twoją dajmonę.

— Ale... gdzie jesteś? Kim jesteś?

— Nazywam się Balthamos — oznajmił głos.

Will i Lyra szli brzegiem strumienia w głąb lasu, ostrożnie, w milczeniu, aż dotarli do samego środka.

Znajdowała się tam mała polanka, wysłana miękką trawą i omszałymi kamieniami. Gałęzie splatały się w górze, niemal całkowicie przesłaniały niebo i przepuszczały tylko maleńkie ruchome cekiny światła, toteż wszystko wyglądało jak nakrapiane srebrem i złotem.

Panował tutaj błogi spokój. Tylko szmer strumienia i czasami szelest liści wysoko w koronach drzew mąciły ciszę.

Will zdjął zawiniątko z jedzeniem; Lyra położyła obok swój plecaczek. Nigdzie nie widzieli ani śladu dajmonów. Byli zupełnie sami.

Zdjęli buty i skarpetki, usiedli na omszałych kamieniach na brzegu strumienia i zanurzyli stopy w zimnej wodzie. Od razu krew zaczęła w nich żywiej krążyć.

— Jestem głodny — powiedział Will.

— Ja też — przyznała Lyra, chociaż czuła coś więcej, coś stłumionego, napierającego, na wpół radosnego i na wpół bolesnego, i sama nie wiedziała, co to jest.

Rozwinęli pakunek i zjedli trochę chleba z serem. Nie wiadomo dlaczego, dłonie mieli powolne i niezdarne i prawie nie czuli smaku jedzenia, chociaż chleb upieczony na gorących kamieniach był mączysty i chrupiący, a ser miękki, słonawy i bardzo świeży.

Potem Lyra wzięła jeden z małych czerwonych owoców. Z mocno bijącym sercem odwróciła się do chłopca i powiedziała:

— Will...

I uniosła owoc do jego ust.

Widziała w jego oczach, że natychmiast zrozumiał i wypełniła go radość zbyt wielka, żeby mówić. Poczuł drżenie jej palców przy swoich ustach i podniósł rękę, żeby przytrzymać jej dłoń; i wtedy oboje odwrócili wzrok, zmieszani, uszczęśliwieni.

Niczym dwa motyle zderzające się w powietrzu, równie lekko zetknęły się ich wargi. Potem, zanim się spostrzegli, przywierali do siebie i na oślep przyciskali twarz do twarzy.

— Tak jak mówiła Mary... — szepnął. — Od razu wiesz, kiedy kogoś lubisz... Kiedy spałaś na górze, zanim cię zabrała, powiedziałem Pantalaimonowi...

— Słyszałam — odszepnęła. — Nie spałam i chciałam ci powiedzieć to samo. Teraz wiem, co czułam przez cały czas: kocham cię, Will, kocham cię...

Słowo „kocham" rozpłomieniło jego zmysły. Dreszcze przenikały całe ciało, kiedy odpowiedział jej tymi samymi słowami i całował jej gorącą twarz, wdychał z uwielbieniem zapach jej ciała i ciepłą miodową woń włosów, i całował jej słodkie wilgotne usta, które smakowały jak czerwony owoc.

Wokół nich trwała cisza, jakby cały świat wstrzymał oddech.

Balthamos był przerażony.

Uciekał w górę strumienia, jak najdalej od lasu, trzymając drapiącego, gryzącego, kłującego owada-dajmonę, i starał się jak najlepiej ukryć przed człowiekiem, który chwiejnie podążał za nim.

Nie mógł pozwolić, żeby tamten go dogonił. Wiedział, że ojciec Gomez zabiłby go w jednej chwili. Anioł jego rangi nie mógł się mierzyć z człowiekiem, nawet zdrowy i silny anioł, a co dopiero Balthamos, dodatkowo osłabiony przez żal po stracie Barucha i wstyd, że poprzednio opuścił Willa. Nie miał nawet siły na latanie.

— Stój, stój! — zawołał ojciec Gomez. — Proszę, stój spokojnie. Nie widzę cię... Proszę, porozmawiajmy... Nie krzywdź mojej dajmony, błagam...

W rzeczy samej to dajmona krzywdziła Balthamosa. Anioł widział niewyraźnie przez zaciśnięte palce małą zieloną istotkę, która raz po raz zagłębiała szczęki we wnętrzu jego dłoni. Gdyby rozchylił palce chociaż na chwilę, dajmona by uciekła.

— Tędy — powiedział. — Idź za mną. Odejdź od tego lasu. Chcę z tobą porozmawiać, a to nieodpowiednie miejsce.

— Ale kim jesteś? Podejdź bliżej... Skąd mam wiedzieć, kim jesteś, skoro cię nie widzę? Stój spokojnie, nie ruszaj się tak szybko!

Ale szybkość stanowiła jedyną obronę Balthamosa. Próbując ignorować gryzącą dajmonę, wszedł do małej kotliny, skąd wypływał strumień. Anioł skakał z kamienia na kamień.

Potem popełnił błąd: chciał się obejrzeć, pośliznął się i stopa wpadła mu do wody.

— Ach — szepnął ojciec Gomez z satysfakcją, kiedy zobaczył rozbryzg.

Balthamos natychmiast pospieszył dalej — teraz jednak przy każdym kroku zostawiał na suchych kamieniach mokry odcisk stopy. Ksiądz zobaczył ślady, skoczył do przodu i poczuł na dłoni muśnięcie piór.

Zatrzymał się zdumiony; anioł — przemknęło mu przez myśl. Balthamos wykorzystał okazję i odszedł dalej, a ksiądz musiał pójść za nim, bo kolejny ostry skurcz bólu ścisnął mu serce.

Balthamos rzucił przez ramię:

— Dojdziemy do szczytu wzgórza i tam porozmawiamy, przyrzekam.

— Rozmawiajmy tutaj! Stań w miejscu, a przysięgam, że cię nie dotknę!

Anioł nie odpowiedział; zbyt trudno było mu się skoncentrować. Musiał podzielić uwagę na trzy części: patrzeć do tyłu, żeby ksiądz go nie dogonił, do przodu, żeby wybierać drogę, i uważać na rozwścieczoną dajmonę kłującą jego dłoń.

Co do księdza, jego umysł pracował szybko. Naprawdę groźny przeciwnik zabiłby jego dajmonę od razu i zakończył sprawę na miejscu; ten wróg bał się uderzyć.

Pamiętając o tym, ksiądz potykał się, wydawał ciche jęki bólu i raz czy dwa prosił, żeby tamten przystanął — i przez cały czas obserwował uważnie, przysuwał się bliżej, oceniał rozmiar przeciwnika, jego szybkość, zasięg wzroku.

— Proszę... — zaskomlał. — Nie wiesz, jak to boli... Nie mogę ci zrobić nic złego... Możemy się zatrzymać i porozmawiać?

Nie chciał tracić z oczu lasu. Znaleźli się teraz w miejscu, skąd brał początek strumień. Ksiądz widział zarys stóp Balthamosa, bardzo lekko przyciskających trawę.

472

Obserwował każdy centymetr drogi i wiedział dokładnie, gdzie przystanął anioł.

Balthamos odwrócił się, a ksiądz spojrzał tam, gdzie spodziewał się dostrzec jego twarz, i zobaczył go po raz pierwszy: tylko lśnienie w powietrzu, ale nie miał wątpliwości.

Znajdował się za daleko, żeby dosięgnąć anioła jednym skokiem, a przyciąganie dajmony rzeczywiście sprawiało ból i osłabiało. Może gdyby zrobił jeszcze krok czy dwa...

— Siadaj! — rozkazał Balthamos. — Siadaj tam, gdzie stoisz. Ani kroku bliżej.

— Czego chcesz? — zapytał ojciec Gomez, stojąc bez ruchu.

— Czego chcę? Chcę cię zabić, ale nie mam siły.

— Jesteś aniołem?

— Co za różnica?

— Może się pomyliłeś. Może jesteśmy po tej samej stronie.

— Nie, nie jesteśmy. Śledziłem cię. Wiem, po której jesteś stronie... Nie, nie, nie ruszaj się. Stój w miejscu!

— Jeszcze nie za późno na skruchę. Wszystkim aniołom wolno żałować za grzechy. Pozwól, że wysłucham twojej spowiedzi.

— Och, Baruchu, pomóż mi! — wykrzyknął Balthamos w rozpaczy i odwrócił się.

A kiedy krzyknął, ojciec Gomez skoczył na niego. Uderzył anioła ramieniem i pozbawił równowagi; anioł wyrzucił rękę w bok, żeby nie upaść, i wypuścił owada-dajmonę. Żuk natychmiast odleciał, a ojciec Gomez poczuł ulgę i przypływ sił. I właśnie to go zabiło, ku jego wielkiemu zdziwieniu. Rzucił się tak gwałtownie na mglistą postać anioła i spodziewał się napotkać o tyle większy opór, że nie zdołał zahamować. Pośliznął się; z rozpędu poleciał w dół do strumienia; a Balthamos, myśląc, co zrobiłby Baruch, kopnął rękę księdza szukającą oparcia.

473

Ojciec Gomez upadł ciężko. Uderzył głową o kamień i ogłuszony wylądował twarzą w wodzie. Natychmiast oprzytomniał, ale kiedy kaszlał i niemrawo próbował się podnieść, zdesperowany Balthamos zignorował dajmonę żądlącą go w twarz, oczy i usta, i całym swoim niewielkim ciężarem przytrzymał twarz mężczyzny w wodzie. Trzymał, trzymał i trzymał.

Kiedy dajmona nagle znikła, Balthamos puścił. Jak tylko się upewnił, że człowiek nie żyje, wyciągnął ciało ze strumienia i ułożył troskliwie na trawie. Skrzyżował księdzu ręce na piersiach i zamknął powieki.

Potem wstał. Czuł się chory, znużony i zbolały.

— Baruchu — powiedział. — Och, Baruchu, mój drogi, nie mogę zrobić nic więcej. Will i dziewczynka są bezpieczni i wszystko będzie dobrze, ale dla mnie to koniec, chociaż tak naprawdę umarłem, kiedy ty umarłeś, mój ukochany Baruchu...

Po chwili zniknął.

Na polu fasoli, senna od popołudniowego upału, Mary usłyszała głos Atal i nie potrafiła odróżnić podniecenia od niepokoju. Czyżby następne drzewo upadło? Czy pojawił się człowiek z karabinem?

— Patrz! Patrz! — wołała Atal, szturchając trąbą kieszeń Mary, więc kobieta wyjęła lunetę i skierowała na niebo, jak kazała przyjaciółka.

— Powiedz mi, co się dzieje! — zażądała Atal. — Czuję, że jest inaczej, ale nie widzę.

Wielka powódź Pyłu na niebie ustała. Wcale nie zamarła w bezruchu; Mary obejrzała cały nieboskłon przez bursztynowe soczewki i widziała prądy, fale, zawirowania. Pył poruszał się bezustannie, ale już nie odpływał. Co więcej, zdawał się opadać jak płatki śniegu.

Mary pomyślała o drzewach kołowych: kwiaty, które otwierały się do góry, będą piły ten złoty deszcz. Niemal czuła, jak przyjmują go z wdzięcznością w swoje biedne spragnione kielichy, tak idealnie ukształtowane w tym celu.

— Młodzi — powiedziała Atal.

Mary odwróciła się z lunetą w ręku, żeby zobaczyć powrót Willa i Lyry. Nadchodzili z daleka, bez pośpiechu. Trzymali się za ręce, rozmawiali, pochylając ku sobie głowy, zapomniawszy o całym świecie. Widziała to nawet z tej odległości.

Prawie już uniosła lunetę do oka, ale powstrzymała się i schowała ją do kieszeni. Nie potrzebowała lunety. Wiedziała, co zobaczy; wydawaliby się niczym wykuci z żywego złota. Wyglądaliby jak prawdziwy obraz tego, czym istoty ludzkie zawsze mogły być, gdyby sięgnęły po swoje dziedzictwo.

Pył sypiący się z gwiazd znalazł znowu żywy dom, a wszystko to sprawiły te dzieci — już nie dzieci — przesycone miłością.

36

Złamana strzała

Lecz los żelazne wbija kliny,
co naszą więź rozciągłą kruszą *.

Andrew Marvell

Dwa dajmony wędrowały przez cichą wioskę, przez smugi światła i cienia, stąpały na kocich łapkach przez oświetlony księżycem plac zebrań, aż zatrzymały się przed otwartymi drzwiami domu Mary.

Ostrożnie zajrzały do środka i zobaczyły śpiącą kobietę, więc wycofały się, znowu weszły w blask księżyca i skierowały się w stronę drzewa-namiotu.

Długie gałęzie zwieszały wonne, skręcone liście prawie do samej ziemi. Bardzo ostrożnie, bardzo powoli, żeby nie zaszeleścił żaden liść i nie trzasnęła żadna gałązka, dwa koty prześliznęły się pod kurtyną liści i zobaczyły to, czego szukały: chłopca i dziewczynę, uśpionych i przytulonych do siebie.

Podeszły bliżej po trawie i lekko dotknęły śpiących nosami, łapkami, wąsami, kąpiąc się w ich życiodajnym cieple, ale z ostrożnością, żeby ich nie obudzić.

---

* „Definicja miłości", tłum. S. Barańczak, op. cit.

476

Doglądały swoich ludzi (delikatnie oczyściły szybko gojącą się ranę Willa, odgarnęły pukiel włosów z twarzy Lyry), kiedy za nimi rozległ się cichy dźwięk.

Natychmiast, w absolutnej ciszy, oba dajmony zmieniły się w wilki: dziko zapłonęły oczy, zalśniły obnażone białe kły, każda linia ciała wyrażała groźbę.

Stała tam kobieta, obramowana księżycową poświatą. To nie była Mary i kiedy przemówiła, usłyszały ją wyraźnie, chociaż nie wydała żadnego dźwięku.

— Chodźcie ze mną — powiedziała.

Dajmoniczne serce Pantalaimona podskoczyło mu w piersi, ale nie odezwał się, dopóki nie oddalili się od śpiących pod drzewem.

— Serafina Pekkala! — zawołał radośnie. — Gdzie byłaś? Wiesz, co się stało?

— Sza. Polecimy do miejsca, gdzie możemy porozmawiać — zaproponowała czarownica, pamiętając o śpiących mieszkańcach wioski.

Zostawiła swoją gałąź sosny obłocznej przy drzwiach domu Mary; kiedy ją podniosła, dwa dajmony zmieniły się w ptaki — w słowika i sowę — i pofrunęły za nią nad strzechami, nad łąkami, nad łańcuchem wzgór, w stronę najbliższego zagajnika drzew kołowych, wielkiego jak zamek, z koroną wysrebrzoną księżycem.

Serafina Pekkala usiadła na najwyższej wygodnej gałęzi, wśród otwartych kwiatów pijących Pył, a dwa ptaki przysiadły opodal.

— Nie na długo zostaniecie ptakami — powiedziała. — Już wkrótce wasza postać się ustali. Rozejrzyjcie się i zapamiętajcie ten widok.

— Czym będziemy? — zapytał Pantalaimon.

— Dowiecie się szybciej, niż myślicie — odparła Serafina Pekkala. — Słuchajcie, bo zdradzę wam tajemnicę, jakiej nie zna nikt oprócz czarownic. Mogę to zrobić dlatego, że siedzicie tutaj ze mną, a wasi ludzie śpią tam na dole. To potrafią jedynie nieliczni. Wiecie kto?

— Czarownice — odpowiedział Pantalaimon — i szamani. Więc...

— Zostawiwszy was oboje na granicy świata zmarłych, Lyra i Will zrobili nieświadomie coś, co czarownice robiły zawsze, odkąd są czarownicami. Jest takie miejsce w naszej północnej krainie, ohydne pustkowie, gdzie wydarzyła się wielka katastrofa w czasach, kiedy świat był jeszcze młody. Odtąd nic tam nie żyje. Żadne dajmony nie mogą tam wejść. Żeby zostać czarownicą, dziewczyna musi samotnie przemierzyć ten obszar i zostawić swojego dajmona. Wiecie, jaki ból muszą wytrzymać. Ale dokonawszy tego, odkrywają, że ich dajmony nie zostały odcięte jak w Bolvangarze, nadal stanowią jedną istotę. Teraz jednak mogą wędrować swobodnie, podróżować do odległych miejsc, oglądać obce widoki i przynosić wiadomości. Ty nie jesteś odcięty?

— Nie — przyznał Pantalaimon. — Wciąż jesteśmy jednością. Ale to było takie bolesne i tak się baliśmy...

— No więc — oznajmiła Serafina — oni dwoje nie będą latać jak czarownice ani żyć równie długo jak my; ale dzięki temu, co zrobili, wy i oni staliście się czarownicami pod każdym innym względem.

Dwa dajmony rozważyły tę dziwną wiedzę.

— Czy to znaczy, że zostaniemy ptakami jak dajmony czarownic? — zapytał Pantalaimon.

— Cierpliwości.

— Ale jak Will może zostać czarownicą? Myślałem, że wszystkie czarownice to kobiety.

— Tych dwoje zmieniło wiele rzeczy. Wszyscy uczymy się czegoś nowego, nawet czarownice. Ale jedno się nie zmieniło: musicie pomagać waszym ludziom, a nie przeszkadzać. Musicie ich wspierać, zachęcać i prowadzić w stronę mądrości. Po to istnieją dajmony.

Milczeli. Serafina odwróciła się do samiczki słowika i zapytała:

— Jak się nazywasz?

— Nie mam imienia. Nie wiedziałam, że się narodziłam, dopóki nie wydarł mnie z serca.

— Więc nadaję ci imię Kirjava.

— Kirjava — powtórzył Pantalaimon, wypróbowując brzmienie. — Co to znaczy?

— Wkrótce przekonacie się, co to znaczy. Teraz jednak — ciągnęła Serafina — musicie słuchać uważnie, bo powiem wam, co macie robić.

— Nie — sprzeciwiła się z mocą Kirjava.

Serafina westchnęła.

— Słyszę w twoim głosie, że wiesz, co zamierzam powiedzieć.

— Nie chcemy tego słuchać! — zawołał Pantalaimon.

— To za szybko — oświadczyła dajmona-słowik. — O wiele za szybko.

Serafina milczała, ponieważ zgadzała się z nimi i czuła smutek. Ale wciąż była wśród nich najmądrzejsza i musiała skierować ich na właściwą drogę. Zaczekała jednak, aż ochłoną, zanim podjęła rozmowę.

— Dokąd dotarliście w swoich wędrówkach? — zapytała.

— Do wielu światów — odparł Pantalaimon. — Przechodziliśmy wszędzie, gdzie znaleźliśmy okno. Istnieje więcej okien, niż przypuszczaliśmy.

— I widzieliście...

— Tak — potwierdziła Kirjava. — Patrzyliśmy uważnie i widzieliśmy, co się dzieje.

— Widzieliśmy wiele innych rzeczy — wtrącił szybko Pantalaimon. — Widzieliśmy anioły i rozmawialiśmy z nimi. Widzieliśmy świat, skąd pochodzą mali ludzie, Gallivespianie. Tam żyją także zwykli ludzie, którzy próbują ich zabijać.

Opowiedzieli czarownicy więcej o tym, co zobaczyli. Próbowali odwrócić jej uwagę i wiedziała o tym, ale pozwalała im mówić, bo tak bardzo kochali nawzajem swoje głosy.

W końcu jednak wyczerpały im się opowieści i zamilkli. Słychać było tylko łagodny nieustanny szelest liści, dopóki Serafina Pekkala nie powiedziała:

— Trzymaliście się z dala od Willa i Lyry, żeby ich ukarać. Wiem dlaczego; mój Kaisa zrobił to samo, kiedy przeszłam przez jałową pustynię. Ale w końcu do mnie wrócił, ponieważ wciąż się kochaliśmy. Oni wkrótce będą was potrzebowali, żebyście im pomogli wykonać, co należy teraz zrobić. Musicie im powiedzieć, co wiecie.

Pantalaimon krzyknął głośno, czystym, zimnym, sowim głosem, jakiego jeszcze nie słyszano w tym świecie. W pobliskich gniazdach, norkach i wszędzie dookoła, gdzie małe nocne stworzonka polowały, pasły się lub żerowały, narodził się nowy niezapomniany strach.

Serafina patrzyła z bliska i czuła tylko współczucie, dopóki nie spojrzała na dajmonę Willa, słowika Kirjavę. Przypomniała sobie rozmowę z czarownicą Rutą Skadi, która ujrzawszy Willa, tylko raz zapytała, czy Serafina spojrzała mu w oczy; a Serafina odpowiedziała, że się nie odważyła. Z małego brązowego ptaszka promieniowała nieubłagana srogość, równie namacalna jak żar, napawająca Serafinę strachem.

Wreszcie dziki wrzask Pantalaimona ucichł i Kirjava rzekła:

— Więc musimy im powiedzieć.

— Tak, musicie — potwierdziła spokojnie czarownica.

Stopniowo srogość znikła z oczu brązowego ptaszka i Serafina znowu mogła spojrzeć na samiczkę słowika. Zobaczyła bezdenny smutek.

— Nadpływa statek — powiedziała. — Zostawiłam go, żeby tu przylecieć i was znaleźć. Przybyłam z Cyganami aż z waszego świata. Będą tutaj za dzień lub dwa.

Dwa ptaki usiadły bliżej i już po chwili zmieniły się w parę gołębi.

— Może latacie już ostatni raz — ciągnęła Serafina. — Widzę trochę przyszłość. Widzę, że oboje będziecie mogli wspinać się równie wysoko, dopóki rosną takie drzewa; ale chyba nie zostaniecie ptakami, kiedy ustalicie swoją postać. Poznajcie jak najwięcej i dobrze wszystko zapamiętajcie. Wiem, że razem z Lyrą i Willem wykonacie trudną pracę umysłową, i wiem, że podejmiecie najlepszą decyzję. Ale sami musicie zdecydować, nikt inny.

Nie rozmawiali więcej. Czarownica wzięła swoją gałąź sosny obłocznej i uleciała z wierzchołka drzewa. Zatoczyła krąg wysoko, czując na skórze chłodny wiatr, łaskotanie światła gwiazd i dobroczynny dotyk Pyłu, którego nigdy nie widziała.

Serafina jeszcze raz sfrunęła do wioski i cicho weszła do chaty. Nie wiedziała nic o Mary, tylko tyle, że kobieta pochodziła ze świata Willa i że odegrała kluczową rolę w ostatnich wydarzeniach. Czy była groźna, czy życzliwa — czarownica nie wiedziała. Musiała jednak obudzić Mary, nie strasząc jej, i znała na to pewne zaklęcie.

Usiadła na podłodze przy łóżku i obserwowała kobietę spod przymkniętych powiek, oddychając w rytmie jej oddechu. Wkrótce zaczęła dostrzegać blade kształty, które Mary widziała we śnie, i dostroiła do nich wibracje swojego umysłu, jak się dostraja strunę. Potem dokonała kolejnego wysiłku i sama weszła pomiędzy sny. Teraz mogła już mówić do Mary i natychmiast poczuła do niej sympatię, jaką czasami budzą w nas ludzie spotykani w snach.

Po chwili, idąc przez zabawny krajobraz trzcin i elektrycznych transformatorów, prowadziły pospieszną szeptaną rozmowę, z której Mary później nic nie pamiętała. Nadszedł czas, żeby Serafina przejęła inicjatywę.

— Za chwilę się obudzisz — powiedziała. — Nie bój się. Znajdziesz mnie obok siebie. Budzę cię w ten sposób, żebyś wiedziała, że jesteś bezpieczna i nic ci nie grozi. A wtedy porozmawiamy jak należy.

Wycofała się, ciągnąc za sobą Mary ze snu, aż znowu znalazła się w domu. Siedziała ze skrzyżowanymi nogami na podłodze z ubitej ziemi, a Mary patrzyła na nią błyszczącymi oczami.

— Ty na pewno jesteś czarownicą — szepnęła.

— Tak. Nazywam się Serafina Pekkala. Jak ty się nazywasz?

— Mary Malone. Nigdy nikt mnie nie obudził tak spokojnie. Czy naprawdę się obudziłam?

— Tak. Musimy porozmawiać. Rozmowę we śnie trudno kontrolować i trudno zapamiętać. Lepiej rozmawiać na jawie. Czy wolisz zostać w domu, czy pójdziesz ze mną na spacer pod księżycem?

— Pójdę — oznajmiła Mary, usiadła i przeciągnęła się. — Gdzie są Lyra i Will?

— Śpią pod drzewem.

Wyszły z chaty, minęły drzewo osłonięte kurtyną liści i zeszły nad rzekę.

Mary patrzyła na Serafinę Pekkalę z mieszaniną podziwu i obawy. Nigdy nie widziała istoty ludzkiej równie smukłej i pełnej wdzięku. Czarownica wydawała się młodsza od Mary, chociaż według Lyry przeżyła już setki lat; o jej wieku świadczył jedynie wyraz twarzy, pełnej niewysłowionego smutku.

Usiadły na brzegu, nad czarnosrebrną wodą, i Serafina powiedziała Mary, że rozmawiała z dajmonami dzieci.

— Dzisiaj poszły ich szukać — oznajmiła Mary — ale zaszło coś jeszcze. Will nigdy nie widział dokładnie swojej dajmony, tylko przez sekundę, kiedy uciekali z pola bitwy. Nie był pewien, czy ma dajmonę.

— Owszem, ma. I ty też.

Mary wytrzeszczyła na nią oczy.

— Gdybyś mogła go widzieć — ciągnęła Serafina — zobaczyłabyś czarnego ptaka z czerwonymi nogami i jaskrawożółtym dziobem, lekko zakrzywionym. Górskiego ptaka.

— Alpejski kruk... W jaki sposób go widzisz?

— Widzę go, kiedy przymykam oczy. Gdybyśmy miały czas, nauczyłabym cię, jak go zobaczyć i jak zobaczyć dajmony innych ludzi z twojego świata. Dla nas to dziwne, że ich nie widzicie.

Potem poinformowała Mary, co mówiła dajmonom i co to oznacza.

— I dajmony będą musiały im powiedzieć? — zapytała Mary.

— Chciałam ich obudzić i powiedzieć im sama. Potem chciałam powiedzieć tobie i w ten sposób przerzucić odpowiedzialność. Ale zobaczyłam ich dajmony i zrozumiałam, że tak będzie najlepiej.

— Oni się kochają.

— Wiem.

— Dopiero to odkryli...

Mary próbowała ogarnąć umysłem wszystkie implikacje tego, co jej powiedziała Serafina, ale nie potrafiła. Po chwili zapytała:

— Czy potrafisz zobaczyć Pył?

— Nie, nigdy go nie widziałam. Dopóki nie wybuchły wojny, nigdy o nim nie słyszałyśmy.

Mary wyjęła lunetę z kieszeni i podała czarownicy. Serafina przyłożyła ją do oka i gwałtownie wciągnęła powietrze.

— Więc to jest Pył... Piękny!

— Obejrzyj namiotowe drzewo.

Serafina usłuchała i zachłysnęła się ponownie.

— Oni to zrobili?! — wykrzyknęła.

— Coś się dzisiaj stało albo wczoraj, jeśli już minęła północ — oświadczyła Mary. Próbowała znaleźć słowa na wyjaśnienie tego i przypomniała sobie wizję powodzi Pyłu jako wielkiej rzeki rozmiarów Missisipi. — Coś małego, lecz niezwykle istotnego... Jeśli chcesz skierować potężną rzekę w nowe koryto i masz tylko jeden kamyk, możesz tego dokonać, jeśli położysz kamyk w odpowiednim miejscu, żeby zmienić kierunek pierwszej strużki wody. Coś w tym rodzaju stało się wczoraj. Nie wiem, na czym to polegało. Zobaczyli siebie inaczej albo... Dotąd nic takiego nie czuli, ale nagle to się zmieniło. I wtedy zaczęli bardzo mocno przyciągać Pył, który przestał odpływać w drugą stronę.

— Więc tak to się miało stać! — zawołała Serafina z zachwytem. — I teraz jest bezpiecznie albo będzie bezpiecznie, kiedy aniołowie wypełnią wielką otchłań w podświecie.

Opowiedziała Mary o otchłani i wyjaśniła, jak ją odkryła.

— Leciałam wysoko, szukałam lądu i spotkałam anioła, anielicę. Wyglądała bardzo dziwnie, jednocześnie staro i młodo — ciągnęła, zapominając, że sama taka wydawała się tej kobiecie. — Nazywała się Xaphania. Powiedziała mi wiele rzeczy... Powiedziała, że cała historia ludzkiego życia to walka pomiędzy mądrością a głupotą. Ona i zbuntowane anioły, poszukiwacze mądrości, zawsze próbowali otwierać umysły; Autorytet i jego Kościoły zawsze usiłowali je zamknąć. Podała mi wiele przykładów z mojego świata.

— Znam wiele przykładów z mojego.

— I przez większość czasu mądrość musiała działać w tajemnicy, mówić szeptem, kryć się jak szpieg w najnędzniejszych miejscach, podczas gdy jej wrogowie zajmowali dwory i pałace.

— Tak — mruknęła Mary — to też poznaję.

— Walka jeszcze się nie skończyła, chociaż siły królestwa zostały powstrzymane. Przegrupują się pod nowym dowódcą i powrócą silniejsze, więc musimy się przygotować, żeby stawić im opór.

— Ale co się stało z Lordem Asrielem? — zapytała Mary.

— Walczył z Regentem niebios, aniołem Metatronem, i wciągnął go w przepaść. Metatron odszedł na zawsze. Podobnie jak Lord Asriel.

Mary zabrakło tchu.

— A pani Coulter? — zapytała.

Zamiast odpowiedzi czarownica wyjęła strzałę z kołczanu. Wybrała ją bez pośpiechu: najlepszą, najprostszą, najdokładniej wyważoną.

I przełamała ją na pół.

— Niegdyś w moim świecie — powiedziała — widziałam, jak kobieta torturuje czarownicę, i przysięgłam sobie, że przeszyję jej gardło tą strzałą. Teraz już nigdy nie spełnię przyrzeczenia. Poświęciła się razem z Lordem Asrielem, żeby pokonać anioła i uczynić świat bezpiecznym dla Lyry. Nie mogli tego dokonać w pojedynkę, ale razem zwyciężyli.

— Jak to powiemy Lyrze? — zapytała przygnębiona Mary.

— Zaczekaj, dopóki nie zapyta — poradziła Serafina. — Może wcale nie zapyta. W każdym razie ma czytnik symboli, z którego odczyta wszystko, co zechce wiedzieć.

Przez chwilę siedziały w przyjaznym milczeniu, a gwiazdy powoli zataczały krąg na niebie.

— Czy możesz spojrzeć w przyszłość i zgadnąć, co oni wybiorą? — zapytała Mary.

— Nie, lecz jeśli Lyra wróci do własnego świata, zostanę jej siostrą do końca życia. A co ty zrobisz?

— Ja... — zaczęła Mary i zorientowała się, że nawet o tym nie pomyślała. — Chyba należę do swojego świata. Chociaż niechętnie stąd odejdę. Byłam tutaj bardzo szczęśliwa. Szczęśliwa jak nigdy w życiu.

— No, jeśli wrócisz do domu, będziesz miała siostrę w innym świecie — powiedziała Serafina — i ja też. Zobaczymy się za dzień lub dwa, kiedy przypłynie statek, i porozmawiamy jeszcze o podróży do domu; a potem pożegnamy się na zawsze. Obejmij mnie teraz, siostro.

Mary objęła ją, a potem Serafina Pekkala odleciała na gałęzi z sosny obłocznej nad trzcinami, bagnami i morzem, i Mary straciła ją z oczu.

W tym samym czasie wielka niebieska jaszczurka natrafiła na ciało ojca Gomeza. Will i Lyra wrócili do wioski tego popołudnia inną trasą, więc go nie widzieli. Zwłoki leżały spokojnie tam, gdzie zostawił je Baltha- mos. Jaszczurki były ścierwojadami, ale łagodnymi i nie- groźnymi, i na mocy odwiecznej umowy z *mulefa* miały prawo do każdego martwego stworzenia pozostawionego po zmroku.

Jaszczurka zaciągnęła zwłoki księdza do swojego gniazda i sprawiła dzieciom prawdziwą ucztę. Co do karabinu, został w trawie, tam gdzie go zostawił ojciec Gomez, i rdzewiał powoli.

37

Diuny

Miła duszo, nie szukaj nieśmiertelnego żywota,
*podejmij się dzieła, którego możesz dokonać *.*

Pindar

Następnego dnia Will i Lyra znowu wyszli sami z wioski, niewiele mówiąc, szukając samotności we dwoje. Wydawali się oszołomieni, jakby jakieś szczęśliwe wydarzenie pozbawiło ich rozumu. Poruszali się powoli, patrzyli na świat niewidzącym wzrokiem.

Spędzili cały dzień na rozległych wzgórzach, a w upalnym popołudniu odwiedzili srebrno-złoty gaj. Rozmawiali, kąpali się, jedli, całowali się, leżeli zmożeni szczęściem, szepcząc słowa pozbawione sensu i czując, że rozpływają się z miłości.

Wieczorem zjedli posiłek z Mary i Atal, mówiąc niewiele, a ponieważ panował upał, postanowili pójść nad morze, gdzie spodziewali się znaleźć chłodną bryzę. Wędrowali z biegiem rzeki, aż dotarli na szeroką plażę, jasną pod księżycem, gdzie zaczynał się przypływ.

Położyli się na miękkim piasku u stóp wydmy i wtedy usłyszeli pierwsze wołanie ptaka.

---

* „Oda Pytyjska III", tłum. A. Szastyńska-Siemion.

Oboje jednocześnie odwrócili głowy, ponieważ ten ptak miał głos niepodobny do żadnego innego stworzenia żyjącego w tym świecie. Skądś z wysoka, z ciemności dobiegł delikatny trel, a potem odpowiedział mu drugi z innej strony. Will i Lyra, zachwyceni, zerwali się z piasku i próbowali wypatrzyć śpiewaków, ale dostrzegli tylko dwa ciemne śmigłe kształty, które pikowały nisko i znowu wzlatywały w górę, przez cały czas wyśpiewując dźwięczną płynną melodię, nieskończenie bogatą i różnorodną.

A potem trzepocząc skrzydłami, które wzbiły małą fontannę piasku, pierwszy ptak wylądował kilka metrów przed nimi.

— Pan...? — zapytała Lyra.

Przybrał postać gołębia o ciemnej barwie, trudnej do określenia w blasku księżyca; odcinał się wyraźnie na białym piasku. Drugi ptak wciąż krążył w górze, wciąż śpiewał, a potem sfrunął do nich. Była to gołębica, ale perłowobiała, z grzywą ciemnoczerwonych piór.

Will zrozumiał, co to znaczy zobaczyć swojego dajmona. Kiedy gołębica sfrunęła na piasek, serce mu się ścisnęło i zadrżało w sposób, jakiego nigdy nie zapomniał. Sześćdziesiąt lat minęło i jako stary człowiek wciąż przeżywał pewne doznania równie wyraźnie jak za pierwszym razem: palce Lyry wkładające mu owoc do ust pod srebrno-złotymi drzewami; dotyk jej ciepłych ust na jego wargach; dajmona wydarta niespodziewanie z jego piersi, kiedy weszli do świata zmarłych; i słodka sprawiedliwość jej powrotu na skraju wydm oblanych światłem księżyca.

Lyra ruszyła w stronę dajmonów, ale Pantalaimon przemówił:

— Lyro, wczoraj w nocy przyszła do nas Serafina Pekkala. Powiedziała nam wiele rzeczy. Wróciła, żeby przyprowadzić tu Cyganów. Nadpływa Ojciec Coram i Lord Faa, przybędą tutaj.

— Pan — szepnęła zmartwiona. — Och, Pan, nie jesteś szczęśliwy... Co się stało? Co się dzieje?

Wtedy zmienił się i pomknął do niej po piasku jako śnieżnobiały gronostaj. Drugi dajmon również się przemienił — Will poczuł to jako lekki ucisk w sercu — i stał się kotką.

Zanim kotka podeszła do niego, przemówiła:

— Czarownica nadała mi imię. Przedtem go nie potrzebowałam. Nazwała mnie Kirjava. Ale teraz musicie nas wysłuchać...

— Tak, musicie — poparł ją Pantalaimon. — To trudno wytłumaczyć.

Wspólnym wysiłkiem dajmony przekazały dzieciom wszystko, co powiedziała im Serafina, zaczynając od rewelacji dotyczącej natury dzieci: jak to niezamierzenie posiedli moc rozdzielenia jak czarownice, a jednak zachowywali jedność ze swymi dajmonami.

— Ale to nie wszystko — powiedziała Kirjava.

A Pantalaimon zawołał:

— Och, Lyro, przebacz nam, ale musimy ci powiedzieć, czego się dowiedzieliśmy...!

Lyra była zdumiona. Kiedy to Pan potrzebował jej przebaczenia? Spojrzała na Willa i zobaczyła, że jest równie zaskoczony.

— Powiedzcie nam — poprosił. — Nie bójcie się.

— Chodzi o Pył — wyjaśniła kotka-dajmona i Will zdziwił się, że część jego własnej natury mogła mu powiedzieć coś, czego nie wiedział. — Cały Pył odpływał, spadał do otchłani, którą widzieliście. Coś powstrzymało jego odpływ tutaj, ale...

— Will, to było złote światło! — zawołała Lyra. — Światło, które spadało do otchłani i znikało... Więc to był Pył? Naprawdę?

— Tak. Ale jeszcze więcej wycieka przez cały czas — oznajmił Pantalaimon. — A nie powinno. Najważniejsze, żeby wszystko nie wyciekło. Pył musi zostać w tym świecie i nie znikać, bo inaczej wszystko dobre zmarnieje i zginie.

— Ale dokąd ucieka reszta? — zapytała Lyra.

Oba dajmony spojrzały na Willa i na nóż.

— Za każdym razem, kiedy robimy otwór — powiedziała Kirjava i Will znowu poczuł ten drobny dreszczyk: ona jest mną, ja jestem nią... — za każdym razem, kiedy ktoś otwierał przejście pomiędzy światami, my albo dawni członkowie gildii, nóż wcinał się w zewnętrzną pustkę. W tę samą pustkę, która jest w otchłani. Nie wiedzieliśmy o tym. Nikt nie wiedział, ponieważ krawędź jest bardzo cieniutka i niewidoczna. Ale dostatecznie duża, żeby Pył wyciekał. Jeśli natychmiast zamknie się okno, nie zdąży dużo wycieknąć, ale są tysiące otworów nigdy niezamkniętych. Więc przez cały czas Pył wycieka ze światów w nicość.

Wyraz twarzy Willa i Lyry oznaczał, że zrozumieli. Walczyli z tym, ale nadchodziło nieubłaganie jak szare światło, które sączy się z nieba i zaćmiewa gwiazdy; pokonywało każdą barierę w ich umysłach, przebijało się przez każdą zasłonę i znajdowało szpary w każdej okiennicy.

— Każdy otwór — szepnęła Lyra.

— Wszystkie trzeba zamknąć? — zapytał Will.

— Tak — potwierdził Pantalaimon również szeptem.

— O nie — jęknęła Lyra. — Nie, to nieprawda...

— Dlatego musimy opuścić nasz świat i zostać w świecie Lyry — oświadczyła Kirjava. — Albo Pan i Lyra muszą opuścić swój świat i zamieszkać w naszym. Nie ma innego wyjścia.

Potem ponure światło dnia uderzyło w nich z całą siłą.

Lyra krzyknęła głośno. Sowi wrzask Pantalaimona poprzedniej nocy wystraszył każde małe stworzenie, które go usłyszało, ale to było nic w porównaniu z dzikim skowytem Lyry. Dajmony były wstrząśnięte i widząc ich reakcję, Will zrozumiał powód: nie znały reszty prawdy; nie wiedziały tego, czego Will i Lyra sami się dowiedzieli.

Lyra trzęsła się z żalu i gniewu, zaciskała pięści i chodziła wielkimi krokami tam i z powrotem, odwracając zalaną łzami twarz to w jedną stronę, to w drugą, jakby wypatrywała odpowiedzi. Will zerwał się, chwycił ją za ramiona i poczuł drżenie jej napiętych mięśni.

— Słuchaj! — zawołał. — Lyro, pamiętasz, co powiedział mój ojciec?

— Och! — krzyknęła, rzucając głową na wszystkie strony. — Powiedział... Wiesz, co powiedział... Byłeś tam, Will, i też słuchałeś!

Myślał, że Lyra umrze z żalu. Rzuciła mu się w ramiona i szlochała, czepiając się rozpaczliwie jego rąk, wbijając mu paznokcie w kark, wciskając twarz w jego szyję, i słyszał tylko:

— Nie... nie... nie...

— Słuchaj — powtórzył. — Spróbuj sobie dokładnie przypomnieć. Może jest jakieś wyjście. Może jest jakaś luka.

Łagodnie rozplótł jej ramiona i posadził ją na piasku. Przerażony Pantalaimon natychmiast wskoczył jej na kolana, a dajmona-kotka z wahaniem podeszła do Willa. Jeszcze się nie dotknęli, ale teraz wyciągnął do niej rękę, a ona potarła kocim pyszczkiem o jego palce i delikatnie weszła mu na kolana.

— Powiedział — wykrztusiła Lyra, chwytając powietrze — że ludzie mogą spędzić trochę czasu w innych światach bez szkody dla zdrowia. Tak jak my, prawda? Oprócz tego, co zrobiliśmy, żeby wejść do świata zmarłych, jesteśmy zdrowi, prawda?

— Mogą spędzić trochę czasu, ale niewiele — podjął Will. — Mój ojciec opuścił swój świat, mój świat, na dziesięć lat. I prawie umierał, kiedy go znalazłem. Dziesięć lat, nie więcej.

— Ale co z Lordem Borealem? Sir Charlesem? On był całkiem zdrowy, prawda?

— Tak, ale pamiętaj, że mógł wracać do swojego świata, kiedy zechciał, i odzyskać zdrowie. Przecież tam go zobaczyłaś po raz pierwszy, w swoim świecie. Widocznie znalazł jakieś sekretne okno, o którym nikt inny nie wiedział.

— My też tak możemy!

— Możemy, tylko że...

— Wszystkie okna trzeba zamknąć — oświadczył Pantalaimon. — Wszystkie.

— Ale skąd wiesz? — zaprotestowała Lyra.

— Anioł nam powiedział — wyjaśniła Kirjava. — Spotkaliśmy anielicę. Opowiedziała nam o tym i o innych rzeczach. To prawda, Lyro.

— Anielica? — podejrzliwie rzuciła Lyra.

— Anioł rodzaju żeńskiego.

— Nigdy o takich nie słyszałam. Może ona kłamie.

Will zastanawiał się nad inną możliwością.

— Załóżmy, że zamknęli wszystkie inne okna — powiedział. — A my otworzymy tylko jedno dla siebie i przejdziemy jak najszybciej, i zaraz je zamkniemy... to będzie bezpieczne, prawda? Jeśli nie pozwolimy, żeby Pył długo wyciekał?

— Tak!

— Zrobimy je tam, gdzie nikt go nie znajdzie — ciągnął. — I tylko my dwoje będziemy wiedzieli...

— Och, to się uda! Na pewno! — zawołała Lyra.

— I możemy przechodzić z jednego świata do drugiego, i zachować zdrowie...

Ale dajmony wyglądały na zmartwione. Kirjava mamrotała:

— Nie, nie.

Pantalaimon mruknął:

— Upiory... Ona nam powiedziała o upiorach.

— Upiory? — zapytał Will. — Widzieliśmy je w bitwie, po raz pierwszy. Co z nimi?

— No więc dowiedzieliśmy się, skąd pochodzą — powiedziała Kirjava. — I to jest najgorsze: one są jak dzieci otchłani. Za każdym razem, kiedy otwieramy nożem okno, powstaje upiór. To jakby kawałeczek otchłani, który przepływa do świata. Dlatego tyle ich jest w świecie Cittàgazze, bo tam zostawili mnóstwo otwartych okien.

— One żywią się Pyłem — dodał Pantalaimon. — I dajmonami. Ponieważ Pył i dajmony są trochę podobne, w każdym razie dorosłe dajmony. Upiory je zjadają i robią się coraz większe i silniejsze...

Will poczuł w sercu zgrozę, a Kirjava przywarła do jego piersi, próbując go pocieszyć.

— Więc za każdym razem, kiedy używałem noża — stwierdził — zawsze powoływałem do życia nowego upiora?

Pamiętał, jak Iorek Byrnison powiedział w jaskini, gdzie skuwał nóż: „Nie wiesz, co robi sam nóż. Możesz mieć dobre intencje. Nóż ma własne intencje".

Lyra obserwowała go oczami rozszerzonymi z niepokoju.

— Och, nie możemy, Will! — jęknęła. — Nie możemy robić tego ludziom... Nie możemy wypuszczać nowych upiorów, skoro widzieliśmy, co one czynią!

— No dobrze — Will wstał i przycisnął do piersi swoją dajmonę. — Więc musimy... Jedno z nas musi... Przejdę do twojego świata i...

Wiedziała, co chciał powiedzieć; patrzyła, jak trzymał piękną zdrową dajmonę, którą dopiero zaczynał poznawać; pomyślała o jego matce i wiedziała, że też o niej pomyślał. Opuścić ją i żyć z Lyrą chociaż przez kilka lat... Czy mógł tak postąpić? Mógł żyć z Lyrą, ale wiedziała, że wtedy nie mógłby żyć ze sobą.

— Nie! — krzyknęła, zrywając się na nogi; Kirjava zeskoczyła na piasek do Pantalaimona, a chłopiec i dziewczyna złączyli się w rozpaczliwym uścisku. — Ja to zrobię, Will! Przejdziemy do twojego świata i zamieszkamy tam! Nieważne, czy zachorujemy, ja i Pan... Jesteśmy silni, na pewno długo wytrzymamy... Zresztą w twoim świecie macie chyba dobrych lekarzy... Doktor Malone będzie wiedziała! Och, zróbmy tak!

Kręcił głową i Lyra zobaczyła błyszczące łzy na jego policzkach.

— Myślisz, że to zniosę, Lyro? — zapytał. — Myślisz, że mógłbym spokojnie patrzeć, jak chorujesz, słabniesz i w końcu umierasz, podczas gdy ja rosnę i nabieram sił z każdym dniem? Dziesięć lat... To nic. Minie w okamgnieniu. Skończymy po dwadzieścia lat. To niedużo. Pomyśl, Lyro, ty i ja dorośli, wreszcie gotowi zrobić wszystkie te rzeczy, których pragnęliśmy... a potem wszystko się kończy. Myślisz, że mógłbym żyć dalej po twojej śmierci? Och, Lyro, poszedłbym za tobą do krainy zmarłych bez namysłu, tak jak ty poszłaś za Rogerem, i wtedy dwa życia zostałyby zmarnowane, twoje i moje. Nie, powinniśmy spędzić razem całe życie, długie, pracowite i dobre życie, a jeśli nie możemy... powinniśmy je spędzić oddzielnie.

Przygryzając wargę, patrzyła, jak chodził tam i z powrotem, pogrążony w udręce.

Zatrzymał się, odwrócił i podjął:

— Pamiętasz, co jeszcze powiedział mój ojciec? Że musimy zbudować republikę niebios tam, gdzie mieszkamy. Powiedział, że dla nas nie ma żadnego gdzie indziej. Teraz rozumiem, o co mu chodziło. Och, to zbyt gorzkie. Myślałem, że chodziło mu tylko o Lorda Asriela i jego nowy świat, ale on mówił o nas, o tobie i o mnie. Musimy żyć we własnych światach...

— Zapytam aletheiometr — oświadczyła Lyra. — On wie. Nie rozumiem, dlaczego wcześniej o tym nie pomyślałam.

Usiadła, otarła policzki wierzchem dłoni i drugą ręką sięgnęła po plecak. Nosiła go ze sobą wszędzie; kiedy Will myślał o niej w następnych latach, widział ją zwykle z tym małym tobołkiem na ramieniu. Odgarnęła włosy za uszy szybkim ruchem, który uwielbiał, i wyjęła czarne aksamitne zawiniątko.

— Widzisz coś? — zapytał, bo chociaż księżyc świecił jasno, symbole na tarczy były bardzo małe.

— Znam ich położenie — odpowiedziała. — Umiem to na pamięć. Teraz ciii...

Skrzyżowała nogi i podciągnęła spódnicę, żeby powstał podołek. Will leżał wsparty na łokciu i patrzył. Księżycowe światło odbite od białego piasku rozświetlało twarz Lyry tak, że wydawała się promieniować wewnętrznym blaskiem; oczy jej lśniły, minę miała tak poważną i przejętą, że Will zakochałby się w niej na nowo, gdyby już jej nie kochał całym sercem.

Lyra odetchnęła głęboko i zaczęła obracać kółka. Lecz już po chwili przerwała i odwróciła instrument.

— Złe miejsce — wyjaśniła krótko i zaczęła od początku.

Will widział wyraźnie jej najdroższą twarz. Ponieważ znał ją tak dobrze, ponieważ oglądał ją w szczęściu i rozpaczy, w smutku i nadziei, widział, że coś jest źle: nie mogła się skoncentrować, co zwykle przychodziło jej tak łatwo. Stopniowo na jej twarzy pojawiło się rozpaczliwe zdumienie; przygryzała dolną wargę, coraz częściej mrugała i powoli przesuwała wzrok z symbolu na symbol, niemal po omacku, zamiast przeskakiwać do każdego następnego szybko i pewnie.

— Nie wiem — wyznała, kręcąc głową. — Nie wiem, co się dzieje... Znam to tak dobrze, ale chyba nie rozumiem, co znaczy...

Wzięła głęboki drżący oddech i przekręciła instrument. Wyglądał obco i niezręcznie w jej dłoniach. Pantalaimon pod postacią myszy wskoczył na jej podołek i oparł czarne łapki na krysztale, zerkając na kolejne symbole. Lyra pokręciła jednym kółkiem, potem drugim, obróciła cały przyrząd i wstrząśnięta podniosła wzrok na Willa.

— Och, Willu! — zawołała. — Nie mogę go czytać! Opuścił mnie!

— Nie martw się. Wciąż masz w sobie tę wiedzę. Tylko się uspokój i zaczekaj, aż sama przyjdzie. Nie szukaj jej na siłę. Po prostu pozwól, żeby sama wypłynęła...

Przełknęła ślinę, kiwnęła głową i ze złością otarła oczy. Potem kilka razy odetchnęła głęboko, ale Will widział, że jest zbyt spięta. Położył ręce na jej ramionach, poczuł jej drżenie i objął ją mocno. Wyrwała mu się i znowu spróbowała. Jeszcze raz spojrzała na symbole, jeszcze raz obróciła kółka, lecz niewidzialne drabiny znaczeń, po których dawniej wchodziła z taką łatwością i swobodą, teraz znikły. Po prostu nie wiedziała, co znaczyły poszczególne symbole.

Odwróciła się, objęła Willa i zawołała z rozpaczą:

— Nic z tego! Skończyło się... Odeszło na zawsze... Zawsze przychodziło, kiedy potrzebowałam, do różnych rzeczy... do ratowania Rogera, a potem dla nas... a teraz odeszło, teraz wszystko skończone, po prostu mnie opuściło... Bałam się tego, bo było takie trudne... Myślałam, że nie widzę dobrze albo że palce mi zesztywniały, ale to wcale nie tak; po prostu moc mnie opuściła, zgasła... Och, wszystko skończone, Will! Straciłam to! I już nigdy nie wróci!

Szlochała w zapamiętaniu. Mógł tylko ją przytulić. Nie umiał jej pocieszyć, ponieważ najwyraźniej miała rację.

Potem oba dajmony zjeżyły się i podniosły wzrok. Will i Lyra również to wyczuli i spojrzeli na niebo. Nadlatywało jakieś światło; światło ze skrzydłami.

— To anielica, którą spotkaliśmy — domyślił się Pantalaimon.

Odgadł prawidłowo. Chłopiec, dziewczyna i dwa dajmony patrzyli, jak Xaphania szerzej rozpostarła skrzydła i sfrunęła na piasek. Will, chociaż spędził sporo czasu w towarzystwie Balthamosa, nie był przygotowany na tak dziwne spotkanie. Mocno trzymali się z Lyrą za ręce, kiedy anielica zbliżyła się, promieniując światłem z innego świata. Nie nosiła ubrania, lecz to nie miało znaczenia; zresztą jakie ubranie mogą nosić anioły? — pomyślała Lyra. Nie dało się określić jej wieku, ale twarz miała surową i współczującą. Will i Lyra poczuli, że nowo przybyła zna najgłębsze tajemnice ich serc.

— Willu — odezwała się. — Przybyłam prosić cię o pomoc.

— Mnie? Jak mogę ci pomóc?

— Chcę, żebyś mi pokazał, jak zamykać otwory wykonane nożem.

Will przełknął ślinę.

— Pokażę ci — zgodził się. — A ty pomożesz nam w zamian?

— Nie w sposób, o jakim myślicie. Wiem, o czym rozmawialiście. Wasz smutek zostawił ślady w powietrzu. Chociaż to żadna pociecha, wierzcie mi, że każda istota, która wie o waszej rozterce, chciałaby to zmienić; ale czasami nawet najpotężniejsi muszą pogodzić się z przeznaczeniem. Nie mogę wam w niczym pomóc.

— Dlaczego... — zaczęła Lyra słabym, drżącym głosem. — Dlaczego nie umiem już odczytywać aletheiometru? Dlaczego nawet to straciłam? Jedyna rzecz, którą umiałam dobrze robić, przepadła... po prostu zniknęła, jakby nigdy nie istniała...

— Czytałaś dzięki łasce — oświadczyła Xaphania. — I możesz to odzyskać dzięki pracy.

— Ile czasu mi to zajmie?

— Całe życie.

— Tak długo...

— Ale wtedy będziesz czytać nawet lepiej, po całym życiu rozmyślań i wysiłków, ponieważ to wypłynie ze świadomego zrozumienia. Łaska zdobyta w ten sposób jest głębsza i pełniejsza niż łaska otrzymana za darmo, a co więcej, kiedy już ją zdobędziesz, nigdy jej nie utracisz.

— Masz na myśli całe życie, prawda? — szepnęła Lyra. — Całe długie życie? Nie tylko... kilka lat?

— Tak — potwierdziła anielica.

— I wszystkie okna trzeba zamknąć? — upewnił się Will. — Każde z nich?

— Zrozumcie — powiedziała Xaphania — Pył nie jest stały. To nie ustalona ilość, zawsze taka sama. Świadome byty tworzą Pył... odnawiają go przez cały czas, myśleniem, czuciem i refleksją, zdobywając mądrość i przekazując dalej. Więc jeśli pomożecie wszystkim ludziom w waszych światach, jeśli im pomożecie poznawać i rozumieć siebie i innych, i swoje otoczenie, jeśli ich nauczycie łagodności zamiast okrucieństwa, cierpliwości zamiast pośpiechu, grzeczności zamiast opryskliwości i nade wszystko pokażecie im, jak zachować wolne, otwarte i ciekawe umysły... Wtedy odtworzą dostatecznie dużo Pyłu, żeby uzupełnić ubytek z jednego okna. Więc jedno możecie zostawić otwarte.

Will drżał z podniecenia, jego myśli pomknęły w jednym kierunku: do nowego okna w powietrzu pomiędzy światami jego i Lyry. To będzie ich sekret, będą mogli przechodzić tam i z powrotem, mieszkać trochę w swoim świecie i trochę w drugim, żeby dajmony utrzymywały ich w zdrowiu. Mogą razem dorastać i może, dużo później, będą mieli dzieci, sekretnych obywateli dwóch światów; i będą przenosić wiedzę z jednego świata do drugiego, mogą czynić wiele dobrego...

Ale Lyra kręciła głową.

— Nie — jęknęła cicho — nie możemy, Will...

Nagle zrozumiał, o czym myślała, i równie udręczonym głosem powiedział:

— Nie, przecież zmarli...

— Musimy zostawić jedno okno otwarte dla nich! Musimy!

— Tak, inaczej...

— I musimy wytworzyć dostatecznie dużo Pyłu, Will, żeby nie zamykać tego okna...

Dygotała. Wydawała się bardzo dziecinna, kiedy przygarnął ją do siebie.

— I jeśli tak zrobimy — podjął z drżeniem — jeśli przeżyjemy nasze życie jak należy, pamiętając o nich, wtedy będziemy też mieli co opowiedzieć harpiom. Musimy powiedzieć o tym ludziom, Lyro.

— Tak, o prawdziwych historiach — szepnęła. — O prawdziwych historiach, które harpie chcą usłyszeć w zamian. Tak. Więc jeśli ktoś przeżyje całe życie i nie ma nic do opowiedzenia, to kiedy umrze, nigdy nie opuści świata zmarłych. Musimy im to powtórzyć, Willu.

— Ale sami...

— Tak — przyznała — sami.

Na to słowo wielka fala wściekłości i rozpaczy wezbrała głęboko we wnętrzu Willa, jakby jego umysł zmienił się w ocean wzburzony potężnym trzęsieniem ziemi. Przez całe życie był sam i teraz znowu zostanie sam, i niemal natychmiast musi utracić ten nieskończenie cenny dar, który otrzymał. Poczuł, jak fala piętrzy się coraz wyżej, przesłania niebo, jak jej grzbiet załamuje się i wielka masa wody uderza z siłą oceanu o żelazny brzeg jego zdyscyplinowanej jaźni. I zatrząsł się, spazmatycznie łapiąc powietrze, zaszlochał głośno z bólu i gniewu, jakiego nie czuł nigdy w życiu, i przycisnął do siebie równie zrozpaczoną Lyrę. Lecz kiedy fala przelała się i wody opadły, pozostała jałowa skała. Nie mogli walczyć z losem; ani rozpacz Willa, ani rozpacz Lyry niczego nie zmieniły.

Jak długo trwała ta burza uczuć — nie wiedział. Wreszcie jednak musiała ustąpić i ocean trochę się uspokoił. Wody wciąż się burzyły i może nigdy już nie zaznają prawdziwego spokoju, ale wielka furia przeminęła.

Odwrócili się do anielicy i zobaczyli, że rozumie oraz dzieli ich smutek. Lecz sięgała wzrokiem dalej niż oni i jej twarz wyrażała również spokojną nadzieję.

Will przełknął z trudem i powiedział:

— Dobrze. Pokażę ci, jak zamykać okno. Ale najpierw muszę jedno otworzyć i stworzyć następnego upiora. Nie wiedziałem o nich, bo zachowałbym większą ostrożność.

— Zajmiemy się upiorami — obiecała Xaphania.

Will wyjął nóż i zwrócił się w stronę morza. Ku swojemu zdziwieniu dłonie miał pewne i spokojne. Wyciął okno do własnego świata i wszyscy zobaczyli wielką fabrykę albo zakład chemiczny, gdzie skomplikowane rurociągi biegły pomiędzy budynkami a cysternami, światła paliły się na każdym rogu, a smugi pary unosiły w powietrze.

— Dziwnie pomyśleć, że anioły nie potrafią tego zrobić — powiedział Will.

— Nóż to ludzki wynalazek.

— I zamierzacie zamknąć wszystkie oprócz jednego — ciągnął Will. — Wszystkie oprócz okna do świata zmarłych.

— Tak, przyrzekłyśmy. Ale warunkowo i wy znacie ten warunek.

— Znamy. Czy jest wiele okien do zamknięcia?

— Tysiące. Powstała straszliwa otchłań wyrwana przez bombę i wielka dziura, którą Lord Asriel zrobił w swoim świecie. Obie zostaną zamknięte. Istnieje jednak mnóstwo mniejszych otworów — niektóre głęboko pod ziemią, inne wysoko w powietrzu — powstałych w inny sposób.

— Baruch i Balthamos powiedzieli mi, że używali tych otworów do podróży pomiędzy światami. Czy anioły nie będą już mogły tak podróżować? Czy będziecie ograniczeni do jednego świata, tak jak my?

— Nie, mamy inne sposoby podróżowania.

— Te sposoby... — wtrąciła Lyra. — Czy możemy się ich nauczyć?

— Tak. Możecie się ich nauczyć, tak jak ojciec Willa. Wykorzystują czynnik, który nazywacie wyobraźnią. Ale to nie oznacza „wymyślania rzeczy". To sposób widzenia.

— Więc to nie są prawdziwe podróże — stwierdziła Lyra. — Tylko udawane...

— Nie — zaprzeczyła Xaphania. — Żadnego udawania. Udawanie jest łatwe. Ten sposób jest trudniejszy, ale znacznie prawdziwszy.

— Czy to tak jak z aletheiometrem? — zapytał Will. — Czy trzeba się tego uczyć przez całe życie?

— Tak, to wymaga długiej praktyki. Musicie pracować. Myślicie, że wystarczy strzelić palcami i dostaniecie to w prezencie? Co warto mieć, na to warto pracować. Ale masz przyjaciela, który zrobił już pierwsze postępy i może ci pomóc.

Will nie wiedział, kim jest ten przyjaciel, i w tej chwili nie miał ochoty pytać.

— Rozumiem — westchnął. — Czy spotkamy się znowu? Czy jeszcze kiedyś zobaczymy anioła, jak już wrócimy do własnych światów?

— Nie wiem — odparła Xaphania. — Ale nie powinniście spędzić życia na czekaniu.

— A ja powinienem złamać nóż — powiedział Will.

— Tak.

Obok nich znajdowało się otwarte okno. Fabryka jaśniała światłami, praca wrzała. Maszyny turkotały, chemikalia się łączyły, ludzie wytwarzali towary i zarabiali na życie. To był świat, do którego należał Will.

— No dobrze, pokażę ci, co trzeba zrobić — powiedział.

Nauczył anielicę, jak wyczuwać krawędzie okna, tak jak wcześniej nauczył go Giacomo Paradisi. Pokazał, jak wymacywać je opuszkami palców i ściskać razem. Powoli okno się zamknęło i fabryka znikła.

— A otwory, których nie zrobił zaczarowany nóż? — przypomniał sobie Will. — Czy naprawdę trzeba je wszystkie zamknąć? Bo na pewno Pył ucieka tylko przez okna wykonane nożem. Tamte inne pewnie istnieją od tysięcy lat, ale Pył nie znika.

— Zamkniemy je wszystkie — oświadczyła anielica — bo gdybyś myślał, że jakieś pozostało, szukałbyś go przez całe życie i zmarnowałbyś swój czas. Masz do wykonania inną pracę, znacznie ważniejszą i cenniejszą, w twoim własnym świecie. Nie opuścisz go więcej.

— Jaką pracę? — zapytał Will, ale natychmiast dodał: — Nie, lepiej mi nie mów. Sam zdecyduję, co mam robić. Jeśli powiesz, że mam walczyć albo leczyć, albo badać dalekie kraje, ciągle będę o tym myślał i jeśli w końcu tym się zajmę, poczuję się źle, bo to będzie tak, jakbym nie miał wyboru. A jeśli zajmę się czymś innym, poczuję się winny, że nie spełniłem swojej powinności. Cokolwiek będę robił, wybiorę właśnie to, nic innego.

— Więc zrobiłeś już pierwszy krok na drodze do mądrości — pochwaliła go Xaphania.

— Na morzu jest światło — odezwała się Lyra.

— To statek, którym płyną twoi przyjaciele, żeby zabrać cię do domu. Dopłynie tutaj jutro.

Słowo „jutro" zabrzmiało jak wyrok. Lyra nie przypuszczała, że kiedykolwiek niechętnie przywita Ojca Corama, Johna Faa i Serafinę Pekkalę.

— Teraz odejdę — powiedziała anielica. — Dowiedziałam się tego, czego potrzebowałam.

Objęła każde z nich lekkim, chłodnym uściskiem i pocałowała w czoło. Potem nachyliła się, żeby ucałować dajmony, które zmieniły się w ptaki i wzleciały razem z nią, kiedy rozłożyła skrzydła i szybko wzbiła się w powietrze. Po kilku sekundach znikła.

Niemal zaraz potem Lyra wydała zdławiony okrzyk.

— Co się stało? — zapytał Will.

— Nawet jej nie zapytałam o mojego ojca i matkę... a teraz nie mogę też zapytać aletheiometru... Może nigdy się nie dowiem!

Usiadła powoli, a on usiadł obok niej.

— Och, Willu — westchnęła — co zrobimy? Co możemy zrobić? Chcę żyć z tobą zawsze. Chcę cię całować i leżeć obok ciebie, i budzić się obok ciebie codziennie przez resztę mojego życia, przez wiele, wiele lat. Nie chcę wspomnień, samych wspomnień...

— Nie — przyznał. — Same wspomnienia to mało. Chcę twoich prawdziwych włosów, ust, ramion, oczu i rąk. Nie wiedziałem, że można cokolwiek pokochać tak bardzo. Och, Lyro, chciałbym, żeby ta noc się nigdy nie skończyła! Gdybyśmy mogli zostać tutaj na zawsze, gdyby świat przestał się kręcić i wszyscy inni zasnęli...

— Wszyscy oprócz nas! A ty i ja żylibyśmy wiecznie i tylko się kochali.

— Będę kochał cię zawsze, cokolwiek się stanie. Do śmierci i po śmierci, a kiedy znajdę własną drogę wyjścia z krainy zmarłych, moje atomy rozproszą się i nie spoczną, dopóki nie znajdą ciebie...

— Ja też będę cię szukać, Willu, zawsze, w każdej chwili. A kiedy znowu się odnajdziemy, złączymy się tak mocno, że nikt i nic nas więcej nie rozdzieli. Wszystkie moje atomy i wszystkie twoje atomy... Będziemy żyli w ptakach, kwiatach, ważkach i sosnach, w chmurach i tych małych pyłkach, które wirują w promieniach słońca... A kiedy zechcą wykorzystać nasze atomy, żeby tworzyć nowe życie, nie wezmą tylko po jednym, będą musieli brać po dwa, jeden mój i jeden twój, tak mocno się połączymy...

Leżeli obok siebie, trzymając dłoń w dłoni i patrząc w niebo.

— Czy pamiętasz — szepnęła — kiedy wszedłeś do tej kafeterii w Cittàgazze i pierwszy raz zobaczyłeś dajmona?

— Nie rozumiałem, czym on jest. Ale kiedy cię zobaczyłem, od razu mi się spodobałaś, ponieważ byłaś dzielna.

— Nie, to ty mi się pierwszy spodobałeś.

— Nieprawda! Biłaś się ze mną!

— No tak — przyznała — ale ty mnie zaatakowałeś.

— Wcale nie! To ty rzuciłaś się na mnie.

— Tak, ale zaraz przestałam walczyć.

— Tak, ale... — zakpił łagodnie.

Poczuł jej drżenie, potem delikatne kostki na jej plecach zaczęły unosić się i opadać pod jego dłońmi i usłyszał jej cichy szloch. Pogłaskał jej ciepłe włosy, gładkie ramiona, potem całował jej twarz, aż wydała głębokie drżące westchnienie i ucichła.

Dajmony sfrunęły na ziemię i znowu się przemieniły, podeszły do nich po miękkim piasku. Lyra usiadła, żeby je przywitać, a Will dziwił się, jakim sposobem potrafił od razu rozpoznać, który dajmon jest czyj, bez względu na postać. Pantalaimon zmienił się teraz w zwierzę, którego nazwy Will nie pamiętał: wyglądało jak duża i silna łasica, czerwono-złota, zwinna, giętka i pełna wdzięku. Kirjava znowu była kotką, ale niezwykłych rozmiarów, o gęstym i lśniącym futerku w tysiącach odcieni atramentowej czerni, dymnej szarości, błękitu głębokiego jeziora pod niebem południa, lawendowej księżycowej mgły... Wystarczyło spojrzeć na nią, żeby zrozumieć znaczenie słowa „subtelność".

— Kuna — powiedział Will, przypomniawszy sobie nazwę dla Pantalaimona — leśna kuna.

— Pan — zagadnęła Lyra, kiedy wśliznął się na jej kolana — nie będziesz już tak często się zmieniał, prawda?

— Nie — przyświadczył.

— Dziwne — powiedziała — pamiętasz, kiedy byliśmy młodsi, wcale nie chciałam, żebyś przestał się zmieniać... Teraz mi to nie przeszkadza. Jeśli zostaniesz w tej postaci.

Will położył rękę na jej dłoni. Zawładnął nim nowy nastrój spokoju i pewności. Wiedząc dokładnie, co robi i dlaczego, zdjął dłoń z nadgarstka Lyry i pogłaskał czerwono-złote futerko jej dajmona.

Lyra zachłysnęła się, ale jej zdumienie zmieszało się z radością tak podobną do przeżyć w tamtej chwili, kiedy włożyła Willowi owoc do ust, że nie mogła zaprotestować, ponieważ zabrakło jej tchu. Z walącym sercem odpowiedziała tym samym: dotknęła ciepłej dajmony Willa i kiedy jej palce zacisnęły się na jedwabistym futerku, wiedziała, że Will czuje dokładnie to samo co ona.

I wiedziała też, że żaden dajmon nie zmieni się teraz, odkąd poczuł dotknięcie dłoni kochanka. Przybrały te postacie na resztę życia; nie zechcą innych.

Zastanawiając się, czy jacyś inni kochankowie przed nimi dokonali tego rozkosznego odkrycia, leżeli razem na wolno wirującej ziemi, a księżyc i gwiazdy błyszczały nad nimi.

38
Ogród botaniczny

Cyganie przybyli po południu następnego dnia. Oczywiście nie było przystani, więc musieli zakotwiczyć statek w pewnej odległości od brzegu i John Faa, Ojciec Coram oraz kapitan przypłynęli w szalupie, z Serafiną Pekkalą jako przewodniczką.

Mary przekazała już *mulefa* wszystko, co wiedziała, toteż kiedy Cyganie wylądowali na szerokiej plaży, oczekiwał ich powitalny tłum. Oczywiście obie strony płonęły z ciekawości, ale John Faa nauczył się cierpliwości i uprzejmości w swoim długim życiu i zadbał o to, żeby tych najdziwniejszych ze wszystkich ludzi spotkała wyłącznie przyjaźń ze strony króla zachodnich Cyganów.

Stał więc w gorącym słońcu przez jakiś czas, kiedy stary *zalif* Sattamax wygłaszał powitalną mowę, którą Mary tłumaczyła jak najlepiej; potem John Faa odpowiedział, przekazując pozdrowienia od mieszkańców Żuław i innych wodnych krain w swojej ojczyźnie.

Kiedy ruszyli przez bagna w stronę wioski, *mulefa* zobaczyli, że Ojciec Coram ma trudności z chodzeniem, i natychmiast zaproponowali, że go zawiozą. Przyjął ofertę z wdzięcznością i tak dotarli do miejsca zebrań, gdzie Will i Lyra wyszli im na spotkanie.

Tyle czasu minęło, odkąd Lyra widziała tych kochanych ludzi! Po raz ostatni rozmawiali w śniegach Arktyki, kiedy jechali ratować dzieci przed Grobalami. Czuła się niemal onieśmielona, gdy niepewnie wyciągnęła rękę; ale John Faa chwycił ją w objęcia i ucałował w oba policzki, a Ojciec Coram przyjrzał jej się uważnie, zanim przycisnął ją do piersi.

— Wyrosła, Johnie — powiedział. — Pamiętasz tę małą dziewczynkę, którą zabraliśmy na północ? Popatrz teraz na nią, ech! Lyro, moja kochana, nawet gdybym władał językami aniołów, nie umiałbym wypowiedzieć, jak się cieszę, że znowu cię widzę.

Ale wydawała się bardzo smutna, pomyślał — taka krucha i znużona. Oboje z Johnem Faa zauważyli, że trzymała się blisko Willa, a ten chłopiec z prostymi czarnymi brwiami w każdej sekundzie zdawał sobie sprawę z jej obecności i pilnował, żeby nie oddalić się od niej ani na chwilę.

Starsi mężczyźni przywitali go z szacunkiem, ponieważ Serafina Pekkala opowiedziała im co nieco o dokonaniach Willa. On ze swej strony podziwiał siłę osobowości Lorda Faa, siłę okiełznaną przez grzeczność, i myślał, że sam chciałby tak się zachowywać, kiedy dorośnie; John Faa był jak twierdza i bezpieczna przystań.

— Doktor Malone — rzekł John Faa — potrzebujemy słodkiej wody i tyle żywności, ile pani przyjaciele mogą nam sprzedać. Poza tym nasi ludzie dość długo przebywali na pokładzie i stoczyli wiele walk, więc bardzo chcieliby zejść na ląd, żeby odetchnąć powietrzem tego kraju i opowiedzieć rodzinom w domu o świecie, po którym podróżowali.

— Lordzie Faa — powiedziała Mary — *mulefa* prosili mnie o przekazanie, że dostarczą wam wszystkiego, czego potrzebujecie, i pragną zaprosić was dzisiaj wieczorem na wspólny posiłek.

— Przyjmujemy zaproszenie z największą przyjemnością — odparł Lord Faa.

Tak więc wieczorem ludzie z trzech światów usiedli razem przy ognisku i dzielili się chlebem, mięsem, winem i owocami. Cyganie obdarowali gospodarzy podarkami ze wszystkich stron ich świata: flaszkami jenniveru, rzeźbami z kłów morsa, jedwabnymi gobelinami z Turkiestanu, srebrnymi pucharkami ze szwedzkich kopalni, emaliowanymi naczyniami z Korei.

Mulefa przyjęli je z radością i w zamian ofiarowali przedmioty własnego wyrobu: rzadkie naczynia ze starożytnego węzłodrzewa, zwoje najlepszych lin i sznurów, lakierowane misy i sieci rybackie tak mocne i lekkie, że nawet Cyganie z Żuław nigdy takich nie widzieli.

Po uczcie kapitan podziękował gospodarzom i odszedł nadzorować załogę przy załadunku wody i zapasów, ponieważ zamierzali odpłynąć już o poranku. Tymczasem stary *zalif* przemówił do swoich gości:

— Wielka zmiana objęła wszystko. Na znak tego obarczono nas odpowiedzialnością. Pokażemy wam, co to znaczy.

Więc John Faa, Ojciec Coram, Mary i Serafina Pekkala poszli z nimi do miejsca, gdzie otwierało się przejście do krainy zmarłych i skąd wychodziły duchy, jeden za drugim, w niekończącej się procesji. *Mulefa* sadzili wokół zagajnik, ponieważ to było święte miejsce, jak powiedzieli. Zawsze będą o nie dbać; to było źródło radości.

— No, to dopiero tajemnica — oświadczył Ojciec Coram — i cieszę się, że żyłem dostatecznie długo, żeby ją poznać. Każdy z nas boi się wkroczyć w mrok śmierci, mówcie, co chcecie, ale wszyscy się tego boimy. Lecz jeśli istnieje wyjście dla tych z nas, którzy muszą tam odejść, to lżej mi na sercu.

— Masz rację, Coramie — powiedział John Faa. — Widziałem śmierć wielu dobrych ludzi; sam niejednego posłałem w ciemność, chociaż zawsze w ogniu walki. Wiedzieć, że po śmiertelnych mrokach wyjdziemy znowu na świat w tej słodkiej krainie, wolni jak ptaki na niebie, no, to najwspanialsza obietnica dla każdego.

— Musimy o tym porozmawiać z Lyrą — powiedział Ojciec Coram — i dowiedzieć się, jak do tego doszło i co to znaczy.

Mary bardzo trudno było pożegnać się z Atal i pozostałymi *mulefa*. Zanim weszła na pokład, podarowali jej prezent: lakierowaną fiolkę zawierającą trochę olejku drzewa kołowego oraz najcenniejsze — mały woreczek z nasionami.

— Może nie wyrosną w twoim świecie — powiedziała Atal — ale jeśli nie, masz przynajmniej olejek. Nie zapomnij o nas, Mary.

— Nigdy — przyrzekła. — Nigdy. Nawet gdybym żyła długo jak czarownice i zapomniała wszystko inne, nigdy nie zapomnę was i waszej dobroci, Atal.

I tak rozpoczęła się podróż do domu. Wiał lekki wiatr, morze było spokojne i chociaż niejeden raz widzieli błysk wielkich śnieżnobiałych skrzydeł, ptaki zachowywały ostrożność i trzymały się z daleka. Will i Lyra spędzali razem każdą chwilę i dwa tygodnie podróży minęły im w mgnieniu oka.

Xaphania powiedziała Serafinie Pekkali, że kiedy wszystkie otwory zostaną zamknięte, wówczas wszystkie światy odzyskają właściwe położenie względem siebie; Oksfordy Lyry i Willa znowu nałożą się na siebie niczym przezroczyste obrazy na dwóch taśmach filmowych przysuwanych coraz bliżej i bliżej, aż się zleją ze sobą, chociaż nigdy naprawdę się nie dotkną.

Obecnie jednak znajdowały się w sporej odległości od siebie — tak daleko, jak daleko Lyra musiała podróżować ze swojego Oksfordu do Cittàgazze. Oksford Willa był teraz tutaj, zaledwie o jedno cięcie nożem. Przypłynęli na miejsce pod wieczór i kiedy kotwica plusnęła w wodę, zachodzące słońce ogrzewało zielone wzgórza, terakotowe dachy, eleganckie kruszejące nabrzeże i kafeterię, gdzie spotkali się Will i Lyra. Długa obserwacja przez kapitański teleskop nie wykryła żadnych śladów życia, ale na wszelki wypadek John Faa postanowił zabrać na brzeg pół tuzina uzbrojonych ludzi. Nie zamierzali przeszkadzać, ale mogli się przydać.

Zjedli razem ostatni posiłek w zapadającym zmroku. Will pożegnał się z kapitanem i jego oficerami, z Johnem Faa i Ojcem Coramem. Ledwie zdawał sobie sprawę z ich obecności, oni jednak postrzegali go wyraźniej: widzieli kogoś młodego, ale bardzo silnego i głęboko nieszczęśliwego.

Wreszcie Will, Lyra i ich dajmony, Mary i Serafina Pekkala wyruszyli przez puste miasto. Całkiem puste; jedynie ich kroki rozbrzmiewały w ciszy. Lyra i Will poszli przodem, trzymając się za ręce, do miejsca, gdzie musieli się rozstać, a kobiety zostały z tyłu i rozmawiały jak siostry.

— Lyra chce wejść trochę dalej w mój Oksford — powiedziała Mary. — Coś wymyśliła. Zaraz potem wróci.

— A co ty zrobisz, Mary?

— Ja... oczywiście pójdę z Willem. Na noc pójdziemy do mojego mieszkania... mojego domu... a jutro poszukamy jego matki i zobaczymy, jak możemy jej pomóc. W moim świecie jest tyle praw i przepisów, Serafino: trzeba zadowolić władze i odpowiedzieć na tysiące pytań. Pomogę mu we wszystkich kwestiach prawnych, mieszkaniowych, opieki społecznej i tak dalej, żeby spokojnie zajął się matką. To silny chłopiec... Ale mu pomogę. Poza tym ja go potrzebuję. Nie mam już pracy i niewiele pieniędzy w banku, i nie zdziwię się, jeśli policja mnie ściga... W całym moim świecie nie mam nikogo, z kim mogłabym o tym rozmawiać.

Szli przez ciche ulice, obok kwadratowej wieży z bramą otwartą na ciemność, obok kawiarenki ze stolikami ustawionymi na chodniku, na szeroki bulwar przedzielony pośrodku szeregiem palm.

— Tutaj przeszłam — oznajmiła Mary.

Okno, które Will po raz pierwszy zobaczył na spokojnej podmiejskiej drodze w Oksfordzie, otwierało się tutaj, a po stronie Oksfordu pilnowała go policja — przynajmniej wtedy, kiedy Mary ich namówiła, żeby ją przepuścili. Zobaczyła, że Will dotarł do tego miejsca, zręcznie poruszył rękami w powietrzu i okno znikło.

— Zdziwią się, kiedy następnym razem tam zajrzą — stwierdziła.

Lyra zamierzała przejść do Oksfordu Mary i pokazać coś Willowi, zanim wróci z Serafiną; oczywiście musieli zachować ostrożność podczas przecinania. Kobiety poszły za nimi po zalanych księżycowym blaskiem ulicach Cittàgazze. Po prawej piękny, rozległy park dochodził do wielkiego domu z klasycznym portykiem, błyszczącego jak lodowy cukier w świetle księżyca.

— Kiedy opisałaś mi postać mojego dajmona — powiedziała Mary — wspomniałaś, że możesz mnie nauczyć, jak go widzieć... Szkoda, że nie mamy czasu.

— Przecież mamy czas — oświadczyła Serafina — i ciągle rozmawiamy. Nauczyłam cię trochę wiedzy czarownic, zakazanej według starych praw w moim świecie. Ale ty wracasz do swojego świata i stare prawa się zmieniły. Ja też dużo się nauczyłam od ciebie. A więc, kiedy rozmawiasz z Cieniami przez komputer, musisz utrzymywać specjalny stan umysłu, tak?

— Tak... jak Lyra przy odczytywaniu aletheiometru. Mam tego spróbować?

— Nie tylko tego, ale jednocześnie zwykłego widzenia. Spróbuj teraz.

W świecie Mary mieli obrazki, które na pierwszy rzut oka wyglądały jak przypadkowe kropki koloru, ale kiedy patrzyło się na nie pod pewnym kątem, jakby rozwijały się do trzech wymiarów: z przodu kartki pojawiało się drzewo, twarz lub inny przedmiot, zdumiewająco materialny, którego przedtem wcale tam nie było.

Serafina pokazała teraz Mary podobną technikę. Mary miała zachować normalny wzrok i jednocześnie zapaść w podobny do transu sen na jawie, w którym widziała Cienie. Musiała zachować obie rzeczy, trans i normalne widzenie, podobnie jak trzeba patrzeć w dwóch kierunkach naraz, żeby zobaczyć trójwymiarowy obrazek wśród kropek.

I podobnie jak z kropkowymi obrazkami, nagle zobaczyła.

— Ach! — wykrzyknęła i przytrzymała się ramienia Serafiny, ponieważ na żelaznym parkowym ogrodzeniu siedział ptak, lśniąco czarny, z czerwonymi nogami i zakrzywionym żółtym dziobem: alpejski kruk, jak go opisała Serafina. Obserwował ją z odległości zaledwie pół metra, lekko przekrzywiając łepek, jakby ubawiony.

Lecz Mary była tak zdumiona, że straciła koncentrację i ptak zniknął.

— Skoro raz to zrobiłaś, następnym razem pójdzie łatwiej — pocieszyła ją Serafina. — Kiedy wrócisz do swojego świata, nauczysz się widzieć w ten sposób dajmony innych ludzi. Ale oni nie zobaczą twojego dajmona ani dajmony Willa, chyba że im pokażesz, jak patrzeć.

— Tak... Och, to niezwykłe! Tak!

Przecież Lyra rozmawiała ze swoim dajmonem — pomyślała Mary. Czy ja też usłyszę tego ptaka, nie tylko zobaczę? Ruszyła dalej, płonąc z niecierpliwości.

Przed nimi Will wycinał okno. Zaczekali z Lyrą na obie kobiety, żeby od razu zamknąć otwór.

— Czy wiecie, gdzie jesteśmy? — zapytał Will.

Mary rozejrzała się dookoła. W jej świecie stali na bocznej drodze, wysadzanej drzewami, z wielkimi wiktoriańskimi domami w zarośniętych ogrodach.

— Gdzieś w północnym Oksfordzie — oceniła Mary. — Nawet niedaleko od mojego mieszkania, chociaż nie wiem dokładnie, co to za droga.

— Chcę pójść do ogrodu botanicznego — oświadczyła Lyra.

— Dobrze. To jakieś piętnaście minut na piechotę. Tędy...

Mary znowu spróbowała podwójnego widzenia. Tym razem poszło jej łatwiej i oto był kruk, w jej własnym świecie, siedzący na gałęzi zwieszonej nisko nad chodnikiem. Na próbę wyciągnęła rękę, a on zszedł na jej dłoń bez wahania. Poczuła niewielki ciężar, pazurki ciasno objęły jej palec. Delikatnie przeniosła ptaka na ramię. Usadowił się wygodnie, jakby siedział tam przez całe życie.

No, przecież siedział — pomyślała.

Niewielki ruch panował na High Street, a kiedy skręcili na schody prowadzące obok Kolegium Magdaleny w stronę ogrodu botanicznego, zostali całkiem sami. We wnęce ozdobnej bramy znajdowały się kamienne ławki. Mary i Serafina usiadły tam, a Will z Lyrą przeleźli przez żelazne ogrodzenie do ogrodu. Ich dajmony prześlizgnęły się między prętami i pomknęły przodem.

— Tędy! — zawołała Lyra, ciągnąc Willa za rękaw.

Poprowadziła go obok basenu z fontanną pod rozłożystym drzewem, a potem skręciła w lewo pomiędzy rabatami, w stronę ogromnej wielopiennej sosny. Wznosił się tam masywny kamienny mur z furtką. Dalsza część ogrodu, gdzie rosły młodsze drzewa, wyglądała mniej formalnie. Lyra zaprowadziła Willa prawie na sam koniec, przez mostek do drewnianej ławki pod nisko zwieszonymi gałęziami rozłożystego drzewa.

— Tak! — powiedziała. — Taką miałam nadzieję i rzeczywiście jest całkiem tak samo... Will, przychodziłam tutaj w moim Oksfordzie i siadałam właśnie na tej ławce, kiedy chciałam być sama, tylko ja i Pan. Więc pomyślałam, że gdybyś... może chociaż raz na rok... gdybyśmy przyszli tutaj w tym samym czasie, może na godzinę, moglibyśmy udawać, że znowu jesteśmy razem... bo bylibyśmy tak blisko, gdybyś siedział tutaj i gdybym ja tutaj siedziała w moim świecie...

— Tak — powiedział. — Dopóki żyję, będę tutaj wracał. Z każdego miejsca na świecie wrócę tutaj...

— W dzień letniego przesilenia — dodała. — W południe. Dopóki żyję. Dopóki żyję...

Ślepy od gorących łez, przygarnął ją mocno.

— A jeśli... później... — ciągnęła drżącym głosem — jeśli spotkamy kogoś miłego i poślubimy, musimy go dobrze traktować i nie robić porównań przez cały czas, i nie żałować, że się nie pobraliśmy... Ale dalej będziemy tutaj przychodzić raz w roku, tylko na godzinę, żeby być razem...

Przywarli do siebie kurczowo. Minuty mijały; wodny ptak na rzece zatrzepotał i krzyknął; samochody przejeżdżały z rzadka przez most Magdaleny.

Wreszcie rozluźnili uścisk.

— Will... — powiedziała miękko Lyra.

Cała była teraz miękka; później to wspomnienie należało do jego ulubionych — jej zwinny wdzięk złagodzony w półmroku, jej oczy, dłonie i zwłaszcza wargi nieskończenie miękkie. Całował ją i całował, i każdy pocałunek nieubłaganie przybliżał ten ostatni.

Niechętnie i ociężale ruszyli z powrotem w stronę bramy. Mary i Serafina czekały.

— Lyra... — szepnął Will, a ona powiedziała:

— Will...

Wyciął okno do Cittàgazze. Stali w głębi parku otaczającego wielki dom, niedaleko skraju lasu. Przeszli po raz ostatni i spojrzeli z góry na milczące miasto, na dachy błyszczące w świetle księżyca, wieżę wznoszącą się nad nimi, oświetlony statek czekający na morzu.

Will odwrócił się do Serafiny i powiedział z wymuszonym spokojem:

— Dziękuję ci, Serafino Pekkala, za uratowanie nas i za wszystko inne. Proszę, bądź dobra dla Lyry, dopóki żyje. Kocham ją tak, jak nikt nikogo nie kochał.

W odpowiedzi królowa klanu czarownic ucałowała go w oba policzki. Lyra szeptała z Mary, również się objęły i najpierw Mary, potem Will przeszli przez ostatnie okno z powrotem do własnego świata, w cień drzew ogrodu botanicznego.

Zwyczajne życie zaczyna się od zaraz, powiedział sobie Will z całą stanowczością, ale czuł się tak, jakby próbował gołymi rękami poskromić dzikiego wilka, który chciał rozszarpać mu twarz i przegryźć gardło; niemniej dokonał tego i pomyślał, że nikt nie widział, ile go to kosztowało.

Wiedział, że Lyra robi to samo, o czym świadczyło napięcie w jej uśmiechu.

Niemniej uśmiechnęła się.

Ostatni pocałunek, pospieszny i tak niezręczny, że zderzyli się policzkami i łza z jej oka przeniosła się na jego twarz; dwa dajmony pocałowały się na pożegnanie, Pantalaimon przemknął przez próg i skoczył w ramiona Lyry; a potem Will zaczął zamykać okno, wszystko się skończyło, droga została zamknięta, Lyra znikła.

— Teraz — powiedział, siląc się na rzeczowy ton, chociaż musiał odwrócić się od Mary — teraz muszę złamać nóż.

Poszukał w powietrzu znajomym sposobem, aż znalazł lukę, po czym próbował przywołać z pamięci tamten wypadek. Zamierzał wtedy wyciąć otwór w jaskini, a pani

Coulter nagle, niespodziewanie przypomniała mu matkę i nóż pękł, ponieważ, jak sądził, natrafił wreszcie na coś, czego nie mógł przeciąć, czyli jego miłość do matki.

Więc teraz zrobił to samo, wyobraził sobie twarz matki taką, jaką widział po raz ostatni, wystraszoną i nieobecną w małym przedpokoju pani Cooper.

Ale to nie podziałało. Nóż z łatwością przeciął powietrze i otworzył świat, gdzie szalała burza; ulewny deszcz lunął przez okno i zaskoczył ich oboje. Will szybko zamknął okno i przez chwilę stał stropiony.

Jego dajmona wiedziała, co powinien zrobić, i mruknęła tylko:

— Lyra.

Oczywiście. Kiwnął głową i trzymając nóż w prawej ręce, nacisnął lewą miejsce na policzku, gdzie wciąż spoczywała jej łza.

Tym razem nóż rozpękł się z trzaskiem i odłamki ostrza upadły na ziemię, gdzie lśniły na kamieniach wciąż mokrych po deszczu z innego świata.

Will ukłąkł i pozbierał je starannie. Kirjava swoim kocim wzrokiem pomogła mu znaleźć wszystkie.

Mary zarzuciła plecak na ramiona.

— No więc — powiedziała — posłuchaj, Willu. Prawie nie rozmawialiśmy ze sobą... właściwie się nie znamy. Ale przyrzekłyśmy coś sobie z Serafiną Pekkalą i przed chwilą przyrzekłam coś Lyrze, a nawet gdybym nie składała innych obietnic, przyrzekłam ci to samo, czyli że jeśli mi pozwolisz, zostanę twoją przyjaciółką na całe życie. Oboje jesteśmy zdani na siebie i chyba obojgu nam się przyda ten rodzaj... Chciałam powiedzieć, że z nikim innym nie możemy o tym rozmawiać, tylko ze sobą... Oboje musimy się przyzwyczaić do naszych dajmonów. I oboje mamy kłopoty, więc chyba wiele nas łączy.

— Masz kłopoty? — zapytał Will, patrząc na jej szczerą, bystrą, życzliwą twarz.

Nie uciekła wzrokiem przed jego oczami.

— No, rozwaliłam trochę sprzętu w laboratorium, zanim odeszłam, i podrobiłam przepustkę, i... Nic wielkiego, poradzimy sobie. Z twoimi kłopotami też sobie poradzimy. Znajdziemy twoją matkę i załatwimy jej odpowiednie leczenie. I jeśli nie masz gdzie mieszkać, to znaczy, jeśli zgodzisz się mieszkać ze mną, nie musisz się zgłaszać do, jak to nazywają, opieki społecznej. To znaczy, musimy wymyślić jakąś historyjkę i trzymać się jej, ale damy sobie radę, prawda?

Mary była przyjacielem. Miał przyjaciela. Naprawdę. Nie pomyślał o tym.

— Tak! — powiedział.

— No więc idziemy. Moje mieszkanie jest około kilometra stąd i wiesz, na co mam największą ochotę? Na filiżankę herbaty. Chodź, pójdziemy nastawić czajnik.

Minęły trzy tygodnie od chwili, kiedy Lyra patrzyła na rękę Willa zamykającą przed nią na zawsze jego świat, i znowu siedziała za obiadowym stołem w Kolegium Jordana, gdzie po raz pierwszy padła ofiarą uroku pani Coulter.

Tym razem przyjęcie było skromniejsze: tylko ona, Rektor i pani Hanna Relf, kierująca Kolegium Świętej Zofii, jednym z żeńskich kolegiów. Kobieta uczestniczyła również w tamtym pierwszym obiedzie i chociaż teraz Lyra zdziwiła się na jej widok, przywitała ją grzecznie i odkryła, że pamięć ją zawiodła; ponieważ pani Relf była znacznie bardziej uprzejma, bystra i interesująca od tej kłótliwej, ograniczonej osoby, którą Lyra zapamiętała.

Różne rzeczy wydarzyły się pod nieobecność Lyry — w Kolegium Jordana, w Anglii, na całym świecie. Wydawało się, że potęga Kościoła ogromnie urosła i wprowadzono wiele brutalnych praw, lecz owa potęga równie szybko zgasła: przewrót w Magistraturze obalił zelotów i do władzy doszły bardziej liberalne frakcje. Generalna

Rada Oblacyjna została rozwiązana; Konsystorska Komisja Dyscyplinarna — pozbawiona przywódcy i bezsilna.

Kolegia Oksfordu, po krótkim i burzliwym okresie, znowu wkraczały w spokojną rutynę akademickiego życia. Nie obyło się bez strat: zrabowano cenną kolekcję sreber Rektora; kilku kolegialnych służących zniknęło. Służący Rektora, Cousins, pozostał jednak na miejscu i Lyra gotowa była stawić mu czoło, ponieważ odnosił się do niej wrogo, odkąd tylko pamiętała. Poczuła się zaskoczona, kiedy powitał ją tak ciepło i uścisnął jej dłoń obiema rękami; czyżby w jego głosie brzmiała sympatia? No, naprawdę się zmienił.

Podczas obiadu Rektor i pani Relf opowiadali o wydarzeniach, które zaszły podczas nieobecności Lyry, a ona słuchała z przerażeniem, smutkiem lub zachwytem. Kiedy przeszli do salonu na kawę, Rektor powiedział:

— A więc, Lyro, prawie nie mieliśmy od ciebie wiadomości. Wiem jednak, że wiele widziałaś. Czy możesz nam opowiedzieć o swoich przeżyciach?

— Tak — potwierdziła. — Ale nie wszystko naraz. Niektórych nie rozumiem, a inne wciąż jeszcze doprowadzają mnie do płaczu; ale obiecuję, że opowiem wam tyle, ile potrafię. Wy jednak też musicie mi coś obiecać.

Rektor popatrzył na siwowłosą damę z dajmonem-małpką na kolanach i wymienili rozbawione spojrzenia.

— Co takiego? — zapytała pani Relf.

— Musicie obiecać, że mi uwierzycie — oświadczyła poważnie Lyra. — Wiem, że nie zawsze mówiłam prawdę, a w niektórych miejscach przeżyłam tylko dzięki temu, że kłamałam i zmyślałam. Więc wiem, jaka byłam, i wy też wiecie, ale moja prawdziwa historia jest zbyt ważna, żebyście uwierzyli tylko w połowę. Więc przyrzekam mówić prawdę, jeśli wy przyrzekniecie mi uwierzyć.

— No dobrze, przyrzekam — powiedziała kobieta, a Rektor dodał:

— Ja też.

— Ale wiecie, czego żałuję — podjęła Lyra — prawie... prawie najbardziej? Żałuję, że straciłam zdolność odczytywania aletheiometru. Och, to było takie dziwne, Rektorze, kiedy się pojawiło i potem nagle znikło! Jednego dnia znałam go tak dobrze... mogłam przebierać między znaczeniami symboli, przechodzić od jednego do drugiego i widzieć wszystkie połączenia... zupełnie jak — uśmiechnęła się — jak małpa na drzewie, tak szybko się poruszałam. A potem nagle nic. Nic nie miało sensu, nie pamiętałam niczego oprócz samych podstawowych znaczeń, na przykład że kotwica oznacza nadzieję, a czaszka śmierć. Całe tysiące znaczeń... znikły.

— One wcale nie znikły, Lyro — pocieszyła ją pani Relf. — Książki nadal stoją w Bibliotece Bodleya. Wiedza potrzebna do ich studiowania wciąż jest dostępna.

Kobieta siedziała naprzeciwko Rektora w jednym z dwóch foteli przed kominkiem. Lyra zajmowała miejsce na sofie pomiędzy nimi. Paliła się tylko lampa obok fotela Rektora, ale wyraźnie oświetlała twarze starszej pary. Lyra przyłapała się na tym, że studiuje twarz Hanny Relf. Łagodna — pomyślała — surowa i mądra; ale nie potrafiła odczytać jej wyrazu tak samo, jak nie potrafiła odczytać aletheiometru.

— No więc — odezwał się Rektor — musimy pomyśleć o twojej przyszłości, Lyro.

Zadrżała na te słowa. Wzięła się w garść i usiadła prosto.

— Przez cały czas mojej nieobecności — wyznała — nigdy o tym nie myślałam. Tylko o teraźniejszości, o chwili obecnej. Wiele razy myślałam, że nie mam żadnej przyszłości. A teraz... Nagle odkrywam, że mam przed sobą całe życie, ale nie wiem... Nie wiem, co z nim zrobić. To tak, jakbym miała aletheiometr, ale nie wiedziała, jak go odczytać. Pewnie muszę iść do pracy, ale nie

519

wiem do jakiej. Moi rodzice pewnie są bogaci, ale założę się, że nigdy nie pomyśleli, żeby odłożyć dla mnie trochę pieniędzy, a zresztą do tej pory pewnie już wszystko wydali, więc nawet gdybym miała prawo do ich majątku, nic by nie zostało. Wróciłam do Jordana, bo dawniej tu był mój dom i nie miałam dokąd pójść. Myślę, że Iorek Byrnison pozwoliłby mi zamieszkać na Svalbardzie, i myślę, że Serafina Pekkala pozwoliłaby mi mieszkać z jej klanem czarownic; ale nie jestem ani niedźwiedziem, ani czarownicą, więc nie pasowałabym tam, chociaż bardzo ich kocham. Może Cyganie mnie przyjmą... Ale tak naprawdę nie wiem, co chcę robić dalej. Czuję się zagubiona.

Popatrzyli na nią. Oczy jej błyszczały bardziej niż zwykle, podbródek uniosła wysoko w sposób, który niechcący przejęła od Willa. Minę miała wyzywającą, nie tylko zagubioną, pomyślała Hanna Relf z podziwem; a Rektor zobaczył coś więcej — zobaczył, że znikł nieświadomy wdzięk dziecka i Lyra wyglądała niezgrabnie ze swoim dorastającym ciałem. Lecz kochał gorąco tę dziewczynę i czuł po części dumę, po części obawę wobec pięknej kobiety, w którą miała się zmienić tak szybko.

— Nigdy nie będziesz zagubiona, dopóki stoi Kolegium Jordana, Lyro — powiedział. — To jest twój dom tak długo, dopóki go potrzebujesz. Co do pieniędzy... Twój ojciec ustanowił fundusz na pokrycie wszystkich twoich potrzeb i wyznaczył mnie na jego wykonawcę, więc nie musisz się martwić.

Co prawda Lord Asriel niczego takiego nie zrobił, ale Kolegium Jordana było bogate i Rektor miał własne pieniądze, nawet po ostatnich przewrotach.

— Myślałem o nauce — ciągnął. — Wciąż jesteś bardzo młoda i do tej pory twoja edukacja zależała od... No, szczerze mówiąc, od tego, którego z naszych uczonych najmniej onieśmielałaś — dokończył z uśmiechem. — Nauka była wyrywkowa. Teraz może się okazać, że w stosownym czasie twoje zdolności zaprowadzą cię w kierunku, którego na razie nie umiemy przewidzieć. Jeśli jednak zamierzasz poświęcić się pracy nad aletheiometrem i nauczyć się świadomie tego, co poprzednio osiągnęłaś dzięki intuicji...

— Tak — oświadczyła stanowczo Lyra.

— ...to najlepiej zrobisz, jeśli oddasz się w ręce mojej dobrej przyjaciółki, Hanny. Jej erudycja w tym przedmiocie jest niezrównana.

— Pozwól, że coś zaproponuję — odezwała się dama. — Nie musisz zaraz odpowiadać. Namyśl się spokojnie. Moje kolegium nie jest takie stare jak Jordan, a ty na razie i tak jesteś za młoda na studentkę, ale kilka lat temu nabyliśmy duży dom w północnym Oksfordzie i postanowiliśmy założyć szkołę z internatem. Chciałabym, żebyś poznała dyrektorkę i zobaczyła, czy zechcesz należeć do naszych uczennic. Widzisz, Lyro, wkrótce będziesz potrzebowała przyjaźni innych dziewcząt w twoim wieku. Pewnych rzeczy uczymy się od siebie nawzajem w młodości, a wątpię, czy znajdziesz je w Jordanie. Dyrektorka to bystra młoda kobieta, energiczna, uprzejma, z wyobraźnią. Mamy szczęście, że na nią trafiliśmy. Możesz z nią porozmawiać i jeśli spodoba ci się ten pomysł, niech święta Zofia zostanie twoją szkołą, jak Jordan jest twoim domem. A jeśli pragniesz rozpocząć systematyczne studia nad aletheiometrem, ty i ja możemy się spotykać na prywatnych lekcjach. Ale mamy czas, moja droga, mamy mnóstwo czasu. Nie odpowiadaj mi teraz. Zaczekaj, aż będziesz gotowa.

— Dziękuję — powiedziała Lyra — dziękuję pani. Zaczekam.

Rektor wręczył Lyrze jej własny klucz do bramy ogrodu, więc mogła wchodzić i wychodzić, kiedy chciała. Później tego wieczoru, kiedy portier zamykał portiernię, razem z Pantalaimonem wymknęli się i pobiegli ciemnymi ulicami, a wszystkie dzwony Oksfordu wydzwaniały północ.

W ogrodzie botanicznym Pan rzucił się w pościg za myszą, zagonił ją pod mur, potem zostawił i wskoczył na pobliską wielką sosnę. Lyra patrzyła z radością, jak skakał po gałęziach tak daleko od niej; musieli jednak zachować ostrożność, żeby nikt ich nie zobaczył rozdzielonych, bo należało trzymać w sekrecie tę okupioną cierpieniem moc czarownic. Dawniej Lyra z rozkoszą popisywałaby się przed wszystkimi zaprzyjaźnionymi urwisami, żeby wytrzeszczali oczy ze strachu, ale Will pokazał jej wartość milczenia i dyskrecji.

Usiadła na ławce i czekała, żeby Pan do niej przyszedł. Lubił ją zaskakiwać, ale zwykle dostrzegała go wcześniej. Oto jego zwinna sylwetka pomykająca brzegiem rzeki. Lyra spojrzała w drugą stronę i udawała, że go nie widzi, a potem objęła go nagle, kiedy wskoczył na ławkę.

— Prawie mi się udało — powiedział.

— Musisz lepiej się postarać. Słyszałam cię przez całą drogę od bramy.

Przysiadł na oparciu ławki, opierając przednie łapki na jej ramionach.

— Co jej powiemy? — zapytał.

— Powiemy „tak" — odparła. — Przecież to tylko spotkanie z dyrektorką. To jeszcze nie szkoła.

— Ale pójdziemy do szkoły?

— Tak — przyznała — chyba tak.

— Może będzie dobrze.

Lyra pomyślała o innych uczennicach. Mogą się okazać bardziej bystre niż ona albo bardziej wyrafinowane, i na pewno wiedzą znacznie więcej od niej o sprawach ważnych dla dziewczynek w jej wieku. A ona nie będzie mogła im powiedzieć nawet jednej setnej tego, co wiedziała. Pewnie wezmą ją za prostaczkę i ignorantkę.

— Myślisz, że pani Relf naprawdę potrafi odczytywać aletheiometr? — zapytał Pantalaimon.

— Z pomocą książek na pewno potrafi. Ciekawe, ile mają książek? Założę się, że możemy przeczytać wszystkie i poradzić sobie bez nich. Wyobraź sobie, że musisz wszędzie taszczyć stertę ksiąg... Pan?

— Co?

— Czy kiedyś mi powiesz, co robiliście z dajmoną Willa, kiedy się rozdzieliliśmy?

— Pewnego dnia — odparł. — A ona powie Willowi, pewnego dnia. Oboje poznamy, kiedy nadejdzie czas, ale do tej pory nic wam nie powiemy.

— No dobrze — ustąpiła.

Opowiedziała Pantalaimonowi wszystko, ale to sprawiedliwe, że miał przed nią sekrety, skoro go opuściła.

Pociechę przyniosła jej myśl, że ona i Will mają jeszcze coś wspólnego. Zastanawiała się, czy nadejdzie kiedyś w jej życiu taka godzina, żeby nie myślała o nim; nie rozmawiała z nim w myślach, nie przeżywała od nowa każdej wspólnie spędzonej chwili, nie tęskniła za jego głosem, jego rękami, jego miłością. Nigdy nawet nie śniła o tym, jak to jest kochać kogoś tak mocno; ze wszystkich niesamowitych przygód ta okazała się najbardziej zdumiewająca. Pomyślała, że zostało w jej sercu wrażliwe miejsce, jak rana, która nigdy się nie zagoi, lecz pragnęła ją pielęgnować do końca swoich dni.

Pan zsunął się na ławkę i zwinął w kłębek na jej kolanach. Byli tutaj bezpieczni w ciemnościach, ona, jej dajmon i ich sekret. Gdzieś w uśpionym mieście znajdowały się książki, które jej powiedzą, jak odczytywać aletheiometr, oraz mądra i dobra kobieta, która chciała ją uczyć, i dziewczęta w szkole, które wiedziały o tyle więcej od niej.

Jeszcze o tym nie wiedzą, ale zostaną moimi przyjaciółkami — pomyślała.

Pantalaimon mruknął:

— To, co powiedział Will...

— Kiedy?

— Na plaży, zanim spróbowałaś odczytać aletheiometr. Powiedział, że nie ma żadnego gdzie indziej. To słowa jego ojca. Ale jest coś jeszcze.

— Pamiętam. Chodziło mu o to, że królestwo przeminęło, królestwo niebieskie, że wszystko skończone. Nie powinniśmy żyć tak, jakby ono znaczyło więcej niż życie na tym świecie, ponieważ zawsze najważniejszym miejscem jest to, w którym jesteśmy teraz.

— Powiedział, że musimy coś zbudować...

— Dlatego potrzebowaliśmy całego życia, Pan. W innym wypadku poszlibyśmy z Willem i Kirjavą, prawda?

— Tak. Oczywiście! Albo oni poszliby z nami. Ale...

— Ale wtedy nie moglibyśmy tego zbudować. Nikt nie mógłby, gdyby stawiał siebie na pierwszym miejscu. Musimy wypełnić te wszystkie trudne zadania, jak bycie wesołym, dobrym, ciekawym, odważnym i cierpliwym. Musimy studiować i myśleć, i ciężko pracować, wszyscy, we wszystkich światach, a wtedy zbudujemy...

Opierała dłonie na jego lśniącym futerku. Gdzieś w ogrodzie śpiewał słowik, lekki wietrzyk musnął jej włosy i poruszył liście nad głową. Wszystkie dzwony w mieście uderzyły jeden raz, niektóre nisko, niektóre wysoko, kilka blisko, inne daleko, jeden pęknięty i zrzędliwy, drugi posępny i żałobny, lecz wszystkie rozmaitymi głosami oznajmiały tę samą godzinę, chociaż niektóre trochę wolniej niż inne. W tamtym drugim Oksfordzie, gdzie pocałowali się z Willem na pożegnanie, dzwony również biły i słowik śpiewał, i lekki wietrzyk poruszał liśćmi w ogrodzie botanicznym.

— A wtedy co? — zapytał sennie jej dajmon. — Co zbudujemy?

— Republikę niebios — odpowiedziała Lyra.

Podziękowania

„Mroczne materie" nie mogłyby zaistnieć bez pomocy i zachęty przyjaciół, rodziny, nieznajomych i książek.

Tym ludziom winien jestem specjalne podziękowania: Liz Cross za jej drobiazgową i niezmordowanie pogodną redakcję na każdym etapie tej pracy oraz za pewne błyskotliwe pomysły dotyczące obrazów w „Magicznym nożu"; Anne Wallace-Hadrill za to, że pozwoliła mi obejrzeć swoją łódź; Richardowi Osgoodowi z Archeologicznego Instytutu Uniwersytetu Oksfordzkiego za objaśnienie mi organizacji ekspedycji archeologicznych; Michaelowi Mallesonowi z Trent Studio Forge w Dorset za pokazanie mi, jak się kuje żelazo; Mike'owi Froggartowi i Tanaqui Weaver za dostarczenie mi więcej papieru odpowiedniego rodzaju (z dwiema dziurkami), kiedy mój zapas się wyczerpał. Muszę również pochwalić kawiarnię w oksfordzkim Muzeum Sztuki Nowoczesnej. Za każdym razem, kiedy utknąłem na jakimś narracyjnym problemie, filiżanka tamtejszej kawy i godzinka pracy w tym przyjaznym pomieszczeniu rozwiązywały go bez żadnego wysiłku z mojej strony. Nigdy nie zawiodła.

Podkradałem pomysły z każdej książki, jaką przeczytałem. Moja zasada przy opracowywaniu książki brzmi: „Czytaj jak motyl, pisz jak pszczoła", a jeśli ta historia zawiera trochę miodu, to wyłącznie dzięki jakości nektaru, jaki znalazłem w dziełach lepszych pisarzy. Lecz zaciągnąłem trzy długi, które pragnę spłacić przede wszystkim. Jeden to esej „O teatrze marionetek" Heinricha von Kleista, który przeczytałem po raz pierwszy w tłumaczeniu Idrisa Parry'ego w „Times Literary Supplement" w 1978 roku. Drugi to „Raj utracony" Johna Miltona. Trzeci to poezje Williama Blake'a.

Wreszcie mój największy dług. Davidowi Ficklingowi i jego niewyczerpanej wierze i zachęcie, a także jego żywemu i nie-omylnemu wyczuciu, jak ulepszyć opowiadane historie, za-wdzięczam znaczną część sukcesu tej książki; Caradocowi Kingowi zawdzięczam więcej niż pół życia wiernej przyjaźni i wsparcia; Enid Jones, nauczycielce, która tak dawno temu zapoznała mnie z „Rajem utraconym", zawdzięczam najlepsze, co może dać wykształcenie, czyli koncepcję, że odpowiedzial-ność i rozkosz mogą współistnieć; mojej żonie, Jude, i moim synom, Jamiemu i Tomowi, zawdzięczam wszystko inne pod słońcem.

Philip Pullman